Anne Rice

Engel der Verdammten

Anne Rice

Engel der Verdammten

Roman

Aus dem Amerikanischen
von Barbara Kesper

Weltbild

Genehmigte Lizensausgabe
für Weltbild Verlag GmbH, Augsburg 2000
Für die deutschen Ausgabe

Aus dem Amerikanischen von Barbara Kesper

Die Originalausgabe erschien unter dem Titel
Servant of the Bones im Verlag Alfred A. Knopf, Inc., New York
Reihenkonzeption: Michael Keller, München
Umschlaggestaltung: Jan Michel
Umschlagfoto: Tony Stone Associates GmbH, München: K. Brofsky
Autorenfoto: Joyce Ravid

Gesamtherstellung: Clausen & Bosse, Leck

Gedruckt auf chlor- und säurefreiem Papier

Printed in Germany

ISBN 3-89604-565-2

Dieses Buch
ist
GOTT
gewidmet.

Psalm 137

An den Wassern zu Babel saßen wir und weineten,
wenn wir an Zion gedachten.
Unsere Harfen hingen wir an die Weiden, die drinnen sind.
Denn daselbst hießen uns singen, die uns gefangen hielten,
und in unserem Heulen fröhlich sein:
»Singet uns ein Lied von Zion!«
Wie sollten wir des HERRN Lied singen in fremden Landen!
Vergesse ich dein, Jerusalem, so werde meiner Rechten vergessen.
Meine Zunge soll an meinem Gaumen kleben,
wo ich nicht dein gedenke,
wo ich nicht lasse Jerusalem meine höchste Freude sein.
HERR, gedenke den Kindern Edom den Tag Jerusalems,
die da sagten: »Rein ab, rein ab bis auf ihren Boden!«
Du verstörete Tochter Babel, wohl dem, der dir vergilt,
wie du uns getan hast!
Wohl dem, der deine jungen Kinder nimmt
und zerschmettert sie an dem Stein!

Prolog

Ermordet. Ihr Haar war schwarz, so schwarz wie ihre Augen. Es geschah auf der Fifth Avenue. Mord. Mitten im wimmelnden Getriebe eines vornehmen Bekleidungshauses. Brach Hysterie aus, als sie niedersank …?

Das Bild flimmerte lautlos auf meinem Fernsehschirm. Esther. Ich erkannte sie. Ja, Esther Belkin. Sie hatte damals als Studentin meine Vorlesungen besucht. Esther. Reich und schön.

Ihr Vater … er war der führende Kopf einer weltweit agierenden Sekte. New-Age-Geschwafel und T-Shirts. Und die Belkins hatten alles Geld der Welt – soviel sich ein Mensch nur wünschen oder erträumen konnte. Und nun war Esther tot – Esther, dieses süße, blumenhafte Mädchen, das immer so zaghaft seine Fragen gestellt hatte.

Ich glaube, ich sah sie sterben – »live«, in der Nachrichtensendung. Ich las gerade ein Buch und gab nicht sonderlich acht. Die Sendung plätscherte stumm dahin, Bilder von Filmstars und Kriegen überschnitten sich. Grelles Flackern wanderte über die Zimmerwände im stummen Auf und Ab eines Bildschirms, den niemand betrachtete. Ich las noch, als sie schon »live« gestorben war.

Hin und wieder dachte ich in den folgenden Tagen an sie. Auf ihren Tod folgten weitere Grausamkeiten, die alle mit ihrem Vater und seiner durch die elektronischen Medien agierenden Sekte zu tun hatten. Noch mehr Blutvergießen.

Ich hatte ihren Vater nicht persönlich gekannt. Seine Anhänger sammelten sich an den Straßenecken wie Schutt an einer Baustelle.

Doch an Esther konnte ich mich recht gut erinnern. Sie wollte immer alles wissen, gehörte zu den bescheidenen, stillen, immer aufmerksamen Mädchen, und sie war so lieblich, ja, wirklich. Ich erinnerte mich an sie. Ganz bestimmt. Welche Ironie; dieses zarte

Mädchen ermordet, und anschließend die Tragödie, die aus der Verblendung ihres Vaters resultierte.

Ich bemühte mich gar nicht erst, die ganze Sache zu verstehen.

Ich vergaß Esther einfach. Vergaß sie, und daß man sie getötet hatte. Vergaß ihren Vater. Ich schätze, ich vergaß, daß sie je gelebt hatte.

Es gab immer wieder neue und andere Nachrichten. Ich fand, daß es für mich an der Zeit war, das Lehramt eine Weile ruhen zu lassen. Ich zog mich zurück, um mein Buch zu schreiben. Ich ging in die Berge, bis hinauf in den Schnee. Ich hatte dem Angedenken Esther Belkins nicht einmal ein Gebet gewidmet, aber ich bin Historiker und nicht Prediger. Erst oben im Gebirge erfuhr ich die ganze Geschichte. Esthers Tod verfolgte mich, wurde lebendig und gewann an Bedeutung durch die Worte eines anderen.

Teil I

Gebein des Wehs

Golden ist des Wehs Gebein.
Ins Nirgends richtet sich sein Schein.
Er stürzt tief inwärts,
sticht durch Stein.

Nur in Träumen, nicht bewußt,
schlürfen wir der Mutter Brust,
das Weh der Väter, Grabesluft.
Golden Gebein umkränzt die Kluft.

Seide, Kupfer, Silber, Gold.
Weh ist Wasser, milchvergällt.
Herzattacke, Krebs und Mord,
doch dies Gebein tanzt fort und fort.

Golden ist des Wehs Gebein.
Skelette stehen Arm in Arm.
Der Geister Wort dringt nicht ins Sein.
Nicht zu lauschen lernen wir.

Stan Rice, *Some Lamb* 1975

1

Dies ist Asraels Geschichte; so hat er sie mir erzählt und mich gebeten, seine Worte aufzuzeichnen und zu bezeugen. Sie können mich Jonathan nennen, so wie er. Diesen Namen wählte er in jener Nacht, als er in meiner weit geöffneten Tür erschien und mein Leben rettete. Ich wäre mit Sicherheit noch vor Anbruch des Morgens gestorben, wenn er nicht auf der Suche nach einem »Schriftgelehrten« hierher gekommen wäre.

Ich sollte erwähnen, daß ich für meine Arbeit auf den Gebieten Geschichte, Archäologie und Sumerische Forschung bekannt bin. Und Jonathan gehört tatsächlich zu den Namen, die man mir bei meiner Geburt gab. Er steht allerdings nicht auf den Einbänden meiner Bücher, mit denen sich meine Studenten befassen, teils gezwungenermaßen, teils weil sie die geheimnisvolle Seite an den Sagen der Antike ebenso lieben wie ich.

Asrael war das bekannt – daß ich Gelehrter und Dozent war –, als er zu mir kam.

Wir einigten uns darauf, daß ich für ihn Jonathan war. Den Namen hatte er sich aus dem Copyright meiner Bücher gepickt, in dem alle drei Vornamen aufgeführt werden. Und ich war darauf eingegangen. Bei diesem Namen nannte er mich während der langen Stunden, in denen er mir seine Geschichte erzählte – eine Geschichte, die ich nie und nimmer unter meinem richtigen, mit akademischen Weihen gesegneten Namen veröffentlichen würde, da ich, wie auch er, sehr wohl wußte, daß man diese Sache niemals neben meinen geschichtlichen Werken gelten lassen würde.

So bin ich also Jonathan, der Schriftgelehrte. Ich erzähle den Hergang mit Asraels Worten. Es ist für ihn nicht wichtig, welchen Namen ich Ihnen gegenüber benutze. Wirklich wichtig war ihm nur, daß jemand festhielt, was er zu sagen hatte. Das *Buch Asrael* wurde Jonathan diktiert.

Asrael wußte genau, wer ich war. Er kannte alle meine Arbeiten, und bevor er sich hierher auf den Weg machte, hatte er sie eingehend studiert. Er kannte meinen Ruf in akademischen Kreisen, und etwas an meinem Stil und an meiner Betrachtung der Dinge hatte sein Interesse geweckt.

Vielleicht fand er es gut, daß ich bereits das achtbare Alter von fünfundsechzig Jahren erreicht hatte und immer noch Tag und Nacht schrieb und arbeitete wie ein junger Mann, ohne auch nur zu erwägen, aus dem Institut, an dem ich lehrte, auszuscheiden, wenn ich auch dann und wann einen gewissen Abstand davon brauchte.

Es war also keine willkürliche Wahl, die ihn veranlaßte, die schroffen, bewaldeten Hänge zu erklimmen, hinauf in den Schnee, zu Fuß. Er hatte nur ein zusammengerolltes Nachrichten-Magazin bei sich. Sein einziger Schutz war die Mähne krausen, schwarzen Haares, die ihm weit über die Schultern hing – und gibt es etwas Vortreffliches, um Kopf und Hals eines Mannes warmzuhalten? Er war hochgewachsen und trug einen dieser weitgeschnittenen, dick gefütterten Wintermäntel, die nur große Männer, die in ihrem Herzen Romantiker geblieben sind, mit der nötigen Selbstsicherheit und der unerläßlichen, bezaubernden Gleichgültigkeit tragen können.

Im Licht des Kaminfeuers erschien er auf den ersten Blick wie ein freundlicher junger Mann, mit großen, schwarzen Augen, buschig vorstehenden Brauen, einer schmalen aber stumpfen Nase und einem breiten Mund mit aufgeworfenen Lippen. Sein Haar war schneebedeckt, und der Wind, der durch das Haus fuhr, zerrte wild an seinem Mantel und ließ meine kostbaren Unterlagen in alle Richtungen durch den Raum flattern.

Hin und wieder schien er in seinem Mantel zu schrumpfen. Sein Äußeres veränderte sich dann völlig, verwandelte sich und glich sich dem des Mannes auf dem Titelblatt des Magazins an, das er bei sich trug.

Ich bemerkte es sehr bald, dieses Wunder, noch ehe ich wußte, wer er war, und daß ich überleben würde, daß mein Fieber gesunken war.

Machen Sie sich bitte klar, daß ich nicht geisteskrank oder von Natur aus etwa exzentrisch bin, und ich neige auch nicht zur Selbstzerstörung. Ich war nicht in die Berge gegangen, um zu sterben. Ich hatte es einfach für eine gute Idee gehalten, mich in die totale Einsamkeit meines Hauses oben im Norden zurückzuziehen, ohne Verbindung zur Außenwelt, ohne Telefon, Fax, Fernseher und Elektrizität zu sein. Ich hatte an einem Buch zu arbeiten, das mich seit beinahe zehn Jahren beschäftigte, und in diesem mir selbst auferlegten Exil gedachte ich es zu vollenden.

Das Haus gehört mir, und wie stets war es gut ausgerüstet mit einem großen Vorrat an Tafelwasser, mit Öl und Petroleum für Lampen, schachtelweise Kerzen, Batterien in allen möglichen Stärken, sowohl für Kassettenrecorder als auch für die Laptops, mit denen ich arbeitete, und mit einem enormen Stapel trockener Eichenholzscheite für das Feuer, das während meines gesamten Aufenthalts hier notwendig wäre.

Ich hatte ein paar Medikamente mit, einen Erste-Hilfe-Kasten mit den nötigsten Mittelchen. Ich hatte die einfachen Nahrungsmittel dabei, die man über offenem Feuer kochen kann: Reis, Maismehl, jede Menge Dosen mit ungesalzener Hühnerbrühe, auch ein paar Steigen Äpfel, die für den Winter reichen sollten. Außerdem hatte ich ein, zwei Säcke Yamwurzeln mitgenommen, denn ich hatte herausgefunden, daß man sie, in Folie gewickelt, über dem Feuer rösten konnte. Ich mochte dieses leuchtende Orange der Yamwurzeln. Und Sie können mir wahrhaftig glauben, ich war nicht stolz auf diese spezielle Art von Ernährung und hatte auch nicht vor, darüber in Illustrierten zu referieren. Ich will versuchen, es zu erklären: Ich war der üppigen Speisen einfach überdrüssig, überdrüssig auch der überfüllten New Yorker Restaurants und der glitzernden Partybuffets. Und selbst, daß mich jede Woche irgendein Kollege zu einem wunderbaren Mahl zu sich nach Hause einlud, war ich leid. Ich brauchte neue Energie für Körper und Geist. Ich wollte einfach nur Ruhe und Frieden zum Schreiben und nahm mit, was ich wirklich brauchte. So absonderlich war das nun auch nicht.

Bücher waren schon genug im Haus, denn die alten Holzbalkenwände waren gut isoliert und dann deckenhoch mit Regalen versehen worden. Es gab ein Doppel der wichtigsten Texte, in denen ich auch daheim nachzuschlagen pflegte, und einige Gedichtbände, in denen ich immer und immer wieder mit hingebungsvollem Vergnügen las.

Meine zusätzlichen Computer, klein und handlich, aber mit großer Kapazität – obwohl ich kaum je ein tieferes Verständnis für Festplatten, Bytes, Megabytes und Pentium Prozessoren entwickeln werde – waren schon vorher hier heraufgeschafft worden, zusammen mit einem nachgerade unglaublichen Vorrat an Disketten, auf denen ich mein Werk speichern wollte. Um ehrlich zu sein, ich arbeite hauptsächlich handschriftlich, auf gelbem Kanzleipapier, wie Rechtsanwälte es benutzen; dafür hatte ich Schachteln über Schachteln an Stiften mitgenommen, diese Fineliner mit der schwarzen Tusche.

Es war wirklich alles perfekt vorbereitet.

Hier sollte ich vielleicht einfügen, daß die Welt, die hinter mir zurückblieb, sich noch ein ganz klein bißchen wahnsinniger gebärdete als gewöhnlich.

In den Nachrichtensendungen häuften sich Berichte über die Verhandlung eines schauerlichen Mordfalls, in der ein berühmter Sportler angeklagt wurde, seiner Frau die Kehle aufgeschlitzt zu haben; das war Unterhaltung allererster Güte und elekrisierte nicht nur die Nachrichtensendungen, sondern auch die Talk-Shows, und erst recht dieses seichte, dümmliche, kindische Bindeglied zur realen Welt, genannt U! wie Unterhaltung.

In Oklahoma City war ein Verwaltungsgebäude in die Luft gejagt worden – und nicht etwa von ausländischen Terroristen, sondern, so die Vermutung, von Amerikanern – unseren Landsleuten. Mitglieder einer Milizbewegung nannte man sie, die die Regierung als den gefährlichsten aller Feinde betrachtete. Zwar hatten die Hippies das schon vor Jahren ebenso gesehen, nur daß die sich, genau wie die Protestler gegen den Vietnamkrieg, friedlich auf Eisenbahngleise gelegt hatten oder singend in geschlossenen Reihen durch die Gegend gezogen waren. Doch diese kahlgeschorenen militanten Typen, die sich da gefunden hatten – erfüllt von Untergangsphantasien – töteten ihre eigenen Mitbürger zu Hunderten.

Und dann diese Kämpfe in anderen Ländern, die nachgerade zu einem Spektakel ausgeartet waren. Es verging nicht ein Tag, ohne daß man an die Scheußlichkeiten erinnert wurde, die sich zwischen den Bosniern und den Serben auf dem Balkan abspielten – einer Region, die sich schon seit Jahrhunderten immer wieder aus dem einen oder anderen Grund im Kriegszustand befand. Ich hatte die Übersicht darüber verloren, wer moslemischer, christlicher, russischer Freund oder Verbündeter war. Seit Jahren war der Name Sarajewo ein geflügeltes Wort für die Amerikaner, die vor ihren Bildschirmen saßen. In den Straßen dieser Stadt starben täglich Menschen, darunter auch Männer, die zum UNO-Friedenscorps gehörten.

In den afrikanischen Staaten schmachteten ganze Völker als Ergebnis von Bürgerkriegen und Hungersnöten. Die Bilder hungernder afrikanischer Babies mit aufgedunsenen Bäuchen auf dem Bildschirm zu sehen, war so normal wie die Bierreklame.

Juden und Araber bekämpften sich in den Straßen Jerusalems, Bomben explodierten; wer Protest anmeldete, wurde von den Soldaten erschossen, und Terroristen exekutierten unschuldige Menschen, um den eigenen Forderungen Nachdruck zu verleihen.

In der Ukraine bekriegte der Reststaat der in Auflösung begriffenen Sowjetunion ein Bergvolk, das bisher noch keiner ausländischen Macht nachgegeben hatte. Dort in Schnee und Kälte starben Menschen aus Gründen, die kaum nachvollziehbar waren.

Alles in allem konnte man sagen, daß an Dutzenden von Orten das Leid wütete, daß gekämpft, gestorben und das alles auch noch gefilmt wurde, während die Parlamente der Welt vergebens versuchten, friedliche Lösungen zu finden. Das Jahrzehnt war eine Hochzeit des Krieges.

Dann kam der Tod Esther Belkins, auf den der Skandal um den »Tempel vom Geiste Gottes« folgte. In abgelegenen Niederlassungen der Sekte waren Waffendepots entdeckt worden – Berge von Sprengstoff und Giftgas, getarnt in Hospitälern von New Jersey bis Libyen. Der große Lehrmeister dieser allgemein beliebten, internationalen Sekte – Gregory Belkin – war wahnsinnig.

Wahnsinnige mit großen Träumen hatte es auch schon vor Gregory Belkin gegeben, jedoch mit weit geringeren Geldmitteln versehen. Jim Jones z.B., der mitsamt seinem »Tempel des Volkes« Massenselbstmord im Dschungel von Guayana beging. David Koresh hielt sich für Christus; er verbarrikadierte sich mit einem Teil seiner Anhänger auf einem Gelände in Waco, Texas, wo sie alle in einem Kugelhagel und Feuersturm untergingen.

Der Anführer einer japanischen Sekte war erst vor kurzem angeklagt worden, in den U-Bahnen des Landes unschuldige Mitbürger vergiftet zu haben.

Und die Mitglieder einer Sekte mit dem schönen Namen »Tempel der Sonne« hatten vor einiger Zeit gleichzeitig an drei verschiedenen Orten in Kanada und der Schweiz Massenselbstmorde inszeniert.

Eine allseits bekannte Persönlichkeit hatte als Gast einer Talkshow den Zuschauern Instruktionen für ein Attentat auf den Präsidenten gegeben.

In einem afrikanischen Staat wütete erst kürzlich ein tödliches Virus, das, als die dadurch hervorgerufenen Erkrankungen abflauten, die Weltöffentlichkeit mit der uralten Menschheitsfrage zurückließ, ob das Ende der Welt nahe sein könnte. Denn offensichtlich gab es mehr als drei Unterarten dieses Virus, und unzählige andere, ebenso tödliche Viren lauerten noch in den Regenwäldern unserer Erde. Und immer neue irrwitzige Themen beschäftigten die täglichen Nachrichten und unvermeidlich auch unsere kultiviert geführten Konversationen.

Vor all dem floh ich ebenfalls. Ich floh in die Einsamkeit, in die unschuldige Reinheit des Schnees, suchte die grausame Gleichgültigkeit hoch aufragender Baumriesen und winziger Sternenpunkte am winterlichen Firmament.

Mit meinem Jeep fuhr ich hinauf zu den »Lederstrumpf-Wäldern«, wie man sie zu Ehren J. F. Coopers manchmal nannte, um mich dort während des Winters abzuschotten. Der Jeep hatte ein Autotelefon, damit konnte man, ein wenig Geduld vorausgesetzt, die Außenwelt erreichen. Zuerst wollte ich es ausbauen, doch um ehrlich zu sein, ich bin nicht sehr geschickt, und ich hätte den Wagen bei dem Versuch wahrscheinlich demoliert. Sie sehen, ich bin kein Idiot, nur ein Gelehrter. Ich hatte alles gründlich geplant. Ich war auf die kommenden, schweren Schneefälle gefaßt, gefaßt auch auf den Wind, der heulend in den einzigen, über der runden, zentralen Feuerstelle des Hauses aufragenden Schornstein fahren würde. Den Geruch meiner Bücher, das Eichenholzfeuer, der Schnee, der manchmal in kleinen Flöckchen in die Flammen wirbelte – dies alles liebte ich und brauchte es von Zeit zu Zeit. Und schon manchen vorherigen Winter hatte dieses Haus mir gegeben, wonach ich verlangte.

Am Abend war noch alles wie gewohnt, doch in der Nacht wurde ich von dem Fieber förmlich überrumpelt, und ich erinnere mich nur noch, daß ich das Feuer in der runden Höhlung des Kamins hoch auftürmte, um mich nicht mehr darum kümmern zu müssen. Wann ich das Wasser neben meinem Bett ausgetrunken hatte, weiß ich nicht mehr. Da war ich wohl schon nicht mehr bei vollem Bewußtsein. Ich weiß noch, daß ich zur Tür ging. Und daß es mir dann nicht gelang, sie wieder zu schließen, nachdem ich den Riegel gelöst hatte, dessen kann ich mich auch noch entsinnen. Ich muß wohl versucht haben, den Jeep zu erreichen. Doch die Tür wieder zu verriegeln, war mir offenkundig nicht möglich gewesen. Im Gegenteil, ich hatte lange Zeit mitten im Schnee gelegen, ehe ich mich aus den Klauen des Winters zu befreien und zurück ins Haus zu kriechen vermochte. So kam es mir jedenfalls vor. Ich kann mich daran erinnern, weil mir in dem Moment klar wurde, in welcher Gefahr ich schwebte. Der Weg zurück ins Bett, zurück zur Wärme des Feuers, war unendlich lang und erschöpfte mich völlig. Unter einer dicken Schicht von Woll- und Steppdecken vergraben, trotzte ich dem stürmischen Wind, der sich in das offene Haus stürzte. Ich wußte, daß ich meinen Kopf klarbekommen, daß ich mich irgendwie erholen mußte, sonst würde der Winter früher oder später das Haus endgültig erobern, das Feuer zum Erlöschen bringen und mein Leben dazu – für immer.

Auf dem Rücken ausgestreckt, die Decken bis zum Kinn hochgezogen, schwitzte und fröstelte ich. Ich sah, wie die Schneeflocken zwischen den schrägen Dachbalken tanzten, sah die flammende Pyramide der Holzscheite. Ich roch den angebrannten Topf, als die Suppe darin verkochte. Ich sah, wie der Schnee sich auf meinem Schreibtisch häufte.

Ich rang mich dazu durch, mich aufzurappeln, nickte dann aber doch wieder ein und träumte all die frustrierenden, dummen Träume, die das Fieber erzeugt, wachte abrupt auf, fiel wieder in traumdurchzogenen Schlaf. Die Kerzen waren verlöscht, doch das Feuer brannte noch. Schnee häufte sich inzwischen im Raum, bedeckte meinen Schreibtisch und den Stuhl davor, vielleicht schon das Bett. Einmal leckte ich mir Schnee von den Lippen, das weiß ich noch, denn es schmeckte so gut; und hin und wieder ließ ich Schnee in meinem Mund zergehen, den ich mühsam mit den Händen zusammengescharrt hatte. Ich hatte höllischen Durst. Da waren diese Träume noch besser, als den entsetzlichen Durst zu spüren.

Es muß Mitternacht gewesen sein, als Asrael kam.

Wählte er – aus einem Hang zur Dramatik – diese Stunde? Ganz im Gegenteil. Während er sich durch Schnee und Wind pflügte, hatte er schon aus ziemlicher Entfernung das Feuer hoch oben auf dem Berg gesehen, Funken, die aus dem Schornstein stoben, und ein Licht, das aus der offenen Tür blinkte. Diesem Signal war er entgegengeeilt.

Mein Haus war das einzige weit und breit, und das wußte er. Er hatte es einigen Bemerkungen der Leute entnommen, die ihm offiziell, aber sehr freundlich und taktvoll gesagt hatten, daß ich in den kommenden Monaten nicht zu erreichen sei, daß ich bewußt untergetaucht war.

Ich sah ihn im Augenblick, als er in der Tür erschien. Ich sah die glänzende Masse seines lockigen Haars und das Feuer in seinen Augen. Ich sah die Kraft und Geschmeidigkeit, mit der er die Tür schloß und direkt auf mich zukam.

Ich glaube, ich sagte: »Ich werde sterben.«

»Nein, du wirst nicht sterben, Jonathan«, antwortete er.

Als erstes nahm er die Wasserflasche, hob meinen Kopf an, und ich trank und trank, mein vom Fieber geschüttelter Körper sog das Wasser in sich ein; und dann segnete ich ihn.

»Es ist reine Freundlichkeit, Jonathan«, antwortete er ganz schlicht.

Während er das Feuer wieder anfachte, den Schnee aufwischte, döste ich, doch in meiner Erinnerung steht mir wunderbar klar vor Augen, wie er meine ringsum verstreuten Unterlagen wieder sorgfältig aufsammelte und sich ans Feuer kniete, wo er sie ausbreitete, damit sie trocknen konnten und wenigstens ein Teil des Geschriebenen lesbar blieb.

»Dies ist dein Werk, deine kostbare Arbeit«, sagte er zu mir, als er bemerkte, daß ich ihn beobachtete.

Er hatte den dicken, gefütterten Mantel ausgezogen und war in Hemdsärmeln, was bedeutete, die Kälte konnte uns nichts mehr anhaben. Ich roch, daß die Suppe wieder kochte, Hühnerbrühe im Topf brodelte. Er brachte sie mir in einer irdenen Schale – sie gehörte zu einem Sortiment rustikaler Gegenstände, die ich extra für diese Hütte ausgesucht hatte – und sagte, ich solle trinken, was ich auch gehorsam tat.

Tatsächlich waren es Wasser und diese Brühe, mit denen er mich wieder ins Leben zurückbrachte. Während der ganzen Zeit war ich nicht ein einziges Mal so weit bei mir, daß ich die wenigen Medikamente in dem weißen Erste-Hilfe-Kasten erwähnte. Er benetzte mein Gesicht mit kaltem Wasser, dann wusch er mich langsam und geduldig von oben bis unten, wobei er mich vorsichtig auf die Seite drehte, um frische Laken aufzuziehen. »Jetzt noch einmal etwas Brühe«, sagte er. »Diese Brühe, du mußt sie trinken.« Und auch Wasser, wieder und wieder reichte er mir Wasser.

Ob auch für ihn genug da sei, fragte er. Ich hätte beinahe gelacht. »Aber sicher, mein Freund, trinke nur, so viel du willst.«

Und mit großen, gierigen Schlucken stürzte er es hinunter, wobei er sagte, er brauche nichts sonst, denn abermals hätten sich die Stufen zum Himmel vor ihm in Nichts aufgelöst, und hätten ihn verzweifelt zurückgelassen.

»Mein Name ist Asrael«, sagte er, als er dort an meinem Bett saß. »Sie haben mich ›Hüter der Gebeine‹ genannt«, fuhr er fort, »doch ich bin ein aufrührerischer Geist geworden, ein verbitterter, unverschämter Dschinn.«

Er strich das Magazin, das er mitgebracht hatte, glatt und zeigte es mir. Mein Kopf war jetzt klar. Als ich mich aufrichtete, konnte ich mich auf den göttlichen Luxus eines frischbezogenen Kissens stützen. Asrael sah für mich genausowenig wie ein Geist aus wie jeder andere normale Mann auch; muskulös war er, vor Leben pulsierend, das dunkle Haar auf seinen Handrücken und seinen Unterarmen ließ ihn nur um so vitaler und kräftiger wirken.

Vom Titelblatt des berühmten *time magazine* starrte mich Gregory Belkin an – Esthers Vater – Gründer der Sekte »Tempel vom Geiste Gottes«. Der Mann, der um ein Haar für Millionen Menschen das Verderben gebracht hätte.

»Diesen Mann habe ich getötet«, sagte Asrael. Ich wandte den Kopf, um ihn anzusehen, und da nahm ich zum erstenmal das Wunder wahr. Er wollte, daß ich es sah. Er inszenierte es eigens für mich.

Er hatte seine Größe verringert, wenn auch nur um ein weniges; die Mähne schwarzen, dichtgelockten Haares war verschwunden, er trug den teuren Kurzhaarschnitt eines modernen Geschäftsmannes; selbst sein weites, lose fallendes Hemd war dem höchst konventionellen, untadelig maßgeschneiderten dunklen Anzug gewichen, und er hatte sich ... vor meinen eigenen Augen ... in die Gestalt Gregory Belkins verwandelt.

»Ja«, bekräftigte er. »So sah ich aus an dem Tag, an dem ich die Entscheidung traf, meinen magischen Kräften auf ewig zu entsagen und einen realen Körper anzunehmen, realen Schmerz auf mich zu nehmen. Ich war Gregory Belkins Ebenbild, als ich ihn erschoß.«

Ehe ich etwas antworten konnte, verwandelte er sich abermals, sein Kopf vergrößerte sich ein wenig, die Gesichtszüge wurden ausgeprägter, die Stirn trat stärker und deutlicher hervor, und der weiche, engelhafte Mund ersetzte die dünne Lippenlinie Belkins. Seine glühenden Augen blickten wieder riesig groß unter den dichten, beweglichen Augenbrauen hervor, was sein Lächeln geheimnisvoll und verführerisch erscheinen ließ.

Doch das hier war kein fröhliches Lächeln, kein Humor, nichts Liebliches lag darin.

»Als ich mich dazu entschloß, glaubte ich, ich würde nun auf ewig *so* aussehen«, sagte er und hielt mir abermals das Titelbild des Magazins entgegen. »Ich dachte, ich müßte bis zu meinem Tod in dieser Gestalt bleiben.« Er seufzte. »Der ›Tempel vom Geiste Gottes‹ liegt in Trümmern. Kein Volk wird vernichtet, weder Frauen noch Kinder werden an Giftgas zugrunde gehen. Doch auch ich lebe noch. Ich bin wieder Asrael.«

Ich griff nach seiner Hand. »Du bist ein atmender, lebendiger Mann. Ich weiß nicht, wie du es bewerkstelligst, Gregory Belkins Aussehen anzunehmen.«

»Nein, kein Mann – ein Geist«, gab er zurück. »Und zwar ein so machtvoller Geist, daß er sich den Körper erschaffen kann, den er einst als lebendiger Mensch hatte – aber nun kann er ihn nicht wieder loswerden. Warum tat Gott mir das an? Ich bin nicht ohne Schuld, ich habe gesündigt. Aber warum kann ich nicht sterben?«

Plötzlich hellte ein Lächeln seine Züge auf. Er war fast noch ein Junge, die Lockenpracht bildete einen dunklen Rahmen für seine schmalen Wangen und den schöngeformten, großen Engelsmund.

»Vielleicht wollte Gott nur aus einem Grund, daß ich lebe, nämlich um dich zu retten, Jonathan. Er gab mir meinen ursprünglichen Körper zurück, damit ich diese Berge erklimme und dir all dies erzähle. Du wärst gestorben, wenn ich nicht gekommen wäre.«

»Vielleicht, Asrael«, sagte ich.

»Du schläfst jetzt besser«, sagte er. »Deine Stirn ist kühl. Ich werde warten und auf dich aufpassen; und wenn du siehst, daß ich mich von Zeit zu Zeit wieder in diesen anderen Mann verwandle, bedeutet das nur, daß ich herauszufinden versuche, wie schwer mir die Verwandlung mit jedem neuen Versuch wird. Meine Gestalt zu ändern – auf Geheiß des Magiers, der mich aus den Gebeinen heraufbeschwören konnte –, hatte mich bisher nie sonderlich viel Mühe gekostet, genausowenig, wie Illusionen zu erzeugen, um die Feinde meines jeweiligen Meisters zu irritieren, oder die, die er berauben oder betrügen wollte. Doch nun fällt es mir schwer, als etwas anderes zu erscheinen als der junge Mann, der ich einst war, als alles begann; als ich ihre Lügen schluckte; als ich zu diesem Geist wurde – und nicht etwa zu einem Märtyrer, wie sie es mir versprochen hatten. Liege jetzt still, Jonathan, schlafe. Deine Augen sind klar und deine Wangen haben wieder Farbe.«

»Gib mir nur noch einen Schluck von der Brühe«, bat ich. Das tat er.

»Asrael, ohne dich wäre ich jetzt *wirklich* tot.«

»Ja, wenigstens das ist wahr, oder? Aber ich sage dir, ich hatte diesmal tatsächlich schon den Fuß auf den Stufen zum Himmel, ich stand schon darauf, als ich jene Entscheidung traf, und ich glaubte, wenn alles vorüber, wenn die Sekte zerstört wäre, würden die Stufen wieder erscheinen – für mich. Die Chassidim sind rein und schuldlos, sie sind gut. Doch ihre Kämpfe müssen sie Ungeheuern wie mir überlassen.«

»Guter Gott«, sagte ich. Gregory Belkin. Ein wahnwitziger Plan. Ich konnte mich bruchstückhaft erinnern ... »Und dann war da dieses schöne Mädchen«, murmelte ich. Er setzte die Tasse mit der Brühe nieder und wischte mir Gesicht und Hände ab. »Sie hieß Esther.«

»Ja.«

Er schlug die wellige, feuchte Zeitschrift für mich auf. Sie begann in dem warmen Raum zu trocknen, und das Papier wölbte sich beulig auf. Ich erkannte die berühmte Fotografie, Esther Belkin, kurz bevor sie starb. Mitten auf der Fifth Avenue lag sie auf einer Trage, die gerade in das Ambulanzfahrzeug geschoben werden sollte. Dieses Mal jedoch wurde mein Blick von einer Gestalt auf dem Foto angezogen, die ich zwar schon vorher wahrgenommen hatte, ja, in einer Fernsehübertragung und auch auf dem stärker vergrößerten Titelfoto der gleichen Szene; doch hatte ich der Gestalt bisher keine Beachtung geschenkt. Jetzt erst sah ich den jungen Mann wirklich, der neben der Trage stand und, wie in tiefstem Kummer um Esther, die Hände an die Schläfen gepreßt hielt. Ein junger Mann, auf dem Foto verschwommen und undeutlich wie auch die anderen herandrängenden Personen, nur die dichten, schöngeschwungenen Augenbrauen und die schwere Mähne schwarzen, lockigen Haares fielen auf.

»Das bist du«, sagte ich. »Asrael, das bist du dort auf dem Foto.«

Er war unaufmerksam, antwortete nicht. Tippte nur mit dem Finger auf das Foto. »Sie starb dort. Esther, seine Tochter.«

Ich erzählte ihm, daß ich sie gekannt hatte, zu einer Zeit, als die Sekte noch, von Widersprüchen geprägt, in den Kinderschuhen steckte, und noch nicht festgefügt und unermeßlich groß und unermüdlich tätig war. Esther war eine gute Studentin gewesen, ernsthaft, bescheiden, lebhaften Geistes.

Er sah mich lange an. »Sie war ein süßes, liebes Mädchen, nicht wahr?«

»Ja, genau so. Ganz anders als ihr Stiefvater.«

Er tippte auf die undeutliche Gestalt auf dem Foto, die ihn selbst darstellte. »Ja, der Geist, der Hüter der Gebeine«, sagte er. »So war ich in meinem Kummer also sichtbar. Ich werde nie erfahren, wer mich rief. Vielleicht hat ihr Tod das bewirkt, die dunkle, schreckliche Schönheit dieses Todes. Ich werde es nie wissen. Aber du siehst und fühlst doch auch, daß ich, der ich früher nur wie wabernder Nebel war, nun einen festen Körper habe. Gott hat mich in mein ursprüngliches Fleisch gekleidet; er macht es mir zusehends schwerer, mich in Luft, in Nichts aufzulösen und mich wieder zu einem Körper zusammenzufügen. Was soll nur aus mir werden, Jonathan? Da ich in dieser scheinbar menschlichen Gestalt stärker und stärker verankert bin, fürchte ich, ich *kann* gar nicht mehr sterben. Niemals.«

»Asrael, du mußt mir alles erzählen.«

»Alles? Oh, Jonathan, nichts sehnlicher als das.«

Asrael hatte mir meinen warmen Bademantel und meine ledernen Handschuhe herausgesucht, und schon bald war ich fähig, ohne Schwindelgefühle umherzugehen. Und nach einer weiteren Stunde spürte ich Hunger. Es ging wohl gegen Morgen, als ich einschlief, und als ich am späten Nachmittag wieder erwachte, war ich wieder ganz der alte, mit klarem Kopf und aufmerksam. Und das Haus war nicht nur ein vom Kaminfeuer durchwärmter, sicherer Hort, sondern auch heimelig, denn Asrael hatte ein paar dieser dicken Stumpenkerzen entzündet, so daß die Ecken des Raumes in einem dunstigweichen, unaufdringlichen Licht schimmerten.

»Ist es so richtig?« fragte er sanft.

Ich bat ihn, noch einige Kerzen aufzustellen und zusätzlich die Petroleumlampe auf meinem Schreibtisch anzuzünden. Er hatte keinerlei Schwierigkeiten damit. Streichhölzer und Feuerzeug betrachtete er nicht als unerklärliche Wunder. Er drehte den Lampendocht hoch und stellte zwei weitere Kerzen auf die Marmorplatte des Nachttischchens. Der Raum mit seinen verschlossenen Fensterläden und Türen war in weiches, gleichmäßiges Licht getaucht. Der Wind heulte im Kamin. Wieder schoß ein Flockenwirbel herab und verdampfte in der Hitze des Feuers. Der Sturm hatte nachgelassen, aber es fiel immer noch Schnee. Der Winter schloß uns ein.

Und niemand würde kommen, uns stören, niemand uns ablenken.

Ich betrachtete Asrael mit lebhaftem Interesse. Ich war glücklich. Außergewöhnlich glücklich.

Dann zeigte ich ihm, wie man Cowboy-Kaffee kocht, indem man einfach den gemahlenen Kaffee in den Wassertopf schüttet. Ich liebte den Duft dieses Kaffees so sehr, daß ich Unmengen davon trank. Obwohl Asrael kochen wollte, richtete ich selbst die Zutaten für ein kräftiges Mahl; dabei zeigte ich ihm die kleinen Päckchen und Tüten, deren Inhalt man nur noch in kochendes Wasser einrühren mußte, um einen kräftigen, leckeren Eintopf zu bekommen.

Er beobachtete mich beim Essen, sagte jedoch, er wolle selbst nichts.

Ich drängte ihn, den Eintopf zu probieren. »Warum willst du nicht?« fragte ich ihn.

»Mein Körper würde ihn nicht vertragen, er ist nicht menschlich«, antwortete er. »Ich sagte es dir bereits.«

Er stand auf und ging langsam zur Tür. Ich dachte schon, er würde sie öffnen und so den Sturm einlassen, und zog in Erwartung des eisigen Windes die Schultern hoch. Ihn zu bitten, die Tür geschlossen zu halten, zog ich nicht einmal in Erwägung. Wenn er den Schnee sehen wollte, würde ich ihm das, nach allem, was er für mich getan hatte, nicht verwehren.

Doch statt dessen hob er die Arme, und trotz der verschlossenen Tür kam ein heftiger Wind auf. Asraels Gestalt verblaßte, schien einen Moment lang wie ein Wirbel vermengter Farben und Texturen in der Luft zu stehen und verschwand dann.

Fasziniert sprang ich von meinem Platz bei dem Feuer auf, die Schüssel hielt ich noch in einer verzweifelt kindlichen Geste an die Brust gepreßt.

Der Wind legte sich. Asrael war nirgends zu sehen, und dann erhob sich der Wind abermals, diesmal heiß, wie der Gluthauch eines Backofens.

Asrael stand auf der anderen Seite der Feuerstelle und schaute mich an. Trug immer noch das weiße Hemd und die dunkle Hose, und unter dem offenen Hemdkragen kräuselte sich immer noch das dichte, schwarze Brusthaar wie zuvor.

»Werde ich nie *nefesh* sein?« stöhnte er. »Das bedeutet Körper und Seele sind eins.«

Ich kannte das hebräische Wort.

Ich drückte ihn auf einen Stuhl nieder. Er murmelte, Wasser könne er trinken. Alle Geister könnten das, sagte er, und außerdem sögen sie den Duft der Opfergaben ein, und aus dem Grund würden bei den alten Kulturen Trankopfer erwähnt, und Weihrauch, Brandopfer und der von den Altären aufsteigende Rauch. Dann trank er das Wasser, das ich ihm reichte, und das schien ihn ein wenig zu beruhigen.

Er lehnte sich in seinem Stuhl zurück – einem von meinen rissigen, brüchigen Ledersesseln –, ohne die abgenutzte, verschlissene Oberfläche zu beachten. Er legte die Füße auf den steinernen Rand der Feuerstelle, dabei sah ich, daß seine Schuhe noch naß waren.

Ich beendete meine Mahlzeit, räumte das Geschirr ab und setzte mich dann mit Esthers Bild in der Hand zu ihm.

Um diesen runden Kamin hätten sechs Leute sitzen können; wir beide saßen nun dicht beisammen, sehr dicht, er mit dem Rücken zum Schreibtisch, die Tür im Hintergrund, ich vor der wärmeren, dämmrigen Zimmerecke in meinem Lieblingssessel mit den ausladend gerundeten Armlehnen und den durchsackenden Sprungfedern, der mit Wein- und Kaffeeflecken übersät war.

Ich betrachtete Esthers Bild, das die halbe Zeitungsseite einnahm, und darunter die wieder aufgerührte Geschichte von ihrem Tod, die wegen Gregory Belkins Untergang nochmals hervorgekramt worden war.

»Er hat sie getötet, nicht wahr?« fragte ich. »Das war der erste Anschlag.«

»Ja«, antwortete Asrael.

Es erstaunte mich, daß seine Augenbrauen so dicht und schön geschwungen und düster brütend waren und sein Mund doch so weich wirkte, als er jetzt lächelte.

Es gab kein Double, das an Esthers Statt starb. Belkin tötete seine eigene Stieftochter.

»Weißt du, in dem Augenblick trat ich in Erscheinung«, fuhr Asrael fort, »das war der Moment, der mich der Dunkelheit entriß, als habe mich der Meister aller Beschwörer gerufen – nur daß da kein Meister war. Ich erschien in meiner vollständigen Gestalt, hastete eine New Yorker Straße entlang, nur um Zeuge ihres Sterbens, dieses grausamen Sterbens zu werden, und um die zu töten, die Esther getötet hatten.«

»Du meinst diese drei Männer? Die drei, die Esther Belkin erstochen hatten?«

Darauf antwortete er nicht. Es fiel mir wieder ein: Die drei Kerle waren mit ihren eigenen Eispickeln getötet worden, nur eineinhalb Straßen entfernt vom Tatort. An dem Tag hatten sich die Menschenmassen auf der Fifth Avenue so dicht gedrängt, daß kein Mensch auf die Idee kam, der Tod dieser drei Schurken könne mit dem Mord an dem Mädchen zusammenhängen, das in Henri Bendels Modesalon starb. Erst am Tag danach verrieten die Eispickel ihre blutige Geschichte, denn an allen dreien klebte Esthers Blut, doch an einem noch zusätzlich das der Handlanger Belkins. Jemand hatte sie mit ihrer eigenen Waffe niedergemacht.

»Ich dachte damals, das gehöre mit zu Belkins Plan«, sagte ich. »Er behauptete doch, sie sei von Terroristen getötet worden, und ich dachte, die Killer wiederum ließ er erledigen, um seiner Lüge Glaubwürdigkeit zu verleihen.«

»Nein, er wollte, daß die Killer davonkamen, damit der Hinweis auf Terroristen glaubwürdiger war. Doch ich materialisierte mich, und ich tötete sie.« Er schaute mich an. »Esther hat mich gesehen, bevor sie starb, sie sah mich durch das Fenster des Krankenwagens, mit dem man sie fortbrachte, und sie sagte meinen Namen, ›Asrael‹.«

»So hat sie dich also gerufen.«

»Nein, sie hatte keine Zauberkraft; sie kannte die Formeln nicht. Und die Gebeine, deren Sklave ich war, hatte sie nicht in ihrem Besitz.«

Er sackte in dem Sessel zusammen. Schweigend schaute er in die Flammen, seine Augen mit den dichten, gebogenen Wimpern blickten wild, die kraftvoll geformte Stirn und die energische Linie seines Kiefers traten deutlich hervor.

Nach geraumer Zeit warf er mir ein absolut strahlendes, jungenhaftes Lächeln zu. »Dir geht es wieder gut, Jonathan. Du bist fieberfrei.« Er lachte.

»Ja«, stimmte ich zu. In meinen Sessel zurückgelehnt, genoß ich die trockene Wärme des Raumes, den Duft der brennenden Eichenscheite. Ich leerte den Kaffeebecher so weit, daß ich den Kaffeesatz zwischen den Zähnen spürte, dann stellte ich ihn auf dem Rand der kreisrunden Feuerstelle ab. »Darf ich aufzeichnen, was du mir erzählst?« fragte ich.

Wieder leuchtete sein Gesicht auf. Mit dem Enthusiasmus eines Knaben beugte er sich in seinem Sessel vor, die kräftigen Hände auf den Knien. »Würdest du das tun? Würdest du aufschreiben, was ich erzähle?«

»Ich habe einen Apparat, der sich jedes Wort merkt.«

»O ja, ich weiß, was du meinst.« Er lächelte zufrieden und legte den Kopf in den Nacken. »Du mußt nicht denken, ich sei ein etwas schwachsinniger, verwirrter Geist, Jonathan. Schwachsinnig war der ›Hüter der Gebeine‹ nie. Man hat mich dereinst zu einem sehr machtvollen Geist gemacht, das, was die Chaldäer wohl einen Dschinn nannten. Einmal als Geist erstanden, wußte ich alles, was man nur wissen konnte – über die Epoche, die Sprachen, die Eigenarten aller Länder nah und fern –, alles was ich wissen mußte, um meinem Meister dienen zu können.«

Ich unterbrach ihn. »Laß mich zuerst den Recorder aufstellen«, bat ich.

Es war herrlich, aufzustehen, ohne daß es sich in meinem Kopf drehte, ohne daß es in meiner Brust schmerzte und ohne die verschwommene Sicht, die das Fieber erzeugt.

Ich stellte zwei Geräte auf, was ich mir angewöhnt hatte, seit mir durch einen nicht funktionierenden Recorder einmal Aufzeichnungen verloren gegangen waren. Ich überprüfte die Batterien, kontrollierte, ob der Rand der Feuerstelle nicht zu heiß für die Geräte war, dann legte ich eine Kassette ein und sagte: »Erzähle.«

Ich drückte die Aufnahmeknöpfe, um die beiden kleinen elektronischen Ohren zum Leben zu erwecken. »Und ich möchte folgendes voranstellen: Du scheinst mir ein junger Mann zu sein, nicht älter als zwanzig. Deine Brust und deine Arme sind mit dunklem, kräftigen Haar bedeckt, deine Haut ist olivbraun, und dein Kopfhaar glänzt so gesund, daß es den Neid jeder Frau erwecken könnte.«

»Oh, sie berühren es gern«, sagte er mit einem aufreizenden Lächeln.

»Und ich vertraue dir«, sprach ich in den Recorder. »Ich vertraue dir, du hast mir das Leben gerettet. Ich traue dir, obwohl ich nicht weiß, weshalb, denn ich habe mit meinen eigenen Augen gesehen, wie du dich in einen anderen Mann verwandelt hast. Wahrscheinlich werde ich bald glauben, ich hätte das alles nur geträumt. Ich habe gesehen, wie du verschwunden und gleich darauf wieder aufgetaucht bist. Auch das werde ich sicher bald nicht mehr wahrhaben wollen. Und doch möchte ich auch dies festgehalten wissen, durch den Schriftgelehrten, durch Jonathan.

Nun können wir mit deiner Geschichte beginnen, Asrael. Vergiß diesen Raum, diese Zeit. Fang für mich bitte ganz von vorn an. Erzähle mir, was ein Geist alles weiß, wie ein Geist entsteht, woran ein Geist sich angesichts allen Lebendigen erinnert. Aber nein ...« Ich brach ab, ließ das Band zurücklaufen. »Das war alles ganz falsch, der größte Fehler überhaupt.«

»Was für ein Fehler?« fragte er.

»Du willst etwas erzählen, also solltest auch du allein sprechen.«

»Mein freundlicher Lehrer, wir sollten etwas zusammenrücken. Schiebe die Sessel dichter nebeneinander und stelle die Recorder näher zu uns, so daß wir nicht so laut sprechen müssen. Aber es macht mir nichts aus, auf deine Art zu beginnen. Ich möchte es sogar. Ich will, daß alles offenbar wird, wenigstens für uns beide.«

Wir setzten uns seinem Vorschlag entsprechend nieder, so daß die Lehnen unserer Sessel zusammenstießen. Ich machte eine Bewegung, als wolle ich seine Hände ergreifen, und er zog sie nicht zurück. Sein Handschlag war fest und warm. Und als er wiederum lächelte, ließ die Bewegung seiner Brauen dies fast schelmisch erscheinen. Doch das lag nur an seinem Gesichtsschnitt – an diesen Brauen, die sich an ihrem Scheitelpunkt wie drohend senkten, um dann, bevor sie sich über der Nasenwurzel trafen, sanft zur Stirn emporzuschwingen. Solche Augenbrauen geben ihrem Besitzer den Anschein, als schaue er von einem geheimnisvollen Beobachtungspunkt auf uns herab, und sie lassen ein Lächeln um so strahlender wirken.

Asrael nahm einen großen Schluck von dem Wasser.

»Ist dir das Feuer auch angenehm?« fragte ich ihn.

Er nickte. »Aber noch besser ist es, es zu betrachten.«

Dann sah er mich an. »Vielleicht vergesse ich mich während meiner Erzählung. Möglicherweise verfalle ich in Aramäisch oder Hebräisch. Vielleicht auch Persisch oder Griechisch oder Latein. Dann sorge dafür, daß ich schnell wieder zu deiner Sprache zurückkehre, zum Englischen.«

»Ja, das werde ich«, gab ich zurück. »Aber ich habe meine mangelnden Sprachkenntnisse noch nie so bedauert wie jetzt. Hebräisch könnte ich verstehen, auch Latein, aber bestimmt nicht Persisch.«

»Da gibt es nichts zu bedauern«, sagte er. »Vielleicht hast du die Zeit genutzt, um die Sterne oder den Schneefall zu betrachten, oder hast dich im Liebesspiel verloren.

Ich sollte die Sprache sprechen, die ein Geist zu sprechen hat. Ein Dschinn spricht die Sprache seines Meisters oder die der Menschen, unter denen er sich auf Geheiß seines Meisters zu bewegen hat – also ist es deine Sprache; denn ich bin nun mein eigener Meister, und ich habe also diese Sprache für uns gewählt. Das sollte genügen.«

Wir waren bereit. Wenn dieses Haus je wärmer oder anheimelnder gewesen war, wenn ich je die Gesellschaft einer Person mehr genossen hatte, so konnte ich mich im Moment nicht daran erinnern. Ich wollte nur eins, mit ihm zusammen sein und mit ihm reden, und in meinem Herzen fühlte ich schon jetzt ein kleines, schmerzhaftes Stechen, das mir sagte, wenn er seine Geschichte beendet haben würde, wenn diese Nähe zwischen uns wie auch immer zu einem Ende gekommen war, würde nichts mehr für mich so sein, wie es vorher einmal gewesen war.

Und wirklich, für mich sollte danach nichts mehr so sein wie es war. Er begann mit seiner Erzählung.

2

»Ich hatte keinerlei Erinnerung an Jerusalem«, erzählte Asrael. »Ich war nicht dort geboren worden. Meine Mutter war noch ein Kind, als sie und ihre Familie mit dem gesamten Stamm von den Truppen Nebukadnezars verschleppt wurden. Ich wurde in Babylon geboren, in eine wohlhabende hebräische Familie, eine Familie mit zahllosen Tanten und Onkeln und Vettern und Cousinen, und alle waren sie reiche Kaufleute oder Schriftgelehrte, hin und wieder war ein Prophet, ganz selten auch ein Sänger oder Tänzer oder Page bei Hofe darunter.

Natürlich«, sagte er amüsiert lächelnd, »weinte ich tagtäglich um Jerusalem. Ich sang das Lied ›Wenn ich deiner je vergesse, oh, Jerusalem, möge meine rechte Hand verdorren.‹ Und in alle Morgen- und Abendgebete schlossen wir die Bitte an den Herrn ein, uns in unser Land zurückzuführen.

Aber im Grunde genommen muß ich sagen, daß Babylon mein ganzes Leben ausmachte. Als ich zwanzig war und mir die erste große – soll ich sagen: Tragödie? – meines Lebens widerfuhr, waren mir die Gesänge und die Götter Babylons ebenso vertraut wie das Hebräische und wie die Psalmen Davids, die ich Tag für Tag kopierte, oder das Buch Samuel oder die anderen Texte, über denen die meisten meiner Familie brüteten.

Wir führten ein herrschaftliches Leben. Doch ehe ich auf mich – auf meine Lebensumstände sozusagen – weiter eingehe, will ich dir von Babylon erzählen. Ich will singen das Lied Babylons in einem fremden Lande. Da ich kein Wohlgefallen vor den Augen des Herrn finde – sonst wäre ich jetzt nicht hier –, kann ich wohl meine Lieder nach eigenem Gefallen wählen, was meinst du?«

»Ich will alles erfahren«, sagte ich ernst. »In welcher Form, das kannst du selbst bestimmen. Laß die Worte einfach aus dir hervorströmen. Du mußt sie nicht sorgfältig abwägen, oder? Sprichst du hier zu Gott, unserem Herrn, oder sprichst du nur über dein Leben?«

»Gute Frage. Ich will die Geschichte in meinen eigenen Worten erzählen, und du sollst sie so festhalten, darum bin ich hier. Ja! Ich werde also wüten und heulen und Gott schmähen, wenn mir danach ist. Ich werde reden wie ein Wasserfall. So rede ich übrigens ständig. Meine Familie hatte schon damals große Mühe, meinen Redefluß zu stoppen.«

Jetzt sah ich ihn zum erstenmal wirklich unbeschwert und herzlich lachen, ein Lachen, das er so mühelos zustande brachte wie Atmen, ein zwangloses, ganz und gar nicht selbstgefälliges Lachen.

Er musterte mich eindringlich. »Es überrascht dich, daß ich lache, Jonathan? Ich glaube, Lachen gehört zu den wesentlichen Charakterzügen von Geistern, von geistigen Projektionen, auch von so machtvollen, wie ich eine bin. Hast du die Darstellungen der alten Gelehrten durchforscht? Geister sind berühmt für ihr Gelächter. Heilige lachen und Engel auch. Ich denke, Lachen ist ein Bestandteil der himmlischen Klänge. Glaube ich. Ich weiß es nicht genau.«

»Vielleicht fühlt man sich dem Himmel nahe, wenn man lacht«, schlug ich vor.

»Vielleicht«, stimmte er zu. Sein breiter, engelhafter Mund war wirklich schön. Durch einen kleineren Mund hätte sein Gesicht leicht babyhaft gewirkt. Doch mit diesem großzügig geschnittenen Mund, den dichten schwarzen Brauen und den großen lebhaften Augen war er ziemlich bemerkenswert.

Auch er betrachtete mich aufs neue eingehend, als habe er die Fähigkeit, in meinen Gedanken zu lesen.

»Mein gelehrter Freund«, sagte er, »ich habe alle von dir verfaßten Bücher gelesen. Deine Studenten lieben dich, nicht wahr? Aber die alten Chassidim sind von deiner Auslegung der biblischen Schriften ziemlich geschockt, oder?«

»Sie ignorieren mich. Für die bin ich inexistent«, antwortete ich. »Aber Tatsache ist – meine Mutter gehörte zu den Chassidim, und deshalb habe ich vielleicht ein klein wenig Einsicht in diese Dinge, was ganz hilfreich sein könnte.«

Ich war mir inzwischen darüber klar, daß ich ihn mochte, was immer er auch getan hatte; ich mochte ihn um seiner selbst willen – diesen jungen Mann von, wie er selbst gesagt hatte, zwanzig Jahren.

Und obwohl ich immer noch durch das Fieber und auch durch sein Erscheinen und seine Tricks ziemlich außer Gefecht gesetzt war, gewöhnte ich mich doch allmählich an seine Gegenwart.

Er verharrte einige Minuten, offensichtlich in Grübeln versunken, dann begann er:

»Babylon«, sagte er. »Babylon! Nenne mir nur den Namen einer Stadt, deren Klang, deren Berühmtheit sich mit Babylon messen kann. Das kann nicht einmal Rom, sage ich dir. Und Rom gab es zu jener Zeit noch nicht. Babylon war der Mittelpunkt der Welt. Es wurde von den Göttern erbaut, als ihr Tor zur Welt. Schon unter Hammurabi war es eine großartige Stadt. In Babylons Häfen legten nicht nur ägyptische Schiffe an, sondern die aller Seevölker, selbst aus Dilmun kamen sie. Ich war ein vom Glück gesegnetes Kind Babylons.

Ich habe mich eigens auf den Weg gemacht, um mir anzusehen, was heute noch davon steht, im Irak. Ich habe die von Saddam Hussein, diesem Tyrannen, wieder aufgebauten Mauern betrachtet. Ich habe die von Sand bedeckten Hügel gesehen, die die Wüste sprenkeln, unter ihnen liegen die antiken Städte und Ortschaften, einst assyrisch, babylonisch, judäisch.

Ich bin in Berlin im Museum gewesen, und mir kamen die Tränen, als ich sah, wie euer Archäologe Koldewey das mächtige Tor Ischtars und die Straße der Prozessionen nachempfunden hat.

Oh, mein Freund, wie es war, auf dieser Straße zu gehen! Was es bedeutete, den Blick über diese schimmernden Mauern aus blauglasierten Ziegeln gleiten zu lassen, was es hieß, an den goldenen Drachen Marduks vorbeizuschreiten!

Aber selbst wenn du diese alte Prozessionsstraße in ihrer ganzen Länge und Breite unter deinen Füßen gespürt hättest, es wäre nur eine kleine Kostprobe dessen gewesen, was Babylon wirklich war. Alle Straßen der Stadt waren eben, viele mit Kalkstein und rotem Sandstein gepflastert. Wir lebten an einem Ort, der aus Halbedelsteinen zusammengesetzt schien. Stell dir eine Stadt vor, die über und über in den schönsten Farben glasiert und emailliert ist, stell dir all die Gärten dort vor. Der Gott Marduk habe die Stadt mit eigenen Händen erbaut, so sagte man, und wir glaubten es. Früh schon übernahm ich die babylonischen Bräuche, und du weißt ja, jedermann dort hatte einen Gott für sich, sozusagen einen persönlichen Gott. Man betete zu ihm und bat ihn um dieses oder jenes. Das tat ich den

Babyloniern nach, und ich wählte ausgerechnet Marduk als meinen persönlichen Gott.

Du kannst dir wohl die Aufregung vorstellen, als ich eines Tages mit einer kleinen goldenen Statuette Marduks in der Hand nach Hause kam und sogar zu ihr sprach, genau wie ein echter Babylonier. Doch im Endeffekt lachte mein Vater nur. Das war so typisch für meinen schönen, naiven Vater. Er warf den Kopf in den Nacken und intonierte mit seiner wundervollen Stimme ›Jahwe ist unser Gott, der Gott deiner Väter, der Gott Abrahams und Isaaks und Jakobs.‹ Das brachte sofort einen meiner Onkel auf den Plan: ›Und was ist das da für ein Götzenbild in seiner Hand?‹ ›Ein Spielzeug‹, sagte mein Vater. ›Soll er damit spielen! Asrael, wenn dir dieser ganze abergläubische babylonische Krempel zum Hals heraushängt, zerbrich das Ding. Oder verkaufe es. Unseren Gott kannst du nicht zerbrechen, denn unser Gott besteht nicht aus Gold oder kostbarem Metall. Er hat auch keinen Tempel. Er ist erhaben darüber.‹

Ich nickte, ging in mein Zimmer, einen großen Raum, ausgestattet mit seidenen Kissen und Vorhängen – ich komme noch darauf zurück, weshalb –, legte mich nieder und, na ja, ich fing einfach an, mit Marduk zu sprechen, und ich bat ihn, mein Schutzpatron zu sein.

Genau so machen es die Amerikaner heutzutage, in diesem Zeitalter, mit ihrem Schutzengel. Ich weiß nicht, ob viele Babylonier diese Sache mit dem persönlichen Gott so ernst nahmen wie ich. Du kennst doch das alte Sprichwort: ›Wenn du vorausplanst, ist ein Gott an deiner Seite.‹ Na, was heißt das denn?«

Ich sagte: »Die Babylonier waren eher praktisch veranlagt als abergläubisch, nicht wahr?«

»Jonathan, sie waren genau wie die Amerikaner von heute. Ich kenne kein Volk, das den alten Sumerern und Babyloniern ähnlicher wäre. Geschäftemachen war alles, aber jedermann holte sich vorher Rat bei Astrologen, redete von Magie und beschäftigte sich damit, böse Geister auszutreiben. Die Leute hatten Familie, sie aßen, tranken, mühten sich, strebten mit allen Mitteln nach Erfolg, und doch plapperten sie fortwährend von Glück, Zufall. Zwar reden die Amerikaner heutzutage nicht mehr von Dämonen, doch statt dessen benutzen sie gebetsmühlenartig Begriffe wie ›negatives Denken‹ oder ›selbstzerstörerische Vorstellungen‹ oder ›mangelndes Selbstbewußtsein‹. Es gibt eine Menge Gemeinsamkeiten zwischen Amerikanern und Babyloniern, eine Menge. Ich glaube fast, daß ich hier in

Amerika das gefunden habe, was Babylon am nächsten kommt, im positiven Sinne. Wir waren nicht die Sklaven unserer Götter! Und auch keines anderen Sklaven.

Aber wie bin ich darauf gekommen? Marduk, mein ganz persönlicher Gott. Ich betete ständig zu ihm. Ich bot ihm Opfergaben dar, wenn keiner hinsah; du weißt schon, Weihrauchbröckchen etwa. Ich errichtete einen kleinen Altar in einer Nische in der dicken Ziegelwand meines Zimmers, und davor goß ich einige Tropfen Honig und Wein für ihn aus. Aber es kümmerte sich niemand groß darum. Doch dann begann Marduk, mir zu antworten. Ich weiß nicht genau, wann er das erste Mal reagierte, ich glaube, da war ich noch ziemlich jung. Ich pflegte irgend etwas Nichtiges zu ihm zu sagen wie: ›Sieh nur, meine kleinen Brüder toben wieder wild herum, und mein Vater lacht nur, als sei er einer von ihnen, und ich muß mich hier um alles kümmern!‹ Und Marduk lachte. Ich sagte ja schon, daß Geister lachen können. Und dann antwortete er wohl etwas Nettes wie: ›Du kennst doch deinen Vater. Er tut, was du ihm sagst, großer Bruder.‹ Er hatte eine sanfte Stimme, die Stimme eines Mannes. Doch erst als ich schon beinahe neun Jahre war, begann er, mir Fragen ins Ohr zu flüstern, und dann waren es meistens schlichte, kleine Rätsel und Scherze und Neckereien über Jahwe. Er wurde es nie leid, mich mit Jahwe aufzuziehen, mit diesem Gott, der es vorzog, in einem Zelt zu leben und es vierzig Jahre lang nicht fertiggebracht hatte, sein Volk aus einem mickrigen Stück Wüste herauszuführen. Er brachte mich zum Lachen. Und obwohl ich versuchte, Respekt zu zeigen, ging ich doch zusehends vertraulicher mit ihm um, und sogar großmäulig und ein bißchen frech.

›Warum erzählst du all diesen Unsinn nicht Jahwe selbst, da du doch ein Gott bist?‹ fragte ich ihn. ›Lade ihn ein in deinen phantastischen, goldgefüllten Tempel, der geschmückt ist mit Hölzern aus den Zedern des Libanon.‹ Und Marduk antwortete dann schlagfertig: ›Was? Mit deinem Gott sprechen? Niemand kann das Antlitz deines Gottes ansehen, ohne zu sterben! Was willst du mir zumuten? Was ist, wenn er sich in eine Feuersäule verwandelt, wie damals, als er euch aus Ägypten führte … ho, ho, ho … und er meinen Tempel zerschmettert und ich dann am Ende in einem Zelt herumgeschleppt werde, genau wie er?‹

Eigentlich dachte ich über all dies kaum nach, bis ich etwa elf war. Erst da ging mir auf, daß nicht alle Leute die Stimme ihres persönlichen Gottes hörten, und auch folgendes wurde mir da klar: Ich mußte Marduk nicht ansprechen, damit er sich mit mir unterhielt. Das Gespräch konnte durchaus von ihm ausgehen, und das manchmal zu einem höchst unpassenden Zeitpunkt. Er hatte auch durchaus ein paar tolle Ideen auf Lager; er schlug zum Beispiel vor: ›Laß uns in das Töpferviertel gehen, oder zum Marktplatz.‹ Was wir dann auch taten.«

»Asrael, einen Augenblick«, unterbrach ich ihn. »Wenn das geschah, sprachst du dann zu der Statuette Marduks oder trugst du sie bei dir?«

»Nein, das war nicht nötig. Weißt du, dein persönlicher Gott war immer bei dir. Das Götzenbild zu Hause, nun, das bekam den Weihrauch, ja, ich schätze, man könnte sagen, der Gott fuhr nur in das Bild, um den Duft des Weihrauchs zu riechen. Ansonsten war er einfach immer um mich. Ich folgte sogar, was dumm genug war, der Gewohnheit der Babylonier und drohte Marduk manchmal ... ich sagte etwa: ›Höre, was bist du für ein Gott, wenn du mir nicht helfen kannst, den Halsschmuck meiner Schwester zu finden! Du wirst von mir keinen Weihrauch mehr bekommen!‹ So machten es die Babylonier; wenn etwas schiefging, brüllten sie den Gott wütend an und schnauzten: ›Wer betet häufiger zu dir als ich? Warum erfüllst du meine Wünsche nicht? Wer sonst würde dir Trankopfer darbringen?‹«

Asrael lachte abermals. Ich dachte mir meinen Teil zu diesem Verhalten, das mir als Historiker nicht fremd war, aber ich lachte gleichfalls und sagte: »Die Zeiten haben sich gar nicht so sehr geändert, glaube ich. Katholiken können ganz schön sauer werden, wenn ihre Heiligen nicht den Erwartungen entsprechen. Und ich glaube, es war in Neapel, wo die Leute in der Kirche aufsprangen und schrien: ›Du Dreckskerl von einem Heiligen!‹, weil ein dort verehrter Heiliger sein jedes Jahr fälliges Wunder nicht vollbrachte. Aber wie tief sitzen diese Überzeugungen wirklich?«

»Irgendwie bedingt sich das wohl gegenseitig«, antwortete Asrael. »Weißt du, das ist vielschichtig, ein Strang aus vielen verschiedenen Fäden. Und die Wahrheit ist: Der Gott braucht uns! Marduk braucht ...« Er unterbrach sich wiederum. Plötzlich wirkte er gänzlich verloren. Er schaute ins Feuer.

»Er brauchte dich?«

»Nun, er wollte meine Gesellschaft«, sagte Asrael. »Daß er mich brauchte, ist nicht ganz richtig; er hatte ganz Babylon. Aber diese

Gefühle, sie sind so unglaublich komplex.« Er sah mich an. »Wo liegen die sterblichen Überreste deines Vaters?« fragte er.

»Wo immer die Nazis sie in Polen verscharrt haben«, gab ich zurück, »oder sie sind vom Winde verweht, falls man ihn verbrannt hat.«

Er schien mitten ins Herz getroffen von diesen Worten.

»Du weißt doch, daß ich vom Zweiten Weltkrieg spreche, vom Holocaust, von der Judenverfolgung, nicht wahr?«

»Ja, ich weiß sehr viel darüber, nur hören zu müssen, daß dein Vater und deine Mutter darin umkamen, schmerzt mich zutiefst. Es macht meine Frage unsinnig. Ich wollte dir eigentlich damit zeigen, daß du wahrscheinlich, was deine Eltern betrifft, abergläubische Vorstellungen hast und deshalb die Ruhe ihrer Gebeine nicht stören würdest.«

»Ja, so ähnlich fühle ich schon«, sagte ich. »Zum Beispiel wenn es um Fotos meiner Eltern geht. Ich möchte keines beschädigt sehen, und wenn ich eins verliere, erscheint mir das wie ein Frevel, so als hätte ich meine Vorfahren und auch meinen Stamm beleidigt.«

»Ja«, sagte Asrael, »genau davon rede ich. Und ich will dir etwas zeigen. Wo ist mein Mantel?« Er stand von seinem Platz beim Feuer auf, fand seinen dicken Mantel und fischte aus der Innentasche ein kleines Plastikpäckchen. »Weißt du, dieses Plastikzeug, das finde ich wirklich toll.«

»Ja«, stimmte ich ihm zu, während ich ihn beobachtete, als er zum Feuer zurückkam, sich in den Sessel fallen ließ und das Päckchen öffnete. »Ich schätze, alle Welt findet Plastik toll. Aber wieso du?«

»Weil darin alles so sauber und unberührt bleibt.« Er schaute zu mir auf und dann reichte er mir ein Bild, das Gregory Belkin zu zeigen schien. Doch er war es nicht. Dieser Mann trug den langen Bart, die Schläfenlocken und den seidenen schwarzen Hut, wie sie die Chassidim und auch die streng orthodoxen Juden trugen. Ich war verblüfft.

Er gab mir keine Erklärung zu dem Bild, sondern sagte: »Man schuf mich, damit ich zerstöre, vernichte. Und du erinnerst dich doch wohl an das wunderschöne hebräische Wort, das vor so vielen der ganz alten Psalmen steht, um auf eine ganz bestimmte Melodie hinzuweisen: ›Zerstöre nicht!‹«

Ich mußte scharf überlegen.

»Nun komm schon, Jonathan, du kennst das«, drängte er.

»Altashheth!« rief ich. »›Zerstöre nicht‹.«

Er lächelte und seine Augen füllten sich mit Tränen. Mit zitternden Fingern verstaute er das Bild wieder in der Plastikhülle und legte das Päckchen auf den kleinen Fußschemel, der zwischen unseren Sesseln stand, weit genug vom Feuer entfernt, damit dessen Hitze keinen Schaden anrichten würde. Dann starrte er wieder in die Flammen.

Meine Gefühle überwältigten mich plötzlich und machten mich stumm. Nicht nur, weil wir über meine Eltern gesprochen hatten, die in Polen von den Nazis getötet worden waren. Nicht nur, weil er mir diesen wahnsinnigen Plan Gregory Belkins wieder vor Augen geführt hatte, der seiner Verwirklichung gefährlich nahe gekommen war. Es lag auch nicht an Asraels Schönheit, oder an der Tatsache, daß wir hier beisammen saßen, daß ich hier mit einem Geist sprach. Ich weiß nicht, was es war. Mir kam Iwan aus »Die Brüder Karamasow« in den Sinn, und ich dachte: »Das ist ein Traum; ich liege im Sterben. Im Zimmer häuft sich der Schnee; ich sterbe und bilde mir nur im Fieberwahn ein, mit diesem schönen, jungen Mann zu reden, der mit seinem krausen, schwarzen Haar aussieht wie die in Stein gemeißelten, mesopotamischen Reliefs im Britischen Museum; diese Abbildungen stattlicher Könige, nicht katzengeschmeidig wie die Pharaonen, doch mit einer Haarpracht im Gesicht, die fast sexuell erregend wirkt, und die sich wohl genauso dicht und dunkel um ihre Hoden gelockt hatte.« Ich weiß nicht, was in dem Moment über mich kam.

Ich schaute ihn an. Er wandte sich mir langsam zu, und einen winzigen Augenblick lang spürte ich Furcht. Zum erstenmal. Es lag an der Art, wie er den Kopf drehte. Er wandte sich mir zu, offensichtlich um meine Gedanken aufzufangen, meine Gefühle zu entziffern, mein Herz zu rühren, oder wie immer man es nennen wollte. Und dann erst sah ich, daß er für mich einen kleinen Trick vollführt hatte.

Er war anders gekleidet. Er trug jetzt eine weich fallende, in der Taille lose gegürtete Tunika aus rotem Samt und weite rote Samthosen mit weichen, leichten Samtpantoffeln.

»Du träumst nicht, Jonathan Ben Isaak, ich bin wirklich hier.«

Ein Funkenregen stob auf. Die Funken flogen, als habe man etwas in die Flammen geworfen.

Ich bemerkte noch eine Veränderung an ihm. Er trug einen schweren, dichten Lippen- und Kinnbart, gelockt, ganz wie der der Könige und Soldaten auf jenen alten Steintafeln, und ich sah, warum Gott ihn mit diesem großen, engelsgleichen Mund versehen hatte, denn der war nun trotz dieser Haarfülle noch sichtbar, ein ansprechender Mund, ein Mund, den die Natur entworfen hatte, als die Lippen noch mit dem Gesichtshaar um den alles beherrschenden Gesichtsausdruck wetteiferten.

Er stutzte. Er griff sich ins Gesicht, berührte den Bart, und runzelte dann ärgerlich die Stirn. »Das hätte eigentlich nicht passieren sollen. Ich schätze, ich gebe es auf. Der Bart will ganz einfach da sein.«

»Der Herrgott will, daß du ihn trägst?« fragte ich.

»Das wohl nicht. Ich habe keine Ahnung!«

»Wie hast du das gemacht, daß deine Kleidung sich verändert? Wie machst du das, wenn du einfach verschwindest?«

»Das ist keine große Kunst. Eines fernen Tages wird die Wissenschaft auch das beherrschen, so wie sie heute alles über Atome und Neutrinos weiß. Ich habe nichts anderes getan, als all die kleinen Partikel, winziger als Atome noch, abzuwerfen, die ich zuvor durch eine Art magnetischer Anziehungskraft um mich geschart hatte, um die vorherige Kleidung zu schaffen. Es war keine reale Kleidung. Ein Geist hatte sie gemacht. Und dann, um sie abzuwerfen, sprach ich, was ein Zaubermeister sagen würde: ›Fort mit dir, bis ich dich wieder herbeirufe!‹ Und dann zauberte ich andere Kleidung herbei. Ich sprach tief in meinem Inneren mit der beschwörenden Kraft des Zaubermeisters: ›Kleinste Teilchen, winziger als Sandkörner, von den Lebenden oder den Toten, von roher Erde oder geschmiedet, verfeinert oder gewebt, und hochgeschätzt, begebt euch zu mir, unbemerkt und lautlos, in Windeseile und unsichtbar, durchdringt, niemandem zu Schaden, jegliche Schranke, und kleidet mich in roten Samt, in weiche Stoffe von der Farbe des Rubins. Seht, was vor meinem geistigen Auge steht; kommt her!‹«

Er seufzte. »Und so geschah es.«

Er saß einen Moment ganz still. Ich war so fasziniert von dieser roten Tracht, die ihn irgendwie zu verändern, ihm eine Art königlicher Ausstrahlung zu geben schien, daß ich stumm blieb. Ich schob einen weiteren dicken Klotz ins Feuer und schüttete noch etwas Kohle nach, alles, ohne die geheiligte Sicherheit meines alten, wackligen, verknautschten Sessels zu verlassen.

Dann, endlich, schaute ich ihn an. Er blickte gedankenverloren vor sich hin, und erst jetzt, in diesem Moment wurde mir klar, daß er sang, ganz leise sang, so leise, daß ich mich anstrengen mußte, das Geräusch über das zarte, verzehrende Zischeln des Feuers hinweg zu hören.

Er sang hebräisch, nicht das Hebräisch, das mir geläufig war, doch immerhin verstand ich genug, um zu erkennen, was er sang: Es war der Psalm »An den Wassern von Babylon«. Das rüttelte mich stärker auf als alles, was vorausgegangen war, und als er endete, war ich ehrfürchtig ergriffen.

Mir ging durch den Sinn, ob es jetzt wohl in Polen schneite, ob meine Eltern begraben oder verbrannt worden waren, und ich fragte mich, ob er die Asche meiner Eltern zu beschwören vermöchte, doch schien mir das ein scheußlicher, lästerlicher Gedanke.

»Das war der Kern meiner Worte, daß es nämlich Dinge gibt, die uns abergläubische Scheu einflößen«, sagte er, diesen Gedanken aufgreifend. »Als ich mich so ungeschickt nach deinen Eltern erkundigte, hatte ich erklären wollen, daß man an bestimmte Dinge glaubt, ohne sie doch wirklich zu glauben. Man hat eine zwiespältige Haltung dazu.«

Ich sann darüber nach.

Er sah mich direkt an, Achtung und Ehrlichkeit im Blick; und obwohl er die Stirn runzelte, lag doch ein Lächeln auf seinem engelhaften Mund. »Ich kann sie übrigens nicht zum Leben erwecken. Das kann ich nicht!« sagte er.

Er wandte seinen Blick wieder den Flammen zu.

»Gregory Belkins Eltern kamen im Holocaust um«, sagte er. »Gregory Belkin wurde wahnsinnig. Und sein Bruder wurde ein frommer Mann, ein Heiliger, ein Zaddik. Und aus dir wurde ein Gelehrter und ein Lehrer, mit der anrührenden Gabe, die Studenten Einsicht zu lehren.«

»Du ehrst mich«, sagte ich leise. Tausend unbedeutende Fragen schwirrten mir im Kopf herum. Doch ich wollte das Besondere der Situation nicht aufs Spiel setzen.

»Fahre fort, Asrael, bitte«, sagte ich. »Erzähle mir, was du wirklich erzählen willst. Was dein eigentliches Anliegen ist.«

»Nun gut; wie ich schon andeutete, waren wir reiche Exilanten. Du kennst ja die Geschichte: Nebukadnezar überfiel Jerusalem, überwältigte das Heer, übersäte die Straßen mit Leichen und verließ die Stadt, nicht ohne eine babylonische Verwaltung über die Pächter eingesetzt zu haben, die unsere Güter und Weinberge bebauten; deren

Produkte mußten sie nun an seinen Hof abliefern. Der übliche Ablauf.

Aber die Reichen, die Händler, die Schriftgelehrten, wie es die Männer meiner Familie waren? Wir wurden nicht getötet. Wir bekamen die Klinge seines Schwertes nicht zu spüren. Wir wurden nach Babylon verschleppt – mit Sack und Pack, möchte ich hinzufügen, mit Wagenladungen unseres feinen Mobiliars, das er uns zu behalten gestattete, obwohl er doch den Tempel gründlichst geplündert hatte. Und er gab uns schöne Häuser, darin zu leben und Handel zu treiben und die Märkte Babylons zu beliefern, und auch dem dortigen Tempel und dem Hofe zu dienen.

So geschah es wieder und wieder in jenem Zeitalter. Selbst die als grausam bekannten Assyrer machten es so. Die Soldaten fielen unter das Schwert, und mit sich nahm man die Leute, die drei Sprachen in Wort und Schrift beherrschten, oder die wunderbare Elfenbeinschnitzereien herstellten, und so geschah es eben auch uns durch die Babylonier. Es hätte schlimmer kommen können. Stell dir nur vor, wir wären wieder nach Ägypten verschleppt worden. Stell dir das bloß vor! Ägypten, wo man mehr tot als lebendig war, wo man Tag und Nacht nur von Tod und Sterben sang, und es gab nichts als Dörfer und Felder.

Nein, wir hatten es gar nicht so schlecht getroffen. Mit elf Jahren war ich schon im Tempel gewesen, als Page, wie so viele hebräische Knaben aus reichem Hause, und dort hatte ich die riesige Statue des Gottes Marduk gesehen, oben in dem hochgelegenen Allerheiligsten auf dem Gipfel des Etemenanki. In Begleitung der Priester hatte ich schon den inneren Schrein betreten, und mir war etwas Seltsames in den Sinn gekommen: Diese Statue ähnelte mir noch stärker als die in meinem Besitz befindliche kleine, von der ich schon immer fand, daß sie eine große Ähnlichkeit mit mir hatte.

Natürlich äußerte ich das nicht laut. Doch als ich zu dem mächtigen Marduk aufsah, zu dieser goldenen Statue, in der der erhabene Gott lebte und herrschte, und in der er jedes Jahr in der Neujahrs-Prozession durch die Stadt hätte getragen werden sollen, da lächelte das Standbild.

Ich war zu pfiffig, um davon den Priestern etwas zu sagen. Wir waren dabei, das innere Heiligtum für die Frau vorzubereiten, die die Nacht mit dem Gott verbringen sollte. Doch die Priester bemerkten etwas. Sie sahen, daß ich Marduk ansah, und einer von ihnen fragte:

›Was hast du gesagt?‹ Ich hatte natürlich nichts gesagt. Aber Marduk hatte gesprochen: ›Nun, was hältst du von meinem Heim, Asrael? Ich war schon so oft in dem deinen!‹

Von diesem Augenblick an ahnten die Priester etwas. Und doch hätte noch alles anders kommen können. Ich hätte ein langes irdisches Leben führen können, ich hätte einen anderen Weg einschlagen können. Hätte Söhne, Töchter haben können. Wer weiß.

Damals fand ich es erheiternd und wunderbar und liebte Marduk wegen dieses kleinen Tricks. Wir fuhren dann fort, dieses wahrhaftig prächtig mit Blattgold geschmückte Gemach und das seidenbespannte Bett herzurichten, auf dem die Frau den Gott in der Nacht erwarten würde, damit er sie nehme. Als wir dann gingen, sagte einer der Priester: ›Der Gott hat dir zugelächelt!‹ Ich erstarrte vor Furcht und wollte lieber nicht darauf antworten.

Reiche hebräische Geiseln oder Deportierte wie wir wurden in Babylon sehr gut behandelt, wie ich schon sagte, doch ich mochte wahrhaftig nicht mit den Priestern sprechen, als ob sie auch Hebräer wären. Sie waren die Priester eines Gottes, den anzubeten uns verboten war. Außerdem traute ich ihnen nicht, und sie waren gar zu viele; einige waren ziemlich dumm und andere sehr hinterhältig und schlau. So sagte ich schließlich einfach, daß ich das Lächeln auch gesehen und für einen Sonnenstrahl gehalten hätte. Der Priester bebte.

Seit ewigen Zeiten habe ich nicht mehr daran gedacht. Ich weiß nicht, warum es mir gerade jetzt einfällt, es sei denn, weil man sagen könnte, daß jener Augenblick mein Schicksal vielleicht besiegelt hat. Und von da an sprach Marduk ständig mit mir. Ob ich in den Kammern mit den Tontafeln war, wo ich eifrig arbeitete, du weißt schon, die sumerischen Texte, die wir besaßen, studierte, damit ich sie abschreiben, lesen und sogar sprechen konnte – obwohl zu der Zeit schon kein Mensch mehr sumerisch sprach. Oh, ich erfuhr erst neulich – in diesem 20. Jahrhundert – etwas Komisches, das muß ich dir erzählen. Es war in New York, nachdem diese Gregory-Belkin-Sache schon längst vorbei war. Ich wanderte durch die Straßen und versuchte, das Aussehen verschiedener Männer anzunehmen, doch mein Körper verwandelte sich immer wieder ohne mein Zutun zurück. Da hörte ich diese witzige Sache …«

»Was?« fragte ich sofort.

»Daß bis zur heutigen Zeit keiner weiß, woher die Sumerer kamen! Bis auf diesen Tag nicht! Sie scheinen aus dem Nichts gekommen zu sein, diese Sumerer, samt ihrer Sprache, die sich von allen Sprachen ringsum so sehr unterschied; und sie bauten die ersten Städte in unseren wunderschönen Tälern. Und mehr weiß kein Mensch über sie, bis heute nicht.«

»Das ist richtig. Aber wußtet ihr es denn damals?«

»Nein«, antwortete er, »wir wußten nur, was auf den Tontafeln stand, nämlich, daß Marduk Menschen aus Lehm geformt und ihnen Leben eingehaucht hatte. Mehr nicht. Aber zweitausend Jahre später festzustellen, daß auch ihr keine langatmigen historischen oder archäologischen Berichte über die Sumerer besitzt – nicht wißt, wie ihre Sprache sich entwickelte, wieso sie in dieses Tal einwanderten und all das – das finde ich einfach komisch.«

»Na, ist dir denn nicht aufgefallen, daß auch niemand weiß, woher die Juden kommen?« fragte ich. »Oder willst du mir erzählen, daß du damals in Babylon, als du noch ein Junge warst, ganz genau wußtest, daß Abraham in der Stadt Ur von Gott gerufen wurde, und daß Jakob tatsächlich mit dem Engel rang?«

Asrael lachte und zuckte die Schultern. »Es gab so viele Versionen der Geschichte! Wenn du wüßtest! Aber natürlich kämpften die Menschen damals dauernd mit irgendwelchen Engeln. Das war gar keine Frage! Aber was steht denn heute in eurer Heiligen Schrift? Nur klägliche Überreste jener Geschichten! Die ganze Geschichte, in der Jahwe den Leviathan niederringt, ist einfach weg, verschwunden! Dabei habe ich sie aber- und abermals abgeschrieben! Aber ich greife jetzt vor. Ich möchte lieber alles der Reihe nach erzählen. Nein, es überrascht mich nicht, daß niemand den Ursprung der Juden kennt. Denn selbst zu meiner Zeit gab es schon zu viele verschiedene Berichte darüber …

Laß mich dir lieber von meinem Heim, meiner Familie erzählen. Wir wohnten in dem reichen hebräischen Viertel der Stadt. Ich habe dir ja schon erklärt, welcher Art unser Exil war. Man erwartete von uns, vornehme Bürger zu sein in einer Stadt, die von Menschen aller möglichen Nationalitäten nur so wimmelte. Zwar waren wir Beute, aber frei, zu wachsen und uns zu vermehren und Wohlstand zu erwerben. Du kannst dir ausrechnen, daß, als ich jung war, Nebukadnezar schon nicht mehr lebte; unser Herrscher war Nabonidus, der aber nicht in der Stadt lebte. Und alle Leute haßten ihn, haßten ihn einfach nur.

Man hielt ihn für wahnsinnig, für besessen. So steht es auch im

Buch Daniel, obwohl er dort nicht mit diesem Namen bezeichnet wird. Und ehrlich, unsere Propheten ließen wirklich nichts unversucht, ihn in den Wahnsinn zu treiben, indem sie weissagten, daß er uns ziehen lassen müsse. Aber weit kamen sie bei ihm damit nicht. Nabonidus wurde durch seine ureigensten Gedankengänge umgetrieben. Er war einerseits ein Gelehrter, ein Forschender, und fest entschlossen, Babylons Ruhm zu mehren, ja. Doch andererseits hatte er eine verrückte Vorliebe für den Gott Sin. Nun, Babylon war Marduks Stadt! Natürlich gab es jede Menge anderer Altäre und Anbetungsstätten, selbst innerhalb von Marduks Tempel, aber dennoch, mußte der König nun unbedingt verrückt nach einem anderen Gott sein? Und dann auch noch für zehn Jahre – zehn! – in die Wüste zu verschwinden und Belsazar als Regenten in Babylon einzusetzen! Nun, das machte Nabonidus nur allenthalben noch verhaßter; denn während der ganzen Zeit, die Nabonidus nicht in der Stadt weilte, konnte das Neujahrsfest nicht abgehalten werden, dabei war es doch das größte und gewichtigste Fest in Babylon überhaupt – das Fest, an dem Marduk die Hand des Königs ergriff und mit ihm durch die Straßen schritt. Ohne König gab es natürlich auch keinen Festumzug. Und zu der Zeit, als ich begann, ernsthaft im Tempel und im Palast zu arbeiten, hegten die Priester Marduks und auch viele Einwohner der Stadt tiefste Verachtung für Nabonidus. Um ehrlich zu sein, ich habe Nabonidus' Geheimnis nie so ganz herausgefunden. Wenn man ihn heraufbeschwören könnte, so wie die Hexe von Endor den Propheten Samuel aus seinem Totenschlaf aufstörte und ihn erscheinen ließ – du weißt schon, damit König Saul mit ihm sprechen konnte – … wenn wir Nabonidus erscheinen lassen könnten, vielleicht erführen wir ein paar seltsame Dinge. Aber es ist jetzt nicht meine Aufgabe, Totenbeschwörer, Hexenmeister zu werden, sondern ich sehe sie darin, endlich die Stufen zum Himmel zu finden. Ich will nichts mehr zu tun haben mit dem Nebel und Dunst, in dem die verloren dahintreibenden Seelen flehentlich darum bitten, daß ihr Name gerufen wird. Und außerdem, vielleicht hat Nabonidus den Schritt ins Licht getan, vielleicht hat er die Stufen erklommen. Er hat sein Leben nicht mit Ausschweifungen und Grausamkeiten vertan, sondern in Hingabe an einen Gott, auch wenn es nicht der Gott seiner Stadt war.

Ich habe Nabonidus nur einmal gesehen, während der letzten Tage meines Lebens; natürlich war er in die Intrige verwickelt. Auf mich wirkte er damals schon wie tot, er zeigte eine glückselige Gleichgültigkeit dem Leben gegenüber – ein König, dessen Zeit vorbei war. Damals, in jener Nacht, als ich ihm begegnete, wollte er nur eins, die Plünderung Babylons verhindern, wie jeder in der Stadt, und dadurch verspielte ich meine Seele.

Doch zu diesem gräßlichen Teil meiner Geschichte kommen wir noch früh genug.

Ich sprach über die Zeit, als ich noch ein lebender Mensch war. Nabonidus war mir völlig gleichgültig. Wir lebten also in dem reichen hebräischen Viertel mit den wunderschönen Anwesen, deren Wände bis zu 180 cm dick waren. Das muß für euch heute verrückt klingen, aber du glaubst gar nicht, wie wirkungsvoll dadurch die Hitze ausgeschlossen wurde. Die Häuser waren weitläufig, mit vielen Vorhallen und großen Speiseräumen, und alle Zimmer waren um einen riesigen Innenhof herumgebaut. Das Haus meines Vaters hatte vier Stockwerke, und die holzgetäfelten Räume waren bevölkert mit ältlichen Tanten und unzähligen Cousins und Cousinen, und der ein oder andere saß immer an den Fenstern, die zum Hof zeigten, und genoß dort die kühle Brise, anstatt sich im Innenhof selbst aufzuhalten. Dieser Hof war ein Garten Eden, als gehöre er zu den hängenden Gärten oder den zahlreichen öffentlichen Parks der Stadt. Er war wirklich groß. Ein Feigenbaum wuchs dort, eine Weide und zwei Dattelpalmen, und es gab die verschiedensten Blumenarten; Weinstöcke rankten über die Lauben hinweg, in denen wir unsere Abendmahlzeiten einnahmen, und nimmermüde Springbrunnen ließen ihre funkelnden Tropfen in die Becken plätschern, in denen Fische wie lebende Juwelen umherschossen. Das Mauerwerk, das aus der Zeit der akkadischen Kultur vor uns, den Chaldäern, stammte, war wunderschön glasiert und mit vielfältigen Figuren und mit blauen, roten und gelben Blüten verziert. Auch war der Innenhof mit Gras bewachsen, und dann gab es noch den etwas abgelegenen Teil, in dem unsere Vorfahren begraben lagen.

Hier in diesem Hof, unter den Dattelpalmen, inmitten der Blumen, spielte ich, hier wuchs ich auf, und ich liebte das alles bis zu dem Tag … dem Tag meines Todes. Ich liebte es, am späten Nachmittag dort draußen zu liegen und den Brunnen zu lauschen, dann war ich taub gegen alle Worte, die mich an meine Arbeit im Skriptorium erinnern wollten, wo ich eigentlich Psalmen kopieren oder sonst etwas tun sollte. Ich war nicht von Natur aus faul, es war eher so, daß ich tat, wozu ich gerade Lust hatte. Und ich kam damit durch. Aber ich war mitnichten ungezogen. Tatsächlich war ich sogar der beste Gelehrte der Familie – so sah ich es jedenfalls; denn obwohl meine Onkel es nicht zugeben wollten, kamen sie durchaus öfter mit drei Versionen eines Psalms des Königs David zu mir und fragten, welche Interpretation wohl die naheliegendste wäre, und sie hielten sich an mein Urteil.

Wir hatten keinen offiziell festgelegten Gebetsplatz, klar, wir hatten ja diese grandiosen Pläne, wie wir in unsere alte Heimat zurückkehren und den Tempel Salomons wieder aufbauen könnten; das hieß also, keiner kam auf die Idee, hier in Babylon irgendwo seitwärts am Straßenrand einen unbedeutenden Tempel hinzusetzen. Denn unser Tempel mußte seiner Bedeutung und seiner Heiligkeit entsprechende Ausmaße haben. Und als ich dann tot war, als man mich verflucht hatte und ich schon der ›Hüter der Gebeine‹ war, da gingen die Juden tatsächlich heim und bauten diesen Tempel. Sie bauten ihn wahrhaftig, das habe ich selbst gesehen … wie durch einen Nebel zwar, doch immerhin, ich habe es gesehen.

Damals in Babylon fanden wir uns in unseren Häusern einerseits zum Gebet zusammen, und andererseits auch, damit die Ältesten die Briefe verlasen, die wir von den Rebellen erhielten, die sich immer noch auf dem Berg Zion verbargen, sowie auch Briefe von unseren Propheten in Ägypten. Jeremias wurde dort für längere Zeit gefangen gehalten. Daß Briefe von ihm dabei waren, daran kann ich mich zwar nicht erinnern, jedoch erinnere ich mich an eine Menge wirrer Schriften von Hesekiel. Die hatte er allerdings nicht selbst niedergeschrieben, denn er wanderte nur umher und redete und machte Prophezeiungen, und andere schrieben das später nieder.

Wir beteten also in unseren Häusern zu unserem unsichtbaren und allmächtigen Jahwe – immer eingedenk der Tatsache, daß Jahwe, ehe David ihm einen Tempel versprach, in einem Zelt untergebracht gewesen war, und mit ihm die Bundeslade, und in dieser Tatsache lag eine Bedeutung und ein Wert an sich. Weißt du, viele der Alten waren der Ansicht, daß dieses Bestehen auf einen Tempel eigentlich schon eine babylonische Vorstellung war. Sie meinten sozusagen: Zurück zum Zelt, zurück zu den Wurzeln.

Andererseits gehörte meine Familie seit neun Generationen zu den reichen Kaufleuten, alle waren also Stadtmenschen, die, glaube ich, erst in Ninive, später in Jerusalem gelebt hatten, und wir hatten kaum noch eine Vorstellung vom Nomadenleben oder davon, Heiligtümer in Zelten mit uns herumzuschleppen. Die Geschichte von Moses fanden wir auch reichlich unverständlich: Wie konnte zum Beispiel das Volk vierzig lange Jahre in dieser Wüste umhergeirrt sein? Aber ich wiederhole mich, oder? ... Was ich meine, ist ... Ein Zelt, das war für mich der seidene Himmel über meinem Bett, der das Licht rot tönte, wenn ich dort ruhte, die Hände hinter dem Kopf verschränkt, und zu Marduk sprach, von den Gebetszusammenkünften erzählte und über seine Späße lachte.

Wir hatten auch Propheten in unseren eigenen Reihen, die manchmal auf diesen Zusammenkünften sprachen, zum Teil lärmend und voller Pathos; doch ihre Bücher sind heute verschollen. Bei ihren Vorträgen wiesen sie oft mit dem Finger auf mich und sagten, daß ich Gnade vor den Augen Jahwes gefunden hätte, obwohl niemand genau wußte, was das bedeuten sollte. Ich schätze, sie alle ahnten irgendwie, daß ich hellsichtiger war als andere, daß ich ins Innerste der Menschen sehen konnte wie ein Zaddik, ein Heiliger; aber ich war kein Heiliger, nur ein ungebärdiger junger Mann.«

Er hielt inne. Die Deutlichkeit seiner Erinnerungen schien ihn zu bannen und eine Kluft zwischen uns zu bilden.

»Du hattest ein glückliches Naturell«, sagte ich. »Die Natur hatte dich damit ausgestattet.«

»Oh, ja, das wußte ich, und das wußten auch meine Freunde. Sie neckten mich häufig, ich sei schon übermäßig vom Glück gesegnet. Nichts schien mir je besonders schwierig. Nichts schien mir dunkel, bedrohlich! Das Dunkle überfiel mich erst nach meinem Tode, und am schlimmsten war es unmittelbar vor meinem Tod, und vielleicht ... vielleicht auch jetzt. Doch dieses Dunkel! Es zu akzeptieren, das ist, als versuche man, die Sterne zu zählen. Was sagte ich gerade? Daß ich alles so einfach fand, daß ich fast alles genoß. Zum Beispiel mußte ich für eine gründliche Ausbildung in den Kammern mit den Tontafeln arbeiten – ihr würdet das vielleicht heute Bibliothek nennen. Ich sollte eine echte babylonische Erziehung bekommen. Das war nur klug, denn es war förderlich für meine Zukunft, sowohl für den Handel, als auch, wenn ich ein Gelehrter würde. Und die Lehrer züchtigten uns mit dem Stock, wenn wir zu spät kamen oder unsere Lektion nicht gründlich gelernt hatten. Doch mir erschien das alles normalerweise recht einfach. Ich liebte das alte Sumerisch, ich liebte es, das ganze Gilgamesch Epos abzuschreiben, dieses ›Am Anfang war …‹, und ich kopierte diese Aufzeichnungen gern, von denen dann Abschriften in andere babylonische Städte gesandt wurden. Ich konnte mehr oder weniger Sumerisch sprechen. Ich könnte mich noch immer hinsetzen und mein Leben in sumerischer Sprache für dich niederschreiben.« Er brach abermals ab. »Nein, das kann ich nicht. Wenn ich es über mich brächte, mein Leben selbst aufzuzeichnen, wäre ich nicht in diese verschneiten Berge hinaufgeklettert, um dir die Aufgabe zu übertragen … ich kann's nicht … kann es nicht … in keiner Sprache. Nur Sprechen läßt den Schmerz frei hervorströmen …«

»Ich verstehe, was du meinst. Und ich bin hier, um dir zuzuhören. Worauf du Nachdruck legen wolltest, ist, daß du Sumerisch kannst, sowohl lesen als auch übersetzen.«

»Ja, ja, ja, und Akkadisch, die Sprache, die danach gebraucht worden war, und Persisch, mit dem wir uns alle langsam anfreunden mußten, und Griechisch – das konnte ich gut lesen – und Aramäisch, das im täglichen Leben nach und nach an die Stelle des Hebräischen trat, aber ich konnte das Hebräische auch schreiben.

Ich machte meine Aufgaben. Ich schrieb schnell. Ich stubste den Griffel auf eine Art in den Ton, die jeden zum Lachen brachte. Aber ich hatte eine gute Schrift. Wirklich gut. Und ich fand es toll, aufzustehen und laut vorzulesen. Immer, wenn der Lehrer krank wurde oder aus dem Zimmer gerufen wurde, oder dringend seine Medizin – uns auch als Bier bekannt – brauchte, stand ich auf und las den anderen aus dem Gilgamesch Epos vor, in ganz übertriebenem Stil, so daß alle lachten.

Du kennst die Sage natürlich. Und sie ist wichtig für diese Geschichte, so albern und widersinnig sie auch klingt. Da ist also dieser König Gilgamesch, der außer Rand und Band durch seine Stadt läuft – auf einigen Tontafeln ist er als Riese dargestellt, auf anderen als normaler Mann. Er rast umher wie ein wilder Stier. Er läßt fortwährend die Trommeln schlagen. Das beunruhigt sein Volk natürlich sehr, denn eigentlich wurden die Trommeln nur aus bestimmten Anlässen geschlagen – um die Geister zu erschrecken, oder um zu Eheschließungen zu rufen, du weißt schon.

Okay, da stört also dieser Gilgamesch die Stadt Uruk auf. Und was tun die Götter, diese sumerischen Götter, die ebenso klug sind wie eine Herde Wasserbüffel? Sie machen ein Ebenbild Gilgameschs, Engidu, einen wilden Mann, der über und über mit Haaren bedeckt ist. Er lebt in den Wäldern und er trinkt gern an der Tränke mit den wilden Tieren – oh, es ist so wichtig in dieser Welt, mit wem einer ißt und trinkt und was auch! – wie auch immer, wir haben da den unzivilisierten Engidu, der aus dem Strom trinkt, zusammen mit den wilden Tieren; und dann verbringt er sieben Tage mit einer Tempelhure und wird dadurch ganz zahm und umgänglich.

Albern, was? Die wilden Tiere wollten ihn nicht mehr bei sich dulden, nachdem er bei der Hure war. Warum? Waren sie eifersüchtig, weil sie nicht bei der Hure liegen konnten? Tiere paaren sich doch auch untereinander! Gibt es keine Huren unter den Tieren? Warum läßt der Beischlaf mit einer Frau einen Mann weniger Tier sein? Ah, die ganze Gilgamesch-Geschichte machte noch nie viel Sinn, außer man betrachtet sie als eine Art bizarres Gleichnis. Alles ist verschlüsselt, nicht wahr?«

»Ich glaube, da hast du recht, es ist ein Gleichnis«, antwortete ich. »Nur wofür? Fahre fort mit Gilgamesch. Erzähle mir, wie deine Version ausgeht«, bat ich ihn. Ich konnte einfach nicht widerstehen. »Du weißt, wir haben nur noch Fragmente, nicht mehr die Urschrift, die du hattest.«

»Sie hatte das gleiche Ende, wie deine neuere Version. Gilgamesch konnte sich nicht damit abfinden, daß Engidu sterben könne. Doch er starb, obwohl ich nicht mehr weiß, warum. Gilgamesch verhielt sich, als hätte er nie zuvor jemanden sterben sehen. Er ging zu dem Unsterblichen, der die große Flut überlebt hatte. Die Sintflut. Deine Flut. Unsere Flut. Jedermanns Flut. Für uns waren es Noah und seine Söhne, die überlebten. Für Gilgamesch war es der Unsterbliche, der in dem Lande Dilmun lebte, im Meer. Er war der berühmte Überlebende der Flut. Und zu dem macht sich dieses Genie Gilgamesch auf den Weg, um Unsterblichkeit zu erlangen. Und dieser Uralte, der für unser Volk der Hebräer Noah wäre – was sagt der? ›Gilgamesch, meide sieben Tage und Nächte hintereinander den Schlaf, und du wirst unsterblich sein!‹

Und was geschah? Gilgamesch schlief sofort ein. Auf der Stelle! Er schaffte nicht mal einen Tag! Eine Nacht! Er fiel um! Einfach so! Und war eingeschlafen! Dieser Vorschlag funktionierte also nicht. Allerdings hatte die unsterbliche Alte des unsterblichen Überlebenden der Flut Mitleid mit Gilgamesch. Sie sagte ihm, wenn er sich Steine an die Füße bände und sich im Meer versinken ließe, werde er dort eine Pflanze finden; die solle er verzehren, und sie werde ihm ewige Jugend verleihen. Na, ich meine, sie versuchten, den Mann zu ertränken! Aber in meiner wie in deiner Version unternimmt Gilgamesch diese Expedition hinab auf den Meeresgrund, wo er die Pflanze findet und wieder auftaucht. Dann legt er sich schlafen. Offensichtlich ist das sein schlimmstes Laster, dieses ständige Einschlafen … und eine Schlange kommt und stiehlt ihm die Pflanze. Ach, welch eine bittere Enttäuschung für Gilgamesch! Und dann folgt in der Sage der ewiggleiche Rat an alle Menschen: ›Genießt euer Leben, füllt euch die Bäuche mit Speisen und Wein und akzeptiert den Tod. Die Unsterblichkeit ist den Göttern vorbehalten, das Los der Menschen ist der Tod.‹ Du weißt schon – grundlegende philosophische Erkenntnisse!«

Ich lachte: »Wie du das erzählst, finde ich toll. Wenn du zu jener Zeit hergingst und diese Geschichte vortrugst, tatest du es dann mit dem gleichen lebhaften Schwung?«

»Worauf du dich verlassen kannst!« gab er zurück. »Doch selbst damals, was hatten wir denn, außer Fragmente, Teile von etwas sehr Altem. Uruk war schon Tausende von Jahren vor uns Juden erbaut worden. Vielleicht gab es einen solchen König wirklich, wer weiß!

Eines kann man auf jeden Fall aus dieser Geschichte ziehen, und das ist dies: Bei Königen ist Verrücktheit normal. Geistige Gesundheit, denke ich, wäre eher das Unnormale. Gilgamesch drehte durch. Nabonidus war verdreht. Nach allen Erzählungen zu urteilen, die ich je gehört habe, war auch der Pharao verrückt, wenn du mich fragst. Und ich kann das sogar verstehen. Ich verstehe es, weil ich in das Gesicht des Perserkönigs Kyros gesehen habe, und auch in Nabonidus' Gesicht; und ich weiß, daß Herrscher einsam sind, allein stehen, gänzlich allein. Ich sah in Belkins Gesicht – der ein Herrscher aus eigenen Gnaden war –, und ich sah die gleiche Isolation, und erschreckende Schwäche. Es gibt weder Mutter noch Vater, es gibt keine Grenze der Macht, und deshalb ist Unglück und Elend das Los der Könige.

Ich sah auch das Angesicht anderer Herrscher, doch die werden wir später nur streifen, denn was ich als der bösartige Hüter der Gebeine tat, ist hier nicht interessant – nur, daß ich jedesmal, wenn ich ein menschliches Leben nahm, auch eine ganze Welt zerstörte, nicht wahr?«

»Möglich, oder vielleicht war es so, daß du die sündige Flamme heimsandtest, so daß sie in Gottes mächtigem Feuer gereinigt werde.«

»Oh, das klingt wunderschön«, sagte er zu mir.

Das schmeichelte mir; aber glaubte ich auch an meine eigenen Worte?

»Nun, weiter mit meiner Lebensgeschichte«, sagte Asrael. »Ich war bei Hofe tätig, sobald ich das Skriptorium verließ, und dabei waren meine Schreib- und Lesekünste von größter Bedeutung. Ich konnte alle Sprachen. Viele merkwürdige Dokumente und alte Briefe in Sumerisch kamen mir vor Augen, und ich machte mich Belsazar nützlich, der, wie schon erwähnt, Stellvertreter des Königs war. Er konnte das Neujahrsfest nicht abhalten, oder vielleicht ließen es die Priester oder auch Marduk nicht zu, was weiß ich, aber es war eben sein Schicksal, ungeliebt zu bleiben. Und doch konnte ich nicht sagen, daß dadurch im Palast schlechte Stimmung herrschte, nein, die war angenehm entspannt, und natürlich gab es eine nimmer enden wollende Flut an Korrespondenzen. Briefe trafen von entlegenen Gebieten ein, mit Klagen über die Perser, die im Anmarsch waren, oder auch über die Ägypter, die im Anmarsch waren, oder mit Vorhersagen diverser Astrologen, die aus den Sternen Gutes oder Schlechtes für den König gelesen hatten. Im Palast lernte ich weise Männer kennen, die dem König in allen Dingen Rat spendeten, ich lauschte ihnen gern, und mir wurde klar, daß, wenn Marduk zu mir sprach, diese Weisen es auch manchmal hören konnten. Und ich erfuhr, daß diese Sache mit Marduks Lächeln nie in Vergessenheit geraten war. Marduk hatte Asrael zugelächelt.

Nun, was ich doch für Geheimnisse hatte.

Stell dir also vor: Ich bin auf dem Heimweg. Neunzehn bin ich und habe nur noch kurze Zeit zu leben, aber das weiß ich natürlich nicht. Ich sagte zu Marduk: ›Wie können die weisen Männer hören, wenn du mit mir sprichst?‹ Er sagte, daß diese Männer Seher, Hexenmeister seien, genau wie einige meiner hebräischen Brüder, unsere Propheten, unsere Weisen, wenn es auch keiner von ihnen so recht zugeben mochte, und daß sie die gleiche Gabe wie ich hätten, nämlich die Stimmen von Geistern vernehmen zu können. Er seufzte und sagte zu mir in sumerischer Sprache, daß ich sehr vorsichtig sein müsse. ›Diese Männer kennen deine Kräfte!‹

Ich hatte Marduk noch nie unglücklich erlebt, doch nun klang er so. Schon lange waren wir über die Zeit hinaus, da ich ihn um Gefälligkeiten gebeten hatte oder darum, jemandem einen Streich zu spielen; wir sprachen inzwischen über gewichtigere Dinge, und er betonte stets, daß er vieles durch meine Augen klarer sehen könne. Ich wußte nicht, was er damit meinte, aber an diesem speziellen Tage, als er so niedergeschlagen klang, war ich besorgt.

›Meine Kräfte!‹ sage ich sehr sarkastisch. ›Welche Kräfte denn? Du hast gelächelt! Du bist der Gott!‹ Er schwieg, aber ich wußte, er war noch da. Ich konnte seine Gegenwart stets fühlen, wie Hitze; ich hörte ihn, wie man jemanden atmen hört. Weißt du, so, wie ein Blinder weiß, daß jemand in seiner Nähe ist.

Ich war im Begriff, unser Anwesen zu betreten, als ich mich noch einmal umwandte. Und da sah ich Marduk zum erstenmal wirklich. Ihn selbst. Nicht die goldene Statuette aus meinem Zimmer. Nicht die riesigen Standbilder des Tempels. Nein, Marduk selbst.

Er lehnte an der gegenüberliegenden Mauer, die Arme verschränkt, ein Knie angewinkelt, und sah mich einfach an. Es war Marduk. Wie in dem Schrein war er gänzlich von Gold überzogen, doch hier war er lebendig, und seine lockigen Haupt- und Barthaare wirkten nicht wie bei der Statue, als seien sie aus massivem Gold geformt, sondern sie schienen zu leben. Seine Augen waren tief dunkelbraun, nicht wie meine, deren Iris ins Gelbliche schimmerte. Er lächelte mich an und sagte: ›Ach, Asrael, ich wußte, daß das geschehen würde. Ich wußte es.‹ Und dann trat er vor und küßte mich auf beide Wangen. Seine Hände waren so glatt. Wir waren gleich groß, und ich hatte tatsächlich recht gehabt: wir waren uns sehr ähnlich, obwohl seine Augenbrauen sich etwas höher über seinen Augen wölbten als meine, und seine Stirn war glatter, wodurch er weniger schalkhaft und wild wirkte als ich.

Ich wollte ihn umarmen, und er wartete gar nicht ab, daß ich ihn um Erlaubnis bat, sondern sagte: ›Tu es, doch sei dir klar, daß mich in dem Moment auch andere wahrnehmen könnten.‹

Ich schloß ihn in die Arme und drückte ihn fest an mich, ihn, meinen ältesten Freund, den ich nach meinem Vater am meisten liebte. Und in dieser Nacht machte ich den Fehler, meinem Vater zu erzählen, daß ich ständig mit diesem meinem Gott sprach. Das hätte ich niemals tun dürfen. Ich frage mich noch heute, was geschehen wäre, wenn ich geschwiegen hätte.«

Ich unterbrach ihn: »Hatten ihn denn auch andere Leute wahrgenommen?«

»Ja, so war es, jemand sah ihn. Es war der Türhüter unseres Hauses, und er fiel beinahe tot um, als er einen über und über goldbedeckten Mann sah; und eine meiner Schwestern sah ihn, die durch das Gitterwerk über der Tür lugte, und einer unserer Ältesten erhaschte einen Blick auf ihn; der ging später am Abend mit seinem Stock auf mich los und behauptete, er wisse zwar nicht, mit wem er mich gesehen habe, aber es müsse ein Engel oder ein Teufel gewesen sein. Und da sagte mein Vater, mein geliebter, netter, gutmütiger Vater: ›Das war Marduk, der Gott Babylons, den du gesehen hast!‹ Und vielleicht ... vielleicht sitzen wir wegen jener Worte nun hier. Mein Vater hatte nie die Absicht, mir Leid zuzufügen. Niemals. Er hatte nie die Absicht, mir etwas Grauenvolles anzutun! Das hat er nicht gewollt! Er war ... er war eine Art jüngerer Bruder für mich.

Das muß ich wohl erklären. Ich habe es mir so zurechtgelegt: Ich war sein ältester Sohn, wurde geboren, als mein Vater selbst noch sehr jung war, denn weil die Deportation unser Volk sehr geschwächt hatte, heirateten die jungen Leute extrem früh, um Söhne zu zeugen. Mein Vater war, sozusagen, das Baby der Familie, der Benjamin, von allen geliebt und verhätschelt, und irgendwie kam es so weit, daß ich mich mehr als sein älterer Bruder fühlte und ihn auch so behandelte. Als ältester Sohn kommandierte ich ihn ein wenig herum. Vielleicht sollte ich eher sagen, wir waren ... waren wie Freunde.

Mein Vater arbeitete hart. Doch wir waren sehr vertraut miteinander. Wir tranken gemeinsam, besuchten gemeinsam die Tavernen, hatten die gleichen Frauen. Und, betrunken wie ich in jener Nacht war, erzählte ich ihm, daß Marduk schon all die Jahre mit mir gesprochen hätte, daß ich ihn nun endlich gesehen hatte und daß mein ganz persönlicher Gott der Gott Babylons war.

Das war töricht von mir! Wie hätte das gutgehen können! Zuerst lachte mein Vater. Dann war er bekümmert, und schließlich konnte er seine Gedanken nicht mehr davon abwenden. Oh, ich hätte es nie erzählen sollen. Das war auch Marduk klar. Er war ebenfalls in der Taverne, doch so weit entfernt von uns, daß er ganz durchsichtig war, er war wie Rauch und goldenes Licht, und nur ich konnte ihn wahrnehmen. Und er sagte ›Nein‹ und schüttelte den Kopf und wandte sich ab, als ich meinen Vater auf ihn aufmerksam machen wollte. Aber weißt du, ich liebte meinen Vater, und ich war so überschwenglich! Ich wollte, daß er es erfuhr. Ich wollte ihn wissen lassen, daß ich den Gott in meinen Armen gehalten hatte!

Einfach nur töricht!

Gestatte mir, auf Allgemeines zurückzukommen. Das Konkrete ist plötzlich zu heiß für mich, es schmerzt mich und sticht wie Nadeln in meinen Augen.

Die Familie. Ich habe gerade erzählt, was wir waren. Wir waren reiche Kaufleute und wir waren Schriftgelehrte, die die Heiligen Bücher abschrieben. Und letzteres galt eigentlich auf die eine oder andere Weise für alle in Babylon, die hebräischer Abstammung waren. Alle stellten sie Abschriften für ihre eigenen Familien her; doch meine Familie hatte daraus ein einträgliches Geschäft gemacht, da wir bekannt für unsere schnellen und akkuraten Abschriften waren. Außerdem hatten wir eine große Bibliothek mit alten Texten. Vielleicht erwähnte ich es schon, wir hatten schätzungsweise – genau weiß ich es nicht – fünfundzwanzig Texte allein über Joseph aus Ägypten und Moses und so weiter, und wir disputierten ständig, was in den Texten bleiben, was ausgelassen werden sollte. Über Joseph gab es so viele Berichte, daß wir sie einfach nicht alle berücksichtigen konnten. Ich frage mich, was aus all den übrigen Tontafeln und Schriftrollen geworden ist. Wir glaubten einfach nicht, daß jede Geschichte der Wahrheit entsprach. Aber vielleicht hatten wir auch unrecht. Ach, wer weiß?

Aber zurück dazu, wie ich meine Tage verbrachte. Wenn ich im Palast oder in der Bibliothek oder auf dem Markt meine Arbeit beendet hatte, ging ich geradewegs heim und arbeitete den Rest des Abends an den Heiligen Schriften, zusammen mit meinen Geschwistern und Verwandten in dem weiträumigen Skriptorium meines Vaterhauses.

Ich erwähnte ja schon, daß ich immer recht lebhaft war, und ich pflegte die Psalmen lauthals zu intonieren, während ich sie niederschrieb, und das reizte ausgerechnet meinen schwerhörigen Onkel ganz besonders häufig. Ich weiß nicht, warum. Immerhin war er ziemlich taub! Und außerdem habe ich eine schöne Stimme.«

»Ja, das ist wahr.«

»Warum sollte sich also ein tauber Mensch derart aufregen? Aber er wußte, daß ich die Psalmen nicht einfach sang, so wie vorhin für dich, sondern mit etwas mehr Schwung, sozusagen, als gäbe es dazu Cymbalklänge und Tänzerinnen, und das machte ihn so ungehalten.

Seine Worte waren: ›Es gibt eine passende Zeit zu schreiben und eine passende Zeit, den Herrn zu loben mit seinen Liedern.‹ Ich lenkte dann achselzuckend ein, aber ich war schon der Typ, der gerne Unsinn macht. Doch du bekommst einen falschen Eindruck von mir. So schlecht war ich nun auch wieder nicht ...«

»Ich glaube, ich weiß, was für ein Typ du bist – und damals warst ...«

»Ja, ich schätze, das hast du inzwischen mitbekommen, und wenn du mich für schlecht gehalten hättest, hättest du mich wohl hinausgeworfen in die Kälte.«

Er sah mich an. Seine Augen waren nicht wild. Die Brauen waren massig und tief angesetzt, doch seine Augen waren so groß, daß ihn das trotzdem hübsch aussehen ließ. Und er schien mir nun herzlicher und entspannter als vorher, und ich fühlte mich zu ihm hingezogen und wollte alles über ihn erfahren.

Aber ich fragte mich doch: Wäre ich überhaupt in der Lage, ihn hinauszuwerfen?

»Ich habe vielen Menschen das Leben genommen«, kam seine Reaktion, indem er den Gedanken direkt von mir übernahm, »aber ich würde dir nichts antun. Jonathan Ben Isaak, das weißt du. Attentäter habe ich getötet! Einem Menschen wie du es bist, würde ich nichts antun. Zumindest setzte ich mir diesen Ehrenkodex, als ich endlich wieder zu mir selbst gefunden hatte. Der Kodex gilt noch immer.

Als ich gerade zum ›Hüter der Gebeine‹ gemacht worden war, als ich noch der verbitterte, zornige Geist in den Diensten machtvoller Magier war, tötete ich auch Unschuldige, wenn es der Wille meines Meisters war, denn ich glaubte, es tun zu müssen. Ich dachte damals, der Mensch, der mich heraufbeschwören könne, könne mich auch beherrschen, deshalb handelte ich nach seinem Willen. Doch dann kam der Moment, wo ich erkannte, daß ich nicht auf ewig ein Sklave sein müsse, daß ich vielleicht immer noch gottgefällig handeln könnte, obwohl meine Seele von meinem Geist getrennt war, und beides von meinem Körper. Und daß so vielleicht eines Tages die drei wieder ein Ganzes und in einer Gestalt vereint sein würden. Ach!«

Er schüttelte den Kopf.

»Aber Asrael, vielleicht hast du das schon erreicht!«

»Oh Gott, Jonathan, versuche nicht, mich zu trösten. Das kann ich nicht ertragen. Höre mich nur zu Ende an. Sieh nach, ob die Tonbänder funktionieren. Erinnere dich stets an mich. Erinnere dich meiner Worte ...«

Seine Zuversicht verließ ihn plötzlich. Er starrte wieder ins Feuer.

»Meine Familie, mein Vater«, murmelte er. »Mein Vater! Wie sehr ihn doch geschmerzt hat, was er schließlich tat, und wie er mich dabei ansah! Er sagte etwas im Zusammenhang damit, mir Schmerz zufügen zu müssen. Weißt du, was er sagte? ›Asrael, liebt mich auch nur einer meiner Söhne so sehr wie du? Und nur du könntest mir hierfür je vergeben!‹ Und er meinte es. Meinte es wörtlich, er, mein Vater, mein kleiner Bruder, der mir tränenüberströmt, mit tiefster Wahrhaftigkeit und Überzeugung ins Gesicht schaute!

Entschuldige. Ich greife vor. Mein Tod kommt noch früh genug. Es sind nur noch ein paar Seiten bis dahin, schätze ich.«

Er bebte am ganzen Körper. Und wieder standen Tränen in seinen Augen. »Verzeih, denke einfach daran, daß ich mich in all den Tausenden von Jahren an diese Dinge nicht erinnern konnte. Ich war ein verbitterter Geist, ohne Erinnerungsvermögen. Und nun, da mir alles wieder einfällt, gieße ich es vor dir aus. In Tränen aufgelöst schütte ich dir mein Herz aus.«

»Sprich ruhig weiter. Schenk mir deine Tränen, dein Vertrauen, deinen Schmerz. Ich werde dich nicht im Stich lassen.«

»Ach, du bist etwas Besonderes, Jonathan Ben Isaak.«

»Nein, wirklich nicht. Ich bin ein Lehrer, ich bin ein ganz zufriedener Mensch, ich habe eine Frau, habe Kinder, die mich lieben. Ich bin nichts Besonderes.«

»Aber du bist ein guter Mensch und trotzdem bereit, mit jemandem zu sprechen, der schlecht ist! Das macht dich so außergewöhnlich. Der chassidische Rabbi wandte sich von mir ab!« Er lachte urplötzlich auf, ein tiefes, bitteres Lachen. »Er war sich zu gut, um mit dem ›Hüter der Gebeine‹ zu sprechen.«

»Ich lächelte: »Wir sind zwar alle Juden, aber es gibt solche und solche.«

»Ja, und jetzt gibt es auch noch Israelis, die Makkabäer sein möchten. Und dann sind da noch die Chassidim.«

»Und andere orthodoxe Juden, und auch ›reformierte‹ und was weiß ich welche noch. Komm lieber auf dein Thema zurück, in deine Epoche. Ihr wart also eine große, glückliche Familie.«

»Ja, das stimmt. Und ich war dabei, dir zu erklären, daß es für reiche Hebräer gang und gäbe war, im Palast zu arbeiten. Das tat, wie gesagt, auch mein Vater und viele meiner Cousins. Wir waren Schreiber, doch wir waren auch Kaufleute; wir handelten mit Juwelen, Seide, Silber und eben mit Büchern. Mein Vater hatte großes Geschick darin, edelste Gefäße aufzutreiben, bestimmt für die Tafel des Königs sowie für den Tempel und die Altäre Marduks und für Marduk selbst.

Damals gab es innerhalb des Tempels viele kleine Seitenkapellen mit Altären für andere Gottheiten, und täglich wurde jeder dieser Gottheiten, und so auch Marduk, eine Mahlzeit gerichtet. Für diese Zwecke gab es im Tempel einen großen Vorrat an goldenem und silbernem Geschirr. Und die Aufgabe meines Vaters war es, die Gefäße auszusortieren, die nicht in Ordnung waren.

Häufig begleitete ich ihn hinunter zu den Docks, wo die Schiffe mit den kostbaren neuen Waren aus Griechenland oder Ägypten anlegten, und ich lernte von ihm, die Gravuren auf den Bechern zu beurteilen oder die beste Feingoldmischung zu erkennen. Ich lernte, Diamanten oder Rubine oder Perlen auf ihre Echtheit zu prüfen – oh, ich liebte vor allem die Perlen; wir handelten mit den unterschiedlichsten Arten, wir nannten sie ›Augen des Meeres‹.

So verdienten wir uns unseren Lebensunterhalt – auf dem Marktplatz, im Tempel und im Palast.

Über den ganzen Markt verteilt hatten Mitglieder meiner Familie ihre Stände, an denen sie mit Geschmeide, mit Honig und mit Tuchballen handelten – purpur und blau gefärbte waren am kostbarsten, wenn es um Seide und Leinen ging –, und auch Weihrauch verkauften sie, obschon die Käufer Götzenanbeter waren, die den Weihrauch für Nabu oder Ischtar verbrannten oder natürlich für Marduk. Doch das alles sicherte unseren Lebensunterhalt, es war unsere Quelle der Macht, unsere Methode, stark zu sein, die Familie zusammenzuhalten, um eines Tages wieder heimkehren zu können. Der Handel war ebenso wichtig wie die Abschriften der Heiligen Bücher.«

»Das ist eine alte Geschichte«, sagte ich.

»Übrigens bescherte dieser Handel meinem Hause einen prächtigen Lebensstil, den wir als Kamelzüchter wohl nicht gehabt hätten. Und das muß dir zum Verständnis dafür dienen, daß der Reichtum, der uns umgab, die Werteskala meines Vaters ebenso beeinflußte wie die meine. Ich will sagen, wir verdienten nicht nur unser Geld damit, nein, auch durch unser Haus wurden ständig Handelsgüter geschleust. Du weißt schon, zum Beispiel eine herrliche Statue der Göttin Ischtar, aus Zedernholz gearbeitet, die direkt aus Dilmun eingetroffen war. Mein Onkel ließ sie ein oder zwei Wochen im Hause stehen, wo sie den Wohnraum schmückte, ehe er sie schließlich weiterverkaufte. Das Anwesen quoll regelrecht über von hübschen Fußschemeln, zierlichen Möbeln aus Ägypten, schlanken, schwarzrot bemalten Vasen und Gefäßen aus Griechenland, also, alles was man nur tragen konnte, was gefällig verziert und schön anzusehen war.«

»Du wuchsest inmitten von Schönheit auf, so war es?«

»Ja«, sagte Asrael. »So war es. Tatsächlich. Und trotz all meines aufreizenden Geredes und Gehabes und meines Schäkerns mit Marduk schenkte man mir doch allenthalben Liebe. Mein Vater, meine Brüder liebten mich, meine Schwestern und Onkel, und selbst der taube Onkel, sie liebten mich. Und ein Prophet sagte einmal zu mir: ›Jahwe schaut auf dich mit Liebe‹. Genau so sagte die alte Hexe Asenath. Ach, so viel Liebe.«

Es war nur natürlich, daß er hier abbrach. Er saß da, prächtig in seinem roten Samtgewand, mit dem glänzenden Haar und der glatten, reinen Jünglingshaut, weich wie die eines Mädchens. Ich werde wohl wirklich langsam alt. Denn ich finde junge Männer nun genauso schön wie Mädchen. Nicht daß ich sie begehrte. Nur geben sie mir nun ein Gefühl dafür, daß das Leben an sich voller üppiger Genüsse ist.

Asrael war verwirrt. Schmerz erfüllte ihn. Ich zögerte, ihn weiter zu drängen. Dann öffnete er die Lippen; doch er verharrte schweigend.

3

»Wie war das, im Tempel, im Palast umherzustreifen?« fragte ich ihn. »Das Haus kann ich mir vorstellen, es muß wunderschön gewesen sein. Aber wie war das mit dem Palast? War er wirklich von oben bis unten vergoldet? Und auch der Tempel?«

Er reagierte nicht auf meine Worte.

»Beschreibe mir alles ganz anschaulich und bildhaft, Asrael, damit gönnst du dir eine kleine Atempause. Erzähl mir zum Beispiel von dem Tempel, wie war der?«

»Ja«, sagte er, »der Tempel war ein Gebilde aus Gold und edlen Steinen, in dem schimmernde Kostbarkeiten, liebliche Düfte und der fortwährende Klang der Harfen und Flöten ihre eigene pulsierende Welt erzeugten, eine Welt, in der der entblößte Fuß über spiegelglatte, in Blütenmustern verlegte Kacheln schritt.« Er lächelte.

»Und es war um einiges lustiger dort, als du dir vielleicht vorstellst. Gar nicht todernst. Natürlich waren die beiden Gebäude riesig. Du weißt, Nebukadnezar baute diesen Palast zu Ruhm und Ehren der babylonischen Vergangenheit – so glaubte er zumindest. Er vergrößerte die königlichen Gärten um ein beträchtliches; und der Tempel war das große Gebäude, das man als Esagila kennt. Dahinter erhob sich der gewaltige Zikkurat Etemenanki, dessen Stufen bis in den Himmel ragten, und seine Rampen verliefen bis hinauf zum obersten Tempel, der meinem erhabenen, lächelnden Lieblingsgott geweiht war. Im Tempel wie im Palast gab es unzählige, mit Siegeln verschlossene Türen. Manche dieser Siegel waren seit ewigen Zeiten nicht aufgebrochen worden. Und wie du sicher weißt, versiegelte man auch Verträge auf die gleiche Weise … man ritzte den Vertragstext in eine Tontafel und hüllte sie nach dem Trocknen wiederum in einen Umschlag aus Ton, auf dem der gleiche Wortlaut stand. War beides erst einmal getrocknet, konnte man nicht an die innere Tafel heran, ohne die Hülle zu zerbrechen. Änderte also ein unredlicher Mensch auf dem Umschlag etwas ab, zeigte dennoch die innere Tafel den wahren Wortlaut. Das kam gar nicht so selten vor; jemand legte seinen Vertrag vor, weil er beim Öffnen der Hülle feststellte, daß ein hinterhältiger Gauner den Inhalt gefälscht hatte; dann mußte der König mit seinen Beratern und Weisen für Gerechtigkeit sorgen. Ich bin jedoch nie den Verurteilten zum Richtplatz gefolgt. Wie du schon sagtest, man erzog mich unter ästhetischen Gesichtspunkten.

Nie sah ich Hungernde in den Straßen Babylons. Und elende Sklaven auch nicht. Babylon war eine traumhafte Stadt, in der jeder gern gelebt hätte. Jedermann dort war glücklich und zufrieden und unter dem Schutz des Königs.

Aber zurück zu deiner Frage: Man konnte im Tempel umherstreifen, einfach nur so. An den Füßen meine feinen, juwelenbestickten Pantoffeln, so schlich ich in die Kapellen der verschiedenen Götter – Nabu und Ischtar, und wer sonst von den Göttern und Göttinnen anderer Städte hier Unterschlupf gefunden hatte. Weißt du, das kam immer wieder vor. Immerhin war Kyros, der Perser, auf dem Vormarsch, und entlang der Küste nahm er eine griechische Stadt nach der anderen ein. Und so gaben verängstigte Priester aus ganz Babylonien ihre Götterstatuen in unseren Schutz, und diese Gottheiten, unsere Gäste sozusagen, bekamen ihre eigenen Kapellen, wo sie dann inmitten flackernder Lichter ihren Platz hatten.

Diese Furcht um den Gott, die Furcht, daß der Feind die Gottheit erobern könne, war eine ganz reale Furcht. Marduk war selbst zweihundert Jahre lang der Gefangene einer anderen Stadt gewesen, man hatte ihn gestohlen und fortgeschleppt, und es war ein erhebender Tag für Babylon gewesen, als man ihn gefunden und wieder heimgebracht hatte – das war jedoch lange vor meiner Geburt.«

»Hat er dir je davon berichtet?« fragte ich.

»Nein«, antwortete er. »Aber ich habe ihn auch nie danach gefragt. Zu dergleichen kommen wir noch …

Wie ich schon sagte, ich streifte gern im Tempel umher. Ich brachte Botschaften zu den Priestern; wenn Belsazar speiste, wartete ich bei Tisch auf, und ich freundete mich sozusagen allgemein mit den Leuten im Palast an, mit den Eunuchen, den Tempelsklaven, mit anderen Pagen und auch mit der einen oder anderen der Tempelhuren, die naturgemäß alle sehr schöne Frauen waren.

Nun hatte meine Arbeit im Tempel und im Palast auch einen babylonischen Aspekt. Die Regierung verfolgte eine vernünftige Politik. Sie nahm wohlhabende Geiseln, Deportierte wie uns, nicht nur, um die Kultur der Stadt zu bereichern, sondern es wurden auch immer junge Männer wie ich ausgewählt, die man die babylonische Lebensart lehrte. Das hatte Gründe. Wenn man uns nämlich in unsere Heimat entließ oder auch in eine entfernte Provinz sandte, waren wir durch diese Erziehung gute Babylonier, das heißt, geschulte, zuverlässige Leute im Dienste des Königs.

Am Hofe gab es jede Menge Hebräer.

Das änderte aber nichts daran, daß einige unserer Onkel sich maßlos aufregten, weil mein Vater und ich im Tempel arbeiteten, doch wir beide pflegten nur mit den Schultern zu zucken und zu sagen: ›Wir beten Marduk nicht an. Wir essen nicht zusammen mit den Babyloniern. Wir essen auch nicht von den Speisen, die den Götterbildern vorgesetzt worden sind.‹ Und die gleiche Ansicht hatte ein Großteil unserer Gemeinde.

Zu der Sache mit den Speisen laß mich etwas anmerken. Für Hebräer ist das auch heute noch wichtig. Oder? Man speist nicht gemeinsam mit den Heiden. Und das war damals auch so. Und man aß auf keinen Fall etwas, das zuvor einem Götzenbild vorgesetzt worden war. Das war von großer Bedeutung.

Als gute Hebräer brachen wir das Brot nur mit unseresgleichen, und wir wuschen uns stets sorgfältig, dem Ritual gemäß, unter Gebeten die Hände, ehe wir die Speisen zu uns nahmen, und es gab nichts in unserem Leben, das nicht durchdrungen war von unserem Wunsch, Jahwe, den Herrn der Heerscharen, zu preisen.

Aber wir mußten auch überleben in Babylon. Unser ganzes Streben war darauf gerichtet, einst reich in unser Heimatland zurückzukehren. Also mußten wir stark sein. Und für einen Hebräer bedeutete das damals das gleiche wie heute: Man mußte die Kraft haben, sich anzupassen, ohne sich selbst zu verlieren.«

Wieder kam eine seiner obligatorischen Pausen. Er beugte sich vor und schürte das Feuer, wie man es macht, wenn man eine Denkpause braucht und gleichzeitig beschäftigt sein möchte. Da hilft es, im Feuer zu stochern, besonders, wenn man gerade kein Getränk zur Hand hat; ich wenigstens hatte meinen Kaffeebecher, den ich umklammerte, als sei das für mich die wichtigste Beschäftigung der Welt.

»Du sahst damals genauso aus wie jetzt, nicht wahr?« Die Frage hatte ich ihm schon einmal gestellt. Es war eine Art rhetorischer Trick und sollte ihm signalisieren: Gott gab dir genau die richtigen Gaben mit, junger Mann.

»Ja«, gab er zu. »Jetzt, im Augenblick, wollte ich allerdings keinen Bart tragen, das sagte ich dir, glaube ich, vorhin schon. Doch das scheint mir wohl nicht gegeben.

Ich erschien als mein altes Selbst; und ich weiß immer noch nicht, wer mich gerufen hat. Warum gerade jetzt? Warum hat sich mein ursprünglicher Körper wieder um mich herum zusammengefügt? Warum? Ich weiß es nicht.

Wenn ich in der Vergangenheit von einem Magier heraufbeschworen wurde, gestaltete ich mein Äußeres nach seinem Willen, und daraus ergab sich manches Mal ein ganz entsetzlicher Anblick. Selten, wenn überhaupt, warteten sie auch nur einen Atemzug lang, um meine eigentliche Gestalt zu sehen. Man pflegte mich auf eine ganz bestimmte Weise zu beschwören: ›Asrael, Hüter der Goldenen Gebeine, die ich hier in Händen halte, erscheine in einem Feuersturm und verzehre meine Feinde, daß sie zu Asche werden.‹ So oder ähnlich lauteten die Zaubersprüche.

Aber wie auch immer, um deine Frage zu beantworten: Als ich starb, sah ich wirklich ganz genauso aus wie heute, bis auf ein hervorstechendes Merkmal, das man meinem Körper hinzufügte, ehe man mich ermordete, doch das will ich später erzählen. Ich sehe heute so aus wie in meiner Sterbestunde.«

»Wie war das mit deinem Vater? Warum war es ein Fehler, ihm von Marduk zu erzählen? Wieso? Was hat das zu bedeuten? Was tat er dir an, Asrael?«

Er schüttelte den Kopf. »Davon zu sprechen, fällt mir am schwersten, Jonathan Ben Isaak; weißt du, ich habe es noch nie jemandem erzählt. Nicht einmal einem meiner Meister. Kennt Gott kein Vergessen? Wird Er mir die Stufen zum Himmel auf ewig verweigern?«

»Asrael, laß dich von mir warnen, einfach, weil ich älter bin als du und ein Mensch, wenn auch meine Seele noch jung ist. Sei dir nicht so sicher, daß der Himmel existiert, und betrachte das Antlitz unseres Gottes ebensowenig als gegeben, wie Marduk es tat.«

»Heißt das, du glaubst an das eine, aber nicht an das andere?«

»Es heißt einfach, daß ich den Schmerz dämpfen möchte, den deine Erzählung in dir hervorruft; ich möchte dir das Gefühl nehmen, daß du unvermeidlich einem entsetzlichen Schicksal unterworfen bist wegen etwas, das andere getan haben.«

»Du bist weise«, sagte er. »Und noch dazu großherzig. Ich bin in vieler Hinsicht immer noch sehr naiv.«

»Ich verstehe. Ich weiß, was du meinst. Laß uns wieder auf Babylon zurückkommen, ja? Sage mir, was es mit dieser Verschwörung auf sich hatte. Und was hatte dein Vater letztendlich damit zu tun?«

»Ach, mein Vater und ich, wir waren die besten Freunde! Einen besseren Freund als mich hatte er nicht, und mein bester Freund war Marduk.

Ich war immer der Anführer bei unseren feuchtfröhlichen Ausflügen, und nur er ... kein anderer hätte mich zu dem überreden können, was ich schließlich tat ... das, was mich zum Hüter der Gebeine werden ließ.

Schon seltsam, wie sich alles zusammenfügte.« Selbstversunken murmelte er nur noch leise vor sich hin. »Sie besorgten die Bestandteile und mischten sie auch, denn das Gebräu konnte nur wirken, wenn keine Zutat fehlte. Die Priester? Die allein hätten meinen Vater niemals so weit gebracht, allem zuzustimmen. Kyros, der Perser? Ich traute ihm nicht weiter über den Weg, als ich jedem anderen Tyrannen getraut hätte. Und gab es etwa Ratschläge vom guten alten Nabonidus? Der war zwar dabei, aber das war nur eine freundliche Geste von Kyros' Seite – und Gerissenheit. Gerissenheit war überhaupt ein ganz wichtiges Charakteristikum des persischen Weltreiches. Aber vielleicht sind darauf alle Weltreiche aufgebaut.«

»Nimm dir Zeit«, bat ich, »atme erst einmal tief durch.«

»Ja ... laß mich meine Familie beschreiben. Meine Mutter starb, als ich noch ein Kind war. Sie war sehr krank und weinte, weil sie nicht mehr erleben würde, daß Jahwe uns sein Antlitz zeigen und uns zurück ins Land Zion führen werde. Sie stammte aus einer Familie von Schriftgelehrten, und man erzählte mir, daß sie einst sogar eine annehmbare Prophetin gewesen war, doch diese Gabe schwand, nachdem sie Söhne geboren hatte. Bis zu meiner letzten Stunde war mir klar, wie sehr sie meinem Vater fehlte. Er hatte sich zwei nichtjüdische Frauen genommen und ich auch; genaugenommen hatten wir diese Frauen zusammen, aber dabei ging es nicht um Nachwuchs, dabei ging es nur ums Vergnügen.

Zu Hause, für die Familie, arbeitete mein Vater intensiv, kopierte die Psalmen und gab sich große Mühe, exakt die Worte wiederzugeben, die uns von Jeremias überliefert waren, und wir verbrachten Tage und Nächte in Streitgesprächen darüber. Mein Vater war kaum je Vorsprecher bei den Gebetsrunden. Er hatte jedoch eine schöne Stimme, und ich erinnere mich bis auf den heutigen Tag seiner Gesänge zum Lob des Herrn.

Wenn wir unserer Beschäftigung im Tempel nachgingen, war es zwischen uns beiden insgeheim klar, daß wir alle Götzenanbeter für total verrückt hielten, aber warum sollten wir nicht für sie arbeiten und sie einfach gewähren lassen?

Ich habe ja schon erklärt, daß wir von Zeit zu Zeit auch gemeinsam mit den Priestern das Mahl für Marduk bereiteten. Unter den Priestern hatte ich eine Menge Freunde, und weißt du, wie bei allen Priestern war es auch bei ihnen; einige glaubten jedes Wort ihres Gottes, einige glaubten nichts davon. Doch gleichermaßen umhüllten wir den Tisch des Gottes mit schützenden Schleiern und nahmen später die Speisen wieder fort, die der Gott Marduk tatsächlich in sich aufgenommen und genossen hatte – auf seine Weise, indem er das Aroma, den Duft und die Feuchtigkeit aus den Speisen aufsog. Anschließend reichten wir diese Speisen der königlichen Familie, den königlichen Geiseln und den Priestern und Eunuchen, die an der königlichen Tafel zu speisen pflegten, aber ich betone es noch einmal: Als gute Hebräer aßen wir selbst nie davon. Das hätten wir niemals getan.

Wir hielten uns an die Gesetze Mose, so weit es uns nur möglich war. Und vor kurzem, als ich mich da mitten in New York wiederfand und meine Jagd auf die Killer Esther Belkins begann, traf ich auf Gregory Belkins Großvater, der ein Rabbi ist, in Brooklyn. Da sah ich, daß viele der Juden, so strenggläubig sie auch sind, doch ihren Lebensunterhalt dort verdienen, indem sie Handel treiben, so wie wir damals in Babylon. Und ich sah, was du auch selbst schon gesagt hast, daß unter den Juden alle Abstufungen des Glaubens vertreten sind.«

Er brach abermals ab. Er drängte sich nicht unbedingt danach, so bald auf den schmerzlichen Teil seiner Erzählung zu kommen.

»Zurück zu Babylon! Stell dir vor, du siehst mich in der Taverne tanzen, zusammen mit meinem Vater. Nur die Männer tanzten in jener Nacht dort, Huren waren nicht da. Ein reiner Männerabend. Und ich erzählte ihm: ›Ich habe den Gott mit meinen eigenen Augen gesehen, ich habe ihn erblickt und an mein Herz gedrückt. Vater, ich bin ein Götzenanbeter, doch ich schwöre dir, er ist mir erschienen, und er schreitet an meiner Seite.‹

Und sieh, da, in der Ecke dort hinten wendet sich Marduk bewußt von mir ab und schüttelt abwehrend den Kopf.

Stunden später stritten mein Vater und ich immer noch. Er sagte: ›Du bist ein Weiser, du bist ein Seher, und du hast die dir verliehenen Kräfte mißbraucht. Deine Pflicht ist es, sie für dein Volk einzusetzen.‹

›Aber das will ich, Vater, ganz bestimmt, doch du mußt mir sagen, was ich tun soll. Marduk bittet mich um nichts. Was verlangst *du* von mir?‹

Am nächsten Tag war ich einige Häuserblocks von meinem Heim entfernt, als Marduk sich mir zeigte, durchscheinend, golden, aber eindeutig sichtbar. Er warnte mich: ›Berühre mich nicht, sonst müssen wir uns mit einem aufsehenerregenden Wunder herumschlagen.‹

›Sag', bist du böse auf mich, weil ich mit meinem Vater über die Sache gesprochen habe?‹ fragte ich ihn geradeheraus. Wie zwei Freunde gingen wir nebeneinander her, und allein schon, ihn sichtbar vor Augen zu haben, empfand ich als tröstlich.

›Nein, Asrael, ich bin nicht ärgerlich, nur traue ich den Priestern nicht. Im Tempel gibt es sehr, sehr viele alte, Komplotte schmiedende Priester, und man weiß nie, was sie von dir verlangen könnten. Nun hör mir zu. Ich muß dir ein paar Sachen erläutern, ehe wir uns noch tiefer darin verstricken, oder besser gesagt, du dich; denn tiefer als ich kann man gar nicht drin sein. Komm mit mir in die öffentlichen Gärten. Ich sehe dir so gern beim Essen und Trinken zu.‹

Wir gingen also in seinen Lieblingspark, der unten am Euphrat gelegen war, sehr groß, so daß die geschäftigen Umtriebe des Hafens und der Werften nicht herüberdrangen. Eigentlich lag der Park näher an einem der Kanäle, die dort in den Fluß mündeten, als am Fluß selbst, an dem es immer am betriebsamsten war. Gewaltige Trauerweiden beschatteten den Park, gerade wie es in dem Psalm heißt – du weißt schon! Ein paar Musikanten spielten dort auf ihren Flöten, tanzten und hofften auf ein geringes Trinkgeld.

Marduk setzte sich mir gegenüber und verschränkte die Arme. Wir sahen uns wirklich ähnlich; wir hätten Geschwister sein können. Ich überlegte, daß ich ihn besser kannte als jeden meiner Brüder. Und nur nebenbei gesagt, ich haßte meine Brüder keineswegs, so wie es immer in den alten biblischen Geschichten ist. Das vergiß ruhig. Ich liebte meine Brüder. Sie waren ein wenig zahm, was das Trinken und Tanzen anging. Mit meinem Vater hatte ich mehr Spaß. Aber ich liebte sie.«

Er brach ab, wie aus Achtung vor seinen toten Brüdern. In seinem roten Samtgewand erschien er mir inzwischen mehr als nur schön, und diese Unterbrechungen, die mir immer wieder Gelegenheit gaben, ihn zu betrachten, ließen ihn nachgerade verführerisch auf mich wirken. Doch er begann wieder zu erzählen:

»Marduk redete ohne Umschweife auf mich ein: ›Hör zu, ich werde dir jetzt die Wahrheit sagen, und du gibst gut acht. Ich weiß nichts von meinem Ursprung, ich habe keine bewußte Erinnerung daran. Ich kann mich nicht erinnern, Tiamat, den großen Drachen, erschlagen und aus seiner einen Hälfte die Welt und aus der anderen das Himmelsgewölbe gemacht zu haben. Was allerdings nicht heißt, daß es nicht so war. Oft wandere ich wie in einem dichten Nebel. Ich sehe die Geister der Götter und die umherschweifenden Geister der Toten, und ich lausche auf die Gebete und versuche, ihnen zu entsprechen. Doch der Ort, an dem ich weile, ist trübsinnig und fade. Es ist immer eine große Freude für mich, in den Tempel zurückzukehren zu meinem Festmahl, denn dann klärt sich der Nebel. Weißt du, wodurch?‹

›Nein, aber ich kann es erraten … weil die Priester dich sehen können, weil die mächtigen Seher dich sehen können.‹

›Genau so ist es, Asrael, ich kann mich Hexen und Zauberern sichtbar, begreifbar machen, denen, die die Gabe des Sehens haben, und wenn ich die Trankopfer aufnehme, sie inhaliere und den Duft der Speisen inhaliere, dann gibt mir das wieder Lust am Leben. Dann begebe ich mich in die Statue und ruhe in deren Dunkelheit; die Zeit bedeutet mir nichts mehr, und ich lausche dem geschäftigen Babylon. Ich lausche, lausche … Doch die Mythen meines Ursprungs? Ich kann mich nicht an sie erinnern. Du weißt, was ich damit meine?‹

›Nicht so ganz‹, gab ich zu. ›Willst du andeuten, daß du kein Gott bist?‹

›Nein, das nicht. Ich bin ein Gott und ein sehr mächtiger dazu. Setzte ich meinen Willen ein, könnte ich diesen Marktplatz, diesen Park im Augenblick mit einem einzigen gewaltigen Windstoß leerfegen. Nichts ist einfacher als das. Doch was ich sagen will, ist, daß Götter nicht allwissend sind, und diese Sage, wie Marduk der Erste der Götter wurde, wie er Tiamat erschlug, wie er den himmelstürmenden Turm erbaute … nun, entweder habe ich sie schon vor langer Zeit vergessen, oder meine Kräfte lassen langsam nach und ich kann mich deshalb nicht an sie erinnern. Götter können sterben. Sie können einfach vergehen. Genau wie Könige. Sie können in Schlaf sinken, und dann ist es schwer, sie wieder aufzuwecken. Und wenn ich erwache und hellwach und lebendig bin, dann liebe ich Babylon, und Babylon erwidert diese Liebe.‹

›Sieh, mein Herr‹, sagte ich zu ihm. ›Du bist erschöpft, weil das Neujahrsfest seit zehn Jahren nicht mehr abgehalten wurde, weil unser König Nabonidus dich und deine Priester vernachlässigt hat. Das ist alles. Wenn wir diesen konfusen alten Idioten dazu bringen könnten, heimzukommen und das Neujahrsfest zu feiern, würdest du dich wieder aufraffen. Der Anblick all der Babylonier, die dich die Prozessionsstraße entlangschreiten sähen, würde dir neues Leben einhauchen.‹

›Das ist eine hübsche Idee, Asrael, die eine gewisse Wahrheit enthält, doch ich hege keine Liebe für das Neujahrsfest, ich bin nicht angetan davon, in dem Standbild zu sitzen und mit dem König Händchen zu halten. Immer wieder gerate ich mitten in der Zeremonie in Versuchung, den König niederzuschlagen und fortzustoßen, so daß er auf der Prozessionsstraße landet, direkt in der Gosse. Verstehst du nicht? Es ist nicht das, was sie dir einreden wollen! Bestimmt nicht!‹

Er verstummte mit einer Geste, die mir bedeutete, ich möge mir das durch den Kopf gehen lassen, und dann sagte er, er wolle etwas versuchen. Die nächsten Augenblicke sollten einen entscheidenden Einfluß auf mich in meiner zukünftigen Existenz als ein Geist haben, aber das konnte ich damals nicht wissen.

Denn Marduk sagte: ›Asrael, mach bitte folgendes. Schau mich an, streife mir in deinem Geiste all dieses Gold ab, stell dir vor, ich sei ebenso rosig und lebendig wie du selbst, mit schwarzen Haaren und braunen Augen, und dann greife nach mir und berühre mich mit deinen beiden Händen. Befreie den Gott von seinen goldenen Fesseln. Versuche es.‹

Ich zitterte.

›Was ängstigst du dich so sehr! Einen Edlen in feinster Kleidung wird man dir gegenüber sitzen sehen, sonst nichts.‹

›Ich habe Angst, weil es funktionieren könnte, mein Herr‹, erklärte ich, ›und mir ist ein besorgniserregender Gedanke gekommen. Du willst entkommen, Marduk. Du willst fort. Und wenn das hier funktioniert, wenn meine Augen, meine Berührung dir einen sichtbaren Körper verschaffen können, dann kannst du entkommen, nicht wahr?‹

›Und warum zum Teufel sollte das einen Sohn Jahwes erschrekken?‹ Er holte tief Luft. ›Tut mir leid, daß ich ärgerlich auf dich war. Ich liebe dich weit mehr, als all meine anderen Anbeter und Untertanen. Ich werde Babylon nicht im Stich lassen. Ich werde hier sein, solange Babylon mich braucht. Ich werde noch hier sein, wenn der Sand uns einst alle bedeckt. Dann erst werde ich vielleicht entkommen. Aber ja, du hast recht, es würde mir die Freiheit schenken. Es würde mich lehren, daß ich, obwohl ich ein Gott bin, doch in einen sichtbaren, menschlichen Körper schlüpfen und umhergehen könnte. Es würde mich lehren, welche Möglichkeiten mir offenstehen, verstehst du? Ich kann Stürme hervorrufen, ich kann manchmal heilen, obwohl das sehr, sehr heikel ist, und ich kann Wünsche erfüllen, weil ich so manches weiß, und weil ich weiß, daß die Dämonen, vor denen sich die Menschen fürchten, nichts anderes sind als die ruhelosen Toten.‹

›Ist das wahr?‹ fragte ich. Aber hier muß ich einfügen, daß Dämonen auszutreiben in Babylon ein blühender Geschäftszweig war. Das heißt, man konnte ein Vermögen machen, indem man Dämonen vertrieb, aus Häusern, aus erkrankten Menschen und so weiter. Dafür gab es feste Rituale und Talismane; man bezahlte einen Dämonenaustreiber, der einem dann die entsprechenden Anweisungen gab. Aus dem Grund wollte ich natürlich wissen, ob es wirklich keine Dämonen gab. Aber er antwortete mir nicht geradeheraus.

Schließlich hub er an: ›Asrael, die *meisten* Dämonen sind nur die ruhelosen Seelen der Toten. Doch es gibt auch mächtige Geister, so mächtig wie Götter, und einige von ihnen sind voller Haß und richten mit Vorliebe Schaden an. Aber sie sind kaum je daran interessiert, einem Milchmädchen eine Krankheit anzuhängen oder ein unbedeutendes Haus mit einem Fluch zu belegen. So etwas ist nur der Schabernack, den ruhelose Seelen treiben. Und diese Streiche wollen sie auch nicht unterlassen, denn dadurch lichtet sich für sie der Nebel und der Rauch, in dem sie umhertreiben.‹

Halte dir nur vor Augen, wie herrlich er aussah, als er da vor mir saß, ein so schönes, edles Wesen, überzogen und durchdrungen von Gold! Seine großzügige Haltung, seine Geduld mit mir beeindruckten mich so sehr, daß mein Herz klopfte und ich gleichzeitig zu Tränen gerührt war und überschwenglich lachte, so sehr liebte ich ihn.

Ich zögerte nicht länger. Ich streckte die Hand aus, und während ich ihn berührte, bat ich gleichzeitig inbrünstig darum, daß er all dieses Goldes ledig werde, und er frei wäre, sich wie ein Mensch unter Menschen zu bewegen. Errätst du, was geschah?«

»Er wurde sichtbar, als sei er real vorhanden«, sagte ich.

»Genau das, und dadurch erfuhr ich etwas über Geister, das ich später zu meinem Vorteil nutzen konnte, und bis vor kurzem auch einsetzte. Ja, es war so. Er wurde sichtbar! Da saß, mir gegenüber an dem Marmortisch, in ein Festgewand gekleidet, ein großartiger Edelmann. Ein Becher Wein stand vor ihm, und er lächelte. Es ging eine Welle der Bewegung durch die Anwesenden, als man auf ihn aufmerksam wurde. Ich glaube nicht, daß jemand bemerkte, wie er sich materialisierte, wie ihr heute sagen würdet. Sie nahmen einfach Notiz von ihm. Weil er wunderschön war.«

»Wurde denn deutlich, daß er Marduk war?« fragte ich.

»Nein, ohne diesen goldenen Überzug hätte er ein König, ein Botschafter sein können. Weißt du, das Standbild war stärker stilisiert, nicht so menschlich. Doch alle Leute sahen ihn. Selbst die Musikanten unterbrachen ihr Spiel, bis er sich ihnen zuwandte und ihnen bedeutete fortzufahren. Aber auch sie sahen ihn tatsächlich, denn sie nahmen ihr Spiel wieder auf.

Ich selbst war vor Angst erstarrt. ›Na komm schon, Freund‹, sagte Marduk. ›Ich sehe alles deutlicher denn je, und obwohl dieser Körper gewichtslos und leicht ist, gefällt mir doch seine Form, und er zieht die Blicke auf sich, was mir noch zusätzlich Macht verschafft, so wie es bei der Neujahrsprozession geschieht. Sie sehen mich! Sie wissen nicht, wer ich bin, doch sie sehen mich. Komm mit, mein Freund, wir wollen einen Spaziergang machen, ich möchte mit dir über die Mauerkrone und durch den Tempel gehen, mit dir zusammen möchte ich alles ringsum so deutlich wahrnehmen. Du brauchst mich nicht mit in dein Heim zu nehmen. Deine Verwandten würden sich nur aufregen. Unglücklicherweise kann ich sie mit meinem göttlichen Gehör vernehmen; sie rufen schon die Weisen Judäas zusammen und beraten sich deinetwegen, weil du die heidnischen Götter sehen und hören kannst. Komm jetzt mit mir, ich möchte ein wenig spazieren gehen.‹

Damit stand er auf und legte den Arm um mich, und wir schlenderten aus dem Park. Wir streiften den ganzen Nachmittag umher. Ich fragte ihn: ›Was passiert, wenn du nicht zurück in den Tempel gehst zu deinem morgendlichen Schmaus?‹

›Dummkopf‹, antwortete er lachend. ›Das weißt du doch ganz genau. Ich sauge doch nur den Duft der Speisen ein. Ich esse sie nicht. Man wird sie vor der Statue niederlegen und anschließend wieder fortnehmen und den Angehörigen des Tempels servieren, die von der Tafel des Gottes essen dürfen. Nichts passiert!‹

Wir zogen durch alle Viertel Babylons, den Fluß und die Kanäle entlang, wir überquerten Brücken und gingen durch verschiedene Distrikte, über den Marktplatz und durch viele öffentliche Gärten und Parks. Er starrte alles in grenzenloser Begeisterung an, und nun, da ich selbst ein Geist bin, kann ich natürlich verstehen, was es für ihn bedeutete, all die lebhaften Farben zu sehen. Und ich verstehe, was er hatte ertragen müssen.

Nahe dem Ischtar-Tor blieb er abrupt stehen. ›Siehst du das?‹ Und ich sah es in der Tat: die Göttin selbst, die drohend auf uns beide herabschaute. Sie war von Gold und Juwelen bedeckt und unsichtbar, doch ich konnte wahrhaftig ihr zorniges Antlitz erkennen.

›Ha, ihr gefällt nicht, was ich hier tue, daß ich entkommen bin!‹ Er blieb stehen und Besorgnis stieg in ihm auf. Zum erstenmal wirkte er, als habe er Angst. Nein, nicht Angst. Vorahnungen. Er war auf der Hut. Und ich verstand, warum. Um uns herum hatten sich inzwischen viele Geister gesammelt, die ihn betrachteten, ihm neideten, was er erreicht hatte, und ihn mit drohend gefurchten Brauen herausfordernd ansahen. Und Götter hatten sich eingefunden. Der Gott Nabu war dort! Ich sah ihn. Und da war auch der Gott Schamasch. Nun waren das alles babylonische Götter, die ihre eigenen Tempel und Priester hatten. Doch ich sah ihnen deutlich an, daß sie wütend auf uns waren.

›Warum hast du keine Angst vor ihnen, Asrael?‹ hauchte mir Marduk vertraulich ins Ohr.

›Sollte ich denn, mein Herr? Erstens bist du bei mir, und zweitens bin ich Hebräer. Das sind nicht meine Götter.‹

Das fand er erheiternd, und er fing an, unbändig zu lachen. Ich hatte ihn noch nicht lachen hören, seit er sichtbar Gestalt angenommen hatte. ›Das ist eine typisch hebräische Antwort‹, sagte er.

›Ja, das kommt mir auch so vor‹, stimmte ich ihm zu. ›Herr, würde ich sie kränken, wenn ich einfach so täte, als sähe ich sie nicht? Und wären sie beleidigt, wenn du sie in Bann schlügest?‹

›Nein, ich bin der oberste Gott hier.‹ Und er machte eine entschlossene, zornige, kühne Geste, und die Geister verblichen und wurden wie Rauch, selbst der erboste Schamasch, und sie verschwanden.

Doch was blieb, das waren die ruhelosen Seelen der Verstorbenen. Marduk breitete die Arme aus und segnete sie. Er wechselte in die sumerische Sprache, wobei er einen Segen nach dem anderen sprach. ›Legt euch wieder nieder, kehrt zurück zu eurem Schlummer, ruht dort in der Mutter Erde, im Frieden eurer Gräber, ruht in der Geborgenheit der Erinnerungen, die eure Kinder für euch in ihren Herzen hegen.‹

Und Gott sei Dank verließen uns alle diese Seelen. Natürlich standen wir beide immer noch gut sichtbar an der gleichen Stelle. Wir riefen einige Aufmerksamkeit hervor, vor allem dieser edle Herr, der so außerordentlich merkwürdige Gesten vollführte für Leute, die niemand wahrnehmen konnte, und an seiner Seite dieser reiche, juwelenbehängte Hebräer, der sein Page oder Begleiter oder was auch immer war.

Doch wenigstens waren die Toten fort. Trauer überkam mich. Mir fiel ein, was der Geist Samuels sagte, als die Hexe von Endor ihn für Saul heraufbeschworen hatte: ›Warum störst du meine Ruhe?‹ Doch wie jammervoll war diese Ruhe. Das wollte ich nicht, wirklich nicht. Ich wollte nicht tot sein. Ich griff nach Marduks Hand und klammerte mich daran. Selbstverständlich war er inzwischen stärker geworden, dadurch, daß ihn so viele Menschen erblickt hatten. Ich muß dir diesen Vorgang wohl nicht näher erklären; es ist ganz einfach, seine Kraft würde zusehends wachsen, je länger er sichtbar war.

Einige andere Dinge verwirrten mich jedoch. Warum, zum Beispiel, ließ er sich nicht auf diese Art von den Priestern lebendig machen, um, der Gott in Person, goldbedeckt durch die Stadt zu wandern? Ich hatte zwar noch von keinem Gott etwas derartiges gehört, aber bevor ich Marduk traf, war mir auch noch kein Gott begegnet. Er las mir diese Gedanken vom Gesicht ab. Immer noch wirkte er, als hege er Bedenken.

›Asrael, zuerst einmal haben die Priester nicht die Kraft, um mich in meiner goldenen Gestalt lebendig und sichtbar werden zu lassen. Sie könnten die Statue nicht in Bewegung versetzen. Sie können kein goldenes Abbild von mir machen, das dann einhergeht, wie es dir gelungen ist. Sie haben nicht die Macht. Sie haben nicht deine Gaben. Und selbst wenn sie es könnten, wie sähe mein Leben denn dann aus? Ein ewigwährendes Neujahrsfest und Anbetung ohne Ende? Ich habe Götter gesehen, die darauf hereingefallen sind. Nur um schließlich mit leeren Händen dazustehen; sie sind jedem ausgeliefert, der ihre Gewänder oder ihr Haar oder ihre Haut berühren kann, bis sie sich endlich in den Nebel flüchten, kreischend wie die verwirrten Toten. Nein, ich täte es nicht, außer wenn Babylon dieses Opfer brauchte, und das ist nicht der Fall. Doch Babylon braucht etwas anderes, und das bald, und du weißt, warum.‹

›Kyros, der Perser‹, sagte ich. ›Täglich kommt er näher. Er wird Babylon plündern. Und ... und ...‹, ich stotterte. ›Und so wie er die Einwohner abschlachtet, wird er auch mein Volk abschlachten. Oder vielleicht läßt er uns auch hierbleiben?‹

Marduk legte seinen Arm um mich und führte mich kühn durch die riesige Menschenmenge, die sich inzwischen versammelt hatte, um uns und unser seltsames Verhalten zu begaffen. Wir betraten einen anderen Park, einen, der mir besonders lieb war, weil dort immer Musikanten auf der Harfe spielten; denn hier trafen sich die Hebräer und spielten ihre Musik, und die hebräischen Männer kamen oft her, um zu tanzen. Ich hatte nicht vorgehabt, meinen eigenen Leuten direkt in die Arme zu laufen, aber jetzt war es auch schon egal. Marduk sagte hastig: ›Asrael, ich glaube, wir haben nicht den richtigen Weg eingeschlagen.‹

›Wieso? Sie werden uns nicht mehr Beachtung schenken als die anderen Leute vorher. Sie sehen mich in Begleitung eines reichen Mannes. Ich bin Kaufmann. Ich sage ihnen einfach, daß ich dir diesen schönen goldenen Gürtel verkauft habe und die Juwelen.‹

Darüber lachte er, aber er hieß mich, sich neben ihn zu setzen, und wir unterhielten uns leise. ›Was weißt du über die Perser?‹ fragte er mich. ›Was weißt du über die Städte, die Kyros eingenommen hat? Was weißt du darüber?‹

›Nun, ich kenne die Lügen, die die Perser verbreiten, wonach Kyros Frieden und Wohlstand bringt und die Menschen ihren Geschäften nachgehen läßt, aber ich glaube das nicht. Er ist nicht weniger mordlustig als jeder andere König auch. Wie damals Assurbanipal ist er heute auf dem Vormarsch. Ich glaube nicht, daß die Perser eine friedliche Übergabe der Stadt akzeptieren würden. Wer glaubt das denn? Du etwa?‹

Ich merkte, daß er mir gar nicht mehr zuhörte. Er zeigte nach vorn. ›Siehst du‹, sagte er, ›das meinte ich, als ich behauptete, wir hätten den falschen Weg eingeschlagen. Aber sie hätten uns so oder so gefunden. Sei du nur die Ruhe selbst. Sage gar nichts. Plaudere nichts aus.‹

Ich sah, was er sah: Ein ganzer Trupp von jüdischen Ältesten stürmte uns entgegen und zwang das Volk, nach rechts und links auszuweichen, so daß es sich zu beiden Seiten zu einer dichten Masse zusammendrängte. Und allen Leuten voran der Prophet Enoch, wütend, die Haarsträhnen flatterten um sein Haupt, und er schaute Marduk an und erkannte ihn, das wußte ich sofort; wohingegen seine Mitläufer, unsicher und beklommen und nicht unbedingt auf einen Aufruhr aus, nur einen Edelmann sahen, begleitet von dem ein wenig verrückten Asrael, den man sowieso schon als lästigen Plagegeist kannte, mit außergewöhnlichen Talenten begabt, aber folgsam.

Marduk schaute dem Propheten geradewegs in die Augen! Ich auch. Nicht allzuweit von uns entfernt blieb er stehen. Er war halbnackt – ein Aufzug, den man bei vielen Propheten fand – und bedeckt mit Asche und Schmutz, und in der Hand hielt er einen Stab. Enoch war nicht gerade einer meiner Favoriten. Doch an der Art, wie er Marduk mit flammender Empörung und wildem Glauben ansah, merkte ich, zum erstenmal, seit ich von ihm gehört hatte, daß er wirklich ein Prophet war.

›Du!‹ verkündete er, wobei er den Stab hob und mit einer heftigen Geste auf Marduk richtete. Die Menge zog sich furchtsam zurück. Immerhin sah diese Person wie ein reicher Mann aus! Doch dann geschah etwas Grauenvolles. Der Prophet riß die Augen weit auf und sagte: ›Lege doch dein Beutegut wieder an! Ich rede von dem Gold, das deine Soldaten aus unserem Tempel in Jerusalem stahlen. Bedecke dich damit, du dummer, nutzloser Götze! Gehorche, denn aus Metall wurdest du gemacht, und so sollst du auch bleiben!‹

Und ehe mir noch der Gedanke kam einzugreifen, legte sich Gold über Marduk und umschloß ihn, doch er wehrte sich dagegen und auch ich versuchte nun, es zu bannen, so daß nur ein dünner Überzug entstand, ohne die kraftvolle Lebendigkeit, wie ich sie bisher gekannt hatte. Allerdings war Marduk vollkommen mit Gold überzogen. In den Straßen klangen die Geräusche eilender Füße. Als ich an den im Hintergrund stehenden Häusern emporblickte, die den Park umgaben, sah ich, daß sich dort auf den Dächern die Zuschauer drängten.

Plötzlich bahnte sich mein Vater gewaltsam den Weg nach vorn; er vertrat Enoch den Weg und sagte anklagend: ›Merkst du nicht, daß du uns kränkst mit deinem Tun?‹ Und dann nahm auch er den goldüberzogenen Marduk wahr. Enoch hob seinen Stab und schlug meinen Vater damit. Wut kochte in mir hoch, doch meine Brüder stellten sich schützend vor den Propheten, und Marduk nahm mich am Arm. ›Bleib hier bei mir‹, beschwor er mich flüsternd. ›Bin ich wieder ganz aus Gold?‹ Ich sagte rasch, daß er davon überzogen sei und daß die Schicht dicker werde, doch daß er nicht wie das bewegliche Götzenbild aussehe, als das ich ihn zuvor immer gekannt hatte. Er lächelte nur, und sich um und um drehend hob er den Kopf zu den Menschen dort auf den Dächern, die daraufhin zu schreien und zu kreischen begannen.

›Schweigt‹, brüllte Enoch; sein Bart zitterte und er stieß mit seinem Stab heftig auf die Pflastersteine. Du hättest ihn sehen sollen. Er war in seinem Element. Ich sage dir, Propheten sind mörderisch, eine wahrhaft mörderische Brut! ›Du, Marduk, Gott Babylons, du bist nur ein vom Tempel ausgesandter Schwindler!‹ röhrte er.

Marduk lachte leise. ›Nun, damit weist er uns einen Ausweg, Asrael, welche Erleichterung!‹

›Willst du, daß sie an dich glauben, mein Herr? Du brauchst dich nur in Nichts aufzulösen und dann erneut zu erscheinen! Ich werde dich dabei unterstützen.‹

Er warf mir einen vernichtenden Blick zu.

›Ich weiß‹, beteuerte ich. ›Ich enttäusche dich. Du willst nicht der Gott sein.‹

›Wer zur Hölle wollte das schon, Asrael. Nein, das sollte ich nicht sagen. Ich sollte sagen, wer will schon dafür sein Leben aufgeben. Aber wir haben jetzt keine Zeit zu philosophieren. Dein Prophet dort vorne ist drauf und dran, wie ein wütender Bulle zu brüllen.‹

Und genau so benahm sich Enoch. Er erhob seine machtvolle Stimme – obwohl man sich kaum vorstellen konnte, wie ein derartiger Donnerhall aus einem solchen Gerippe hervortönen konnte – und dröhnte:

›Babylon, deine Stunde hat geschlagen. Du wirst erniedrigt werden. Jetzt, in diesem Augenblick, ist der Gesalbte auf dem Weg hierher; es ist Kyros, der Perser, die Geißel, die unser Herr Jahwe gesandt hat, dich zu strafen für das, was du Seinem Auserwählten Volk angetan hast, und er wird uns zurückführen in unser eigenes Land.‹

Gebrüll stieg von den Hebräern in der Menge auf, sie schrien, beteten, sangen und warfen sich auf die Knie, beugten sich vor dem Herrn der Heerscharen, und die Babylonier sahen das mit Erstaunen, einige lachten sogar. Und dann wiederholte Enoch seine Prophezeiung:

›Jahwe sendet uns den Retter in der Person des Kyros, damit diese Stadt verschont werde ... jawohl, du, Babylon, du selbst wirst aus der Hand des wahnwitzigen Nabonidus erlöst werden und in die deines Befreiers übergehen.‹

Einen Herzschlag lang herrschte Stille. Nur einen Herzschlag. Und dann erhob sich das Gebrüll abermals, diesmal aus allen Kehlen – Hebräer, Babylonier, Griechen, Perser. Sie alle jubelten auf vor Freude. ›Ja, ja, der Gesalbte, Kyros, der Perser, er möge uns erlösen von diesem mit Wahnsinn geschlagenen König, der seine Stadt sich selbst überläßt.‹

Die Massen fielen vor Marduk nieder, sanken auf die Knie, reckten ihm die Arme entgegen und scheuten dann zurück ...

›Ganz recht, Schwindler, genieße den Augenblick!‹ schrie Enoch. ›Es ist Jahwes Wille, daß deine Stadt sich ohne Blutvergießen ergebe. Du aber bist nicht der wahre Gott. Du bist ein Hochstapler, und der Tempel ist leer – nur Standbilder gibt es dort. Standbilder, sage ich! Du und deine Priester, im Triumph werdet ihr uns ziehen sehen, und danken werdet ihr uns, da wir euch Babylon gerettet haben!‹

Ich war wirklich und wahrhaftig sprachlos, im Ernst. Ich konnte mir das einfach nicht erklären! Doch Marduk nickte nur mit dem Kopf und nahm die Unverschämtheiten des Propheten hin. Dann wandte er sich ab und reckte die Arme in die Höhe. ›Ich verlasse dich nun, Asrael, aber gib acht und tue nichts, bis du meinen Rat gehört hast! Sei auf der Hut, auch vor denen, die du liebst, Asrael. Ich spüre große Angst, nicht wegen Babylon, Babylon mag fallen, sondern deinetwegen. Und nun naht der Augenblick meines höchsten Triumphs.‹

Er erstrahlte plötzlich in goldenem Licht, und ich erkannte an seinen wilden, wahnsinnigen Augen, daß er selbst es erzeugte, und da die ringsum stehenden Babylonier und Hebräer dieses Licht ebenfalls sehen konnten, zog er daraus die Kraft, es noch heller aufflammen zu lassen, und dann ertönte seine gewaltige Stimme, dröhnender als eines Menschen Stimme hallte sie von den Gebäuden wider und ließ das Gitterwerk der Häuser erzittern.

›Hinweg von mir – du, Enoch, mitsamt deinem ganzen Stamm. Ich vergebe dir deine voreiligen Worte. Niemand kennt eures Gottes Antlitz, und euer Gott kennt keine Gnade. Ich aber werde nun den Wind anrufen, damit er euch alle zerstreue!‹

Und tatsächlich kam der Wind. Er kam mit stürmischer Wildheit, stürzte sich über die Dächer hinweg, erhob sich aus der Wüste und trug den Sand mit sich. Marduks goldene Gestalt wuchs vor meinen Augen ins Unermeßliche, doch ich wußte, daß das eine Illusion war, denn noch während ich zu ihm aufsah, verblaßte er und zerstob zu einem Goldregen. Das Volk verfiel danach vollends in Raserei.

Alles rannte, nicht nur von Panik getrieben, sondern auch von dem, was sie gesehen und gehört hatten, und wenn nicht davon, so doch letztendlich getrieben von dem sandgeschwängerten Sturm.

Meine Brüder eilten nun endlich zu mir, der ich allein stehenblieb, zusammen mit Enoch, dem Propheten, der mit weit ausgestreckten Armen dastand und lachte, lauthals lachte! Dann drang er auf mich ein, wobei er meinen Vater einfach mit seinem Stab zur Seite schob. Er durchbohrte mich mit seinem bösen Blick! Er schaute mir ins Gesicht und sagte: ›Du wirst zahlen dafür, daß du die Speisen des falschen Gottes aßest. Du wirst zahlen! Ganz bestimmt!‹ Und dann spie er mich an, bückte sich nach einer Handvoll des angewehten Sandes und warf damit nach mir. Meine Brüder baten ihn aufzuhören, doch er lachte und sagte abermals: ›Du wirst zahlen!‹

Ich wurde wütend, ehrlich wütend. Mein sonst so ausgeglichenes Gemüt ließ mich im Stich. Ich spürte zum erstenmal diesen Zorn, der schon bald, nach meinem Tode, mein ständiger Begleiter sein würde. Ich beugte mich vor und zischte:

›Bitte Jahwe darum, daß er diesen Sandsturm aufhalte, du Dummkopf!‹ Und dann schleppten mich meine Brüder davon, in des Wortes wahrster Bedeutung.

Ein Trüppchen ergebener Ältester preschte vor, um Enoch zu schützen, und sie hoben ihn hoch und trugen ihn fort, wie man einen Verrückten fortschleppt, wenn er wild um sich schlägt und kreischt, und langsam, zögernd … während wir den Schutz unserer Häuser suchten, erstarb der Wind.

4

Als wir endlich das Haus erreichten, fühlte ich mich sterbenselend, und meine Brüder mußten mich tragen. Und welcher Anblick bot sich uns dort, direkt vor dem Tor unseres Anwesens?

Erst einmal sahen wir zwei Propheten von der anderen, etwas bedächtigeren Sorte, die, die sich damit beschieden, die Worte des Jeremias nachzuplappern. Bei ihnen war ein altes Weib, das von allen gefürchtet und verachtet wurde. Sie hieß Asenath, und sie gehörte zu unserem Stamm, aber man sagte von ihr, sie beschwöre die Toten, und das zu tun, war uns verboten, ob die Hexe von Endor nun Samuel für unseren großen König Saul hatte erscheinen lassen oder nicht.

Na ja, und wir alle gingen dann und wann zu ihr und baten um Hilfe. Also war es so außergewöhnlich nicht, sie vor unserem Tor zu sehen. Sie hatte meine Mutter und auch meine Großeltern gekannt, sie war also nicht der Feind, sondern einzig und allein jemand mit dem etwas zweifelhaften Ruf, Zaubertränke herzustellen, die Leute töten oder Liebe hervorrufen konnten.

Sie hatte zotteliges, sehr weißes Haar und ihre Augen waren leuchtendblau und nicht etwa so verwaschen, wie es sonst bei alten Leuten oft der Fall ist. Ihr langes, zerfurchtes Gesicht zeigte in diesem Moment einen absolut triumphierenden Ausdruck. Sie trug scharlachrote Kleidung, hatte sich von oben bis unten in trotzige, scharlachrote Seide gehüllt, als wäre sie eine ägyptische Hure oder etwas in der Art. In der Hand hielt sie einen gewundenen Stab, der in Form einer Schlange auslief, ähnlich denen, die die Propheten mit sich herumtrugen. Sie sprach mich an und sagte: ›Asrael, komm her zu mir. Oder laß mich ein ins Haus.‹

Inzwischen waren sämtliche Mitglieder unseres Haushalts im Hof erschienen, und alle schrien und brüllten, daß die alte Hexe das Haus verlassen solle, und meine Brüder befahlen ihr zu gehen, doch zu meiner Überraschung sagte mein Vater zu ihr: ›Komm, Asenath, komm herein.‹

Als nächstes kann ich mich nur erinnern, daß ich auf meinem Bett lag und den Gesprächen lauschte. Meine Brüder fragten sich, wie zur Hölle ich da hineingeraten war, und wie ich glauben konnte, ich hätte Marduk gesehen, wenn es doch ganz offensichtlich nur ein Dämon war, und warum ich nicht erwähnt hatte, daß ich mit anderen Göttern Umgang pflegte! Meine Schwestern sagten immerfort nur: ›Ach, laßt ihn doch in Ruhe‹, und eine Sekunde lang glaubte ich den Geist meiner Mutter zu sehen, doch das habe ich vielleicht nur geträumt.

Alle meine Onkel hatten sich zusammen mit den Ältesten in die Schreibzimmer zurückgezogen, die sich beidseitig über die halbe Länge des Hofes hinzogen ... ich erwähnte ja schon, daß der Hof sehr groß war. Und ich hatte keine Ahnung, wo mein Vater war.

Schließlich schickte er nach mir; meine Brüder richteten mich auf, stellten mich auf die Füße und brachten mich zu ihm. Ich mochte die Tür nicht, durch die wir hindurch mußten. Wir betraten einen kleinen Raum, den Vorraum zu der ›Kammer der Ahnen‹; so hatten die Assyrer und Akkadier der Vorzeit das Gewölbe genannt, in dem sie ihre Toten begruben. Diesen Raum hier hatten sie in ihre heidnischen Riten eingeschlossen, und wir hatten nie die Malereien, die eines fremden Volkes Ahnen und seine Priester und Priesterinnen darstellten, von den Wänden entfernt. Aberglaube hielt uns davon ab, und letztendlich, auch wenn sie Heiden waren, so lagen doch dort unter dem Fußboden ihre Gebeine.

Drei unserer feinsten Stühle standen in dem Raum, du weißt schon, diese einfachen Stühle mit lederner Sitzfläche und gekreuzten bemalten Beinen, und außerdem gab es drei Lampen, deren olivenölgespeiste Dochte flackernd brannten. Dadurch bot der Raum einen prächtigen, aber doch furchteinflößenden Anblick.

Die alte Asenath saß auf dem einen Stuhl und mein Vater auf dem anderen; beide sprachen leise miteinander, unterbrachen ihre Unterhaltung jedoch sofort, als ich hereinkam. Ich ließ mich auf dem freien Stuhl nieder, meine Brüder ließen uns allein, und da saßen wir nun inmitten dieser gemalten assyrischen Figuren, umgeben von flakkerndem Lichtschein in einem stickigen Raum. Ich schloß die Augen. Öffnete sie wieder. Ich versuchte ganz bewußt, die Toten zu sehen. Ich versuchte, sie zu sehen, wie ich sie in Marduks Gegenwart gesehen hatte. Und einen kurzen Augenblick gelang es mir. Gespenstig bewegten sie sich im ganzen Raum umher, schlurften, murmelten, wiesen mit den Fingern auf uns. Ich schüttelte den Kopf und sagte: ›Hinweg mit euch‹.

Asenath, deren Stimme für ein so altes Weib erstaunlich jung klang, lachte über mich.

›Du hast wohl diese befehlende Geste von dem großen Gott Marduk gelernt, habe ich recht?‹

Ich gab keine Antwort.

Sie fuhr fort: ›Was, willst du in deines Vaters Gegenwart nicht zugeben, daß du treu zu deinem Gott stehst? Das wundert mich nicht. Du glaubst, du bist der erste Hebräer, der einen babylonischen Gott anbetet? Die Hügel rings um Jerusalem sind voll von Altären, an denen auch heute noch Hebräer heidnische Götter verehren.‹

›Und was hat das zu bedeuten, Alte?‹ fragte ich, über meinen Ärger und meine Ungeduld selbst verwundert. ›Komm zur Sache. Was hast du mir zu sagen?‹

›Dir gar nichts. Dein Vater hat schon alles erfahren. Du mußt dich nur noch entscheiden. Du hast die Wahl. Zehn lange Jahre wurde das Neujahrsfest nicht gefeiert, und noch weit mehr Jahre ist es her, seitdem das wahrhaftige Wunder dieses Festes zum letztenmal zustande kam. Die alten Priester, sie wissen, wie man es bewerkstelligt; doch sie wissen nicht alles; und für dieses Ding hier in meiner Hand‹ – dabei zog sie ein klobiges Päckchen aus ihrer Kleidung – ›gäben sie mir ohne Frage, was immer ich wollte.‹

Ich betrachtete es. Es war eine uralte sumerische Tonhülle, der man ansah, daß sich noch niemand an ihr zu schaffen gemacht hatte, und das bedeutete, daß auch die darin eingeschlossene Tontafel unberührt war.

›Was soll ich damit? Was kümmert mich das wahre Wunder des Festes?‹ fragte ich.

Mein Vater bedeutete mir zu schweigen.

Asenath legte die Hülle mitsamt der geheimnisvollen Tafel in meines Vaters Hand. ›Verbirg das hier bei den Gebeinen der Assyrer‹, verlangte sie und lachte. ›Und denk' an meine Worte; sie werden dir Jerusalem dafür geben! Tu', was ich dir sage! Sie haben schon nach mir geschickt. Ohne mich wissen sie nicht einmal, wie das Gold auf die rechte Art gemischt wird. Ich werde ihnen helfen, doch die Tontafel soll hier sicher bei dir verwahrt sein, wenn sie sie von mir fordern.‹

›Wer gab dir denn diese so überaus kostbare Tafel, Asenath?‹ fragte ich sarkastisch, da meine Angst und Ungeduld angesichts dieser Dinge zusehends wuchs. Ich hatte meinen Vater noch nie so ernst gesehen. Das gefiel mir ganz und gar nicht.

›Betrachte es nur, Schriftgelehrter, kluger Kopf, der du bist!‹ antwortete sie. ›Was denkst du, wie alt es ist?‹

›Tausend Könige regierten, seit es in Ton geritzt wurde‹, sagte ich. ›Es ist so alt wie Uruk.‹ Und das war damals dasselbe, als ob ich jetzt zu dir sagte, das Ding sei zweitausend Jahre alt.

›Ein Priester spielte es in meine Hand, um denen eins auszuwischen, die seinen Tod veranlaßten‹, sagte sie.

›Ich will lesen, was auf der Hülle steht‹, verlangte ich.

›Nein!‹ sagte sie. ›Nein!‹ Dabei stand sie auf, lehnte sich auf ihren Schlangenstab, oder wie zur Hölle sie das Ding nennen mochte, und sagte zu meinem Vater gewandt: ›Merke dir, es gibt zwei Möglichkeiten, diese Sache zu handhaben. Zwei. Ich will dir raten. Wenn er mein Sohn wäre, gäbe ich den Priestern diese Tafel. Und zwar gäbe ich sie dem ehrgeizigsten von ihnen; dem, der am unzufriedensten ist und am eifrigsten bestrebt, von hier fortzukommen, und das ist dieser junge Priester, Remath. Sei schlau. Du hältst das Schicksal deines Volkes in deiner Hand.‹

Dann drehte sie sich um und streckte mit einer heftigen Bewegung ihren Stab aus, und seht nur! Die Türen öffneten sich wie von selbst. Über ihre Schulter zurückschauend, sagte sie zu mir: ›Du genießt ein großes Vorrecht, denn meine einzige Chance, unsterblich zu werden, trete ich an dich ab. Nähme ich sie wahr, hielte ich daran fest, vielleicht erlangte ich die überirdische Macht eines erhabenen Geistes, die weit über diese Welt umherirrender Toter hinausreicht.‹

›Und warum tust du es dann nicht?‹ fragte ich.

›Weil nur du dein Volk retten kannst. Du kannst uns alle retten. Du kannst uns heimbringen nach Jerusalem, und dann … dann steht dir dafür eine Belohnung zu, ja, du verdienst … ein Engel oder sogar ein Gott zu sein.‹

Ich sprang auf die Füße, wollte sie zurückhalten, mehr von ihr erfahren, doch sie ging geradewegs hinaus; indem sie die Familienmitglieder mit wilden Drohungen vor sich hertrieb, schritt sie durch die Vorhalle, das Portal sprang vor ihrem Stab weit auf, und fort war sie, verschwunden in einem Aufleuchten roter Seide auf der Straße.

Ich sah meinen Vater an. Er saß immer noch da, die Tontafel in

Händen, und schaute mich mit weitaufgerissenen, tränenverschleierten Augen an. Niemals zuvor hatte ich sein Gesicht so starr und ausdruckslos gesehen. Es war, als wüßten seine Muskeln nicht genug von solchem Kummer, solchem Schmerz, solcher Furcht, um einen Ausdruck dafür zu finden. Er wußte nicht, was er tun sollte.

›Über was zur Hölle hat sie da geredet, Vater?‹ fragte ich.

›Komm, setz dich nah zu mir‹, gab er zurück und griff nach meiner Hand, während seine Tränen nun ungehindert flossen, als sei er ein Weib.

›Laß mich doch dieses verfluchte Ding lesen!‹ drängte ich.

Er reagierte nicht, sondern preßte die Tafel fest an seine Brust. Die Tür stand offen; ich sah meine Brüder von draußen hereinlugen, und auch meine Schwester kam und fragte: ›Mein Vater, mein Bruder, wollt ihr ein wenig Wein?‹

›Es gibt nicht genug Wein auf der Welt, um mich so betrunken zu machen, wie ich jetzt eigentlich sein müßte‹, antwortete mein Vater. ›Schließ die Tür!‹ Und meine Schwester gehorchte.

Plötzlich wandte er sich mir zu, schürzte die Lippen, schluckte und sagte: ›Da draußen mit dir, das war Marduk, nicht wahr? Oder ein Geist, der von sich behauptete, Marduk zu sein. Habe ich recht?‹

›Ja, Vater, ich spreche seit meiner Kindheit mit ihm. Ist dies nun meine Strafe dafür? Was wird geschehen? Was hat es mit diesem Priester, mit Remath, auf sich? Kennst du ihn? Ich wüßte nicht, daß ich ihn kenne.‹

›Du kennst ihn‹, sagte er. ›Du kannst dich nur nicht mehr an ihn erinnern. An jenem Tag, als Marduk dich anlächelte – du warst damals noch ein Kind – stand Remath in einem Winkel des Bankettsaals. Er ist noch jung, ehrgeizig, haßt Nabonidus aus tiefstem Herzen, und haßt Babylon zumindest genug, um von hier fort zu wollen.‹

›Und was hat das mit mir zu tun?‹

›Ich weiß es nicht, mein Sohn, du, mein wunderschöner, über alles geliebter Sohn. Ich weiß es nicht. Ich weiß nur eines, daß Israel dich anfleht, zu tun, was Marduks Priester von dir verlangen. Und was diese Tafel betrifft? Ich weiß es nicht. Ich weiß es einfach nicht.‹

Er hörte gar nicht mehr auf zu weinen. Ich konnte der Versuchung nicht widerstehen, unvermittelt entriß ich ihm das Päckchen und las die sumerische Aufschrift.

›Wie man den Hüter der Gebeine schafft.‹

›Was ist das, Vater?‹ fragte ich. Er wandte mir sein vom Weinen verzerrtes Gesicht zu, wischte sich über den tränenfeuchten Bart und die Lippen und nahm die Tafel wieder an sich.

›Überlasse das meinem Urteil‹, sagte er mit tränenerstickter Stimme, und dann stand er auf und tastete die Wände nach losen Ziegeln ab, die man vielleicht herausziehen könnte. Schließlich fand er das Versteck, nach dem er gesucht hatte und legte die Tafel hinein.

›Wie man den Hüter der Gebeine schafft‹, wiederholte ich. ›Was kann das heißen?‹

›Wir müssen hinaufgehen zum Tempel, mein Sohn, zum Palast. Könige warten dort auf uns. Abkommen sind geschlossen, gegenseitige Versprechen gemacht worden.‹ Dann umarmte er mich und küßte mich langsam, küßte jedes einzelne Fleckchen meines Gesichts, den Mund, die Stirn, die Augen.

›Als Jahwe Abraham befahl, Ihm Isaak zu opfern‹, sagte er, ›da tat unser ehrwürdiger Urvater Abraham, wie ihm geheißen ward, das weißt du.‹

›So steht es auf den Tontafeln und den Schriftrollen, Vater; aber hat denn Jahwe dir befohlen, mich zu opfern? Ist, zusammen mit den anderen, mit Enoch und Asenath, auch Jahwe zu dir gekommen? Willst du mich das glauben machen? Vater, du grämst dich schon jetzt um mich. In deinem Geist bin ich schon tot. Was soll das? Sag, warum soll ich sterben? Wozu? Was verlangt ihr? Soll ich selbst, in Person, dem Gott abschwören, soll ich dem König sagen, der Gott wolle sein Bestes? Wenn ihr ein Schauspiel wollt, das werde ich euch bieten! Aber, Vater, weine nicht um mich, als sei ich schon tot.‹

›Es ist ein Schauspiel‹, gab er zu. ›Aber nur eine sehr starke Persönlichkeit kann das durchstehen, jemand, der die entsprechende innere Überzeugung und das Durchhaltevermögen dazu hat, und ein großes, von Liebe erfülltes Herz. Liebe zu seinem Volk, Liebe zu seinem Stamm, Liebe zum für uns verlorenen Jerusalem, Liebe zu dem Tempel, der dort zur Ehre unseres Herrn wieder aufgebaut werden soll. Wenn ich glaubte, ich brächte das fertig, ich könnte dieses Schauspiel von Anfang bis Ende durchstehen, dann täte ich es selbst. Du kannst uns auch im Stich lassen, du kannst nein sagen, du kannst fliehen.

Doch nicht nur die Priester Marduks wollen dich, mein Sohn, sondern auch andere, wesentlich mächtigere Figuren. Sie wollen dich. Und sie wissen, daß du stärker bist als alle deine Brüder.‹ Seine Stimme brach.

›Ich verstehe‹, murmelte ich.

›Und du bist der einzige, der mir je vergeben könnte, ihn zu einem solchen Schicksal verdammt zu haben.‹

Ich war wie vom Donner gerührt. Ich sah ihn nur an, sah die Tränen in seinen Augen und sagte: ›Weißt du, Vater, zumindest was das betrifft, hast du wahrscheinlich recht. Ich könnte dir alles vergeben; denn ich kenne dich, du würdest mir nichts Böses tun, bestimmt nicht.‹

›Nein, bestimmt nicht. Asrael, weißt du, was es für mich bedeutet, daß du mir genommen werden sollst, du, und damit auch das Weib, die Söhne und Töchter, die du haben könntest? Ach, das ist unwichtig. Vergib mir, Sohn, vergib mir mein Tun. Ich bitte dich. Bevor das Ganze beginnt, ehe wir zum Palast gehen, und uns dort die Lügen anhören, den Plan erfahren, gewähre mir Vergebung.‹

Er war mein Vater. Er war lieb und gut und überwältigt von Schmerz und schrecklichem Kummer. Es fiel mir leicht, ihn in die Arme zu schließen, als sei er mein kleiner Bruder, und ihm zu versichern: ›Vater, ich vergebe dir.‹

›Vergiß das nie, Asrael‹, sagte er. ›Wenn du leidest, wenn sich die Stunden dahinschleppen, wenn du Schmerzen hast, vergib mir … nicht nur um meinetwillen, nein, um deiner selbst willen!‹

Wir hörten Klopfen. Priester vom Palast waren gekommen. Wir standen schnell auf, reinigten unsere Gesichter, und dann traten wir in den Hof.

Dort stand Remath, und wie mein Vater mir gesagt hatte, erinnerte ich mich sofort an ihn, als ich ihn sah. Ich hatte kaum je mit ihm gesprochen, denn er war wirklich ein ständig Unzufriedener; ich meine, er haßte Nabonidus glühend, weil der Marduks Tempel nicht gab, was diesem zustand, doch eigentlich haßte er jedermann. Gewöhnlich stand er nur untätig im Tempel herum. Doch er war schlau. Das wußte ich. Und er war sehr unruhig. Jung und raffiniert.

Er betrachtete uns nun forschend mit seinen tiefliegenden, in die bleiche Haut wie eingegraben wirkenden Augen. Seine lange, scharfe Nase gab ihm einen verächtlichen Ausdruck. Und ansonsten war da nur der übliche Wust krauser, schwarzer Haare … und das priesterliche Gewand, sehr kostbar bis hin zu den juwelenbesetzten Sandalen. Er schob sich näher an meinen Vater und sagte: ›Hat Asenath es dir gegeben?‹

›Ja, aber das heißt nicht, daß du es von mir bekommst.‹

›Du bist ein Dummkopf, wenn du es mir nicht gibst. Dein Sohn wird sonst bald unter der Erde liegen. Wozu wäre das gut?‹

›Beschimpfe mich nicht, Heide‹, sagte mein Vater, ›sieh lieber zu, daß wir vorankommen. Los jetzt.‹

In der Vorhalle erwarteten uns weitere Priester, und als wir vor das Tor traten, fanden wir dort bunt geschmückte Sänften vor, für jeden von uns eine, die uns zum Palast bringen sollten. Ich lehnte mich in meiner zurück und grübelte darüber nach, wie ich aus all dem schlau werden sollte.

›Marduk, wirst du mir helfen?‹ flüsterte ich.

Marduk antwortete: ›Ich weiß nicht, was ich dir sagen soll, Asrael, wirklich nicht. Ich kann mir vorstellen, was bald geschehen wird. Nur eines weiß ich, ich werde immer noch da sein, wenn dies alles vorbei ist. Ich werde durch Babylons Straßen ziehen auf der Suche nach Augen, die mich wahrnehmen können, auf der Suche nach Weihrauch, nach Gebeten, die mich aufrütteln können. Doch wo wirst du dann sein, Asrael?‹

›Sie werden mich töten. Aber warum?‹

›Sie werden es dir sagen. Du wirst es erfahren. Aber ich kann dir eines versichern. Sie werden dich so oder so töten, auch wenn du dich weigerst, ihren Wünschen nachzukommen. Und möglicherweise töten sie auch deinen Vater, weil er ihren Plan kennt.‹

›Ich verstehe. Das hätte mir eigentlich von Anfang an klar sein müssen. Sie brauchen mich zwar, doch arbeite ich nicht mit ihnen zusammen, wäre es besser für mich, wenn sie mich gar nicht erst gefragt hätten.‹

Seine einzige Antwort war Schweigen, doch ich spürte seinen Atem und wußte, er war nahe bei mir. Er war nicht körperlich vorhanden, doch das war unwichtig, denn die Dunkelheit in der von Vorhängen verhüllten Sänfte erzeugte eine um so größere Intimität.

›Marduk, kannst du mir nicht aus dieser Sache heraushelfen?‹ fragte ich.

›Darüber denke ich schon seit Stunden nach, schon, seitdem euer Prophet all diesen Dreck gegen mich ausgespien hat. Ich habe mich immerzu gefragt, ob ich etwas tun kann. Doch siehst du, Asrael, ohne deine Kraft kann ich nichts vollbringen, gar nichts. Ich kann der goldene Gott auf dem Thron sein, mehr nicht. Oder das Standbild, das man während der Prozession durch die Stadt trägt. Das sind nur Hüllen, die haben sie bereits. Und wenn ich mit dir auf und davon ginge … wenn wir entkommen könnten, wohin könnten wir uns wenden?‹

Ein merkwürdiges Geräusch war mit einem Mal in dem kleinen verhüllten Raum zu hören. Er weinte. Sagte dann plötzlich: ›Asrael, sag nein! Laß dich nicht auf ihre widerlichen Pläne ein. Weigere dich. Tu's nicht, nicht für Israel, nicht für Abraham und auch nicht für Jahwe. Weigere dich!‹

›Um zu sterben?‹ Er antwortete nicht.

›Nun, ich sterbe so oder so, oder?‹

›Es gibt eine dritte Möglichkeit‹, sagte er.

›Du sprichst von Asenaths Tontafel.‹

›Das meine ich. Aber es ist gräßlich, Asrael, es ist gräßlich. Und ich weiß nicht, ob wahr ist, was auf der Tafel steht. Sie ist älter als ich. Sie ist älter als Marduk, älter als Babylon, diese Tafel; sie stammt aus der Stadt Uruk. Vielleicht sogar aus noch früherer Zeit. Sie ist sehr alt. Was soll ich dir raten? Du mußt wissen, was du willst. Nimm die Chance wahr!‹

›Marduk, verlaß mich nicht‹, flüsterte ich. ›Bitte.‹

›Bestimmt nicht, Asrael, du bist mir der liebste Freund, den ich je hatte. Ich werde dich nicht allein lassen. Wenn du mich brauchst, um sie zu erschrecken oder zurückzuhalten, dann laß mich erscheinen. Laß mich erscheinen, und ich versuche mein Möglichstes. Aber ich werde dich nicht im Stich lassen, ich bin dein Gott, dein ganz persönlicher Gott, ich werde bei dir sein.‹

Wir hatten den Palast erreicht und wurden diskret durch einen Seiteneingang eingelassen. Man komplimentierte uns aus unseren Sänften und geleitete uns über die herrschaftliche Treppe aus Gold und glasierten Ziegeln, durch herrliche Schleier hindurch, die die riesigen Säle voneinander abtrennten; und wir gingen vorwärts, in Schweigen gehüllt, mein Vater und ich, wir folgten den Priestern bis zu dem königlichen Saal, in dem Belsazar tagtäglich aus der Gerechtigkeit eine Farce machte, wenn er den ihm vorgetragenen Fällen lauschte und seine weisen Ratgeber ihm sagten, was sie in den Sternen lasen. Schließlich gelangten wir in ein kleines, elegantes Zimmer, in dem ich noch nie zuvor gewesen war.

Ich bemerkte, daß man, um dessen Tür zu öffnen, ein Siegel hatte aufbrechen müssen, ein sehr altes Siegel. Aber Diener waren hier gewesen, denn um uns häuften sich luxuriöse Einrichtungsgegenstände, edle Teppiche, Kissen, die üblichen Schleier, und die von den Deckenbalken hängenden Lampen, mit duftendem Öl gefüllt, verströmten helles Licht.

In der Zimmermitte stand ein Tisch, an dem mehrere Männer saßen. Und hinter diesen standen zwei meiner Onkel, einer davon war der schwerhörige, möge er namenlos bleiben. Und die Ältesten unseres Volkes Israel waren da, ebenso wie Asenath und der Prophet Enoch.

Ganz langsam ließ ich meinen Blick von einem zum anderen am Tisch schweifen. Wir waren von eilfertigen Dienern, die die Stühle für uns zurückzogen, ihnen gegenüber plaziert worden.

Ich erkannte unseren trübsinnigen Regenten, Belsazar, er war benommen vom Wein und sah dümmlich und erschreckt aus und murmelte etwas über Marduk vor sich hin. Und dann erkannte ich Nabonidus, den alten Nabonidus, den eigentlichen König, der mein halbes Leben lang abwesend gewesen war. Da saß nun unser echter König in vollem Ornat, wenn auch nicht auf einem Thron, sondern nur am Tisch, und seine großen, wäßrigen Augen waren schon tot und leer, und er lächelte mich nur an und sagte: ›Hübsch, hübsch ist er ... ihr habt einen so hübschen Jüngling gefunden ... hübsch wie der Gott selbst.‹

›Schön genug, um selbst ein Gott zu sein!‹ hörte ich eine Stimme und richtete den Blick auf einen Mann direkt mir gegenüber, einen schönen, stattlichen Mann, größer als die anderen hier, schlanker gebaut und mit schwarzem lockigen Haar, das jedoch kürzer geschnitten war, als wir es trugen. Abgesehen von einem sorgfältig gestutzten Oberlippenbart war er glatt rasiert.

Das war ein Perser! Die Männer an seiner Seite waren Perser. Sie trugen persische Gewänder, den unseren sehr ähnlich, doch von königlichem Blau, und sie waren übersät mit Juwelen und Goldstickerei, und ihre Finger trugen eine Vielzahl von Ringen. Und die Kelche vor ihnen auf dem Tisch waren die Kelche aus unserem Tempel!

Diese Männer dort waren Vertreter des persischen Weltreichs, das dabei war, uns zu unterwerfen, uns zu töten. All die seltsamen Prophezeiungen Enochs fielen mir wieder ein, und ich bemerkte, daß er mich anstarrte, ein beinahe schelmisches Lächeln im Gesicht, und Asenath sah aus, als habe sie ein Wunder gesehen.

›Setz dich nieder, junger Freund‹, sagte der hochgewachsene, kräftige Mann mit den lachenden Augen, der ansehnlichste von allen, der Mann, der Macht ausstrahlte. ›Ich bin Kyros, und ich möchte, daß ihr euch hier wie zu Hause fühlt.‹

›Kyros!‹ rief ich aus. Kyros war der Eroberer.

Alles, was der Mann bisher zuwege gebracht hatte, fuhr mir mit der Schärfe einer Klinge durch den Kopf. Dies war Kyros, der achämenidische König, der schon über die halbe Welt herrschte. Er hatte das medische Reich mit dem persischen vereint und hatte vor, auch Babylon einzunehmen. Dies war der Mann, der die Städte ringsum in Angst und Schrecken versetzt hatte. Hier hatten wir nun kein Kneipengeschwätz mehr über Krieg. Hier war Kyros selbst, saß uns direkt gegenüber.

Ich hätte mich vor ihm niederwerfen sollen, aber niemand tat das, und er hatte schließlich mit klarer Stimme und exzellenter Beherrschung des Aramäischen gesagt, ich möge mich wie zu Haus fühlen.

Nun gut. Ich schaute ihn geradewegs an. Letztendlich, ich werde sterben, dachte ich. Was soll's also. Warum nicht?

Mein Vater setzte sich auf den freien Stuhl neben mir.

›Asrael, mein Junge, mein hübscher Junge‹, sagte Kyros. Seine Stimme war scharf akzentuiert, klang aber gut gelaunt. ›Ich bin schon seit Tagen in Babylon, samt Tausenden meiner Soldaten. Über einen längeren Zeitraum haben sie sich durch die diversen Tore eingeschlichen. Die Priester wußten das. Dein geliebter König Nabonidus hier – die Götter mögen ihn immerdar gesund erhalten – er weiß das auch.‹ Er nickte dem argwöhnischen, sterbenden, alten König edelmütig zu. ›Alle vom König eingesetzten Statthalter und auch seine Beamten wissen, daß ich hier bin. Du siehst, selbst eure Ältesten wissen es. Deshalb habe keine Furcht. Freue dich. Dein Stamm wird reich werden und ewig fortbestehen, und in seine Heimat zurückkehren.‹

›Und was habe ich damit zu tun?‹ fragte ich.

Ich bin mir bis zum heutigen Tag nicht sicher, warum ich ihm gegenüber so kühl und verachtungsvoll war. Er war unwiderstehlich, aber er war ein Mensch, und jung. Und außerdem, egal, was er bis dahin getan hatte, für mich war er ein Heide, und nicht einmal ein babylonischer. Also behandelte ich ihn sehr kühl.

Er lächelte mich schweigend, abschätzend an.

›Was also habe ich damit zu tun?‹ wiederholte ich die Frage. ›Oder hängt es von deinem Willen ab, Herr, ist dein Wille schon beschlossene Sache?‹

Kyros lachte, um seine vergnügten Augen zogen sich die Fältchen zusammen. Er hatte wirklich die machtvolle Ausstrahlung von Königen, aber wenigstens noch nicht den dazugehörigen Wahnsinn. Er war zu jung, und er hatte das Blut Asiens gierig in sich aufgesogen. Er strahlte Stärke aus. Und Siegesgewißheit. ›Du sprichst kühn‹, sagte er großmütig. ›Und dein Blick ist kühn. Du bist deines Vaters ältester Sohn, nicht wahr?‹

Einer der Priester warf ein: ›Für die drei Tage, die wir benötigen, muß er schon sehr stark sein. Und Kühnheit ist ein Teil dieser Stärke.‹

›Stellt bitte einen weiteren Stuhl an den Tisch‹, sagte ich. ›Mit Eurer Erlaubnis, König Kyros, und Eurer, meine Herren, König Nabonidus und Belsazar. Stellt ihn hierher an das eine Ende des Tisches.‹

›Warum und für wen?‹ fragte Kyros höflich.

›Für Marduk‹, erklärte ich, ›für meinen Gott, der hier bei mir ist.‹

›Unser Gott ist nicht auf Abruf für dich zur Stelle!‹ brüllte der Hohepriester. ›Er wird nicht deinetwegen seinen Altar verlassen! Du hast unseren Gott nie geschaut, nicht wirklich vor Augen gehabt; du bist ein jüdischer Lügner, du bist –‹

›Schweigt still, Meister‹, sagte Remath mit unterdrückter Stimme. ›Er hat den Gott gesehen, *und* er hat mit ihm gesprochen, *und* der Gott hat ihm zugelächelt, und wenn er den Gott auf diesen Stuhl bittet, ist die Wahrscheinlichkeit groß, daß der Gott auch kommt.‹

Kyros lächelte kopfschüttelnd. ›Wißt ihr‹, sagte er, ›dies ist wahrhaftig eine phantastische Stadt. Ich glaube, ich bin dabei, mich in Babylon zu verlieben. Ich würde einer solchen Stadt nicht ein Haar krümmen. Ach, Babylon!‹

Ich hätte über all dies lachen können, über seine Listigkeit, seine Respektlosigkeit den Priestern und Ältesten gegenüber, über seine Rücksichtslosigkeit und seinen scharfen Verstand. Doch mir war das Lachen vergangen. Ich schaute ins Licht einer der Lampen und dachte: ›Ich werde sterben.‹

Eine Hand berührte mich. Sie war wie Luft. Keiner konnte sie sehen. Doch es war Marduk. Er hatte im Stuhl zu meiner Linken Platz genommen, saß da, unsichtbar, durchscheinend, golden und lebendig. Mein Vater saß rechts von mir; jetzt schlug er die Hände vors Gesicht und weinte herzzerreißend.

Er weinte wie ein Kind. Unmäßig.

Kyrus betrachtete meinen Vater mitleidig und duldsam.

›Laßt uns fortfahren‹, sagte der Hohepriester.

›Ja‹, sagte auch Enoch, ›laßt uns endlich fortfahren!‹

›Hier, für diese Leute, für die Ältesten und die Priester, und für die

Prophetin hier, holt Stühle herbei, damit sie es bequem haben‹, sagte Kyros voll herzlicher Freundlichkeit. Er lächelte mir zu. ›Wir stecken hier alle unter einer Decke.‹

Ich wandte mich Marduk zu. ›Ist das so?‹

Alle beobachteten wortlos, wie ich mit meinem unsichtbaren Gott sprach.

›Ich kann dir nicht sagen, was du tun sollst‹, sagte Marduk. ›Ich liebe dich zu sehr, ich möchte keinen Fehler machen, und ich weiß nicht, welche Antwort die richtige ist.‹

›So bleibe wenigstens.‹

›Während der ganzen Zeit.‹

Die Sitzgelegenheiten wurden schnellstens gebracht und die Ältesten durften sich ganz formlos um uns herum niederlassen, neben diesem eroberungsgewohnten Perserkönig, der die Griechen in der ganzen damaligen Welt fast rasend gemacht hatte, der nun unsere Stadt wollte, obwohl er doch alles hatte, was auch wir hatten, nur die Stadt nicht.

Nur der Priester Remath blieb stehen, lehnte ein Stück entfernt an einer vergoldeten Säule. Der Hohepriester hatte ihm zu gehen befohlen, doch er hatte die Anweisung schlicht ignoriert, und man hatte ihn offensichtlich vergessen. Er beobachtete mich und meinen Vater, und in dem Moment wurde mir klar, daß er Marduk wahrnehmen konnte. Nicht so gut wie ich, aber immerhin, er konnte ihn sehen. Remath huschte zu einer Säule direkt hinter Kyros – wo übrigens dessen Soldaten bereitstanden, um bei Bedarf als Schlächter zu wirken – und erreichte damit, daß er uns drei im Auge hatte. Und von dort starrte Remath nun mit kalten, wissenden Augen auf den anscheinend leeren Stuhl und mich.«

5

›Nun, mein Herr, was verlangt Ihr von mir?‹ fragte ich. ›Warum bin ich, ein hebräischer Schriftgelehrter, plötzlich derart wichtig?‹

›Höre mir gut zu, mein junger Freund‹, antwortete Kyros. ›Ich will Babylon, aber ich möchte keine Belagerung, keine Toten. Es soll auf die gleiche Art geschehen, wie ich auch die griechischen Städte eingenommen habe, wenn sie einsichtig genug waren, mich gewähren zu lassen. Ich lege keinen Wert darauf, Schutt und Asche hinter mir zurückzulassen. Ich komme nicht mit der Brandfackel und auch nicht mit dem Beutesack, wie ein Dieb. Ich will eure Stadt nicht plündern und auch nicht ihre Einwohner verbannen. Ich will im Gegenteil euch Hebräer alle heimschicken nach Jerusalem, und für den Bau eures Tempels habt ihr meinen Segen.‹

Daraufhin erhob sich Enoch und legte eine Schriftrolle vor uns nieder. Ich nahm sie auf und las sie. Es war eine öffentliche Erklärung, die allen Hebräern Freiheit und die Rückkehr in ihre Heimat zusicherte. Und Jerusalem sollte unter Kyros' wohlwollendem Schutz stehen.

›Er ist der Messias‹, sagte Enoch, an mich gewandt. Das war ja wohl eine Drehung um hundertachtzig Grad bei dem Alten. Nun, da Kyros mit mir redete, redete auch der Prophet mit mir. Na ja, mit dem Wort Messias meinte er ›der Gesalbte‹. Mehr heißt es eigentlich nicht, auch wenn die Christen dem Wort später eine übermäßige Bedeutung beilegten. Aber immerhin, es war schon ein bedeutsames Wort.

›Dieser Erklärung fügt noch hinzu: Ihr bekommt Gold, Gold weit über eure Vorstellungen hinaus‹, fuhr Kyros fort, ›und die Erlaubnis, euren gesamten Besitz mit euch zu nehmen, ihr bekommt eure Weinberge, eure Ländereien zurück, und ihr sollt loyal zu dem machtvollen Weltreich stehen, das euch erlaubt, Jahwe einen Tempel zu bauen.‹

Ich sah Marduk an. Marduk seufzte. ›Er spricht die Wahrheit, mehr kann ich dir nicht sagen. Er wird die Stadt so oder so einnehmen.‹

›Also kann ich ihm vertrauen?‹ fragte ich meinen Gott.

Das schockierte sie alle. ›Ja‹, antwortete Marduk, ›die Frage ist nur, wie weit … du hörst besser ganz genau zu. Immerhin hast du etwas, das sie haben wollen, nämlich dein Leben, wer weiß, vielleicht gibt es eine Möglichkeit für dich, doch noch davonzukommen.‹

›Aber nein‹, rief Asenath. ›Gott Marduk, da irrst du dich. Er kann dem Tod nur auf eine Art entkommen, und er sollte sich dafür entscheiden, denn sie ist besser als das Leben selbst.‹

Ich erkannte, daß sie Marduk sehen konnte, zumindest verschwommen, und auch hörte, was er sagte.

Er wandte sich ihr zu: ›Darüber soll er selbst urteilen. Vielleicht ist der Tod besser als die Überraschung, die ihr für ihn bereithaltet.‹

Kyros beobachtete diese Vorgänge voller Verwunderung. Dann betrachtete er all die Priester, die sich um uns herum versammelt hatten, unter ihnen auch der Hohepriester und der verschlagene Remath, der dort drüben an der Säule lehnte.

›Ich brauche den Segen eures Gottes‹, bestätigte Kyros, ›damit habt ihr recht, mehr als recht‹, gab er mit raffinierter Demut zu, denn es war natürlich genau das, was die Priester nur gar zu gerne hören wollten.

›Du siehst, Asrael‹, sagte Kyros, ›es ist ganz einfach. Die Priesterschaft ist mächtig. Der Tempel ist mächtig. Und auch dein Gott, wenn er tatsächlich hier bei uns sitzen kann, ist mächtig, und ich bin bereit, ihn zu verehren. Sie alle zusammen können bewirken, daß die Stadt sich gegen mich stellt. Das übrige Babylonien ist in meiner Gewalt, aber die Stadt ist das Juwel, sie ist das Tor zum Himmel.‹

›Aber wie könnt Ihr ganz Babylonien in Eurer Hand haben! Unsere Städte stehen fest und sicher, denn irgend jemand war immer auf einem Feldzug hierher, und daß du kommst, wußten wir auch.‹

›Er sagt die Wahrheit‹, warf Nabonidus ein, und als er sich nun zu Wort meldete, blickten alle Augen auf ihn. Er war nicht geisteskrank oder blöde. Nur sehr alt und müde. ›Die Städte sind schon eingenommen, jede einzelne hat sich Kyros ergeben. Alle Signaltürme sind in seiner Hand, sie werden von seinen Männern bedient, die Babylon derart in Sicherheit wiegen, doch die Städte sind gefallen und die Signale, die sie senden, sind gefälscht.‹

›Schaut‹, sagte Kyros, ›ich werde all die Götter, denen ihr hier im Tempel Zuflucht geboten habt, in ihre Städte zurückschicken. Ich möchte blühendes Leben in euren Tempeln. Versteht ihr nicht? Ich möchte euch in meine Arme schließen! Auch Ephesus und Milet habe ich nicht verwüstet! Die griechischen Städte sind noch immer griechisch, und die Philosophen führen noch immer ihre Streitgespräche auf der *agora.* Ich möchte Babylon an mein Herz nehmen, nicht es zerstört sehen.‹

Daraufhin wandte er sich ruckartig dem ›leeren‹ Stuhl zu, starrte darauf und sagte: ›Aber euer Gott Marduk muß meine Hand nehmen, wenn ich diese Stadt ohne Blutvergießen einnehmen soll. Und dann werde ich alle Götter Babyloniens in ihre Heimatstädte zurückschicken, wie versprochen.‹

Marduk, der für Kyros nicht sichtbar war, lauschte nur und sagte nichts. Doch der Hohepriester wurde wütend. ›Auf diesem Stuhl hier sitzt kein Gott! Denn unser Gott hat sich in einen tiefen Schlaf zurückgezogen, weil der König ihn vernachlässigt hat, und niemand kann ihn daraus erwecken.‹

›Hört mich an, Herr‹, sagte ich, ›warum zieht Ihr mich da mit hinein? Was habe ich damit zu tun? Hier in Esagila habt Ihr das Standbild Marduks, das Ihr für die Prozession braucht. Ihr fahrt mit der Statue zusammen auf dem großen Wagen durch die Stadt, Ihr haltet seine Hand und er die Eure, und schon seid Ihr Babylons König. Wenn die Priester das zulassen, was habe ich dann dabei zu suchen? Majestät, habt Ihr Gerüchte gehört, daß ich den Gott beeinflussen oder ihn gegen Euch wenden könnte? Ihr braucht ein goldenes Götzenbild für Euer Vorhaben? Das gibt es, es steht dort drüben in seinem Tempel.‹

›Nein, mein Sohn‹, antwortete Kyros, ›das hätte wahrscheinlich wunderbar funktioniert, wenn diese Prozession mit dem Gott Jahr für Jahr stattgefunden hätte, wenn die Leute den goldenen Götzen, wie du das nennst, gesehen hätten, wenn sie ihm und eurem König Nabonidus zugejubelt hätten. Aber das Neujahrsfest wurde nicht gefeiert, und das kostbare Standbild würde mit mir an keiner wie auch immer gearteten Prozession teilnehmen, selbst wenn ich das wollte. Was nun vonnöten ist, ist die Zeremonie, wie sie in den alten Zeiten durchgeführt wurde.‹

Ein eisiger Schauer durchfuhr mich. Marduk sah mich an und sagte: ›Ich weiß kaum etwas über das, was er meint, doch uns Geistern ist der Blick in die Zukunft gestattet, und ich sehe Grauenhaftes auf dich zukommen. Sage nichts. Warte ab.‹

Inzwischen hatte sich Unruhe unter den Priestern breitgemacht; denn auf einem Tragegestell hatte man etwas Unförmiges hereingebracht, das mit einem großen Tuch bedeckt war. Geleitet von einigen Fackelträgern wurde es neben dem Tisch abgestellt. Als sie das Tuch fortzogen, schnappten wir alle nach Luft.

Darunter verborgen gewesen war das Standbild, das man für den Festumzug zu benutzen pflegte, doch es war zerbrochen und durch die zerfallende Hülle bohrten sich menschliche Knochen, ebenfalls im Verfall begriffen, und an einer Stelle, wo die dicke, vergoldete Glasur zu Staub zerfallen war, schaute ein Schädel halb hervor, und das Ganze bot einen entwürdigenden, das Auge beleidigenden Anblick.

Der Priester sah mich grimmig an. Er schlug die Arme über der Brust zusammen. ›Ist das dein Werk, Hebräer? Hast du Marduk veranlaßt, dem Standbild zu entkommen? Die Stadt zu verlassen? Warst du das etwa und nicht unser König hier, den wir die ganze Zeit dessen beschuldigt haben?‹

In dem Moment wurde mir einiges klar. Ich schaute meinen Gott an, der kalt auf diese Anhäufung von Verfall blickte.

›Sind dies deine Knochen, mein Herr?‹ fragte ich Marduk.

›Nein‹, sagte er, ›und ich kann mich nur schwach daran erinnern, wann sie dort hinein kamen. Der Geist jenes Jünglings war schwach, und ich bezwang ihn und setzte meine Regierung fort. Vielleicht ermunterte mich der Gedanke, daß man mich durch jemanden ersetzen wollte? *Ich weiß es nicht*, Asrael! Bedenke, ich habe sonst keine weisen Worte für dich. *Ich weiß es nicht*. Nun haben sie vor, dich an meine Stelle zu setzen, das wenigstens wissen wir beide.‹

›Was ist dein Wille, Herr?‹ fragte ich Marduk.

›Daß dir kein Leid geschehe, Asrael‹, sagte er. ›Aber willst du werden, was ich bin? Möchtest du, daß deine Gebeine dreihundert lange Jahre in so etwas eingeschlossen bleiben? Bis die Hülle zerfallen ist und ein weiterer junger Mann zu diesem Opfer verleitet werden muß? Aber laßt mich zur Hauptsache kommen.‹ Er beugte sich zu mir.

›Ich vergesse immer, wie großherzig du bist, Asrael. Du fragst um meinetwillen. Ich kann dir nur sagen, daß ich komme und gehe, wie es mir beliebt. Das letzte Mal, als sie mich zu ersetzen versuchten, genügte ein Wink meiner Hand und das Wesen war gebannt und mußte zurückweichen in den Nebel. Auf diese Art gemordet zu werden, bedeutet für einen Sterblichen nicht unbedingt, zu einem Gott oder einem mächtigen Geist zu werden.‹ Er zuckte die Achseln. ›Denk an dich, und nur an dich. Was ich bin, das ist … was du kennst.‹ Die Trauer auf seinem Gesicht erschreckte mich, als er hauchte: ›Ich will nicht, daß du stirbst.‹

Dem Hohenpriester reichte diese Unterhaltung langsam. Er konnte Marduk weder sehen noch hören und kochte vor Wut. Asenath jedoch verstand alles und schaute zwischen dem Gott und mir neugierig hin und her, und der verschlagene Remath wollte sich zwar nicht verraten, doch er wußte, daß da etwas auf dem leeren Stuhl saß. Er wußte es. Er verstand auch teilweise, was das Etwas sagte.

›Ihr redet von einem Standbild aus Gold‹, sagte mein Vater laut. ›Ihr braucht meinen Sohn, um ein goldenes Standbild zu machen?‹ fragte er.

›Die Gebeine darin sind die des Gottes!‹ erklärte der Hohepriester. ›Nur deshalb ist unsere Stadt in diesem Zustand, nur deshalb brauchen wir den persischen Befreier. Der Gott ist alt, die Gebeine zerfallen und das Standbild kann nicht mehr aufrecht stehen. Ein neuer Gott muß her.‹

›Aber was ist mit dem Standbild im Allerheiligsten?‹ fragte mein Vater, was eine ziemlich kindische Frage war.

›Das kann man nicht durch die Straßen tragen‹, antwortete der Priester. ›Es ist nur ein großer, unförmiger Klumpen –‹

›– Metall!‹ ergänzte der Prophet Enoch und lächelte grausam.

›Ihr vergeudet nur Zeit‹, sagte Kyros. ›Die Zeremonie muß auf die alte Art durchgeführt werden‹, fuhr er fort, indem er mich ansah. ›Erklärt es ihm, ihr Priester, steht nicht bloß herum. Erklärt es. Und du, mein tapferer Asrael, was sagt Marduk dir?‹

Die alte, weißhaarige Asenath ergriff jedoch daraufhin das Wort, wobei sie ihren Schlangenstab auf den Boden stieß, um kundzutun, daß besser alle schweigen und ihr zuhören sollten. ›Der Gott sagt, daß er kommt und geht, wie es ihm beliebt, daß die Knochen in dem Standbild ihn nicht interessieren, da es nicht die seinen sind. So sagt er!‹ Dann faßte sie Marduk ins Auge. ›Nun, sind das nicht genau deine Worte, du armseliger kleiner Gott, der du zitterst vor dem Angesicht Jahwes!‹

Das irritierte die Priester ganz gewaltig. Mußten sie nun die Ehre Marduks verteidigen, da sie doch andererseits gar nicht zugaben, daß er gegenwärtig war?

›Mein junger Freund‹, wandte sich Kyros an mich, ›sei du der Gott. Schreite mit mir im Prozessionszug. Du wirst aufs feinste mit Gold eingehüllt werden, obwohl, die ursprüngliche Formel scheint ja … wie soll ich sagen? zu fehlen?‹ Er warf dem Hohenpriester einen vielsagenden Blick zu. ›Du wirst leben unter dieser Schicht. Du *mußt* leben und zwar lange genug, um mich bei der Hand zu nehmen und mit der anderen Hand deine Untertanen zu grüßen. Und du mußt die drei Tage überleben, die notwendig sind, die Mächte des Chaos abzuwehren, denn du mußt mit mir hierher zurückkehren, an den Hof von Esagila, um mich hier zum König auszurufen. Wir werden den Ablauf beschleunigen, wenn jemand eine Idee hat, wie man das auf annehmbare Art bewerkstelligen kann.‹

›Lebendig, und mit Gold überzogen.‹ Ich war verblüfft. ›Und dann?‹

Asenath mischte sich ein: ›Zu dem Zeitpunkt wird das Gold erstarrt sein, und du wirst sterben. Du wirst noch eine Weile hören und sehen können, doch du wirst in dieser Hülle sterben, und wenn deine Augen zu verwesen beginnen, werden sie sie entfernen und durch Juwelen ersetzen, und das Standbild des Marduk wird dein Leichentuch sein.‹

Mein Vater vergrub sein Gesicht in den Händen, doch dann schaute er auf. ›Ich habe diese alte Zeremonie niemals miterlebt‹, sagte er leise. ›Doch der Vater meines Vaters hat es einst gesehen, so sagte er wenigstens. Und es ist ein dem Gold beigemischtes Gift, das dich töten wird. Du wirst langsam sterben, indem das Gold deine Haut durchdringt, das Herz und die Lunge erreicht, und dann … dann wirst du endlich Frieden finden.‹

›So ist es‹, sagte Asenath, ›aber zuerst wirst du in deinem goldenen Glanze die Prozessionsstraße in ihrer ganzen Pracht hinter dich bringen müssen, und du mußt deine Hand zum Gruß erheben und auch den Kopf hierhin und dorthin wenden, wenn auch nur ganz leicht, da der dicke Überzug ja zusehends aushärtet.‹

›Und dafür, daß du das tust‹, fügte Enoch hinzu, ›werden wir, wir alle, zurückkehren nach Jerusalem, selbst die, die jetzt Gefangene sind, und wir werden die Mittel haben, den Tempel des Herrn wieder so aufzubauen, wie König Salomon ihn einstmals errichtet hatte.‹

›Ich verstehe‹, sagte ich. ›Man nahm also einen lebendigen Menschen, damals, vor längst vergangener Zeit! Und wenn dann schließlich das Standbild zerfällt …‹

›Du Gotteslästerer!‹ rief der Hohepriester. ›Das da drinnen sind die Gebeine Marduks!‹

Das reichte Marduk endlich. Unsichtbar oder nicht, er sprang auf, wobei er seinen Stuhl umstieß, und ein weit ausholender Stoß seiner linken Hand zerstreute die Knochen in alle Himmelsrichtungen; sie prallten gegen die Wand und zerfielen. Alle duckten sich ängstlich, selbst ich zog den Kopf ein. Nur Kyros verharrte regungslos, doch er starrte mit kindlich aufgerissenen Augen auf die Bescherung, und der alte Nabonidus legte den Kopf erschöpft auf seine Arme, als wolle er sich schlafen legen. Enoch, der Prophet, zog eine höhnische Grimasse.

Marduk wandte sich mir zu. Er schaute zuerst mich, dann Asenath durchdringend an. ›Ich durchschaue deine Ränke, Alte! Aber du darfst ihm nichts verschweigen! Sage ihm die ganze Wahrheit! Du bist mit den Toten vertraut! Was erzählen sie dir, wenn du sie herbeirufst? Asrael, tu, was du für dein Volk und deinen Stamm tun willst. Ich werde nach deinem Tode hier sein, so wie ich auch jetzt hier bin, doch ob du dann imstande sein wirst, mich zu sehen und mir Kraft zu geben, und ob ich dich sehen und stärken kann, das weiß niemand. Auch nicht, ob ich dann noch zu dir sprechen kann. Diese große Prozession, der Kampf mit den Mächten des Chaos, die Krönung und die Qual werden eine schwere Prüfung für deine Seele sein! Doch all diese Qualen sind keine Garantie dafür, daß du als Geist fortlebst. Du könntest genausogut im Nebel vergehen, wie all die anderen erschöpften, umherirrenden Toten. Die Toten der ganzen Welt, ungeachtet irgendwelcher Götter, Engel, Dämonen, ungeachtet auch Jahwes. Handle nach deinem Willen, wie ein ehrenhafter Mann, Asrael. Denn wenn es erst getan ist, ist es ungewiß, ob selbst ich, so stark ich auch bin, dich dann noch finden oder dir zu Hilfe kommen kann.‹

Asenath fieberte vor Erregung. ›Ich würde dich anbeten, Marduk, wenn du nicht ein böser, nichtswürdiger Gott wärest. Du bist schlau.‹

›Was sagt der Gott?‹ verlangte Kyros zu wissen.

Enoch sah Asenath an. ›Wir müssen ihm jetzt sagen, was mit ihm geschehen wird, das ist alles. Asrael, du hast Ähnlichkeit mit Marduks Standbild. Mit Gold überzogen wirst du selbst deine Freunde narren können. Niemand wird wissen, daß du nicht der Gott bist, du wirst wirken wie aus lebendem, beweglichen Gold; Taubheit wird deine Glieder durchdringen und du wirst einen leichten Schmerz verspüren, ja, einen dumpfen Schmerz, wenn das Leben langsam aus dir entweicht, doch es wird nicht grauenvoll sein. Noch während du im Prozessionszug schreitest, wird sich dein Volk auf den Auszug aus Babylon vorbereiten.‹

›Nun, nichts einfacher als das‹, sagte ich. ›Laß die gesamte hebräische Bevölkerung jetzt sofort ziehen, und ich willige ein.‹

Ich spürte, wie sich mir die Kehle zusammenschnürte. Ich wußte, dem zuzustimmen, das war jugendliche Dummheit, und nur allzubald würde mich ein kaum zu ertragendes Grauen überkommen.

›Das geht nicht, mein Sohn‹, sagte Kyros. ›Wir brauchen euer Volk und eure Propheten. Sie müssen verkünden, daß Kyros, der Perser, der Gesalbte eures Gottes ist, und alle Einwohner der Stadt müssen uns in einem tosenden Chor vereint zujubeln. Und ich will dir nichts vormachen, ich glaube nicht an Marduk, deinen Gott, und ich glaube auch nicht, daß du selbst ein Gott wirst, wenn du das von dir Verlangte tust.‹

›Sag ihm alles!‹ forderte Marduk.

›Nicht jetzt, und außerdem ist diese Seite der Angelegenheit nicht von Bedeutung‹, sagte Asenath. ›Er wird es vielleicht nicht wollen, das weißt du so gut wie ich.‹

›Asrael‹, sagte Marduk und schloß mich in die Arme, ›ich liebe dich. Ich werde während des Festumzugs bei dir sein. Sie sagen die Wahrheit. Sie werden dein Volk gehen lassen. Ich ertrage diese sterbliche Gesellschaft nicht länger. Asenath, sei freundlich zu den Toten, die du so häufig anrufst, denn sie verlangen verzweifelt, ganz verzweifelt danach, in Kontakt mit dem Leben zu sein. Das weißt du.‹

›Ich weiß es, Gott der Heiden‹, antwortete sie. ›Und ihr werdet nun herkommen und mit mir sprechen!‹

›Niemals‹, schrie der Hohepriester, beruhigte sich aber schnell. Er sah die anderen beiden Priester an, Männer, an die ich mich kaum erinnerte. Remath, der Listige, sprach schließlich. ›Denkt daran, sie ist die einzige, die weiß, wie man die Goldmischung zubereitet.‹

Ich lachte. Ich konnte nicht an mich halten. Ich lachte.

›Ah, ich verstehe‹, sagte Kyros. ›Darum wendet ihr euch also an diese kanaanitische Zauberin, weil euren eigenen Weisen das Geheimnis abhanden gekommen ist.‹

Langsam erholte ich mich von meinem Gelächter – in das niemand eingestimmt hatte – und wurde still.

Ich mußte meinen ganzen Mut zusammennehmen, um meinen Vater anzusehen. Er saß dort wie ein gebrochener, völlig erledigter Mann, mit tränennassen Augen und erstarrtem Gesicht. Man hätte denken können, daß ich schon im Grab war.

›Vater, du mußt ebenfalls kommen, du und all meine Brüder.‹

›Ach, Asrael –‹

›Nein, Vater, das ist das einzige, was ich noch von euch verlange. Kommt. Wenn man uns die Prozessionsstraße entlangführt, möchte ich sehen, daß du, daß meine Familie das Gesicht zu mir erhebt. Das heißt, natürlich nur, wenn du diesen Männern und ihren Erklärungen glaubst.‹

›Gold ist schon ausgehändigt worden‹, warf Kyros ein. ›Und es sind schon Boten unterwegs nach Jerusalem. Deine Familie wird eine besondere Stellung innerhalb eures Stammes einnehmen, und man wird dein Andenken stets ehren wegen dieses Opfers.‹

›Eher würden sie das Andenken der Hölle ehren, großer König‹, sagte ich erbittert. ›Hebräer ehren das Andenken jener nicht, die sich als babylonische Götter ausgeben. Doch ich willige trotzdem ein. Ich tue es, weil mein Vater es wünscht … und ich … ich vergebe ihm.‹

Mein Vater sah mich an. In seinen Augen konnte ich alles lesen, seine Liebe zu mir, sein gebrochenes Herz. Dann richtete er den Blick auf Enoch und Asenath und die Ältesten unseres Stammes, die während der ganzen Zeit stumm dagesessen hatten, und schließlich sprach er die ganz schlichten Worte: ›Ich liebe dich, mein Sohn.‹

›Vater, ich möchte, daß du eines weißt‹, sagte ich zu ihm. ›Es gibt noch einen Grund für meine Einwilligung … ich tue es für dich, für unser Volk, für Jerusalem und weil ich mit einem wahrhaftigen Gott gesprochen habe. Doch es gibt einen weiteren Grund, und der ist ganz einfach zu verstehen. Ich möchte nicht, daß ein anderer Mensch dies ertragen muß. Ich wünsche es keinem Menschen.‹

Sicherlich entsprangen meine Worte auch einer gewissen Eitelkeit, aber das schien keiner zu bedenken. Oder wenn, dann verziehen sie es mir. Die Ältesten erhoben sich, in der Hand hielten sie die Urkunde mit der begehrten Erklärung. Alle waren zufrieden. Es war vollbracht. Kyros, der Perser, war der Messias.

›Morgen früh werden wir die Trompeten erschallen lassen‹, sagte der Hohepriester. ›Wir werden verkünden, daß Kyros von Marduk hergeführt wurde, damit er uns von Nabonidus befreie! Man ist schon dabei, die Prozessionsstraße für die Feier vorzubereiten. Wenn die Sonne hoch am Himmel steht, wird die gesamte Bevölkerung auf den Beinen sein. Am Fluß wartet der Kahn, der uns zu dem Gartenpavillon bringen wird, in dem du den Drachen Tiamat erschlagen mußt; das wird, nebenbei gesagt, ein Leichtes für dich sein. Am darauffolgenden Tag werden wir mit dir hierher zurückkehren. Wir werden dich stützen und alles tun, um deine Schmerzen zu lindern. Am dritten Tag, hier am Hofe, muß noch genügend Leben in dir sein, daß du dich erheben und die Krone auf Kyros' Haupt setzen kannst. Das ist alles. Danach kannst du einfach still stehenbleiben, aufrecht gehalten von dem tödlichen Gold, das dich wärmt, aber auch betäubt, und dann magst du sterben. Für das, was dann noch folgt – Hymnen und Verse werden vorgetragen, Orakel befragt – ist nur noch eines notwendig, daß du deine Augen geradeaus richtest und sie weit geöffnet hältst.‹

›Und wenn ich die drei Tage nicht durchhalte?‹

›Das schaffst du. Die anderen vor dir haben es auch immer geschafft. Erst nach der Zeremonie können wir dir vielleicht dein Sterben erleichtern, indem wir etwas nachhelfen, vielleicht noch etwas Gold in deinen Mund gießen. Doch es wird schmerzlos sein.‹

›Aber sicher‹, sagte ich, ›wißt ihr eigentlich, wie sehr ich euch verachte?‹

›Das ist mir gleichgültig‹, antwortete der Hohepriester. ›Du bist nur ein Hebräer. Wir haben uns nicht gerade gegenseitig geliebt. Und du hast unseren Gott nie geliebt.‹

›Aber er liebt ihn doch!‹ mischte Asenath sich ein, ›das ist ja das Traurige! Aber fürchte nichts, Asrael, dein Opfer für dein Volk Israel ist so groß, daß der Herr der Heerscharen dir vergeben wird, und dein Lebensfunke wird im Tode mit dem erhabenen Feuer vereint sein, das Er ist.‹

›Das schwöre ich‹, sagte Enoch.

Ich lachte geringschätzig, hob den Kopf, eigentlich nur, um mich voller Verachtung abzuwenden, und da sah ich, daß der Raum gedrängt voll war von Geistern. Wie Rauch trieben sie einher, diese Geister. Ich wußte nicht, was sie waren oder was sie einst gewesen waren; ihre Bekleidung war zu solcher Einfachheit reduziert, daß nichts geblieben war, als hier und da eine Art Tunika oder ein schlichtes Gewand, einige von ihnen hatten nicht einmal eine richtige Gestalt, sondern nur ein Antlitz blickte mich an.

›Was hast du, mein Sohn?‹ fragte Kyros freundlich.

›Nichts. Ich sehe nur die verlorenen Seelen und hoffe nun, daß wenigstens ich Ruhe finden werde in meinem Gott, in seiner wärmenden Flamme. Aber … es ist dumm, auch nur daran zu denken.‹

›Laßt uns nun allein, ihr alle, laßt den Jungen hier bei uns‹, sagte Remath. ›Wir müssen ihn kleiden und schmücken, damit der herrlichste Marduk aller Zeiten den Prozessionsweg entlanggeführt werde; und du Alte, du wirst dein Versprechen halten und uns erklären, wie die Goldmischung hergestellt wird, und wie man sie auf seinen Körper aufträgt, damit sie auf seiner Haut, auf seinen Augen und auf den Kleidern haftet.‹

›Geh nur, Vater‹, sagte ich. ›Doch morgen möchte ich dich sehen. Ich versichere dir, daß ich dich liebe, daß ich dir vergebe. Sorge dafür, daß unser Haus mächtig wird, und daß unser Volk mächtig wird.‹ Ich beugte mich zu ihm und küßte ihn fest auf den Mund und auf beide Wangen, und dann schaute ich König Kyros an.

Immerhin hatte er mich noch nicht entlassen. Doch mein Vater ging, und die Priester führten den alten Nabonidus fort, der nun tatsächlich in Schlaf gesunken war, und auch der unwürdige, vor sich hin murmelnde Belsazar, der betrunken und nicht klar im Kopf war und den Eindruck erweckte, als sei seine Ermordung nicht mehr fern. Es kümmerte mich nicht, was auch nur einem von ihnen widerfahren würde. Ich lauschte den Schritten meines Vaters, bis sie in der Ferne verklangen.

Enoch ging zusammen mit den Ältesten, gedrechselte Reden auf den Lippen, von denen ich nicht ein Wort in Erinnerung behalten habe, nur daß das ganze sich wie eine schlechte Imitation Samuels anhörte, weiß ich noch.

Kyros sah mich staunend an. In seinen Augen stand Respekt, aber auch Verzeihung für mein rüdes Benehmen, für meinen Mangel an Unterwürfigkeit, meinen Mangel an Höflichkeit.

›Es gibt schlimmere Arten zu sterben‹, behauptete der Hohepriester. ›Du wirst umgeben sein von Gläubigen; Rosenblüten werden vor dir niederfallen, während dein Blick sich trübt, und ein König wird dir zu Füßen knien.‹

›Wir müssen ihn jetzt mit uns nehmen‹, sagte Remath.

Kyros winkte mich zu sich heran. Ich stand auf, ging um den Tisch herum und neigte mich, um seine Umarmung entgegenzunehmen, und er schloß mich in die Arme, hielt mich fest an sich gedrückt und erhob sich mit mir. ›Halte diese drei Tage lang meine Hand, mein Sohn, halte sie fest, und ich verspreche dir, daß Israel unter meiner Regierung in Frieden leben soll, solange es mich, Kyros, gibt und solange es Persien gibt, und Jahwe soll seinen Tempel bekommen. Du bist mutiger als ich, mein Sohn, und ich halte mich für den mutigsten Mann der Welt, mußt du wissen. Doch du bist mutiger. Nun geh', und morgen werden wir gemeinsam diesen Weg antreten. Meine Liebe gehört dir, meine uneingeschränkte Liebe, die Liebe eines Königs, der ein König war, ehe er zu dir kam, der ein noch größerer König sein wird durch dich.‹

›Ich danke Euch, mein Herr‹, sagte ich. ›Seid gut zu meinem Volk. Ich bin ein schlechter Fürsprecher meines Gottes, doch er ist ein mächtiger Gott.‹

›Ich ehre ihn‹, gab Kyros zurück, ›ihn und auch den Glauben und die Götter all derer, die ich unter meinen Schutz stelle. Gute Nacht, mein junger Freund, gute Nacht.‹

Er drehte sich um, seine Soldaten sammelten sich um ihn, und sehr aufrecht und ruhig verließ er den Raum. Nun war niemand mehr da außer mir selbst, den Priestern und Asenath.

Ich sah mich um. Die Toten waren verschwunden. Doch vielleicht hatte Marduk sie verscheucht, der zurückgekommen war und uns mit verschränkten Armen beobachtete.

›Abschiedsworte für mich?‹ fragte ich.

›Ich werde bei dir sein‹, sagte er. ›Ich will meine ganze Kraft aufwenden, um bei dir zu sein, deine Schmerzen zu lindern und dich zu unterstützen. Ich sagte es ja schon, ich kann mich an nichts dergleichen erinnern, weder an eine Prozession, noch an Geburt oder Tod. Und vielleicht werde ich noch immer da sein, für Babylon, wenn dein Lebenslicht sich schon mit dem erhabenen Feuer eures Gottes vereint hat. Wenn du eine solche Liebe für dein Volk aufbringen kannst, vielleicht kann auch ich mein Volk dann noch ein klein wenig stärker lieben.‹

›Oh, zweifle nicht an ihm, er ist schon ein toller Dämon‹, spottete Asenath.

Marduk warf ihr einen bösen Blick zu und verschwand.

Der alte Priester hob die Hand, als wolle er sie schlagen, da lachte sie ihm mitten ins Gesicht.

›Ihr könnt ohne mich nichts ausrichten, ihr Dummköpfe‹, sagte sie. ›Und ihr schreibt besser nieder, was ich euch jetzt sage. Ihr seid zum Totlachen, ihr alle, ihr heiligen Priester Marduks. Es ist ein Wunder, daß überhaupt einer von euch die Gebete lesen kann!‹

Remath trat zu ihr. ›Denke an dein Versprechen‹, murmelte er ihr kaum hörbar zu.

›Alles zu seiner Zeit‹, gab Asenath zurück, ›sein Vater hat die Tontafel verborgen, so daß du sie nie finden würdest. Wenn die drei Tage vergangen sind, wenn die Armee durch alle Tore in die Stadt einmarschiert ist, wenn die Hebräer schon auf dem Heimweg sind, werde ich dafür sorgen, daß du den Inhalt erfährst.‹

›Was hat es mit dieser Tafel auf sich, von der ihr sprecht?‹ wollte ich wissen. ›Was spielt sie für eine Rolle?‹ Natürlich wußte ich, wo sie war, wo sie mein Vater in unserem Haus versteckt hatte.

›Ein Gebet für deine Seele, Sohn‹, sagte Asenath, ›damit du Gott schauen mögest; und dir ist natürlich klar, daß das eine Lüge ist.‹ Sie schüttelte den Kopf. Ihre Heiterkeit fiel von ihr ab und auch ihr Haß verließ sie. ›Es ist ein uralter Zauberspruch. Du wirst wählen können in deinem Todeskampf. Du mußt dir im Augenblick keine Gedanken deswegen machen. Nur eine Zauberformel, an die die Alten glaubten, das ist alles, mehr hat es nicht damit auf sich. Was wir hier jetzt tun, ist ärztliches Wissen anwenden, nicht Zauberei.‹

Sie führten mich durch den Palast bis hin zu einem großen Raum, den wir betraten, nachdem auch hier ein aus uralter Zeit stammendes Siegel erbrochen worden war. Diener huschten flink an uns vorbei, um Tische und Lampen aufzustellen. Ich sah, daß ein großer Kessel hereingebracht wurde und ein Kohlenbecken für das Feuer, das darunter entfacht werden sollte. Zum erstenmal spürte ich, wie Angst mich würgte. Angst vor Qualen und Schmerzen, Angst vor Verbrennungen.

›Falls ihr mich, was die Schmerzen betrifft, belogen habt, sagt mir wenigstens jetzt die Wahrheit, das würde mir das Ganze erleichtern.‹

›Wir haben dich nicht belogen!‹ sagte der Hohepriester. ›Du wirst für viele Jahrhunderte deinen Platz im Tempel von Esagila einnehmen und dort unsere Trankopfer entgegennehmen. Sei du unser Gott! Wenn du ihn je wirklich gesehen hast, so sei du nun er! Wie hätte er werden können, was er ist, wenn nicht durch uns?‹

Sie brachten ein Polsterbett für mich herbei und ich legte mich darauf nieder und schloß die Augen. Wer weiß? Vielleicht war ich ja zu Hause und träumte nur. Aber nein. Sie begannen, mich zurechtzumachen. Ich lag da mit geschlossenen Augen, drehte mich zur

Wand oder zu ihnen, fühlte Hände auf meinem Körper, die mir Haare und Bart stutzten, mir die Nägel auf genau die richtige Länge schnitten, und wenn es nötig war, hob ich meine Glieder, so daß sie mich entkleiden und waschen konnten. Und dann wurde es dunkel. Nur das Feuer unter dem Kessel brannte.

Ich hörte die Alte, die Wörter in sumerischer Sprache vortrug. Es war eine Formel für eine Mischung aus Gold und Blei und Kräutern und Tränken, manche waren mir bekannt, andere konnte wohl nur eine Zauberin kennen, doch soviel verstand ich, daß es eine tödliche Mischung war.

Mir wurde auch klar, daß in diesem Gebräu Samen enthalten waren, die man sonst kaute, um Visionen zu haben, und auch Tränke, die man benutzte, um ausschweifende Träume zu erzeugen, und ich wußte, diese betäubenden Mittel würden meine Schmerzen lindern und meine Gedanken verwischen. ›Wer weiß, vielleicht verpasse ich meinen eigenen Tod‹, dachte ich.

Remath näherte sich mir. Sein Gesichtsausdruck war schlicht, und ich sah keine Spur seiner sonstigen Bosheit. Er klang beinahe kummervoll.

›Wir werden dir erst im Morgengrauen die letzten Gewänder anlegen‹, sagte er. ›Sie liegen im Nebenzimmer bereit. Noch kocht das Gold, doch es wird bis dahin abgekühlt sein, du brauchst keine Furcht zu haben, es wird kühl und dickflüssig sein, wenn wir es auf deine Haut auftragen. Nun, was können wir dir anbieten, Marduk, du unser Herr Gott, was können wir dir bieten, um dich heute nacht ein wenig glücklich zu machen?‹

›Ich glaube, ich möchte mich schlafen legen‹, sagte ich, ›ich habe Angst vor dem kochenden Gold.‹

›Das brauchst du nicht, es wird kalt sein‹, mischte sich Asenath ein. ›Du weißt, du mußt drei Tage durchhalten, während derer das Gold in deine Haut dringt. Es wird kalt sein; denn du mußt ein lächelnder Gott sein, solange du nur kannst, ein Gott, der die Hand heben kann, ein Gott, der sieht.‹

›Ja, es ist gut, geht jetzt.‹

›Willst du nicht zu unserem eigenen Gott beten?‹ fragte Asenath.

›Ich würde es nicht wagen‹, hauchte ich.

Ich wandte ihnen den Rücken zu und schloß die Augen. Und so merkwürdig das klingt, ich schlief tatsächlich ein.

Sie deckten eine herrlich weiche Decke über mich. Das tat mir gut.

Pure Erschöpfung ließ mich schlafen, als läge diese schwere Prüfung schon hinter mir. Ich schlief. Was ich träumte, weiß ich nicht mehr. Wozu wäre es auch gut? Ich erinnere mich, daß ich über mich selbst verwundert war, weil ich kein Verlangen hatte, Marduk noch einmal zu sehen; ich erinnere mich daran, daß ich dachte: Wieso ist das so? Warum weine ich nicht an seiner Schulter? Aber das war es ja gerade, ich suchte keine Schulter mehr zum Weinen. Man hatte mir den tödlichen Schlag versetzt. Ich wußte nicht, was vor mir lag. Der Rauch, der Nebel, die göttliche Flamme oder eine Macht wie Marduk sie hatte. Wie sollte ich das wissen? Und er wußte es auch nicht.

Ich glaube, ich begann zu singen, den Psalm, den ich so sehr liebte, und dann dachte ich: ›Zur Hölle damit, Jerusalem wird ihnen gehören, nicht mir.‹

Ich hatte eine Art Vision. Ich glaube, etwas von Hesekiel, den wir zu Hause allzuhäufig kopierten, und dessentwegen wir uns ständig gestritten und heftig argumentiert hatten … die Vision eines Tals, angefüllt mit Gebeinen, die Gebeine aller Toten der Welt, Gebeine von Männern, Frauen, Kindern. Und ich sah sie nicht etwa auferstehen, ich sah sie nicht dem Leben zurückgeschenkt. Ich sah sie einfach nur vor mir und dachte: ›Um dieses Tals willen tue ich dies, nur deshalb, für uns alle, die einfach nur menschlich sind.‹

War ich zu stolz? Ich weiß es nicht. Ich war jung, ich wollte nichts für mich. Ich schlief. Und zu früh, allzu früh, kamen die Lampen und das Licht, und die Sonne strahlte auf Marmorböden, die von den Türen dieses tief im Palastinnern gelegenen Raumes weit entfernt waren.

6

»Mir war schwindlig. Ich glaube, das bewirkten die Dämpfe. Die ganze Nacht über hatte das hellglänzende Goldgemisch in dem Kessel gebrodelt. Der riesigen Menge an Gold und Blei und dem, was noch an weiteren Zutaten darin enthalten war, entströmte ein durchdringender und wohlriechender Duft. Mir drehte sich alles.

Sie stellten mich auf die Füße.

Ich schüttelte mich kräftig, damit ich richtig wach wurde und mir das Licht der Lampen nicht mehr so in den Augen stach. Aber das war Sonnenlicht, nicht wahr? Asenath war da, und dann begannen die Priester, das Gold aufzutragen, von den Füßen aufwärts. Sie wiesen mich an, gerade zu stehen und still zu halten, dann strichen sie das Gold gewissenhaft, ohne einen Fleck auszulassen, auf meine Beine, mit Bewegungen, die fast einschläfernd wirkten. Das Gold war warm, aber es verursachte keinen Schmerz, kein Stechen. Sie trugen es langsam auf meinem Gesicht auf. Bis in die Nasenlöcher strichen sie es, und sie bedeckten meine Wimpern damit, erst links, dann rechts, und schließlich nahmen sie sich die lockigen Strähnen meiner Haare und meines Bartes vor und vergoldeten sie.

Inzwischen war ich hellwach.

›Halt die Augen weit offen!‹ befahl Asenath.

Dann brachten sie die für Marduk gedachten kostbaren Gewänder herein. Das waren die echten Gewänder, die man sonst jeden Tag der Statue anzulegen pflegte, doch nun sah ich, was sie vorhatten, nämlich nicht nur Gold darüberzustäuben. Nein, sie wollten sie mit einer so dicken goldenen Schicht versehen, daß es mich wirklich wie ein lebendes Standbild aussehen ließ.

Sie kleideten mich an und begannen mit der Prozedur, strichen auf jede steife Falte des langen Gewandes Gold, ebenso auf die langen weiten Ärmel, und baten mich wieder und wieder, die Arme zu heben oder ein paar Schritte zu machen, während sie ihre Arbeit vollbrachten.

Ich stand vor einem Spiegel. Ich sah mich selbst darin, und ich sah aus wie der Gott. Ich sah den Gott darin.

›Du *bist* der Gott!‹ sagte ein junger Priester zu mir. ›Du bist unser Gott und wir werden dir in Ewigkeit dienen. Schenke mir ein Lächeln, du mein Gott Marduk.‹

›Lächle ruhig‹, sagte Asenath. ›Weißt du, der Überzug darf nicht zu sehr aushärten. Er darf nicht rissig werden. Und wenn er an einer Stelle zu fest werden sollte, dann werden die Priester dort ein wenig frisches Gold auftragen, damit du den Muskel wieder bewegen kannst. Lächle, öffne und schließe die Augen, so ist es gut, mein schöner Jüngling. So ist es richtig. Hörst du den Lärm?‹

›Es klingt, als sei die ganze Stadt in Aufruhr‹, antwortete ich. Ich hörte auch Trompetenklänge, aber das erwähnte ich nicht.

›Mir ist schwindlig!‹ sagte ich.

›Wir werden dich stützen‹, versprach der junge Priester. ›Kyros selbst wird dich stützen, und Männer aus seinem Gefolge ebenfalls. Vergiß nicht, seine Hand zu nehmen und sie festzuhalten. Wende dich auch öfter zu ihm und küsse ihn. Das muß sein. Das bißchen Gold von deinen Lippen wird ihm nicht schaden.‹

In kürzester Zeit standen wir hoch auf dem Gefährt, und rings um mich verstreut sah ich Lage um Lage der schönsten Blüten – alle Arten von Blumen, die in und um Babylon herum wuchsen, und selbst Blumen, die aus fernen Ländern herbeigeschafft worden waren, aus Ägypten und von den südlichen Inseln.

Wir standen in einem Streitwagen, dessen Räder man auf einem flachen Gefährt befestigt hatte; das Gefolge stand hinter uns, etwas tiefer als wir, und stützte mich in der Taille, und ein Mann stand neben mir und hatte ebenfalls seine Hand stützend um meine Mitte gelegt. Dann bestieg Kyros den Wagen.

Schreien und Kreischen brandete ringsum auf. Die Tore waren schon seit einiger Zeit geöffnet gewesen, und nun strömte das Volk herein. Die Prozession hatte begonnen. Ich blinzelte, versuchte etwas zu sehen, nahm in der Luft umherflatternde Blütenblätter wahr, rosa und rot und weiß, und ich roch den aufsteigenden Weihrauch. Als ich den Blick nach unten senkte – mein Nacken fühlte sich steif an – sah ich, daß sich die gesamte Priesterschaft und alle Tempelhuren niedergeworfen hatten auf dem weiten gefliesten Boden des Palasthofes. Nun setzten sich die dem Wagen vorgespannten weißen Maultiere langsam in Bewegung.

Betäubt wandte ich den Kopf und schaute den König an! Wie großartig und schön sah er doch aus.

Im gleichen Augenblick, in dem wir durch das Tor fuhren, schwoll das Geschrei zur höchsten Lautstärke an. Die Hebräer standen auf den Dächern ihrer Häuser. Ich versuchte etwas zu erkennen, doch war alles wie verschleiert. Aber ich hörte, daß sie den Psalm von Zion sangen. Ihre Gesichter waren klein und weit weg.

Der Wagen nahm Fahrt auf, soweit das bei einem solch unförmigen Gefährt überhaupt möglich war, doch er rollte stetig voran, und ich hielt mich mit einer Hand am Rand des Streitwagens fest, bog die goldenen Finger um die Kante, und dann, wie von einem Instinkt getrieben, denn niemand hatte mir etwas gesagt, legte ich meine Hand in Kyros' Hand und gab ihm den ersten Kuß.

Das Volk verfiel in Ekstase. Selbst die Häuser entlang der Prozessionsstraße schienen zu leben; kreischendes Leben tönte aus den Fenstern und von den Dächern, und Leben drängte aus den Türen, und selbst in den Seitenstraßen standen die Menschen und sangen und wedelten mit Palmblättern, und immer wieder hörte ich die Klänge hebräischer Musik, die uns nachgerade verfolgten.

Ich kann mich nicht erinnern, wann wir den großen Kanal überquerten, obwohl ich glaube, den Schimmer des Wassers gesehen zu haben. Die Bedienten stützten mich mit festem Griff und sagten scharf, ich müsse durchhalten.

›Du bist mein Gott, Marduk‹, beruhigte mich Kyros. ›Ertrage sie, sie sind Dummköpfe. Halte meine Hand, du, mein Gott; denn nun sind wir König und Gott. Das kann niemand bestreiten.‹

Ich lächelte und beugte mich abermals vor, um seine Wange zu küssen, und abermals brandete freudiges Geschrei aus dem Volk auf. Wir näherten uns dem Fluß. Bald würden sie uns auf ein Boot geleiten; Ziel war das Haus des Zweikampfs mit Tiamat, dort mußte der Gott die große Schlacht gegen die Mächte des Chaos, gegen die Urkraft schlagen. Was würde da geschehen?

Ich fühlte mich wie jemand, der so betrunken ist, daß ihm alles egal ist. Ich spürte, wie das Gold auf meinem Körper immer fester wurde. Und, wie sie mir vorausgesagt hatten, spürte ich ein Wohlgefühl, als liebkose es mich. Ich hatte meine Füße nun recht fest in den

Boden gestemmt, die Bedienten hielten mich in stützendem Griff, und Kyros' Hand lag fest und warm in der meinen; er winkte und neigte sich und rief den begeisterten Bürgern Babylons unzählige Grußworte zu.

Während sich das Boot den Fluß hinauf bewegte und ich die Volksmenge auf beiden Seiten des Flusses sah, dachte ich erheitert: ›Er glaubt, dies alles geschehe nur seinetwegen. Dabei ist das doch eigentlich typisch für Babylon. Babylon begeht ein riesiges Fest, veranstaltet eine Feier, wie so häufig, aber Kyros hat die Stadt eben nie tanzend und trinkend und außer Rand und Band erlebt, deshalb ist er so beeindruckt. Na gut, soll er's genießen.‹ Nur vage vermerkte ich, daß ich meine Familie nirgends gesehen hatte. Sie waren da, dessen war ich mir sicher, aber ich hatte sie nicht gesehen.

Das Haus des Zweikampfs war großzügig mit Silber, Smaragden und Rubinen ausgestattet. Seine Säulen waren golden und deren Spitzen hatten die Form riesiger Lotosblüten. Das Dach hatte in der Mitte eine weite Öffnung, und ringsum saßen dichtgedrängt hundert und aberhundert babylonische Edelleute, Reiche, hohe Beamte aus Nachbarstädten, Priester, die mitsamt ihren Göttern hier Zuflucht gefunden hatten, sowie ebenso viele Gefolgsleute von Kyros' Königshof, Männer, die uns so ähnlich und doch wieder so anders waren. Größer, hagerer, durchtrainierter und scharfäugiger.

Plötzlich hatten sich alle meine Begleiter zurückgezogen, und ich stand allein inmitten des offenen Hofes. Nur Remath war neben mir, und auf meiner anderen Seite der junge, mitfühlende Priester.

›Hebe die Arme‹, sagte der Priester. ›Ziehe dein Schwert aus der Scheide.‹

›Was für ein Schwert? Ich wußte nicht, daß ich ein Schwert habe.‹

›Doch, du hast eins‹, versicherte mir der junge Priester eifrig. ›Ja, so ist es richtig, recke es hoch in die Luft.‹

Ich merkte kaum, daß ich gehorchte. Das Schwert verschwamm vor meinen Augen. Die Edelleute stimmten Gesänge an, und Harfen erklangen, und dann hörte ich vertraute Laute, die ich von vielen früheren Veranstaltungen kannte, und auch von den Jagdausflügen mit meinem Vater und meinen Brüdern. Ich vernahm das Gebrüll von Löwen, eingesperrten Löwen.

›Habe keine Angst‹, sagte Remath. ›Die Tiere sind satt, und sie haben einen Trank bekommen, der sie tolpatschig und schläfrig macht; man wird sie auch nur eines nach dem anderen aus ihren Käfigen befreien. Sie werden sich, wie man es sie gelehrt hat, auf die Hinterbeine erheben und den Honig von deinen Lippen lecken – eine Mischung aus Honig und Blut, die ich dir nun auftrage – und in diesem Augenblick wirst du ihnen dein Schwert in den Körper bohren.‹

Ich lachte. ›Und ihr, wo seid ihr dann?‹ fragte ich.

›Direkt hier, neben dir‹, gab der junge Priester zurück.

›Das ist eine Kleinigkeit für dich, du mein Gott Marduk, diese Löwen wollen für dich sterben.‹

Er hob einen Becher an meine Lippen.

›Trinke das, Honig und Blut‹, sagte er.

Das tat ich, wobei ich kaum mein eigenes Schlucken spürte. Mit einemmal fiel mir auf, daß fast jedes Gefühl aus meinem Körper gewichen war, meine Haut fühlte sich taub an, wie einem bitterkalten nächtlichen Wüstenwind ausgesetzt. Doch ich schluckte, und er gab mir noch mehr, bis meine Zunge und meine Lippen von Blut und Honig troffen.

Wahnsinnige Erregung wallte in der Menge auf. Ich bemerkte ihre Furcht. Der erste Löwe war freigelassen worden und näherte sich mir. Mir schien, die Perser wichen zurück, bis sie die Mauer aufhielt. Ich konnte ihre Furcht fühlen, riechen. Und ich lachte erneut auf: ›Das ist so komisch! Ich bin halb tot, und dieser Löwe stolpert auf mich zu.‹

Plötzlich sprang der Löwe, und die beiden Priester mußten mich stützen, damit ich von seinem Gewicht nicht umgeworfen wurde. Ich hob das Schwert. Ich flehte, daß die goldene Glasur mir einen festen Stand geben möge, und stieß dem Löwen das Schwert ins Herz. Sein stinkender Atem drang mir in die Nase, seine Zunge berührte meine Lippen, und dann sank er ungelenk nieder, tot, und die Menge sang ohne Unterlaß, sang Hymnen, die allesamt von großem Mut handelten.

Nun trat der König an meine Seite, auch er mit einem Schwert bewaffnet, und als der zweite und dritte Löwe herausgelassen wurde, merkte ich, daß wir sie gemeinsam töten sollten. Das Antlitz des Königs war so starr wie meines, und er kniff die Augen zusammen, während er die Bestien betrachtete. ›Die scheinen mir noch ganz schön lebendig zu sein‹, murmelte er.

›Oh, aber du bist ein König, und ich bin ein Gott, also töten wir sie doch einfach.‹

Der Priester, der hinter den Löwen stand, ließ die Peitsche knallen, und eines der Raubtiere sprang Kyros an, der ihm, rückwärts taumelnd, das Schwert in den Leib jagte und es mit dem Fuß von sich stieß. Der Löwe fiel brüllend auf den Rücken und starb. Die zweite Bestie erhob sich vor meinem Gesicht auf die Hinterbeine. Ich spürte, daß der Priester mein Handgelenk anhob. ›Stoß zu!‹ Ich gehorchte. Ich stach mehr als einmal zu, tödlich, ich wollte die Bestie loswerden.

Und abermals sangen und jubelten alle, und selbst von den Menschen draußen vor den Toren drang Jubel an mein Ohr. Ich sah, wie man die Löwen aufhob und forttrug. Ich hörte den Priester singen, die Hymne von Marduk, der die böse Tiamat erschlägt.

›Und aus ihrer Haut machte er den Himmel und die Erde und die Meere ...‹ tönten die Worte in dem alten Sumerisch, wurden in der akkadischen Sprache aufgenommen, und schließlich in Hebräisch, die Worte überlappten sich wie Wellen aus Klang, und ich schwamm darauf wie auf einer Woge.

Ich stand nun allein im Hof. Die Priester bestrichen mich abermals mit dem Blut-Honig-Gemisch. ›Sie können dir nichts anhaben‹, sagte Remath.

›Wer?‹ fragte ich. Doch ich wußte es schon. Ich hörte sie ebenso deutlich, wie ich vorher die Bestien gehört hatte. Bienen! Und ich wußte auch, woher dieses Geräusch kam. Denn nun bewegte sich ein großer, aus Seide gefertigter Drache auf mich zu, in den man dicht an dicht sperrig vorstehende, goldene Rippen eingenäht hatte. In seinem Inneren summten die Bienen. Männer bewegten den Drachen an Stäben; sie wanden sich mit dieser Form um mich herum, so daß selbst sein Schwanz noch meinen Kopf bedeckte und ich wie in einem seidenen Zelt gefangen war. Ich hörte, wie der Stoff riß. Man ließ die Bienen frei, die sich sofort auf mich stürzten und meinen ganzen Körper bedeckten. Widerwillen erfüllte mich, doch meine Füße verharrten auf der Stelle wie angewurzelt. Und tatsächlich konnten die Stacheln der Tierchen meinen goldenen Überzug nicht durchdringen, und als sie sich meinem Gesicht näherten, schloß ich einfach die Augen. Nach und nach wurde mir klar, daß die Bienen starben, entweder durch ihre eigenen Stiche oder von dem Gift, das dem Gold beigemischt war. Ich seufzte erleichtert auf.

›Halte die Augen offen‹, rief Remath.

Und als alle Bienen tot niedergefallen waren und der große seidene Drache in sich zusammengesunken zu meinen Füßen lag, damit ich ihn mit dem Schwert zerfetzen konnte, erhob sich abermals das Geschrei der Menge.

Man trug mich die Stufen hinauf, auf das Dach. Von dort aus konnte ich weit über die Felder blicken. Ich sah die Masse des Volkes, die sich schier ins Unendliche erstreckte. Ich hob meinen Arm mit dem Schwert, und indem ich mich nach Osten, Westen, Norden und Süden wandte, hob ich es immer wieder in die Höhe und lächelte, und das Volk antwortete mir mit Hymnen. Die ganze Erde sang mir ihre Antwort.

›Das ist so schön‹, sagte ich, ›so unbeschreiblich schön.‹

Aber niemand war hier, um mich zu hören. Die frische Luft munterte mich ein wenig auf, strich über meine Nasenlöcher und meine Kehle und kühlte meine Augen. Nun scharten sich die Priesterinnen des Tempels um mich, streuten mir Blumen und warfen sie hoch in die Luft. Und dann führte man mich zu dem königlichen Ruhebett.

›Du kannst jede der Frauen haben, ganz wie es dir beliebt, doch ich würde dir raten zu schlafen‹, sagte Remath.

›Ein toller Einfall. Und wie verhindert ihr, daß ich im Schlaf sterbe?‹

›Ich kann dein Herz schlagen hören. Du wirst lange genug leben, um den Weg zurück zu schaffen. Du bist stärker, als wir angenommen haben.‹

›Dann bringt mir eine Hure‹, sagte ich.

Alle waren verstört.

›Nun?‹ fragte ich.

Die Tempelhuren kreischten verzückt auf. Ich bedeutete ihnen, näherzukommen. Aber ich war nicht in der Lage, es mit ihnen zu tun. Doch eine nach der anderen schloß ich sie in die Arme und drückte einen vergifteten Kuß auf ihre dankbar mir dargebotenen süßen Mäulchen, dann schickte ich sie, die einer Ohnmacht nahe waren, fort, damit sie sich den Kuß fortwischen konnten. Wenigstens hoffte ich, daß sie das so schnell wie möglich taten. Meine Lippen blieben geschlossen, doch tief in meinem Innern lachte ich.

Noch manches geschah in dieser Nacht, Feuer, Tänze, Balladen gab es, doch ich schlief und sah nichts von all dem.

Ich schlief. Zwar stand ich, doch leicht nach hinten zurückgelehnt, so daß es wirkte, als stünde ich aus eigener Kraft aufrecht. Auch hatte man meine Augenlider aufs neue mit Gold bestrichen, so daß sie offen blieben, dennoch schlief ich.

Die Welt schien ein Schlund des Wahnsinns. Hin und wieder kam ich zu mir, sah die Flammen und die tanzenden Gestalten. Hin und wieder drang ein Laut oder ein Flüstern an mein Ohr. Oder ich hörte Füße laufen und spürte menschliche Hände nach mir greifen.

Ich glaube, einmal sah ich den König unter mir tanzen. Ich sah, wie er mit den Frauen einen langsamen Tanz vollführte, der aus merkwürdigen, zeremoniellen Figuren bestand, und dann hob der König die Arme in die Höhe und verneigte sich vor mir. Doch niemand verlangte etwas von mir. Mittlerweile war das Lächeln auf meinem Gesicht durch das aushärtende Gold erstarrt. Und nur wenn ich lachte, fühlte ich ein Prickeln auf der Haut.

Am folgenden Tag zur Mittagszeit, während sich die Prozession zurück an den Hof von Esagila begab, war ich mir bewußt, daß ich tatsächlich langsam starb. Ich konnte mich fast nicht mehr bewegen. Die Bedienten pinselten unter dem Schutz seidener Schals und Stoffbahnen in wildem Eifer flüssiges Gold auf meine Knie, damit sie beweglich blieben. Das sollte das Volk natürlich nicht sehen. Und ich war nicht so sehr erschöpft als vielmehr gelähmt und starrte nur geradeaus vor mich hin.

Wir erreichten die Tore … wir kamen in den Hof, wo die erhabene Dichtung ›Der Anfang‹ rezitiert werden sollte und die Schauspieler schon auf ihren Auftritt warteten. Eine plötzliche Trauer überkam mich, entsetzliche Trauer und Verwirrung. Irgend etwas war nicht so, wie es sein sollte.

Doch dann, wie als Antwort auf ein Gebet, hatte alles seine Ordnung: Ich hörte meinen Vater singen. Ich hörte ihn und meine Brüder:

Einen Mann werde ich machen, kostbarer denn
feinstes Gold; und allen Goldes Ofirs gleich

Ich gab mir alle Mühe, um ihre Worte, um ihre beseligenden, so vertrauten Stimmen deutlicher zu hören:

So spricht der Herr zu Kyros, seinem Gesalbten,
dessen rechte Hand ich führte, damit Völker vor
ihm in den Staub sänken …

›Schau dort hinüber, du mein Gott Marduk‹, sagte Kyros zu mir. ›Der da aus ganzem Herzen singt, das ist dein Vater.‹ Ich drehte mich um; wie verwischt nahm ich eine Woge winkender Arme wahr, und sah hoch in die Luft auffliegende Girlanden und niederfallende Blüten, doch hörte ich deutlich die Stimme meines Vaters:

Dir voran will ich schreiten und den unebenen
Pfad glätten …
Und die Schätze der Finsternis will ich dir geben,
und geheimster Orte verborgene Reichtümer, auf daß
du wissest, daß ich bin *der Herr, der Gott Israels,*
der dich bei deinem Namen nennet.

So sangen sie fort und fort, der Klang folgte uns durch die Tore des Tempels. Und dann erklangen Rufe: ›Messias, Messias, Messias!‹ Und Kyros winkte und warf Kußhände in die Menge, und schließlich war der Augenblick der Krönung gekommen.

Man hob uns von dem Gefährt, und auf einem Bett aus Blüten stiegen wir die endlos scheinenden Stufen des großen Etemenanki empor, so daß selbst die Menschen aus der Ferne uns durch die weit geöffneten Tore hindurch noch sehen konnten. Ich glaubte, ich müsse sterben, ehe ich die Spitze erreicht hatte; ich konnte den Kopf nicht heben, schaute nur auf die goldenen Stufen direkt vor mir. Jakobs Traum fiel mir ein, in dem er die Himmelsleiter mit all den auf und nieder steigenden Engeln gesehen hatte.

Endlich standen wir auf dem Gipfel, oben auf dieser Höhe, die von dem Gott und für den Gott gemacht worden war, und man reichte mir die Krone. Inzwischen schien es mir, als hätte ich keine Kontrolle mehr über meine Glieder. Ich spürte nichts mehr. Ich lächelte, weil das am mühelosesten war, und meine Arme schmerzten plötzlich vor Müdigkeit, als ich die schwere Krone des persischen Reiches in die Höhe hob und dem König aufs Haupt setzte.

›Nun laßt mich sterben‹, flüsterte ich. Erschöpfung durchflutete mich. In meinen Knien tobte qualvoller Schmerz und auch in meinen Füßen, in meinem ganzen Körper, den ich nicht länger frei bewegen oder aufrecht halten konnte.

Deutlich sah ich Kyros' Augen, sah die Liebe, die sich darin spiegelte, und sah den tiefen Ernst in seinem Gesicht, ich sah darin … die Bestimmung, König zu sein. Vielleicht sah ich auch ein ganz klein wenig den Wahnsinn der Könige hervorlugen.

Verstohlen und geschickt schoben sich Priester an mich heran und strichen frisches Gold auf meinen Körper, damit ich meine Glieder bewegen könne, und ein wenig Leben kehrte in mich zurück. ›Halte deine Augen geöffnet‹, sagte Remath immer wieder. ›Halte sie geöffnet.‹

Ich gehorchte. Man führte uns hinab in den Palasthof. Das Bankett dauerte Stunde um Stunde. Ich erinnere mich, daß Dichter kamen und sangen, ich weiß, daß der König mit all seinen Edelleuten speiste. Doch ich saß stumm und steif da und starrte ins Leere. Ich konnte meine Augen nicht mehr schließen, so sehr ich es auch versuchte. Die Dummköpfe hatten nicht bedacht, daß jede weitere Schicht Gold die Lider nur für den Augenblick beweglich machte, überlegte ich im stillen. Ich schaute nieder auf meine Hände, die vor mir auf dem Tisch lagen, und dabei dachte ich: ›Marduk, ich habe nicht ein einziges Mal nach dir gerufen.‹

Seine Stimme klang in meinen Ohren. ›Du hast mich nicht gebraucht, Asrael. Aber ich bin hier bei dir.‹

Endlich war ein Ende abzusehen. Die Dunkelheit war hereingebrochen. Das Fest war vorbei. Der König war gekrönt. Babylon gehörte zu Persien. Die Stadt jenseits der Palast- und Tempeltore lag hingestreckt in Trunkenheit, und innerhalb dieser Mauern hier tranken und sangen immer noch viele.

›Nun‹, sagte der junge Priester, ›werden wir dich in dein Heiligtum tragen. Du brauchst keinen Schritt mehr zu tun. Du brauchst dich nur noch dort an deine Festtafel zu setzen, und wenn du nicht innerhalb der nächsten paar Stunden stirbst, werden wir deinen Mund mit Gold ausgießen.‹

›Es ist noch nicht ganz vollbracht‹, sagte Remath. ›Folge mir jetzt, schnell, denn wir müssen noch ein weiteres Ritual durchführen, und das muß auf die richtige Art geschehen.‹

Der junge Priester wirkte ein wenig verwirrt. Ich auch, doch es war mir egal. Es war mir verdammt egal. Ich schlummerte schon fast, und ich war erfreut, um mich herum die undeutlichen Umrisse der Toten auftauchen zu sehen, die mich voller Furcht betrachteten. Ich hatte mir eher vorgestellt, sie würden sich wie eine wilde Heerschar auf mich stürzen und mich aus meinen goldenen Gewändern zerren und sagen: ›Komm und wanke mit uns durch die Ewigkeit!‹ Aber so war es nicht.

Und dann spürte ich unerträgliche Hitze. Ich sah ein riesiges Feuer. Ich glaubte meines Vaters Stimme zu hören, doch ich war mir nicht sicher, und dann hörte ich Asenath sprechen:

›Es ist ein ungeheuer machtvoller Zauber! Willst du denn, daß er stirbt? Gib sie mir!‹

Für eine kurze Sekunde sah ich meinen Vater, in großer Verwirrung reichte er ihr die uralte Tontafel in deren irdener Hülle. ›Asrael!‹ rief er aus und versuchte, an ihr vorbei nach mir zu greifen.

Ich wollte etwas sagen, war jedoch nicht mehr in der Lage dazu. Ich war zu gar nichts mehr imstande.

Die Türen flogen meinem Vater vor der Nase zu, und die Welt war mit einem Schlag ausgeschlossen. Wir befanden uns in einem Gewölbe, in dem ein infernalisches Feuer loderte; in einem randvollen Kessel brodelte Gold, und die Luft war erstickend heiß. Und dann zerbrach Asenath die irdene Umhüllung der Tafel, zerschmetterte den Ton wie nichts und hielt die geheimnisvolle Tafel ins Licht einer Fackel.

Ich stand ohne Hilfe, zu starr, um mich überhaupt zu bewegen, und zu starr, um noch umzufallen, und blickte sie unverwandt an. Nicht einmal mehr das Feuer machte mir Angst. Was hatten sie nur vor, Remath und die Alte? Wo war der Hohepriester? Hatte ich nicht hier und da einen Blick auf ihn erhascht?

Und dann begann Asenath vorzulesen, doch dies war nicht Sumerisch, es war Hebräisch, ganz, ganz altes kanaanitisch gefärbtes Hebräisch:

›… und daß er sehe seinen eigenen Tod, daß er sehe seine Seele, sein *tzelem*, und daß sein Geist und sein Fleisch sich aufbrodelnd zusammenfüge in seinen Gebeinen, auf daß sie fortleben darin auf ewig, heraufbeschworen nur durch den Meister, der seinen Namen kennt und ihn bei seinem Namen ruft …‹

›Nein!‹ schrie ich. ›Das ist kein Zauberspruch! Es ist Hebräisch. Es ist ein Fluch! Du lügnerische Hexe!‹

Der goldene Überzug auf meinem Körper zersprang, als ich sie mit aller mir in meinem Dämmerzustand noch verbliebenen Kraft ansprang, doch sie wich mit einem tänzelnden Schritt zurück, und dann packte mich Remath an der Kehle. Ich war betäubt und schwach wie zuvor die Löwen, die gegen mich angerannt waren.

›Du Hexe, das ist ein Fluch‹, keuchte ich.

›Auf daß er sehe alles, was an ihm sichtbar und unsichtbar ist, und daß alles, was fest und was flüssig an seinem Körper ist, in diesen Knochen verkoche, auf daß er gebunden sei an die Gebeine und an den Herrn über die Gebeine; und möge er weder hinabtauchen in die Finsternis Sheols, noch möge er je das ewige Leben mit Gott schauen.‹

›Marduk!‹ kreischte ich.

Ich spürte, wie ich nach hinten gedrückt und in das brodelnde Gold gestoßen wurde. Ich schrie und schrie. Das war undenkbar. Unmöglich konnte man solche Qualen spüren! Es war unmöglich, daß mir so etwas widerfahren konnte, daß kochendes Gold mich ersticken und in meine Augen dringen konnte!

Und als ich glaubte, schlichtweg verrückt zu werden, verrückt vor Entsetzen und Qual, und kein menschlicher Gedanke mehr blieb, da schoß ich aufwärts, heraus aus dem Kessel und schwebte frei über dem Körper, der wie eine Lumpenpuppe in dem kochenden Brei schwamm, ein weit offenes Auge starrte aus dem siedenden Gold. Der Körper, der mir gehört hatte! Und ich steckte nicht mehr darin.

Ich war dort oben, schwebte mit ausgebreiteten Armen und starrte nach unten. Und ich sah Asenaths mir zugekehrtes Gesicht.

›Ja, Asrael‹, gellte sie, ›sieh nur hin, sieh, wie das Gold kocht, sieh, wie sich das Fleisch von deinen Knochen löst, sieh, wie deine Knochen zu Gold werden, wende deine Augen nicht ab davon, sonst wirst du zurückgesaugt werden hinein in die Todesqual und das Sterben.‹

›Marduk‹, rief ich abermals.

›Du hast die Wahl‹, sagte er. ›Schicke deine Seele zurück in diesen Kessel der Qualen, und du stirbst.‹ Seine Stimme klang gebrochen oder vielleicht eher trauervoll. Ich sah, daß er dort unter mir stand und zu mir heraufsah.

Und zum erstenmal erschien er mir klein und unerhaben. Nicht großartig und göttlich. Und Asenath war nur eine dumme alte Frau. Und Remath, der seine Augen nicht von dem dort in dem brodelnden Kessel versinkenden Körper lösen konnte, sprang auf und nieder, mit geballten Fäusten, fluchend und kreischend.

Es blieb mir keine Zeit. Es gab nichts zu entscheiden. Vielleicht war ich schlicht und ergreifend zu feige. Auf jeden Fall brachte ich es nicht fertig, wieder zurückzukehren in diesen Körper, in diesen Schmerz, um mich lebendigen Leibes zerkochen zu lassen. Ich konnte es nicht ertragen, daß das überhaupt einem menschlichen Wesen zustoßen sollte. Ich schaute und schaute, und das Fleisch schwamm nun lose in dem goldenen Brei, auf dessen Oberfläche der

Schädel trieb, und der Kessel hörte nicht auf zu brodeln, und der Raum füllte sich mit dichten, undurchdringlichen Schwaden.

Asenath hustete erstickt. Sie bekam keine Luft mehr und fiel vornüber aufs Gesicht. Remath starrte immer noch in den Kessel. Und Marduk schaute einfach nur verwundert zu mir auf.

Bis endlich der Inhalt des Topfes verkocht war, abgesehen von den Überresten meines Körpers. Remath trat mit dem Fuß in das Feuer und stieß es auseinander, damit es verlösche. So nah es eben ging, wagte er sich an den glühenden Topf heran und betrachtete den Haufen goldener Knochen auf dessen Grund. Die Stoffe waren fort, verkocht wie das Fleisch und die Flüssigkeit. Übrig geblieben waren nur die Knochen, und darin wie versiegelt in einer Kammer alle Dämpfe und Teilchen von dem, was meinen Körper einmal ausgemacht hatte. Und diese Knochen waren ganz golden.

›Beschwöre es, Geist‹, sagte Remath, ›beschwöre dein Fleisch, rufe es herbei aus der Welt des Irdischen, aus dem Innersten dieser Gebeine und aus der Luft, wohin es zu fliehen versucht hat, rufe es.‹

Ich bewegte mich auf den Boden zu und stand auf meinen Füßen. Durch die dicken, quälenden Schwaden hindurch sah ich, daß ich einen Körper hatte. Er war nur wie Luft, doch er gehörte mir, und nun wurde er dichter, massiver.

Marduk trat einen Schritt zurück, wobei er den Kopf schüttelte.

›Was ist los? Warum machst du das?‹ fragte ich.

›Oh, bei den alten Göttern, Remath‹, sagte Marduk, ›was habt ihr beide, du und diese Hexe, da angestellt?‹

Remath brüllte: ›Du bist mein, Hüter der Gebeine, denn ich bin der Gebieter der Gebeine. Du wirst mir gehorchen. Du wirst gehorchen.‹

Marduk drückte sich an die Wand und starrte mich an, sichtlich voller Angst.

Remath zerrte ein dickes Bündel Stoff von dem Ruhebett, um seine Hände vor der Hitze zu schützen und schaffte es damit, den Kessel umzustoßen. Knochen fielen heraus, und die, die darin zurückblieben, fischte er ungeachtet der höllischen Temperaturen heraus, bis alle Knochen am Boden lagen.

›Wach auf, altes Weib!‹ kreischte er. ›Wach auf! Was muß ich jetzt tun?‹

Ich stellte mich neben ihn. Mein Körper hatte eine Dichte erreicht, als sei er noch lebendig. Er war rosig und beweglich wie mein wirklicher Körper, und doch war er nicht echt. Er fühlte sich auch nicht echt an. Er hatte kein Herz, keine Lunge, keine Seele und kein Blut, er hatte nur die Form, die mein Geist ihm verlieh, bis ins letzte Detail.

›Hör zu, Dummkopf‹, sagte ich, ›Asenath ist tot. Wenn du wissen willst, was nun zu tun ist, gib mir besser diese Tontafel. Ich bin der einzige hier, der das alte Kanaanitisch lesen kann.‹«

7

»Remath rührte sich nicht. Dazu hatte er viel zuviel Angst. Er ließ sogar die Knochen fallen. Schimmernd lagen sie auf dem gefliesten Boden verstreut, ein schrecklicher Anblick. Zähne waren darunter und, wie Kiesel, die winzigen Knochen meiner Hände und Füße.

Marduk verhielt sich ganz ruhig.

Um uns herum entstand ein dumpfer, heulender Ton. Er klang für mich wie ein Windstoß, der, nach und nach durch alle Flure und Hallen vorwärtsdrängend, Palast und Tempel einnahm, und als ich den Blick hob, sah ich die Welt der Geister in einer Weise konzentriert, wie sie mir nie zuvor erschienen war.

Fort waren Wände und Decken dieses Gewölbes. Die ganze Welt bestand nunmehr aus verlorenen, murmelnden Seelen; und auch sie waren in Angst begriffen, gafften sie doch, deuteten auf mich und sprangen mich an mit klauengleichen Händen.

›Hinweg mit euch!‹ brüllte ich. Und sofort verschwand der ganze Schwarm, nur das Geheul schnitt mir noch schmerzend in die Ohren, und als ich nun abermals Marduk ansah, schien mir sein Antlitz fremd, zwar zeigte es keine Furcht mehr, doch auch keine Freundlichkeit, kein Vertrauen, wie ich es zuvor immer gesehen hatte.

Ich drehte mich um, ging mit leichtem, sicherem Schritt, wie ein Mensch gehen würde, zu dem am Boden liegenden Körper Asenaths und nahm mir die Tontafel. Der Text war nicht einfach für mich. Es war eine Art Hebräisch, ja, aber ein Dialekt, wie man ihn weit vor meiner Zeit gekannt hatte. Ich las leise für mich selbst.

Ich schaute mich um. Der Priester hatte sich in die entfernteste Ecke zurückgezogen; der Gott schaute nur. So gut ich konnte, las ich die Worte von der Tafel ab:

›Und da er seinen Tod mit angesehen hat, und da er gesehen hat, wie sein Fleisch, wie sein Geist und seine Seele in den Knochen aufgegangen sind, auf ewig versiegelt im Gold dieser Gebeine, so banne ihn in diese Gebeine, zwinge ihn, in sie hineinzufahren und darin auszuharren, bis sein Meister ihn hervorrufe.‹

›Gehorche‹, schrie Remath, ›fahre hinein in die Knochen!‹

Ich senkte meinen Blick wieder auf die Tontafel und las weiter. ›Und wenn alle Knochen beisammen sind, wird sein Geist in Ewigkeit darin gefangen sein, von Generation zu Generation, dem Meister zu dienen, der sie besitzt und der die Macht hat, auf daß er tue nach des Meisters Geheiß und wandle nach des Meisters Willen. Sagt der Meister ›Komm‹, wird der Hüter der Gebeine erscheinen. Sagt der Meister ›Kleide dich in Fleisch‹, wird der Hüter der Gebeine sich einen Körper schaffen, und sagt der Meister ›Fahre zurück in die Gebeine‹, so wird der Hüter der Gebeine gehorchen. Und sagt der Meister ›Töte mir diesen Mann‹, wird der Hüter der Gebeine dies tun, und sagt der Meister ›Halte dich ruhig und wache, mein Sklave‹, so wird der Hüter der Gebeine auch dies tun. Denn der Hüter und die Gebeine sind nun eins. Und kein Geist unter dem Himmel kommt an Stärke dem Hüter der Gebeine gleich.‹

›Na‹, sagte ich, ›das ist ja eine tolle Geschichte.‹

›In die Gebeine‹, verkündete Remath. ›Fahre in die Gebeine.‹ Dabei stand er zitternd da, mit gebeugten Knien und geballten Fäusten. ›Fahre zurück in die Gebeine‹, dröhnte er abermals. ›Halte dich ruhig und wache, mein Sklave!‹

Ich tat nichts dergleichen.

Eine ganze Weile musterte ich ihn eindringlich. Nichts in mir veränderte sich.

Mir fiel das Tuch ins Auge, das er von dem Ruhebett gezerrt hatte. Es war ein frisches Laken, aufgezogen, nachdem ich hier geschlafen hatte, und nun hob ich es auf, formte einen Beutel daraus und legte zuerst die Tontafel hinein, dann die Knochen. Ich nahm den Oberschenkelknochen und den Unterschenkelknochen, die Knochen der Arme und dann den Schädel, meinen eigenen Schädel, der noch heiß war und im Glanz des Goldes erstrahlte, und so sammelte ich jedes winzige Teilchen dessen auf, was ich zuvor gewesen war, ich, Asrael, der lebendige Mensch, der Tor, der Idiot. Ich sammelte die Zähne auf und auch die Zehenknochen. Und als das alles in diesem kleinen Bündel zusammenlag, verknotete ich es und warf es mir über die Schulter. Und dann wandte ich mich wieder Remath zu.

›Fahre zur Hölle!‹ brüllte er. ›Hinein in die Gebeine mit dir!‹

Ich ging auf ihn zu, griff mit der rechten Hand nach ihm und brach ihm das Genick. Er war tot, ehe er noch in die Knie gesunken war. Ich sah einen Geist aus seinem Körper aufsteigen, verwirrt und erschreckt; er war hauchzart, wurde schnell formlos, löste sich dann auf und war verschwunden.

Ich richtete meinen Blick auf Marduk.

›Asrael, was hast du vor?‹ fragte er. Er schien völlig durcheinander.

›Was kann ich tun, Herr? Was bleibt mir denn anderes übrig, als den größten Magier in Babylon zu finden, den einen, der stark genug ist, mir mein Geschick und meine Grenzen aufzuzeigen. Soll ich denn einfach davongehen, so wie ich jetzt bin? Ich bin nichts, du siehst es doch, nichts, nur der Abklatsch eines Lebenden. Soll ich so davongehen? Sieh mich an, ich bin Materie und sichtbar, doch eigentlich bin ich nichts, und alles was von mir blieb, ruht in diesem Bündel hier.‹

Ich wartete keine Antwort ab, sondern wandte mich um und ging. So gesehen, wandte ich mich damit auch von ihm ab. Entließ ihn, traurig, scheint mir, und grob von mir und gedankenlos, und ich hatte ein Gefühl, als verweile er zögernd in meiner Nähe und beobachte mein Fortgehen.

In der durchaus überzeugenden Gestalt eines Mannes schritt ich durch den Tempel, so daß ich wieder und wieder von Wachen aufgehalten wurde, die ich einfach mit der rechten Hand fortstieß. Ein Speer bohrte sich in meinen Rücken, ein Schwert schnitt durch meinen Körper. Ich spürte nichts davon, sondern betrachtete nur die verblüfften, unglückseligen Angreifer und ging einfach weiter.

Ich betrat den Palast und begab mich zu den Gemächern des Königs. Seine Wachen fielen über mich her, doch ich ging einfach durch sie hindurch, was mir kaum mehr Gefühle als ein leichtes Schaudern verursachte. Stolpernd blieben sie mir auf den Fersen, und als ich aufschaute, sah ich, daß Marduk alles von fern her beobachtete.

Ich drang in das Gemach des Königs ein. Kyros war im Bett mit einer wunderschönen Hure, und als er mich sah, sprang er, nackt wie er war, aus den Laken.

›Erkennst du mich?‹ fragte ich ihn. ›Was siehst du vor dir?‹

›Asrael!‹ rief er aus, und fügte dann mit echter Freude hinzu: ›Asrael, du hast dem Tod ein Schnippchen geschlagen, sie haben dich verschont, oh, mein Sohn, mein Sohn.‹

Das kam so von Herzen und klang so wahrhaft ehrlich, daß ich wie betäubt war. Er kam auf mich zu, doch als er die Arme um mich legte, merkte er, daß da nichts war, daß ich nur den Anschein eines körperlichen Wesens erweckte, nur eine lockere Hülle war oder, noch weniger greifbar als das, eine Blase auf der Wasseroberfläche, so leicht, daß sie zerspringen konnte. Was sie aber nicht tat. Was ich nicht tat. Ich fühlte seine kräftigen, starken Arme um mich, ehe er sich schnell zurückzog.

›Doch, ich bin tot, mein König‹, sagte ich. ›Und alles was von mir übrig ist, ist in diesem Bündel hier, mit Gold bedeckt. Nun gib mir meinen Lohn.‹

›Und wie, Asrael?‹ fragte er.

›Wer ist der größte Magier der Welt? Du, Kyros, weißt das doch sicherlich. Lebt der mächtigste und weiseste aller Weisen in Persien? Oder in Ionien? Oder gar in Lydien? Sage mir, wo ich ihn finde. Ich bin ein Scheusal! Selbst Marduk fürchtet mich nun! Wer ist der weiseste Mann, Kyros? Wem würdest du deine eigene, verfluchte Seele anvertrauen, wenn du an meiner Stelle hier ständest?‹

Kyros ließ sich auf den Rand des Bettes niedersinken. Die Hure, die sich derweilen mit den Laken bedeckt hatte, starrte nur staunend. Lautlos betrat Marduk den Raum, und obwohl sein Antlitz nicht mehr diesen kalten Ausdruck des Argwohns trug, fehlten darauf doch die freundschaftlichen Gefühle, die uns früher verbunden hatten.

›Ich weiß, wer in Frage kommt‹, sagte Kyros. ›Von allen Magiern, die je vor meinen Thron traten, war er der einzige, in dem sich die Schlichtheit der Seele mit wahrer Macht vereinigte.‹

›Schicke mich zu ihm. Ich sehe doch menschlich aus, nicht wahr? Ich sehe doch wie ein Lebender aus? Schicke mich zu ihm.‹

›Das will ich tun‹, antwortete Kyros. ›Er lebt in Milet, in der berühmten griechischen Hafenstadt; dort durchstreift er tagtäglich die Märkte und kauft Manuskripte aus aller Welt. Er versucht, Wissen, Erkenntnisse zu erwerben. Er sagt, der Zweck des Lebens sei, zu erkennen und zu lieben.‹

›Du sagst also, daß er ein guter Mensch ist?‹

›Brauchst du nicht einen guten Menschen?‹

›Darüber habe ich noch gar nicht nachgedacht‹, gab ich zurück.

›Was ist mit jemandem aus deinem eigenen Volk?‹

Die Frage verwirrte mich. Innerhalb einer Sekunde spulte sich eine

Liste von Namen in meinem Kopf ab, samt den Gerüchen von Haut und Haaren, und dann plötzlich konnte ich mich an keine dieser Personen mehr erinnern. ›Mein eigenes Volk? Habe ich überhaupt ein eigenes Volk?‹ Verzweifelt durchforschte ich meine Erinnerungen, versuchte meinem Gedächtnis auf die Sprünge zu helfen. Wie war ich in diesen Raum gelangt? Ich erinnerte mich an einen Kessel. Ich erinnerte mich an dieses Weib, aber wie war doch gleich ihr Name? Und an den Priester, den ich umgebracht hatte. Und der Gott, der gute freundliche Gott, der für den König unsichtbar dort drüben stand? Wer war er?

›Du bist Kyros, König von Persien und Babylonien, Herrscher über die Welt‹, sagte ich. Ich war entsetzt, weil mir nicht einmal mehr die Namen meiner Angehörigen einfielen, denn ganz gewiß hatte ich sie vor ein paar Sekunden noch gewußt. Und diese Alte, die gestorben war, ich hatte sie doch mein ganzes Leben lang gekannt! Ich schaute verwirrt im Raum umher. Geschenke häuften sich darin, Gaben der vornehmsten Familien aus ganz Babylonien. Mein Auge fiel auf einen Kasten aus Zedernholz und Gold, nicht sehr groß. Ich ging hin und öffnete den Deckel. Darin waren Teller und Becher. Der König beobachtete mich schweigend. Seine Furcht sorgfältig verbergend, sagte er: ›Du kannst das haben, wenn du willst. Erlaube, daß ich meine Sieben Weisen zu mir rufe.‹

›Ich brauche nur diese kleine Truhe‹, sagte ich und leerte den kostbaren Inhalt vorsichtig aus, damit nichts beschädigt würde. Ich hielt den Kasten in der Hand, konnte den Duft des Zedernholzes durch das rotseidene Futter hindurch riechen. Dann riß ich das armselige Leinenbündel auf. Als erstes vertraute ich dem Kasten die Tontafel an – beschriftet mit Worten, von denen ich einen Teil noch nicht einmal laut gelesen hatte –, und darauf schichtete ich vorsichtig meine Knochen.

Während ich noch damit beschäftigt war, näherte sich mir die Hure und reichte mir einen seidenen, goldfarbenen Schleier. ›Hier, bette sie darin, damit sie weich liegen‹, sagte sie. Ich nahm den Stoff und umhüllte mit ihm die Knochen, und als sie kam und mir einen weiteren Schleier reichte, diesmal purpurrot, polsterte ich die Knochen noch sorgfältiger, damit sie, selbst wenn man den Kasten bewegte, kein Geräusch verursachen würden. Ich hatte sie kaum eines Blickes gewürdigt.

›Nun befiehl mir, in diese Gebeine zu fahren, Kyros‹, sagte ich. ›Sende mich hinein!‹

Kyros schüttelte den Kopf.

Marduk meldete sich. ›Asrael, du mußt es selbst tun, und du mußt auch selbständig wieder daraus hervorkommen; du mußt es jetzt sofort tun, sonst wird es dir nie gelingen, und du wirst nie erfahren, ob du es kannst. Dies ist der Rat eines Wesens, das selbst ein Geist ist. Wirf all die Partikelchen von dir, die deine Gestalt ausmachen und suche die Finsternis, und wenn du nicht von selbst wieder hervorkommen kannst, so werde ich dich beschwören.‹

Der König war irritiert, da er Marduk weder hören noch sehen konnte. Abermals erwähnte er die Sieben Weisen, und tatsächlich konnte ich Männer vor der Tür hören, hörte sie flüstern.

›Laßt sie nicht herein, Herr‹, sagte ich. ›Weise sind Lügner; Priester sind Lügner; Götter sind Lügner!‹

›Ich verstehe, was du meinst, Asrael‹, antwortete Kyros. ›Du hast die Macht eines Engels oder eines Dämonen. Doch was immer du auch sein magst, keiner von denen, die man für gewöhnlich als weise bezeichnet, kann dir den wahren Weg weisen.‹

Ich sah zu Marduk hinüber.

›Begib dich in diese Gebeine‹, riet er. ›Ich verspreche dir, ich werde all meine Kraft aufwenden, um dich wieder hervorzuholen. Sieh zu, ob du dort Zuflucht finden kannst, so wie ich in meinem Standbild. Du brauchst eine Zuflucht!‹

Ich senkte den Kopf. ›Hinein in diese Gebeine, bis ich die Rückkehr selbst befehle; was Teil meiner selbst ist, harre aus in meiner Nähe, bis ich es wieder herbefehle.‹

Ein heftiger Wind bauschte die Bettvorhänge auf. Die Hure eilte zum König, und er legte wortlos die Arme um sie. Ich fühlte mich mit einem Mal unermeßlich groß und federleicht – ich stieß wahrhaftig an die getünchten Wände und die Decke und die vier Ecken des Raumes – bis sich der Wind um mich herum verdichtete und ich einen unerträglichen Druck heulender, kreischender Seelen verspürte. ›Nein, laßt das, seid verdammt!‹ schrie ich. ›Diese meine eigenen Gebeine, sie sind meine Zuflucht. Da hinein will ich.‹

Dann Dunkelheit. Vollständige Dunkelheit und Stille. Ich trieb dahin. Nie hatte ich süßere Ruhe gekannt. Nur, war da nicht etwas, was ich nun tun sollte? Doch ich war nicht dazu in der Lage. Es ging nicht. Und dann erklang Marduks Stimme.

›Hüter der Gebeine, erhebe dich und nimm Gestalt an.‹

Genau, das war es! Das hatte ich tun sollen, und nun tat ich es. Es war wie ein tiefer Atemzug, auf den ein stummer Schrei folgte. Ich sah mich selbst, eine ganz annehmbare Nachbildung Asraels, neben der offenen Truhe mit den goldenen Knochen. Anfangs schien mein Körper zu flimmern, dann verfestigte er sich. Das Gefühl, das die kühl vorbeistreifende Luft auf meinem Körper verursachte, schien mir völlig neu, wie nie zuvor gekannt.

Ich sah Kyros an, dann Marduk. Ich wußte nun, daß ich nicht die Kraft hatte, mich aus eigenem Willen wieder zu erheben, wenn ich meinen Geist in die Gebeine gesandt hatte. Doch was machte das schon? Dort gab es samtenen Schlaf. Der Schlaf, den man als Knabe schläft, wenn man auf einem Hügel im warmen Gras liegt und eine leichte Brise den Körper streichelt, und es gibt nichts auf der Welt, was einen bekümmert.

›Mein König‹, sagte ich zu Kyros, ›ich bitte Euch. Ich werde mich nun wieder in die Gebeine zurückbegeben. Nehmt diese Truhe, und sendet sie zusammen mit der Tontafel zu dem Weisen nach Milet. Erfüllt mir diese Bitte, und wenn Ihr mich hintergeht, was soll's? Ich werde es nicht merken. Jemand … hat mich schon zuvor hintergangen, doch ich kann mich nicht mehr erinnern, wer es war …‹

Kyros trat vor und küßte mich. Ein Kuß auf die Lippen, wie es in Persien üblich war unter Königen und Gleichrangigen. Dann drehte ich mich zu Marduk um.

›Marduk, begleite mich; ich kann mich zwar nicht erinnern, wie wir zueinander standen, aber schlecht war unser Verhältnis jedenfalls nie.‹

›Ich habe nicht die Macht dazu, Asrael‹, gab er ruhig zurück. ›Es ist, wie Kyros sagt. Du bist, was die persischen Priester und Weisen einen mächtigen Engel oder mächtigen Dämon nennen. Solche Kräfte habe ich nicht. Die Flamme meines Geistes wird von der Bevölkerung Babylons genährt, die an mich glaubt und zu mir betet. Selbst in der Gefangenschaft hielt mich die Hingabe derer lebendig, die mich eingekerkert hatten. Ich kann dich nicht begleiten, ich wüßte nicht einmal wie.‹

Er runzelte die Stirn. ›Doch warum willst du überhaupt einem Menschen trauen, sei er auch ein König?‹ fragte er. ›Nimm doch selbst die Truhe und gehe, wohin du willst …‹

›Nein, das kann ich nicht. Sieh doch, selbst in diesem Augenblick vibriert dieser Körper. Ich bin ein neugeborener Geist und noch nicht stark genug. Ich muß Vertrauen haben … in Kyros, den König der

Perser, und wenn er mich loswerden wollte, wenn er ebenso schändlich und grausam an mir handeln würde, wie all die, denen meine Liebe gehörte, wenn er das täte, nun, ich fände einen Weg, mich zu rächen, nicht wahr, großer König?‹

›Ich werde dir dazu keinen Anlaß bieten‹, antwortete Kyros. ›Wende deinen Haß von mir ab. Er verletzt mich, ich kann ihn fühlen.‹

›Genau wie ich‹, sagte ich. ›Und es ist ein göttliches Gefühl zu hassen! Zornig zu sein! Zu vernichten!‹

Ich ging einen Schritt auf ihn zu.

Er rührte sich nicht von der Stelle. Er schaute mir fest ins Gesicht, und ich fühlte mich wie in einer sanften Erstarrung fixiert, unfähig seinem Blick auszuweichen. Ich strengte mich nicht gerade an, mich ihm zu widersetzen, aber immerhin spürte ich seine Dominanz, die seiner Furchtlosigkeit und seinem Siegeswillen entsprang, und ich hielt still.

›Vertraue mir, Asrael, denn du hast mich heute zum Herrscher über die Welt gemacht, deshalb will ich dafür sorgen, daß du zu dem großen Meister gebracht wirst, der dich alles lehren wird, was ein Geist wissen muß.‹

›Herrscher über die Welt? Das tat ich für dich, schöner Mann?‹ fragte ich. Ich schüttelte mich. Natürlich, ich kannte ihn doch. Ich erinnerte mich an die Tragödie. Der Atem der Löwen. Doch dann war alles wieder wie ausgelöscht. Nichts wußte ich.

Marduk erhob die Stimme; doch inzwischen war Marduk für mich nur noch ein Geist, ein freundlicher guter Geist an meiner Seite.

›Asrael, weißt du, wer ich bin?‹

›Ein Freund, ein befreundeter Geist?‹

›Und was sonst?‹

Schmerz überwältigte mich. ›Ich kann mich nicht erinnern.‹ Ich erklärte ihm, daß ich mich an den Kessel erinnern konnte, an den Priester, den ich getötet hatte, doch nicht an dessen Namen, aber an die tote Alte. Ich kannte den König, das ja. Aber ich hatte keine echte Erinnerung an irgend etwas. Plötzlich stieg mir Rosenduft in die Nase, und als ich meinen Blick senkte, sah ich, daß der gesamte Fußboden mit Rosenblättern bestreut war.

›Gib sie ihm‹, wandte sich Kyros an die Hure, indem er auf die Blüten wies. Und die entzückende Kleine sammelte eine Handvoll nach der anderen auf. ›Lege sie doch für mich in die Truhe‹, bat ich sie. ›Wie heißt diese Stadt? Wo sind wir hier?‹

›Babylon‹, antwortete Kyros.

›Und du schickst mich nun nach Milet zu einem großen Magier. Ich muß seinen Namen wissen. Ich darf ihn nicht vergessen.‹

›Er wird dich rufen‹, sagte Kyros.

Ich warf einen letzten Blick auf die Anwesenden. Dann schritt ich zu den Fenstern, die zum Fluß hin lagen, und ich schaute hinaus und dachte, was dies doch für eine wunderschöne Stadt sei, so lichtdurchflutet in dieser Nacht und so voller Gelächter und Fröhlichkeit.

Ohne meine Stimme zu erheben, löste ich mich abermals auf, wütete gegen die Seelen an, die mich einschließen wollten, und fiel wiederum in jene samtene Schwärze, nur daß ich dieses Mal den Duft der Rosen spürte, und mit den Rosen kam eine Erinnerung, die Erinnerung an eine Prozession, an Leute, die Hochrufe ausstießen und schrien und winkten, und an einen sehr stattlichen Mann, der mit einer wunderschönen Stimme sang, und Blüten, die hoch aus der Luft auf uns herabrieselten, auf unsere Schultern fielen … doch die Erinnerung verblaßte schnell.

Ich sollte mich an diese Zeit, an dies alles, was ich dir gerade erzählt habe, zweitausend Jahre lang nicht mehr erinnern.«

Asrael lehnte sich zurück.

Der Morgen graute.

Er schloß die Augen, und sagte:

»Du mußt jetzt ruhen, Jonathan, sonst wirst du aufs neue krank, und auch ich brauche Schlaf, und ich habe Angst vor dem, was geschehen wird. Doch ich bin müde, müde!«

»Wo sind die Gebeine, Asrael?« fragte ich.

»Ich erzähl's dir, wenn wir wieder wach sind. Und auch alles, was im Zusammenhang mit Esther, mit Gregory und mit dem ›Tempel vom Geiste Gottes‹ geschehen ist. Ich erzähl's dir …«

Er schien zu erschöpft zu sein, um fortzufahren.

Er stand auf und half mir mit fester Hand aus dem Sessel. »Du mußt noch etwas Brühe zu dir nehmen, Jonathan.«

Er schöpfte sie aus der Schale am Herd und brachte sie mir, und ich trank. Dann half er mir ins Badezimmer und wandte sich dezent ab, während ich Wasser ließ, schließlich half er mir ins Bett. Ich zitterte heftig. Meine Kehle war geschwollen und meine Zunge pelzig.

Asrael war bedrückt, das konnte ich sehen. Seine Geschichte zu erzählen, war für ihn ein Martyrium gewesen.

Er spürte wohl mein Mitgefühl. »Nie wieder werde ich das jemandem erzählen, keinem Menschen!« sagte er. »Ich will nie wieder davon sprechen müssen, ich will nie wieder diesen brodelnden Kessel vor mir sehen –«, seine Stimme verlor sich.

Er schüttelte den Kopf mit dem dichten Haar, als wolle er sich wieder munter machen, und dann verfrachtete er mich ins Bett und sorgte dafür, daß ich nochmals von dem kalten Wasser trank, was mir sehr gut tat.

»Hab keine Angst um mich«, beruhigte ich ihn. »Mir geht's gut. Ich bin nur ein bißchen müde, ein bißchen schwach.« Ich nahm noch einen großen Schluck von dem Wasser und bot die Flasche dann Asrael an. Er konnte gar nicht mehr aufhören zu trinken. Dann lächelte er.

»Kann ich nicht irgend etwas für dich tun?« fragte ich. »Du bist mein Gast und mein Beschützer.«

»Würdest du mir erlauben, neben dir zu schlafen?« fragte er. »Weißt du, wie Kinder, die draußen im Freien nächtigen, damit … damit … wenn der Wirbelwind nach mir greift, wenn die Seelen kommen … damit ich dich dann fühlen und deine warmen Hände fassen kann.«

Ich nickte. Er deckte mich zu und legte sich neben mich. Ich drehte mich zu ihm herum, und er legte sich mit dem Rücken zu mir; der Samt seines Gewandes strömte Wärme und Behaglichkeit aus. Ich hatte den Arm um ihn gelegt, und Asrael sank sofort schlaff in das Bettzeug, den Kopf tief ins Kissen vergraben. Die Masse schwarzer Locken dicht vor meiner Nase roch nach der frischen kalten Winterluft und dem süßlichen Rauch des Feuers.

Die ersten Sonnenstrahlen tasteten sich unter der Tür durch und kündeten, zusammen mit der zunehmenden Wärme des Raumes, davon, daß der Schneesturm nachgelassen hatte. Das Feuer brannte munter vor sich hin. Der Morgen war still.

Einmal, um die Mittagszeit, erwachte ich. Mir war heiß und ich murmelte etwas vor mich hin, noch in einen gräßlichen Traum verstrickt. Asrael hob meinen Kopf an und gab mir einen großen Becher Wasser zu trinken. Er hatte Schnee daruntergemischt, es schmeckte kühl und frisch, und ich trank in großen Schlucken. Dann legte ich mich wieder nieder.

Von seiner rotgewandeten Gestalt mit den schwarzen, tiefliegenden Augen schien ein leichter Glanz auszugehen. Sein Haar und Bart wirkten seidig weich, und mir fielen all die alten Textstellen ein, in denen von Salben und Ölen und Duftwassern für das Haar die Rede war; sein Haar wäre all dessen wert, dachte ich. An meinem geistigen Auge zogen die vielen Wandbilder und Reliefs vorbei, die ich auf meinen Reisen in alle Welt gesehen hatte.

Ich dachte an die assyrischen Reliefs im Britischen Museum und an all die Abbildungen in den Büchern. »Das schwarzhäuptige Volk«, so hatten die Sumerer sich selbst bezeichnet. Und wir, die Juden, stammten wohl von ihnen ab oder hatten uns irgendwie mit ihnen vermischt, und mir wurde klar, daß jene fremdartigen Reliefs bärtiger Könige in langen Gewändern mir näher standen als die europäischen Symbole und Gestalten, die ich als mir verwandt im Herzen hegte; dabei hatten sie doch in Wirklichkeit so wenig Bedeutung.

»Hast du gut geschlafen?« fragte ich ihn traumverloren, während ich schon wieder in tiefen Schlummer sank.

»Ja«, gab er zurück. »Schlaf du noch ein Weilchen. Ich will hinaus in den Schnee, einen Spaziergang machen. Hörst du, du schläfst noch! Wenn du aufwachst, werde ich das Essen fertig haben.«

8

Erst am späten Nachmittag erwachte ich. Das unter der Tür hindurchfallende Licht verriet mir, daß die Sonne ihre letzten Strahlen über einen leuchtend blauen Himmel schickte.

Asrael war nicht im Haus, das ja kaum mehr als ein Zimmer aufzuweisen hatte. Ich stand auf, wickelte mich in meinen wärmsten Bademantel aus Kaschmirwolle und begann nach ihm zu suchen – in den winzigen Räumen hinten am Haus, dem Badezimmer und der Vorratskammer. Er war nicht da. Mir fiel ein, daß er etwas von Spazierengehen im Schnee gesagt hatte, aber ich fand seine Abwesenheit zermürbend.

Dann fiel mein Blick auf die Feuerstelle, und ich sah den großen Topf mit der Brühe, der er offensichtlich Kartoffeln und Karotten hinzugefügt hatte; das zeigte mir, daß ich nicht alles nur geträumt hatte. Es war jemand hier gewesen. Außerdem war mir ein bißchen übel. Mein Kopf war noch nicht so klar, wie er nach der Überwindung der Krankheit hätte sein müssen.

Ich betrachtete meine Füße. Sie steckten in Hüttenschuhen aus dicker Wolle mit ledernen Sohlen. Die mußte er mir angezogen haben. Ich ging zur Tür. Ich mußte ihn einfach finden, herauskriegen, wo er geblieben war. Plötzlicher Schrecken überfiel mich, daß er fortgegangen sein könnte. Mehr als nur ein Schrecken. Und zwar aus diversen Gründen, die ich nicht alle genau benennen konnte.

Ich zog mir Schneestiefel über und meinen Wintermantel, ein zentnerschweres Stück und ausgesprochen weit geschnitten, damit er auch noch über den dicksten Pullover paßte, und dann öffnete ich die Tür.

Die untergehende Sonne tauchte den Schnee der fernen Berggipfel in rote Glut, doch der Himmel war schon dunkel. Die Welt hüllte sich in Grau und Weiß, metallisch schimmernde Dämmerung setzte ein.

Ich sah Asrael nirgends. Die Luft war ruhig und die Temperatur ganz erträglich, was selbst im tiefsten Winter manchmal vorkommt, wenn eine Zeitlang kein Wind weht. Vom Dach über mir hingen Eiszapfen. Der Schnee zeigte keine Spuren, er sah ganz frisch aus und lag nicht allzu hoch.

»Asrael!« Ich rief laut nach ihm. Warum war ich so verzweifelt? Hatte ich Angst um ihn? Ja, so war es. Ich hatte Angst um ihn, um mich, um meine Gesundheit, um meinen Verstand, um die Sicherheit und den Frieden meines gesamten Lebens …

Ich schloß die Tür hinter mir und entfernte mich ein Stück vom Haus. Schon begann die Kälte in mein Gesicht und meine Hände zu beißen. Was ich hier machte, war schlicht blödsinnig und ich wußte es. Ich würde wieder Fieber kriegen. Ich konnte nicht hier draußen bleiben.

Immer wieder rief ich nach ihm, doch es kam keine Antwort. Und rings um mich erstreckte sich diese wunderschöne Schneelandschaft in der Dämmerung. Die Kiefern trugen ihre Schneelast voller Würde, und die ersten Sterne kamen hervor. Die Sonne war nicht mehr zu sehen. Nur Zwielicht herrschte noch.

In einiger Entfernung bemerkte ich den Wagen; ich hatte ihn die ganze Zeit im Blickfeld gehabt, doch ich hatte ihn nicht registriert, weil er fast vollständig unter dem Schnee begraben war. Mir kam ein Gedanke. Ich hastete hinüber, wobei ich spürte, daß meine Füße schon ganz taub waren, und öffnete die Hecktür. Innen stand ein alter tragbarer Fernseher, so ein kleiner, wie die Fischer sie mit auf See nehmen, mit einem winzigen Bildschirm, mit eingebautem Griff und so langgezogen, daß er einem großen Scheinwerfer glich. Er war batteriebetrieben. Ich hatte ihn seit Jahren nicht benutzt. Jetzt nahm ich ihn heraus, schloß den Jeep wieder ab und rannte zurück zum Haus.

Als ich die Tür hinter mir schloß, fühlte ich mich Asrael gegenüber wie ein Verräter. Ich fühlte mich, als wolle ich ihm nachspionieren – der Welt nachspionieren, von der er erzählt hatte, der Welt der Belkins, einer absolut widerwärtigen Welt von Terrorismus und abstoßender Gewalt, ausgesät vom »Tempel vom Geiste Gottes«.

Eigentlich sollte das nicht nötig sein, dachte ich. Na, vielleicht klappte es ja sowieso nicht. Ich setzte mich ans Feuer, zog die Stiefel aus und wärmte mir Hände und Füße. Blöd, wirklich blöd bist du, dachte ich, aber wenigstens zitterte ich nicht. Ich holte ein paar von den Batterien aus meinem Vorrat und setzte sie in den kleinen Fernsehapparat ein, den ich dann an seinem Griff zu meinem Sessel trug, so daß ich es mir bequem machen konnte.

Nachdem ich die Antenne herausgezogen hatte, fummelte ich an den Knöpfen herum. Ich hatte das Ding noch nie hier benutzt, es hatte schon ewig im Auto gestanden, und wenn es mir vor meiner Abfahrt in die Hände gefallen wäre, hätte ich es gar nicht erst mitgenommen.

Vor fünf Jahren, als ich zum Fischen war, doch, da hatte ich den Apparat schon einmal dabeigehabt, und genau wie damals sprang er unvermittelt an, schwarzweiße Zickzacklinien huschten über den Schirm und endlich kam auch eine »Nachrichtenstimme«, sehr akzentuiert, die amtliche Sprache einer Sendeanstalt mit der Zusammenfassung der letzten Ereignisse des Tages.

Ich drehte die Lautstärke auf, das Bild tanzte, wackelte, kippte weg, doch die Stimme war immer noch unverzerrt.

Der Krieg auf dem Balkan hatte neuerlich eine schreckliche Wendung genommen. Ein Granatregen auf Sarajewo hatte ein Hospital getroffen und mehrere Menschen getötet. In Japan war ein Sektenführer wegen Verabredung zum Massenmord in Arrest genommen worden. In einer nahegelegenen Ortschaft war ein Mord verübt worden. Und so ging es fort und fort, Fakten in knappe, flüssige Sätze gehüllt ... jetzt hörte das Bild auf zu wackeln. Das Gesicht einer Nachrichtensprecherin war zu erkennen, nicht sehr deutlich, doch es erleichterte mir das Zuhören.

»... erreichen uns weitere Schreckensmeldungen über den ›Tempel vom Geiste Gottes‹. Alle Mitglieder des bolivianischen Zweiges sind tot; sie legten eigenhändig Feuer an die Anlage, als internationale Agenten sie aufforderten, sich zu ergeben. Inzwischen werden in New York stündlich weitere Anhänger Gregory Belkins verhaftet.«

Ich war so erregt, daß ich den kleinen Apparat nahm und ihn mir dicht vors Gesicht hielt. Schnelle, verwischte Kameraschwenks huschten über Verhaftete, mit Handschellen und Fußketten versehen, hinweg.

»... allein in New York genug Giftgas, um die gesamte Bevölkerung auszulöschen. Inzwischen erhielten die Vereinten Nationen von den iranischen Behörden die Bestätigung, daß alle dortigen Mitglieder der Sekte inhaftiert sind; die Verhandlungen über die Auslieferung der von Belkin geförderten Terroristen an die Vereinten Nationen werden sich, offiziellen Angaben zufolge, noch geraume Zeit hinziehen. Aus Kairo erhielten wir die Bestätigung, daß alle Anhänger Belkins sich den Behörden überantwortet haben. Alle in ihrem Besitz befindlichen chemischen Kampfstoffe wurden sichergestellt.«

Weitere Bilder, Gesichter, Männer, Schüsse, Feuer, flimmerten über den winzigen Bildschirm, scheußliches Feuer, das der kleine Apparat in meiner Hand als winzige schwarzweiße Blitze wiedergab. Dann war wieder das heitere Gesicht der Nachrichtensprecherin zu sehen, sie schaute direkt in die Kamera und damit sozusagen durch deren Linse hindurch in meine Augen. Ihr Tonfall änderte sich, als sie sagte:

»Wer war Gregory Belkin? Gab es tatsächlich einen Zwillingsbruder, Nathan, wie die, die mit dem Magnaten des Kultes auf vertrautem Fuß standen, vermuten?

Es gibt zwei Leichen, die eine begraben auf dem Jüdischen Friedhof, die andere im Leichenschauhaus von Manhattan. Und obwohl die paar Mitglieder der Chassidischen Gemeinde in Brooklyn, die Belkins Großvater einst gründete, sich weigern, den Behörden Rede und Antwort zu stehen, behält man sich vor, den Hintergrund dieser beiden Männer zu erforschen.«

Das Gesicht der Frau verschwand. Asrael war auf dem Fernsehschirm zu sehen. Ein Foto, unscharf und aus großer Entfernung aufgenommen, doch unverkennbar er.

»Währenddessen ist der Mann, den man des Mordes an Rachel Belkin beschuldigt, und der möglicherweise tief in die gesamte Verschwörung verstrickt ist, noch immer auf freiem Fuß.«

Dann folgte eine Reihe Standbilder, offensichtlich aus Überwachungsvideos herauskopiert – Asrael, glattrasiert, wie er durch die Halle eines Gebäudes schritt; Asrael inmitten der Menge, weinend über den Körper Esther Belkins gebeugt; eine Nahaufnahme von Asrael, auch hier bartlos, der, vor sich hin starrend, durch eine Tür schreitet. Dann eine ganze Bildserie, eindeutig ebenfalls aus Überwachungskameras, doch zu verwischt, als daß man tatsächlich jemanden hätte erkennen können; eines davon zeigte ihn mit Rachel Belkin, Esthers Mutter, Gregorys Ehefrau, wie ein Sprecher erklärte. Von Rachel sah man nur einen schlanken Körper, unmöglich hohe Absätze und wirres Haar. Aber Asrael erkannte ich, zweifellos. Ich war wie gebannt.

Das Gesicht eines kahlköpfigen, sichtlich unter dem Frost leidenden Beamten, vermutlich aus Washington D.C., erschien plötzlich auf dem Bildschirm und gab eine beruhigende Erklärung ab:

»Der ›Tempel vom Geiste Gottes‹ und ihre grandiosen Pläne sollten keinen Anlaß mehr zur Furcht geben. Jede einzelne ihrer Anlagen wurde entweder von den fanatischen Anhängern selbst in Brand gesetzt, als die Polizei einen Sturmangriff unternahm, oder der Polizei gelang es, den Unterschlupf zu räumen und alle Sektenmitglieder hinter Schloß und Riegel zu bringen. Was den mysteriösen Mann betrifft, gibt es keinen Augenzeugen, der ihn nach Rachel Belkins Tod noch einmal gesehen hat; es ist durchaus möglich, daß er, wie Hunderte andere, während der Feuersbrunst umgekommen ist, die in Belkins New Yorker Tempelanlage volle vierundzwanzig Stunden wütete, ehe die Feuerwehr sie unter Kontrolle bringen konnte.«

Ein weiterer Mann, der noch mehr nach einem Beamten aussah und noch dazu ärgerlich wirkte, nahm das Mikrofon. »Der ›Tempel vom Geiste Gottes‹ ist neutralisiert, machtlos, man hat seine Machenschaften gestoppt; während wir diese Sendung ausstrahlen, laufen Untersuchungen im Zusammenhang mit ihren Bankverbindungen, und in der Finanzwelt von Paris, London und New York wurden Verhaftungen vorgenommen.«

Dann folgte statisches Rauschen, weiße Flecken blitzten über den Bildschirm. Ich schüttelte das Gerät. Die Stimme ertönte wieder, doch jetzt ging es um eine von Terroristen gelegte Bombe in Südamerika, um Drogenbosse und Handelssanktionen gegen Japan. Ich stellte den Apparat wieder hin und schaltete ihn aus. Ich hätte nach einem anderen Sender suchen können, aber was ich gehört hatte, reichte mir.

Ich mußte plötzlich bellend husten, der Schmerz, der dabei entstand, kam ganz unerwartet.

Ich kramte in meiner Erinnerung: Rachel Belkin ermordet? Das war nur ein paar Tage nach Esthers Tod gewesen. Rachel Belkin, in Miami. Ermordet.

Zwillinge. Ich dachte an das Bild, das Asrael mir gezeigt hatte – der Chassid mit dem Bart und den Schläfenlocken und dem seidenen Hut.

Aus irgendeinem Winkel meines Gedächtnisses tauchte die Erinnerung auf, daß Rachel Belkin, Ehefrau Gregorys und zur besseren Gesellschaft gehörend, eine erklärte Gegnerin der Sekte gewesen war, und ich hatte nur einmal überhaupt ihren Namen, ihren Ruf und ihre Existenz registriert, und das war, als ich einen Ausschnitt von Esthers Beerdigung gesehen hatte. Die Kamera hatte die Mutter nicht losgelassen, und man hatte sie lautstark bedrängt, ihre Meinung zu der Sache zu äußern, bis sie in einem schwarzen Wagen verschwunden war. War ihre Tochter von Belkins Gegnern getötet worden? Oder waren es Terroristen aus dem Nahen Osten gewesen?

Ein Schwindelanfall rollte über mich hinweg, drohte sich noch zu steigern. Ich stellte den Fernseher zur Seite und legte mich wieder ins Bett. Ich fühlte mich müde und durstig. Ich zog die Decke bis ans Kinn, richtete mich aber noch einmal auf, um zu trinken. Ich schüttete das Wasser nur so in mich hinein, dann ließ ich mich zurücksinken und dachte nach.

Weder der Fernsehapparat noch die von ihm ausgespienen rätselhaften Berichte schienen mir wirklich.

Wirklich schien mir dieser Raum, das Feuer, das im Kamin tanzte, und daß Asrael hier gewesen war. Und wirklich schien mir auch das Bild dieses mit brodelnder Flüssigkeit gefüllten Kessels, das vor meinem geistigen Auge stand, und die unerträgliche, unglaubliche Vorstellung, in etwas derartiges hineingeworfen zu werden. In kochende Flüssigkeit. Ich schloß die Augen.

Da hörte ich ihn wieder singen:

»An den Strömen Babylons saßen wir und weinten, als wir Zions gedachten …«

Und plötzlich merkte ich, daß ich es selbst sang.

»Komm doch zurück, Asrael, komm zurück! Erzähle mir, was weiter geschah!« murmelte ich, und dann schlief ich ein.

Ich erwachte vom Geräusch der sich öffnenden Tür. Draußen war es nun völlig dunkel, und hier im Zimmer war es herrlich warm. Die Kälte war aus meinen Knochen gewichen.

An der Feuerstelle stand eine Gestalt und starrte in die Flammen. Ehe ich es verhindern konnte, entfuhr mir ein leiser Schrei. Nicht unbedingt männlich oder tapfer.

Doch eine Art Dampf oder Nebel stieg von der Gestalt auf, die Gregory Belkin zu sein schien, zumindest Kopf und Haare sahen so aus, dann aber veränderte sich das Ganze und verwandelte sich zurück in Asraels dichte schwarze Locken und seine grimmigen Augenbrauen. Er schien etwas auszuprobieren. Fauliger Gestank wie in einem Leichenhaus stieg auf und verflog dann langsam.

Asrael, wieder sein altes Selbst, stand dort, den Rücken mir zugekehrt. Er breitete die Arme aus und sagte ein paar Worte, Sumerisch wahrscheinlich, doch ich war mir dessen nicht sicher. Er sprach eine Beschwörung, und ein süßer Duft breitete sich aus. Ich blinzelte. Rosenblätter schwebten vor mir durch die Luft. Ich spürte sie auf meinem Gesicht. Der Leichenhausgestank war fort.

Asrael behielt seinen Platz am Feuer, breitete abermals die Arme aus und verwandelte sich: ein mattes Abbild Gregory Belkins, das einen Augenblick flimmerte und dann in Asraels eigener Gestalt aufging. Seufzend ließ er die Arme sinken.

Ich stieg aus dem Bett und ging hinüber zu dem Kassettenrecorder.

»Darf ich ihn anmachen?« fragte ich.

Als ich aufschaute und Asrael im hellen Licht des Feuers sah, bemerkte ich den blauen Samtanzug, den er nun trug. Ein antikes goldenes Muster zog sich über Kragen, Ärmel und Hosensaum, und der breite Gürtel im gleichen Blau war goldbestickt. Asraels Gesicht schien verändert, war weniger jung als zuvor.

Ich stand auf und trat so dicht an ihn heran, wie es die Höflichkeit noch zuließ. Was genau hatte sich denn geändert?

Nun, seine Haut war ein wenig dunkler, wie sie bei Menschen ist, die in sonnenheißen Gegenden leben, und die Augenpartie zeigte mehr Details, die Lider wirkten weicher gezeichnet, nicht mehr so perfekt, und dadurch vielleicht noch schöner. Man konnte die Poren seiner Haut erkennen und die kurzen vereinzelten Härchen am Haaransatz, dunkel und fein.

»Was siehst du?« fragte er mich.

Ich setzte mich in der Nähe des Recorders nieder. »Alles an dir ist insgesamt etwas dunkler und etwas ausgeprägter«, sagte ich.

Er nickte. »Ich kann nicht mehr einfach willentlich die Gestalt Gregory Belkins annehmen. Und auch die Ähnlichkeit mit anderen Leuten kann ich nicht lange aufrechterhalten. Ich kann mir das nicht erklären, ich bin kein Wissenschaftler. Vielleicht ist man ja eines Tages so weit, es wird etwas mit Begriffen wie kleinste Teilchen und Schwingungen zu tun haben. Auf jeden Fall mit irdischen Begriffen.«

Wilde Neugier hielt mich gefangen.

»Hast du schon versucht, das Äußere einer Person anzunehmen, die dir vielleicht etwas sympathischer ist als Gregory Belkin?«

Er schüttelte den Kopf. »Ich kann mich ziemlich widerlich aussehen lassen, wenn ich dich erschrecken will, aber ich möchte nicht häßlich sein. Ich möchte auch niemanden erschrecken. Der Haß hat mich verlassen, und damit auch ein Teil meiner Kraft, stelle ich mir vor. Ein paar Tricks kann ich aber noch zustande bringen. Schau.«

Er schloß die Hände um seinen Hals und ließ sie dann langsam über die bestickte Front seines Anzugs herabgleiten. Dabei entstand unter seinen Händen eine Kette aus geprägten, goldenen Scheiben, antiken Münzen gleich. Das Haus bebte in seinen Grundfesten. Das Feuer flackerte einen Moment auf und fiel wieder in sich zusammen.

Er hob die Kette an, um ihre Masse und ihr Gewicht zu demonstrieren, und ließ sie dann wieder los.

»Hast du etwas gegen Pelze?« fragte er mich. »Eine Abneigung, Pelze zu tragen? Ich sehe keine wärmenden Felle hier, ein Bärenfell etwa.«

»Nein«, sagte ich, »nichts dergleichen, keine Abneigung, kein Ekel.«

Die Zimmertemperatur stieg dramatisch an, abermals loderte das Feuer auf, als würde es geschürt, und ich fühlte mich in eine große dunkle, seidengefütterte Bärenfelldecke gehüllt. Ich hob die Hand und strich über das Fell, das lang und dicht war. Es ließ mich an Rußland, an die Wälder dort denken, und an die russischen Erzählungen, in denen die Männer immer in Pelze gekleidet sind. Ich dachte auch an die Juden, die in Rußland früher Pelzhüte getragen hatten, vielleicht sogar heute noch tragen. Ich richtete mich auf und wickelte mich noch gemütlicher in die Decke.

»Das ist wirklich fantastisch«, sagte ich. Ich bebte, dabei überschlugen sich die Gedanken in meinem Kopf, so daß ich nicht wußte, was ich zuerst äußern sollte.

Asrael stieß einen tiefen Seufzer aus und ließ sich betont theatralisch in seinen Sessel fallen.

»Das hat dich erschöpft«, stellte ich fest, »diese Umwandlungen, diese Tricks.«

»Ja, irgendwie schon. Aber ich bin nicht zu erschöpft zum Sprechen, Jonathan. Es ist nur so, daß ich kaum mehr als das zustande bringe … aber dann … wer weiß? Was macht Gott da mit mir? Ich dachte wirklich, daß diesmal, wenn ich diese mir auferlegte Prüfung hinter mich gebracht hätte, also, daß dieses Mal die Stufen erscheinen würden, für mich … oder ich wenigstens in tiefen Schlaf sänke. Ich dachte … so vieles. – Und hoffte auf ein Ende.«

Er hielt inne. »Immerhin habe ich etwas gelernt«, fügte er dann hinzu. »Die letzten zwei Tage lehrten mich etwas: Eine Geschichte zu erzählen, ist ganz anders, als ich es mir vorgestellt habe.«

»Das mußt du mir erklären.«

»Ich dachte, wenn ich von dem brodelnden Kessel spreche, vertreibe ich die damit verbundene Qual. Doch es half nicht. Nicht mehr fähig zu hassen, nicht mehr fähig zum Zorn, bleibt mir nur Verzweiflung.«

Wieder hielt er inne.

»Ich möchte, daß du mir endlich alles erzählst. Du glaubst doch daran. Aus genau dem Grund bist du hergekommen, damit du alles erzählen kannst.«

»Na ja, laß uns sagen, daß du die ganze Geschichte hören sollst, weil ... jemand sollte sie kennen. Jemand sollte sie festhalten. Und aus Höflichkeit dir gegenüber, denn du bist so freundlich und gefällig, und du hörst wirklich zu, und ich glaube, du willst es tatsächlich wissen.«

»Ja, ganz bestimmt. Aber weißt du, mir diese Grausamkeit vorzustellen, mir vorzustellen, daß dein eigener Vater dich dazu bestimmte, das fällt mir wirklich genauso schwer, wie mir eine so unnatürliche, konstruierte Todesart vorzustellen. Du hast deinem Vater vergeben, bis auf den heutigen Tag?«

»Eigentlich nicht«, sagte er. »Das war es, was ich meinte, daß darüber zu sprechen, nicht gleichzeitig bedeutet, auch zu vergeben. Aber es zu erzählen, meinen Vater wieder vor mir zu sehen, brachte mich ihm nahe.«

»Er war nicht so stark wie du, damit hatte er recht.«

Schweigen sank zwischen uns nieder. Ich dachte an Rachel Belkin, an den Mord an Rachel Belkin, aber ich sagte nichts.

Statt dessen fragte ich: »War es schön, durch den Schnee zu wandern?«

Er wandte sich mir erstaunt zu und lächelte, ein liebes strahlendes Lächeln.

»Ja, es war schön. Aber ich sehe, du hast das Essen nicht gegessen, das ich für dich gewärmt habe. Nein, bleib sitzen, ich hole es dir, und auch einen silbernen Löffel.«

Er tat, wie er gesagt hatte. Und ich aß einen Teller Eintopf, während er mit verschränkten Armen in seinem Sessel saß und mir zuschaute.

Als ich den leeren Teller zur Seite stellte, nahm er ihn sofort mitsamt dem Löffel und spülte beides, wie ich am Klang des laufenden Wassers hörte. Er kam zurück und bot mir eine Schale mit sauberem Wasser und ein Handtuch an, wie man es in vergangenen Zeiten getan haben mochte. Es war nicht nötig, doch ich tauchte meine Finger in die Schale, und mit dem Tuch tupfte ich mir den Mund ab, insgesamt fand ich das recht angenehm. Anschließend brachte Asrael die Sachen fort.

Dabei bemerkte er den kleinen Fernseher, den ich wohl zu nahe beim Feuer stehengelassen hatte. Eine Welle von Verlegenheit schwappte über mich hinweg, als hätte ich mich wie ein Spion während seiner Abwesenheit in seine Welt geschlichen, auf der Suche nach einer Bestätigung für seine Worte.

Er betrachtete das Ding eine ganze Weile und schaute dann fort. »Das Ding funktioniert? Du hast etwas erfahren?« fragte er nicht gerade enthusiastisch.

»Die Nachrichten, von einem lokalen Sender hier, schätze ich. Man hat die Stützpunkte der Belkin-Sekte gestürmt, diverse Verhaftungen vorgenommen, und die Bevölkerung ist erst einmal beruhigt worden.«

Er ließ geraume Zeit verstreichen, ehe er darauf antwortete. Schließlich sagte er: »Ja, gut, es gibt da vielleicht ein paar Anlagen, die man noch nicht gefunden hat, aber alle Sektenmitglieder darin sind tot. – Diese Kerle mit ihren Pistolengurten, die geschworen haben, sich selbst mitsamt der ganzen Bevölkerung eines Landes zu töten – wenn man auf die stößt, ist es das Beste ... sie auf der Stelle umzubringen.«

»Im Fernsehen haben sie dein Bild gezeigt«, sagte ich. »Glattrasiert.«

Er lachte. »Also werden sie mich mit all diesem Haar gar nicht erkennen.«

»Erst recht nicht, wenn du es im Nacken kurz schneidest, aber das wäre eigentlich eine Schande.«

»Das ist gar nicht nötig«, sagte er. »Ich kann immer noch etwas viel Entscheidenderes tun.«

»Und das wäre?«

»Verschwinden.«

»Oh! Wie schön, das zu hören. Weißt du, daß man dich sucht? Sie erwähnten etwas von dem Mord an Rachel Belkin. Der Name sagt mir kaum etwas.«

Er schien weder erstaunt, noch beleidigt, noch irgendwie bestürzt.

»Sie war Esthers Mutter. Sie wollte nicht in Gregorys Haus sterben. Aber ich will dir sagen, was merkwürdig war. Als er ihren toten Körper sah, schien er wirklich von Kummer überwältigt. Ich glaube, er liebte sie wirklich. Wir vergessen immer, daß auch solche Menschen lieben können.«

»Möchtest du mir sagen ... ob du sie getötet hast oder nicht? Oder sollte ich das besser nicht fragen?«

»Ich habe sie nicht getötet«, sagte er schlicht. »Das wissen die auch. Sie waren dort. Das war schon ziemlich bald danach. Warum sollten sie sich also noch die Mühe machen, nach mir zu suchen?«

»Das hängt alles mit dieser Intrige zusammen, mit Banken und geheimen Plänen und dem langen Arm der Sekte. Du bist für sie der geheimnisumwitterte Mann.«

»Ah, so. Und wie ich schon sagte, ich bin auch derjenige, der, wenn's sein muß, verschwinden kann.«

»Dich zurück in die Gebeine begeben?« fragte ich.

»Ach, die Gebeine, diese goldenen Knochen.«

»Bereit, weiterzuerzählen?«

»Ich überlege gerade, wie ich es anstellen soll. Ein bißchen mehr sollte ich dir schon erzählen, ehe die Sache mit Esthers Tod an die Reihe kommt. Es gab Gebieter, die ich wirklich liebte. Das müßte ich näher erklären.«

»Du wirst mir nicht von allen berichten?«

»Es waren zu viele«, sagte er, »die einen sind die Erinnerung nicht wert, und andere habe ich völlig vergessen. Nur über zwei möchte ich dir mehr erzählen. Der erste und der letzte der Gebieter, denen ich je gehorchte. Ich hatte schon lange jeden Gehorsam verweigert. Wenn man mich heraufbeschwor, tötete ich – nicht nur den, der mich gerufen hatte, sondern jeden weiteren Augenzeugen ebenfalls, das ging so über endlose Jahre hinweg. Bis man schließlich meine Knochen, zusammen mit einem warnenden Hinweis in hebräischer, deutscher und polnischer Sprache in einem Gefäß versiegelte, und niemand mehr das Risiko einging, den Hüter der Gebeine zu rufen.

Aber ich wollte ja über diese beiden sprechen, über den ersten und den letzten der Meister, denen ich gehorchte. Die anderen, die mir im Gedächtnis haften geblieben sind, brauchen wir nur mit ein paar Worten zu streifen.«

»Du wirkst wieder fröhlicher, ein wenig ausgeruhter«, stellte ich fest.

»Tatsächlich?« Er lachte. »Wie kommt das? Ja, klar, ich habe geschlafen, und ich bin stark, sehr stark, daran ist kein Zweifel. Und diese Geschichte hat es so an sich, mir immer wieder Rückblicke zu verschaffen.«

Er seufzte.

»Selbst im Tod ist mir ein Leben ohne Schmerz nicht vergönnt«, sagte er. »Aber das habe ich nicht anders verdient, denke ich mir, da ich ein machtvoller Dämon bin. Der letzte Herr, dem ich gehorchte, war ein Jude in Straßburg. Zu der Zeit wurden alle Juden dort verbrannt, weil man sie beschuldigte, den Schwarzen Tod verursacht zu haben.«

»Ah, das muß im 14. Jahrhundert gewesen sein.«

»Im Jahr 1349 der heutigen Zeitrechnung«, lächelte er. »Ich hab' es nachgelesen. Überall in Europa tötete man damals die Juden, weil man sie für die Pest verantwortlich machte.«

»Ich weiß. Und seitdem hat es noch eine Menge weiterer Verfolgungen gegeben.«

»Unser entzückender Gregory Belkin, weißt du, was der zu mir sagte? Als er dachte, er sei mein Gebieter und ich würde ihm helfen?«

»Keine Ahnung.«

»Er behauptete, wenn der Schwarze Tod nicht in Europa ausgebrochen wäre, wäre der Kontinent heute eine Wüste. Er sagte, ohne die Seuche hätte es eine Bevölkerungsexplosion gegeben, und dann wären in kürzester Zeit alle Wälder verschwunden gewesen, weil zu viel Holz benötigt wurde. Und wir wissen, daß man heute den Ursprung der europäischen Wälder auf die Zeit des 14. Jahrhunderts zurückdatiert.«

»Das stimmt, denke ich«, gab ich zu. »Wollte Belkin damit den geplanten Völkermord rechtfertigen?«

»Ach, das war nur eine von vielen Erklärungen. Gregory war schon außergewöhnlich, wirklich, denn er war ehrlich.«

»Und nicht verrückt, als er diese weltumspannende Sekte schuf und haufenweise Terroristen darin heranzüchtete?«

»Nein«, schüttelte Asrael den Kopf. »Nur rücksichtslos und ehrlich. Einmal sagte er zu mir, daß es nur einen Mann gegeben hat, der die gesamte Weltgeschichte veränderte. Ich dachte, er meinte Jesus Christus oder Kyros, den Perser. Oder vielleicht Mohammed. Aber nein, er sagte, dieser Mann sei Alexander der Große gewesen. Und das war sein Vorbild. Gregory war geistig völlig gesund. Er beabsichtigte einfach, einen riesenhaften Gordischen Knoten durchzuschlagen. Und er hätte beinahe Erfolg gehabt. Beinahe –«

»Wie hast du ihn davon abgehalten? Wie ist das alles passiert?«

»Er hatte einen schwachen Punkt, das war's«, sagte er. »Weißt du, daß es in der Religion der alten Perser eine Legende gibt, die besagt, daß das Böse nicht durch eine Sünde in die Welt kam, oder durch Gott, sondern durch einen Fehler. Einen rituellen Irrtum?«

»Ich habe schon mal davon gehört. Du sprichst auf ganz alte Mythen an, im Zusammenhang mit den Lehren des Zarathustra.«

»Ja, Mythen, die die Meder an die Perser weitergaben und die wiederum an die Juden. Es war gar nicht Ungehorsam gegen die Gebote. Es war der Mangel an Urteilskraft. Klingt es in der Schöpfungsgeschichte nicht so ähnlich? Eva zieht einen falschen Schluß, ein rituelles Gebot wird gebrochen. Das ist doch etwas anderes als eine richtige Sünde, meinst du nicht?«

»Ich weiß nicht. Ich wäre glücklicher, wenn ich es wüßte.«

Asrael lachte. »Ein Fehler in Gregory's Urteilskraft führte zu seinem Untergang«, sagte er.

»Wieso?«

»Er zählte darauf, daß meine Eitelkeit genauso groß wie seine wäre. Vielleicht verschätzte er sich auch nur, was meine Macht und meinen Willen, mich einzumischen, betraf … Nein, er dachte, ich wäre einfach hingerissen von seinen Ideen; er hielt sie für unwiderstehlich. Er beurteilte mich einfach falsch, das war der Fehler. Wenn er mir nicht alles mögliche erzählt hätte, genau zum passenden Zeitpunkt wirklich entscheidende Dinge erwähnt hätte, hätte selbst ich seine Pläne nicht aufhalten können. Aber er mußte ja reden, mußte vor mir angeben, um als Genie akzeptiert zu werden, geliebt zu werden … selbst von mir geliebt zu werden, glaube ich.«

»Wußte er, was du bist? Daß du der Hüter der Gebeine bist? Ein Geist?«

»Oh, ja, bei unserer Zusammenkunft stand meine Glaubwürdigkeit nicht in Frage, wie ihr heute sagen würdet. Aber dazu komme ich noch.«

Er lehnte sich zurück. Ich kontrollierte die Recorder, wechselte die Kassetten und beschriftete ihre Schildchen, damit ich nichts durcheinander brachte. Dann stellte ich beide Apparate wieder auf den

Rand der Feuerstelle. Er beobachtete mich mit Interesse und Sympathie. Er zögerte, fortzufahren, fand es vielleicht schwierig, obwohl er es sich wünschte.

»Hielt Kyros von Persien dir gegenüber sein Wort?« fragte ich. Die Frage hatte mich nicht mehr losgelassen, seitdem er seine Erzählung unterbrochen hatte. »Hat er dich wirklich nach Milet geschickt? Es ist schwer zu glauben, daß Kyros von Persien sein Wort hielt.«

»Wieso nicht?« Er sah mich lächelnd an. »Aber du weißt doch, daß er sein Wort hielt, was Israel betraf. Die Juden durften Babylon verlassen, und sie gingen heim und ließen das Königreich Judäa wieder auferstehen und sie bauten Salomons Tempel wieder auf. Du kennst die Geschichtsschreibung: Kyros hielt seine Versprechen den eroberten Völkern gegenüber, speziell die den Juden gegebenen. Vergiß nicht, Kyros' religiöse Anschauungen waren gar nicht so sehr verschieden von den unseren. Im Grunde waren es beide ... von Ethik bestimmte Religionen, siehst du das nicht auch so?«

»Ja, natürlich weiß ich, daß Jerusalem unter der persischen Herrschaft einen großen Aufschwung erlebte.«

»Oh, gewiß, über mehrere Jahrhunderte hinweg, bis die Römer kamen, genaugenommen, und Aufstände ausbrachen; bis es zur endgültigen Niederlage bei Masada kam. Wir reden über diese Dinge, damit wir nicht vergessen. Damals konnte ich zwar nicht wissen, was noch kommen würde, doch selbst ich wußte, daß Kyros sein Wort halten und mich nach Milet schicken würde. Ich habe ihm immer getraut, vom ersten Augenblick an. Er war kein Lügner. Na ja, zumindest kein so großer Lügner wie viele andere.«

»Aber da er doch weise Männer in seinem Gefolge hatte«, sagte ich, «wieso ließ er sich dann etwas, das solche Macht ... ich meine jemanden wie dich, der eine derartige Macht hatte ... einfach durch die Finger schlüpfen?«

»Er war ganz wild darauf, mich loszuwerden!« antwortete Asrael. »Und offen gesagt, seine Weisen ebenfalls! Er ließ mich nicht etwa durch seine Finger schlüpfen, sondern indem er mich zu Zurvan schickte, entledigte er sich meiner. Und er kannte keinen mächtigeren Magier und Gelehrten als Zurvan, der ihm noch dazu treu ergeben war. Er war reich, lebte in Milet, das genau wie Babylon ohne Kampf an Kyros und die Perser gefallen war. Später dann erhoben sich die Griechen jener ionischen Städte natürlich gegen Persien. Doch zu jener Zeit, als ich dort dem großen König gegenüberstand und ihn bat, mich zu einem mächtigen Magier zu schicken, war Milet noch eine blühende griechische Stadt unter persischer Herrschaft.«

Asrael schaute mich eindringlich an. Ich öffnete den Mund zu einer weiteren Frage, doch er unterbrach mich.

»Du warst draußen in der Kälte, das war nicht gut. Jetzt ist dir heiß, dein Fieber ist wieder ein wenig gestiegen. Du mußt etwas Kaltes trinken. Ich hole es dir. Wir machen weiter, wenn du getrunken hast.«

Er erhob sich aus seinem Sessel und holte eine Flasche, die bei der Tür gestanden hatte. Sie war eiskalt, das war unübersehbar, und ich hatte wirklich Durst.

Ich sah, daß er das Wasser in einen silbernen Becher goß. Kein antiker Becher; er sah ziemlich neu aus, wie maschinell hergestellt, aber sehr schön, und natürlich beschlug er durch das kalte Wasser. Er wirkte ein bißchen wie der Gral, oder eher wie ein Kelch, wie das Trinkgefäß eines Babyloniers. Oder vielleicht Salomons.

Vor dem Sessel stand ein zweiter gleicher Becher.

»Wie hast du diese Becher gemacht?« fragte ich.

»So wie ich meine Kleider gemacht habe. Ich befehle all die winzigen Teilchen her, die dazu nötig sind. Nur ist Design nicht gerade meine Stärke. Wenn mein Vater diese Becher entworfen hätte, wären sie überwältigend. Ich habe den Teilchen einfach befohlen, sich zu einem verzierten Becher in zeitgemäßem Stil zusammenzufügen ... Eigentlich braucht es eine ganze Menge mehr Worte dazu, und noch viel mehr Energie, aber das ist in etwa das Prinzip.«

Ich nickte, dankbar für die Erklärung.

Ich trank den Becher leer. Er füllte ihn noch einmal, und ich trank auch das.

Der Becher war wirklich massiv. Sterlingsilber. Ich betrachtete ihn von allen Seiten, er hatte einen schlichten kurzen Fuß und rund um den Rand war in Anspielung auf die Dionysien ein Muster aus Weintrauben und Reben eingraviert. Er war wirklich sehr schön. Während ich ihn liebevoll mit beiden Händen umfaßt hielt und die klare Form und die tief eingeprägten Ranken bewunderte, entsprang ihm plötzlich ein leiser Klang, und die Luft vor meinem Gesicht flimmerte ein wenig. Vor meinen Augen entstand eine weitere Gravur auf dem Becher – mein Name. In hebräischen Schriftzeichen stand dort Jonathan Ben Isaak. Die Buchstaben, klein und vollkommen, zogen sich um den gesamten Becher.

Ich schaute Asrael an. Er lag zurückgelehnt in seinem Sessel, die Augen geschlossen. Tief sog er den Atem ein.

»Erinnerung ist alles«, murmelte er leise, kaum hörbar. »Meinst du nicht auch, daß wir mit dem Gedanken leben können, daß Gott nicht vollkommen ist, so lange wir uns nur sicher sind, daß Gott sich erinnert … sich an alles erinnert …«

»Alles weiß, das meinst du wohl. Wir möchten doch, daß er unsere Missetaten vergißt.«

»Ja, wahrscheinlich.«

Nun goß er sich selbst etwas Wasser ein und trank, aus dem zweiten Becher, der zwar keinen Namen trug, aber sonst dem meinen glich. Er gönnte sich eine weitere Pause, seine Gedanken schweiften ab, seine Brust hob und senkte sich, er starrte ins Feuer.

Ich fragte mich, wie es sein müßte, mit Menschen wie ihm umgeben zu sein, mit ihnen zu leben.

War so Esagila gewesen? Wimmelnd von bärtigen, mit kostbaren, goldverbrämten Gewändern bekleideten Männern, die Zielstrebigkeit und Entschlußkraft ausstrahlten.

»Weißt du«, fragte er mich lächelnd, »daß die alten Perser glaubten, daß während des letzten Jahrtausends … vor der endgültigen Erwekkung aller Toten … daß dann die Menschen nach und nach aufhören würden, Fleisch und Milch zu sich zu nehmen, und sogar keine Pflanzen mehr essen würden, sondern daß sie sich nur noch von Wasser ernähren würden? Von klarem Wasser.«

»Und dann käme die Auferstehung?«

»Ja, die Welt der Gebeine würde auferstehen … das Tal der Gebeine erstünde zu neuem Leben.« Er lächelte. »Deswegen denke ich manchmal, wenn ich mich ein wenig trösten möchte, daß Dinge wie ich, Engel, Dämonen der Macht … daß wir nur eine letzte Stufe des Menschseins sind … diese letzte Stufe, in der die Menschen nur von Wasser existieren können. Also … sind wir nicht gottlos. Wir sind einfach nur sehr weit fortgeschritten.«

Jetzt lächelte ich. »Einige Leute glauben ja auch, daß unser irdischer Körper nur eine unter vielen biologischen Stufen ist, daß der Geist eine höhere Stufe erklimmt, daß das alles eine Sache von Atomen und Teilchen ist, so wie du gesagt hast.«

»Du beachtest solche Thesen?«

»Natürlich. Ich habe keine Angst vor dem Tod. Ich hoffe, daß mein Licht sich mit dem Licht Gottes vereinigen wird. Oder vielleicht auch nicht? Doch, ich bin schon interessiert an dem, was andere glauben, sehr interessiert sogar. Dieses Zeitalter ist nicht so stark von Gleichgültigkeit geprägt, wie es den Anschein hat.«

»Ja, da stimme ich mit dir überein«, sagte er. »Dies ist eine praktische, pragmatische Zeit, und Sinn für Anstand ist ihre erste Tugend – du weißt doch, anständige Kleidung, Unterkunft, Essen –«

»Hmh«, sagte ich.

»Aber es ist auch eine Zeit großzügigen, offenen Denkens, vielleicht die erste Zeit überhaupt, in der Andersdenken nicht die Gefahr in sich birgt, dafür bestraft zu werden, denn im Endeffekt kann man predigen, was immer man will, ohne in Ketten davongezerrt zu werden. Niemand denkt mehr an so etwas wie die Inquisition.«

»Doch, es gibt schon Leute, die daran denken, das sind die Fundamentalisten jeder einzelnen existierenden Sekte, doch in den meisten Ländern der Welt haben sie nicht die Macht, jemandem zu schaden, sei er nun Prophet oder Gotteslästerer. Das ist es, was du bemerkt hast.«

»Ja«, stimmte er zu.

Wieder eine Pause.

Er richtete sich auf, offensichtlich erfrischt und bereit, weiterzuerzählen. Er wandte sich mir zu, sein Arm lag mit leicht nach hinten abgewinkeltem Ellenbogen auf der Lehne des Sessels; im Schein des Feuers glitzerten die mit dickem Goldfaden auf den blauen Samt aufgestickten Ornamente. Sie verliefen in Schleifen und Bögen, zweifellos ein altehrwürdiges Muster, das wahrscheinlich sogar eine historische Bezeichnung hatte.

Er warf einen Blick auf die Recorder. Ich bedeutete ihm, daß wir – die Kassetten und auch ich – ganz Ohr waren.

»Kyros hielt Wort«, sagte er mit einem Achselzucken. »Jedem Beteiligten gegenüber. Sowohl gegenüber meiner Familie, als auch gegenüber den Hebräern in Babylon. Die, die fortwollten – und nicht alle wollten Babylon verlassen –, ließ er zurückkehren nach Zion, wo sie den Tempel wieder aufbauten, und nie verübten die Perser dort irgendwelche Grausamkeiten. Verdruß gab es erst, als die Römer kamen, wie wir vorhin schon festgestellt haben. Und auch du weißt, daß viele, viele Hebräer in Babylon blieben, das als ein Sitz der Gelehrsamkeit galt; sie studierten, schrieben den Talmud dort, bis die Stadt eines schrecklichen Tages, viele Jahrhunderte später, niedergebrannt und zerstört wurde. Doch das war viel später. Jetzt will ich dir erst einmal von den beiden Gebietern berichten, die mich alles lehrten, was für mich von Nutzen sein konnte.«

Ich nickte. Er verfiel in ein Schweigen, das ich nicht brechen mochte.

Ich schaute ins Feuer, und für eine Sekunde überkam mich ein dumpfes Schweregefühl, als habe sich mein Lebensrhythmus, der Schlag meines Herzens, mein Atem, als habe sich die Welt selbst verlangsamt: Die Flammen des Feuers züngelten über Holz, das ich nicht gesammelt hatte. Zedernklötze brannten laut knisternd zwischen den Eichenscheiten und verströmten ihren Duft, und wieder erschien es mir für einen Augenblick, daß ich gestorben war, daß ich mich auf einer höheren geistigen Stufe befand. Ich roch Weihrauch, und ein Gefühl unaussprechlichen Glücks durchströmte mich. Ich wußte, ich war krank, denn meine Brust schmerzte, und auch meine Kehle, doch all das war unwichtig. Ich fühlte mich einfach nur glücklich. Was wäre, wenn ich nun tot bin, dachte ich.

»Du lebst«, kam seine Stimme, sanft und gleichmäßig. »Möge der Herr dich segnen und behüten.«

Er beobachtete mich schweigend.

»Was ist, Asrael?« fragte ich.

»Nichts, nur daß ich dich mag«, antwortete er. »Verzeih mir. Ich kannte deine Bücher. Ich liebte sie; doch ich habe nicht gewußt, … daß ich dich mögen würde. Ich habe nun eine Vorausahnung, wie meine Existenz sein könnte … Ich ahne etwas von dem, was Gott vorgesehen hat, aber das ist jetzt unwichtig. Wir sprechen über die Vergangenheit, nicht über Gott und die Zukunft …«

Teil II

Ästhetische Theorie

Aus Ohren schmied ein Verswerk dir.
Verkünd es,
so daß die borkig-dunkle Knospe aufblättere
gleich einem Hirn, verwahrt in einem Glase.
Walnuß aus Wachs, die unterm Flusse der Gedanken schmilzt.
Fast obszön kenntnisreich soll
dies, dein Werk, sich zeigen,
und tropfen soll
sein Wissen, klebriger Saft von dem verletzten Stamm.
Laß es sich stehlen zu der Moleküle wahlloser Verschmelzung,
und passe seine Mündung
der Mündung seines tiefsten Kernes an,
zerre an seinem Schaft,
um seinen Fötus bloßzulegen. Und gib
ihm Kinder mit geschmeidig-scharfen Kiefern,
Hunde sollen wimmern, wenn sie ihm begegnen.
Laß es heraus aus seinem Glas,
und Beischlaf mag's mit unserm Leichnam, unserm Chaos pflegen.
Mach es hungrig, böse, und des Todes Feind.
Bring's auf Papier. Lies es. Scharfe Chirurgenklingen
seien seine Seufzer, derart bewehrt mit Stacheln,
daß der Skorpion es nennt: Jehova & Wer noch.
Tu's jetzt, bevor du feig zurückschreckst.
Entwirf's, befruchte und liebkose es.
Mach's tauglich und dem Zweck angepaßt,
ein Verswerk, größer, als Verse fortbestehen.

Stan Rice, *Some Lamb* 1975

9

»Nun will ich also von diesen beiden Gebietern erzählen, und davon, was sie mich lehrten. Und laß dir gleich sagen, daß ich mich bei diesem Teil meiner Geschichte kurz fassen werde. Ich bin nämlich begierig, zur Gegenwart zu kommen. Aber andererseits möchte ich, daß du auch das erfährst und es niederschreibst – wenn du so freundlich sein willst. Also …

Zurvan kündigte sich auf eine ziemlich dramatische Weise bei mir an. Ich hatte ja schon erzählt, daß ich mich in die Gebeine zurückgezogen hatte. Ich lag in dunklem, tiefstem Schlaf. In mir war eine Art Bewußtheit – so ist es immer – aber ich kann das nicht in Worten ausdrücken, dieses Gefühl. Vielleicht könnte man sagen, ich bin in diesem Schlaf wie eine Tontafel, auf der sich Geschichte schreibt wie von selbst. Aber dieses Bild ist plump, zu eindeutig.

Ich schlief; Furcht und Schmerz waren mir fern, auch fühlte ich mich keineswegs gefangen. Ich wußte nicht, was oder wo ich war. Und dann rief Zurvan mich:

›Asrael, Hüter der Gebeine, komm her zu mir, unsichtbar beseelt, so fliege herbei, nutze deine Kraft.‹ Ich fühlte mich hinaufgesaugt ins Licht. Ich flog der Stimme entgegen, die mich gerufen hatte, und wie schon zuvor in Babylon sah ich Geister in den Lüften, Geister in allen Himmelsrichtungen, Geister, zwischen denen ich mich entschlossen vorwärts bewegte, wobei ich versuchte, keinem ein Leid anzutun. Ihre Schreie und der Ausdruck der Verzweiflung in ihren Mienen bestürzten mich zutiefst.

Einige dieser Geister griffen sogar nach mir, in dem Versuch, mich aufzuhalten. Doch ich hatte meinen Befehl und schüttelte sie ab, mit so erstaunlicher Kraft, daß ich darüber in Gelächter ausbrach.

Zur Mittagszeit erblickte ich die Stadt Milet unter mir; die Anzahl der Geister nahm zusehends ab, als ich mich dem Erdboden näherte, aber unter Umständen bewegte ich mich auch nur mit einer Geschwindigkeit, die mir nicht mehr erlaubte, sie noch wahrzunehmen. Milet, auf einer Halbinsel gelegen, war die erste ionische oder griechische Stadt, die ich je sah.

Sie war wunderschön, weitläufig, mit herrlichen, offenen Plätzen und Kolonnaden, und zeigte selbst zu dieser Zeit schon die ganze Vollkommenheit griechischer Kunst. Die *agora*, die Paläste, die Tempel, das Amphitheater ... alle Gebäude schienen mir wie eine offene Hand, die sich der sommerlichen Brise darbietet.

An drei Seiten war die Stadt vom Meer umgeben, auf dem sich griechische und phoenizische und ägyptische Handelsschiffe tummelten, und der Hafen wimmelte von Händlern und von langen Reihen aneinandergeketteter Sklaven.

Je tiefer ich sank, desto deutlicher empfand ich die Schönheit des Ganzen, eine Schönheit, die mir aus Babylon nicht ganz unbekannt war; doch diese Stadt, die von weißem Marmor nur so glänzte, bot mir ein ganz besonderes Schauspiel. Dies war eine Stadt, die sich nicht vor den Wüstenwinden abschotten mußte, in der die Menschen ihren Geschäften im Freien nachgingen, sich trafen und plauderten. Hier war die Hitze nicht unerträglich, und es gab nicht den in Babylon stetig fliegenden Wüstensand.

Ich landete unmittelbar in Zurvans Haus, wo ich ihn an seinem Tisch sitzend fand, einen Brief in der Hand.

Zurvan war persischer Abstammung, vielleicht sollte ich sagen, Meder; er war schwarzhaarig, und obwohl sein Haar und sein Bart auch schon stark von Grau durchzogen waren, so war er doch nicht allzu alt. Mit seinen großen, blauen Augen schaute er mich an und erfaßte auf der Stelle meine unsichtbare Gestalt. Und dann sagte er:

›Ah, umgib dich mit einer sterblichen Hülle; du weißt doch, wie das geht. Darf ich bitten!‹

Ich schätze, das war genau der Kurs, den man mit mir einschlagen mußte, denn nun setzte ich meinen ganzen Stolz darein, mir einen Körper zu schaffen. Eigentlich kannte ich nicht die passenden Worte, abgesehen von denen, die auf der Tontafel gestanden hatten, dennoch schuf ich mir diesen Körper – der noch dazu sehr gut gelang – innerhalb von Sekunden. Zurvan hatte die Knie an den Körper gezogen, lehnte sich zurück, betrachtete mich und lachte erfreut. Ich vermute, ich bot den gleichen Anblick wie jetzt.

Ich weiß noch, wie verwundert ich war über dieses schöne griechische Haus mit seinem Innenhof und den weit offenen Türen ringsum; die Gemälde an den Wänden zeigten schlanke, großäugige griechische Gestalten in flatternden Gewändern, die eindeutig ionisch waren, mich aber an Ägypten denken ließen.

Zurvan setzte die Füße auf den Boden, löste die gekreuzten Arme und stand auf. Er war nach griechischer Art gekleidet, die viel Haut sehen ließ und keine eingesetzten Ärmel kannte, wie wir sie in Babylon trugen. An den Füßen hatte er Sandalen.

Er betrachtete mich eingehend und ohne Furcht, wie mein Vater vielleicht das Werk eines Silberschmieds betrachtet hätte.

›Wo sind deine Fingernägel, Geist?‹ fragte er. ›Wo sind die Gesichtshaare? Wo sind deine Wimpern? Schnell! Von nun an brauchst du nichts anderes mehr zu sagen als: „Hefte an mich all die einzelnen Dinge, die ich in diesem Augenblick benötige.“ Stell dir vor, wie du aussehen willst, und dein Werk ist vollbracht. Genau so! Genau so.‹

Er klatschte in die Hände.

›Nun bist du vollkommen, genug für das, was du tun mußt. Setz dich dort drüben nieder. Ich will sehen, wie du dich bewegst. Geh, sprich, hebe die Arme. Nun mach schon, setz dich dort hin.‹

Ich gehorchte und setzte mich auf einen Stuhl, ein gefälliges griechisches Stück mit hoher Arm-, jedoch ohne Rückenlehne. Das Licht ringsumher hatte eine besondere Leuchtkraft für mich, es war anders, die Wolken draußen am Himmel türmten sich höher auf, die Luft war klarer.

›Das kommt daher, daß das Meer in unmittelbarer Nähe ist‹, sagte Zurvan. ›Spürst du die Feuchtigkeit in der Luft, Geist? Sie wird dir immer eine Hilfe sein. Das ist der Grund, warum die verwirrten Geister der Toten und auch die Dämonen, in welcher Gestalt sie auch auftreten, feuchte Stellen bevorzugen: sie brauchen das Wasser, seinen Klang, seinen Geruch, die Kühle, die in sie hineinkriecht.‹

Er wanderte langsam durch den Raum. Ich blieb einfach sitzen, überheblich, ohne ihm Respekt zu erweisen. Doch es schien ihn nicht zu stören.

Ein babylonisches oder persisches Gewand hätte ihm angesichts seiner dürren, alten Beine besser gestanden. Nur war es zu warm.

Mein Blick löste sich von ihm und schweifte bewundernd über den Mosaikboden. Unsere Böden daheim waren oftmals nicht weniger bunt und kunstvoll gearbeitet, doch deren steife Rosetten und zeremoniellen Figuren fehlten hier, statt dessen gab es ein Muster aus fröhlichen Tänzern und dicken Traubenbündeln, und die Umrandung bestand aus den verschiedensten Sorten farbigen Marmors. Die Muster waren fließend und heiter. Ich dachte an all die griechischen Vasen, die auf den Märkten durch meine Hände gegangen waren, und wie sehr ich diese anmutigen Arbeiten geliebt hatte. Die Wandgemälde des Raumes waren ebenso schön und lebendig gestaltet und von mehreren farbigen Streifen eingefaßt, die mein Auge entzückten.

Zurvan blieb mitten im Raum stehen. ›Also bewundern wir die Schönheit, ist es nicht so?‹ Ich gab keine Antwort. Da sagte er: ›Sprich, ich will deine Stimme hören.«

›Und was soll ich sagen?‹ fragte ich, ohne mich zu erheben. ›Was ich selbst sagen will? Oder was du mir zu sagen befiehlst? Soll ich meine wahren Gedanken aussprechen, oder lieber irgendeinen servilen, für Geister üblichen Blödsinn. – Daß ich dein Sklave bin?‹

Ich brach plötzlich ab, hatte jedwedes Vertrauen in mich selbst verloren. Mir wurde klar, daß ich gar nicht genau wußte, warum ich dies alles sagte. Ich mühte mich um eine Erinnerung. Man hatte mich zu diesem Mann geschickt. Dieser Mann war ein großer Magier. Er war angeblich ein Meister seines Fachs. Ich war ein Diener. Aber wer hatte mich dazu gemacht?

›Belaste dich nicht mit diesen kleinlichen Sorgen, es führt nur dazu, daß du dich auflöst‹, sagte Zurvan. ›Du sprichst vernünftig und deutlich, mehr wollte ich nicht wissen; du denkst, und du bist sehr mächtig. Du bist vielleicht der vollkommenste Engel der Macht, den ich je zu Gesicht bekommen werde. Keines der Wesen, die ich zuvor beschwor, hatte Fähigkeiten, die den deinen gleichkommen.‹

›Wer hat mich denn hergeschickt? Es war ein König‹, sagte ich. ›Doch mein Verstand ist plötzlich ganz durcheinander, und es ist so qualvoll, nichts zu wissen.‹

›Das ist die Falle, in die alle Geister gehen. Das ist es, was sie schwach macht. Man könnte sagen, es ist der Stolperstein, den Gott ihnen gelegt hat, damit sie nicht die Macht erlangen, den Menschen wirklich schaden zu können. Aber du weißt, wer dich herschickte. Denk nach! Die Antwort wird dir von selbst einfallen. Dein Erinnerungsvermögen wird langsam wieder zurückkehren und auch dein Bewußtsein. Und zuvörderst, versage dir diese rasende, brüllende Wut in deinem Innern. Ich hatte nichts mit denen zu tun, die dich verletzt, dich getötet haben. Ich habe den Verdacht, daß bei der ganzen Affäre einige Stümper am Werk gewesen sind, was ein schwächerer Geist als du sicher nicht überstanden hätte. Doch du hast es überstanden! Und der Mann, der dich hersandte? Er tat, was du von ihm verlangtest, erinnere dich doch! Er tat, worum du ihn batest.‹

›Ach ja, König Kyros! Auf meine eigene Bitte hin sandte er mich nach Milet.‹ Plötzlich stand es mir ganz klar vor Augen, und um so klarer, je mehr ich mich bemühte, den Zorn aus mir herausströmen zu lassen wie Luft aus meinen Lungen. Ich fühlte meine Lungen sogar. Ich spürte, wie ich atmete.

›Verschwende deine Zeit nicht damit‹, sagte Zurvan. ›Wonach habe ich dich vorhin gefragt? Nach Fingernägeln, Wimpern. Nach Details, die sichtbar sind! Innere Organe brauchst du nicht. Dein Geist füllt die perfekte Hülle aus, in der du dich befindest; niemand kann sie von einem echten Menschen unterscheiden. Verschwende deine Kraft nicht damit, dir ein Herz, Blut oder Lungen zu schaffen, nur um dich menschlich zu fühlen. Das ist dumm und albern. Nur selten besteht die Notwendigkeit, ein wenig Blut aus deinem Körper rinnen zu lassen. Das ist eine Kleinigkeit für dich. Nur verzehre dich nicht nach deinem menschlichen Körper. Du bist besser dran jetzt.‹

›So?‹ fragte ich. Einen Fuß auf mein Knie gelegt, flegelte ich mich immer noch in dem Stuhl, während dieser ältere, weise Mann mein arrogantes Benehmen hinnahm. ›Bin ich gut, oder bin ich etwas, für das Böse geschaffen? Du sprachst von einem übermächtigen Engel. Ich hörte auch den König dieses Wort benutzen. Aber „Dämon" sagte er auch. Oder sagte das jemand anders?‹

Zurvan stand gelassen mitten im Zimmer, wippte ein wenig vor und zurück und begutachtete mich mit zusammengekniffenen Augen.

›Ich habe so eine Ahnung‹, sagte er, ›daß du sein wirst, was du sein willst, obwohl mancher sicher versuchen wird, dich zu dem zu machen, was er will. In dir ist so viel Haß, Asrael, so viel Haß.‹

›Das stimmt. Ich hasse tatsächlich. Ich sehe einen brodelnden Kessel vor mir, und ich fühle Entsetzen, das von Haß überlagert wird.‹

›Nie wieder wird man dir solchen Schmerz zufügen können. Und denke daran, du erhobst dich aus jenem Kessel, nicht wahr? Fühltest du, wie das Gold dich verbrühte?‹

Ich bebte am ganzen Körper. Tränen stiegen mir in die Augen. Nicht einmal jetzt kann ich es ertragen, davon zu sprechen, und ich wollte nicht zu ihm darüber reden. ›Ich fühlte es für einen kurzen

Moment‹, sagte ich, ›einen Moment nur, und dazu die Erkenntnis, wie es sein würde, darin zu vergehen, unter diesen Qualen zu sterben. Ich spürte es … spürte, wie es durch eine Art Überzug drang, der auf meinem Körper haftete, durch eine Art dicker, erstickender Rüstung; aber an einer Stelle spürte ich den Schmerz besonders heftig … an meinen Augen.‹

›Ah, ich verstehe. Nun, jetzt sind deine Augen in Ordnung. Ich brauche die Tontafel, diese kanaanitische Schrift, die dich zurück ins Leben rief. Ich brauche die Knochen.‹

›Hast du sie nicht hier?‹

›Zur Hölle, nein‹, gab er zurück. ›Ein paar Idioten haben sie gestohlen. Wüstenräuber. Sie stürzten sich auf Kyros' Männer, machten sie nieder, nahmen ihnen jedes bißchen Gold, das sie bei sich trugen, und verschwanden mit der Truhe. Sie denken, die Knochen seien aus purem Gold. Nur einer der Perser überlebte und erreichte ein nahes Dorf. Man schickte eine Botschaft. Nun ist es an dir, du mußt die Gebeine und die Tontafel, am besten die ganze Truhe, finden, und alles zu mir bringen.‹

›So etwas kann ich?‹

›Gewiß. Du kamst, als ich dich rief. Geh nun zurück zu dieser Stelle, geh dorthin zurück, wo du den Ruf vernahmst. Sieh, mein Sohn, dies ist das ganze Geheimnis der Magie: Sei präzise. Sag, ich wünsche mich zu genau der Stelle zurück, von der ich kam. Auf diese Art wirst du die Räuber fassen, auch wenn sie, seit du meinen Befehl vernahmst, schon zehn Meilen weitergewandert sind. Bleibe in diesem Körper, wenn du die Diebe erreichst, und töte sie. Wenn du nicht stark genug dazu bist, wenn sie dich mit Waffen angreifen, so daß du strauchelst, wenn sie dir Beschwörungen entgegenschleudern, die dich ängstigen – doch ich sage dir gleich: keine Beschwörung der Welt sollte den Hüter der Gebeine schrecken –, dann mache dich unsichtbar, doch nimm die Gebeine mit dir, schlinge dich um sie herum, nimm sie in dich auf wie in das Innere einer Windhose und bringe sie mir. Ich werde mir das Diebsgesindel später vornehmen.‹

›Aber du zögest es vor, daß ich sie töte?‹

›Wüstenräuber? Ja, bringe sie alle um. Töte sie ganz einfach mit ihren eigenen Waffen. Plage dich nicht mit Magie herum, das wäre pure Kraftverschwendung. Entreiße ihnen ihre Schwerter und schlage ihnen die Köpfe ab. Du wirst ganz kurz ihre, sich vom Körper lösenden, Geister sehen, herrsche sie lauthals an, das erschreckt sie; glaube mir, du wirst keine Schwierigkeiten haben. Vielleicht wird das deinen Schmerz lindern. Los, mach dich auf, hole die Gebeine und auch die Tontafel. Beeile dich.‹

Ich stand auf.

›Muß ich dir auch noch erzählen, was du sagen mußt?‹ stichelte er. ›Verlange, daß du an den Ort zurückkehrst, von dem du kamst, und daß alle Teilchen deines jetzigen Körpers auf dein Geheiß hier zur Verfügung stehen und dich wieder sichtbar und stark machen, wenn du die Stelle erreichst, an der sich auch die Gebeine befinden. Du wirst es großartig finden. Beeile dich. Ich schätze, du wirst zur Abendmahlzeit zurück sein. Bei deiner Rückkehr wirst du mich beim Speisen finden.‹

›Kann mir irgend etwas geschehen?‹

›Wenn du dich von ihnen so sehr einschüchtern läßt, daß du versagst, könnte ich dich verspotten‹, sagte er mit einem Schulterzucken.

›Könnten ihnen mächtige Geister eigen sein?‹

›Wüstenräubern doch nicht! Hör zu, du wirst es genießen! Oh, und ich vergaß: wenn deine Rückkehr ansteht, machst du dich natürlich unsichtbar. Die Räuber werden alle tot sein, du wirst die Truhe innerhalb deines spirituellen Körpers befördern, wie umhüllt von einem Sturmwind. Ich möchte dich nicht in einem realen Körper mit der Truhe im Arm herumspazieren sehen. Du mußt lernen, Dinge zu transportieren. Wenn dich jemand sieht, ignoriere ihn, denn du wirst aus seinem Blickfeld verschwunden sein, ehe er noch weiß, was er gesehen hat. Nun vorwärts mit dir.‹

Ich machte mich auf, immenses Getöse dröhnte in meinen Ohren, und ich erschien in der ganzen Pracht meines Körpers in einem kleinen, geduckten Wüstenhaus, in dem sich eine Gruppe Beduinen um ein Feuer scharte.

Bei meinem Anblick sprangen sie schreiend auf die Füße, wobei sie ihre Schwerter zogen.

›Ihr habt die Gebeine gestohlen, nicht wahr?‹ fragte ich. ›Ihr habt die Männer des Königs getötet.‹

Nie in meinem ganzen Leben als Mensch hatte ich je solche Befriedigung verspürt; nie zuvor hatte ich mich so voller Tatendurst gefühlt und so gänzlich frei. Ich glaube, ich knirschte mit den Zähnen vor Wonne. Ich entriß einem von ihnen das Schwert und es war mir ein leichtes, sie alle, Mann für Mann, in Stücke zu hacken. Ich schlug ihnen die Hände ab, mit denen sie sich zu verteidigen suchten, ließ ein paar Köpfe rollen und stieß mit den Füßen nach ihren abgehackten Gliedmaßen. Der Anblick des Feuers fesselte mich. Ich ließ das Schwert fallen und marschierte mitten durch die Flammen. Ich spürte keinen Schmerz in diesem Körper, der mir den Anschein von Menschsein gab! Ich stieß einen Schrei aus, der wohl selbst in der Hölle gehört wurde. Ich war glücklich bis zur Hysterie.

Das Haus stank nach Blut und Schweiß. Ein letztes Todesröcheln kam von einem der Opfer, dann lag es still. Die Tür flog auf, und zwei bewaffnete Beduinen drangen auf mich ein, ich griff mir den einen und drehte ihm den Hals um. Der andere sank auf die Knie, doch ich tötete ihn auf die gleiche Art – mit Leichtigkeit. Von draußen drangen die Geräusche der Kamele herein, und ich hörte Rufen. In diesem Raum jedoch gab es keine lebende Seele mehr. Ich fand einen unförmigen Haufen, von groben wollenen Decken umhüllt, die ich nun zurückstieß. Darunter entdeckte ich den Schrein mit meinen Knochen. Ich schaute hinein. Das war, ich muß es zugeben, kein Vergnügen. Es brach den fröhlichen Schwung, mit dem ich getötet hatte. Ich schaute meine Gebeine an, und dann seufzte ich auf und sagte mir: ›Nun gut, du wußtest, daß du tot bist. Was soll's also?‹

Es gab noch eine Menge weiterer Schätze hier, säckevoll. Ich sammelte alles in die Decken, umklammerte es mit beiden Armen und sagte: ›Entfernt euch, ihr Teilchen dieses Körpers, auf daß ich unsichtbar bin und flink und schnell wie der Wind, und diese Kostbarkeiten sollen sicher in meinen Armen ruhen, bis ich meinen Meister in Milet, der mich ausschickte, erreiche.‹

Die Schätze hingen an mir wie ein Anker, ein Felsblock, der meine Reise langsam aber genußvoll machte. Ich spürte den Aufstieg in die Wolken mit wonnigem Entzücken. Über der schimmernden See ging ich endlich langsam nieder. Deren Schönheit lähmte mich so, daß ich beinahe meine Last fallen gelassen hätte, doch dann ermahnte ich mich streng: ›Los, du Trottel, begib dich zu Zurvan! *Sofort* zurück zu dem Mann, der dich auf den Weg schickte.‹

Ich landete mit der Truhe im Innenhof. Dämmerung. Der Himmel erstrahlte in einem herrlich schimmernden Licht, das selbst die Wolken einfärbte. Da lag ich, in der menschlichen Gestalt, die ich offensichtlich einfach dadurch erlangt hatte, daß ich es mir wünschte; und da war der Schatz, die Truhe nun, da ich mit solcher Heftigkeit niedergefallen war, geborsten, und eine Schachtel mit Briefen, die sich ebenfalls geöffnet hatte.

Mein neuer Meister trat in den Garten hinaus und machte sich gleich daran, die Briefe aufzusammeln. ›Diese miesen Schweine! Das alles hatte Kyros für mich bestimmt. Ich hoffe, du hast die Kerle umgebracht!‹

›Mit Begeisterung!‹ sagte ich. Ich stand auf und nahm die halbzerbrochene Truhe mit den Knochen vom Boden, bereit, Zurvan, wenn nötig, zu helfen. Er häufte einige der weichen, anscheinend mit Juwelen gefüllten Beutel in meine Arme – wenigstens fühlte es sich so an wie Juwelen, wenn ich mir dessen auch nicht ganz sicher war. Sonst hatte ich nichts mitgebracht, außer der Truhe und den Briefen, und die Decke warf Zurvan einfach zur Seite.

Zu meinem größten Erstaunen wehte sie, wie von einem Luftzug ergriffen, davon und verschwand mit einem knatternden Geräusch hinter der Mauer. ›Irgendein armer, hungriger Mensch wird sie finden und etwas damit anfangen können‹, sagte Zurvan. ›Vergiß nie die Armen und Hungernden, wenn du dich von etwas trennst, was für dich unnütz ist.‹

›Und du sorgst dich wirklich um die Armen und Hungernden?‹ fragte ich. Ich folgte ihm zurück in den großen Raum, der nun von vielen Öllampen erhellt wurde. Jetzt erst bemerkte ich die Borde voller Tontafeln und die leichten hölzernen Gestelle für die Schriftrollen, die die Griechen bevorzugten, denn all dies hatte sich hinter meinem Rücken befunden, als ich mich vorhin so unaufmerksam in meinem Stuhl gelümmelt hatte.

Ich setzte die Truhe auf dem Boden ab und öffnete sie. Und da waren sie nun, die Gebeine.

Zurvan nahm die Briefe und die Juwelensäckchen mit zu seinem Tisch und setzte sich nieder. Die Briefe nahm er sich sogleich vor. Auf die Ellenbogen gestützt, las er schnell und griff nur hin und wieder nach einer der Weintrauben, die auf einer silbernen Platte neben ihm lagen. Dann öffnete er die Beutel und schüttete die Juwelen auf den Tisch. Die meisten der Schmuckstücke sahen für mich ägyptisch aus, einige wenige auch griechisch. Schließlich wendete er sich wieder den Schriftstücken zu. ›Ah‹, sagte er, ›und hier ist die kanaanitische Tontafel, auf der das Ritual vermerkt ist, das dich erschuf. Sie ist in vier Teile zerbrochen, aber das kann man wieder zusammenfügen.‹ Er sammelte die Stücke auf und schob sie zusammen.

Ich glaube, ich fühlte mich erleichtert. Ich hatte sie ganz vergessen. Sie war nicht mehr in der Truhe gewesen. Sie war klein, dick, mit winzigen Keilschriftzeichen bedeckt und sah aus, als sei sie nie zerbrochen gewesen.

Zurvan hob plötzlich den Kopf und sagte: ›Steh nicht herum. Es gibt viel zu tun. Los, lege die Knochen auf dem Boden aus, so daß sie eine menschliche Gestalt ergeben.‹

›Nein, ich will nicht!‹ gab ich zurück. Ich konnte förmlich körperlich fühlen, wie Wut in mir aufwallte; sie ließ mich nicht zerfließen, doch die Luft um mich herum begann zu flimmern. ›Ich will sie nicht berühren.‹

›Gut, ganz wie es dem Herrn beliebt. Setz dich hin und sei still. Denke nach, versuche, dich an alles zu erinnern, was du weißt. Benutze deinen Verstand, denn der ist in deinem Geiste, nicht in deinem Körper.‹

›Wenn wir die Gebeine vernichten, werde ich dann sterben?‹ fragte ich.

›Ich sagte dir, du sollst überlegen, nicht reden‹, wies er mich zurecht. ›Nein, du wirst nicht sterben. Du kannst nicht sterben. Willst du enden wie die Geister, die du gesehen hast – stolpernde, stammelnde Wesen, die der Wind verweht? Oder wie ein abgestumpfter Engel, der die Welt durchwandert und sich an himmlische Gesänge zu erinnern versucht? Du bist nun auf ewig dieser Welt verhaftet, und du solltest besser alles vergessen, was dir eingibt, die Gebeine zu zerstören. Die Gebeine halten dich zusammen, buchstäblich. Sie sind für dich ein unerläßlicher Ruheplatz. Durch sie bleibt dein Geist in einem Zustand, der ihn befähigt, seine ganze Macht auszuspielen. Hör auf meine Worte. Sei nicht dumm.‹

›Ich streite nicht mit dir‹, sagte ich. ›Hast du entziffert, was auf der Tafel steht?‹

›Still jetzt.‹

Ich seufzte ärgerlich auf und lehnte mich zurück. Ich betrachtete meine Fingernägel. Sie waren makellos. Ich betastete mein dichtes, ebenso makelloses Haar. Was war das für ein Gefühl, lebendig und vollkommen gesund zu sein, in einem Augenblick vollkommenen Wachseins, energiedurchströmt, unberührt von Hunger, Erschöpfung oder auch nur dem mindesten Unwohlsein ... ein anscheinend perfektes Bild der Körperlichkeit. Ich trat heftig auf den Boden. Ich trug natürlich mein bevorzugtes, mit Stickerei versehenes Gewand und Schuhwerk aus Samt, das einen recht zufriedenstellenden Lärm verursachte.

Endlich schob Zurvan die Bruchstücke der Tontafeln beiseite und sagte: ›Nun denn, da es dir so sehr widerstrebt, deine Knochen zu berühren, du zimperlicher, feiger junger Geist, werde ich also die Arbeit für dich erledigen müssen.‹

Er trat in die Mitte des Raumes und leerte den Inhalt der Truhe auf den Boden. Er trat einen Schritt zurück und streckte die Hände aus, dann ging er langsam in die Knie. Währenddessen murmelte er persische Zaubersprüche, und ich sah, daß seinen Händen etwas entströmte, das wie die Schlieren weißer Luft über einem Feuer anmutete.

Zu meinem Erstaunen bewegten sich daraufhin die Knochen und ordneten sich zur Form eines aufgebahrten Menschen. Zurvan fuhr mit seinen Beschwörungen fort, und, indem er mit der Hand eine ausholende Geste vollführte, als führe er eine Nadel, brachte er eine große Spule schweren Drahtes hervor, aus Kupfer oder Gold oder ähnlichem, das konnte ich nicht genau erkennen, und indem er diese Geste fortwährend wiederholte, fädelte der Draht das gesamte Skelett auf wie Perlen auf eine Schnur. So fügte er, nur durch die bloße Geste, mit diesem Draht Knochen an Knochen, ohne auch nur einen Teil zu berühren, dabei hielt er sich über den Händen und Füßen des Skelettes, die ja aus so vielen winzigen Knöchelchen bestanden, besonders lange auf. Dann ging er zu den Rippen und den Hüftknochen über, und schließlich fügte er mit einer schwingenden Bewegung seiner Hand die Wirbelknochen zusammen und befestigte sie am Schädel. Damit hatte er alle Teile zusammengesetzt. Man hätte das Skelett an einem Haken im Wind schwingen lassen können.

Vor mir lag ein Gerippe wie in einem offenen Grab. Ich schob jede Erinnerung an den Kessel, an den Schmerz beiseite und staunte es an.

Derweilen war er in ein Nebenzimmer geeilt und kehrte nun mit zwei etwa zehnjährigen Knaben zurück, die ich sofort als nicht irdisch, sondern als Geister in einer irdischen Gestalt erkannte. Die beiden trugen ein Behältnis, kleiner als meine Truhe, rechteckig, nach Zedernholz duftend, doch dick mit schwerem Gold und Silber beschlagen und dicht an dicht mit Edelsteinen verziert. Als Zurvan den Kasten öffnete, kam eine dicht gefältelte Lage Seidenstoff zum Vorschein. Auf Zurvans Geheiß nahmen die Knaben das Skelett und legten es in diesen neuen Schrein, wie ein Kind im Mutterleib ruht, die Arme über Kreuz, den Kopf gesenkt und die Knie hochgezogen zum Kinn. Dann erhoben sich die beiden und schauten mich an mit ihren tintenschwarzen Augen. Das Skelett fügte sich perfekt in diese neue Truhe, es blieb nicht ein Zentimeter freier Raum.

›Geht!‹ sagte Zurvan zu den Knaben, ›und erwartet meine Befehle.‹ Sie wollten nicht fort. Da schrie er sie an: ›Geht!‹, und sie rannten aus dem Zimmer, doch verstohlen lugten sie von der fernen Tür zu mir herüber.

Ich stand auf und ging zu der Truhe, deren Anblick mich an eine alte Begräbnisstätte aus längst vergangenen Zeiten denken ließ, als man die Menschen noch solcherart in Hügelgräbern in den Schoß der Mutter Erde gebettet hatte. Ich schaute lange auf meine Gebeine.

Zurvan brütete vor sich hin. ›Wachs‹, sagte er schließlich. ›Ich brauche eine Menge geschmolzenes Wachs.‹ Er erhob sich und drehte sich um. Im gleichen Moment spürte ich eine Anwandlung von Furcht. ›Was ist los mit dir?‹ wollte er wissen.

Seine beiden Diener erschienen wieder; sie trugen einen Kübel mit geschmolzenem Wachs und beäugten mich mißtrauisch. Er nahm ihnen den Kessel – und nichts anderes war es – ab und goß das Wachs rund um die Knochen; es härtete vor meinen Augen aus und das Skelett war nun darin fixiert und lag wie in einem weichen, weißen Bett. Dann bedeutete er den Knaben zu gehen, sich des Kessels zu entledigen und für eine Stunde in ihren Körpern zu bleiben und im Garten zu spielen, wenn sie keinen Lärm machten. Sie waren selig.

›Sind sie Geister?‹ fragte ich.

›Sie wissen es nicht‹, antwortete er, wobei er immer noch auf die Gebeine in ihrem wächsernen Lager starrte. Die Frage interessierte ihn offensichtlich nicht. Er klappte die Truhe zu. Sie hatte starke Scharniere und ein schweres Schloß, das er prüfte und dann wieder öffnete. ›Ich werde‹, sagte er, ›zu gegebener Zeit, wenn auch in Anbetracht meines Alters in nicht zu ferner Zukunft, eine silberne Tafel anfertigen, darauf werde ich alles Wichtige von der kanaanitischen Tontafel übertragen; sie soll den Gebeinen beigegeben werden. Doch für den Moment lassen wir das Ganze so. Nun begib dich hinein in die Gebeine und komme wieder hervor.‹

Das wollte ich natürlich nicht. Ich verspürte einen Ekel vor ihnen, und mein Gemüt lehnte sich heftig dagegen auf. Doch Zurvan, der ein weiser Lehrmeister war, wartete ab, und schließlich gehorchte ich, löste mich auf, fühlte die glatte, stille Dunkelheit, bis mich ein

Hitzewirbel wieder daraus hervorsaugte und ich mich, abermals in diesem Körper, an Zurvans Seite wiederfand.

›Hervorragend‹, sagte er. ›Hervorragend. Und nun erzähle mir alles, woran du dich aus deinem früheren Leben erinnern kannst.‹

Diese Bitte hatte eine der unerfreulichsten Auseinandersetzungen meines unsterblichen Daseins zur Folge. Ich konnte mich, was mein Leben betraf, an gar nichts erinnern. Wie sehr er mich auch bedrängte, es kam keine Erinnerung. Ich wußte, daß ich mich vor einem Kessel fürchtete. Ich wußte, daß ich Hitze fürchtete; ich fürchtete Bienen, an die das Wachs mich vorhin hatte denken lassen. Ich wußte, daß ich Kyros, den Herrscher von Persien, gesehen hatte, und daß der Gefallen, den ich von ihm erbeten hatte, nicht unbillig gewesen war. Und davon abgesehen? Nur an ganz allgemeine Dinge konnte ich mich erinnern.

Immer und immer wieder drängte Zurvan, ich möge mich bemühen. Und immer wieder versagte ich. Ich weinte.

Endlich sagte ich, er möge mich in Ruhe lassen, was er denn von mir wolle. Er tätschelte meine Schulter und sagte: ›Komm, es ist ja gut, aber versteh' doch, wenn du dich nicht an dein Leben erinnern kannst, kannst du auch keine moralischen Lehren daraus ziehen.‹

›Nun, und wenn es nichts dergleichen gab?‹ fragte ich düster. ›Was, wenn ich nichts sah als Lügen und Betrug?‹

›Das ist einfach nicht möglich‹, antwortete er. ›Aber du erinnerst dich doch an Kyros, und du erinnerst dich an das, was du heute getan hast?‹

An all das konnte ich mich erinnern – daß ich hierher zu ihm gekommen war, an alles, was er zu mir gesagt hatte, daß er mich ausgeschickt hatte, die Beduinen zu töten, und daß ich es genossen hatte, daß ich hierher zurückgekommen und was seither geschehen war. Er ließ aufs Geratewohl ein paar die Einzelheiten betreffenden Fragen einfließen … zum Beispiel, woraus das Feuer gemacht war, um das die Räuber gesessen hatten: Kameldung, antwortete ich. Waren Frauen in dem Lager gewesen? Nein. Wo war die Stelle? Ich mußte einen Moment überlegen und mir die Antwort ausrechnen, da ich nicht darauf geachtet hatte, doch zu seiner Befriedigung konnte ich die Stelle benennen, fünfzig Meilen vom Rande der Wüste, in östlicher Richtung von Milet gelegen.

›Wer ist nun König?‹

›Kyros von Persien‹, sagte ich. Dann prasselte eine ganze Serie von

Fragen auf mich. Ich konnte sie alle beantworten. Wer waren die Lyder, die Meder, die Ionier, wo war Athen, wer war Pharao, in welcher Stadt war Kyros zum Herrscher über die Welt erklärt worden? Auf alles wußte ich die Antwort.

Er stellte rein sachliche Fragen über Farben und Nahrungsmittel und die Luft und über Wärme und Hitze. Und alle Fragen konnte ich beantworten. Ich wußte Allgemeines betreffend alles, doch nichts, was sich konkret auf mein eigenes Leben bezog. Ich wußte enorm viel über Gold und Silber und konnte ihm dieses Wissen auch vermitteln – was ihn beeindruckte. Ich wandte mich den Smaragden zu, die ihm der König geschickt hatte und sagte ihm, daß sie sehr kostbar und außergewöhnlich schön seien, und zeigte ihm die Qualitätsunterschiede der einzelnen Steine. Ich zählte die Namen der Blumen in seinem Garten auf. Dann verspürte ich Müdigkeit.

Merkwürdigerweise begann ich zu weinen. Ich begann zu weinen wie ein Kind. Ich konnte es einfach nicht unterdrücken, und das Gefühl, daß ich mich vor ihm demütigte, machte mir nichts aus. Endlich, als ich aufschaute, sah ich, daß er mich abwartend mit seinen blauen, wißbegierigen, ziemlich erbarmungslosen Augen betrachtete.

›Hast du das ernst gemeint, als du sagtest, man solle stets der Armen und Hungernden gedenken?‹ fragte ich ihn.

›Ja‹, gab er zurück. ›Ich werde dir nun erzählen, welche Dinge im Leben ich als wirklich bedeutsam erkannt habe. Hör mir gut zu, diese Lehren sollst du mir stets aufs neue aufzählen, wann immer ich dich nach ihnen befrage. In Ordnung? Nenne sie die Lehren Zurvans, und wenn ich schon lange tot bin, sollst du auch von deinen neuen Gebietern verlangen, daß sie dir ihre Erfahrungen, ihr Wissen vermitteln, und merke dir, was sie sagen, selbst wenn es dumm ist – und du wirst merken, was dumm ist. Du bist ein sehr intelligenter Geist.‹

›Na gut, mein Gebieter mit den strahlend blauen Augen‹, sagte ich verärgert. ›Erzähle mir alles, was du weißt.‹

Er runzelte die Brauen sowohl wegen des Sarkasmus' als auch wegen der Schmähung. Ein Bein übers andere geschlagen saß er in brütendem Nachdenken versunken da. In seiner Tunika wirkte er spindeldürr, das graue, gerade abgeschnittene Haar fiel ihm bis auf die Schultern, doch sein Gesicht zeigte Intelligenz und Aufmerksamkeit.

›Asrael‹, sagte er, ›ich könnte dich für deine Unverschämtheit strafen. Ich könnte dir Schmerz zufügen. Ich könnte dich in den Kessel stoßen, den du so sehr fürchtest, und du würdest nicht unterscheiden können, ob das real ist oder nicht! Das gelingt mir allemal.‹

›Und wenn du das tust, werde ich aus eben diesem Kessel springen und dich Glied für Glied in Stücke reißen, Magier!‹

›Ja, das ist in etwa der Grund, warum ich es nicht getan habe‹, gab er zu. ›Laß es mich also folgendermaßen ausdrücken: Ich wünsche und erwarte Höflichkeit von dir, als Gegenleistung für alles, was ich dich lehre. Ich bin dein Gebieter, nach deinem Belieben.‹

›Klingt nicht schlecht‹, sagte ich.

›Nun denn. Hier also meine Erkenntnisse. Vergiß sie nie. So lange du haßt – und du kochst im Moment vor höllischem Zorn –, gibt es Grenzen für deine Möglichkeiten, und dadurch wirst du immer wieder der Gnade anderer Geister und auch anderer Magier ausgeliefert sein. Zorn ist eine irreführende Kraft, und Haß macht blind. Siehst du. Du verkrüppelst dich also selbst, verstehst du? Deshalb würde ich ihn dir gern austreiben, doch leider geht das nicht.

Doch lehren kann ich dich: Akzeptiere wenigstens, was dir unter dem Einfluß von Haß und Zorn möglich ist zu akzeptieren. Als erstes und wichtigstes: Es gibt einen einzigen Gott, und sein Name spielt keine Rolle. Jahwe, Zeus, Aton, das ist nicht wichtig. Es ist nicht wichtig, auf welche Art man ihn anbetet, wie man ihm dient und mit welchen Ritualen.

Es gibt nur einen Lebenszweck, einen einzigen: Die komplexen Zusammenhänge der Welt mit offenen Augen zu sehen und das größtmögliche Verständnis dafür zu entwickeln – für ihre Schönheit, ihre Geheimnisse, ihre Rätsel. Je tiefer dein Verständnis ist, je tiefer du schaust, desto mehr Lebensfreude wirst du fühlen und du wirst inneren Frieden finden. Mehr ist nicht dabei. Alles andere ist Spaß und Spielerei. Wenn eine Tätigkeit nicht ihr Fundament in „Lieben“ oder „Lernen“ hat, hat sie keinen Wert in sich.

Zum dritten: Sei gütig. Immer, wenn du die Wahl hast, sei gütig. Gedenke der Armen, der Hungernden, der Elenden. Gedenke stets der Leidenden und der Bedürftigen. Die größte schöpferische Macht, die du auf Erden hast, sei es als Engel, als Geist oder als Mensch, ist, anderen zu helfen … den Armen, Hungernden, Bedrückten. Schmerzen zu lindern und Freude zu schenken, sind deine schönsten Gaben. Güte ist, sozusagen, ein menschliches Wunderwerk. *Gütig zu sein*, ist nur uns Menschen gegeben, und den höher entwickelten Engeln und Geistern.

Viertens, was die Magie betrifft. Die Magie ist in allen Ländern und allen Schulen die gleiche. Magie ist der Versuch, unsichtbare Geister oder den Geist eines Lebenden zu kontrollieren, oder die Geister der Toten, die immer noch um das Irdische kreisen, zurückzubringen. Mehr hat es mit der Magie nicht auf sich. Illusionen erzeugen, Tricks vollführen, Reichtum bringen, all das können Geister, da sie, körperlos wie sie sind, flink und ungesehen stehlen, spionieren, transportieren können. Das alles ist Magie. Die Worte, die man benutzt, klingen in jedem Land verschieden, sei es in Ephesus oder in Delphi oder in den nördlichen Steppen. Doch es ist alles das gleiche. Es gibt keinen Zauber, der mir unbekannt geblieben wäre, und ich suche immer noch weiter. Eine neue Beschwörung zu lernen, bedeutet, eine neue Möglichkeit zu finden. Und nun hör gut hin! Er lehrt mich eine weitere Möglichkeit, doch er gibt mir keine größere Macht; meine Macht wächst mit meiner tieferen Einsicht und meinem Willen. Die Magie ist immer die gleiche. Was ich damit sagen will, ist, du kannst fast alles bewerkstelligen, ob du die richtigen Formeln kennst oder nicht!

Magier werden geboren – meistens – doch manche Menschen werden auch zu Magiern ... die Beschwörungen schulen sie und leiten sie, doch deren Wortlaut zählt letzten Endes nicht. Vor Gott sind alle Sprachen gleich. Und auch vor den Geistern. Beschwörungen helfen eher dem schwachen Magier als dem mächtigen. Doch du siehst auch warum, nicht wahr? Du bist sehr stark, du kannst Dinge bewirken, ohne Beschwörungen zu benutzen, das habe ich genau wie du selbst heute gesehen. Laß dir von niemandem, welche Beschwörungen er auch immer benutzt, einreden, er habe Macht über dich. Ein echter Magier mag Macht über dich haben, ja, aber laß dich niemals durch bloße Worte täuschen. Stelle dich der Macht, wenn du ihr widerstehen willst. Raffe dich auf, sprich deinerseits Beschwörungen. Beschwörungen erschrecken Menschen und Geister gleichermaßen. Laß Stärke und Macht aus deinen Worten klingen, wenn du deinen Willen durchsetzen willst. Dann öffnen sich alle Türen vor dir.‹

Er schnippte mit den Fingern, ließ einen Moment verstreichen. Dann fuhr er fort.

›Als letztes: Kein menschliches Wesen weiß, was nach dem Tod kommt. Geister können diesem Wissen sehr nahe kommen; sie können die lichtüberfluteten Stufen zum Himmelreich wahrnehmen, können die Früchte des Paradieses schauen und auf die unterschiedlichste Weise mit den Toten sprechen, sie können einen Schimmer des göttlichen Lichts erspähen, oh ja, das geschieht immer wieder, daß sie diesen Lichtschimmer sehen, doch sie können nicht wirklich wissen, was nach dem Tod kommt! Niemand, der einmal die Erde und ihre erdgebundenen Geister hinter sich ließ, kehrt je zurück. Die Toten mögen dir erscheinen. Sie mögen zu dir sprechen. Doch du kannst sie nicht zurückkehren lassen, wenn sie dem Tod verfallen sind. Wenn sie die Schwelle zum Tod überschritten haben, liegt es nur in ihrer eigenen Macht oder in der Macht Gottes, hier auf Erden zu erscheinen. Glaube also niemandem, der behauptet, er wisse alles über das Himmelreich. Was du auch kennenlernen wirst, sei es das Reich der Geister oder der Engel, sie alle sind von dieser Welt, das Reich des Todes aber liegt jenseits dieser Welt. Verstehst du?‹

›Ja, ich fürchte, ich verstehe‹, sagte ich. ›Aber zu lieben und zu lernen, warum das? Warum ist das der Sinn des Lebens? Ich meine, wie ist das gekommen, warum sollte jemand darauf aus sein, sich ausgerechnet diesen beiden Dingen mit solcher Hingabe zu widmen?‹

›Du stellst da eine sehr törichte Frage‹, antwortete er. ›Es kommt nicht auf das Warum an; es ist einfach so: Der Sinn des Lebens ist, zu lieben und zu lernen.‹

Er seufzte. ›Stellen wir uns vor, jemand anders sucht eine Antwort auf diese Frage … warum es so viel bedeutet, zu lieben und zu lernen? Für einen grausamen und dummen Menschen wäre folgende Antwort ausreichend: Es ist die sicherste Methode, sein Leben zu leben. Einem bedeutenden Menschen würde man sagen: So zu leben, bringt den höchsten Lohn und die größte Erleuchtung. Einer selbstsüchtigen, uneinsichtigen Person würde ich antworten: Am Ende wird es dir den größten Frieden bescheren, wenn du der Armen, Hungernden, Bedrückten gedenkst, wenn du an andere denkst, wenn du liebst und lernst.‹ Er zuckte mit den Schultern. ›Dem Bedrückten selbst aber gebe ich folgende Antwort: Es wird dein Leid, dein schreckliches Leid lindern.‹

›Ich verstehe‹, sagte ich und lächelte. Eine gewaltige Woge uneingeschränkter Freude durchflutete mich. Ein süßer Rausch der Freude.

›Ah, du verstehst also‹, nickte er.

Wieder begann ich zu weinen. ›Gibt es denn nicht ein ganz einfaches Erkennungswort?‹ fragte ich.

›Welcher Art?‹

›Es ist nicht immer so einfach, zu lieben und zu lernen; man kann sich entsetzlich irren, entsetzliche Fehler machen, Menschen verletzen. Wieso gibt es kein Kennwort? Zum Beispiel … im Hebräischen gibt es das Wort „Altashheth" – „zerstöre nicht".‹

Ich brachte die Worte kaum hervor, so tränenerstickt war meine Stimme. Formelhaft wiederholte ich dieses eine Wort, flüsterte es endlich vor mich hin. ›Altashheth.‹

Zurvan dachte ernsthaft darüber nach, dann sagte er: ›Nein, es gibt nicht einfach ein Wort dafür. Man kann nicht „Altashheth" singen, wenn nicht die ganze Welt einstimmt.‹

›Wird das denn je geschehen, daß die ganze Welt mit einer Stimme singt?‹

›Das weiß keiner. Nicht die Meder, nicht die Hebräer, nicht die Ägypter, nicht die Griechen, und auch die Krieger der östlichen Länder nicht. Niemand weiß das. Vergiß nicht, du hast erfahren, was von Bedeutung ist. Der Rest sind Getön und Geplapper und Lärm und Gelächter. Nun gib mir dein ehrliches Versprechen, daß du mir dienen willst, und ich verspreche dir ebenso ehrlich, daß, solange ich lebe, du kein Leid erfahren sollst, soweit ich es verhindern kann.‹

›Ich verspreche es‹, sagte ich. ›Danke für deine Geduld. Ich glaube, einst, als ich noch lebte, war ich gütig.‹

›Warum weinst du denn noch immer?‹

›Weil ich nicht gerne hasse oder zornig bin‹, antwortete ich. ›Ich möchte lernen und lieben.‹

›Das ist schon ausreichend. Du wirst es schaffen. Nun ist die Nacht gekommen, ich bin alt, ich bin müde. Ich will, wie es meine Gewohnheit ist, lesen, bis mir die Augen zufallen. Ich möchte, daß du dich zum Schlaf in die Gebeine zurückziehst, bis ich dich rufe. Gehorche keinem anderen Ruf. Höchstwahrscheinlich wird es auch nicht dazu kommen, aber man weiß nie, worauf Dämonen aus sind, oder welch böse Eifersüchteleien die niederen Engel versuchen könnten. Reagiere nur auf meine Stimme. Wenn du meinen Ruf vernimmst, komm hervor und wecke mich, und dann wollen wir beginnen. Ich sorge mich eigentlich nicht allzusehr um dich … Mit deinen Fähigkeiten, deiner Stärke kannst du mir alles beschaffen, was ich in dieser Welt wünsche.‹

›Alles, was du wünschst? Aber was kann das sein? Ich kann mir nicht …‹

›Es werden wohl vorwiegend Bücher sein, Sohn, errege dich nicht so sehr‹, sagte er. ›Ich brauche keinen Reichtum außer der Schönheit, die ich um mich herum sehe, was in der Tat bedeutet, daß ich reich bin, reich genug. Ich möchte Bücher aus aller Herren Länder, die wir zu bestimmten Orten, zu Höhlen im Norden und ägyptischen Städten im Süden bringen wollen. Das kannst du tun. Ich werde dir erklären, wie, und wenn ich einst sterbe, wirst du mächtig genug sein, den Gebietern zu widerstehen, die deiner Kräfte nicht würdig sind. Nun begib dich in die Gebeine.‹

›Ich liebe dich, mein Gebieter‹, sagte ich.

›Oh, ja, ja‹, sagte er mit einer abwehrenden Geste, ›und ich werde dich auch lieben, und eines Tages wirst du mitansehen müssen, wie ich sterbe.‹

›Aber liebst du mich … ich meine einfach nur … mich selbst … liebst du mich?‹

›Ja, du zorniger junger Geist, ich liebe ganz speziell dich. Noch Fragen, ehe ich dich zur Ruhe schicke?‹

›Sollte ich noch etwas fragen?‹

›Diese Tontafel, durch die du zum Geist wurdest. Du hast mich nicht einmal gebeten, sie dir vorzulesen, oder sie selbst lesen zu dürfen, und du kannst doch offensichtlich lesen.‹

›Ich kann viele Sprachen lesen‹, sagte ich. ›Aber ich will sie nicht sehen. Niemals.‹

›Ah, ich verstehe. Komm in meine Arme, küsse mich, ja, so, auf die Lippen, wie die Perser es tun, und nach griechischer Art auf die Wangen, und nun geh, verlaß mich, bis ich dich wieder hervorrufe.‹

Die Wärme seines Körpers tat mir unendlich wohl, und ich rieb meine Stirn gegen seine Wange und dann, ohne einen weiteren Befehl abzuwarten, wünschte ich mich in die Gebeine, in die Dunkelheit. Ich fühlte mich beinahe glücklich.«

10

»Ich sagte es ja schon, dieses Kapitel meiner Geschichte, das sich speziell mit zweien meiner Gebieter beschäftigt, wird sehr kurz sein.

Aber auf Zurvan muß ich einfach näher eingehen, auf seine Lehren und auf seine Persönlichkeit. Die Gebieter, die nach Zurvan kamen, ob ich mich nun speziell an sie erinnern kann oder nicht, hatten einfach nicht seine kraftvolle Persönlichkeit, davon bin ich überzeugt. Was jedoch noch charakteristischer war, sie waren nicht besonders interessiert daran, zu lernen und zu lehren; aber sowohl sein leidenschaftlicher Wille, mich zu unterrichten, als auch sein Mangel an Furcht vor mir, vor meiner Unabhängigkeit, beeinflußten gleichermaßen meine spätere Existenz, selbst noch während der Perioden, in denen ich nicht die geringste Erinnerung an ihn selbst hatte – nicht einmal an seine scharfen, blauen Augen und seinen weißen, zerzausten Bart.

Mit anderen Worten, ich trug Zurvans Lehren für immer in meinem Herzen, selbst in den düstersten Zeiten.

Dank Kyros war Zurvan reich, er hatte alles, was er wollte; und genau wie er mir gesagt hatte, waren Manuskripte seine höchsten Güter. Er schickte mich aus, um die Verstecke der verschiedensten Manuskripte ausfindig zu machen, sie manchmal auch ganz offen zu stehlen, oder auch nur, um Informationen zu erlangen, die ihm erlaubten, einen guten Handel zu machen. Seine Bibliothek war riesig und sein Wissensdurst unersättlich.

Doch als ich mich an meinem ersten Tag bei ihm erhob, lehrte er mich wesentlich Interessanteres, als nur ihm für seine Unternehmungen zur Verfügung zu stehen.

Dieses erste Erwachen in seinem Haus war eine ziemlich irritierende Erfahrung für mich. Ich fand mich in meiner schönsten Kopie einer menschlichen Gestalt, gekleidet in meine babylonische Tracht mit den langen Ärmeln, mitten im Studierzimmer wieder. Die Sonne ging gerade auf und ließ den Marmorboden erstrahlen. Das betrachtete ich einige Zeit, und erst nach einer Weile wurde ich meiner selbst bewußt, wurde mir klar, daß ich Asrael war, daß ich aus einem bestimmten Grunde hier war, und daß ich tot war.

Ich wanderte durch das Haus und suchte nach lebenden Wesen. Ich öffnete eine Tür, die in einen mit Bildern geschmückten Schlafraum führte; doch Staunen machte mich nicht die Schönheit der Wandmalereien oder Bogenfenster, die zum Garten hin lagen, sondern, daß eine Horde schemenhaft sichtbarer Wesen vor mir floh; sie kreischten und hüpften auf und nieder und sammelten sich um Zurvan, der auf dem Bett lag wie in tiefem Schlaf.

Man konnte diese Wesen nicht auf Anhieb erkennen, man sah sie einmal als bloßen Umriß, dann wieder als Lichtblitz, oder sie zeigten sich, in den höchsten Tönen kreischend, als zähnefletschende Gesichter, so daß es schwierig war, eine einzelne Gestalt zu erkennen oder einen genauen Eindruck von ihrem Umriß zu bekommen. Sie waren menschenähnlich, aber kleiner, schwächlich und benahmen sich wie überdrehte Kinder.

Schließlich hatten sie sich alle um das Bett gedrängt, offensichtlich um Zurvan zu schützen oder auch, um seinen Schutz zu suchen. Zurvan öffnete die Augen. Er betrachtete mich längere Zeit, dann richtete er sich sichtlich erregt auf und starrte mich an, als traue er seinen Augen nicht.

›Herr, sicherlich erinnerst du dich daran, daß ich gestern zu dir kam. Du sagtest mir, du würdest mich heute morgen aus meiner Ruhe wecken.‹

Er nickte. Indem er die Arme ruckartig ausbreitete, bannte er die anderen Geister und befreite das Zimmer – einen hübschen griechischen Schlafraum mit bewunderungswürdigen Wandmalereien – von dieser ungehobelten Horde. Ich stellte mich ans Fußende des Bettes.

›Habe ich etwas falsch gemacht?‹

›Du hast mich im Schlaf nach dir rufen hören und du bist gekommen, das ist es! Das bedeutet, daß deine Fähigkeiten weitaus größer sind, als ich mir vorgestellt habe. Ich habe hier gelegen, noch im Halbschlaf, in Gedanken bei dir und bei der Überlegung, wie wir das Ganze angehen sollten, und das allein hat ausgereicht, um dich aus den Gebeinen hervorzurufen. Ich habe sie nicht einmal angerührt. Daß du in meinem Traum vorkamst, genügte, dich zu erwecken.‹

Dann deutete er auf die Truhe, die, wie ich sah, auf dem Boden nahe seiner Bettstatt stand.

Er schwang sich aus dem Bett, setzte die Füße auf den Boden und stand auf, das Laken um sich gerafft wie eine Toga.

›Doch wir werden diese deine Stärke nutzen, wir werden sie nicht um meinet- oder anderer willen schmälern.‹ Er überlegte.

›Geh zurück in die Gebeine‹, sagte er dann, ›und wenn ich dich zur Mittagszeit rufe, nimm Gestalt an und komm zu mir auf die *agora*. Ich werde in der Schenke sein. Ich will, daß du als Mensch und vollständig bekleidet zu mir kommst, und zwar sollst du die Strecke dorthin zu Fuß zurücklegen, und allein die fortgesetzte Wiederholung meines Namens soll dich zu mir führen.‹

Ich tat, was er sagte und sank zurück in die flaumigweiche Dunkelheit, doch diesmal zog ich mich ziemlich verwirrt zurück. Ich fragte mich zum Beispiel, ob ich mich beim Erwachen in dem einen bestimmten Raum wiedergefunden hatte, weil es der war, in dem Zurvan sich gestern aufgehalten hatte. Doch dann schlief ich ein. Ich schlief unruhig und mit Unterbrechungen, dennoch fühlte ich mich ausgeruht.

Zur Mittagszeit, die ich anhand einer Reihe kleiner Zeichen wie Lichtverhältnisse und Temperatur erkannt hatte, materialisierte ich im Wohnraum in gehöriger Gestalt und Kleidung. Ich kontrollierte alle Einzelheiten, Hände, Füße, Gewand und achtete auch darauf, daß Haar und Bart gekämmt waren – das alles, indem ich einfach, während ich meine Hände über meinen Körper führte, die entsprechenden Wünsche äußerte.

Im Zimmer stand ein großer Spiegel aus poliertem Metall. Ich staunte, als ich mich darin erblickte, denn ich hatte die abergläubische Vorstellung gehegt, daß ein Geist kein Spiegelbild erzeuge. Plötzlich fiel mir etwas ein: Ich sollte zu meinem Gebieter gehen, ja, sofort, wie er mir befohlen hatte. Doch warum nicht erst nach den andern sehen, sehen, ob sie hier waren?

›Zeigt euch, ihr kleinen, hasenfüßigen Ungeheuer!‹ sagte ich laut, und sogleich nahm ich die kleinen Geisterwesen ringsherum im Zimmer wahr, die mich mit ehrfürchtigem Schrecken ansahen. Diesmal schwiegen sie; in dichten Trauben, deren Formen sich mühelos gegenseitig durchdrangen, schienen sie in der Luft zu hängen, doch ich erkannte auch, daß es unter ihnen Gestalten mit normalen menschlichen Umrissen gab. Sie beäugten mich mit der gleichen Vorsicht, die auch die kleinen gnomartigen Geisterwesen an den Tag legten, die aus kaum mehr als Gesichtern und Gliedern bestanden. Ich wandte den Blick nicht von ihnen, wobei ich sprach: ›Zeigt euch alle.‹ Und bald darauf sah ich weitere Geister, Wesen, die erschöpft und verloren wirkten, vielleicht wie gerade Gestorbene, und eines dieser Wesen hob langsam die Hand und fragte mich: ›Wo entlang?‹

›Ich weiß es nicht, Bruder‹, antwortete ich. Und als ich hinaus und über den Garten hinweg schaute, war die Luft erfüllt von Geistern. Ich sah sie so deutlich, als seien sie erstarrt und könnten sich nicht bewegen. Ich spürte aber, daß man sie durchaus auch anders kennenlernen konnte. Ich erinnerte mich ihres Angriffs im Palast, als ich gerade zu einem Geist geworden war, und kaum hatte ich diesen Gedanken zu Ende gebracht, als sich auch schon ein ganz anderes Schauspiel darbot.

Die stillen, gedankenverlorenen Erscheinungen wurden von wütenden, wirbelnden, heulenden Geistern überrannt, wie ich sie von der ersten Minute meines Entstehens her kannte. ›Verschwindet! Fort mit euch!‹ brüllte ich sie an. Meine eigene Lautstärke versetzte mich in Erstaunen! Die meisten dieser feindlichen Geister flohen. Doch einer hängte sich an mich und krallte sich fest, was zwar keinerlei sichtbare Verletzung an mir hervorrief, mich aber zu ihm herumwirbeln ließ. Ich versetzte ihm einen Faustschlag, dabei schrie ich ihn an, er solle sich in das fernste Schlupfloch zurückziehen, sonst würde ich ihn vernichten! Von Panik erfaßt, verschwand er.

Als nun Stille eingekehrt war und ich mich mit zusammengekniffenen Augen umsah, waren nur noch die kleinen, geduldig wartenden Geisterwesen da. Doch dann drang ganz deutlich eine Stimme an mein Ohr: ›Ich befahl dir, zur *agora* zu kommen, in die Schenke. Wo bist du?‹

Das war natürlich Zurvans Stimme.

›Muß ich dir erst eine Skizze machen?‹ fragte die Stimme. ›Erinnerst du dich nicht an meinen Befehl? Nun mach dich auf den Weg zu mir, vorwärts! Du wirst mich finden, und laß dich nicht weiter ablenken, ob von Lebenden oder Toten.‹

Ich war bedrückt und ängstlich, weil ich seinen Worten nicht sofort gefolgt war, doch an seinen Befehl erinnerte ich mich natürlich, mühte mich auch, mir den vergangenen Morgen ins Gedächtnis zurückzurufen; eilig verließ ich das Haus und trat hinaus auf die Straße.

Nun spazierte ich zum erstenmal durch das griechische Milet, eine wunderschöne, großzügig angelegte Stadt mit Gebäuden aus Marmor und weiträumigen öffentlichen Plätzen. Die frische Seeluft strich darüber hin, und die Wolken reflektierten das gleißende Licht des Meeres. Ich ging stetig dahin, begutachtete die kleinen Läden und Stände, die Privathäuser und Brunnen und die schmalen, in die Wände eingelassenen Altäre, bis ich zu einem großen, offenen Marktplatz kam, der von allen Seiten von den Verkaufsräumen des Bazars umgeben war. Hier fand ich die Schenke mit ihrem schneeweißen Sonnensegel, das sich in der leichten Brise bauschte, und drinnen saß Zurvan. Ich ging hinein und stellte mich vor ihn hin.

›Setz dich‹, sagte er. ›Sag mir, warum du die Haustür geöffnet hast, anstatt einfach mitten hindurchzugehen.‹

›Ich wußte nicht, daß ich das kann. Ich hatte einen Körper. Du sagtest, ich solle in menschlicher Gestalt kommen. Habe ich dich erzürnt? Die Geister haben mich abgelenkt. Sie waren überall, und ein solches Schauspiel hatte ich noch nie zuvor zu Gesicht bekommen …‹

›Still, ich wollte nicht alle deine Gedanken wissen, ich habe dich nur gefragt, warum du nicht durch die geschlossene Tür hindurchschrittest. Du kannst das, selbst wenn du dir einen ganz soliden Körper geschaffen hast. Du kannst hindurchgehen, weil das, was deinen Körper ausmacht, nicht aus der gleichen Substanz besteht wie die Tür. Verstehst du? Nun, löse dich auf und erscheine dann wieder hier. Niemand wird es bemerken. Die Schenke ist halb leer. Ans Werk.‹

Ich gehorchte ihm. Eine heitere Leichtigkeit durchflutete mich, als ob ich lachend meine Glieder gestreckt und dann wieder feste Form angenommen hätte.

Zurvans Gesicht zeigte nun eine wesentlich freundlichere Miene, und er wollte wissen, was ich gesehen hatte. Als ich ihm berichtet hatte, fragte er: ›Du konntest schon Geister wahrnehmen, als du noch ein lebendiger Mensch warst, nicht wahr? Schnell, antworte, ohne zu überlegen oder in deinem Gedächtnis zu kramen.‹

›Ja‹, gab ich zu. Das war schmerzlich für mich, und mir fiel auch nichts Konkretes dazu ein. Das wollte ich auch nicht. Ich hatte ein Gefühl von Verrat und Haß.

›Ich wußte es‹, seufzte Zurvan. ›Kyros schrieb etwas in der Art, doch er deutete es nur vage an und war so diplomatisch in seiner Wortwahl, daß ich unmöglich sicher sein konnte. Kyros hegt eine besondere Liebe für dich, und er fühlt sich dir verpflichtet. Komm nun, wir begeben uns nun besser in das Reich der Geister, damit du weißt, was es damit auf sich hat. Doch zuerst hör mir zu: Jeder Magier, der dir begegnen wird, wird eine andere Vorstellung von der Welt der Geister haben, eine andere Sichtweise dessen, was Geister sind und warum sie sich in einer bestimmten Weise verhalten. Doch vom Grundsatz her ist, was du auf einem Ausflug in die Geisterwelt siehst, immer das gleiche.‹

›Du willst etwas Wein, Herr?‹ fragte ich. ›Dein Becher ist leer.‹

›Wie kommst du dazu, mich mit so einer Frage zu unterbrechen?‹

›Du bist durstig‹, sagte ich, ›das weiß ich einfach.‹

›Was soll ich nur mit dir machen? Wie kann ich dich nur dazu bringen, mir Aufmerksamkeit zu schenken?‹

Ich wandte mich um und winkte dem Jungen, der den Wein ausschenkte; er eilte herbei, füllte den Becher meines Gebieters und fragte auch nach meinen Wünschen, dabei behandelte er mich mit großer Ehrerbietung, mit noch mehr, als er meinem Lehrer erwiesen hatte. Ich merkte, daß das mein förmliches babylonisches Gewand machte, diese Zurschaustellung von edlen Steinen und Stickereien und meine strenge Haar- und Barttracht.

Ich verneinte, traurig, weil ich ihm kein Geld geben konnte, doch dann sah ich einige kleine Silbermünzen auf dem Tisch liegen. Die gab ich dem Jungen, und er ging fort.

Als ich nun Zurvan wieder ansah, hatte er sich auf die Ellbogen gestützt und betrachtete mich eingehend. ›Ich glaube, ich verstehe jetzt‹, sagte er.

›Was verstehst du jetzt?‹ fragte ich.

›Du bist nicht dazu geboren und nicht dazu bestimmt, jemandem zu gehorchen. Dieses ganze kanaanitische Ritual, das auf der Tontafel vermerkt ist –‹

›Mußt du diese widerwärtige Tontafel erwähnen?‹

›Still! Gab es eigentlich in deinem ganzen Leben keine Respektsperson, keine Lehrer, keinen Vater, keinen König? Hör auf, mich zu unterbrechen. Und hör mir zu! Bei den Göttern, Asrael, erkenne doch, daß du nicht mehr sterben kannst! Und ich kann dich lehren, was für dich in dieser Situation hilfreich ist! Sei also nicht impertinent, und laß nicht ständig deine Gedanken abschweifen. Nun! Hör zu!‹

Ich nickte. Ich spürte, wie mir Tränen in die Augen schossen. Ich schämte mich, daß ich ihn verärgert hatte. Aus meiner Kleidung zog ich ein seidenes Tuch und tupfte mir die Augen, in denen wohl tatsächlich Wasser stand.

›Ah, so ist das also. Daß ich verärgert war, läßt dich gehorchen.‹

›Könnte ich dich verlassen, wenn ich wollte?‹

›Wahrscheinlich schon, doch das wäre sehr dumm von dir! Nun gib Obacht. Was sagte ich noch, ehe du zu dem Schluß kamst, daß ich einen Schluck Wein brauche?‹

›Du sagtest, jeder Magier erkläre die Geisterwelt auf seine Art anders, jeder gebe den Geistern eine andere Bezeichnung und andere Merkmale.‹

Diese Antwort schien ihn in absolutes Erstaunen zu versetzen, wenn ich auch nicht genau wußte, warum. Doch er schien sie durchaus akzeptabel zu finden.

›Ja, genau. Nun tu, was ich dir sage. Schau dich um. Betrachte die Schenke und den Marktplatz, schau hinaus ins helle Tageslicht. Und betrachte die Geister! Sprich nicht zu ihnen, beachte keine ihrer Gesten. Nimm möglichst alles in dich auf. Durchforsche die Luft, als forschtest du nach winzigen, kostbaren, verlockenden Dingen, doch bewege deine Lippen nicht.‹

Ich tat, was er sagte. Ich erwartete eigentlich, die kleinen, lästigen Dämonen zu sehen, die auch sein Haus heimsuchten. Doch ich sah vor allem die ziellosen, verwirrten toten Seelen. Ihre Schatten oder Astralkörper huschten durch die Schenke, hingen zusammengesunken über den Tischen, versuchten, zu den Lebenden zu sprechen oder wanderten umher, als suchten sie etwas …

›Nun richte deinen Blick über diese erdgebundenen, gerade Verstorbenen hinaus und betrachte die älteren, die schon längere Zeit Geister sind und eine gewisse Lebenskraft erworben haben‹, erklärte Zurvan.

Auch das tat ich und sah abermals diese großen Wesen mit dem starren Blick, die gänzlich durchscheinend, doch von menschlicher Gestalt waren, mit deutlich erkennbarem Mienenspiel; und ich fand nicht nur diese, die auf mich deuteten und mich ansahen und gestikulierten, sondern noch Scharen weiterer Geister, die die *agora* dicht gedrängt bevölkerten. Ich schaute zum Himmel auf und sah weitere herrliche, strahlende Geistererscheinungen, so daß ich einen kleinen Schrei ausstieß. Diese strahlenden Geisterwesen zeigten nicht die gewohnte Verstörtheit, schienen auch nicht wütend oder in sinnloser Suche befangen, sondern schienen eher eine Art Hüter der Lebenden zu sein, wie Götter oder Engel. So weit meine Augen reichten, erblickte ich diese Wesen. Sie kamen und gingen mit flinken Bewegungen. Tatsächlich befand sich die gesamte Geisterwelt in ständiger Bewegung, und man konnte die Geister an Hand ihrer Beweglichkeit einordnen, denn die schattenhaften Seelen der gerade Verstorbenen waren plump und schwerfällig; die, die schon länger Geister waren, bewegten sich langsam, menschenähnlicher; und diese engelhaften, diese frohlockenden Geister huschten mit einer Geschwindigkeit umher, der das menschliche Auge nicht folgen konnte.

Ich muß wohl fortwährend Laute des Wohlgefallens ausgestoßen haben. Ich war hingerissen von der Schönheit einiger dieser ätherischen Wesen, die sich bis zur Sonne selbst aufschwangen, doch dann wiederum näherte sich mir die zusammengekrümmte Schattengestalt eines Toten, gierig und verzweifelt, und ich zog eine Grimasse und schreckte zurück. Eine Gruppe von Geistern hatte mich bemerkt und lenkte nun die Aufmerksamkeit anderer auf mich. Dies waren die Wesen, die zwischen den Verstorbenen und den Engeln angesiedelt waren, doch noch während ich schaute, drängten sich andere, wüste Geister vor, die, vor- und zurückspringend, unter gräßlichen Verrenkungen Fratzen schnitten, als wollten sie mir etwas antun. Dabei schüttelten sie die Fäuste und versuchten, mich zu einem Kampf aufzustacheln.

Dieses Bild gewann eine unglaubliche Intensität. Ich sah das Sonnensegel der Schenke nicht mehr, auch der Boden unter meinen Füßen und die gegenüberliegenden Gebäude waren verschwunden. Ich befand mich auf einer Ebene, die gänzlich diesen Kreaturen gehörte. Etwas Warmes, Lebendiges berührte mich – Zurvans Hand.

›Mache dich unsichtbar‹, sagte er, ›und umhülle mich vollständig, halte mich so fest du kannst, und nimm mich mit dir hinauf in die Luft und fort von hier. Ich muß in meinem Körper bleiben, das läßt sich nicht ändern, aber du wirst mich in einen schützenden Mantel aus Unsichtbarkeit kleiden.‹

Ich wandte mich ihm zu, und für mich strahlte er nun in den schillernden Farben des lebendigen Fleisches. Ich tat, was er gesagt hatte, vergrößerte und verlängerte meine Gestalt samt all ihren Gliedern, bis ich Zurvan darin eingeschlossen hatte, und dann machte ich mich fort aus der Schenke und stieg zum Firmament hinauf. Ich zwängte mich zwischen dicht an dicht stehenden Geistern und verdutzten Dämonen hindurch, die zischend und fauchend nach uns greifen wollten. Doch ich schüttelte sie ab.

Wir flogen hoch über die Stadt hinaus. Wie beim ersten Mal sah ich unter mir diese schöne Halbinsel, die sich in die blaue See hinausschob, sah die ankernden Schiffe mit ihren verschiedenen Flaggen und Männer in fieberhafter Tätigkeit, die anscheinend sinnlose, aber zweifellos alltägliche Arbeiten verrichteten.

›Bringe mich hinauf in die Berge‹, sagte mein Meister, ›bringe mich zu dem höchsten Berg der Welt, weit fort von hier, zu dem Berg, von dem die Götter kommen, um den sich die Sonne dreht, bringe mich zu dem Berg namens Meru.‹

Wir flogen über die Wüste und über Babylonien hinweg, dessen verstreute Städte mir wie Blumen oder wie Fallen erschienen. Ja, wie Fallen wirkten sie auf mich. Fallen, errichtet, um die Götter hineinzulocken, so, wie Blumen eine Falle für die Bienen sind.

›Flieg' nach Norden‹, sagte Zurvan. ›Weit nach Norden, hülle mich zuerst in wärmende Decken und halte mich gut fest. Bewege dich so schnell vorwärts, bis du mich schreien hörst, weil ich es nicht mehr aushalten kann.‹

Ich gehorchte, mummelte ihn in feinste Wolle ein, wobei ich schon den Weg nach Norden eingeschlagen hatte. Bald waren unter uns nur noch Berge mit schneebedeckten Gipfeln zu sehen und spärlich verstreute Felder, verschneit und leer. Herden grasten dort unten, dazwischen Männer auf Pferden, dann folgten abermals Berge.

›Meru‹, verlangte Zurvan, ›finde Meru.‹

Ich richtete mein ganzes Bemühen darauf, jedoch ohne Erfolg. ›Ich finde nichts, was Meru sein könnte‹, sagte ich.

›Dachte ich es mir doch! Laß uns unten in dem Tal niedergehen, dort, wo die Pferde sind.‹

Das tat ich. Immer noch hüllten ihn die warmen Decken ebenso wie meine Unsichtbarkeit ein, wobei mir angenehm auffiel, daß ich so meine Wange dicht an die seine schmiegen konnte.

›Das ist eine alte Geschichte, dieser Mythos von dem großen Berg‹, sagte er. ›Die Sage von diesem Berg hat schon die alten, längst vergangenen Völker, die nur vage Erinnerungen daran hegen, zur Errichtung von Zikkurats und Pyramiden inspiriert und zum Bau ihrer himmelhoch aufragenden Tempel. Nun laß mich los, Asrael. Schaffe dir einen sichtbaren Körper und bewaffne dich gegen diese Steppenkrieger. Sorge dafür, daß sie mir nichts antun, und töte sie, wenn sie es versuchen.‹

Als ich ihn losließ, zitterte er trotz seiner Wolldecken. Nur ein paar

Hirten hatten uns gesehen, sie flohen vor uns zu den bewaffneten Reitern, von denen etwa sechs als eine Art Wache über die Ebene verstreut waren. Der Schnee ringsum bot einen herrlichen Anblick, doch ich wußte, daß er kalt war, ich konnte seine Kälte spüren, deshalb legte ich meine nun menschlich warmen Arme um Zurvan, und er schien sofort die tröstliche Wärme zu spüren.

Inzwischen waren die sechs Reiter herangekommen, verdreckte Steppenbewohner, die noch stärker rochen als ihre Pferde. Sie bildeten einen Kreis um uns. Mein Gebieter rief ihnen etwas in einer Sprache zu, die ich noch nie gehört hatte, aber dennoch verstehen konnte. Er fragte sie, wo der Berg zu finden sei, der als der Nabel der Welt gelte.

Sie waren sichtlich verdutzt und begannen untereinander zu streiten, und dann zeigten sie alle so ziemlich in die gleiche Richtung, nach Norden, doch keiner von ihnen wußte es genauer, und niemand hatte den Berg je gesehen.

›Mach dich unsichtbar, erhebe dich mit mir in die Luft, fort von denen. Überlaß sie ihrer Verwirrung. Sie können uns nichts antun, also soll uns gleichgültig sein, was sie zu sehen bekommen.‹

Und wieder bewegten wir uns nordwärts. Der eisige Wind war für Zurvan unerträglich geworden. Ich wußte nicht, wie ich ihn noch besser davor hätte schützen können, ich hatte Felle herbeibefohlen, um ihn darin einzuwickeln, und hatte meine Körperwärme verstärkt, bis es ihn schmerzte. Da hatte ich wohl etwas übertrieben.

›Meru‹, murmelte er. ›Meru.‹

Aber damit war kein Hinweis auf die Richtung verbunden, und ganz plötzlich sagte er: ›Asrael, bringe mich heim, so schnell du kannst.‹

Ein durchdringendes Dröhnen begleitete meine Beschleunigung, und die Landschaft explodierte buchstäblich in blendendem Weiß. Mir schien, daß Geisteswesen vor uns in alle Himmelsrichtungen flohen und, wie durch unsere Stärke von ihrem Kurs abgedrängt, hinter uns zurückblieben. Das Gelb der Wüste überschwemmte mein Blickfeld, und dann, endlich, war da wieder die Stadt Milet. Wir waren in Zurvans Haus, ich trug ihn eigenhändig mitsamt seinen Hüllen zum Bett, auf das ich ihn niederlegte.

Seine kleinen Hausgeister standen und staunten.

›Essen und Trinken‹, sagte er zu ihnen, und sie huschten eilig davon, ihm zu gehorchen. Sie brachten ihm eine Schale Suppe und einen goldenen, weingefüllten Becher. Der Becher war griechischen Ursprungs und sehr schön, wie alle griechischen Arbeiten damals, denn sie waren eindeutig graziöser und weniger streng geformt als morgenländische Gegenstände.

Ich aber fürchtete um Zurvan. Er lag dort, völlig durchfroren schien mir, deshalb legte ich mich über ihn, um ihm von meiner Wärme abzugeben; ich wickelte mich förmlich um ihn, hielt ihn ganz fest, bis er endlich Farbe bekam, die blauen Augen weit öffnete und wieder etwas lebendiger aussah. Da ließ ich von ihm ab und deckte ihn mit seinem Bettzeug zu.

Seine kleine Geisterschar half ihm, sich aufzusetzen, führte sogar den Löffel an seine Lippen, und auch den Becher.

Ich saß am Fußende des Bettes. Ich brauchte keine Brühe, und das gab mir ein Gefühl von Stolz. Von Befreiung. Ich fühlte mich auch sehr stark. Nach langer Zeit sah Zurvan mich an.

›Das hast du gut gemacht‹, sagte er. ›Sogar erstaunlich gut.‹

›Aber ich habe den Berg nicht gefunden.‹

Er lachte. ›Und wirst ihn wohl auch nie finden, so wenig wie ich oder sonst irgend jemand.‹ Er scheuchte die anderen mit einem Bannwort aus dem Raum, und sie flohen wie Sklaven. ›Jeder Mensch trägt einen ihm heiligen Mythos tief in sich, irgendeine alte Geschichte, die er vor langer Zeit hörte, und die für ihn eine heilige Wahrheit ist oder auch nur eine verführerische Schönheit enthält. So ging es mir mit diesem heiligen Berg. Also nutzte ich deine Fähigkeiten, um zum höchsten Gipfel der Welt zu reisen, nur um zu sehen, daß Meru nicht existiert, wie ich es mir dachte, sondern nur eine Vorstellung, eine Idee, ein Ideal ist.‹

Er legte eine Pause ein, und die verwunderte Miene zeigte sich wieder auf seinem Gesicht und wischte die etwaige Enttäuschung und die Strapazen aus. Als er mich anschaute, schienen seine Augen freudig aufzuleuchten.

›Was hast du gelernt auf dieser Reise, Asrael? Was hast du erfahren?‹

›Zuallererst einmal, daß ich so etwas überhaupt vollbringen kann‹, antwortete ich. Dann erzählte ich ihm, was ich alles gesehen hatte, und daß die Städte tief unter uns mir vorgekommen waren wie Fallen, mit denen man die Götter des Himmels auf die Erde hinablokken wollte.

Das belustigte ihn, ließ ihn aber auch interessiert aufhorchen.

›Die Städte schienen mir von vornherein so angelegt, daß sie die

Aufmerksamkeit der Götter erregen müssen, daß sie die Götter so weit bringen, ihre ätherischen Höhen zu verlassen und auf die Erde hinunterzukommen, wie etwa zu dem Tempel Marduks. Das, was für dich der Berg war! Die Städte tupfen die Erde wie einladend geöffnete Hände, oder vielleicht ist das der falsche Ausdruck, sie gleichen eher phantastischen Schleusen zur Welt – das richtige Wort ist Tore – ah, ich bin sicher, die Bezeichnung würde den Priestern gefallen: Babylon als das Tor der Götter.‹

›Jede Stadt‹, sagte Zurvan verächtlich, ›ist das Tor für irgendeinen Gott.‹

›Wie erklärst du diese erhabenen Geister, die ich gesehen habe, die, die so glückselig waren? Sie eilten so geschäftig hin und her, dabei waren sie in der Lage, die Gestalten der Geister mittlerer Ordnung zu durchdringen – die wiederum für die Geister der Gestorbenen nicht sichtbar waren.‹

›Ich sagte es dir schon, jeder Magier wird dir eine andere Erklärung geben; einen tieferen Einblick, als du ihn hattest, kann man jedoch nicht bekommen, und du sahst eine ganze Menge. Im Laufe der Zeit wirst du noch mehr erkennen können; aber immerhin hast du auch deine eigenen Fähigkeiten kennengelernt, und sahst, daß die Geister sie respektierten, du sahst, daß die Geister der mittleren Ebene, wie du sie nennst, dir nichts anhaben konnten. Und die Geister, die wie Dämonen sein wollen, sind sowieso Dummköpfe, die man durch eine Fratze verscheuchen kann. Du hast es gesehen.‹

›Aber, mein Gebieter, was genau ist es denn?‹

›Ich habe es dir gestern gesagt, wir wissen nicht mehr darüber und, erdgebunden wie wir sind, können wir auch nicht mehr wissen: Die glückseligen Geister steigen in erhabene Höhen auf, die der mittleren Ordnung erlangen tiefere Einsichten, die fahlen, vergrämten Seelen der Toten entwickeln sich hin zu denen der mittleren Ebene. Und die Dämonen? Wer weiß das? Waren sie einst alle Menschen? Nein, das glaube ich nicht. Können sie Menschen in Besitz nehmen und ihnen die Sinne verwirren? Das sicherlich. Doch du, der Hüter der Gebeine, kannst sie in all ihrer Schwäche wahrnehmen, und du wirst sie nie fürchten müssen, denke immer daran. Wenn sie sich dir in den Weg stellen, stoße sie einfach beiseite. Wenn sie einen unter deinem Schutz stehenden Menschen in Besitz nehmen, in seinen Körper eindringen wollen, um ihn nach ihrer Pfeife tanzen zu lassen, dann benutze deine überirdischen Hände, pack dir den unsichtbaren Körper der Eindringlinge, und du wirst feststellen, daß du sie von ihrem irdischen Wirt losreißen kannst.‹

Er stieß einen tiefen Seufzer aus. ›Ich brauche Ruhe, die Reise war anstrengend für mich. Ich bin nur ein Mensch. Nun geh und schau dich in der Stadt um. Hülle dich in deinen menschlichen Körper, geh umher wie ein Mensch und betrachte alles wie mit menschlichen Augen. Geh besser nicht durch Türen oder Wände, du könntest jemanden erschrecken; und greift dich ein Geisterwesen an, nimm deinen Zorn und deine Faust zu Hilfe und schleudere es in hohem Bogen von dir. Wenn du mich brauchst, rufe nach mir. Aber nun geh erst einmal und sieh dich um.‹

Entzückt von dem Vorhaben stand ich auf und ging zur Tür. Seine Stimme hielt mich zurück.

›Mir ist noch kein Geist zu Gesicht gekommen, der deine Fähigkeiten hatte‹, sagte er. ›Schau dich an in deinem herrlichen blauen und goldenen Gewand und dem glänzenden Haar, das dir auf die Schultern fällt. Schau dich an. Sichtbar oder unsichtbar zu sein, greifbar oder eine Illusion, alles ist dir möglich. Du könntest ein perfektes Instrument des Bösen sein.‹

›Aber das will ich nicht!‹ sagte ich.

›Das präge dir für alle Zeiten ein, das vor allen anderen Dingen. Bei deiner Entstehung waren stümperhafte Idioten am Werk. Und als Ergebnis dessen bist du stärker als je ein Magier es gewollt haben könnte, und du besitzt, was auch Menschen besitzen …‹

Ich begann zu weinen. Es war dieses gleiche unkontrollierbare, plötzliche Weinen, das mich schon vorher überkommen hatte. ›Eine Seele?‹ fragte ich. ›Habe ich eine Seele?‹

›Darauf weiß ich die Antwort nicht‹, gab er zurück. ›Ich meinte etwas anderes. Ich meinte, du hast einen freien Willen.‹

Er lehnte sich zurück und schloß die Augen. ›Bringe mir etwas mit, etwas, das niemanden kränkt.‹

›Blumen‹, sagte ich, ›einen herrlichen Strauß Blumen; ich werde sie hier und da, von Mauern und Zäunen pflücken.‹

Er lachte. ›Ja, und was die Sterblichen betrifft, sei sanft! Kränke sie nicht. Sei duldsam und gütig.‹

›Ja, das verspreche ich‹, antwortete ich.

Und dann machte ich mich auf, die Stadt zu erkunden.«

11

»Was mich Zurvan während der nächsten fünfzehn Jahre lehrte, war nichts anderes als die Weiterentwicklung und Vertiefung der Grundsätze, die er mir in unseren ersten drei gemeinsamen Tagen nahebrachte. Daß ich mich nun seit vielen Jahrhunderten endlich wieder all dessen erinnern kann, erzeugt in mir ein überquellendes Glücksgefühl. Mein Gott, endlich diese Erinnerungsfetzen in einen Zusammenhang bringen zu können, zu wissen, daß ich lebendig und auch wieder nicht lebendig gewesen bin, das ist ... das ist nicht nur die Erhörung meiner Gebete, das ist ... das ist höchste Gnade.«

Ich flocht nur kurz ein, daß ich das gut verstehen könne, denn ich wartete ungeduldig darauf, daß er fortfahren möge.

»Da Zurvan mich auf meinen Rundgang entlassen hatte, damit ich in meiner menschlichen Gestalt die Stadt erkunden konnte, kehrte ich auch erst wieder zu ihm zurück, als er mich rief, was erst gegen Mitternacht oder noch später war. Bis dahin hatte ich einen großen Strauß ausgesprochen schöner Blumen gesammelt; nicht eine davon glich der anderen. Ich stellte sie in eine wassergefüllte Vase auf seinem Schreibtisch.

Dann ließ er mich genau erzählen, was ich gesehen und getan hatte. Ich beschrieb ihm jede Straße Milets, durch die ich gestreift war, ich erwähnte, daß ich mich an sein Verbot gehalten hatte, nicht durch feste Wände zu gehen, so sehr es mich auch verlockt hatte, und daß ich lange Zeit die Schiffe im Hafen betrachtet und den verschiedenen Sprachen gelauscht hatte, die dort zu hören waren. Ich sagte ihm, daß ich von Zeit zu Zeit Durst verspürt und dann an einem Brunnen getrunken hatte, obwohl ich mir nicht sicher war, welche Auswirkungen es haben könnte; doch das Wasser hatte meinen Körper gefüllt, nicht mittels innerer Organe, die ich ja nicht besaß, sondern jede einzelne Fiber durch und durch saugte sich voll.

Er hörte sich das alles an und sagte: ›Wie schätzt du das alles ein, was du gesehen hast, wie beurteilst du das alles? Sage es mit deinen eigenen Worten.‹

›Großartig‹, antwortete ich achselzuckend. ›Tempel von unglaublicher Schönheit. Marmor, überall Marmor. Die Menschen hier stammen aus allen möglichen Ländern. Ich habe nie zuvor so viele Griechen gesehen; ich stand neben einer Gruppe athenischer Bürger, die sich um philosophische Dinge stritten; das fand ich sehr erheiternd, ich genoß es zuzusehen. Und natürlich ging ich auch zum persischen Hof, wo man mir Zutritt zum Tempel und zum Palast gestattete, sicherlich wegen meiner Kleidung und meines Gebarens, und ich schlenderte in dieser neu errichteten Feste meiner früheren Welt umher, dann ging ich weiter zu den Tempeln der griechischen Götter. Deren offene Anlagen, die in blendendem Weiß erstrahlen, gefielen mir ebensogut wie das Verhalten der Griechen insgesamt. Sie schienen mir übrigens verschiedener von uns Babyloniern zu sein, als ich je geglaubt hätte.‹

›Aber‹, fragte er, ›brennst du nicht darauf, mir etwas ganz Spezielles zu erzählen, irgend etwas, das dich besonders zornig oder bekümmert gemacht hat?‹

›Ich möchte dich ungern enttäuschen, aber mir fällt nichts ein. Überall erblickte ich Glanz und Größe. Schon allein die Farben der Blumen! Sieh doch nur! Hin und wieder war da wohl eine Geistererscheinung, doch wenn ich sozusagen die Augen davor verschloß, blieb einzig die helle, lebendige Welt. Mich gelüstete nach manchen Dingen, nach Edelsteinen zum Beispiel, und ich wußte, ich hätte sie in meiner Gestalt leicht stehlen können. Ich fand tatsächlich auch einen netten Trick heraus. Ich konnte den Schmuck zu mir befehlen, wenn ich nahe genug davor stand und meinen ganzen Willen darauf verwandte. Aber ich legte zurück, was ich nahm. Und ich fand Geld in meinen Taschen. Gold. Ich weiß nicht, wie es dahin kam.‹

›Ich habe es dort hineingetan‹, sagte er. ›Gibt es sonst etwas? Spürtest oder bemerktest du sonst etwas?‹

›Weißt du, diese Griechen‹, sagte ich, ›sie sind genauso praktisch veranlagt wie mein Volk … wer immer zur Hölle auch mein Volk gewesen sein mag … doch sie verfolgen ethische Prinzipien, die nicht an die Verehrung eines Gottes geknüpft sind, es geht nicht nur um Gebote, wie, die Armen nicht zu bedrängen und die Schwachen zu unterstützen, alles um der Ehre der Götter willen, sondern darüber hinausgehend um die Bekräftigung von etwas … das … das …‹

›Abstrakt ist‹, sagte Zurvan, ›nicht greifbar und losgelöst von reinem Eigennutz.‹

›Ja, das meinte ich. Ihre Gesetze beziehen sich auf ein Verhalten, das nicht religiös geprägt ist, das ist es. Ihr Gewissen ist deshalb jedoch nicht stärker ausgeprägt als bei anderen. Sie können durchaus grausam sein. Aber können das nicht alle Menschen?‹

›Das genügt für heute. Ich habe erfahren, was ich wissen wollte.‹

›Und was war das?‹

›Deine Antworten zeigen, daß du die Lebenden nicht beneidest.‹

›Meine Güte, warum sollte ich? Ich bin den ganzen Tag umhergestreift und fühle nicht die geringste Müdigkeit, nur ein wenig Durst. Niemand kann mir etwas antun. Warum sollte ich die Leute beneiden, die noch lebendig sind? Wenn sie nichts Besseres erwarten können, als im Jenseits herumstolpernde Geister oder Dämonen zu werden, tun sie mir eher leid. Ich wünschte ihnen allen, sie könnten wiedergeboren werden, wie es mir geschehen ist; andererseits weiß ich natürlich, daß ich nur wahrnehmen kann, was von – wie hast du es ausgedrückt? – was von dieser Welt ist. Außerdem …‹

›Ja …‹

›Ich kann mich ja nicht daran erinnern, je gelebt zu haben. Ich weiß, du sagtest, daß es so war, oder hatte ich das gesagt? Oder wir waren uns beide darüber einig? Auf jeden Fall sprachen wir über diese verfluchte Tontafel und über Pfuscharbeit, aber ich habe einfach keine Vorstellung davon, daß ich jemals ein lebender Mensch war. Ich kann mich weder an Schmerz erinnern, noch an einen Sturz, noch an Verbrennen oder Blut. Ach übrigens, du hattest recht, ich brauche keine inneren Organe. Und wenn ich mir eine Schnittwunde zufüge, kann ich es bluten lassen oder auch nicht.‹

›Dir ist doch klar, daß viele der Toten, die du sahst, die Lebenden hassen?‹ fragte er. ›Sie hassen sie!‹

›Warum?‹

›Weil sie kraftlos und schattenhaft dahinvegetieren und sich nach für sie unerreichbaren Dingen sehnen. Sichtbar machen können sie sich nicht, Gegenstände in Bewegung versetzen können sie auch nicht; gerade mal, daß sie wie unsichtbare Bienen durch die Welt schwirren!‹

›Was geschähe denn‹, fragte ich, ›wenn ich unsichtbar würde, wenn ich mich den glückseligeren Wesen anschlösse, die so emsig sind und einen so hohen Rang einnehmen? Wenn ich mit denen gemeinsam in höhere Regionen aufstiege?‹

›Tu es, und kehre anschließend zu mir zurück, es sei denn, du findest das Paradies.‹

›Denkst du, das wäre mir möglich?‹

›Nein, aber natürlich würde ich dir weder das Himmelreich noch das Paradies verwehren. Das könntest du doch auch nicht, oder?‹

Seinem Vorschlag entsprechend, warf ich auf der Stelle die Bürde meines Körpers zusammen mit meinen Kleidern ab, wobei ich befahl, daß beides mir weiterhin bei Bedarf zur Verfügung stände.

So trat ich in den Hof hinaus, sah mich nach den Geistern um, die sich auch gleich um mich versammelten, und nun, da ich meine Augen auf sie geheftet hatte, gebärdeten sich die Dämonen unter ihnen wie toll, und ich hatte manchen Kampf auszufechten. Die Seelen der Toten wimmelten um mich herum und hielten mich wieder und wieder mit belanglosen Fragen auf, Fragen, die sich auf diejenigen bezogen, die sie in der Welt der Lebenden zurückgelassen hatten. Und diese Seelen gab es sowohl auf den unteren Ebenen als auch auf den höheren, nur daß sie dort eindeutig lichter, aber auch stärker geworden waren, zumindest waren sie besser dran als die blindlings umherschlurrenden, verängstigten Toten, die die Erde heimsuchten.

Schließlich erreichte ich die Ebene der frohlockenden Wesen. Sofort wandten sie sich mir mit erstaunten Gesichtern zu, und mit behutsamen Gesten befahlen sie mir, mich wieder tiefer hinab zurückzuziehen. In Sekundenschnelle hatten sie mich eingekreist; einige von ihnen hatten nur eine schwach wahrnehmbare, doch glitzernde Gestalt, einige hatten sogar Flügel, einige trugen lange, weiße Gewänder, doch sie alle, ohne Ausnahme, deuteten befehlend in Richtung der tieferen Regionen, gestikulierten und schoben mich fort, als sei ich ein Kind, das unversehens in ein Heiligtum einbricht. Sie zeigten weder Groll noch Verachtung, sie wiesen einfach nur nach unten und sagten, ich müsse fortgehen.

›Nein, ich will nicht fort‹, sagte ich, doch als ich mich höher hinauf wagen wollte, sah ich, daß der Weg vollkommen von ihren Körpern versperrt war, und für einen Augenblick schien es mir, als sähe ich weit hinter der kompakten Masse, die sie bildeten, ein helles Licht, das meine Augen verbrannte, und dann stürzte ich schwer wie Blei hinab und landete mit einem heftigen Aufprall wieder auf der Erde.

Ich lag im Finstern, und Dämonen drängten sich an mich heran, zerrten an meinen Haaren und an meinem Astralkörper, so daß ich mich auflösen mußte und sie dann abwehrte, indem ich einfach fortschlüpfte, mir erst einen rechten, dann einen linken Arm schuf und sie damit zur Seite fegte, wobei ich ihnen Schimpfworte in ihrer eigenen Sprache entgegenschleuderte, bis sie endlich flohen.

Ich versuchte, mich zu orientieren. War ich unterhalb der realen Welt? Ich wußte es nicht. Ich war in ein aschgraues Dämmerlicht gefallen, eine trübe Düsternis, durch die ich nichts Materielles wahrnehmen konnte. Zögernde Geister verweilten in meiner Nähe, andere flohen vor mir, sie alle aber waren Teil der undurchdringlichen, schmutzigtrüben Dämmerung.

Dann schritt aus dem Nebel ein mächtiger Geist auf mich zu, gleich mir in der Gestalt eines Menschen; er hatte ein hinterhältiges Lächeln aufgesetzt, so daß ich sofort Gefahr witterte. Mit beiden Händen ging er auf mich los und umklammerte meinen Hals, während mich die anderen Dämonen erneut einschlossen. Mit rasender Wut bekämpfte ich ihn, verfluchte ihn, schleuderte ihm entgegen, daß er machtlos sei und ließ Beschwörungen auf ihn niedergehen, die ihn verscheuchen sollten; schließlich würgte und schüttelte ich ihn, bis er um Gnade winselte. Er gab seine menschliche Gestalt auf und entfloh, verwandelt in eine schleierartige Wolke. Auch die übrigen Dämonen verzogen sich.

›Ich muß sehen, daß ich zurück zu meinem Gebieter komme‹, sagte ich, schloß die Augen und rief ihn, rief auch nach den wartenden Teilchen meines Körpers und den gleichfalls zurückgelassenen Kleidern. Im nächsten Moment fand ich mich wach und munter in dem griechischen Sessel im Studierzimmer meines Gebieters wieder. Er saß an seinem Tisch; einen Fuß auf einen Schemel gestützt, trommelte er abwartend mit den Fingern und beobachtete mich.

›Hast du gesehen, wo ich war und was geschah?‹ fragte ich.

›Einiges schon. Ich sah dich aufsteigen, doch die Geister der oberen Sphäre hielten dich zurück und ließen dich nicht höher hinauf.‹

›Nein, sie erlaubten es nicht, doch sie waren freundlich. Hast du das Licht gesehen, das über ihnen leuchtete?‹

›Nein, das nicht‹, sagte er.

›Es muß das Licht des Himmels gewesen sein‹, murmelte ich, ›und von dort scheint eine Leiter, scheinen Stufen hinabzuführen, hinab zur Erde, doch warum nicht für alle, die gestorben sind, warum nicht auch für die, deren Geist verwirrt oder voller Zorn ist?‹

›Das weiß keiner. Verlange von mir keine Antwort. Das mußt du dir selbst ausrechnen. Aber wieso bist du so sicher, daß die Leiter, die Stufen für jedermann bestimmt sind? Ist es wegen der Verheißung, die sich in den Zikkurat zeigt, in den Pyramiden? In der Legende vom Berg Meru?‹

Ich dachte lange nach, ehe ich antwortete. ›Nein‹, sagte ich schließlich. ›Obwohl das schon eine Art Beweis ist, nein, weniger ein Beweis als eine Art Hinweis. Ich las es aus den Gesichtern der erhabenen Geister … als sie mich anwiesen, wieder hinabzusteigen. Es war nichts Gemeines in ihnen, nichts Böses, kein Groll. Sie brüllten nicht wie die Torhüter eines Palastes; sie machten es mir nur einfach unmöglich, an ihnen vorbeizukommen, immer und immer wieder bedeuteten sie mir mit Gesten, wohin ich gehen sollte, nämlich zurück nach unten … zur Erde.‹

Zurvan überlegte schweigend. Ich war jedoch zu erregt, um still zu sein.

›Hast du auch diesen besonders starken Geist gesehen, der mich angriff?‹ fragte ich. ›Den, der auf mich losging, als habe er meine Größe und mein Gewicht? Er lächelte, dann stürzte er sich auf mich.‹

›Nein, was geschah denn?‹

›Ich würgte und schüttelte ihn, und nachdem ich ihn überwältigt hatte, schleuderte ich ihn von mir.‹

Mein Meister lachte: ›Armer, dummer Geist.‹

›Sprichst du von mir?‹

›Nein, ich spreche sarkastisch von ihm.‹

›Aber warum nur redete dieser Geist nicht mit mir? Warum fragte er mich nicht, wer ich bin? Warum hieß er mich nicht willkommen als ein Wesen mit gleichartigen Fähigkeiten, du weißt schon, warum begegnete er mir nicht anders als kampfbereit?‹

›Asrael, die meisten Geisterwesen wissen nicht, was und warum sie etwas tun‹, erklärte er mir. ›Sie wissen es um so weniger, je länger sie dahintreiben. Haß ist das Übliche bei ihnen. Der wollte einfach wissen, ob er stärker ist als du. Wenn er dich besiegt hätte, hätte er vielleicht versucht, dich seinen anderen unsichtbaren Genossen als Sklave zuzugesellen, doch das ist ihm nicht gelungen. Er kennt höchstwahrscheinlich nichts anderes als Kampf, Herrschaft und Unterwerfung. Für viele Menschen ist das Leben auch nicht anders.‹

›Oh, ja, ich weiß‹, sagte ich.

›Geh nun hinüber zu dem Wasserkrug‹, sagte Zurvan. ›Trink. Trinken kannst du, wann immer dir der Sinn danach steht. Dein übernatürlicher Körper wird durch das Wasser nur noch stärker. Das gilt für alle Geister. Sie lieben Wasser und haben ein großes Verlangen nach

Feuchtigkeit. Aber das habe ich dir schon gesagt. Beeile dich. Ich habe eine Aufgabe für dich.‹

Das Wasser schmeckte wirklich köstlich, und die Menge, die ich trank, hätte ein normaler Mensch niemals schlucken können. Als ich schließlich den Krug abgesetzt hatte, war ich bereit für neue Befehle.

›Ich möchte‹, sagte Zurvan, ›daß du mitten durch diese Wand hindurch in den Garten gehst und wieder zurück, und zwar sollst du dabei deinen Körper behalten. Du wirst einen Widerstand verspüren, aber das soll dich nicht kümmern. Die Partikel deines Körpers bestehen aus einer anderen Substanz als die der Mauer, deshalb kannst du ohne Schaden anzurichten, durch diese Partikel hindurchgleiten. Das sollst du nun so lange üben, bis du weißt, daß du jeden festen Gegenstand ohne Zögern durchdringen kannst.‹

Mir erschien das ganz einfach. Ich durchquerte Türblätter und meterdicke Wände, ich schritt durch massive Säulen und Möbelstücke hindurch. Jedesmal spürte ich zwar die schwirrenden Partikel, aus denen das Hindernis bestand, doch rief das keinen Schmerz hervor, und ich brauchte nichts als meine Willenskraft, um den natürlichen Instinkt, der mich davor zurückweichen ließ, zu überwinden.

›Bist du erschöpft?‹

›Nein‹, antwortete ich.

›Gut so; hier ist dein erster richtiger Auftrag‹, verkündete Zurvan. ›Geh zum Haus des griechischen Händlers Lysander, in der Straße der Schriftgelehrten. Aus seiner Bibliothek stiehlst du sämtliche Manuskripte und bringst sie zu mir. Du wirst den Weg wohl viermal machen müssen. Am besten behältst du dafür deinen irdischen Körper. Wenn dich jemand sieht, ignoriere ihn. Und denke daran: damit die Schriftrollen durch die Mauern gehen, mußt du sie innerhalb deines Körpers – dazu zählt auch dein Gewand – transportieren. Du mußt sie darin einschließen. Sollte sich das als zu schwierig erweisen, dann benutze die Türen. Wer immer dich angreift … er kann dich nicht verletzen.‹

›Soll ich denn tätlich werden?‹

›Nein, tu das nicht, außer es wäre jemand, der die Macht hat, dich zurückzuhalten. Normalerweise werden die Dolche und Schwerter der Angreifer wirkungslos durch dich hindurchgleiten. Nur wenn jemand nach den Schriftrollen greift, die ja materiell sind, mußt du ihn abwehren. Doch sei dabei nicht so … so grob. Oder … wie es dir paßt. Mache es davon abhängig, wie sehr die Person dich provoziert. Ich überlasse es dir.‹

Er hob seinen Stift und begann zu schreiben. Dann merkte er, daß ich mich nicht vom Fleck gerührt hatte.

›Was ist?‹ fragte er.

›Ich soll stehlen?‹

›Asrael, mein Gewissenhafter, du, mein junger Geist, alles in Lysanders Haus ist Diebesgut! Er raffte das alles zusammen, als die Perser durch Milet zogen. Der größte Teil seiner Büchersammlung hat mir gehört. Er ist ein schlechter Mensch. Wenn du willst, kannst du ihn töten. Das ist mir einerlei. Sieh jetzt zu, daß du fortkommst und die Bücher beschaffst. Tu, was ich dir sage und stell mir nicht noch einmal solche Fragen.‹

›Also wirst du niemals von mir verlangen, daß ich Arme beraube oder Bekümmerte noch tiefer kränke oder Armselige und Schwache in Furcht versetze.‹

Er hob den Kopf. ›Asrael, das hatten wir doch alles schon. Deine Worte klingen wie die pompösen, sich in endlosen Variationen wiederholenden Inschriften unter den Statuen der assyrischen Könige.‹

›Ich wollte deine Zeit nicht mit weitschweifigen Fragen verschwenden‹, sagte ich.

›Ich bin einzig und allein an ordentlichem Betragen interessiert‹, gab er zurück. ›Erinnere dich doch an meine Lehren. Ich liebe selbst diese lästigen, kleinen Geister, die sich hier unter meinem Dach zu meiner Verfügung bereithalten; Lysander jedoch ist bösartig, er stiehlt und verkauft um des Profits willen, und er kann nicht einmal lesen.‹

Meine Aufgabe erwies sich als einfach genug. Ich brauchte die Diener nur ein wenig durchzuschütteln, und schon waren sie aus dem Weg. Und ich benötigte nur drei Ausflüge, um den gesamten Inhalt der Bibliothek zu meinem Gebieter zu bringen. Schwierig war es nur, mit den sperrigen Manuskriptbündeln durch die Türen zu gleiten. Es gelang mir einfach nicht, sie innerhalb meines übernatürlichen Körpers durch verschlossene Türen zu schaffen. Aber nach und nach wurde ich doch geschickter im Umgang mit ihnen. Tatsächlich lernte ich sogar etwas, das Zurvan mir nicht gesagt hatte, nämlich, daß ich, um die Schriftrollen besser darin unterzubringen, diesen Körper durchscheinend machen und in die Länge ziehen konnte. In dieser Form durchdrang ich die solidesten Wände, nahm anschließend wieder Größe und Gestalt eines normalen Menschen an und wanderte mit meinem Bündel davon.

Um Zurvan offen und ehrlich zu zeigen, was ich konnte, machte ich es auf meinem letzten Abstecher so: ich ging mitten durch die Wand seines Studierzimmers, indem ich mich, den letzten Teil meiner heimlichen Beute im Arm, weit ausdehnte, und dann, als ich das Bündel vor ihm niederlegte, wieder meine normale Form annahm.

Er sah mich mit festem Blick an, und in dem Moment wurde mir etwas klar: Wieder und wieder hatte ich ihn, seit ich zu ihm gekommen war, in Erstaunen versetzt. Und mit diesem Blick tarnte er seine Verblüffung. Er zeigte keinerlei Furcht.

›Nein, ich habe keine Furcht vor dir‹, sagte er, indem er meine Gedanken aufnahm, ›aber du hast recht: es ist nicht meine Angewohnheit, weder als Magus noch als Gelehrter oder als Mensch, Verblüffung zu zeigen oder zu schreien.‹

›Und nun, Gebieter?‹ fragte ich.

›Zieh dich zurück in die Gebeine und komm erst wieder hervor, wenn du mich hörst ... meine Stimme hörst, die dich ruft. Es reicht nicht, nur meine Träume oder meine Gedanken aufzufangen.‹

›Ich werde mich bemühen, Herr‹, sagte ich.

›Es würde mich enttäuschen, wenn du nicht gehorchst; du bist zu jung und zu mächtig, als daß man dich unkontrolliert herumlaufen lassen könnte. Du kränkst mich zutiefst, wenn du erscheinst, sobald ich nur an dich denke.‹

Wieder fühlte ich, wie mir die Tränen in die Augen stiegen. ›Deshalb werde ich es nicht tun, Herr‹, sagte ich und zog mich in die Gebeine zurück. Ehe sich meine Augen schlossen, sah ich für einen Sekundenbruchteil die Truhe vor mir, sah, daß sie in ein Versteck gebracht worden war, in eine Wandnische. Dann, ehe ich in den schwarzen, samtenen Schlaf sank, nur noch ein kurzer Gedanke: ›Ich liebe ihn, und ich will ihm dienen.‹

Als ich am nächsten Morgen erwachte, rührte ich mich nicht vom Fleck. Mir schien, ich lag endlos lange wartend in der Dunkelheit, fühllos für alles Physische, bis ich endlich ganz klar und deutlich Zurvans Stimme hörte. Ich reagierte sofort auf seinen Ruf.

Erneut öffnete sich mir die lichte, helle Welt. Ich saß im Garten, von Blumen umgeben. Dort war auch Zurvan; er lag auf einem Ruhebett und las, sein Haar war wirr, und er gähnte, als habe er die Nacht dort unter den Sternen verbracht.

›Nun, dieses Mal habe ich abgewartet‹, meldete ich mich.

›Ah, also warst du schon erwacht, bevor ich dich rief?‹

›Ja, aber ich habe abgewartet, um dich zu erfreuen. Übrigens ist ein winziger Teil meiner Erinnerung zurückgekehrt, dazu muß ich dich etwas fragen.‹

›Frage. Ich werde dir nichts vormachen, wenn ich die Antwort nicht wissen sollte.‹

Darüber mußte ich fürchterlich lachen! Irgendwo hatte ich trotz meines beinahe völligen Gedächtnisverlusts die feste Überzeugung gespeichert, daß Priester und Meister der Magie hemmungslose Lügner waren. Er nickte, zufrieden mit dieser Vorstellung.

›Deine Frage?‹

›Habe ich eine Bestimmung, bin ich für etwas ausersehen?‹

›Das ist eine merkwürdige Frage. Wie kommst du darauf, daß überhaupt jemand eine feste Bestimmung hat? Wir leben unser Leben und irgendwann sterben wir. Das sagte ich doch. Es gibt nur einen Schöpfer, einen Gott, und wie man ihn nennt, tut nichts zur Sache. Unsere Bestimmung – unser aller Bestimmung – ist es, Liebe zu geben und größere Wertschätzung, tiefere Einsicht für alles Irdische zu erlangen. Warum sollte das für dich anders sein?‹

›Aber das ist es ja gerade. Ich sollte doch für etwas Spezielles bestimmt sein, oder nicht?‹

›Der Glaube, eine besondere Bestimmung zu haben, auserwählt zu sein, ist eine der am weitesten verbreiteten unheilbringenden Vorstellungen in dieser Welt. Man reißt Königinnen ihren unschuldigen Säugling von der nährenden Brust und verkündet, daß sie zu etwas besonderem bestimmt seien – über Athen zu herrschen, oder über Sparta oder Milet, über Ägypten oder Babylon. Welche Dummheit! Aber ich weiß, was hinter deiner Frage steckt. Und du solltest nun besser gut zuhören. Geh, hol die kanaanitische Tafel, und laß sie nicht fallen. Wenn du sie zerbrichst, muß ich sie wieder zusammenfügen, und du wirst es schmerzlich bereuen.‹

›Hm. Es ist ein leichtes für dich, mich zum Weinen zu bringen, nicht wahr?‹

›Offensichtlich‹, gab er zurück. ›Hol die Tafel. Zögere nicht. Wir haben heute noch eine Reise vor uns. Wenn du mich zu den nordischen Steppen bringen konntest, zu dem Gebirge, in dem ich den alles überragenden Berg der Götter vermutete, dann kannst du mich auch zu anderen Orten bringen. Ich möchte heim nach Athen. Ich möchte mein Athen durchstreifen. Geh nun, mächtiger Geist, bringe mir die Tafel. Beeile dich. Unwissenheit nützt niemandem. Also habe keine Angst.‹«

12

»Ich nahm die Tontafel an mich, obwohl sie Widerwillen und Haß in mir erzeugte. Der Haß erschütterte mich. Das Gefühl war so intensiv, daß ich einen Moment lang wie erstarrt dastand. Zurvans Stimme löste mich aus diesem Zustand. Er ermahnte mich noch einmal, die Tontafel nicht zu zerbrechen, und erinnerte mich, daß die Schriftzeichen darauf so winzig seien; ein fehlender Splitter könne den Inhalt verfälschen, es sei aber wichtig, daß ich den genauen Wortlaut erführe.

›Wozu das?‹ fragte ich.

Ich deutete fragend auf ein paar Polster, die ich im Haus liegen sah. Ich wollte wissen, ob ich eins mit in den Garten nehmen dürfe, damit ich mir nicht das Gewand beschmutzte, wenn ich mich zu seinen Füßen niederließ. Er nickte.

Ich setzte mich mit gekreuzten Beinen. Zurvan saß, ein Knie angezogen, in seiner bevorzugten Haltung auf dem Ruhebett, und hielt nun die Tafel, um sie besser lesen zu können, vor sich ins helle Sonnenlicht. Dieses Bild sehe ich noch heute ganz lebendig vor mir, vielleicht, weil die Wand so blendend weiß war mit den leuchtendroten Blüten davor, und dann der knorrige, alte, stark verzweigte Olivenbaum, und ringsum das grüne Gras, dessen weiche Halme zwischen den Fugen der Marmorfliesen sprossen. Wie gern ich doch die Hand darübergleiten ließ, und wie sehr ich es genoß, meine Handfläche auf den Marmor zu legen und die in ihm gespeicherte Wärme der Sonne zu spüren.

Und natürlich erinnere ich mich auch voller Liebe an Zurvan; da saß er, genügsam, alterslos, seine weite, lange, griechische Tunika, deren Goldfäden an den Kanten schon ganz verschlissen waren, hing an seiner knochigen Gestalt, und seine blauen Augen glitten über die

Tontafel, die er von Zeit zu Zeit dicht vor seine Augen hielt und dann wieder mit ausgestrecktem Arm betrachtete. Ich denke, er hat wohl jedes einzelne, noch so kleine Wort in sich aufgenommen, das da in länglichen Keilschriftformationen eingeritzt stand. Ich haßte die Tafel.

›Du bist unter den Händen kompletter Idioten in die Geisterwelt geschlüpft‹, sagte er. ›Dies hier ist ein uralter kanaanitischer Zauberspruch, mit dem man einen machtvollen, bösen Geist heraufbeschwören kann, einen Diener des Bösen, schrecklich und übelwollend, so böse wie der schlimmste unter den bösen Geistern, die Gott je in die Welt senden könnte. Mit dieser Formel konnte ein Magier einen *Mal'ak* erschaffen, so stark wie den, den Jahwe sandte, um die Erstgeborenen der Ägypter zu erschlagen.‹

Ich war wie betäubt und antwortete nicht. Ich kannte viele Übersetzungen dieser Geschichte von der Flucht der Israeliten aus Ägypten, und ich hatte ein Bild des *Mal'ak* gesehen, dieses feurigen Engels, entsprungen dem Zorn Gottes.

›Die Kanaaniter betrachteten dieses Wissen als gefährlich. Schon vor tausend Jahren, wenn das Datum korrekt ist, versiegelten sie es deshalb in dieser Tafel. Es war schwarze Magie, Magie des Bösen, Magie wie die, die die Hexe von Endor ausübte, als sie für König Saul den Geist Samuels beschwor.‹

›Ich kenne die Geschichten‹, murmelte ich.

›Dieser Magier hier wollte seinen eigenen *Mal'ak* schaffen, der ebenso mächtig sein sollte wie Satan oder ein gefallener Engel oder einer der bösen Geister, die einstmals an der Macht Jahwes teilhatten.‹

›Ich verstehe.‹

›Es ist hier sehr genau beschrieben, was man beachten muß. Der Anwärter für den *Mal'ak* muß durch und durch böse sein, ein Widersacher Gottes und alles Guten, jemand, der bereits an Gottes Grausamkeit gegen die Menschen verzweifelt ist und an den Ungerechtigkeiten, die Gott auf Erden zuläßt. Dieser Mensch muß so entschlossen zum Bösen und so von Zorn erfüllt sein, daß er Gott selbst bekämpfen würde, wenn man ihm die Gelegenheit dazu gäbe und ihn hierfür aufriefe. Er sollte in der Lage sein, Gott oder seinen Engeln Auge in Auge gegenüberzustehen und sie zu unterwerfen.‹

›Du sprichst von den Engeln des Guten?‹

›Sowohl als auch; du solltest ihnen ebenbürtig sein, und du magst es durchaus sein. Du bist ein *Mal'ak*, du bist alles andere als ein gewöhnlicher Geist. Doch wie ich dir sagte, wer dazu wird, muß schlecht sein bis auf den Grund seines Herzens, er darf keine Geduld mehr mit Gott haben und will dem Teil im menschlichen Wesen dienen, der rebelliert, der sich weigert, Gottes Gebote zu akzeptieren. Ein solcher Geist wird nicht geschaffen, damit er einem Teufel oder einem Dämon diene, sondern damit er selbst einer sei.‹

Ich schnappte nach Luft.

›Für eine derart niederträchtige Einstellung scheinst du mir noch recht jung zu sein ... zumindest wirkst du sehr jung in dieser Gestalt, die du dir selbst gewählt hast. Und mir scheint sie als das perfekte Spiegelbild dessen, was du als Lebender warst. Warst du ein derart schlechter Mensch? Haßtest du Gott so sehr?‹

›Nein, zum mindesten glaube ich das nicht. Wenn es so war, war es mir nicht klar.‹

›Wurdest du denn aus freien Stücken zum Hüter der Gebeine?‹

›Nein. Das weiß ich genau.‹

›Ein weiterer Beweis für die Pfuscherei. Du warst nicht schlecht, du warst nicht willens, und du hast keinen Eid geschworen, dem jeweiligen Besitzer der Gebeine zu dienen, oder?‹

›Bestimmt nicht!‹ Ich versuchte, mich zu erinnern. Es war so schwierig. Die Vergangenheit leuchtete blitzartig auf und verlosch dann wieder, doch immerhin konnte ich mich in Kyros' Schlafgemach zurückversetzen, ich konnte mich erinnern, daß Kyros mich hierher zu Zurvan geschickt hatte. Und ich konnte mich an etwas davor erinnern ... an einen Priester, der tot am Boden lag.

›Ich habe den getötet, der der Gebieter sein wollte‹, sagte ich. ›Ich habe ihn umgebracht, und dann war ich von Tod umgeben, ich lag im Sterben, als ich zu diesem hier gemacht wurde. Nur eine kleine Flamme blieb in mir zurück. Ich sollte sterben. Vielleicht sollten sich mir die Stufen zum Himmelreich öffnen, vielleicht sollte ich eingehen ins Licht und ein Teil davon werden. Ich weiß nicht, was geschah. Aber was auch immer es war, ich hatte nie der Hüter der Gebeine werden wollen, ich mühte mich, zu entkommen ... ich erinnere mich, daß ich rannte, daß ich um Hilfe rief, daß ich sagte, dies sei eine kanaanitische Verwünschung, doch ich weiß einfach nicht, wen ich eigentlich angefleht habe. Aber anschließend brachte ich eigenhändig diese meine Gebeine in einem Beutel zum Gemach des Königs.‹

›So berichtete er es mir. Nun, geht man von dieser Schrift hier aus, hättest du schon ein Experte in Sachen Bosheit und Grausamkeit gewesen sein müssen, bevor man dich auswählte, du hättest um das Privileg betteln müssen, ewiges Leben wie die Engel Gottes zu haben, und du hättest bereit sein müssen, einen schrecklichen Tod zu erleiden. Und dann, in dem Moment, in dem die Schmerzen für dich nicht mehr zu ertragen waren, hätte sich dein Geist vom Körper getrennt und du hättest mit ansehen müssen, wie deine körperlichen Überreste in den Knochen aufgingen. Doch erst dann, erst wenn die Schmerzen zu stark geworden wären. Vorgesehen war, daß du so lange wie möglich in dem Kessel mit dem kochenden Gold leiden solltest. Auf diese Art sollte sich dein Haß auf Gott und darauf, daß er die Menschen als vernunftbegabte Wesen geschaffen hatte, noch vertiefen. Erst dann, genau in dieser Sekunde, hätte dein Geist befreit aufsteigen sollen, in dem Bewußtsein seiner Macht, die ihn über den Tod triumphieren ließ, in dem Bewußtsein seiner Macht, die ihm der Haß auf den Gott verlieh, der den Tod zuläßt, und in dem Verlangen danach, dieser *Mal'ak* sein zu wollen, der ebenso stark ist wie Jahwes grausames Herz, wenn er es gegen die von Saul oder David oder Josua Bezwungenen wandte.

Du solltest Adams und Evas Racheengel sein, da sie von eurem Gott hinterlistig betrogen wurden. Was sagt dir das nun?‹

›Du hast recht, das Ganze ist wirklich ziemlich verpfuscht worden. Ich weiß nicht, ob ich *in* dem Kessel war, nur daß ich ganz entsetzliche Furcht davor hatte. Ich glaube, daß mein Geist seinen Körper verließ, ehe der Schmerz richtig einsetzte. Ich glaube, ich konnte das einfach nicht ertragen; alles war ein großes Durcheinander. Ich war umgeben von schwachen, eigennützigen Leuten. Jegliche Größe, die dem Anlaß innewohnte, war dahin. Jegliche Majestät war dahin. Ja, ich hatte irgend etwas getan, das andere von mir verlangt hatten, doch es schien alles so verworren, grausam verschwommen, und in mir hatte Verwirrung geherrscht.‹

›Doch was du getan hattest und was dir so undeutlich nur bewußt ist, das barg eine gewisse Größe in sich?‹

›Ja, ich denke schon. Da war das Gefühl, ein großes Opfer gebracht zu haben, einem großen Zweck gedient zu haben. Ich erinnere mich an Rosenblätter, an ein langsames, dem Einschlafen gleiches Sterben, dessen tiefster Schmerz darin lag, zu wissen, daß es unumkehrbar war, daß es sich lange hinziehen würde, doch daß es sich nicht rückgängig machen ließ. Ich weiß nicht, warum mir das Wort Größe einfällt. Was sagte Kyros denn dazu?‹

›Nicht genug, scheint mir. Doch wenn man der Tafel Glauben schenkt, kann man dich nicht vernichten. Denn vernichtet man die Knochen, läßt man dich damit, einer Plage gleich, unkontrolliert auf die Welt los, dann wirst du dich an allem Lebendigen rächen.‹

Verzweiflung senkte sich über mich. Eine so tiefe Verzweiflung, wie sie der Geist, der ich noch vor einigen Stunden war, unmöglich hätte fühlen können. Als ich aufwärts gestiegen war zu jenen Wesen mit den freudig strahlenden Gesichtern, als ich den Schimmer gleißenden Lichts gesehen hatte, da war mir Verzweiflung noch fremd gewesen! So fremd, wie sie einem Kind fremd ist, das man von einer Schale voller Süßigkeiten fernhält. Nun hatte ich sie kennengelernt.

›Ich möchte sterben‹, flüsterte ich. ›Ich möchte wirklich sterben, wie es vorgesehen war, ehe sie mir dies antaten, sie, diese Bande irregeleiteter Schwachköpfe! Ehe sie diesen furchterregenden Zauber an mir erprobten. Oh, diese Idioten! Oh, Gott!‹

›Sterben?‹ fragte Zurvan. ›Und umherirren zwischen den dümmlichen Toten? Ein Dämon sein unter grollenden Geistern, ein widerwärtiger Feind alles Guten, der Tod und Qual bringt?‹

›Nein, einfach nur sterben, als läge ich in den Armen meiner Mutter, sterben, um in der guten Mutter Erde zu liegen, und wenn ich, selbst ein Licht nur, mit dem ewigen Licht verschmelze, wenn es den Himmel gibt, dann geschieht es eben so, doch ist es anders, dann will ich einfach sterben und nur in der Erinnerung derer weiterleben, denen ich je etwas Gutes, eine Freundlichkeit, etwas Liebes erwiesen habe, und …‹

›… und was?‹

›Ich wollte sagen, daß man sich wegen der Dinge, die ich zur Ehre Gottes getan habe, an mich erinnern soll, aber eigentlich ist mir das jetzt gleichgültig. Ich will einfach nur sterben. Im Augenblick wünsche ich eher, daß Gott mich in Ruhe läßt.‹

Ich stand auf und schaute auf Zurvan nieder.

›Hat Kyros dir geschrieben, wer ich in meinem vorherigen Leben war? Wie er mich kennenlernte?‹

›Nein. Du kannst seinen Brief selbst lesen. Er schreibt nur, daß deine Macht für jeden anderen Magier als mich zu groß ist, und daß er dir gegenüber eine große Schuld abzutragen hat, daß er für deinen Tod verantwortlich war.‹

Er hielt inne und zupfte sinnend an seinem Bart.

›Natürlich wird der Herrscher über die Welt nicht in einem Brief zugeben, daß er selbst Furcht vor diesem Geist hatte und ihn so weit fort von sich wünschte wie nur irgend möglich, aber da war immerhin dieser, sagen wir doch, Anklang in seinem Brief. Weißt du, so etwas wie: „Ich kann diesen Geist nicht lenken. Ich wage es nicht. Und doch verdanke ich ihm mein Königreich."‹

›Ich weiß nicht, ob er mir etwas schuldet. Ich weiß nur, ich bat darum, irgendwohin geschickt zu werden … ich erinnere mich …‹

›Ja?‹

›Von allen verlassen gewesen zu sein.‹

›Nun, mir scheint, diese Schwachköpfe haben keinen Dämon geschaffen. Sie haben eher etwas wie einen Engel geschaffen.‹

›Einen Engel der Macht‹, sagte ich. ›Du hast dieses Wort selbst gebraucht. Kyros auch. Marduk benutzte es …‹ Ich brach ab, war über den Namen Marduk gestolpert, doch in meinem Gedächtnis fand sich kein logischer Hinweis, wieso mir das Wort über meine Lippen gekommen war.

›Marduk, der Gott Babylons?‹ fragte Zurvan.

›Spotte nicht seiner, er leidet‹, murmelte ich, zu meinem eigenen Erstaunen.

›Willst du Rache nehmen an denen, die dir dies antaten?‹

›Ich habe mich gerächt. Alle, die dabei waren, sind meiner Ansicht nach tot. Es war der Priester, der das angezettelt hat, und er … und die Alte, die Hexe, die Seherin … sie starben. Ich weiß nicht … Ich wußte, nur Kyros könnte mir helfen, und ich wußte, daß ich ein Recht darauf hatte, in seine Gemächer zu gehen, daß er mir zuhören würde. Nein, ich suche keine Vergeltung. Nein. Ich kann mich nicht an genügend Einzelheiten erinnern, um Vergeltung zu wollen, genausowenig, wie ich dem Leben nachtrauere. Nein. Ich will etwas anderes … sterben … ausruhen, schlafen, tot in süß duftender Erde liegen … oder das Licht erblicken, eins damit werden, ein winziger Funke von Gottes Licht, zurückgekehrt in Seine Flamme. Doch den Tod wünsche ich mir am meisten, mehr noch als das Licht. Nur die Ruhe des Todes.‹

›Das willst du jetzt, in diesem Moment‹, sagte Zurvan. ›Doch du hast nicht danach verlangt, als du durch die Stadt wandertest oder das Reich der Geister durchforschtest oder mir die Schriftrollen besorgtest. Auch nicht, als du dich das erste Mal in diesem Garten niederließest und immer wieder deine Hand über das Gras gleiten ließest.‹

›Das war so, weil du ein guter Mensch bist‹, gab ich zurück.

›Nein, das liegt daran, daß *du* ein guter Mensch bist. Oder warst. Und deine Güte brennt nach wie vor hell in dir. Seelen, die sich nicht an ihr irdisches Dasein erinnern können, sind gefährlich. *Du* erinnerst dich … darüber hinaus erinnerst du dich nur an das Gute.‹

›Nein, ich sagte dir doch, wie sehr ich sie hasse …‹

›Ja; aber die, die du haßt, sind fort, sie verschwinden schnell aus deinem Gedächtnis. Du kannst dich nicht einmal mehr an ihre Namen erinnern, an ihre Gesichter … du haßt sie nicht. Doch du erinnerst dich des Guten. Letzte Nacht sagtest du zu mir, daß du Gold in deinen Taschen fandest. Was hast du damit gemacht? Du hast es mir nicht gesagt.‹

›Nun, ich habe es einer armen, hungernden Familie gegeben, damit sie sich etwas zu essen kaufen konnten.‹

Ich schloß meine Hand sacht um die Grashalme, die zwischen den gesprungenen Marmorplatten sprossen und betrachtete die zarten grünen Spitzen. ›Du hast recht. Ich erinnere mich an das Gute, ich weiß, wie es ist, gut zu sein. Und ich sehe und fühle dieses Gute um mich herum …‹

›Dann will ich dich alles lehren, was nur möglich ist‹, sagte Zurvan. ›Wir werden reisen. Wir werden nach Athen gehen und von dort aus nach Ägypten. Ich bin noch nie sehr weit ins Innere Ägyptens gereist. Das will ich jetzt tun. Wir werden deine magischen Kräfte zum Reisen nutzen. Vielleicht reisen wir auch manchmal auf die normale Art, denn du bist ja ein sehr starker Wächter. Du mußt dir alles einprägen, was ich dich lehre … du hast eine Schwäche, du neigst dazu, schmerzlichen Erfahrungen aus dem Weg zu gehen, indem du sie einfach vergißt; und es wird dich schmerzen, wenn ich einst sterbe.‹

Er versank in Schweigen. Ich denke, er hatte seine Belehrungen fürs erste beendet. Er schloß die Augen. Doch ich hatte noch eine weitere dringliche Frage.

›Dann heraus damit, ehe ich einschlafe.‹

›Die Kanaaniter, die sich den Zauber ausdachten, waren sie Hebräer?‹

›Nicht eigentlich‹, antwortete er. ›Nicht so, wie du Hebräer bist. Ihr Jahwe war einer von vielen Göttern, wohl der stärkste, ein Kriegsgott, wie es scheint. Sie waren ein Volk der Vorzeit und glaubten nebenbei auch an andere Götter. Bist du darüber froh?‹

Meine Gedanken waren abgeschweift. ›Ich glaube schon‹, sagte ich jetzt. ›Ja, doch. Aber nun gehöre ich ja keinem Stamm mehr an. Meine Bestimmung ist nun, den besten unter den Lehrmeistern anzugehören, denn ohne sie vergäße ich vielleicht alles, triebe nur noch dahin … vergäße vielleicht sogar, zu hören und zu sehen und zu fühlen … und ich will nicht tot daliegen und nur darauf warten, daß mich jemand beschwört, hervorruft.‹

›Ich werde nicht mehr lange leben‹, sagte Zurvan. ›Ich werde dich jeden Trick lehren, den deine Macht und deine Fähigkeiten dir auszuführen erlauben, ich werde dich lehren, wie man Menschen durch Illusionen in die Irre führt, wie man mit Worten und Gesten einen Zauber über sie verhängt … denn mehr ist es nicht … denke daran … Worte, Gesten … das Abstrakte macht es … nicht die speziellen Worte. Du kannst aus dem Vorlesen einer Getreideliste einen Zauberspruch machen, wenn du sie nur auf die richtige Art und Weise vorträgst, weißt du? Aber ich werde es dich lehren, und du wirst mir gut zuhören, und wenn ich sterbe …‹

›Ja …‹

›Wir werden sehen, was dich die weite Welt bis dahin gelehrt hat …‹

›Erwarte nicht zu viel von mir‹, sagte ich. Ich schaute Zurvan direkt ins Gesicht, was ich bisher kaum einmal gemacht hatte. ›Du willst wissen, an was ich mich erinnern kann. Ich erinnere mich, daß ich die Beduinen getötet habe und es sehr genoß. Nicht so sehr, wie ich Blumenpflücken genieße, aber Töten … was auf Erden kommt dem gleich?‹

›Da ist etwas dran‹, antwortete er. ›Du mußt eben lernen, daß Liebe besser ist … daß freundlich, gütig zu sein, noch besser ist. Wenn du tötest, zerschmetterst du ein ganzes Universum, das den Glauben, die Gefühle, ja ganze Generationen der Person einschließt, die du tötest. Doch wenn du jemandem Güte erweist, ist es, als würfest du einen Kiesel in einen großen Ozean, und die Kreise, die er erzeugt, werden weiter und weiter und kein Ring, von hier bis nach Ägypten, gleicht dem anderen. Güte hat tatsächlich erstaunlich mehr Macht als Töten. Das wirst auch du noch einsehen. Du hast es gewußt, als du noch lebendig warst.‹

Er dachte einen Moment nach, und dann schloß er seine Ratschläge für diesen Tag ab.

›Siehst du, es geht darum, wie gut du diese Dinge beurteilen kannst. In dem Augenblick, in dem du einen Menschen niedermachst, kannst du noch nicht die ganzen Auswirkungen deines Tuns erkennen. Du spürst nur das Blut in dir rauschen, denn selbst als Geist fühlst du ähnlich wie ein Mensch. Wenn du aber etwas Gutes tust, kannst du es dir immer wieder vor Augen führen … wieder und wieder und wieder, und das wird schließlich stärker sein, als der Wunsch zu töten. Das Gute leuchtet so hell, man kann es einfach nicht verleugnen. Als du durch die Stadt wandertest, sahst du es in den Augen der Menschen, nicht wahr? Güte. Niemand versuchte dir etwas anzutun. Nicht einmal die Palastwachen. Sie ließen dich vorbei. Lag es an deinen Kleidern und deiner Haltung? Oder hast du ihnen zugelächelt? Spiegelte sich in deinem Gesicht deine Güte? Jedesmal, wenn du zu mir zurückkamst, warst du glücklich, und du – dieses Geisteswesen, das du nun bist – bist extrem fähig, zu lieben.‹

Ich sagte nichts darauf.

›Was geht in deinem Kopf vor?‹ fragte Zurvan. ›Sag's mir.‹

›Diese Beduinen‹, antwortete ich ihm, ›es war eine solche Wonne, sie zu töten.‹

›Du bist dickköpfig‹, warf er mir vor.

Er schloß die Augen und schlief ein. Ich betrachtete ihn und schlummerte langsam ebenfalls ein, schlief in meinem Körper, lauschte auf die Blüten neben mir, hob hin und wieder den Blick zu den Zweigen des Olivenbaums, in dem die Vögel zwitscherten, und die entfernten Klänge der Stadt verwoben sich für mich zu einer Melodie. Und als ich träumte, träumte ich von den Gärten, von Licht und Obstbäumen und frohlockenden Geistern, deren Mienen nichts als Liebe widerspiegelten.

Worte fädelten sich in meine Träume.

›Und ich will dir geben die Schätze der Dunkelheit und verborgene Reichtümer geheimer Orte, auf daß du wissest, daß ich, der Herr, der dich bei deinem Namen ruft, *bin* der Gott Israels … ich schaffe das Licht, ich schaffe die Finsternis. Ich schenke Frieden, und ich schaffe das Böse …‹ ich schlug die Augen auf, doch dann erinnerte ich mich schönerer Verse und sank zurück in einen von Melodien durchwebten Halbschlaf, in dem Weidenbäume sachte im Winde schwankten.«

13

»Fünfzehn Jahre lang reiste ich mit Zurvan. Währenddessen richtete ich mich in allen Angelegenheiten nach seinen Wünschen. Ich erwähnte schon, daß er reich war, und häufig wollte er nicht anders reisen als jeder normale Mensch auch, dann nahmen wir ein Schiff, um nach Ägypten und wieder zurück nach Athen zu gelangen oder zu anderen Städten, die er aus seiner Jugendzeit kannte, und von denen er geglaubt hatte, daß er sie niemals wiedersehen würde.

Fast nie ließ er verlauten, daß er ein Magier war, obwohl ihn hin und wieder jemand, der das zweite Gesicht hatte, als solchen erkannte. Und wenn man ihn um die Heilung eines Kranken bat, tat er, was in seiner Macht stand. Wohin wir auch fuhren, überall kaufte er Tontafeln und Schriftrollen, die etwas mit Magie auf sich hatten, oder ich mußte sie für ihn besorgen, manchmal sogar stehlen. Er studierte diese Schriften gründlich und las sie mir nicht nur vor, sondern ich mußte sie mir auch einprägen; dabei festigten all diese Texte seine Überzeugung, daß Magie vom Grundsatz her immer das gleiche war.

Ich empfinde es als eine Gnade, daß ich mich an diese Jahre nun endlich so kristallklar erinnern kann, denn aus der Zeit, die zwischen seinem Tod und der Gegenwart liegt, kann ich mich nur weniger Dinge deutlich entsinnen. Ich weiß, daß es nach Zurvans Tod Zeiten gab, in denen mein Gedächtnis wie ausgeleert war und ich meinem jeweiligen Meister aus reiner Langeweile diente; manchmal sah ich amüsiert zu, wie sie Verheerung über sich selbst brachten, und manchmal nahm ich sogar die Gebeine und brachte sie eigenhändig zu einem anderen Gebieter. Doch diese Zeiten sind verschwommen, im Nebel versunken. Bedeutungslos.

Zurvan hatte recht. Meine Art und Weise, mit Leid und schmerzhaften Erfahrungen umzugehen, war, sie aus meinem Gedächtnis zu streichen. Und Geister neigen an sich schon ziemlich häufig zum Vergessen. Das Erinnerungsvermögen der Menschen wird durch einen Körper aus Fleisch und Blut und die daraus resultierenden Bedürfnisse stimuliert. Und wenn beides nicht vorhanden ist, kann es verlockend süß sein, sich an nichts zu erinnern.

Während seiner letzten Lebensjahre verfertigte Zurvan ein besseres Behältnis für die Gebeine; er baute aus sehr hartem Holz, das er innen und außen mit Gold überzog, eine Truhe mit einer dem Umriß der Knochen angepaßten Höhlung. Darin lagen sie in ihrer kauernden Haltung wie ein schlafendes Kind. Schreiner hatten die entsprechenden Vorarbeiten geleistet, denn, um ehrlich zu sein, er fand, daß seine kleinen Geister zu ungenau arbeiteten. Er pflegte zu sagen, wer in der materiellen Welt lebt, erweist der Materie auch größeren Respekt.

Auf die Außenseite des Schreins, der rechteckig und gerade lang genug war, um mein Skelett aufzunehmen, gravierte er ein, was ich war und wie man mich beschwören könne, und hinzufügte er die strenge Mahnung, daß man mich nie benutzen solle, um Böses zu tun, andernfalls könne das Böse auf den Beschwörer zurückfallen. Auch warnte er davor, die Gebeine zu vernichten, da dadurch jegliche Kontrolle über mich verloren gehe.

Das alles ritzte er in Form von Beschwörungen und weihevollen Versen in vielen Sprachen auf die Außenseite der Truhe. Außerdem fügte er das hebräische Symbol für ›Leben‹ hinzu.

Es war nur gut, daß er schon frühzeitig mit den Arbeiten begann, denn sein Tod kam schließlich sehr überraschend für mich. Er starb im Schlaf, und ich erwachte erst, als miese kleine Diebe mitsamt den Dorfbewohnern in Zurvans Haus in Syrakus einfielen, weil sie wußten, daß er keine Verwandtschaft hatte und sie ihn nun nicht mehr fürchten mußten. Und da er nicht dafür gesorgt hatte, daß Dämonen über seinen Leichnam wachten, plünderten jene das Haus, fanden die Truhe, redeten über die Gebeine, und das rief mich auf den Plan.

Ich erschlug sie alle, bis hin zum kleinsten Kind, das in Zurvans Habseligkeiten wühlte. Ich tötete sie alle. Noch in derselben Nacht kamen die Einwohner des Dorfes und brannten das Haus des mächtigen Magiers nieder, in der Hoffnung, es so von allem Übel befreien zu können. Das zumindest war erfreulich, da ich wußte, daß Zurvan als geborener Grieche, wenn er auch aus freiem Willen keinem Stamm oder Volk angehört hatte, seine Überreste verbrannt sehen wollte. Also hatte ich es so eingerichtet, daß sein Körper als erstes verbrannte.

Dann begab ich mich zurück nach Milet, und schließlich weiter nach Babylon, obwohl ich nicht wußte, was mich dahin zog. Ich trauerte um Zurvan, dachte dauernd an ihn und der Kummer quälte mich Tag und Nacht. Ich machte mich unsichtbar, behielt aber meinen Körper, denn ich wagte es nicht, mich in die Gebeine zurückzuziehen, aus Furcht, nicht wieder hervorkommen zu können. So schleppte ich also mein Skelett mit mir durch den Sand der Wüste.

Als ich endlich eine babylonische Stadt erreichte, widerte sie mich an, ich haßte sie auf Anhieb, und jeder Schritt verursachte mir Qualen. Nichts dort entfachte eine Erinnerung in mir, nur ein vages Gefühl überkam mich. Also ging ich bald wieder fort und begab mich nach Athen, wo Zurvan geboren worden war. Ich machte ein kleines Haus ausfindig und baute mir tief, tief unter seinem Fundament ein sicheres Versteck für die Gebeine; dann befahl ich mich in sie hinein. Tiefste Schwärze schluckte mich.

Lange Zeit später wachte ich auf, an Zurvan selbst klang nur eine schwache Erinnerung in mir nach, alle seine Lehren hatte ich jedoch im Kopf. Inzwischen war ein anderes Jahrhundert angebrochen, seine Lehren aber habe ich wohl nie vergessen. Und ich denke, daß ich diese Lehren beherzigte und ihre Pervertierung verabscheute, ist wahrscheinlich der Schlüssel dazu, daß ich letztendlich rebellierte.

Aber wie auch immer, in Athen wurde ich aufs neue beschworen und hervorgerufen. Die Soldaten Philipps II. von Makedonien waren über Athen hergefallen, hatten die Griechen geschlagen und Philipp, den sie den ›Barbaren‹ nannten, plünderte die Stadt, dabei kamen die Knochen ans Tageslicht.

Ich erschien in dem Zelt eines makedonischen Magiers, und er war ebenso erstaunt, mich zu sehen, wie mich sein Anblick verblüffte.

An ihn kann ich mich kaum erinnern. Viel besser erinnere ich mich an die pulsierende, lebendige Welt, daran, wie verlockend es war, wieder einen festen Körper zu haben, Wasser zu schmecken, und an den Wunsch, wieder ein lebendes, atmendes Wesen zu sein, wenn auch nur als eine Imitation des Lebens. Ich wußte auch noch, welch übermächtige Fähigkeiten ich hatte, enthielt sie jedoch diesem Gebieter vor, und nur sehr zögerlich gehorchte ich seinen fast durchweg albernen, kleinlichen Befehlen. Er war nur ein unbedeutender Magier.

Er reichte mich weiter an den nächsten und wieder einen anderen. Meine nächste deutliche Erinnerung habe ich Gregory Belkin zu verdanken, der sie in mir aufrührte ... daß ich in Babylon war, als Alexander der Große starb. Wie ich dahin gekommen bin, wem ich diente, ich weiß es nicht. Doch ich weiß, daß ich mich mit Kleidern und einem Körper versah, so daß ich einem von Alexanders Soldaten glich, denn ich wollte an seinem Sterbelager vorbeidefilieren. Und so sah ich, wie er mit einer Geste seiner Hand andeutete, daß der Tod ihm nahe war.

Ich sehe ihn noch vor mir auf seinem Bett liegen, und ich nahm eine glühende Aura um ihn herum wahr, ebenso hell strahlend wie ich sie bei Kyros, dem Perser, gesehen hatte. Selbst als er im Sterben lag, war er noch sehr schön und auf eine seltsame Weise lebendig. Er beobachtete sein eigenes Dahinwelken und kämpfte nicht ums Weiterleben. Er versuchte nicht verzweifelt, zu leben. Es schien, als wisse er, daß hier sein Leben endete. Ich glaube nicht, daß er sich dieses Geistes, der da an seinem Bett stand, bewußt war, da ich meinen festen, vollständigen Körper hatte. Ich kann mich erinnern, daß ich zurückging zu meinem damaligen Gebieter und ihm erzählte, daß dieser große Welteneroberer im Sterben lag, und mir scheint, dieser Gebieter war alt, ebenfalls ein Grieche, und er weinte. Ich weiß auch noch, daß ich meinen Arm um ihn legte und ihn tröstete.

All dessen könnte ich mich nicht erinnern, wenn Gregory nicht den Namen Alexander mit solcher Wut ausgestoßen und erklärt hätte, daß seiner Ansicht nach Alexander der einzige Mensch war, der es fertiggebracht hatte, die gesamte Welt zu verändern.

Ich könnte mich jetzt um die Erinnerung an weitere Gebieter mühen ... könnte weitere Tropfen aus dem Krug der Erinnerung schöpfen. Aber sie hatten alle nicht genügend Würde oder magische Kräfte oder Größe, als daß ich ihrer hätte gedenken wollen. Ich war ein Botenjunge, ein Geist, der ausgeschickt wurde, zu stehlen, zu spionieren, oder manchmal auch zu töten. An das Töten kann ich mich erinnern, an Gewissensbisse jedoch nicht. Auch nicht daran, jemandem gedient zu haben, der durch und durch schlecht war. Nur daß ich zweimal einen Gebieter in dem Augenblick erschlug, als er mich in die reale Welt rief, das weiß ich, denn diese Männer waren schlecht.

Doch all dies ist verschwommen, undeutlich für mich. Nur an Samuel von Straßburg – Samuel, genau wie der Prophet – erinnerte ich mich sofort ganz lebhaft, als ich mich in den kalten, klaren Straßen New Yorks wiederfand, nur um Zeuge des Mordes an Esther Belkin zu werden. Ich sah sein Bild in aller Deutlichkeit vor mir.

Samuel war ein Magier und ein führender Mann unter den Juden Straßburgs. Ich weiß nur, daß ich ihn und seine fünf entzückenden Töchter liebte. Ich kann mich nicht an den Anfang oder Verlauf unserer Beziehung erinnern, nur noch an das Ende, an die letzten Tage, als der Schwarze Tod die Stadt heimgesucht hatte und alles in Aufruhr war. Damals ließen einflußreiche Christen verlauten, daß alle Juden die Stadt verlassen sollten, da die Stadtväter vielleicht nicht mehr in der Lage wären, sie vor dem Pöbel zu schützen.

Die letzte Nacht steht noch immer flammend vor meinen Augen. Samuel war als einziger im Haus zurückgeblieben. Seine Töchter hatte man erfolgreich aus Straßburg heraus und in Sicherheit gebracht. Er und ich saßen im Hauptraum des Hauses – ein sehr reiches Haus, möchte ich betonen –, und er machte mir klar, daß, was immer ich auch sagen oder tun würde, er vor dem Grimm des aufgebrachten Pöbels nicht fliehen werde.

Viele arme Juden konnten dem Kommenden nicht entfliehen. Und Samuel war, sehr zu meiner Verwunderung, zu dem Schluß gekommen, daß jemand aus seinem Stamm ihn in dieser Situation brauchen könnte und er deshalb bleiben müsse. Er hatte bisher nicht sehr viel von Aufopferung gehalten, doch jetzt hatte er beschlossen zu bleiben.

Ich war wie irre, schlug krachend mit den Fäusten auf den Tisch, rannte aus dem Zimmer und wieder zurück, nur um ihm zu sagen, daß man inzwischen die gesamte Nachbarschaft umzingelt habe, daß die Bewohner dieses Stadtteils jeden Moment in einem Feuersturm umkommen könnten.

Ich kannte den Lauf der Geschichte genausogut wie Samuel; der Charakter dieses Mannes war mir damals so lebhaft bewußt wie heute. Ich hatte ihm Gold im Überfluß beschafft; ich hatte für ihn Geschäftspartner ausspioniert, ich war die Quelle seines immensen und stetig wachsenden Reichtums. Getötet hatte ich allerdings nie für ihn, denn etwas so Plumpes wäre ihm nicht in den Sinn gekommen; er war ein jüdischer Kaufmann, ein jüdischer Bankier, er war geschäftstüchtig, aber beliebt und respektiert von der christlichen Einwohnerschaft wegen seiner guten Zinsen und wegen seiner vernünftigen Haltung, wenn es um die Zahlung von Schulden ging. Ein gütiger Mensch? Ja, aber auch ein sehr weltlich gesinnter Mensch, wenn auch ein wenig mystisch angehaucht; und nun saß er in diesem Zimmer, während der Pöbel und die Flammen näher und näher rückten und sich die Stadt Straßburg in eine Hölle verwandelte, und er weigerte sich sanft aber hartnäckig, fortzugehen.

›Es gibt immer noch Wege, aus der Stadt herauszukommen, ich kann dich mit mir nehmen‹, sagte ich zu ihm. Tatsächlich kannten wir beide die Gänge unter den Häusern des jüdischen Viertels, die außerhalb der Stadtmauer endeten. Sicher, sie waren alt, aber wir kannten sie. Ich hätte ihn auf diesem Wege fortbringen können. Oder ich hätte mich mit ihm aufwärts in die Lüfte schwingen können, unsichtbar.

›Meister, was willst du tun? Willst du dich von ihnen töten lassen? Dich von ihnen in Stücke reißen lassen? Entweder wirst du im Feuer enden, das von beiden Enden der Straße heranbraust, oder der Pöbel wird dich töten, nicht ohne dir die Ringe von den Fingern und die Kleidung vom Leib gerissen zu haben. Herr, warum wählst du den Tod?‹

Er hatte mir schon dutzendmal gesagt, daß ich still sein und mich in die Gebeine zurückziehen solle. Doch ich gehorchte einfach nicht. Schließlich sagte ich: ›Ich werde nicht zulassen, daß sie dir das antun. Ich werde dich mit mir fortnehmen, mitsamt den Gebeinen!‹

›Asrael‹, rief er. ›Es ist noch Zeit, und du bist jetzt ruhig!‹ Er legte die letzten seiner Bücher ordentlich zur Seite, eine Ausgabe seines geliebten Talmud und die Kabbala, aus der er manchen seiner Zauber geschöpft hatte, und dann saß er und wartete, die Augen auf die Tür geheftet.

›Herr‹, fragte ich. Und daran kann ich mich genauestens erinnern. ›Herr, was ist mit mir? Was wird geschehen? Wird man die Gebeine ohne die Truhe finden? Wohin gehe ich, Herr?‹

Mit Sicherheit hatte ich eine so selbstsüchtige Frage noch nie gestellt, denn sein Gesicht nahm den Ausdruck höchsten Erstaunens an. Er hielt in seinen Betrachtungen inne, nahm den Blick von der Tür und sah mich an.

›Herr, wenn du stirbst, kannst du meinen Geist nicht mit dir nehmen?‹ fragte ich. ›Kannst du deinen ergebenen Diener nicht mit dir ins Licht nehmen?‹

›Ach, Asrael‹, sagte er verzweifelt, ›wie kommst du nur auf solche Ideen, du dummer, dummer Geist. Was denkst du denn, was du bist?‹

Der Klang seiner Stimme machte mich wütend. Sein Gesichtsausdruck machte mich wütend.

›Herr, du überläßt mich der Asche! Den Aasgeiern!‹ rief ich aus. ›Warum kannst du nicht meine Hand ergreifen, wenn sie dich töten, wenn du denn schon sterben willst, und kannst mich mit dir nehmen? Dreißig Jahre habe ich dir gedient, habe dich reich gemacht, deine Töchter reich gemacht. Herr! Du läßt mich hier zurück. Die Truhe könnte verbrennen und auch die Gebeine. Was passiert dann?‹

Er sah sehr verwirrt aus. Beschämt. Und in dem Augenblick öffnete sich die Tür und zwei feingekleidete christliche Kaufleute, die auch mir bekannt waren, betraten das Haus. Beide sahen ängstlich und besorgt aus.

›Wir müssen uns beeilen, Samuel‹, sagten sie. ›Sie haben schon die Feuer in der Nähe der Stadtmauer entzündet. Überall töten sie die Juden. Wir können dir nicht helfen zu entkommen.‹

›Habe ich euch darum gebeten?‹ fragte Samuel verächtlich. ›Gebt mir den Beweis, daß meine Töchter fort sind.‹

Beflissen legten sie einen Brief in seine Hand. Ich sah, daß er von einem der Schuldner war, dem er am meisten vertraute. Er befand sich in Italien an einem sicheren Ort, und dieser Brief bestätigte, daß Samuels Töchter dort angekommen waren, beschrieb deren Kleidung und ihr Aussehen und nannte ein bestimmtes Wort, das sie mit ihrem Vater ausgemacht hatten.

Die Christen waren in Todesangst.

›Wir müssen schnellstens fort, Samuel. Wenn du entschlossen bist, hier zu sterben, halte dein Wort. Wo ist die Truhe?‹

Diese Worte verblüfften mich. Nur zu schnell verstand ich! Ich war verkauft worden, um seine fünf Töchter zu retten! Sehen konnte mich keiner dieser Männer, doch sie sahen meine Truhe, die so offen dastand wie die Bücher der Kabbala, und sie gingen hin und öffneten sie, und da lagen die Gebeine!

›Herr‹, sprach ich mit meiner geheimen Stimme zu Samuel. ›Du kannst mich nicht diesen Männern überlassen. Sie sind Christen! Sie sind nicht einmal Magier. Sie sind keine großen Persönlichkeiten.‹

Samuel war verwundert, starrte mich an. ›Groß? Wann habe ich je behauptet, ich sei ein großer Mann oder ein guter Mann, Asrael? Wann hast du das je gefragt?‹

›Im Namen des Herrn der Heerscharen‹, rief ich, ›ich tat, was für dich und deine Familie gut war, für eure Ältesten und die Synagoge. Samuel! Was tust du mir hier an?‹

Die beiden Christen schlossen die Truhe wieder. ›Gott mit dir, Samuel‹, sagten sie, während der eine die Truhe aufhob und an seine Brust preßte, dann verließen sie eilends das Haus. Ich sah Feuerschein, roch die Flammen. Ich hörte Menschen schreien.

›Du abgrundtief schlechter Mensch!‹ verfluchte ich Samuel. ›Du glaubst, der Tod im Feuer wird dich reinigen, und Gott wird dir vergeben, dabei hast du mich verkauft, verkauft für Geld und Gold!‹

›Wegen meiner Töchter, Asrael. Geist, deine beschwörenden Worte nutzen nichts mehr, zu nahe ist das Ende!‹

›Welches Ende?‹ Doch es war mir klar. Ich vernahm den Ruf der anderen, in deren Hand die Gebeine nun waren. Sie hatten die Stadttore schon hinter sich gelassen. Und in mir kochten Haß und Verachtung. Ihre Beschwörungen waren eine Versuchung für mich!

Ich stürzte mich auf Samuel.

›Nein, Geist!‹ dröhnte er. ›Gehorche mir, hinein mit dir in die Gebeine. Gehorche, wie du es gewöhnt bist. Überlasse mich meinem Märtyrertum.‹

Wieder drangen die Beschwörungen an mein Ohr. Ich konnte meine Form nicht mehr aufrechterhalten, ich war zu zornig. Mein Körper löste sich auf. Mein Ärger hatte mich zuviel Kraft gekostet. Die Stimmen, die mich riefen, waren stark. Sie entfernten sich immer weiter, doch sie büßten nicht an Stärke ein.

Ich stürzte mich auf Samuel und stieß ihn durch die offene Tür hinaus auf die Straße, in der schon die Flammen loderten. ›Da, nun sei eine Märtyrer, Rabbi‹, schrie ich. ›Ich verfluche dich, du sollst unter den Untoten wandeln für alle Zeiten, bis Gott dir vergibt, was du mir angetan hast: Daß du mich verlassen hast, mich verschachert hast. Erst erwirbst du meine Liebe, dann verkaufst du mich gegen Gold.‹

Von rechts und links liefen entsetzte Menschen auf Samuel zu, Menschen in Todesangst, die seinen Namen riefen.

Als ich sah, wie er sie in seine Arme schloß, vergaß ich für einen Moment meine Bitternis. ›Samuel!‹ rief ich und ging auf ihn zu. Ich merkte, daß ich schwächer wurde, doch ich war immer noch sichtbar für ihn. ›Nimm meine Hand. Nimm meine Geisterhand, bitte, halte sie fest und nimm mich mit dir in den Tod.‹

Er sagte nichts. Die Menge drängte sich weinend um ihn, klammerte sich an ihn, doch ich konnte seine letzten Gedanken auffangen, mit denen er mich zurückstieß und die Augen abwandte. So deutlich, als habe er laut gesprochen, hörte ich es: ›Nein, Geist, denn wenn ich im Sterben deine Hand halte, werde ich mit dir hinabgezogen werden in die Hölle.‹

Ich verfluchte ihn.

Gnade und Güte reichen also nicht aus für uns beide, Herr? Herr! Gebieter! Lehrmeister! Rabbi!

Die Flammen umhüllten die Menge. Durch Feuer und Rauch erhob ich mich über dies alles in die Lüfte, spürte, wie die Kälte der Nacht mich durchdrang und hastete dem sicheren Hort meiner Gebeine entgegen. Ich floh vor Rauch und Grauen und Ungerechtigkeit und vor den Schreien Unschuldiger. Mit ausgebreiteten Armen flog ich durch dunkle Wälder wie eine Hexe, die dem Sabbat entgegeneilt, bis ich die beiden Christen an der Pforte einer kleinen Kirche stehen sah, weit von der Stadt entfernt. Die Truhe stand zwischen ihnen auf dem Boden, und nur noch von dem Wunsch nach Tod und Schweigen getrieben, ließ ich mich ermattet in die Gebeine sinken.

Aus den Worten der beiden Männer entnahm ich nicht mehr, als daß sie um Straßburg, um die Juden trauerten, daß sie weinten wegen Samuel und wegen der tiefen Tragik dieses Geschehens. Und daß sie vorhatten, mich in Ägypten zu verkaufen. Sie waren selbst keine Magier, und ich war für sie eine Beute, die einen guten Handelswert hatte.

Ein langer, ungestörter Schlaf scheint mir nicht vergönnt gewesen zu sein. Man beschwor mich, man brachte mich zu den verschiedensten Orten, und die, die mich riefen, tötete ich. Einige meiner Beschwörer kann ich mir noch vorstellen, andere nicht. In die leere, unendliche Tafel meines Geistes prägte sich, Zeile um Zeile, die Geschichte der Welt. Doch mein Verstand regte sich nicht, ich schlief.

Einmal rief mich ein in herrliche Seide gekleideter Mameluk. Das war in Kairo, und mit seinem eigenen Schwert hackte ich ihn in Stücke. Man mußte alle weisen Männer der Stadt aufbieten, um mich zu bannen und in meine Gebeine zurückzujagen. Ich kann mich noch an die großartigen Turbane erinnern und an die wahnsinnigen Schreie. Sie waren ein so auffälliger Haufen, diese islamischen Soldaten, so merkwürdige Männer, die ihr Leben ohne Frauen verbrachten, und nur kämpften und töteten. Warum vernichteten sie mich nicht? Wegen der Inschrift, die sie vor einem herrenlosen Geist warnte, der nach Rache schreien könnte?

Paris kommt mir in den Sinn – ein raffinierter, satanischer Magier in einem von Gaslicht beleuchteten Raum, dessen Tapetenmuster mich faszinierte. Ein merkwürdiger schwarzer Überrock hing an einem Haken. Fast hätte ich das Leben verlockend finden können: Gaslicht und Maschinen, Wagen, die über gepflasterte Straßen rollten. Doch ich tötete den mysteriösen Mann und zog mich abermals in die Gebeine zurück.

Es war nie anders. Ich schlief. Ich kann mich an einen Winter in Polen, glaube ich, erinnern, an eine Auseinandersetzung zwischen zwei Gelehrten. Doch all dies ist unklar und unvollkommen. Sie sprachen einen hebräischen Dialekt, sie hatten mich gerufen, doch sie merkten beide anscheinend nicht, daß ich gekommen war. Wir waren in einer einfachen kleinen Synagoge, und sie, beides gute, freundliche Männer, stritten sich. Bis sie übereinkamen, daß meine Gebeine, eingemauert in eine Wand, verborgen werden müßten. Gute Menschen. Ich schlief.«

»Erst vor einigen Wochen erwachte ich wieder zum Leben, in hellem Wintersonnenschein, als dieses Trio gedungener Mörder sich durch das Gedränge der Fifth Avenue schob, um Esther Belkin zu töten. Sie stieg aus ihrer schwarzen Limousine und betrat das Kaufhaus – Esther, unschuldig, schön und ohne die leiseste Ahnung, daß der Tod auf sie lauerte.

Und warum war ich dort? Wer hatte mich dieses Mal gerufen? Ich wußte nur, daß diese Schurken sie töten wollten, diese gräßlichen, ungehobelten, bösartigen Männer, die mit Drogen vollgepumpt waren, die so dümmlich waren und so entzückt von dem Gedanken, sie in all ihrer Unschuld zu töten. Ich mußte das verhindern. Unbedingt.

Doch ich kam zu spät. Du weißt es aus den Zeitungen. Wer war dieses unschuldige Kind? Sie sah mich, sie nannte meinen Namen. Wie konnte sie mich kennen? Sie hatte mich nicht gerufen. Aber sie hatte mich wahrgenommen in dem hauchdünnen Bereich zwischen Leben und Tod, in dem Wahrheiten sichtbar werden, die normalerweise verhüllt sind.

Laß mich bei diesem Tod verweilen. Ein solcher Tod verdient noch ein paar zusätzliche Worte. Vielleicht muß ich auch noch einmal nachvollziehen, wie ich wieder in ein bewußtes Wahrnehmen eintrat. Vielleicht muß ich noch einmal beschreiben, wie es war, wieder zu sehen und zu atmen, dort in dieser mächtigen Stadt mit Türmen, die höher sind als der mystische Berg Meru, inmitten Tausender von Menschen, guten und schlechten, und bar jeden Glanzes, während Esther schon mit dem Todesmal gezeichnet war.«

Teil III

Struktur und Dunkelheit

Wie hält man Dunkelheit
und die Strukturen, die uns alle quälen,
fern – an der Wand und dort, wo die Bedeckung
aus dem Mark entspringt & gähnend klafft –
Wie hält man den Schrei in sich verschlossen
& das Begräbnis, das die Strukturen uns gebiert –
wie die Verbündeten, sie waschen ihr Herz,
& wringen's aus, nur um es wieder zu beschmutzen –
Menschen, die Spiegelglas herzen – die Klinge wird geschliffen –
Der Süßen Kleinen Mund & lange Wimpern machen
den Umriß in den plumpen Schatten bei der Tür dort straucheln –
wie hält die Dunkelheit man fern?
Oder sollte man, in schickem Zeuge oder nackt, vorschnellen –
jedwede Wesenheit durchbohren – und jedwede Stunde –
durch Kunst gereizt oder durch Wein – Wie nur
betritt man die Nadel, das Tuch –
Und die Strukturen, die uns alle quälen,
wie kann man sie greifen und von sich reißen,
& nichts dabei verlieren.

Stan Rice, *Some Lamb* 1975

14

Willst du dich mir nun auf dem Weg durch mein bewußtes Erleben anschließen?

Die Eval-Brüder im hellen Licht des Wintertages. Wie sie sich hervortaten! Daran erkannte ich sie. Sie hielten das für einen guten Witz, denn übel war ihr Wort für bösartig, und sie hießen Eval. Drei Brüder aus Texas, angeheuert, um das reiche Mädchen zu töten.

Da gingen sie, in das Licht der Mittagssonne getaucht, die belebte Straße entlang, stießen sich gegenseitig an, lachten, reichten sich Zigaretten; anmaßend waren sie und heiß darauf zu töten. Wie entzückt sie in den Spiegeln der Schaufenster ihr Bild betrachteten! Das hier war New York, die größte Stadt der Welt, die einzige Stadt, die die Eval-Brüder interessierte, sah man von Las Vegas ab – wohin sie mit ihrem Lohn gehen würden, wenn sie »sie aus dem Verkehr gezogen« hätten, was ihr Ausdruck für Mord war.

Sie würden nie wieder nach Texas zurückkehren. Wer weiß, was »der Mann« sonst noch für Jobs für sie bereithielt? Aber zuerst einmal mußten sie sie umbringen.

Ich fühlte ihre bedenkenlose Bösartigkeit so deutlich wie sie selbst. Billy Joel Eval hatte die Führung übernommen, in seiner Tasche war das Schießeisen und der lange spitze Eispickel, diese grausame Waffe mit der runden Stahlklinge. Und Doby Eval war gleich hinter ihm, gefolgt von Hayden Eval als »Schlußlicht«, so spotteten sie. Und sie alle drei hatten die scharfe Waffe, diesen langen, stählernen Eispickel, nur allzu bereit, sie damit zu töten. Aber wer war *sie*?

Daß ich dies hier sah, dafür mußte es einen Grund geben, und auch dafür, daß ich hier in der City von New York stand und die Gerüche der Stadt einatmete, als sei ich ein lebendiger, sichtbarer Mensch, obwohl beides nicht zutraf. Ich wußte nur, was ein Dschinn immer weiß ... daß man ihn wieder einmal beschworen, zu einer Pflicht gerufen hatte, daß er wieder einmal mit offenen Augen und wachem Verstand auf eine gleißende, lebenssprühende Welt schaute.

Du weißt, wie rebellisch ich war – ich habe es dir erzählt – wie gleichgültig auch, und wie absolut gewillt, einen verachtenswerten Gebieter in Stücke zu hauen. Aber was geschah hier?

Es fiel mir nicht schwer, diese ungehobelten Ungeheuer zu verabscheuen. Ich war ihnen nahe genug! Ich sah sie aus nächster Nähe in ihrer tristen städtischen Verkleidung, den gesteppten Nylon-Blousons, den zerfransten Baumwollhosen und genagelten Schuhen – Massenartikel – mit den vielen Haken für die Schnürsenkel. Billy Joel konnte es gar nicht abwarten, *sie* zu sehen, ihr auf die Pelle zu rükken, und nur Hayden war zögerlich, hatte aber Angst, seinen Brüdern zu sagen, daß er nicht so viel davon hielt, dieses Mädchen zu töten. Wenn sie wenigstens gewußt hätten, wer sie bezahlte.

Und wer hatte sie bezahlt? »Ein Mann, der einen Mann geschickt hat, den ein Mann geschickt hat«, sagte Doby Eval, »das kannst du dir doch wohl ausrechnen!«

Plötzlich spürte ich, daß meine Füße das Pflaster berührten. Doch ich war noch zu durchscheinend, als daß mich jemand hätte sehen können. Nur langsam aufrückend, verfolgte ich sie, kam ihnen schließlich so nahe, daß sie, wenn sie einen Blick über die Schulter geworfen hätten, mich hätten sehen müssen, soweit mich überhaupt jemand sehen konnte. Ich war mir dessen nicht sicher.

»Wer hat mich in seiner Gewalt?« Ich spürte, daß sich meine Lippen bewegten, als ich vor mich hin flüsterte. Die Leute drängten sich hier auf dieser Straße unvorstellbar dicht, und Reichtum umgab mich, als sei dies der Marktplatz Babylons am Neujahrstag, oder ein Basar in Bagdad oder Istanbul.

Hinter spiegelnden Glasscheiben sah ich die gesichtslosen weißen Plastikgöttinnen der Modewelt, behängt mit üppigem Putz und Pelzen, echte Rubine glänzten, Sandalen, wie durch Magie geschaffen, mit dünnen Metallriemchen, die den Fuß verführerisch umschlangen.

Und niemand gab mir eine Erklärung zu all diesen Dingen.

Nun, du kennst mich jetzt gut genug, du weißt, welch ein Sinnenmensch ich bin. Reich mir die Welt in einem Becher, und ich werde ihn ausschlürfen.

Doch zuerst mußte ich eines verhindern, den Tod dieses Mädchens. Ich schob mich an die drei Kerle heran, ging zwischen ihnen, doch immer noch konnten sie mich nicht sehen, obwohl ich schon die Umrisse meines Körpers, seine Hitze und seine zunehmende Masse fühlte. Ja, ich war wirklich und wahrhaftig real, dies war kein verzerrtes, grauenhaftes, im Sturmwind der Geisterwelt gefesseltes Phantom.

Da war die Wärme des Gehsteigs unter mir und etwas, das wie das Tappen von Lederschuhen klang – von meinen eigenen Füßen verursacht – ja, nur sollte ich mir vielleicht Allerweltsschuhe schaffen, wie die Eval-Brüder sie trugen. Ich wußte, daß die vorbeifahrenden Wagen den durchdringend in der Luft hängenden Geruch produzierten, und als ich nach oben sah, erblickte ich turmhohe Gebäude, die an die Wolken stießen, auch flammten dem hellen Mittag zum Trotz Lichter ringsum, in Fenstern, hinter beschrifteten Tafeln, und all das erzeugt von Elektrizität.

Wie modern war doch diese Welt, in der es von reichen Leuten nur so wimmelte, und was war das für eine Stadt, in der Verwachsene und Krüppel an mir vorbeischlurften, und beide trugen gleichermaßen die feinsten Kleider und Gold am Körper. Und dann die kreischende Frau dort an der Ecke; offensichtlich übergeschnappt, hatte sie sich die Seidenbluse aufgerissen und stellte ihre Brüste zur Schau. Jemand stieß sie vom Bordstein. Gruppen junger Männer, alle gleich gekleidet in seriös wirkende, schwarze Anzüge und mit einer Krawatte um den Hals, eilten zielstrebig an mir vorbei, obwohl sie alle offensichtlich nichts miteinander zu tun hatten, denn keiner hatte auch nur einen Blick für den andern.

Die Eval-Brüder lachten.

»Mensch, ich sage euch was, dieses New York ist ja ein teuflisches Plätzchen, jetzt guckt euch die da an, habt ihr das gesehen? Also wißt ihr, diese Schnalle, die wir aus dem Verkehr ziehen sollen, die ist nicht so durchgedreht, aber bestimmt nicht, ihr tut also, was ich gesagt habe ...«

»Was du gesagt hast!« giftete sein Bruder Hayden.

Ich ging auf gleicher Höhe mit ihnen, ihr Schweißgeruch stach mir in die Nase und die billige Seife, mit der sie versucht hatten, ihn fortzuwaschen; und ihre Schießeisen konnte ich riechen, aber das war nicht ihre Methode, kein Schießeisen, keine Kugel, keine Detonation – ich mühte mich, all diese Begriffe so schnell wie möglich zu lernen – sie würden die spitzen Eispickel nehmen, die sie unter ihrer Kleidung stecken hatten.

»Warum wollt ihr ihr das antun?«

Das mußte ich wohl laut gesagt haben, denn Billy Joel blieb stehen und stierte mit hochgezogenen Schultern und grimmig gesenkten Mundwinkeln seinen Bruder Hayden an. Dann schnauzte er: »Hältst du jetzt endlich die Klappe, du Ratte? Kapier gefälligst, daß das für uns die einzige Möglichkeit war, hierher zu kommen!«

»Klar, wir erledigen sie, und dann rennen wir, wir rennen einfach weg wie die kleinen Kinder!« sagte Hayden und stieß seinem Bruder die rechte Hand ins Kreuz, doch Billy Joel sagte: »Hör auf damit, du Stinker, guck da, guck, siehst du das? Doby, sie ist in der gottverdammten Karre da hinten, das ist ihr Wagen, guck nur!«

Die drei rückten dichter zusammen und ich blieb zurück, noch unsichtbar, aber schon in meiner vollständigen Gestalt, oder ich sollte besser sagen, in einer konformen Gestalt, denn ich hatte mich dem Aussehen der Menschen ringsum angepaßt.

Ich wollte dieses Mädchen sehen, das die drei Kerle mit ihren gemeinen Waffen töten wollten. Sie verfielen jetzt in einen gemächlichen Schritt, ließen die Passanten an sich vorbeiströmen und knufften sich gegenseitig in die Rippen: »Halt, da ist sie.« Es war so weit.

»Seht. Da, die lange, schwarze Limousine hält am Bordstein, der weißhaarige Chauffeur öffnet ihr den Wagenschlag.«

Esther. Das Haar ein Schleier aus dunklen Locken, pechschwarzes Haar, wie mein eigenes, aber sie hat größere Augen als ich, und das Weiße darin schimmert wie Perlmutt, und ihre schlanke weiße Kehle ist unter dem Mantel unbedeckt bis zum Brustansatz. Der Mantel gestreift wie ein Tierfell, mit Streifen, die absichtlich nicht naturgetreu gezeichnet, sondern gewollt künstlich waren.

Sie bemerkte die drei nicht einmal, diese primitiven Schrecknisse auf Beinen, die ausgeschickt waren, sie »zu beseitigen«. Durch die Menschenmenge ging eine Bewegung, und eine Gasse öffnete sich für das Mädchen.

»Was soll ich tun?« flüsterte ich. »Soll ich ein Ende machen? Warum soll sie sterben, wozu?« Ich wollte das nicht mit ansehen.

Das Mädchen schob die breiten Glastüren des Geschäfts auf und ging hinein, inmitten einer so dichten Gruppe, daß mindestens fünf Leute zwischen ihr und den Eval-Brüdern gingen, die nun merkten, daß sie in Schwierigkeiten waren.

»Mein Gott, müssen wir das jetzt hier drin durchziehen?«

Mit »hier drin« meinte Hayden, hier in diesem Palast, dieser

Schatzkammer voller Pelze und hauchdünner Stoffe, voller Lederwaren in allen Schattierungen und Parfüms, deren Düfte von den gläsernen Ladentischen aufstiegen wie von einem Altar. ›Hier drin‹ sahen die drei, diese großspurig auftretenden Hinterwäldler, nicht mehr aus wie jeder andere, nein, hier wirkten sie eher wie Hafentramps, die zusammen mit den Ratten auftauchen, um zu stehlen, was andere fallengelassen haben; doch selbst hier herrschte dichtes Gedränge, Schulter an Schulter standen die Leute, mit voneinander abgewandten Gesichtern und rasch gesenkten Augenlidern, um keine persönliche Nähe aufkommen zu lassen. Und es war laut. Niemand achtete wirklich auf den anderen, niemand bemerkte sie – drei Männer in schmierigen Klamotten einer wunderschönen Frau auf den Fersen.

Und sie, diese jugendliche Königin mit dem dunklen, schimmernden Haar und dem buntgefärbten Mantel, schritt ein paar Stufen hinauf auf ein Podest, wo sie ahnungslos und fröhlich nach einem langen, schwarzen Schal griff, einem mit Perlen bestickten, ungewöhnlichen Schal, den sie nun durch die Finger gleiten ließ, wunderschön schimmernd, bestickt mit einem schwarzen Blütenmuster, entzückend und wie für sie gemacht.

»Guten Tag, Miss Belkin.« Die Königin hatte also einen Namen, und die Händler in diesem Zeitalter benahmen sich nicht weniger geschickt als in jedem anderen.

Doch dann sah ich, daß Billy Joel zugestoßen hatte! In genau dieser Sekunde hatte er ihren schlanken Rücken erwischt, Hayden kam von links und Doby, wie sein Bruder in wilder Hektik, stach den Eispickel in ihre rechte Seite. Gleichzeitig schlugen sie ihr die Waffen in den Leib, und das Leben in ihr bäumte sich auf, ihre Stimme erstarb, nur ihr Herz noch nicht. Ihre Lungen füllten sich mit Blut. Diese billigen Meuchelmörder, wenn es ums Töten ging, wurden sie zu Genies. Jetzt entfernten sie sich einfach von ihr, noch ehe sie niederfiel; sie machten sich nicht einmal die Mühe zu rennen. Sie waren aus der Tür, noch ehe das Mädchen über der Glasplatte zusammengesunken war. Den Schal hielt sie noch immer in der Hand. Die Verkäuferin beugte sich vor: »Miss Belkin?«

Ich mußte den Kerlen nach. In ihrem Todeskampf lehnte sich Esther auf die Glasplatte, als spüre sie nur gerade einen starken Schmerz, der rasch wieder vergehen würde. Sie würde innerhalb der nächsten Sekunden sterben! Und ich kannte die Mörder! Und die Verkäuferin wußte nicht einmal, daß Esther starb.

Ich schoß durch den Eingang. Ich weiß noch, daß ich Leute aus dem Weg stieß, um freie Bahn zu haben, ich fühlte ihre Körper. Doch ich wollte die Eval-Brüder nicht aus den Augen verlieren. Ich erhob mich in die Luft. Über den Köpfen der Menge flog ich, in meiner mir selbst geschaffenen Gestalt, doch unsichtbar, von niemandem bemerkt, und ich holte die drei schnell ein.

Sie hielten jetzt Abstand voneinander. Doch schien auch hier in dieser Querstraße, in der Hunderte von Passanten aneinander vorbei hasteten, niemand Notiz von ihnen zu nehmen. Warum sollten sie sich also beeilen? Billy Joel trug ein strahlendes Lächeln auf seinem Gesicht.

Sie hatten dreihundert Leute und zehn Sekunden zwischen sich und die Szene des Mordes gebracht.

»Dafür werde ich euch töten!« Ich hörte den hallenden Klang meiner eigenen Stimme. Ich spürte die Luft in meinem Inneren wie einen Strudel, als habe mein Körper eine solche Stabilität erreicht, daß er sich von den Gerüchen nähren konnte, die vom Asphalt der Straße aufstiegen, von den im Stau stehenden Motoren, von den gellenden Hupen und von der Ansammlung menschlichen Fleisches.

Legt euch um mich, ihr Kleider, stattet mich aus wie meine Gegner, da ich nun in Fleisch und Blut erscheine!

Direkt vor Billy Joels Füßen materialisierte ich. Ein Griff nach dem Eispickel. Hab ihn schon! Und nun töte! Ich sah, daß sich meine Finger um sein Handgelenk schlossen; er hatte mich nicht einmal deutlich wahrgenommen, er spürte nur, wie der Knochen brach. Als er aufschrie, blickte sich sein Bruder um. Ich bohrte den Eispickel, den ich am hölzernen Griff aus Billy Joels Gürtel gerissen hatte, durch das Hemd tief in seinen Körper, wie er selbst es bei Esther gemacht hatte, nur viel, viel öfter.

Erstaunen zeigte sich auf seinem Gesicht. Er spuckte Blut.

»Stirb, du dreckiger Hund, du hast das Mädchen getötet, jetzt stirbst du.«

Hayden kam mir in die Quere, rannte direkt in den Eispickel, ganz unproblematisch, und ich verpaßte ihm gleich drei schnelle Stiche, einen davon in den Hals. Einige Leute gingen vorbei, wandten nicht einmal den Kopf. Andere betrachteten den am Boden liegenden Billy Joel.

Nun war nur noch Doby übrig, aber der hatte sich davongemacht. Er hatte seine Brüder fallen sehen und suchte nun, einem Hindernisläufer gleich, so schnell es ihm seine menschlichen Füße gestatteten, durch die Menge zu entkommen. Ich streckte nur den Arm aus, griff nach seiner Schulter.

»Warte, Mann!« keuchte er. Ich senkte den Pickel in seine Brust, auch hier dreimal, um gute Arbeit zu leisten, und knallte ihn gegen die Wand. Leute gingen vorbei und machten einen Bogen um uns, Gesichter abgewandt. Er rutschte tot auf das Pflaster nieder, und eine Frau stieß einen Fluch aus, weil sie über sein linkes Bein steigen mußte.

Nun erst verstand ich richtig, welch ein Geniestreich ihre Tat war in dieser von Menschen überfüllten Stadt. Aber ich hatte keine Zeit, darüber nachzudenken. Ich mußte zurück zu Esther.

Mein Körper war fest gefügt, und als ich nun rannte, mußte ich mir meinen Weg zurück zu dem gläsernen Portal des Warenpalastes wie jeder andere Mensch bahnen.

Schreie durchschnitten die Luft. Männer rannten in diese Hochburg der Mode. Ich schob und drängte, um näher heranzukommen. Meine wirren, schwarzen Haare klebten mir im Nacken. Und ich spürte, daß ich einen Bart trug. Aber alle Augen waren auf Esther gerichtet.

Da brachten sie sie heraus, zugedeckt, auf einer weißbespannten Trage. Ihr Kopf rollte zur Seite, große glänzende Augen mit perlmuttfarbenem, reinem Weiß blickten in meine Richtung. Aus ihrem Mund rann Blut wie aus einem alten defekten Brunnen, ein dünnes Rinnsal nur.

Männer schrien, die Leute sollten zurücktreten. Ein alter Mann jammerte lauthals und krümmte sich zusammen, als er sie sah. Dieser Grauhaarige, das war ihr Chauffeur, vielleicht ihr Beschützer. Sein Gesicht war zerfurcht, der schmale Rücken gebeugt. Er krümmte sich und schrie auf, ich erkannte einen hebräischen Dialekt. Offensichtlich liebte er sie. Ich schob mich vorsichtig näher an sie heran.

Ein weißer Wagen mit aufgemalten roten Kreuzen und auf dem Dach kreiselnden Lichtern kam herangebraust. Seine Sirenen verursachten einen unerträglichen Lärm, genausogut hätte man mir die Eispickel durch die Ohren bohren können. Doch ich hatte keine Zeit, mir über diesen Schmerz Gedanken zu machen. Sie, Esther, lebte noch, atmete noch, ich mußte einfach mit ihr sprechen.

Sie trugen sie auf der Trage zu diesem Wagen, dabei hoben sie sie hoch über die Köpfe der Menge, wie eine Opfergabe … Als sie sie durch die hinteren Türen des Wagens schoben, suchten ihre Augen nach etwas, nach jemandem.

Mit meiner geballten Kraft drängte ich die anderen Leute aus meinem Weg. Meine Hände – wahrhaftig meine mir wohlvertrauten Hände – klopften gegen die lange schmale Scheibe an der Seite des weißen Wagens. Ich schaute durch das Glas, preßte das Gesicht dagegen. Ich sah sie! Ihre großen, schläfrigen Augen erfüllt von einem träumerischen Todeslicht, so sah ich sie.

Und sie sagte laut – so daß ich es hörte, ein Flüstern wie ein Hauch aufsteigenden Rauchs: »Der Hüter … Asrael, der Hüter der Gebeine!«

Die Türen des Wagens waren noch offen, und die Männer, die sie versorgten, beugten sich zu ihr nieder.

»Was ist, mein Kind? Was hast du gesagt?«

»Laß sie nicht sprechen.«

Sie starrte mich durch die Scheibe an und sagte es abermals; ich sah, daß sich ihre Lippen bewegten, hörte ihre Stimme, ihre Gedanken. »Asrael«, hauchte sie. »Der Hüter der Gebeine!«

»Sie sind tot, mein Liebling!« rief ich. Keiner von den Schaulustigen, die sich so dicht um mich drängten, kümmerte sich um meine Worte.

Sie und ich, wir schauten einander an. Dann flammte ihre Seele, ihr Geist, beide sichtbar für mich, eine Sekunde lang auf, der vollständige Umriß ihres Körpers schwebte über ihr, das Haar ausgebreitet wie Flügel, das Gesicht ausdruckslos, schon von der Welt abgewandt – wer weiß das? – und dann war sie fort, aufgestiegen inmitten gleißenden Lichts. Ich duckte mich vor diesem Licht, versuchte aber, noch einen Blick darauf zu erhaschen. Doch es war fort.

Ihr Körper blieb zurück, eine leere Hülle. Die Türen wurden zugeworfen. Abermals dröhnte der Klang der Sirenen in meinen Ohren.

Aufheulend reihte sich der Wagen in den Strom der Fahrzeuge, zwang andere Fahrer auszuweichen. Eine Bewegung ging durch die Menge, ein Aufstöhnen und rauhes Ächzen. Ich selbst stand stocksteif auf dem Pflaster. Ihre Seele war entschwunden.

Ich hob den Kopf. Gegen meine Beine stießen fremde Knie, ein schwerer Schuh knallte auf meinen Fuß nieder. Ich trug den gleichen staubigen Schnürschuh wie mein Gegner. Beinahe wäre ich von dem schmalen Bordstein abgerutscht.

Jetzt verschwand der Wagen aus meiner Sichtweite; kaum dreihundert Meter weit entfernt lagen die Eval-Brüder tot am Boden, doch keiner hier in diesem Aufruhr wußte davon, so belebt war die

Straße. Ich dachte – ohne daß ich einen Zusammenhang, einen Grund dafür wußte – an das, was man von Babylon erzählte, nachdem Kyros es erobert hatte; da gab es diese witzige Bemerkung von dem griechischen Geschichtsschreiber Xenophon, oder war es Herodot? Er sagte, Babylon sei so groß und so dicht besiedelt gewesen, daß es zwei Tage gedauert habe, bis diese Nachricht die Leute in der Stadtmitte erreicht hatte.

Na, ich wußte es früher!

Ein Mann sagte: »Wissen Sie, wer das war?« Das war Englisch, New Yorker Akzent, und ich drehte mich zu ihm um, als sei ich einer von ihnen, von den Sterblichen, und wollte ihm antworten, nur standen Tränen in meinen Augen. Ich wollte sagen: »Sie haben sie ermordet.« Doch kein Ton kam über meine Lippen, obwohl ich doch einen Mund hatte. Und der Mann nickte, als sähe er meine Tränen. Mein Gott, hilf mir. Dieser Mann will mich trösten. Ein anderer sagte: »Das war Gregory Belkins Tochter, sie war es. Das war Esther Belkin.«

»Belkins Tochter –«

»... ›Tempel vom Geiste‹.«

»›Tempel vom Geiste Gottes‹. Belkin.«

Was sagten mir diese Worte?

Mein Meister! Wo bist du! Gib dich zu erkennen, zeige dich! Wer hat mich gerufen? Warum mußte ich Zeuge dieses Ereignisses werden!

»Gregory Belkins Mädchen, die Tempelbrüder –«

Wohin?

Ich begann zu verblassen, ich merkte es deutlich, wie es immer ist, es kam schnell und erschreckend, als habe ein Gebieter es all den künstlichen, mich umgebenden Partikelchen befohlen, wie es auf der Tafel steht: »Zurück an euren Bestimmungsort.« Nur einen Moment lang klammerte ich mich an diesen Sturm aus Materie und befahl ihr, mich schützend zu umhüllen, doch mein Schrei war ein verwehtes Jammern. Ich starrte auf meine Hände, auf meine Füße unten auf dem Straßenpflaster, auf die schmutzigen Schuhe aus Leder und Stoff und Schnüren, die man kaum als Schuhe bezeichnen konnte.

»Asrael, halte durch!« kamen die Worte von meinen Lippen.

»Nehmen Sie es nicht so schwer, junger Mann«, sagte der Mann neben mir und schaute mich an, als täte ich ihm leid. Er hob einen Arm, wollte ihn um mich legen. Ich hob die Hand. Ich sah Tränen.

Doch der Wind war gekommen, der Wind, der alle Geister holt. Ich verlor die Bindung an die Erde.

Der Mann schaute sich nach mir um, fand mich nicht mehr und wußte nicht warum, er dachte, er sei selbst schon ganz konfus.

Dann war er – und alle ringsum mit ihm – war die ganze große Stadt verschwunden.

Ich war ein Nichts, ein Nichts.

Ich bemühte mich, die Menge dort unten zu sehen, doch ich konnte nicht einmal die Stelle finden, an der die Eval-Brüder immer noch in ihrem Blut lagen oder vielleicht schon mit ebensolcher Sorgfalt fortgeschafft wurden wie vorher jene Königin mit dem dunklen Haar, die Göttin, die mich in ihrem Todeskampf gesehen hatte. Sie hatte es gesagt, und ich hatte es gehört; sie hatte gesagt: »Asrael, der Hüter der Gebeine.« Ich hatte es gehört, wie Geister hören, obwohl der Helfer in dem Wagen vielleicht einen so leisen und von Tragik umwehten Hauch nicht wahrgenommen hatte.

Der Wind riß mich mit sich. In ihm hallten die Jammerschreie der Seelen, Gesichter stürzten auf mich ein, Hände versuchten mich aufzuhalten, und wie immer drehte ich ihnen den Rücken zu und beachtete sie nicht. Für einen Sekundenbruchteil sah ich die undeutlichen Umrisse meiner Hände, spürte die Form meiner Arme und Beine, spürte die Tränen auf meinem Gesicht. Ja, das spürte ich wirklich. Dann hatte ich mich aufgelöst.

Zurück in die Gebeine, Asrael. Ich war in Sicherheit.

Kannst du dir nun ein Bild machen? Ohne einen Gebieter, erwacht aus meinem Schlaf, um Zeuge dieser Tat zu sein, sie zu vergelten! Warum? Dunkelheit senkte sich über mich wie eine Droge. Sicher, geborgen, ja, aber ich wollte nicht geborgen sein; ich wollte den Mann finden, der die Eval-Brüder ausgeschickt hatte, Esther zu töten.

15

Die Zeit verging. Ich spürte das viel intensiver als sonst. Mir war bewußt, daß ich lauschte. Ich war ganz bei mir.

Wie immer, wenn ich erwacht war, wußte ich auch diesmal, was es mit der Welt draußen auf sich hatte. Sei nachsichtig mit mir: sagen wir, mein Wissen war auf dem gleichen Stand wie das der Menschen draußen – derer, die ich in den Straßen von New York gesehen und berührt hatte. Einzelne Erlebnisse fügten sich zu moralischen Eindrücken, dem Zusammenschluß aus all dem Wissen wurden nach und nach Gefühle zugeordnet. Interpretationen, Erklärungen sind für Geister nicht notwendig. Geister sind nicht erstaunt oder geschockt.

Doch der Verstand eines Geistes, nicht beschränkt durch die Fesseln des Fleisches, kann ohne Unterschied und ohne Ende die Summe dessen in sich aufnehmen, was im Kopf des Menschen neben ihm vor sich geht, sei es Allgemeinwissen oder persönliche Werte.

Ich erfaßte sowohl allgemeine als auch spezielle Gegebenheiten, als ich da wieder einmal wach im Dunkel lag – daß wir uns dem Ende des 20. Jahrhunderts, dem Ende der sogenannten christlichen Ära näherten, daß die Nutzung fossiler Brennstoffe und die Erzeugung von Elektrizität für so alltägliche Dinge wie Essen, Trinken, Schlafen, Kommunikation, Reisen, Bauen und Kämpfen unabdingbar waren, daß kleinste Maschinen mit feinsten Schaltungen Informationen im Überfluß speichern konnten, und daß flink bewegte Bilder, die lebendige, sprechende Menschen zeigten, durch Wellen oder hauchdünne Fibern, kostbarer als gesponnenes Glas, übertragen werden konnten.

Und dann Wellen. Die Luft war voll davon. War gesättigt mit Stimmen, die private und öffentliche Gespräche führten – von Telefonen aus, über Radio und Fernsehen. Diese Wellen umgaben die Erde inzwischen genauso dicht wie die Luft selbst sie umgab.

Und die Erde war tatsächlich rund. Und nicht ein Quadratmeter ihrer Oberfläche war unerforscht, unbekannt oder unbenannt geblieben. Keinen Ort gab es mehr, mit dem man nicht hätte Verbindung aufnehmen können, da die erstaunlichen elekromagnetischen Wellen von Radio, Telefon und Fernsehen über Satelliten auf jeden Punkt gelenkt werden konnten. Manchmal waren dies Bilder und Stimmen von Leuten und Geschehnissen, die genau in dem Moment stattfanden, in dem man sie auch übertrug; das nannte man dann Live-TV.

Die Wissenschaft von der Chemie hatte unerwartete Höhen erklommen, da man durch Auszüge aus Substanzen, durch ihre Läuterung oder Aufschlüsselung und durch neue Kombinationen alle möglichen Substanzen, Materialien, Gifte erschaffen hatte. Der Prozeß an sich, den chemische Verbindungen durchliefen, hatte sich geändert, man konnte nun etwas durch physikalische oder chemische Eingriffe verändern, man kannte die Kettenreaktion und chemische Reaktion und die Fusion, um nur ein paar zu nennen. Materialien waren durch bestimmte chemische Prozesse in ihre Urbestandteile zerlegt worden, und neue Materialien entstanden daraus. Der Prozeß schien ohne Grenzen zu sein.

Die Träume der Alchimisten waren von der Wissenschaft übertroffen worden.

Diamanten wurden in die Spitzen von Bohrern eingesetzt, und dennoch trug man sie immer noch als Schmuck, und man jonglierte mit Millionenwerten an Dollars – offensichtlich eine bevorzugte Währung, diese amerikanischen Dollars, obwohl die Welt von Währungen und Sprachen überquoll und jemand in Hongkong auf Knopfdruck mit jemandem in New York sprechen konnte. Die Liste synthetischer Materialien und daraus folgender Produkte war derart angewachsen, daß der Mann auf der Straße sie sich weder merken noch sie alle verstehen konnte; und welcher Mann konnte schon die Zusammensetzung des Nylonhemdes auf seinem Körper erklären, oder gar die Funktion des Taschenrechners, den er bei sich trug.

Natürlich blieben – selbst für mich – ein paar Schlußfolgerungen nicht aus. Ein Auto oder ein Flugzeug, das nach dem Prinzip der Vergasung fossilen Brennstoffs arbeitet, kann explodieren anstatt sich vorwärts zu bewegen. Bomben können ohne Piloten von einem Land in ein anderes geschickt werden, um selbst die größten Städte oder die höchsten Gebäude zu zerstören. Es gab kaum ein Meer der Welt, dessen Wasser nicht ein wenig nach Benzin schmeckte.

New York lag unbestritten sehr weit nördlich vom Äquator, und man könnte sagen, es war in dieser Zeit die Hauptstadt der westlichen Welt.

Die westliche Welt. Hier also fand ich mich wieder. Und was war das, die westliche Welt? Offensichtlich das unmittelbare kulturelle Erbe der hellenistischen Welt Alexanders des Großen, ihrer Vorstellung von Gerechtigkeit und Keuschheit, zwar unermeßlich erweitert und kompliziert, aber niemals wirklich vom Christentum, in welcher Form es auch immer auftrat, umgestoßen – von der unumschränkten mystischen Bejahung Jesu, bis hin zu den zutiefst verknöcherten theologischen Sekten, die noch immer über die Art der Dreieinigkeit streiten, was heißt, ob Gott nun aus einer oder drei Personen besteht oder nicht. Kaum ein Teil der westlichen Welt, der nicht durch den ungeheuer kreativen und erbarmungslos spirituellen Judaismus bereichert worden wäre. Jüdische Wissenschaftler, Philosophen, Ärzte, Kaufleute und Musiker gehören zu den berühmtesten Menschen dieses Zeitalters.

Der Drang, sich auszuzeichnen, unübertroffen zu sein, war eine Selbstverständlichkeit, wie damals in Babylon. Das galt selbst für die Verzweifelten.

Die Gesetze der Natur wie die von der Vernunft diktierten Gesetze waren allgemein anerkannte Werte geworden, wohingegen man Vorschriften und Gesetze, die angeblich offenbart worden waren, ebenso wie die, die überliefert worden waren, kritisch betrachtete und heftig darüber diskutierte. Und alle Menschen waren nun »gleich«, das heißt, daß das Leben eines Feldarbeiters ebenso kostbar war wie das Leben der Königin von England oder ihres Premierministers.

Genau genommen, aus gesetzlicher Sicht, gab es keine Sklaven.

Nur wenige Menschen hatten eine feste Vorstellung vom Sinn des Lebens, genauso wenige wie schon in jenen Zeiten, als ich lebendig war.

Vor Zeiten schon, als ich, ein sterblicher Jüngling, im Skriptorium arbeitete, hatte ich schon die Wehklage gelesen: »Wer hat je gewußt, was der Wille des Himmels ist?« Jede Frau, jeder Mann in den Straßen New Yorks hätte heute die gleichen Worte sprechen können.

Diese westliche Welt, dieses Vermächtnis des Hellenismus, versehen mit einer kleinen Infusion von Juden- und Christentum, war in dem nördlichen Klima dieses Planeten, das sowohl in Europa als auch in Amerika herrschte, dramatisch aufgeblüht. Ihr war die Zähigkeit und Wildheit jener höhergewachsenen, robusteren und häufig hellhäutigeren Bewohner der Wälder und Steppen zugute gekommen, die das Leben nicht in einem irdischen Garten Eden kennenlernten, sondern in Gebieten, in denen dem Sommer stets ein grausamer Einbruch von Kälte und Schnee folgte.

Die ganze westliche Welt bis hin zu ihren tiefsten tropischen Vorposten lebte heute, als könne immer noch jederzeit der Winter über sie hereinbrechen, sie von allem abschneiden und sogar vernichten.

Von den nahe der Eiskruste des Nordpols gelegenen Städten bis hinab in die Dschungel von Peru gedieh das menschliche Leben in Orten, die, Enklaven gleich, mit Hilfe von Maschinen, Mikrochips und Mikrobiologie entworfen und versorgt wurden und mehr an Energie, Brennstoffen, Kleidung und Lebensmitteln horteten, als je gebraucht wurde. Offensichtlich wollte man nie wieder Mangel leiden müssen, und das bezog sich auch auf Informationen.

Speicherung. Archivierung. Datenbanken. Festplatten, Disketten, Sicherheitskopien, Datenausdrucke – alles, was irgendwie wichtig schien, wurde in der einen oder anderen Form vervielfältigt und aufbewahrt.

Vom Grundsatz her war das die gleiche Haltung, aus der in Babylon die Archive mit den Tontafeln entstanden waren, in denen ich einst gearbeitet hatte. Da gab es nicht viel zu verstehen.

Doch trotz all dieser schwindelerregenden Fortschritte, inmitten derer mich Esther Belkin zu sich gezogen hatte wie ein Magnet und sogar jetzt noch mein bewußtes Denken an sich fesselte, trotz all dessen existierte immer noch die »Alte Welt«.

Man folge nur dem Lauf der Ströme hinein ins Marschland oder hinauf in die Berge oder ins Ödland.

»Der Osten«, so nannte sie es nun, oder »Die Dritte Welt«, oder auch die Entwicklungsländer, die zurückgebliebenen Länder oder einfach primitive Regionen. Und die gab es noch immer auf jedem Kontinent; dort führten die Beduinen in ihren zeitlosen, weißen Gewändern ihre Kamele durch den Sandsturm, zufrieden wie eh und je mit einem Leben in sonnendurchglühter Ödnis. Nur daß sie jetzt vielleicht einen Kanister Spiritus besaßen, mit dem sie ihre Nahrung ohne Zuhilfenahme von Holz oder Kohle erhitzen konnten; und nachdem sie ihr Zelt aufgeschlagen hatten, saßen sie nach der Mahlzeit vor dem batteriebetriebenen Fernseher und lauschten den Versen des Korans, die dort verlesen wurden.

Auf den Reisterrassen, auf den Feldern Indiens, in den Marschen des Irak, in all den Dörfern auf der ganzen Welt, beugten immer noch Männer und Frauen den Rücken, um die Feldfrüchte zu ernten wie seit der Morgendämmerung der Menschheit.

Inmitten der Millionenbevölkerung Asiens waren riesige, moderne städtische Vorposten entstanden, und dennoch erreichten die westlichen Erfindungen, der Überfluß, die Medizin und Hygiene die große Mehrheit der Stämme, die Bauern, Weber, Händler, Priester, Bettler und Kinder nicht.

Hygiene, Gesundheitspflege war das Schlüsselwort.

Es stand für die chemische Reinigung menschlicher und industrieller Abfälle, die Klärung des Trink- und Brauchwassers – also die Vernichtung von Schmutz in jeder Form und die Aufrechterhaltung eines Umfeldes, das Geburt und Gebären, Aufwachsen und Sterben erträglich machte, weil man vor menschlicher, industrieller oder chemischer Verseuchung jeglicher Art sicher geschützt war.

Nichts war so wichtig wie Hygiene; ihr war es zu verdanken, daß die großen Seuchen von der Erde verschwunden waren. Im »Westen« war Hygiene eine Selbstverständlichkeit, im »Osten« wurde sie teils mit Mißtrauen betrachtet, teils gab es einfach zu viele Menschen, als daß man die unerläßlichen Voraussetzungen dafür hätte schaffen können.

Krankheiten gab es massenhaft, im Dschungel wie in den Marschen, in den Slumgebieten der riesigen Städte wie in der Wildnis, in der die Bauern, die Arbeiter, die Fellachen immer noch lebten wie in früheren Zeiten.

Hunger. Es gab Überfluß und es gab Hunger. In den Straßen New Yorks wurden Lebensmittel fortgeworfen, während die Bilder im Fernsehen Menschen zeigten, die in den Straßen Asiens starben. Das war nur eine Frage der Verteilung.

Das eigentliche Rätsel dieser modernen Welt lag darin, daß es überhaupt so etwas wie ein System inmitten all dieser Veränderungen gab – daß so vieles geschehen konnte und dennoch so vieles beim Alten blieb.

Überall gab es diese dramatischen Kontraste, die ebenso verwirren wie auch das Auge erfreuen konnten. In Indien wandelten heilige Männer nackt zwischen den Automobilen über die von wimmelndem Leben erfüllten Straßen Kalkuttas, und auf Haiti lagen Menschen mit gen Himmel gerichtetem Blick sterbend am Boden, während Düsenjets über sie hinwegbrausten.

In der Metropole Kairo, am Ufer des Nils, ragten die aus Stahl und Glas errichteten Gebäude nicht weniger hoch empor als in Manhattan, doch die Straßen waren verstopft von Menschen in weiten, weißen oder schwarzen Baumwollgewändern, geschnitten wie die Gewänder, die schon die Israeliten trugen, als der Pharao sie ziehen ließ.

Die Pyramiden von Gizeh stehen seit Ewigkeiten, nur war jetzt die Luft, die sie umgab, blau von den Auspuffgasen der Autos, und die neuen Stadtviertel liefen beinahe zu ihren Füßen aus.

Einen Steinwurf von den klimatisierten Bürohochhäusern entfernt ragten Ausläufer eines Dschungels in die Zivilisation, dessen Bewohner nie von Jahwe, Allah, Jesus oder Shiva gehört hatten, geschweige denn von Eisen, Kupfer, Bronze oder Gold. Sie jagten mit hölzernen Speeren und dem Gift von Reptilien, nur hin und wieder aufgestört vom Anblick riesiger, automatischer Bulldozer, die den Regenwald, der ihre Welt war, niederwalzten.

Eine Herde Ziegen auf den Hügeln Judäas sah heute nicht anders aus als zur Zeit des Persers Kyros, und genausowenig hatten sich die Hirten, die draußen vor den Toren Bethlehems ihre Schafe hüteten, seit der Zeit des Propheten Jeremias verändert.

Obwohl zwischen Ost und West eine fortlaufende Kommunikation und Interaktion stattfand, versuchte doch jeder, irgendwie gegen den anderen die Oberhand zu behalten. Wüstenscheichs, reich durch das Öl, das man unter ihren Sanddünen fand, trugen ihre traditionellen Gewänder und Kopfbedeckungen, während sie in großen Limousinen herumfuhren. Unzählige Frauen lebten immer noch abgeschieden innerhalb ihrer vier Wände und gingen nur verschleiert in die Öffentlichkeit.

In New York, der ungekrönten Hauptstadt der westlichen Welt und Wahlheimat der Cleveren und Mächtigen, betrachtete der gewöhnliche Bürger die Wissenschaften ebenso zuversichtlich wie er ihnen unwissend gegenüberstand.

Wer in dieser Welt kannte schon die wirkliche Bedeutung von Worten wie Binäres Zahlensystem, Halbleiter, Trioden, Elektrolyse oder Laserstrahlen?

An der Spitze der Hierarchie beschäftigte sich eine technologisch geschulte Elite, deren Macht den früheren Priestern glich, in gutem Glauben mit Dingen wie Ionen, Neutrinos, Gammastrahlen, ultraviolettem Licht und den Schwarzen Löchern des Weltalls.

In mein Erwachen blitzten helleuchtende Zeichen, glänzend wie Esthers brechende Augen.

Sie hätte ebensogut sagen können: »Hüter der Gebeine, komm und sieh.«

Während ich noch schlummerte, von Kummer um sie verzehrt und von Zorn, Zorn auf ihre Mörder, wartete die ganze materielle Welt auf mich, damit ich sie sehe, erforsche, ohne Hast oder ängstliche Aufgeregtheit. In Unsichtbarkeit und Schweigen befangen, sah ich einen Mann an einer New Yorker Straßenecke parken, ein kleines Handy am Ohr, durch das er mit einem seiner Angestellten in Wien redete.

Eine andere Frau stand in Atlanta vor einer Kamera und sprach Tag und Nacht nur über das Wetter auf diesem Erdball.

Esther Belkin, für mich verloren, wurde von Tausenden betrauert, die sie nie gekannt hatten, ihre Geschichte wurde in jeden Staat übertragen, der CNN, den bekannten Kabelsender, empfangen konnte. Mitglieder des weltweit bekannten »Tempels vom Geiste Gottes«, zu dem sie selbst gar nicht gehört hatte, trauerten um sie. Ihr Stiefvater Gregory Belkin, ein kräftiger Mann von beträchtlicher Körpergröße, Gründer dieser Religionsgemeinschaft, weinte vor den laufenden Kameras und erwähnte Sekten, Terroristen und Verschwörungen. »Warum wollen sie uns schaden?« fragte er. Seine schwarzen Augen waren klar und glänzend, das Haar trug er kurz geschnitten, doch war es dicht wie das Esthers, und seine Haut wies ein beinahe vollkommenes Goldbraun auf, wie Honig im Sonnenlicht.

Esthers Mutter floh die Öffentlichkeit. Weißgekleidete Pflegerinnen geleiteten Mrs. Belkin vorbei an den aufdringlich rufenden Reportern. Mit ihrer langhaarigen, unordentlichen Schulmädchenfrisur und den dünnen, flehentlich bittenden Händen wirkte sie kaum älter als ihre Tochter.

Staatsdiener und andere gewählte Amtsinhaber verdammten diese von Gewalt regierten Zeiten.

Und von Gewalt geprägt war diese Zeit wirklich. Wie jedes andere Angebot gab es auch Gewalt heutzutage in allen Ausprägungen und im Überfluß.

Raub, Vergewaltigung und Körperverletzung waren nicht nur an der Tagesordnung, sondern uferten unter dem Deckmantel von Zivilisation und Frieden aus. Kleine wohlorganisierte Kriege gab es ständig. Bis aufs Blut bekämpften sich die Völker in Somalia, in Afghanistan, in der Ukraine. Die Seelen der gerade Verstorbenen schwebten wie ein Ring aus Dunst um die Erde.

Es gab einen Markt für Waffen, schwarz, weiß, chaotisch, nicht zu stoppen. Kaum lebensfähige Kleinstaaten wetteiferten mit größeren, mächtigeren Nationen darum, legal oder illegal Waffen und Explosivstoffe von zusammenbrechenden Großmächten zu erwerben. Die mächtigen Nationen versuchten dieser wie ein Krebsgeschwür um sich greifenden Verbreitung von Raketen, Handgranaten und chemischen Waffen Einhalt zu gebieten, während sie selbst fortfuhren, neue Nuklearwaffen zu entwickeln, mit denen man die ganze Erde vernichten konnte.

Im Kreuzfeuer der Kritik standen Drogen. Die Rede über sie war in aller Munde. Drogen konnten heilen. Töten. Helfen. Unheil bringen.

So viele Arten von Drogen gab es, für so viele Zwecke, daß niemand die Bedeutsamkeit ihrer Vielzahl an sich erfaßte.

Kaum ein Mensch konnte sich vorstellen, wie lang die Bestandsliste an Drogen in einem einzigen New Yorker Krankenhaus war – Drogen, die täglich Leben retteten, indem sie zur Impfung benutzt, injiziert, intravenös gegeben oder oral verabreicht wurden. Nur ein Computersystem konnte den Überblick darüber behalten.

Weltweit organisierten die Bosse der Drogenkartelle den Handel mit Drogen wie Kokain und Heroin, entwickelten, verteilten und vermarkteten Drogen zu dem einzigen Zweck, Menschen süchtig zu machen, die Euphorie oder Beruhigung suchten.

Von Sekten schien die Öffentlichkeit besessen und fürchtete sie gleichzeitig. Sekten waren offensichtlich nicht anerkannte religiöse Gruppierungen, was heißt, Gruppierungen, denen sich üblicherweise Leute anschlossen, die einer Führerpersönlichkeit Gefolgschaft schworen, deren Moral und Ziele Außenstehenden nicht unbedingt ganz klar waren. Sekten konnten über Nacht wie aus dem Nichts entstehen und sich um eine einzelne Person organisieren – wie Gregory Belkin. Manche Sekten entstanden auch durch Ablösung von größeren Religionsgemeinschaften und führten dann häufig ein von Fanatismus geprägtes Eigenleben.

Es gab Sekten mit friedlichen und Sekten mit kriegerischen Absichten. Und Esther Belkins Tod war überschattet von öffentlichen Auseinandersetzungen über das Sektenunwesen.

Immer und immer wieder flimmerte ihr Gesicht über den Fernsehschirm. Ihr, die nichts und niemandem angehört hatte, sagte man alles Mögliche nach, – Anti-Regierungs-, Anti-Gottes-, Anti-Reichtums-Tendenzen.

War sie in Wirklichkeit von Anhängern der Sekte ihres Vaters getötet worden?

Man hatte sie in einem privaten Gespräch bemerken hören, daß der »Tempel vom Geiste Gottes« zuviel Geld habe, zuviel Macht, zu viele Häuser in aller Welt. Oder waren es Feinde der Sekte und Gregory Belkins gewesen, die durch den Tod Esthers ihren Vater hatten verletzen wollen, ihn und seine mächtige Gefolgschaft hatten warnen wollen, daß seine Organisation zu groß und zu gefährlich geworden war – obwohl, gefährlich für wen?

Es gab liberale, radikale, reaktionäre und altmodische Sekten. Sekten konnten schreckliche Dinge bewirken.

Mein Ich trieb dahin, beobachtete, lauschte; ich wußte, was die Menschen wußten.

Diese Welt bestand aus Großmächten, aus Nationen, aus Ländern, und aus Banden. Und selbst die kleinste Bande konnte die Bildschirme der ganzen Welt beherrschen, indem sie eine einzige Bombe an einer strategisch günstigen Stelle hochgehen ließ.

Die Nachrichtenmagazine berichteten über den Anführer einer 50-Mann-Gruppierung ebenso ausführlich wie über den mit Millionen von Anhängern.

Täter und Opfer waren gleichermaßen Nutznießer der demokratischen, vom Wettbewerbsdenken geprägten Inszenierungswut der Medien.

Die Bilder der Eval-Brüder blitzten nicht weniger häufig auf den Bildschirmen auf als Esthers Foto. Hatten diese Männer, die Esther ermordeten, zu einer Untergrundbewegung gehört? Die Leute sprachen von hinterwäldlerischen »Überlebenskämpfern«, die hinter Stacheldraht verschanzt und bewacht von scharfen Hunden lebten und jeder Art von staatlicher Autorität mit Mißtrauen begegneten. Konspirative Zusammenschlüsse. Sie konnten in jeder Form und überall auftreten.

Und dann waren da die »Heiligen der letzten Tage«, die nun noch einen Grund mehr hatten, zu behaupten, daß der Tag des Jüngsten Gerichts gekommen sei.

Hatten die Eval-Brüder zu dieser Gruppe gehört?

Gregory Belkin, Esthers Stiefvater, sprach mit leisen, eindringlichen Worten von Verschwörungen gegen alle gottesfürchtigen Menschen. Esthers Unschuld war so eindeutig und schrie zum Himmel. Und um Esthers flackerndes Bild auf dem Fernsehschirm kreisten die Worte ›Terroristen‹, ›Diamanten‹ und ›Fanatiker‹.

Wie auch immer die Nachrichten verbreitet wurden – ob durch die Presse, im Rundfunk oder per Computer im Internet –, sie kamen unaufhörlich und waren erschreckend, prophetisch, fatalistisch, detailliert und – ob nun absichtlich oder versehentlich – absurd bis zur Lächerlichkeit.

Wie ich schon sagte: Jeder Geist hätte diese Dinge verstehen können.

Für mich ergab sich die Frage, warum ich *überhaupt irgend etwas* mitbekam. Warum erwachte ich aus meinem Tiefschlaf, der fast wie der Tod war, immer fast wie der Tod, und fand mich neben den Eval-Brüdern – als ein unerwarteter, entsetzter Zeuge ihres Verbrechens?

Was auch immer der Grund war, für den Augenblick hatte ich den Geschmack am bloßen geistigen Dahintreiben, am bloßen Existieren, am bloßen Haß verloren.

Ich wollte aufmerksam sein, wollte vollständigen Gebrauch von meinen geistigen Fähigkeiten machen, die, unbehindert von körperlichen Gegebenheiten und der Ewigkeit verhaftet, mit jedem neuen Erwachen zusätzliche Kraft gewonnen hatten; denn schließlich hatte ich in meine Dunkelheit nicht nur jedesmal neue Erfahrungen mitgenommen, sondern auch Gefühle und möglicherweise auch Lösungen.

Zwangsläufig mußte es einen Gebieter geben, der all dies durch seine Reaktionen, sein Verhalten, die lebendige Kraft seines Willens in eine Ordnung bringen konnte.

Eine ganz spezielle Frage quälte mich jedoch. Ja, ich war wieder hier, und ich wollte auch hier sein. Doch hatte ich nicht Dinge getan, die sicherstellen sollten, daß ich nie wieder hierher, ins Jetzt, zurückgebracht werden konnte?

Wenn ich es wirklich wollte, fiel mir sicherlich ein, was ich getan hatte. Vergiß die Welt und ihren Trubel für eine kurze Weile. Ich war Asrael. Asrael konnte sich an seine Taten erinnern.

Ich hatte Gebieter erschlagen.

Wenn ich wollte, konnte ich mich an mehr getötete Gebieter erinnern als die, die ich dir hier aufgezählt habe. Ich roch wieder das mongolische Lager, Leder, Elefanten, Duftöle – flackerndes Licht schimmerte unter durchhängenden Seidenstoffen hervor, ein umgestoßenes Schachbrett, dessen kleine aus Gold und Silber gegossenen Figuren über den Teppich mit dem Blütenmuster rollten. Männer, die schrien. *Vernichtet ihn, er ist ein Dämon, schickt ihn zurück in die Gebeine!*

Eine Fensterreihe in Bagdad mit Blick auf einen Kampf. *Zurück mit dir, zurück in die Gebeine! Höllenungeheuer.*

Eine Burg in der Nähe von Prag. Ein eiskaltes Zimmer hoch in den Alpen. Und vielleicht fiele mir noch mehr ein – Dinge, die später kamen als der Raum mit den flackernden, bezaubernden Gasleuchten vor der geblümten Wandtapete des Magiers in Paris.

Dieser Diener dient nicht mehr!

Ja, ich hatte mir und ihnen bewiesen, daß ich jeden Geisterbeschwörer töten konnte.

Wem gehörte also das hinterhältige, verborgene Bewußtsein, das mich hierher geholt hatte zu einer solchen Zurschaustellung von Macht?

Oh, vielleicht könnte mir die Behauptung Spaß machen, es widerstrebte mir, wieder bewußt zu existieren, ich könnte dem Leben und allem, was damit einhergeht, abschwören. Doch das brachte ich nicht fertig. Denn ich konnte Esthers Augen nicht vergessen, auch nicht die schimmernden, wunderschönen Glasscheiben in der Fifth Avenue, oder den Moment, als ich die Wärme durch die Sohlen meiner Schuhe spürte und der Mann, der unbekannte freundliche Mann, seinen Arm um mich gelegt hatte!

Ich war neugierig, und ich war frei! Wie ein Planet in seiner Umlaufbahn, so war ich an diese bizarren Ereignisse gebunden. Und doch lenkte mich kein Meister.

Esther kannte mich, doch sie hatte mich nicht geweckt. Hatte mich jemand im Namen Esthers gerufen, jemand, den ich nun vielleicht auf tragische Weise enttäuscht hatte?

Zwei Nächte vergingen, wirkliche Nächte, ehe ich mir klar darüber wurde, daß ich wiederum erwacht war und mich durch die Luft bewegte: Der Engel der Macht, der Engel des Bösen, wer weiß?

Und hier ist, was ich sah:

16

Der Stadtteil lag in Sichtweite der City. Derselbe Wagen, der Esther dorthin gebracht hatte, wo die Eval-Brüder mit ihren Eispickeln auf sie warteten, glitt jetzt durch den Regen, begleitet von weiteren Fahrzeugen, aus denen Bodyguards ihre Augen über düstere, verlassene Gebäude schweifen ließen. Die Wagenkolonne strahlte trotz ihres Anscheins von Heimlichkeit Macht und Einflußreichtum aus.

Durch den Regenschleier schimmerten die beleuchteten Hochhaustürme der Straße, in der *sie* gestorben war. Diese steinharte Kapitale der westlichen Welt war großartig in ihrem gierigen, atomar erzeugten Glanz, großartig wie Alexandria oder Konstantinopel. Dabei erinnerten mich die emporstrebenden Gebäude an die Waffen der Eval-Brüder. Hart und sehr spitz.

Der Mann in der Limousine war sehr stolz auf seinen Wagen, stolz auch auf die Wachen, die ihn begleiteten, stolz auf seinen edlen Kaschmirmantel, auf den gepflegten Schnitt seines dichten, welligen Haares.

Ich rückte näher, damit ich ihn durch das getönte Glas der Scheiben sehen konnte: Gregory Belkin, Esthers Stiefvater, der Gründer des »Tempels vom Geiste Gottes«, und steinreich. Reicher als es sich je ein König aus vergangenen Zeiten hätte erträumen können, denn der hatte keinen Fliegenden Teppich besessen.

Der Wagen war natürlich ein Mercedes-Benz, ein ziemlich ausgefallenes Modell, denn die eigentliche Limousine war durch drei zusätzlich eingefügte, gepanzerte Teile verlängert worden, dadurch war sie doppelt so lang wie jeder andere Wagen auf der Straße; schwarz schimmernder Lack, bewußt auffallend, als sei er aus Obsidian gemeißelt und per Hand auf Hochglanz poliert.

Der Chauffeur fuhr im Schrittempo an einigen Häuserblocks vorbei, ehe er auf ein Handzeichen Belkins hin anhielt.

Dann kletterte dieser stolze Hohepriester oder Prophet oder für was er selbst sich auch immer hielt, allein aus dem Wagen und trat ins Licht der Straßenlampen, als wolle er deren Strahlen absichtlich auf sein jugendliches, glattrasiertes Gesicht lenken und auf sein Haar, das wie bei einem römischen Soldaten im Nacken kurzgeschnitten war, sich aber dennoch leicht kräuselte.

Während seine Bodyguards vor und hinter ihm die Nacht mit ihren Blicken zu durchdringen suchten, ging er getrennt von ihnen die schäbigen, verschmutzten Häuserblocks entlang, vorbei an trostlosen, mit Brettern vernagelten Läden, vorbei an Ladenschildern mit hebräischen und englischen Schriftzeichen, bis er an seinem Ziel ankam. Die Regentropfen lagen wie Juwelen auf den Schultern seines langen Mantels.

Nun gut! War er der Gebieter? Ich hätte es jedoch gewußt, wenn er es war.

Ich mochte ihn nicht. Ich hatte ihn in meinem Halbschlaf gesehen, als er um Esther weinte und von Verschwörungen sprach, und schon da hatte ich ihn nicht gemocht.

Wieso war ich ihm so nahe, daß ich sein Gesicht hätte berühren können? Ansehnlich war er, das konnte keiner bestreiten, er stand in der Blüte seines Lebens, hielt die Schultern gerade und war groß wie ein Nordländer, doch dunkler, mit kohlschwarzen Augen.

Bist du mein Gebieter?

Mastermind, diesen schnoddrigen Ausdruck hatten die zynischen Reporter für den Milliardär Gregory Belkin, das Genie, den geistigen Führer der ›Tempelbrüder‹ geprägt. Im Moment ließ er in seinem Kopf die letzten Reden Revue passieren, die er vor den bronzenen Türen seines Tempels in Manhattan gehalten hatte: ›Meine größte Furcht ist, daß diese Männer gar keine Diebe waren, daß es ihnen gar nicht um das Collier ging. Es ging ihnen um unsere Gemeinschaft, die wollten sie treffen. Sie sind gottlos und schlecht.‹

›Collier?‹ dachte ich. Ich hatte kein Collier gesehen.

Auch die Wächter, die Gregory von den nahebei stehenden Wagen aus im Auge behielten, waren seine ›Anhänger‹. Eine nette Kirche war das! Dem Frieden und dem Guten geweiht, trugen ihre Anhänger dennoch Schießeisen und Messer mit sich herum, und ihr Prophet war ebenfalls bewaffnet! Einen kleinen Revolver, blitzend wie sein Auto, hatte er tief in der linken Tasche seines Mantels verborgen. Er benahm sich wie ein König, der es gewohnt war, jede Geste vor einem großen Publikum auszuführen, doch daß ich ihn beobachtete, merkte er nicht. Er fühlte nicht, daß ein Geist über seine Schulter blickte wie ein persönlicher Gott.

Nun, ich war nicht der Gott dieses Mannes. Ich war auch nicht sein Diener. Ich war Beobachter, und ich mußte herausfinden, warum.

Vor einem Ziegelhaus mit vielen Fenstern, die alle verhängt waren, blieb er stehen. Mit dem spitzen Giebeldach war es wie Tausende, vielleicht Millionen anderer Häuser hier in dieser Gegend. Die Größenordnungen dieser Zeit und dieser Stadt machten mir wahrhaftig noch zu schaffen.

Ich war fasziniert. Die Regentropfen tupften ein hübsches Muster auf seine edlen, schwarzen Lederschuhe. Warum brachte er uns hierher?

Er ging eine Stufe hinab und eine kleine Gasse entlang. Vor ihm leuchtete ein Licht. Er hatte einen Schlüssel für das kleine Tor, dann einen für eine zwischen zwei beleuchteten Fenstern liegende Tür in der unteren Etage des Hauses.

Wir gingen beide hinein, er und ich. Wärme hüllte mich ein!

Über uns eine Zimmerdecke. Die Nacht ausgeschlossen. An einem hölzernen Schreibpult saß ein alter Mann.

Betörender Duft nach Menschen, süß und gut. Und viele andere köstliche Düfte, zu viele, um sie alle genießen oder benennen zu können.

Alle Geister, alle Götter, alle Geisteswesen weiden sich an Düften, was ich dir ja schon berichtet habe.

Ich hatte gedarbt, und nun machten mich diese Gerüche fast trunken.

Ich war mir meiner Existenz mehr als bewußt.

Nach und nach nahm ich Gestalt an. Doch wer befahl mir das? Wessen Entscheidung war das? Auf jeden Fall fand ich es toll.

Keiner der uralten Sprüche kam über meine Lippen; ich nahm einfach feste Gestalt an. Es geschah genau wie zuvor in der New Yorker Innenstadt, als ich Esthers Killern auf den Fersen gewesen war. Ich fühlte es deutlich, fühlte, wie sich mein Ich mit diesem Körper umhüllte, der sich so gut anfühlte, den ich mochte, obwohl ich mir nicht sicher war, was das bedeutete.

Nun weiß ich es natürlich: Mein *eigener* Körper formte sich um mich, der, den du hier vor dir siehst, der Körper, den ich hatte, als ich vor längst vergangenen Zeiten ein lebendiger Mensch war.

Niemand hier wußte etwas von mir. Ich stand hinter einem Bücherregal und beobachtete.

Gregory Belkin hatte sich ganz bewußt in der Mitte des Raumes aufgebaut, im Licht einer Glühbirne, die an einem zerfransten Kabel hing. Und der alte Mann an dem Pult, der konnte mich unmöglich sehen.

Der Alte hielt den Kopf gesenkt. Er trug das runde, schwarzseidene Käppchen der streng nach den Geboten lebenden Juden. Die grünbeschirmte Lampe auf dem Pult warf einen sanften goldenen Schimmer.

Haar und Bart des Alten waren reinweiß, schön wie frischgefallener Schnee, und zwei lange Locken hingen an seinen Schläfen herab und rahmten sein Gesicht ein. Am Hinterkopf schien die rosa Kopfhaut durch das dünne Haar, doch der Bart war dicht und fließend.

An den Wänden standen Bücher in hebräischer und arabischer Sprache, in Aramäisch, Griechisch, Latein und Deutsch. Der Duft von Pergament und Leder stieg mir in die Nase. Ich saugte das Aroma ein, und einen Moment glaubte ich, eine Erinnerung werde lebendig, oder in meinem Gedächtnis bäume sich alles auf, was ich zu töten versucht hatte.

Doch auch dieser alte Mann war nicht mein Gebieter! Das erkannte ich sofort.

Der Alte spürte meine Gegenwart nicht, nicht im mindesten, sondern er starrte nur den Jüngeren an, der gerade eingetreten war, diesen Starken, Aufrechten, der feierlich vor dem Älteren stand. Jetzt zog er die weichen grauen Handschuhe aus, dabei achtete er darauf, sie in seine rechte Manteltasche zu stecken. Auf die linke klopfte er leicht mit der Hand, denn darin war das Schießeisen. Die kleine, todbringende Knarre. Ich hatte das Verlangen, sie losgehen zu hören. Doch Belkin war nicht hier, um sie zu benutzen.

Das Zimmer war ziemlich vollgestopft. Mehrere Bücherregale trennten mich von dem Alten, doch ich konnte über sie hinwegschauen. Ich roch Weihrauch, und eine Welle des Entzückens schwappte über mich hinweg. Ich roch Eisen, Gold, Tinte.

War es möglich, daß die Gebeine hier in diesem Raum waren?

Der alte Mann nahm seine Brille ab, ein ganz schlichtes rundes Silberdrahtgestell, biegsam und dünn, und blickte dem Besucher direkt ins Gesicht, ohne sich von seinem Stuhl zu erheben. Seine Augen waren sehr hell, eine Farbe, die eher an Wasser erinnerte als an Stein.

Ich hatte diese Farbe schon immer gemocht. Doch seine Augen waren klein und altersschwach, und da sie von den tiefen Falten seines Gesichts umgeben waren, war ihr anklagender Ausdruck auffallender als ihr Glanz.

Stärker! Du wirst immer stärker, du bist fast vollständig sichtbar.

Ich konnte das Gesicht des Jüngeren nicht ganz sehen, schob mich aber trotzdem noch weiter nach links, um besser verborgen zu sein, und währenddessen hatte sich mein Körper vollständig zusammengefügt und gefestigt. Wenn man die Bücherschränke als Maß nahm, schätzte ich, daß ich etwa so groß wie Belkin war.

Über den Rücken seines schwarzen Mantels, der vom Regen über und über gesprenkelt war, lief eine Naht, und gegen die schwarzen Löckchen seines Nackens schob sich der weiße Schal, den er um den Hals trug, ein feingewebter Schal wie der, den Esther im Tode umklammert hatte, der vielleicht immer noch dort in dem Warenhaus hing. Ich versuchte, mich an diesen Schal zu erinnern; sie hatte danach gegriffen, sich der Bedeutung dieser letzten Geste nicht bewußt, wenn denn eine Bedeutung darin lag. Der Schal, den sie so gern hatte haben wollen, war schwarz und glitzernd von Perlen. Ich glaube, das habe ich dir erzählt. Aber ich bin schon wieder hier, bei diesen beiden. Bei ihnen. Habe Nachsicht mit mir.

Der alte Mann sagte jetzt etwas auf Jiddisch: »Du hast deine Tochter getötet.«

Ich war erstaunt. Wir kamen also direkt zur Sache?

Die Liebe, die ich für Esther hegte, schmerzte, als hätte sie aus nächster Nähe ihre Nägel in mein Fleisch gegraben und gesagt: ›Vergiß mich nicht, Asrael.‹ – Nur, daß sie zu so etwas nie und nimmer fähig gewesen wäre. Sie war mit einer für sie charakteristischen Demut gestorben; als sie meinen Namen ausgesprochen hatte, klang Erstaunen über etwas Wundersames darin mit.

Es war zu entsetzlich, ihren Tod wieder vor Augen zu haben.

Geh, flieg' fort, Geist. Wende dich von alledem ab – von ihrem Tod, der Anklage dieses alten Mannes, diesem faszinierenden Zimmer mit den anrührenden Farben und Gerüchen. Löse dich davon, Geist. Sollen sie sich um die Stufen zum Himmel mühen, ohne daß du dich einmischst. Letztendlich, brauchen denn menschliche Seelen den Hüter der Gebeine, um in Sheol zu landen?

Aber ich ging nicht fort. Ich wollte wissen, was der alte Mann meinte.

Der Jüngere lachte nur.

Nicht respektlos, nein, es war das ärgerliche, unbehagliche Lachen, das man ausstößt, wenn man sich nicht zu einer unmittelbaren Antwort verleiten lassen will. Die abwehrende Handbewegung bedeutete nicht, daß er überrascht war. Er schüttelte den Kopf.

Ich wäre gern um ihn herumgegangen, um ihn zu betrachten, aber dafür war es jetzt zu spät, ich wußte, daß ich jetzt völlig materialisiert war, daß ich hier stand, daß meine Hände die Bücher in dem Regal vor mir berührten, und ich schob mich sehr langsam nach links, damit mich die Bücherwand verbarg, sonst hätte mich der alte Mann sehen können, obwohl der auch jetzt keinen Hinweis darauf gab, daß er mich bemerkt haben könnte.

Der jüngere Mann seufzte.

»Rebbe, warum sollte ich Rachels Tochter töten?« fragte er, ebenfalls Jiddisch, obwohl ihm die Sprache schwer fiel. »Warum sollte ich mein einziges Kind töten? Esther, meine schöne Esther«, fügte er hinzu, und es klang tiefempfunden und ernst. Aber er mochte das Jiddisch nicht. Er wollte bei seinem gewohnten Englisch bleiben.

»Du hast es aber getan«, gab der Alte zurück. Voller Haß kam es von seinen trockenen Lippen. Er wechselte ins Hebräische: »Du bist ein Götzenanbeter; du bist ein Mörder; du hast dein Kind getötet. Du hast sie ermorden lassen. Das Böse ist dein Begleiter. Du stinkst danach.«

Ich war ein wenig erschüttert. Die Verblüffung über den Zorn des alten Mannes verursachte mir körperliches Mißbehagen.

Der Jüngere zog sich wieder auf sein Geduldsspiel zurück, bewegte die Füße unruhig, schüttelte den Kopf, als betrachte er nachsichtig einen auf seiner Türschwelle schwadronierenden Propheten.

»Du, mein Lehrer«, flüsterte Gregory Belkin auf Englisch, »mein Vorbild. Mein Großvater. Und du machst mich für ihren Tod verantwortlich?«

Das machte den Alten wütend.

Er sprach jetzt ebenfalls Englisch: »Was willst du von mir, Gregory? Du bist nie grundlos in dieses Haus gekommen.« Seine Wut war jedoch ruhig und kalt. Dieser alte Mann würde nichts wegen Esthers Tod unternehmen. Er saß an seinem Pult, die Hände über einem offenen Buch gefaltet. Winzige hebräische Schriftzeichen.

Wie ein Faustschlag traf mich erneut das Bewußtsein, sie verloren zu haben, und ich wollte laut sagen: »Alter, ich habe sie gerächt, ich habe die drei Meuchelmörder mit ihrer eigenen Waffe getötet. Ich habe sie alle umgebracht. Sie starben auf dem Straßenpflaster.«

Ich spürte Esthers Gegenwart, als sei ich der einzige hier, der zu ihrem Gedenken ein Licht entzündete. Keiner der beiden trauerte um sie, zur Hölle also mit all den Anschuldigungen.

Warum läßt du zu, daß das geschieht, Asrael? Um die zu trauern, die man nicht kennt, ist leicht. Vielleicht sogar erregend. Aber allein zu sein? Das heißt, lebendig zu sein. Und du bist ganz sicherlich in aller Heimlichkeit und allein gekommen.

»Du brichst mir das Herz, Rebbe«, Gregory sprach noch immer Englisch. Offensichtlich fiel ihm das alltägliche Amerikanisch wesentlich leichter. Sein Körper sank in sich zusammen bei diesem geheuchelten Laut der Verzweiflung. Die Hände hatte er tief in seine Taschen vergraben. Seine Haut war ein wenig durchkühlt von der Kälte draußen, im Raum selbst war es erstickend heiß. Mir schien, daß er log und gleichzeitig die Wahrheit sagte.

Ich nahm die Gerüche, die die beiden verströmten, auf wie Nahrung, achtete nicht auf diese alten, vertrauten Gerüche wie den Duft von Wachs oder Pergament, ich roch die Männer – die warme lebendige Haut des alten Mannes, die so hell und fein war, frei von Krankheit und wie Seide vom Alter, rein wie die Knochen unter seiner Haut, die nun zweifellos so spröde waren, daß sie beim leichtesten Stoß brachen.

Der junge Mann war makellos, den Poren seiner Haut, den gelockten Haaren und den teuren Kleidern entströmte ein subtiler Duft, eine raffinierte Mischung edelster Aromen. Der Duft eines modernen Herrschers.

Ich rückte näher an den Jüngeren. Ich war nun vielleicht zwei Fuß von ihm entfernt, links hinter ihm. Ich sah sein Profil. Dichte Augenbrauen, glatt und ordentlich gebürstet und gezupft, feine Gesichtszüge, gut proportioniert; wir hätten ihn früher gesegnet genannt. Er hatte weder Narben noch sonstige Unregelmäßigkeiten. Irgend etwas war an ihm, das ich nicht definieren konnte, das ihn über andere hinaushob und seine Macht stärker wirken ließ. Wenn er lächelte, wie jetzt gerade dieses traurige, beschwörende Lächeln, sah man seine strahlend weißen Zähne.

Er hatte große Augen, wie Esther, doch nicht so schön. Nun hob er die Hände, kleidete seine Bitte in eine andere Form, still, unauffällig. Er hatte elegant geformte Finger, und die Glätte seiner Wangen wirkte exquisit. Er hatte sich – wie auch Esther – mit Sorgfalt ernährt, als habe ihm immer die ganze Welt zur Verfügung gestanden. Fehlte ihm überhaupt irgend etwas? Ich fand an ihm keine Mängel, keine Wunden, keinen Bruch in seiner Ausstrahlung, nur diese undefinierbare Überhöhung.

Dann endlich merkte ich, was es war. Er hatte die glatte Schönheit eines Jünglings, obwohl er schon die Fünfzig überschritten hatte! Wie sehr das doch blendete. Wie wunderbar seine körperlichen Vorzüge durch sein Alter noch betont, der Glanz seiner Augen noch verstärkt wurde.

»Rede mit mir, Gregory Belkin«, sagte inzwischen der alte Mann verächtlich, »und sage mir, warum du gekommen bist, oder verlaß mein Haus auf der Stelle.«

Wieder irriterte mich der Groll des Alten.

»Gut, Rebbe«, antwortete der Jüngere, als sei der Ton und das Benehmen nicht neu für ihn.

Der alte Mann wartete.

»Ich habe einen Scheck in der Tasche, Rebbe«, sagte Gregory. »Ich bin gekommen, um ihn dir zu überreichen, zum Wohl deiner Gemeinde.«

Ich wußte, daß er damit die Hebräer meinte, für die der alte Mann der Rabbi, der Zaddik, der Anführer war.

Bilder blitzten in mir auf wie scharfkantige Glasscherben – Bilder von meinem lang dahingeschiedenen Gebieter Samuel. Doch sie bedeuteten mir nichts, und ich schob sie beiseite. Vergiß nicht, daß ich mich zu dem Zeitpunkt überhaupt noch nicht wieder an meine Vergangenheit erinnern konnte. Doch ich wußte diesen alten Mann einzuschätzen – er war verehrungswürdig, mit einer Art heiliger Kraft versehen, vielleicht ein Magier; doch wenn er einer war, wieso hatte er meine Gegenwart nicht gespürt?

»Du hast immer einen Scheck für uns dabei, Gregory«, sagte der Alte jetzt. »Deine Schecks erreichen die Bank auch ohne dich. Wir nehmen das Geld im Angedenken an deine tote Mutter, an deinen verstorbenen Vater, der mein geliebter Sohn war. Wir nehmen dein Geld, weil es Gutes tut für die, die deine Mutter und dein Vater einst geliebt haben. Geh du zurück zu deinem Tempel. Geh zurück zu deinen Computern, zu deiner weltumspannenden Kirche. Geh nach Hause, Gregory. Tröste deine Frau. Ihre Tochter ist ermordet worden. Traure mit Rachel Belkin. Hat sie nicht wenigstens darauf ein Recht?«

Der junge Mann nickte leicht, als wolle er sagen, aha, das sieht nicht nach einer positiven Entwicklung aus, und dann legte er den Kopf auf die Seite und zog respektvoll die Schultern hoch, als er sagte:

»Ich brauche etwas von dir, Rebbe.« Das kam direkt, aber flüssig.

Der alte Mann hob die Hände und zuckte die Achseln. Er rührte sich ein wenig im Lampenlicht und seufzte. Für sein Alter hatte er volle Lippen. Ein leichter Schweißfilm zeigte sich auf seiner Stirn.

Hinter ihm standen weitere Bücherborde. Der Raum war derart mit Büchern gefüllt, daß die Bücher das Baumaterial zu sein schienen.

Ausladende Sessel waren dick mit Leder gepolstert, und auch um sie türmten sich Bücher. Und es gab Schriftrollen und in Sackleinen gewickelte Rollen aus Leder.

Man kann alte Torarollen nicht einfach verbrennen. Man muß sie dem Brauch entsprechend vergraben oder an einem Ort wie diesem aufbewahren.

Wer weiß, was dieser alte Mann von weither mit sich gebracht hatte. Sein Englisch war nicht klar und akzentuiert wie das Gregorys, sondern hatte einen Anflug von anderen Sprachen. Polen. Ich sah Polen, sah Schnee.

Gregory schob die linke Hand in seine Tasche. Da war der Scheck, dieser Papierfetzen, die Bankanweisung, die Gabe, die er so dringend loswerden wollte. Ich hörte es knistern, als seine Finger daranstießen. Der Scheck steckte zusammengefaltet direkt neben dem Schießeisen.

Von dem Alten kam kein Wort.

»Rebbe, als ich noch klein war«, sagte Gregory, »da hörte ich dich eine Geschichte erzählen. Ich habe sei nur einmal gehört, doch ich kann mich gut daran erinnern. Ich weiß die genauen Worte.«

Der alte Mann antwortete nicht. Die Runzeln seiner Haut glänzten im Licht. Als er seine weißen Augenbrauen hochzog, bewegten sich seine Stirnfalten mit in die Höhe.

»Rebbe«, sagte Gregory, »du hast damals meiner Tante gegenüber von einer Legende gesprochen, einem Geheimnis ... einem von der Familie gehüteten Schatz. Ich bin gekommen, weil ich von dir etwas darüber wissen will.«

Der alte Mann war überrascht. Nein. Doch nicht. Er war nur erstaunt darüber, daß die Worte des Jüngeren sein Interesse weckten.

Einen Moment ließ er die Stille wirken, dann sprach er Jiddisch, wie am Anfang der Unterhaltung.

»Ein Schatz? Du und dein Bruder, ihr wart der Schatz eurer Eltern. Wie kommst du dazu, extra nach Brooklyn zu kommen, um von mir Geschichten über Schätze zu hören? Schätze hast du doch mehr, als jeder Mensch sich erträumen kann.«

»Ja, Rebbe«, sagte Gregory geduldig.

»Ich höre, deine Kirche schwimmt derart in Geld, daß deine auswärtigen Missionsstationen luxuriöse Ferienorte für die Reichen bieten, die dorthin kommen und den Armen geben. So ist es doch. Und ich höre, daß dein Privatvermögen das deiner Frau oder deiner Tochter noch in den Schatten stellt. Ich höre, daß kein Mensch auf den Pfennig genau sagen kann, was du besitzt und über was du gebietest.«

»Ja, Rebbe«, sagte Gregory abermals, immer noch geduldig, und fuhr auf Englisch fort: »Ich bin so reich, wie man sich nur vorstellen kann, und ich weiß, du willst es dir gar nicht vorstellen oder darauf herumreiten – oder davon profitieren –«

»Nun, dann komm endlich zur Sache«, sagte der Alte auf Jiddisch. »Du verschwendest meine Zeit. Du verschwendest die kostbare Zeit, die mir noch bleibt, und die ich lieber nutzen möchte, um Wohltaten zu tun als jemanden zu verdammen. Was willst du?«

»Du hast von einem Familiengeheimnis gesprochen«, sagte Gregory. »Rebbe, bitte sprich Englisch mit mir.«

Der alte Mann lächelte höhnisch.

»Und was habe ich gesprochen, als du noch ein kleiner Junge warst?« fragte er wiederum in Jiddisch. »Sprach ich da Jiddisch oder Polnisch, oder etwa auch Englisch?«

»Ich weiß nicht mehr«, sagte der Jüngere. »Aber ich wünschte, du sprachest jetzt Englisch.« Er zuckte abermals die Schultern, und dann sprach er sehr schnell: »Rebbe, ich trauere um Esther. Sie kaufte diese Diamanten nicht mit meinem Reichtum. Und sie trug sie auch nicht meinetwegen so unbedachtsam offen zur Schau. Es war nicht meine Schuld, daß diese Diebe sie hinterrücks erwischten.«

Diamanten? Da stimmte etwas nicht. Esther hatte keine Diamanten getragen. Sie war von den Eval-Brüdern nicht beraubt worden. Doch Gregorys Zunge stockte hier ebensowenig wie bei seinen vorherigen Worten.

Wie er seine Rolle spielte. Und wie durchdringend ihn der alte Mann betrachtete.

Er zog sich ein ganz klein wenig zurück, als hätten die mit solcher Festigkeit geäußerten Worte ihn zurückgestoßen, ihn vielleicht ein wenig verärgert. Er musterte den Jüngeren prüfend.

»Du verstehst nicht, was ich meine, Gregory«, sagte er, jetzt Englisch sprechend. »Ich rede nicht von deinem Reichtum oder davon, was sie um ihren Hals trug, als sie sie umbrachten. Ich rede davon, daß du deine Tochter getötet hast. Du hast sie ermorden lassen.«

Schweigen.

Im Dämmerlicht des Raumes waren meine Hände vor dem Hintergrund der Bücher deutlich sichtbar, ich sah die feinen Fältchen auf den Knöcheln; und dort, wo der Mensch sein Herz hat, fühlte ich einen Schmerz.

Dem glattzüngigen Typ sah man kein Zeichen von Schuld oder Scham oder etwa Schock an. Daß er so ruhig blieb, mußte entweder völlige Unschuld oder unmäßige Schlechtigkeit sein.

»Großvater, das ist Irrsinn. Warum sollte ich so etwas tun? Ich bin ein Mann Gottes, genau wie du, Großvater!«

»Halt!« sagte der Rebbe. Er hob die Hand.

»Meine Anhänger hätten Esther niemals etwas angetan, sie –«

»Halt!« sagte der Rebbe abermals. »Rück heraus damit! Was willst du wirklich?«

Irritiert und mit nervösem Lächeln schüttelte Gregory den Kopf. Er sammelte sich und begann von neuem. Seine Lippen zitterten, aber ich glaube, das konnte der alte Mann nicht so deutlich wahrnehmen wie ich.

Gregory hielt immer noch den Scheck wie eine Opfergabe in seiner erhobenen Linken.

»Es geht um etwas, über das ich dich einmal sprechen hörte«, sagte er, sein Englisch flüssig und ganz natürlich. »Nathan und ich waren im Zimmer. Ich glaube nicht, daß Nathan es gehört hat. Er war … mit jemand anderem zusammen. Ich kann mich nicht einmal erinnern, wer sonst noch dabei war, außer Rivka, Mutters Schwester, und ich glaube, da waren ein paar alte Frauen. Aber es war schon hier in Brooklyn, wir waren gerade erst hergekommen. Ich könnte Nathan fragen –«

»Laß deinen Bruder aus dem Spiel!« sagte der Alte, selbstsicher, gedämpft, und dieses Mal war sein Englisch genauso selbstverständlich für seine Zunge wie Jiddisch. Zorn kann eine Stimme ganz klar und akzentfrei machen. »Komm Nathan nicht zu nahe. Laß deinen

Bruder in Frieden! Du hast gerade noch gesagt, daß Nathan nichts gehört hatte.«

»Ja, mir war klar, daß du das nicht willst, Rebbe. Du willst nicht, daß Nathan von mir angesteckt wird.«

»Bleib bei der Sache.«

»Deshalb bin ich zu dir gekommen. Erkläre mir, um was es ging und ich werde meinen geliebten Bruder nicht damit belästigen, aber ich muß es wissen.« Er fuhr fort. »Damals, an jenem Tag, ich war noch ein Kind, da spracht ihr über ein Geheimnis. Etwas, das ihr den ›Hüter der Gebeine‹ nanntet.«

Ich war betroffen. Die Worte erwischten mich völlig unerwartet. Der Schock festigte meine Gestalt noch zusätzlich. Ich wäre nicht verblüffter gewesen, wenn er sich umgedreht und mich entdeckt hätte. Ich befahl Kleidung herbei, um mich zu bedecken, Kleidung wie er, der Zaddik, sie trug. Und sofort spürte ich Seide auf meiner Haut, schwarz, wie der Rabbi sie trug, wärmend und gut sitzend. Die Luft hatte sich erwärmt, und die magere Glühbirne schwang leicht an ihrer zerfaserten Schnur.

Der Rebbe betrachtete die Birne eine Weile, dann wandte er sich wieder seinem Enkel zu.

»Ach, stehe still, Asrael«, befahl ich mir selbst. »Höre zu. Jetzt wirst du deine Antwort erfahren.«

»Erinnerst du dich?« fragte der Jüngere. »Ein Familiengeheimnis. Ein wertvolles Gut, das man ›Hüter der Gebeine‹ nennt?«

Der Alte erinnerte sich, aber er sagte nichts.

»Du sagtest«, fuhr Gregory fort, »daß einst ein Mann dieses Ding zu deinem Vater nach Prag brachte. Der Mann war ein Moslem, kam aus den Bergen. Du sagtest, daß der Mann deinem Vater dieses Ding gab, um Schulden zu tilgen.«

Ah, also besaß dieser Zaddik die Gebeine! Aber er war nicht mein Gebieter, nein, und es würde auch nie dazu kommen.

Er warf seinem Enkel einen scharfen, aber verstohlenen Blick zu.

»Du sprachst zu der alten Tante Rivka«, drängte Gregory. »Und du hast ihr erzählt, was der Moslem gesagt hatte. Du meintest, dein Vater hätte so etwas niemals annehmen dürfen, nur war er verwirrt gewesen, weil auf der Truhe etwas in hebräischer Sprache stand. Du nanntest es ein wahres Greuel; du sagtest, es müsse vernichtet werden.«

Ich lächelte. Fühlte ich Erleichterung oder Ärger? Ein wahres Greuel! Ich bin ein Greuel. Und dieses Greuel kann euch beide mitsamt diesem Raum voller Bücher vernichten; es kann dieses Haus bis auf die Grundmauern auseinandernehmen. *Aber wer hat mich gerufen?*

Ich preßte mir die Hand auf den Mund. In der Gegenwart eines Zaddik konnte ich mir nicht den leisesten unbeabsichtigten Seufzer oder Laut erlauben. Und auch kein Weinen.

Der Zaddik verhielt sich immer noch ruhig und veranlaßte so den jüngeren Mann, noch mehr preiszugeben.

»Rivka fragte dich, warum du es nicht vernichtest«, fuhr Gregory langsam und geduldig fort, »und du sagtest, das sei nicht so einfach. Du sagtest, es sei das gleiche wie mit den Schriftrollen, die man auch nicht endgültig vernichten darf. Und dann erwähntest du wieder etwas Schriftliches, ein Dokument. Erinnerst du dich, Großvater, oder träume ich nur?«

Die Augen des Alten blickten kalt. »Das war, als du noch auf meinen Knien saßest?« murmelte er. »Und warum fragst du jetzt danach?«

Plötzlich hob er die Hand, ballte sie zur Faust und ließ sie auf das Pult niedersausen. Nichts rührte sich, nur Staub stieg auf.

Gregory blinzelte nicht einmal.

»Warum kommst du hierher an dem Tag, an dem deine Tochter unter die Erde gebracht wird, und fragst nach diesen alten Geschichten?« grollte der alte Mann aufgebracht. »Diese Sage, dieser geheimnisvolle Schatz, wie du es nennst, von dem du hörtest, als du noch mein Stolz warst, mein *eloi*, mein glänzender ausersehener Schüler! Warum kommst du mir jetzt damit?« Ein bedrohliches Zittern hatte ihn gepackt.

Gregory wahrte ein wohlberechnetes Schweigen, schließlich holte er tief Luft.

»Rebbe«, sagte er, »mit dem Scheck kann man so manches kaufen.«

»Antworte auf meine Frage! Geld haben wir selbst. Wir sind durchaus reich. Wir waren schon reich, als wir Polen verließen. Wir waren reich, als wir Israel verließen. Antworte. Warum fragst du nach diesen Geschichten?«

Hier in diesem Raum war zwar von Reichtum nichts zu sehen, aber ich glaubte ihm trotzdem.

Ich kannte seinesgleichen. Das Studium der Tora war ihr Leben, die Einhaltung der Gesetze, Beten und die Beratung derer, die täglich zu ihm kamen, überzeugt davon, er könne in die Seelen der

Menschen sehen und Wunder bewirken, die glaubten, er sei ein Werkzeug Gottes, Reichtum würde das Leben eines solchen Mannes um keinen Deut ändern, höchstens insofern, als er sich erlauben konnte, nach Belieben Tag und Nacht die Tora zu studieren.

Ich spürte meinen Puls heftig pochen. Ich fühlte Luft in mir zirkulieren. Meine Kraft hatte stetig zugenommen, seit die ersten Worte gefallen waren. Die Gebeine mußten hier sein. Ja, er hatte sie, und auf irgendeine Weise hatte er mich aufgeweckt und herbeschworen. Er hatte die Hände darauf gelegt oder die Worte gelesen oder das Gebet gesprochen ... es mußte dieser alte Mann hier sein, aber wie konnte das zustandekommen, und warum hatte ich ihn nicht auf der Stelle vernichtet?

Wie ein Komet flammte in meinem Gedächtnis ein Gesicht auf, ein Gesicht, das ich kannte und liebte. Hunderte von Jahren wurden in einem Augenblick überbrückt. Es war das Gesicht Samuels, von dem ich dir erzählt habe. Samuel von Straßburg. Dies war der Gebieter, der mich verkauft hatte für die Sicherheit seiner Kinder, so wie ich mich möglicherweise für die Kinder Gottes einst verkauft habe. Vor meinem inneren Auge stand die Truhe.

Wo war sie jetzt?

Es war eine bittere Erinnerung, ein Bruchstück nur; ich wollte sie nicht. Anklagen würden mich nur ablenken, und nicht ein bißchen dieser Vergangenheit, betraf sie auch Samuel, konnte man noch ändern.

Ich stand in diesem warmen Zimmer in Brooklyn, wieder einmal mit einem alten Gelehrten, umgeben von staubigen Büchern, Bannsprüchen, Zauberformeln, Beschwörungen, und ich haßte den Alten. Ich verachtete ihn. Doch er war wesentlich tugendhafter als Samuel je gewesen war, besonders als er mich in seinem letzten Augenblick zur Hölle schickte.

Ich haßte den Rebbe fast so sehr, wie sein Enkel ihn haßte.

Und der Enkel?

Was bedeutete er mir, dieser glattzüngige Gregory Belkin mit seiner weltumspannenden Sekte? Aber wenn er Esther getötet hatte –

Ich hielt an mich. Ich ließ meinen Gefühlsausbruch und meinen Schmerz in mir zusammensinken, ich verlangte von mir selbst nur, lebendig zu sein und still. Und genau so verhielt sich der Jüngere in seinem fürstlichen Putz, er wartete genauso geduldig, daß die Gereiztheit des Zaddik nachließ.

Wieder verlangte der zu wissen: »Warum fragst du ausgerechnet jetzt danach?«

Ich dachte an das zierliche Mädchen, das, auf der Trage ausgestreckt, mir den Kopf zugewandt hatte. Ihre gehauchten Worte waren gütig und von Scheu erfüllt. *Hüter der Gebeine.*

Plötzlich konnte der alte Mann seinen Ärger nicht mehr im Zaum halten. Er ließ Gregory gar keine Zeit zu antworten. Er stieß weitere wütende Fragen hervor.

»Was treibt dich an, Gregory?« fragte er auf Englisch. Er schlug einen persönlichen Ton an, als wolle er es wirklich wissen. Er erhob sich von seinem Stuhl und stand seinem Enkel Auge in Auge gegenüber.

»Du hast mir eine Frage gestellt«, sagte er. »Nun möchte ich etwas von dir wissen. Was ist es, das du von allen Dingen auf der Welt wirklich möchtest? Du bist unvorstellbar reich, so reich, daß unser Reichtum wie ein Tropfen im Ozean erscheint, dennoch baust du eine Kirche auf, die Tausende betrügt, du formst Gesetze, die keine Gesetze sind. Du verkaufst Bücher und Fernsehprogramme, die nur leere Worte wiedergeben. Du wärst am liebsten Mohammed oder Christus! Und dann gehst du her und tötest deine Tochter. Ja, du hast es getan. Ich kann in dein Inneres sehen. Ich weiß, daß du sie getötet hast. Du hast diese Männer ausgeschickt. Ihr Blut klebte an der Waffe, mit der sie selbst getötet wurden. Hast du sie anschließend ebenfalls umgebracht? Oder haben deine Anhänger diese Mörder gedungen und dann aus dem Weg geräumt? Was hast du für einen Traum, Gregory, daß du so viel Böses und so viel Schande über uns alle bringst, daß man meint, der Messias müsse um deinetwillen jeden Moment erscheinen. Selbst Ihm würdest du noch die Entscheidung aus der Hand nehmen.«

Ich lächelte. Das war eine schöne Rede. Obwohl ich mich nicht an Zurvan oder sonst irgendeine weise, redegewandte Person erinnern konnte, taute ich doch auf bei dieser Ansprache, auch, weil sie mit solcher Überzeugung gehalten wurde. Ich mochte den Alten ein klein wenig besser leiden.

Gregory spielte jetzt ein wenig den Trauernden, aber er schwieg. Laß den Alten doch toben, war seine Haltung.

»Meinst du, ich wüßte nicht, was du getan hast?« sagte der Rabbi. Er ließ sich wieder in den Stuhl fallen, denn sein Wutausbruch hatte ihn ermüdet. »Ich weiß es. Ich kenne dich seit dem Tag deiner Geburt, besser als jeder andere. Selbst Nathan, der doch dein Zwillingsbruder ist, kennt dich nicht so gut. Nathan betet für dich, Gregory.«

»Aber du nicht, Großvater, oder? Du hast schon alle Gebete für mich gesprochen, nicht wahr?«

»Ja. Ich sprach das Totengebet damals für dich, als du mein Haus verließest, und wenn mir der Himmel ein Zeichen senden würde, würde ich eigenhändig ein Ende mit dir und dem ›Tempel vom Geiste Gottes‹ und deinen Lügen und hinterhältigen Plänen machen.«

Tätest du das tatsächlich?

»Das kann man leicht behaupten, Großvater«, sagte Gregory ungerührt. »Wenn man ein himmlisches Zeichen bekommt, kann man leicht handeln! Ich lehre meine Anhänger die Liebe in einer Welt ohne himmlische Zeichen!«

»Du lehrst sie, dir ihr Geld zu geben. Du lehrst sie, deine Bücher zu verkaufen. Wirst du noch einmal laut gegen mich, verläßt du dieses Haus ohne deine Antworten. Dein Bruder weiß nichts über das, wovon du sprachst, über diese alten Erinnerungen aus Kindertagen. Er war nicht dabei. Ich kann mich an diesen Tag sehr gut erinnern. Sonst lebt niemand mehr, der davon wüßte.«

Gregory hob die Hand. Friede, Nachsicht.

Ich war hellwach und gespannt. Ich lauerte auf das nächste Wort.

»Großvater, sage mir nur, was es bedeutet, dieses ›Hüter der Gebeine‹. Bin ich ein solcher Dreck, daß es dich entweiht, mir zu antworten?«

Der Alte zitterte. Er hatte die Schultern hochgezogen unter dem schwarzen kragenlosen Mantel. Er bebte, und im Licht sahen seine Knöchel rötlich und wund aus. Das Licht floß über seinen weißen Bart und die durchscheinenden Augenlider, als er jetzt den Kopf schüttelte und sich vor und zurück wiegte, als bete er.

Ganz glatt wieder Gregorys Stimme: »Großvater, mein einziges Kind ist tot, und ich komme zu dir mit einer schlichten Frage. Warum sollte ich Esther töten? Du weißt doch selbst, daß es keinen einzigen Grund auf der Welt gibt, weswegen ich Esther etwas antun sollte. Was kann ich dir geben, damit du meine Frage beantwortest? Erinnerst du dich an diese Geschichte, an diesen ›Hüter der Gebeine‹? Hatte dieses Ding einen Namen? Hieß es Asrael?«

Der alte Mann war wie gebannt.

Ich übrigens auch.

»Ich habe diesen Namen nie genannt«, sagte der Alte.

»Nein, du nicht. Jemand anders«, antwortete Gregory.

»Wer hat dir davon erzählt? Wer könnte das gewesen sein?« verlangte der alte Mann zu wissen.

Das brachte Gregory durcheinander.

Ich lehnte mich gegen das Bücherregal und beobachtete, während meine Finger an den lose hängenden Lederfetzchen eines Buchrükkens spielten. Mache sie nicht kaputt. Nicht die Bücher.

Der alte Mann sprach harsch und voller Verachtung.

»Ist irgend jemand mit dieser Legende zu dir gekommen, hat dir eine hübsche Geschichte über Magie und Macht erzählt? War das ein Moslem? Ein Christ? Oder ein Jude? War es einer von deinen New-Age-Anhängern, der dein Abrakadabra über die Kabbala gelesen hat?«

Gregory schüttelte den Kopf.

»Rebbe, du faßt das ganz falsch auf«, sagte er mit ernsthafter Ehrlichkeit. »Ich weiß es nur, weil du es damals gesagt hast, als ich noch ein Kind war. Und vor zwei Tagen sprach jemand anderes diese Worte, und vor Zeugen: Asrael, Hüter der Gebeine!«

Ich wagte nicht zu raten.

»Und wer war das?« fragte der Rebbe.

»Sie sagte es, Rebbe. Esther sagte es, als sie im Sterben lag. Der Mann im Krankenwagen hörte die Worte von ihren Lippen, als sie starb. Esther sagte es, Rebbe. Esther sagte: ›Der Hüter der Gebeine‹. Und den Namen Asrael. Zweimal sagte sie es, laut, und zwei Männer haben es gehört. Sie haben es mir erzählt.«

Ich lächelte. Das war geheimnisvoller als ich es mir je vorgestellt hätte. Ich beobachtete die beiden gespannt. Mein Gesicht brannte vor Hitze. Und ich merkte, daß ich zitterte, wie der alte Mann zitterte, als sei mein Körper ganz real.

Der alte Mann war skeptisch. Er war nicht bereit, das zu glauben, doch sein Ärger verrauchte. Er schaute den Jüngeren forschend an.

Dann sprach Gregory in ganz bewußt mildem Ton. »Wer ist er, Rebbe? Wer ist der Hüter der Gebeine? Was ist das überhaupt für ein Ding, das Esther erwähnte? Das du erwähnt hast, als ich damals als Kind zu deinen Füßen spielte? Esther nannte diesen Namen, ›Asrael‹. Hat der Hüter der Gebeine diesen Namen?«

Mein Puls klopfte so laut, daß ich ihn in meinen Ohren dröhnen hörte. Ich merkte, daß sich meine Finger sacht in die Bücher gruben, daß die Kanten des Regals gegen meine Brust drückten, und unter meinen Füßen spürte ich den Zement des Fußbodens. Ich wagte nicht, meinen Blick von den beiden zu nehmen.

Mein Gott, dachte ich, laß den alten Mann reden, laß ihn endlich reden, damit ich Bescheid weiß, mein Gott, wenn es dich noch gibt, laß ihn sagen, wer und was der Hüter der Gebeine ist. Mach, daß er es sagt!

Der alte Mann war zu überwältigt, um zu antworten.

»Die Polizei hat diese Informationen auch«, sagte Gregory. »Sie hüten sie eifersüchtig, denn sie glauben, daß Esther von ihrem Mörder sprach.«

Ich schrie beinahe laut heraus, daß das nicht stimmte. Der Alte schaute grimmig, und seine Augen wurden feucht.

»Rebbe, verstehst du nicht? Die Polizei will die Mörder finden – nicht dieses eispickelbewehrte Gesindel, das das Collier gestohlen hat, sondern die Leute, die die Schurken dazu angestiftet haben, die, die den Wert der Edelsteine kannten.«

Wieder dieses Collier. Ich hatte keines an ihr gesehen, und auch in meinem geistigen Rückblick tauchte keines auf. Sie hatte keine Halskette getragen. Sie hatten ihr nichts abgenommen. Was sollte dieses Ablenkungsmanöver mit dem Halsband?

Wenn ich die beiden nur besser gekannt hätte. Ich konnte nicht sicher sagen, wann Gregory log.

Dessen Stimme senkte sich jetzt, klang kühler und nicht mehr so verschwörerisch. Er straffte die Schultern.

»Nun laß mich offen sprechen, Rebbe«, sagte er. »Ich habe, auf dein Geheiß, stets unser Geheimnis, mein Geheimnis gewahrt, nämlich, daß der Gründer des ›Tempels vom Geiste Gottes‹ der Enkel des Rabbi dieser Chassid-Gemeinde ist!« Seine Stimme wurde laut, als sei es ihm nicht möglich, sie zu dämpfen. Er sagte: »Um deinetwillen habe ich dieses Geheimnis gewahrt. Um Nathans willen. Um der Gemeinde willen und um deretwillen, die meine Mutter und meinen Vater geliebt und in ihrer Erinnerung bewahrt haben. Ihretwegen und deinetwegen habe ich dieses Geheimnis gewahrt!«

Er hielt inne, ließ den anklagenden Ton scharf im Raum stehen, und der alte Mann wartete ab, zu klug, das Schweigen zu brechen.

»Weil du mich darum gebeten hast«, fuhr Gregory fort, »darum habe ich das Geheimnis nicht preisgegeben. Weil mein Bruder mich darum bat. Und weil ich meinen Bruder liebe. Und dich liebe ich auch, Rebbe, auf meine Art und Weise. Ich habe das Geheimnis bewahrt, damit du dich nicht vor dir selbst schämen mußtest, und damit die Kameralinsen nicht in deine Fenster lugten und die Reporter sich nicht vor deiner Tür drängten, um dich zu fragen, wie es möglich sei, daß aus den Lehren deiner Tora, deines Talmud, deiner Kabbala jemand wie Gregory Belkin hervorgehen konnte. Belkin, der Messias des ›Tempels vom Geiste Gottes‹, dessen Stimme von Lima bis Neuschottland, von Edinburgh bis Zaire gehört wird. Wie konnten deine Rituale, deine Gebete, deine triste schwarze Kleidung, deine schwarzen Hüte, deine verrückten Tänze, dein Hin- und Herwiegen – wie konnte das alles einen Gregory Belkin und den ›Tempel vom Geiste Gottes‹ auf die Welt loslassen, beides so berühmt und überaus erfolgreich? Um deinetwillen habe ich geschwiegen.«

Stille. Der alte Mann wahrte Schweigen, verächtlich, unversöhnlich.

Ich war verwirrter denn je. Nichts zog mich zu den beiden Männern, weder Haß noch Liebe, nichts, wäre da nicht die Erinnerung an Augen und Stimme des toten Mädchens gewesen.

Wieder ergriff der jüngere Mann das Wort.

»Einmal in deinem ganzen Leben kamst du aus eigenem Antrieb zu mir«, sagte er. »Du überschrittest die lange Brücke, die meine Welt von der deinen trennt, wie du es nennst. Du kamst in mein Büro und batest mich, niemandem gegenüber etwas von meinem Hintergrund zu erwähnen! Meine Abstammung geheimzuhalten, egal, wie sehr die Reporter mich auch bedrängten, wie sehr sie bohrten!«

Der Alte sagte nichts.

»Es wäre für mich von Vorteil gewesen, wenn ich es öffentlich gemacht hätte, Rebbe. Sage nur, es wäre für mich nicht einträglich gewesen, zuzugeben, daß ich aus so überzeugten, eifernden, den Ritualgesetzen folgenden Wurzeln abstamme! Doch ehe du deine Bitte an mich richtetest, hatte ich unsere gemeinsame Vergangenheit schon begraben. Ich überdeckte sie mit Lügen und erfundenen Geschichten, um dich zu schützen! Damit du nicht entehrt wärest. Du und mein geliebter Nathan, für den ich jeden Abend bete. Das tat ich, und tu es noch … für dich.«

Er machte eine Pause, als drohe sein Zorn ihn zu überwältigen. Ich war wie elektrisiert, sowohl von den beiden Männern als auch von der Geschichte, die sich da entfaltete.

»Doch so wahr Gott mein Zeuge ist, Rebbe«, ergriff Gregory wieder das Wort, »– und ich wage tatsächlich, in meinem Tempel von

Gott zu sprechen, wie du in der *jeschiwa* von Gott sprichst –, laß dir folgendes sagen: Esther hat diese Worte gesagt, als sie starb! Nun weißt du also, daß es keiner von deinen schwarzgewandeten Heiligen war, die singend und händeklatschend den Sabbat begehen! Und nicht mein rehäugiger Bruder! Und es war auch kein Chassid, der Esther tötete. Als die Nazis meine Mutter und meinen Vater erschossen, hob niemand die Hand, um Einhalt zu gebieten, ist das nicht wahr?«

Der alte Mann, verdutzt und hin und her gerissen, nickte wahrhaftig zustimmend, als wären sie beide über ihren gegenseitigen Haß hinausgewachsen.

»Aber«, Gregory hielt mit seiner rechten Hand den Scheck hoch, »wenn du mir nicht die Bedeutung dieser Worte erklärst, Rebbe – und ich erinnere mich haarscharf an sie! –, dann werde ich zur Polizei gehen und ihnen sagen, wo ich diese Worte schon einmal gehört habe. Daß es hier war, inmitten der Chassidim, in diesem Haus, in dem Gregory Belkin, der Gründer des ›Tempels vom Geiste Gottes‹, geboren wurde.«

Ich war baff. Ich wartete. Wagte nicht, meine Augen von dem alten Mann abzuwenden.

Er lenkte nicht ein.

Gregory seufzte, zuckte mit den Schultern. Ging einen Schritt, wandte sich um, richtete die Augen zum Himmel und ließ die Hand fallen. »Ich werde ihnen sagen: ›Jawohl, ich habe diese Worte schon gehört. Ja, ich saß auf den Knien meines Großvaters, da habe ich sie gehört, und ja, er lebt noch, und sie müssen zu ihm gehen und herausfinden, was sie bedeuten.‹ Ich werde es der Polizei sagen – ich werde sie dir auf den Hals hetzen und du kannst ihnen dann erklären, was es mit diesen Worten auf sich hat.«

»Das reicht«, sagte der alte Mann. »Du bist ein Dummkopf, wie eh und je!« Er seufzte schwer und dann, in Gedanken versunken, sich des Sprechens kaum bewußt, sagte er: »Esther sagte diese Worte? Und andere haben es gehört?«

»Die Sanitäter meinten, daß sie einen Mann draußen vor dem Wagenfenster ansah, einen Mann mit langen schwarzen Haaren! Die Polizei hat das noch nicht öffentlich bekannt gemacht, doch auch andere sahen ihn, und bemerkten, daß er Esther anschaute, und, Rebbe, dieser Mann, der weinte ihretwegen! Er weinte!«

Jetzt bebte ich!

»Sei still. Hör auf. Nicht ...«

Gregory ließ ein leises, spöttisches Lachen hören. Er trat zurück, ging hin und her, dabei hob er nicht einmal die Augen, so daß er mich hätte sehen können, obwohl ihm bei etwas besserem Licht durchaus meine Schuhspitzen hätten auffallen können. Er drehte dem Rebbe den Rücken zu.

»Ich hatte nie vor, auch nur einen von euch des Mordes an Esther zu beschuldigen!« sagte er dann. »Die Idee ist mir gar nicht gekommen, obwohl ich diesen Begriff außer aus deinem Munde niemals gehört habe! Und dann trete ich über deine Schwelle, und du klagst mich an, meine Stieftochter getötet zu haben! Warum sollte ich so etwas tun? Ich bin aus Respekt vor ihren letzten Worten hergekommen!«

Der alte Mann sagte sehr ruhig: »Ich glaube dir, daß das arme Kind den Begriff genannt hat. Die Zeitungen berichteten von merkwürdigen Worten, deshalb glaube ich dir. Aber ich weiß, daß du deine Tochter getötet hast. Du hast es veranlaßt.«

Gregorys Arme spannten sich an wie bei jemandem, der kurz davor ist zuzuschlagen, aber er konnte und wollte den Rabbi nicht schlagen. Ich wußte, das würde zwischen diesen beiden nie vorkommen. Aber Gregory war am Ende seiner Geduld, und der Zaddik war sich Gregorys Schuld sicher.

Das war ich übrigens auch. Aber welche Gründe hatte ich dafür? Nicht mehr wahrscheinlich als der Zaddik.

Ich versuchte, einen Blick in ihre Seelen zu werfen, denn sie konnten wohl damit angeben, eine Seele zu haben, die beiden; sie waren aus Fleisch und Blut. Wie ein Mensch versuchen würde, die Tiefen der menschlichen Seele auszuloten, so mühte ich mich nun mit meinen Fähigkeiten als ein Geist darum. Ich neigte leicht den Kopf nach vorn, als könne mir der Rhythmus ihres Atems, der Schlag ihres Herzens das Geheimnis verraten. *Gregory, hast du sie getötet?*

Fragte der Alte den Jüngeren das gleiche? Im Licht einer staubigen Glühbirne beugte er sich vor; seine Augen zusammengekniffen, aber durchdringend, so schaute er abermals Gregory an, und dabei, rein durch Zufall, aber ganz sicher, fiel sein Blick auf *mich.*

Ganz langsam, mit einer natürlich wirkenden Bewegung, lenkte er den Blick fort von seinem Enkel und zu mir herüber.

Er sah einen Mann dort stehen, wo ich stand. Er sah einen jungen Mann mit langen lockigen Haaren und dunklen Augen. Einen Mann von ganz ordentlicher Größe und annehmbarer Kraft, sehr jung noch, eigentlich so jung, daß man ihn vielleicht noch für einen Jungen hätte halten können. Er sah *mich*. Er sah Asrael.

Ich lächelte, aber nur ganz leicht, wie ein Mann, der gerade zum Sprechen ansetzt, aber nicht spotten will.

Ich zeigte meine weißen Zähne, vertraute seinem heimlichen Blick an, daß ich ihn nicht fürchtete. Wie er stand ich hier mit Vollbart und in einen langen Kaftan aus schwarzer Seide gekleidet. Wie er, wie einer aus seiner Herde.

Und obwohl mir nicht klar war, warum oder wodurch ich es wußte, so wußte ich doch ganz sicher, daß ich zu ihnen gehörte; weniger gewiß war ich mir der Zugehörigkeit zu diesem Reklamepropheten, der da vor ihm stand.

Eine Welle von Kraft durchfloß mich, als habe der Alte seine Hand auf die Gebeine gelegt und laut nach mir gerufen! Das ist oft so, wenn man mich sieht, nimmt meine Kraft zu. In solchen Augenblikken war ich beinahe ebenso stark, wie ich heute bin.

Der alte Mann ließ sich Gregory gegenüber nicht anmerken, was er gesehen hatte. Auch mir gegenüber nicht. Er saß ganz still. Wie er die Augen durch den Raum schweifen und nirgendwo besonders lange ruhen ließ, das wirkte ebenso natürlich, wie der Mangel an Emotion, den er zeigte, von einer leichten Besorgnis abgesehen.

Noch einmal sah er mich an, so unauffällig, daß Gregory es nie bemerkt hätte. Er hielt mir stand in absoluter Stille.

Lauter rauschte der Puls in mir, fester zogen sich die Poren meines Körpers in dieser perfekten Hülle zusammen. Ich konnte spüren, daß er mich sah, und er fand mich schön! Jung und schön! Ich fühlte die Seide auf meinem Körper, fühlte das Gewicht meines Haares.

Ah, du siehst mich also, Rebbe, du hörst mich. Ich sprach zu ihm, ohne meine Zunge zu bewegen.

Er antwortete nicht. Er hatte den Blick eines Mannes, der in Gedanken versunken ist. Aber er hatte mich gehört! Er war kein falscher Prediger, sondern ein echter Zaddik, und er hörte mein kleines Gebet.

Doch der Jüngere, der mit dem Rücken zu mir stand, und so leicht getäuscht werden konnte, sprach jetzt wieder in Englisch:

»Rebbe, wem hast du diese Geschichte noch erzählt? Ist Esther vielleicht einmal zufällig hierher gekommen, um herauszufinden, wer du bist, und du hast …«

»Sei doch nicht so dumm, Gregory«, sagte der alte Mann. Er nahm seinen Blick einen Moment von mir. Dann schaute er mich wieder an und fuhr fort. »Ich habe deine Stieftochter nicht gekannt«, sagte er. »Sie war niemals hier. Und deine Frau auch nicht. Das weißt du.« Er seufzte und starrte mich an, als habe er Angst, den Blick abzuwenden.

»Ist es vielleicht etwas, was die Chassidim sich erzählen, oder hat einer von denen, die euch Orthodoxen feindlich gesinnt sind, Esther etwas gesagt?« fragte Gregory.

»Nein.«

Wir starrten uns gegenseitig an, der alte Mann, ein wahrhaftiger Mensch, und der junge Geist, kräftig und zunehmend von Leben erfüllt.

»Rebbe, wer sonst …?«

»Niemand«, sagte der Alte und fixierte mich noch immer wie ich ihn. »Du erinnerst dich richtig! Dein Bruder hat nichts gehört, und deine Tante Rivka ist tot. Niemand hätte Esther etwas sagen können.«

Erst jetzt schaute er fort von mir und hinüber zu Gregory.

»Es ist etwas, das mit einem Fluch belegt ist«, sagte er. »Ein Dämon, ein Ding, das durch machtvollen Zauber heraufbeschworen werden kann, etwas, das Böses tun kann.«

Und seine Augen wanderten zu mir, obwohl der junge Mann sich weiterhin ihm zuwandte.

»Dann kennen auch andere Juden diese Geschichte. Nathan kennt sie …«

»Nein, niemand sonst. Weißt du, halt mich nicht für einen Idioten. Denkst du, ich wüßte nicht, daß du sämtliche Juden weit und breit gefragt hast? Du hast die eine oder andere Gemeinde gefragt, und du hast Professoren an verschiedenen Universitäten befragt. Ich kenne dich doch. Du bist zu raffiniert. Du hast Telefone in jedem Raum, den du bewohnst. Du kamst her, weil ich deine letzte Hoffnung bin.«

Der Jüngere nickte. »Es stimmt, ich dachte, daß der Begriff allgemein bekannt ist. Ich habe Nachforschungen angestellt. Aber die Behörden auch. Aber es ist nicht gerade Allgemeinwissen. Und deshalb bin ich hier.«

Gregory legte den Kopf auf die Seite und hielt dem Rabbi den gefalteten Scheck vor die Nase.

Das gab dem Rabbi eine Sekunde, mir ein Signal zu geben, eine Sekunde, um diese kleine Geste mit dem rechten Zeigefinger zu machen, die besagte: »Versteck dich, halt dich ruhig.« Dabei kniff er verneinend die Augen zusammen und machte gleichzeitig eine winzige Kopfbewegung. Das sollte weder ein Befehl noch eine Drohung sein. Es ähnelte eher einem Flehen.

Dann hörte ich ihn. *Zeige dich nicht, Geist.*

Gut, gut, Alter, im Moment sei es, wie du es wünschst.

Gregory – immer noch mit dem Rücken zu mir – entfaltete den Scheck. »Erkläre mir diese Sache, Rebbe. Erkläre mir, was es ist, und ob du es immer noch besitzt. Wie du Rivka sagtest, kann man es nicht einfach vernichten.«

Der Alte schaute abermals zu Gregory auf, anscheinend ging er davon aus, daß ich auf meinem Platz blieb.

»Vielleicht erzähle ich dir alles, was ich weiß«, sagte er. »Vielleicht will ich den Gegenstand deiner Worte deinen Händen überlassen. Aber nicht für diese Summe. Wir haben mehr als genug. Du wirst uns etwas geben müssen, was uns wirklich wichtig ist.«

Gregory war ziemlich aufgeregt. »Wieviel, Rebbe? Du redest, als hättest du das Ding noch.«

»Ja, so ist es«, sagte der alte Mann. »Ich habe es.«

Ich war erstaunt, aber nicht überrascht.

»Ich will es haben!« sagte Gregory wild, mit einer Wildheit, die mich fürchten ließ, er habe in dem Spiel zu hoch gepokert.

»Nenne deinen Preis!«

Der alte Mann überlegte. Wieder fixierte er mich und ließ den Blick dann an mir vorbeigleiten, dabei sah ich, daß sich sein zerfurchtes Gesicht verdunkelte, und seine Hände bewegten sich unruhig. Langsam heftete er seine Augen auf mich, mich allein.

Eine kostbare Sekunde lang, während wir uns ansahen, schien mir, als ob sich mir meine ganze Vergangenheit eröffnete. Ich konnte um Jahrhunderte über Samuel hinausschauen. Ich glaube, ich sah einen Hauch von Zurvan. Ich glaube, ich sah sogar die Prozession. Ich erhaschte einen Blick auf eine Gestalt, einen goldenen Gott, der mich anlächelte, und ich spürte Schrecken, Schrecken davor, zu wissen und zu sein, wie Menschen sind, mit einem Gedächtnis behaftet, und mit Schmerz.

Wenn das nicht aufhörte, dann würde ich Todespein erfahren, eine solche Pein, daß ich aufheulen mußte wie ein Hund, aufheulen wie der Chauffeur, als er den niedergesunkenen Körper Esthers sah; ich würde mich nicht mehr kontrollieren können. Der Sturmwind würde kommen, er würde mich mit sich reißen, zusammen mit all den anderen verlorenen, heulenden Seelen. Als ich den schlechten Gebieter in Kairo getötet hatte, war auch der Sturmwind gekommen, und ich hatte gekämpft, besinnungslos.

Bleibe hier, Asrael, lebendig. Die Vergangenheit soll warten. Der Schmerz kann warten. Der Sturmwind soll warten bis ans Ende aller Tage. Bleibe hier an diesem Ort, lebendig. Sei dir dessen bewußt.

Ich bin hier, Alter.

Ruhig, ohne daß es sein Enkel bemerkte, betrachtete er mich. Schließlich sprach er wieder, ohne die Augen von mir abzuwenden, obwohl Gregory sich nach vorn neigen mußte, um seine Worte zu hören.

»Gehe dorthin, hinter mich, um das Regal herum«, sagte er auf Englisch, »und öffne den Wandschrank, den du da siehst. Darin findest du ein Stück Tuch. Hebe es hoch, und bringe her, was darunter ist. Es ist schwer, aber du wirst es tragen können. Du bist kräftig genug.«

Ich hörte, wie ich nach Luft schnappte, und mein Herz weinte. Die Gebeine waren hier! Genau hier.

Gregory zögerte kurz, vielleicht weil er nicht gewohnt war, Anordnungen Folge zu leisten, oder auch nur die kleinste Kleinigkeit selbst zu tun. Was weiß ich! Doch dann schritt er eilig zur Tat. Er hastete hinter das Regal.

Ich hörte Holz knarren und roch wieder den Duft von Zedernholz und Weihrauch. Ich hörte metallene Schnappriegel klicken. Ich merkte, wie ich mich auf die Fußspitzen stellte, um dann wieder langsam in einen sicheren Stand zurückzusinken.

Der alte Mann und ich ließen uns währenddessen nicht aus den Augen. Ich trat aus dem Schatten des Bücherschranks, damit er mich sehen konnte in meinem langen Mantel, der dem seinen aufs Haar glich, und nur für den Bruchteil einer Sekunde zeigte er ein kleines bißchen Furcht, dann bedeutete er mir mit einem behutsamen Neigen seines Kopfes, wieder in mein Versteck zurückzukehren.

Das tat ich.

Hinter ihm, meinen Blicken entzogen, hantierte Gregory, er fluchte lauthals.

»Schiebe die Bücher zur Seite«, sagte der Rabbi. »Schiebe sie aus dem Weg, alle«, dabei sah er mich an, als wolle er mich mit seinen Augen unter Kontrolle halten. »Siehst du es jetzt?«

Der Geruch von Staub stieg mir in die Nase, und ich sah Staubkörner im Licht aufwirbeln. Dann hörte ich den Klang umfallender Bücher. Ach, was war es schön, mit Ohren zu hören und mit Augen zu sehen. Nur nicht weinen, Asrael, nicht in Gegenwart dieses Mannes, der dich verachtet.

Unbewußt hob ich die Fingerspitzen an die Lippen, instinktiv, als wolle ich angesichts eines drohenden Unheils ein Gebet sprechen. Dabei spürte ich die Haare auf meiner Oberlippe und die dichte Masse meines Bartes. Ich mochte diesen Bart. *Ist er wie deiner, Rabbi, als du jung warst?*

Der alte Mann saß starr, unzerstörbar, überlegen und wachsam da.

Jetzt trat Gregory hinter dem Regal hervor in den Lichtkreis.

In seinen Armen hielt er die Truhe!

Ich sah, daß auf dem Zedernholz immer noch Gold haftete. Das sah ich, und daß sie achtlos mit eisernen Ketten umwickelt war.

Eisen! Sie dachten also, das könne mich, Asrael, darin festhalten? Eisen sollte so etwas wie mich zurückhalten? Ich wollte lachen. Aber ich sah sie an, die Truhe, die Gregory wie ein Baby im Arm hielt, die Truhe, die immer noch goldüberzogen war.

Eine undeutliche Erinnerung über ihre Herstellung ging mir durch den Kopf, doch keine Person trat deutlich daraus hervor. Ich erinnerte mich nur an Sonnenlicht auf Marmor und freundliche Worte. Liebe, eine Welt voller Liebe, und das ließ mich an Esther denken.

Wie triumphierend und gleichzeitig fasziniert Gregory doch war. Es kümmerte ihn überhaupt nicht, daß sein feiner wollener Mantel voller Staub war. Daß Staub in seinen Haaren hing. Er starrte nieder auf dieses Ding, diesen Schatz, und er drehte sich um, um ihn dem alten Mann zu präsentieren wie ein Kind.

»Nein!« Der alte Mann hob die Hände. »Stelle sie dort auf den Boden und tritt ein Stück zurück.«

Ich lächelte bitter. *Besudle dich nur nicht damit.*

Er achtete nicht auf mich, sondern lenkte den Blick auf die Truhe, die Gregory auf den Boden stellte.

»Meine Güte, glaubst du, es geht in Flammen auf?« fragte Gregory. Sorgfältig schob er die Truhe mitten unter den Lichtkegel, genau vor das Pult des Alten. »Dies ist uralt, diese Schrift da, das ist kein Hebräisch, das ist Sumerisch!« Er zog die Hände zurück und rieb sie gegeneinander. Er war leidenschaftlich und ganz überwältigt.

»Rebbe, das ist unbezahlbar.«

»Ich weiß, was es ist«, sagte der alte Mann, wobei er seine Augen zwischen mir und der Truhe unbefangen hin und her wandern ließ. Ich rührte mich nicht. Ich lächelte nicht einmal.

Gregory starrte hingerissen auf das Ding, als sei es das Christkind in der Krippe und er sei einer der Schäfer, der gekommen war, den fleischgewordenen Sohn Gottes zu betrachten.

»Was ist das, Großvater? Was steht da drauf?« Er berührte vorsichtig die Eisenbänder, so als erwartete er, von dem alten Mann zurückgehalten zu werden. Er berührte die Kettenglieder, die dick und unförmig waren, und tippte auf eine Schriftrolle, die dort, wo sich die eisernen Ketten kreuzten, zwischen die Glieder gesteckt war.

Diese Rolle sah ich erst jetzt, als Gregorys Finger sachte ihre Kanten berührten. Das Gold auf der Truhe blendete mich und ließ mir Tränen in die Augen steigen. Ich roch Zederndufte und Gewürze und den Rauch, der unter der Goldplattierung das Holz durch und durch getränkt hatte. Ich roch das Fleisch von Menschen, und den Duft von Opfergaben.

In meinem Kopf drehte sich plötzlich alles.

Ich roch die Gebeine.

Oh, du mein Gott, mein ganz eigener Gott, wer nur hat mich gerufen? Mein ganz persönlicher Gott, wenn ich doch sein heiteres Gesicht einen Moment sehen könnte. Das Gesicht des Gottes, der stets mit mir ging, des Gottes, den jeder Mensch für sich selbst hat, seinen persönlichen Gott, wie ich meinen damals gesehen hatte. Wenn er doch jetzt nur zu mir käme!

Das war keine echte Erinnerung, verstehst du? Das war eine plötzliche unerklärliche Sehnsucht, die mich kalt und verwirrt zurückließ.

Doch ich konnte nicht aufhören, an dieses Wesen, »mein eigener Gott«, zu denken. Würde er lachen? Würde er sagen: »Hat dich also dein Gott verlassen, Asrael, und selbst unter den Auserwählten rufst du noch nach mir? Habe ich dich nicht gewarnt? Habe ich dir nicht gesagt, fliehe, solange es noch ging, Asrael?«

Doch er war nicht hier, mein Gott, wer immer das auch gewesen war, und er lächelte nicht. Er war nicht der Freund an meiner Seite, der mit mir in der Abendkühle am Flußufer entlangschlenderte. Und er sagte all dies nicht. Aber einst war er bei mir gewesen, und das wußte ich. Die Vergangenheit war wie eine Sintflut, die mich zum Hineinfallen verlockte, damit ich ertränke.

In mir blühte eine wilde Hoffnung auf, eine Hoffnung, die meinen Atem schneller gehen ließ, und die Aromen dieses Raumes waren erstickend für mich in meiner Leidenschaft.

Vielleicht hat dich niemand beschworen, niemand gerufen, Asrael! Vielleicht bist du von ganz allein hervorgekommen, und du bist dein eigener Gebieter! Und du kannst diese beiden Männer hier hassen und mißachten nach Herzenslust!

Es war so herzerfrischend, diese Kraft, dieses Lächeln, dieser Anschein eines Scherzes, daß ich endlich, endlich selbst diese Macht besitzen sollte. Ich konnte mich fast leise lachen hören. Ich schloß die Finger um die Locken meines Bartes und zog ganz, ganz sanft daran.

»Diese Schriftrolle ist unversehrt, Rebbe«, sagte Gregory eifrig. »Sieh, ich kann sie aus dieser Kette lösen. Kannst du sie lesen?«

Der Alte sah auf, als hätte ich etwas gesagt.

Du findest mich schön, alter Mann? Ich weiß, was du siehst. Ich brauche es nicht selbst zu sehen. Dies ist Asrael, nicht nach den Wünschen eines Gebieters geformt, nicht in diese oder jene Form gebracht, um einem Gebieter zu dienen, sondern Asrael, wie Gott mich einst erschaffen hat, als Asrael noch Geist und Seele und Körper in einem war.

Der alte Mann warf mir einen vernichtenden Blick zu. *Du stehst unter meinem Befehl! Zeige dich nicht, Geist.*

Tatsächlich, alter Mann? Und ich hasse dein kaltes Herz! Irgendein Band verbindet uns, doch du bist so voller Haß, und mir geht es nicht anders. Wie können wir jemals wissen, ob Gottes Hand hier im Spiel ist, ihretwegen, Esthers wegen?

Wie gebannt sah er mich an, unfähig zu einer Antwort.

Gregory kroch fast in seine Trophäe hinein, ängstlich, mit spitzen Fingern, berührte er die Schriftrolle.

»Rebbe, dieses Papier allein ist schon ein Vermögen wert«, sagte er. »Nenne mir deinen Preis. Laß mich die Rolle öffnen.« Plötzlich legte er seine Hand mit geöffneter Handfläche unmittelbar auf das Holz der Truhe, er war ganz verliebt in das Ding.

»Nein!« sagte der Alte. »Nicht unter meinem Dach.«

Ich schaute ihm in die hellen, verschleierten Augen. *Ich hasse dich. Glaubst du, ich habe darum gebeten, zu diesem Ding zu werden? Warst du jemals jung? War dein Haar je so schwarz und deine Lippen so frisch?*

Er reagierte nicht, aber er hatte mich gehört.

»Setz dich dort hin«, sagte er zu seinem Enkel und wies auf den nahebei stehenden Ledersessel. »Setz dich hin und schreib die Schecks aus, so wie ich es dir sage. Und dann ist dieses Ding da dein – und alles, was ich darüber weiß.«

Beinahe hätte ich laut aufgelacht. Das war es also! Das war es! Er wußte, daß ich hier war, und doch verschacherte er mich an diesen Enkel, den er so verachtete. Das war also sein schrecklicher Preis für alles, was ihm und seinem Gott je an Ungerechtigkeiten von seinem Enkel widerfahren war. Er würde mich in die Hände seines ahnungslosen Enkels geben. Ich glaube, ich lachte wirklich, aber lautlos, gerade, daß er es sehen konnte, vielleicht ein Augenzwinkern und meine gekräuselten Lippen, und ich schüttelte den Kopf über seine Schlauheit, seine Kälte und sein liebloses Herz.

Gregory trat zurück, bis er an den Sessel stieß; Leder blätterte bröckelnd ab, als er sich setzte. Erregung hatte ihn überwältigt.

»Nenne deinen Preis.«

Ich muß wohl bitter, wissend gelächelt haben. Doch ich war ruhig. Mein einstiger Gott wäre stolz auf mich gewesen. *Gut gemacht, mein Tapferer, gib es ihnen! Was hast du zu verlieren? Du glaubst, dein Gott sei barmherzig? Höre nur, was sie für dich vorgesehen haben.* Aber wer nur hatte diese Worte gesprochen vor vielen, vielen Jahren? Wer nur? Wer war da an meiner Seite gewesen und hatte, von Liebe erfüllt, versucht, mich zu warnen? Ich fixierte Gregory. Ich wollte mich nicht ablenken lassen, mich nicht in dieses schmerzliche Netz verwickeln, ich wollte diesem Rätsel auf den Grund gehen. Das Rätsel meiner Existenz konnte warten.

Ganz leicht drückte ich meine Fingernägel in das feste Fleisch meiner Handfläche. Ja, ich bin hier, bin real. Du bist hier, Asrael, ob der Alte dich nun verachtet oder nicht, ob der Jüngere nun ein Mörder oder ein Dummkopf ist, und ob du nun ein weiteres Mal verschachert wirst, als habest du keine eigene Seele gehabt, jetzt nicht und niemals. Du bist hier und nicht in den Gebeinen dort in der Truhe!

Ich tat so, als sei mein Gott hier. Wir standen nebeneinander. Hatte ich das nicht auch schon bei früheren Gebietern gemacht? Hatte einfach meinen Gott nahe zu mir geholt, ohne es ihnen je zu sagen? Aber war er je tatsächlich gekommen?

In einem rauchigen Nebel sah ich meinen Gott, der sich abwandte und um mich weinte. Das war in einem Gewölbe, und von einem kochenden Kessel stieg Hitze auf! Mein Gott, hilf mir! Doch dies war ein Bild ohne Rahmen. Es war etwas Unsägliches, das ich nie wieder durchmachen wollte. Ich mußte die Dinge in diesem Raum im Auge behalten.

Gregory zog eine längliche Hülle aus seiner Tasche. Er legte sie geöffnet auf ein Knie, in der rechten Hand hielt er einen goldenen Stift.

Der alte Mann nannte Summen in amerikanischen Dollars. Er nannte die Gruppen, denen die Beträge zukommen sollten. Hospitäler, Schulen, eine Gesellschaft, die das Geld weiterleiten würde an die Thoraschule. Auch die Gemeindeverwaltung in Israel sollte etwas bekommen. Dann wurde eine neugegründete Chassid-Gemeinde bedacht, die ein eigenes Dorf in den Hügeln nicht weit von hier errichten wollte. Der Rabbi gab zu all dem nur knappste Erklärungen.

Ohne eine einzige Frage hatte Gregory zu schreiben begonnen. Mit seinem spitzen, goldenen Stift drückte er die Buchstaben tief in die Scheckvordrucke und schlug dann die Seite um und schrieb den nächsten und noch einen weiteren, seinen Namen schwungvoll unter jeden Scheck setzend, wie reiche Männer es für gewöhnlich tun.

Schließlich legte er die Schecks auf das Pult. Der Rabbi betrachtete sie sorgfältig. Er legte sie nebeneinander, begutachtete sie und schien doch ein wenig überrascht.

»Du würdest mir so viel geben für etwas, von dem du nichts weißt und nichts verstehst?« fragte er.

»Sein Name waren die letzten Worte, die meine Tochter sprach.«

»Nein! Du willst dieses Ding, du willst seine Macht!«

»Warum sollte ich an diese Macht glauben? Ja, ja, ich will es. Ich will es schon. Rauskriegen, wieso sie davon wußte, und ja, ja, ihr bekommt das Geld.«

»Ziehe die Schriftrolle unter den Ketten hervor, und gib sie mir.«

Eifrig wie ein Schuljunge gehorchte Gregory. Die Schriftrolle war nicht alt, nicht so alt wie die Truhe. Gregory legte sie in die Hand des Alten.

Wirst du dir anschließend die Hände waschen?

Der Rabbi kümmerte sich nicht um mich. Sorgsam entrollte er sie, glättete sie mit den Händen, damit er den ganzen Text vor sich hatte, und dann begann er zu lesen, übersetzte die Worte ins Englische, damit sein Enkel sie verstand:

»›Gib dieses Ding zurück an die Hebräer, denn es ist ihr Zauber und nur sie können es in die tiefste Hölle schicken, wo es hingehört. Der Hüter der Gebeine schenkt seinem Gebieter keine Beachtung mehr. Alte Schwüre binden ihn nicht länger. Alte Zauber bannen ihn nicht mehr. Einmal heraufbeschworen, zerstört er, was er sieht. Nur die Hebräer kennen die Bedeutung dieser Sache. Nur die Hebräer können seine Wut im Zaume halten. Gebt es ihnen ohne Zwang.‹«

Wieder lächelte ich. Ich konnte es nicht unterdrücken. Ich glaube, ich schloß vor Erleichterung die Augen, richtete meinen Blick dann aber doch auf den alten Mann, der nur Augen für das Pergament hatte.

Bin ich denn wahrhaftig aus eigenem Antrieb gekommen?

Ich wagte es nicht, das zu glauben. Nein. Vielleicht gab es da etwas Geheimnisvolles, das mich locken sollte, eine Art Falle, für die Esthers Tod nur der Köder war.

Der alte Mann saß da mit dem ausgebreiteten Schriftstück und starrte es an. Er sagte nichts mehr.

Gregory brach das Schweigen.

»Warum hast du es denn dann nicht vernichtet?« Er war so aufgeregt, er konnte sich kaum konzentrieren. »Was steht da noch? Welche Sprache ist das?«

Der Alte sah zu ihm auf, dann in meine Richtung, und dann senkte er die Augen wieder auf das Schriftstück.

»Höre, was jetzt kommt«, sagte er, »denn ich werde es nur einmal für dich übersetzen: ›Wehe dem, der diese Gebeine vernichtet, denn, sollte es überhaupt möglich sein – und das weiß selbst der weiseste Mann nicht –, dann läßt man auf die Welt einen Geist von unberechenbarer Macht los. Einen Geist, der keinem verpflichtet ist und dem niemand gebieten kann. Einen Geist, der verurteilt ist, auf ewig in den Lüften zu weilen, nicht fähig, die Stufen zum Himmelreich zu erklimmen oder das Tor zur Verdammnis zu öffnen. Und wer weiß, zu welcher Grausamkeit dieser Geist fähig ist gegenüber den Kindern Gottes? Gibt es nicht genug Dämonen in dieser Welt?‹«

Er warf seinem Enkel einen höchst besorgten Blick zu, auf dessen Zügen sich aber nur Fasziniertsein spiegelte.

Gregory zeigte so ziemlich jedes Anzeichen von Gier. Daß er nicht die Hände aneinanderrieb, war alles.

Wieder sprach der alte Mann, langsam.

»Mein Vater nahm dieses Ding entgegen, weil er es für seine Pflicht hielt. Und jetzt kommst du und forderst es. Nun, es gehört beinahe dir.«

Der Jüngere schien plötzlich wie auf Wolken, oder wie von einer überirdischen Freude erfüllt.

»Oh, Rebbe, das ist zu fantastisch, zu wunderbar«, sagte er. »Aber wie hat sie davon wissen können, meine arme Esther?«

»Das mußt du selbst herausfinden«, sagte der Alte kalt. »Ich kann das unmöglich wissen. Ich habe ihn nie beschworen, diesen Geist, und mein Vater auch nicht. Und auch der Moslem, der ihn in die Hände meines Vaters gab, wagte es nicht.«

»Gib mir das Pergament. Ich nehme das Ding jetzt mit.«

»Nein.«

»Großvater, ich will es haben. Sieh, da liegen die Schecks.«

»Und das Geld ist erst morgen auf der Bank, oder? Morgen, wenn die Beträge überwiesen sind, wenn diese Transaktion abgeschlossen ist.«

»Großvater, überlaß es mir jetzt!«

»Morgen, morgen kannst du kommen und es mitnehmen, dann ist es dein. Und du wirst der Herr über den Hüter der Gebeine sein.«

»Du unmöglicher, sturer, alter Mann. Du weißt, die Schecks sind gedeckt. Gib mir das Ding!«

»Oh, dir liegt ja so viel daran!« sagte der Ältere.

Er sah zu mir hinüber. Ich hätte wetten können, ein einladender Blick von mir, und er hätte mein verschwörerisches Lächeln geteilt, aber ich lächelte nicht. Dann schaute er wieder seinen Enkel an, der sich vor Enttäuschung wand und die golden schimmernde Truhe vor seinen Füßen nicht aus den Augen ließ; er stieß ein verlangendes Stöhnen aus, aber er wagte nicht, sie zu berühren.

»Warum hast du sie getötet?« fragte der alte Mann.

»Was?«

»Warum hast du deine Tochter ermorden lassen? Ich will es wissen. Das hätte mein Preis für die Truhe sein sollen!«

»Oh, du bist dumm, ihr alle seid dumm, kampfeslustig und abergläubisch – die Idioten eures Gottes!«

Der alte Mann war außer sich.

»Deine Tempel, Gregory, sind Tempel für die Betrogenen und Verdammten«, zischte er. »Aber keine Beleidigungen mehr. Wir kennen uns nur zu gut. Morgen abend, wenn mein Bankdirektor mir sagt, daß dein Geld in unserer Hand ist, kannst du kommen und dieses Ding mitnehmen. Und bewahre unser Geheimnis. Breche deinen Eid nicht. Sage niemandem, daß du … daß du … mein Enkel bist.«

Gregory lächelte, zuckte mit den Schultern und zeigte die offenen Handflächen in einer Geste der Zustimmung. Er drehte sich um und ging, ohne auch nur einen Blick in meine Richtung zu werfen.

An der Tür blieb er noch einmal stehen und schaute über die Schulter zu seinem Großvater zurück.

»Sag meinem Bruder Nathan, ich lasse ihm danken, daß er kondoliert hat. Er hat angerufen.«

»Das hat er nicht!« schrie der Rabbi.

»Oh, doch, er hat! Er rief an und sprach mit mir und versuchte, mich über meinen Verlust hinwegzutrösten, und auch meine Frau.«

»Er verkehrt nicht mit dir und deinesgleichen!«

»Ich sage dir das nicht, Rebbe, damit du deinen Ärger an ihm ausläßt, nein, nicht deshalb, sondern damit du weißt, daß mein Bruder Nathan mich genügend liebt, um mich anzurufen und mir zu versichern, wie leid es ihm tut, daß Esther tot ist.«

Gregory öffnete die Tür. Draußen lauerte die ungemütliche Kälte der Nacht.

»Bleibe deinem Bruder fern!« Der alte Mann erhob sich, die Fäuste auf das Pult gestemmt.

»Spare dir deine Worte!« sagte Gregory. »Spare sie dir für deine Herde. Meine Kirche predigt Liebe.«

»Dein Bruder geht mit Gott«, sagte der Alte, doch seine Stimme klang zerbrechlich. Er war erschöpft. Er hatte sich verausgabt.

Er warf mir einen beiläufigen Blick zu, dem ich begegnete und standhielt.

»Versuche nicht, mich zu betrügen, Rebbe«, sagte Gregory, während schon die kalte Luft an ihm vorbei in den Raum drang.

»Wenn ich dieses Ding morgen nicht hier finde, wie versprochen, werde ich auf deiner Schwelle stehen vor laufenden Kameras. Und in meinem nächsten Buch werde ich die Geschichte meiner Kindheit unter Chassidim veröffentlichen.«

»Spotte, wenn du magst, Gregory«, sagte der alte Mann und richtete sich mühsam auf. »Aber der Handel ist abgeschlossen, und der Hüter der Gebeine wartet hier morgen auf dich. Und du wirst dieses Ding von mir fortbringen. Du, der du böse bist. Du, der du Böses tust. Du, der du auf dem Pfad des Teufels wandelst. Denn deine ›Tempelbrüder‹ sind des Teufels. Sie heißen diesen Dämon und seine Brut willkommen. Verlaß mein Haus.«

»Ganz recht, mein Lehrer, du, mein Abraham«, sagte Gregory. Als er die Tür weit öffnete und hindurchschritt, drehte er sich noch einmal halb um, dabei ließ der über ihn fallende Lichtschein das Lächeln auf seinem Gesicht sehen.

»Mein Patriarch, mein Moses!« rief er. »Sag meinem Bruder liebe Grüße. Soll ich meiner Frau dein Beileid aussprechen?« Er ging endgültig und knallte die Tür hinter sich zu.

Das klirrende Geräusch von vibrierendem Glas und Metall hing in der Luft.

Ich blieb, wo ich war.

Quer über den staubigen kleinen Raum hinweg schauten wir einander an, der alte Mann und ich, ich trat halb hinter dem Regal hervor, der Alte blieb hinter seinem Pult.

Er bebte.

Zurück mit dir in die Gebeine, Geist. Ich habe dich nicht gerufen. Ich spreche dich nur an, um dich von mir fortzuschicken.

»Warum?« fragte ich flehend. Ich sprach in dem antiken Hebräisch mit ihm. »Warum verachtest du mich so, Alter? Was habe ich getan? Nicht von dem Geist, der die Magier vernichtet, rede ich jetzt, ich rede von mir selbst, von Asrael! Was habe ich getan?«

Er war verwundert und verunsichert. Ich stand vor seinem Pult; ich trug Kleider wie er sie trug, und als ich zu Boden schaute, sah ich, daß mein Fuß beinahe die Truhe streifte; wie klein sie doch wirkte! Der Geruch kochenden Wassers stieg mir in die Nase.

»Marduk, mein Gott!« schrie ich auf, verfiel in mein altes Chaldäisch. Er erkannte die Worte, der Zaddik. Sollte er mich doch entsetzt anfunkeln!

»Oh, mein Gott, niemand will mir helfen!« wie Gesang ließ ich den chaldäischen Dialekt erklingen. »Hier bin ich abermals und der rechte Pfad öffnet sich nicht für mich!«

Der alte Mann war wie entrückt, aber auch angewidert. Schock und Ekel hatten ihn gepackt. In einer heftigen Geste streckte er mir abwehrend die Arme entgegen: »Fort mit dir, Geist, befreie die Luft von dir, zurück mit dir in die Gebeine, von wo du kamst.«

Ein seidigkühler Schauer fuhr mir durch die Glieder. Doch ich hielt stand. »Rabbi, du hast gesagt, er hat sie getötet. Sag mir, ob es wirklich so war. Ich habe die Mörder Esthers erschlagen.«

»Weiche von hier, Geist!« Er schlug die Hände vors Gesicht und wandte den Kopf ab. Seine Stimme wurde kräftiger. Er trat hinter seinem Pult hervor und schlug einen Kreis um mich, dabei rief er die Worte abermals, lauter und akzentuierter, während er mir die Hände entgegenstreckte. Ich spürte, wie ich schwächer wurde. Ich spürte Tränen auf meinen Wangen.

»Warum, Rabbi, sagtest du, er habe Esther töten lassen? Sag es mir, und ich werde sie rächen. Die gemieteten Schurken habe ich schon umgebracht. Oh, Herr der Heerscharen, als Jahwe zu Saul und David sprach, sprach er: ›Erschlaget sie alle, Männer, Frauen und Kinder!‹ Und Saul und David gehorchten. War es nicht recht, diese drei schmierigen Kerle zu erschlagen, die ein unschuldiges Mädchen ermordet hatten?«

»Fort mit dir, Geist!« schrie er. »Fort mit dir! Fort mit dir. Ich will keinen Umgang mit dir. Fort mit dir in die Gebeine!«

»Ich verfluche dich, ich hasse dich!« sagte ich zu ihm, doch meine Worte hatten keinen Klang.

Ich begann, mich aufzulösen. Mein Körper, alle Teilchen, die ich um mich geschart hatte, lösten sich auf, als habe der Wind den Weg unter der Tür hindurch gefunden und mich erfaßt.

»Fort mit dir, Geist, fort von hier, fort von meinem Haus und von mir.«

Schwarze Dunkelheit.

Doch ich konnte nicht aufhören zu denken.

Ich konnte nicht aufhören zu sein.

Ich werde dich wiedersehen, alter Mann.

Träume suchten mich heim, als läge ich in tiefem Schlaf wie ein Mensch, und mein Verstand hatte sich den sterblichen Lehrern geöffnet. Nein, Asrael, nein. Verlöschen, ja, aber nicht träumen.

Dennoch sah ich das Gesicht Samuels vor mir; Straßburg; ein weiteres Heiligtum voller Schriftrollen und Bücher, und es stand in Flammen. Ich vernahm meine eigene Stimme: »Nimm meine Hand, Gebieter, nimm mich mit dir in den Tod.« Samuel, sei verdammt! Verdammt sei auch du, alter Mann.

Seid alle verdammt, ihr Gebieter!

Von einem Hügel blickte ich auf das kleine Straßburg nieder. Ach, meine Sicht war getrübt; als ich dir davon berichtete, sah ich viel klarer.

Aber es war der Ort, ich erkannte ihn. Ich wußte, daß die Juden dort litten. Und ich wußte, ich war einer von ihnen. Und doch konnte ich ihnen nicht angehören. Und die Glocken dröhnten. Die Glockenklänge hallten hochmütig von den Kirchen der Mörder. Und der Himmel war der stille, lastende Himmel vergangener Zeiten – sechshundert Jahre von heute – als die Luft noch keine elektronischen Stimmen mit sich trug und man die Glocken ganz deutlich hören konnte.

»Asrael.« Geplapper. Wind. Die Unsichtbaren kamen, näherten sich durch trüben Dunst, schlossen mich ein, drängten sich an mich, rochen die Schwäche, die Angst und den Schmerz. »Asrael!« Die grollenden Stimmen der neidischen, erdgebundenen Seelen umgaben mich, diese gierigen, verzweifelten, erdgebundenen Toten.

Laßt mich in Ruhe. Ich will meine Erinnerungen.

Ich wollte alles wissen. Ich wollte an ihnen vorbeipreschen, wie ich an den Menschen auf dem Gehweg vorbeigeprescht war, als Esther mich ansah. Ich wollte mich erinnern, ich wollte …

Für eine Sekunde stand ich klar und hell, fixierte den Rabbi, doch der Rabbi war riesig und seine Stimme klang lauter als der Sturmwind.

Fort mit dir, Geist! Ich gebiete dir! Die Wut färbte das Gesicht des Alten blutrot.

Fort mit dir, Geist!

Seine Worten trafen mich hart. Sie verletzten mich. Sie waren wie Peitschenhiebe. Gib mir das Schweigen. Jetzt brauche ich es. Wenn schon nicht Frieden, dann wenigstens Stille – Stille und Dunkelheit. Es könnte schlimmer sein, Asrael.

Es könnte schlimmer sein.

Verletzt zu werden, ist arg, aber ärger ist es, mit einem haßerfüllten Lächeln die Unschuldigen zu töten.

17

Vielleicht hätte ich etwas unternehmen sollen. Ich hätte versuchen können, den Raum unversehrt zu verlassen und Gregory zu folgen. Immerhin hatte ich einen sichtbaren Körper, noch dazu mit perfekter Kleidung versehen. Ich hätte ihm auf den Fersen bleiben sollen. Ich hätte ungebunden durch Brooklyns Straßen schlendern und mehr über die Welt herausfinden können, einfach indem ich ein paar gezielte Fragen gestellt hätte.

Ich hätte ein paar gezielte Informationen über Gregory Belkin und den »Tempel vom Geiste Gottes« herauskriegen können. Darüber hätten die Leute auf der Straße bestimmt mit mir gesprochen. Ich sah wie ein normaler Mann aus. Ich hätte mir in ein paar Lokalen das Fernsehprogramm ansehen können. Ich hätte die Nacht mit fruchtbarem, zielgerichteten Lernen verbringen können, anstatt mich von dem alten Rabbi so weit treiben zu lassen, daß ich mein Ich vergaß und abermals ins Nichts driftete.

Wie auch immer, als der Rabbi mich zu vernichten suchte, hätte ich keine Zeit damit verschwenden sollen, nach »meinem Gott« zu rufen.

Das war für den Hüter der Gebeine undenkbar gewesen – meinen Gott anzurufen – denn während all dieser Jahre bösartiger, übersinnlicher Dienste war mein Gott nie an meiner Seite gewesen. Ich glaube, der Hüter der Gebeine, der jenen Samuel verfluchte, konnte sich an seinen Gott nicht einmal mehr erinnern, denn er erinnerte sich auch nicht daran, einmal menschlich gewesen zu sein, was ich jetzt weiß. Mein Gott hatte damals zu mir gehört, als ich ein Mensch war, ein junger Mann, lebendig, in der Stadt Babylon, in der ich auch gestorben war.

Und tatsächlich – obwohl ich es hasse, das zugeben zu müssen –, wenn ich Samuel ins Spiel bringe, kann ich mich nur erinnern, wie stolz ich war, sein Dschinn zu sein, ein Geist mit bemerkenswerten

Kräften, wie sie die schlichten Seelen der Toten nie erlangen. Ich war die machtvolle Demonstration uralter Magie, ausgeübt von Menschen, die wußten, wie man jene einsetzt.

Nichts, was das menschliche Leben betraf, spiegelte sich in meinem Gedächtnis. Ich konnte mich nicht einmal an die Gebieter vor Samuel erinnern, obwohl es mit Sicherheit welche gegeben hatte. Bis zurück zu den Zeiten Babylons mußte es eine ganze Reihe solcher Magier gegeben haben, allen hatte ich gedient, alle hatte ich überlebt.

Es konnte nicht anders gewesen sein, denn es stand fest, der Hüter der Gebeine wurde von Magier zu Magier weitergegeben.

Und irgendwann, wie der Rabbi gnädigerweise für Gregory erklärte, hatte der Hüter der Gebeine gegen seinen, ihm durch ein Ritual auferlegten Zweck aufbegehrt. Sogar schon während dieser rituellen Handlung hatte er sich gegen den aufgebäumt, der ihn ins Dasein zurückrief. Und das hatte der Hüter auch später noch getan.

Doch was war all dem vorausgegangen? War ich nicht auch einmal ein Mensch gewesen? Welche Erwartungen setzten meine Erinnerungen in mich? Welche Erwartungen setzte Esther in mich? Warum war es so verführerisch, Augen und Ohren zu haben, Schmerz zu fühlen, wieder zu hassen, und das Verlangen zu spüren, wieder töten zu wollen? Und ich spürte ein großes Verlangen danach.

Ich wollte den Rabbi töten, doch dann wieder konnte ich es nicht. Ich hielt ihn für einen guten Menschen, vielleicht für einen Menschen ohne Fehl, sah man davon ab, daß es ihm an Güte mangelte, deshalb konnte ich es nicht. Man kann nicht für alles Böse andere verantwortlich machen. Ich brachte es nicht fertig, ihn zu töten. Und ich war froh, daß ich es nicht getan hatte.

Sicher kannst du dir vorstellen, daß ich mir selbst ein Rätsel war. Gefangen zwischen Himmel und Hölle und ohne eine Ahnung, warum ich hier war.

Aber Gott hatte mich nicht gesandt, nein, ER nicht, ich hatte auch keinen Gott, und als der Rabbi mich bannte, als er seine recht beträchtliche Kraft dazu benutzte, um mich verschwinden zu lassen und meinen Verstand zu umnebeln, damit ich mich ihm nicht widersetzen konnte, hatte er das im Namen Gottes getan, und ich hatte es nicht gewagt, diesen selben Gott anzurufen, den Gott meiner Väter, den Herrn der Heerscharen, den Gott im Himmel, der vor allen anderen Göttern kommt.

Nein, in diesem Augenblick der Schwäche hatte Asrael, Mensch und Geist in einem, seinen alten heidnischen Gott angerufen, einen Gott aus seiner Zeit als Mensch, einen Gott, den er geliebt hatte.

Als der Rabbi mich verfluchte, hatte ich ganz absichtlich das alte Chaldäisch gewählt, um nach Marduk zu rufen. Ich wollte, daß der Rabbi diese archaische Sprache vernahm. Denn wie schon so oft vorher, wurde ich von Zorn verzehrt. Ich wußte, daß mein Gott mir nicht helfen würde.

Irgendwie hatten sich unsere Wege, meine und die meines Gottes, getrennt, muß ich mich nun an alles erinnern? Muß ich die Geschichte von Anfang an kennen?

Nun, wenn ich versuchte, das Ganze zusammenzufassen, es zu verstehen, herauszufinden, wer ich einst war und wie ich zum Hüter der Gebeine geworden war, dann nur zu einem Zweck: Damit ich endlich sterben könnte. Wirklich und wahrhaftig sterben. Ich wollte nicht einfach zurückfallen in die Schwärze, um für ein weiteres schauriges Drama aufs neue heraufbeschworen zu werden, und sicherlich wollte ich nicht als erdgebundener Geist mit den anderen verlorenen Seelen, die sich, vor sich hin murmelnd und stammelnd und kriechend, an ihre Sterblichkeit klammerten, in der Falle stecken. Sondern ich wollte sterben. Damit mir endlich widerfuhr, was mir bisher durch einen Trick, an den ich keine Erinnerung hatte, versagt worden war.

»Asrael, ich warne dich.« Wer hatte das gesagt, vor Tausenden von Jahren? Ein Trugbild, ein Phantom? Wer war der Mann, den ich undeutlich an diesem reichgeschnitzten Tisch sitzen sah, unaufhörlich weinend? Wer war dieser König? Es hatte da einen großen König gegeben …

Doch mein Zorn und meine wilde Wut hatten mich geschwächt und mich in einen derartigen Schockzustand versetzt, daß der Rabbi mich verflüchtigen lassen konnte. Mein Verstand war ebenso davongeflogen wie mein Körper. Meine Fähigkeit, vernünftig zu denken, war verlorengegangen, und so stieg ich auf in die Nacht, gestaltlos trieb ich abermals umher zwischen den elektronischen Stimmen und taumelte oberhalb dieses Magneten, der uns alle hält – die sich immerdar drehende Welt.

Doch ich lasse nie los. Ich lasse nie wirklich los.

Als ich zu mir kam, als ich meine Kräfte sammelte, als ich mein Augenmerk auf ein Ziel richtete, überdachte ich die verschiedenen Aspekte meiner jetzigen Lage – daß ich sehr gut keinen Gebieter haben könnte, daß ich Esther nicht enttäuschen würde, daß ich stärker war als je zuvor – und ich war entschlossen, dieses Mal härter darum zu kämpfen, mich von den beiden Männern – dem Rabbi und seinem Enkel Gregory – zu befreien. Ich war fest entschlossen, daß ich, wenn ich schon nicht sterben konnte, wenigstens von ihnen unabhängig werden würde.

Wer weiß, was einen Geist, ob er in einem menschlichen Körper ist oder nicht, nährt.

Die Menschen in der heutigen Zeit, die sich über unsere alten Bräuche lustig gemacht hätten, glaubten an absolut groteske Erklärungen für manche Dinge – man nehme als Beispiel, wie ein Hagelkorn zustande kommt: Ein Staubkorn in der oberen Atmosphäre sinkt ab, steigt auf, sinkt wieder, Eis kristallisiert sich darum, es sinkt und steigt, nimmt dabei an Umfang zu, bis der perfekte Augenblick gekommen ist, an dem das Hagelkorn diesen Kreislauf durchbricht und zur Erde fällt, nur um nach all dem, nach diesem ganzen erstaunlichen Prozeß, zu nichts zu zerfließen. Staub zu Staub.

Eines Tages werden diese Leute – diese Leute von heute mit dem cleveren Verstand – auch alles über Geister wissen, so, wie sie heute über Gene und Neutrinos und andere Dinge Bescheid wissen, die man nicht sehen kann. Ärzte werden am Krankenbett den Geist des Sterbenden aufsteigen sehen, wie ich es bei Esther sah. Man wird keinen Magier mehr brauchen, um einen Geist gen Himmel zu treiben. Es wird Menschen geben, die klug genug sind, auch etwas wie mich zu vernichten oder auszulöschen.

Schreibe das auf, Jonathan.

Die Wissenschaftler deines Zeitalters haben das Gen einer Fruchtfliege isoliert. Diese Fliege hat keine Augen, aber wenn man einer anderen der gleichen Art dieses Gen injiziert – Gott möge dieser winzigen Kreatur gnädig sein –, weißt du, daß diese Fruchtfliege dann an ihrem ganzen Körper Augen produziert? Selbst auf den Flügeln und den Gelenken?

Muß man diese Wissenschaftler nicht lieben? Ist man da nicht gerührt und empfindet tiefen Respekt für sie?

Du kannst mir glauben, als ich am nächsten Abend wieder zu mir selbst fand, optimistisch und hassenswert ruhig war und wieder Gestalt annahm, wenn auch nur durchscheinend, hatte ich nicht die Absicht, Hilfe bei Wissenschaftlern zu suchen, genausowenig wie bei Hexenmeistern, um endgültig den Tod zu finden. Nein. Ich war fertig mit all den Praktikern des Unsichtbaren. Ich war durch mit allem, außer mit der Suche nach Gerechtigkeit für ein Mädchen, das ich nie gekannt hatte. Und ich würde eine Möglichkeit finden zu sterben, selbst wenn das hieß, daß ich mich an alles erinnern mußte, an jeden noch so kleinen Augenblick, auch daran, was ich in meinem Todeskampf durchgemacht hatte, damals, als der Tod noch eine Gewißheit hätte sein sollen, als die Stufen zum Himmel sich mir hätten öffnen oder wenigstens die Tore zur Hölle sich mir weit hätten auftun sollen.

Halte dich solange lebendig, bis du verstehst, sagte ich mir.

Es war aufregend! Im Moment war es vielleicht das einzig wirklich Aufregende, das ich mir vorstellen konnte.

Am nächsten Abend schuf ich mir meine vollständige Gestalt so blitzschnell, als habe jemand einen modernen Lichtschalter betätigt, und ich stand auf einem Gehweg in Brooklyn. Für sterbliche Augen unsichtbar, aber in eben der Gestalt, die sich schnell genug materialisieren würde.

Ich wollte es so. Und dennoch, aus eigenem Antrieb zu erscheinen? Ich konnte dem noch nicht ganz trauen. Aber heute Nacht würde ich meine Suche nach der Wahrheit in Angriff nehmen.

Brooklyn also noch einmal, wieder das Haus des Rabbi und seiner Familie, und Gregorys Wagen schob sich schon an den Bordstein.

Unsichtbar nahte ich mich Gregory, wickelte mich beinahe um ihn, wobei ich vermied, ihn tatsächlich zu berühren, aber ich begleitete ihn die schmale Gasse hinab und berührte fast seine Finger, als er das kleine Tor öffnete.

Als sich die Tür öffnete, schlüpfte ich mit ihm voller Schwung und furchtlos hinein, sog dabei den Geruch seiner Haut ein und betrachtete ihn so gründlich wie nie zuvor.

Ich glaube, ich schwelgte einen Moment darin, unsichtbar zu sein, obwohl ich es für gewöhnlich hasse, und ich rückte näher, um zu sehen, wie gepflegt und kräftig dieser Mann doch war, die Ausstrahlung eines Herrschers ging von ihm aus.

Die schwarzen Augen wiesen keinerlei Fältchen auf, die von Müdigkeit oder Affektiertheit zeugten, und glänzten ungewöhnlich hell in seinem Gesicht, und besonders sein Mund war sehr schön, schöner als ich zuvor bemerkt hatte.

Er trug die schlichte Kleidung dieser Zeit, jedoch edel und teuer, einen langen Mantel aus leichter, weicher Wolle, darunter feinstes Leinen und um den Hals den Schal vom Vortag.

Ich begab mich in die hinterste linke Ecke des Zimmers – ein wesentlich besserer Standort als der am Abend zuvor, denn ich stand nun sehr weit links von den beiden Männern. Die trüben Lampen neben und über ihnen warfen ein kleines Rund, das ihnen eine ihnen unwillkommene Nähe aufzwang.

Da sich der alte Mann und Gregory gegenüberstanden, konnte ich beider Profil sehen, wie auch die Truhe, die schimmernd auf dem Pult stand, von dem heute all die heiligen Bücher entfernt worden waren. Zweifellos würde es nach dieser Transaktion durch tausend Worte und Gesten und bei Kerzenlicht einer rituellen Reinigung unterzogen werden. Aber was bedeutete mir das?

Meine Gegenwart versetzte die Luft im Zimmer in Bewegung. In kürzester Zeit würde der alte Mann Bescheid wissen. Ich mußte still stehen und der Verlockung meiner wachsenden Kraft widerstehen. Ich zog es vor, durchscheinend und damit flink zu sein, anstatt niedergeschmettert zu werden. Lieber huschte ich durch die feste Wand, als mich vor Schrecken und Schmerz aufzulösen, so wie es mir in der vergangenen Nacht ergangen war.

Ich stand an der Außenwand des Raumes, an eine hölzerne Tür gelehnt, die unbenutzt schien, denn der Messinggriff war staubbedeckt. Ich konnte meine Umrisse erkennen, meine verschränkten Arme, meine Schuhe. Ich befahl, daß sich um mich Kleider wie die Gregorys formen sollten, soweit ich deren Einzelheiten erkennen konnte.

Der Rabbi betrachtete, auf seine Ellenbogen gestützt, die Truhe vor ihm auf dem Pult, und die schwarzen Ketten wirkten abstoßend vor der goldenen Plattierung.

Daß er den Gebeinen so nahe war, erzeugte keinerlei besonderes Gefühl in mir. Auch nicht, daß die beiden darüber sprachen oder sich um sie herum bewegten oder die Truhe eindringlich anschauten. Ich nahm mir vor, mir das gut zu merken.

Benimm dich, als seiest du ein Mensch, und als sei es dir wichtig, am Leben zu bleiben. Sei auf der Hut wie ein Mensch. Nimm dir Zeit.

Ich amüsierte mich ein wenig darüber, daß ich mir selbst Ratschläge gab. Aber dann richtete ich mich tief in meiner Ecke ein, jenseits des Scheins des Lichts, damit es nicht einmal auf meine halbdurchsichtigen Schuhe fallen oder ein unvermeidliches Glitzern in meinen Augen hervorrufen konnte.

Versuch's nur, alter Mann! Ich war darauf vorbereitet. Ich war auf alles und jedes vorbereitet.

Eifrig trat Gregory ins Licht, den Blick direkt auf die Truhe gerichtet. Der Alte starrte die goldene Plattierung, die eisernen Ketten an und benahm sich, als sei Gregory gar nicht da. Der Geist hätte gut und gern er sein können.

Gregory streckte die Hände aus und griff, ohne um Erlaubnis zu fragen, nach der Truhe. So unangenehm es mir auch war, ich spürte daraufhin ein Glühen und wurde auf der Stelle massiver.

Der alte Mann nahm den Blick nicht von Gregorys Händen. Schließlich lehnte er sich zurück, seufzte tief und betont, wie um sich bemerkbar zu machen, und griff nach einigen Bögen Papier – ziemlich dünnes, billiges Papier, nichts, was auch nur annähernd mit Pergament zu vergleichen gewesen wäre – und streckte sie Gregory über die Truhe hinweg entgegen.

Gregory nahm sie.

»Was ist das?«

»Die Transkription dessen, was auf der Truhe steht«, sagte der Alte auf Englisch. »Siehst du nicht die Schriften?« Seine Stimme klang hoffnungslos. »Der Text steht dort in drei Sprachen. Man könnte die erste Sumerisch, die zweite Aramäisch, die dritte Hebräisch nennen, obwohl sie alle drei uralte Dialekte sind.«

»Ach, das ist mehr als nett von dir, ich hätte nicht so viel Entgegenkommen erwartet.«

Das dachte ich auch. Was hatte den alten Mann veranlaßt, so gefällig zu sein? Gregory konnte die Blätter kaum ruhig halten. Er stauchte sie, daß die Kanten ordentlich aufeinander lagen und wollte etwas sagen.

»Nein!« kam ihm der Alte zuvor. »Nicht hier. Es gehört nun dir, und du nimmst es mit. Und du kannst die Worte sprechen, wo und wann immer du willst, aber nicht unter meinem Dach. Und ich erwarte noch ein letztes Versprechen von dir, im Tausch für diese Schriftstücke, die ich für dich angefertigt habe. Du weißt, wozu sie gut sind. Damit kannst du den Geist beschwören. Darin steht, wie du es machen mußt.«

Gregory lachte leise. »Nochmals, deine Freundlichkeit überwältigt mich schier«, sagte er. »Ich weiß, wie sehr du es haßt, selbst mit Nichtigkeiten, die unrein sind, in Kontakt zu kommen.«

»Dies ist keine Nichtigkeit«, sagte der alte Mann.

»Also, wenn ich diese Worte spreche, erscheint der Hüter der Gebeine?«

»Wenn du es nicht glaubst, warum willst du es dann haben?« fragte der Alte.

Dieser Schock ging mir durch und durch, so daß ich völlig sichtbar wurde.

Ich drückte mich an die Wand, wagte nicht einmal meine eigenen Glieder anzusehen. Das Tuch der Kleider legte sich geräuschlos um meinen Körper. Ich gab den stillen Befehl: »Die Schuhe sollen glänzen, Gold soll sich um mein Handgelenk legen, und mein Gesicht sei glatt geschoren, doch ansonsten soll der Haarschmuck meiner Jugend bleiben!«

Ich spürte das ganze Gewicht meines Körpers, der mir massiver als am Abend zuvor erschien. Ich hätte gern an mir herabgesehen, aber ich wagte es nicht, aus Furcht, mich bemerkbar zu machen.

»Du meinst doch nicht etwa im Ernst, daß ich daran glaube«, antwortete Gregory höflich. Er faltete die Papiere und steckte sie sorgsam in die Brusttasche seines Mantels.

Der alte Mann entgegnete ihm nichts darauf.

»Ich will Näheres über das Ding erfahren, ich will wissen, wovon Esther redete, ich will es haben. Mich verlangt danach. Und zwar, weil es etwas Kostbares ist, weil es einmalig ist, und weil sie es mit ihren letzten Worten erwähnte.«

»Ja, das gibt dem Ding einen zusätzlichen Wert«, sagte der Alte, und seine Stimme klang so hart und klar, wie ich sie noch nicht von ihm gehört hatte.

Ich fühlte das Gewicht meines Haares auf meinen Schultern, fühlte die Feuchtigkeit, die aus dem Beton der Wand eisig in meinen Nacken kroch. Ich ließ den Schal um meinen Nacken dicker werden, so daß er sich höher um meinen Hals schmiegte. Die Glühbirne vibrierte. Gegenstände knackten, doch keiner der beiden schien darauf zu achten, so sehr waren sie mit sich selbst und mit der Truhe beschäftigt.

»Die Ketten sind schon verrostet«, bemerkte Gregory und zeigte mit dem Finger darauf. »Kann ich sie abnehmen?«

»Nicht hier.«

»Na, gut, dann gehe ich davon aus, daß dieser Handel abgeschlossen ist. Aber du willst ja noch etwas, nicht wahr? Ein endgültiges, ein letztes Versprechen. Das weiß ich. Ich sehe es dir an. Sprich. Ich will mit meiner Kostbarkeit nach Hause und sie öffnen. Sprich. Was willst du noch?«

»Versprich mir, daß du nicht in dieses Haus zurückkehrst. Suche mich nie wieder auf. Versuche auch nie wieder, mit deinem Bruder zusammenzutreffen. Erzähle niemanden, daß du als einer von uns geboren wurdest. Du wirst deine Welt von der unseren fernhalten, wie du es bisher getan hast. Wenn dein Bruder dich anruft, bist du nicht für ihn zu sprechen. Wenn dein Bruder dich besucht, wirst du ihn nicht empfangen. Dieses Versprechen verlange ich von dir.«

»Jedesmal wenn wir uns sehen, verlangst du das aufs neue, Großvater«, sagte Gregory. Er lachte. »Dein letzter Satz ist jedesmal diese Bitte, und immer wieder verspreche ich es.«

Er legte den Kopf auf die Seite und lächelte den Alten herzlich an, mit einer Herablassung und rasend machender Unverschämtheit.

»Du wirst mich nicht wiedersehen, Großvater. Nie, nie mehr. Wenn du stirbst, werde ich nicht über die Brücke und an dein Grab eilen. Das willst du doch hören, oder? Ich werde auch nicht zu Nathan gehen, um mit ihm zu trauern. Ich werde nicht das Risiko in Kauf nehmen, ihn oder irgend jemanden eurer Leute bloßzustellen. In Ordnung?«

Der Alte nickte.

»Aber ich verlange auch etwas von dir, wenn ich Nathan nie wieder treffen soll«, sagte Gregory.

Der alte Mann machte eine fragende Geste mit seinen Händen.

»Sag meinem Bruder, daß ich ihn liebe. Ich bestehe darauf, daß du ihm das sagst.«

»Ich werde es ihm ausrichten.«

Dann stand Gregory mit einer raschen Bewegung auf und nahm die Truhe in die Arme, wobei die Ketten über das Pult schrammten.

Abermals spürte ich, wie mich ein Zittern durchlief, und fühlte zusätzliche Kraft durch meine Arme und Beine rinnen, und ich merkte, wie meine Finger sich rührten. Es war ein Gefühl, als pieke man mich mit dünnen Nadeln. Daß das durch seine Berührung verursacht wurde, gefiel mir ganz und gar nicht. Aber vielleicht war es auch dieses Gefühl der Zweckgebundenheit, der extremen Konzentration, das wir alle hier in diesem Raum erzeugten.

»Leb wohl, Großvater«, sagte Gregory. »Eines Tages werden sie kommen und über dich schreiben wollen – meine Biographen, die, die die Geschichte des ›Tempels vom Geiste Gottes‹ niederlegen.« Er faßte die Truhe fester. Roter Staub rieselte von den rostigen Ketten auf seine Mantelaufschläge, aber er beachtete es nicht. »Sie werden deinen Nachruf schreiben, weil du mein Großvater bist. Und du verdienst diese Anerkennung.«

»Verlaß mein Haus.«

»Aber sicher. Du brauchst dir im Augenblick keine Gedanken darüber zu machen. Es gibt keine Aufzeichnungen über den Jungen, den du vor dreißig Jahren betrauert hast. Ich werde erst auf meinem Sterbebett darüber sprechen.«

Der alte Mann schüttelte langsam den Kopf, verkniff sich aber eine Antwort.

»Aber sag doch, bist du nicht ein kleines bißchen neugierig wegen dieser Truhe und ihres Inhalts, und was passiert, wenn ich die Beschwörungen anstimme?«

»Nein.«

Gregorys Lächeln verblaßte. Er betrachtete den alten Mann eindringlich, dann sagte er: »Nun gut, Großvater. Sonst haben wir wohl nichts mehr zu besprechen, nicht wahr? Absolut nichts mehr.«

Der alte Mann nickte.

Zorn stieg in Gregory auf, ließ seine Wangen feucht und rot werden. Aber er gönnte sich keine Zeit dafür. Er schaute nieder auf das Ding in seinen Armen, drehte sich auf dem Absatz um und eilte zur Tür, stieß sie mit dem Knie auf und ließ sie hinter sich ins Schloß fallen.

Der alte Mann hatte seine Haltung beibehalten. Er schien den Staub auf seinem Pult zu betrachten, die rostigen Krümel, die das Eisen auf dem polierten Holz hinterlassen hatte. Aber ich war mir nicht sicher.

Ich spürte nichts Außergewöhnliches. Weder rührte ich mich, noch gewann ich an Stärke hinzu, als sich Gregory mit der Truhe aus meiner Nähe entfernte. Nein, er war nicht der Gebieter, nie und nimmer, auf gar keinen Fall. Aber dieser alte Mann? Ich mußte es herausfinden.

Gregorys Schritte verhallten in der Gasse.

Ich kam aus meinen Versteck hervor, trat an das Pult heran und stellte mich direkt vor ihn.

Der alte Mann war entgeistert.

Der Schrei, den er hätte von sich geben müssen, wurde von starrem Schweigen geschluckt, seine Augen zogen sich zusammen, und als er sprach, erklang nur ein Flüstern.

»Zurück in die Gebeine, Geist«, hauchte er.

Ich setzte all meine Kraft ein, um mich gegen ihn zu behaupten, ich übersah seinen Haß, ich ließ keinen Gedanken an all die Ungerechtigkeiten, an all die Lieben meiner langen unglücklichen Existenz aufkommen. Ich sah ihn an und hielt stand. Ich nahm seine Worte kaum wahr.

»Warum hast du die Gebeine an ihn weitergeben?« fragte ich. »Was bezweckst du damit? Wenn du mich beschworen hast, um ihn zu vernichten, will ich es wissen!«

Er drehte sein Gesicht zur Seite, als wolle er mich nicht ansehen.

»Hebe dich hinfort, Geist!« verkündete er auf Hebräisch.

Ich beobachtete, wie er, den Stuhl beiseite stoßend, aufstand und die Hände in die Luft warf; als er sprach, erkannte ich Hebräisch, dann Chaldäisch, ja, das konnte er auch, und er sprach es mit perfekter Betonung, doch ich hörte die Worte nicht. Seine Worte berührten mich nicht, konnten mir nichts anhaben.

»Warum hast du behauptet, daß er Esther getötet hat? Warum, Rabbi? Sag's mir!«

Stille. Er war verstummt. Nicht einmal ein stummes inneres Gebet sprach er. Er stand wie gebannt, den Mund fest zusammengepreßt unter dem weißen Oberlippenbart, die Locken seines Haares bebten leise, das Licht hob die gelblichen wie die schneeweißen Strähnen seines Bartes gleichermaßen hervor.

Er hatte die Augen geschlossen, und nun begann er, Gebete in hebräischer Sprache zu wispern, wobei er wieder und wieder in schneller Folge den Oberkörper wiegte.

Seine Wut und seine Furcht standen sich in nichts nach, doch beides wurde übertroffen von dem Haß, der ihn verzehrte.

»Willst du Gerechtigkeit für Esther?« schrie ich ihm entgegen. Doch nichts konnte ihn aus seinem Versenktsein in die Gebete reißen.

Nun sprach ich leise auf Chaldäisch: »Ihr winzigsten Partikelchen aus Land und Luft und Bergen und Meer, vom Lebendigen und vom Unbelebten, die ihr euch um mich schart und mir diese Form verleiht, hebt euch fort von mir, doch nur so weit, daß ich euch noch mit meinem Willen wieder herbeibefehlen kann, und laßt mir nur meine Umrisse, auf daß dieser sterbliche Mensch mich so sehe und zittere.«

Die Birne, die von der Decke hing, schwankte sacht an ihrem nackten Kabel. Der Bart des Alten wehte leicht im Luftzug. Ich sah, daß ihn das blinzeln ließ.

Nun konnte ich durch meine eigenen durchscheinenden Hände hindurch den Fußboden sehen.

»Hebt euch fort von mir«, flüsterte ich, »und haltet euch in der Nähe bereit, auf meinen Befehl hin zurückzukehren, auf daß Gott selbst mich nicht von einem Mann unterscheiden könnte, den ER selbst geschaffen hat!«

Ich verschwand vollkommen.

Dabei streckte ich ihm meine in Auflösung begriffenen Hände entgegen, um ihn zu erschrecken. Ich wollte ihn verletzt sehen, wenigstens ein kleines bißchen. Ich wollte ihm trotzen. Doch er hielt nicht inne in seinen Gebeten.

Aber ich hatte keine Zeit, müßige Spielchen mit ihm zu treiben. Ich wußte nicht, ob meine Energie für mein Vorhaben ausreichte.

Ich durchdrang die Wände und stieg auf über die Hausdächer, fuhr durch kribbelnde Drähte und höher in die kühle Nachtluft hinauf.

»Gregory«, sagte ich, mit der gleichen Sicherheit, als habe mich mein einstiger Meister Samuel ausgesandt. »Gregory!«

Und dort unten im Verkehrsstrom auf der Brücke sah ich seinen Wagen, lang und glänzend hielt er Schritt mit den Wagen seiner Leibwächter rechts und links und vor und hinter ihm; wie eine Schar Zugvögel, die stetig geradeaus fliegen, ohne je gegen den Wind kämpfen zu müssen.

»Hinab und an seine Seite, doch er soll mich nicht sehen!«

Kein Gebieter hätte das entschiedener sagen können, während er mit dem Finger auf das Opfer wies, das ich zu plündern, zu töten oder in die Flucht zu schlagen hatte.

»Nun komm, Asrael, ich befehle es!« sagte ich.

Und vorsichtig ließ ich mich hinab in den weichen warmen Innenraum des Wagens, in eine Welt aus dunklem synthetischen Samt und getöntem Glas, das die Nacht draußen wie tot aussehen ließ, eingehüllt in einen dichten Nebel.

Ich nahm den Platz ihm gegenüber ein, lehnte mich an die Wand, die uns von der Fahrerkabine trennte, und verschränkte wieder die Arme. Dabei betrachtete ich ihn, wie er da zusammengesunken saß mit der Truhe im Arm. Er hatte die nutzlosen eisernen Ketten entfernt, die nun schmutzig und zerbrochen auf dem mit Teppichen ausgelegten Boden lagen.

Ich hätte vor Glück weinen können. Ich hatte eine solche Angst gehabt! Ich war so überzeugt gewesen, daß ich es aus mir selbst heraus nicht konnte! Mein ganzer Wille war so auf diese Anstrengung fixiert gewesen, daß ich kaum Atem genug in mir hatte, zu merken, daß es tatsächlich geschafft war!

Gemeinsam fuhren wir die Straße entlang, der Geist, der ihn beobachtete, und er, der Mann, der seinen Schatz umklammert hielt, ihn sorgfältig auf seinen Knien balancierte und nun in seiner Tasche nach den Papieren suchte, sie aufgeregt wieder zurückschob, um die Truhe im Gleichgewicht zu halten; dann wieder glitten seine Hände darüber, als versetze das Gold an sich, wie schon die Alten so auch ihn in Aufregung.

Gold.

Heiß durchfuhr es mich, doch das war nur der Hauch einer Erinnerung.

Halte stand! Sprich: Von Land und Meer, vom Lebendigen und vom Unbelebten, von allem, was Gott schuf, kommt her zu mir, ihr Teilchen, die ich benötige, um aus mir eine Erscheinung zu machen, hauchdünn, kaum sichtbar, dennoch stark.

Ich senkte den Blick und sah den Umriß meiner Beine, ich hatte auch wieder Hände, ich schuf mir Kleidung wie Gregory sie trug. Ich konnte schon fast die Polster des Sitzes spüren – fast – und ich sehnte mich danach, ihn zu berühren, sehnte mich nach Kleidung, die mich einhüllte.

Ich sah Knöpfe, etwas, das glänzenden Knöpfen gleichkam, und Fingernägel auch. Und ich hob meine unsichtbare Hand ans Kinn, um sicherzustellen, daß ich glatt rasiert war wie Gregory. Aber meine Haare wollte ich, meine langen Haare, dick und lang, wie Samsons Haar. Ich vergrub meine Finger in den Locken. Ich hätte das ganze gern zu Ende gebracht, aber noch nicht in diesem Moment.

Ich mußte es nur sagen, wenn Asrael erscheinen sollte, so war es! Ich ganz allein. Ich war jetzt der Gebieter.

Plötzlich ließ Gregory die Truhe sinken. Mitten auf dem Wagenboden kniete er nieder und setzte den Schrein vor sich ab, dabei stützte er sich am Sitz ab, um die schwingenden Bewegungen des Fahrzeugs abzufangen. Seine rechte Hand war mir so nahe, daß sie mich fast berührte. Und dann riß er den Deckel der Truhe auf, der, brüchig und trocken, fast nur noch eine dünne Hülle, nach hinten flog, und im Inneren – dort in ihrem Bett aus moderndem Tuch lagen die Gebeine.

Ein Schock durchlief mich, als habe ich eine Infusion frischen Blutes erhalten. Nun hätte nur noch mein Herz schlagen müssen. *Nein, noch nicht.*

Ich senkte den Blick auf die Überreste meines einstigen Körpers, auf die goldüberzogenen Knochen, in denen meine Seele eingeschlossen war, und die auf Draht gefädelt und in der Form eines im Mutterleib schlafenden Kindes ausgelegt waren.

Eine Verschwommenheit, ein Gefühl der Auflösung, drohte mich zu überwältigen. Woher kam das? Schmerz. Wir waren in einem großen Raum. Ich kannte den Raum. Ich spürte die Hitze eines Kessels, in dem etwas siedete. Nein. Davon will ich nichts wissen. Nicht jetzt. Laß dir dadurch nicht deine Kraft rauben, Asrael.

Schau auf den Mann dort, wie er vor dir auf den Knien liegt und die Gebeine, die doch die deinen sind, nachgerade anbetet.

»Körper, löse dich nicht von mir«, wisperte ich. »Bleibe fest und so stark, daß Engel mich beneiden könnten. Forme mich zu dem Mann, den ich im Spiegel sähe, hielte ich ihn mir in meiner glücklichsten Stunde vor Augen.«

Gregory stutzte. Er hatte mein Flüstern gehört. Doch im Dunkel des Wagens sah er nur die Truhe. Was waren schon Stöße und Knarren und Geflüster? Der Wagen flog nur so dahin. Die Stadt zischte und pulsierte.

Seine Augen waren auf die Gebeine geheftet.

»Mein Gott«, sagte er, und sein Gewicht auf die Fersen verlagernd, um nicht umzufallen, langte er nach dem Schädel.

Ich spürte das. Ich spürte seine Hände an meinem Kopf. Doch nur wie ein Streicheln auf dem dichten, schwarzen Haar, das ich mir selbst geschaffen hatte.

»Mein Gott!« wiederholte er. »Hüter der Gebeine? Du hast einen neuen Gebieter. Es ist Gregory Belkin und seine gesamte Anhängerschaft. Ich rufe dich, ich, der zum ›Tempel vom Geiste Gottes‹ gehört. Komm her zu mir, Geist! Komm her zu mir.«

Ich sagte: »Ja, vielleicht, aber vielleicht nicht mit so vielen Worten. Ich bin schon hier.«

Er hob den Blick, sah mich gelassen ihm gegenüber sitzen und stieß einen lauten Schrei aus, während er seitwärts gegen die Wagentür fiel. Die Truhe ließ er dabei aus den Händen gleiten.

Ich spürte keine Veränderung in mir, ich wurde eher noch stärker und deutlicher sichtbar. Ich beugte mich zu ihm hinüber, und dann vorsichtig nach unten und schloß eigenhändig den brüchigen Deckel der Truhe. Danach lehnte ich mich mit vor der Brust verschränkten Armen zurück und seufzte.

Er hockte noch immer zusammengekauert auf dem Wagenboden neben der Tür, mit dem Rücken zum Sitz, und starrte mich an. Starrte nur. Dann, von einem Staunen erfüllt, das ich schon häufig bei Sterblichen gesehen hatte, zeigte er Furchtlosigkeit und triumphierende Freude.

»Hüter der Gebeine!« wiederholte er und zeigte mir seine sämtlichen Zähne in einem blitzenden Lächeln.

»Ja, Gregory«, antwortete ich, bewegte die Zunge in meinem Mund, und sprach Englisch, seine Sprache. »Ich bin hier, wie du siehst.«

Ich musterte ihn eingehend. Ich hatte seine Kleidung noch übertroffen, denn mein Mantel war aus weicher, makelloser Seide und die Knöpfe waren aus Jaspis, und das Haar fiel mir lang auf die Schultern herab. Schwer war es! Und meine Haltung war gefaßt, während er ziemlich außer Fassung auf dem Boden saß.

Langsam, sehr langsam, mit dem Türgriff als Stütze, kam er vom Boden hoch, lehnte sich in den samtbezogenen Sitz und schaute zuerst auf die Truhe zu seinen Füßen, dann auf mich.

Ich drehte mich einen Moment hastig zur Seite. Ich konnte nicht anders. Ich hatte Angst. Ich mußte einfach kontrollieren, ob ich mich selbst in dem getönten Glas der Scheiben sehen konnte. Draußen glitt die Nacht wie in einem herrlichen Traumflug vorbei, die herandrängende, turmgespickte Stadt, in der grellorangenfarbene Lichter wie feurige Fackeln glühten.

Und da war Asrael, der mit klugen, schwarzen Augen sein Ebenbild begutachtete, glatt rasiert, das Haar kapuzengleich um den Kopf fallend und die dichten Augenbrauen, wie immer, wenn er lächelte, leicht nach oben gezogen.

Ohne Eile wandte ich Gregory den Blick wieder zu, schenkte ihm ein Lächeln. Mein Herz klopfte, und meine Zunge bewegte sich ohne Schwierigkeiten. Ich lehnte mich zurück, fühlte die Bequemlichkeit des gepolsterten Sitzes, spürte die Vibration des Motors, die sich durch den weichen, edlen Samt hindurch in meinen Körper fortpflanzte.

Ich hörte Gregorys Atemzüge, sah, wie sich seine Brust hob und senkte. Abermals sah ich ihm direkt in die Augen.

Er war hingerissen. Seine Arme waren nicht einmal angespannt, die Finger lagen geöffnet auf seinen Knien. Er richtete sich nicht einmal auf, so als wolle er sich gegen einen Stoß oder Schlag rüsten. Er hatte die Augen weit geöffnet und lächelte ebenfalls.

»Du bist ein tapferer Mann, Gregory«, sagte ich. »Mit Tricks wie diesen habe ich andere Männer schon in stammelnde Idioten verwandelt.«

»Oh, wenn ich eines glaube, dann das«, gab er zurück.

»Aber nenne mich nicht so. Nicht Hüter der Gebeine. Ich mag das nicht. Nenne mich Asrael. So heiße ich.«

»Warum sagte *sie* das?« fragte er sofort. »Warum sagte sie das, da in dem Krankenwagen? Sie sagte ›Asrael‹, wie du es jetzt gesagt hast.«

»Einfach, weil sie mich sah. Ich sah sie sterben. Sie nahm mich wahr und nannte zweimal meinen Namen, und mehr sagte sie nicht, sie starb.«

Er ließ sich sachte in den Sitz sinken, schaute hoch und an mir vorbei, stemmte sich gegen die unvermeidlichen Erschütterungen des Wagens, die sich ergaben, wenn der Chauffeur die Geschwindigkeit drosselte, vielleicht weil er vom Verkehr dazu gebracht wurde. Er hielt den Blick eine ganze Weile abgewandt und lenkte seine Augen erst langsam wieder auf mich, dabei zeigte er eine ganz furchtlose und beiläufige Haltung, wie sie mir bei kaum jemandem vorgekommen ist.

Dann, als er die Hand hob, begann er zu beben. Doch das war nicht Feigheit. Nicht einmal Schock. Es war die überwältigende, schier wahnsinnig triumphierende Wonne, wie er sie gezeigt hatte, als er den Schädel berührte.

Er hätte mich gern angefaßt. Er rieb die Hände gegeneinander, streckte sie aus, doch zog sie dann wieder zurück.

»Nur immerzu«, sagte ich. »Es macht mir nichts. Tu's ruhig. Ich möchte es sogar.«

Dabei beugte ich mich nach vorne und griff schnell, ehe er es verhindern konnte, nach seiner rechten Hand und hob sie hoch. Er starrte mich mit weit aufgerissenem Mund an. Ich nahm seine Hand und drückte sie gegen meinen dichten Haarschopf und dann gegen meine Wange und gegen meine Brust.

»Spürst du einen Herzschlag?« fragte ich. »Es gibt keinen. Nur ein Pulsieren, als wäre ich insgesamt ein heiles, schlagendes Herz, wo doch genau das Gegenteil wahr ist. Deinen Puls fühle ich, deutlich genug, er rast. Ich fühle deine Stärke, und du hast nicht zu wenig davon.«

Er wollte seine Hand lösen, aber das war nur der Form halber, und ich ließ es nicht zu; ich hielt sie fest, im Licht der Straßenbeleuchtung, das durch die Fenster fiel, sah ich seine offene Handfläche.

Der Wagen kroch jetzt dahin.

Ich sah die Linien in seiner Hand, öffnete meine freie Hand und fand dort die gleichen Linien vor. Das hatte ich wirklich gut hinbekommen. Kein Gebieter hatte das je besser gemacht. Nur wußte ich diese Linien nicht zu lesen, doch daß sie perfekt bis ins kleinste Detail waren, sah ich sofort.

Dann entschloß ich mich, etwas zu tun, das ich mir selbst nicht erklären konnte. Ich drückte einen Kuß auf die Innenfläche seiner Hand. Ich küßte das weiche Fleisch seiner Hand; preßte meine Lippen fest darauf, und als ich den Schauer spürte, der ihn durchfuhr, sonnte ich mich darin, fast so wie er sich in meiner Gegenwart sonnte.

Ich sah ihm in die Augen und fand etwas von meinen eigenen Augen darin, sie waren so groß, so dunkel wie meine, und selbst der dichte Kranz der Wimpern, auf den ich einst als Lebender so stolz gewesen war, war der gleiche.

Ich hätte ihn gern auf die Lippen geküßt, sie gegen die meinen gepreßt, so, wie es Feinde tun, bevor sie versuchen, sich gegenseitig umzubringen.

Und wahrhaftig, wenn es je in der Existenz des Hüters der Gebeine einen Augenblick wie diesen gegeben hatte, konnte ich mich zumindest nicht daran erinnern. Nicht ein Fädchen einer solchen Erinnerung war da. Wirklich spürte ich nur eines, daß er mich faszinierte, und die einzige unangenehme Regung war, daß ich Esthers Gesicht wahrnahm und die letzten Worte, die von ihren Lippen kamen.

»Und was läßt dich glauben, daß ich nicht der Gebieter bin?« flüsterte Gregory. Ein strahlendes, beinahe verzücktes Lächeln spielte um seine Lippen.

Ich ließ seine Hand los, und er zog sie fort und legte dann seine Hände nebeneinander, als wolle er sie vor mir in Sicherheit bringen, aber er machte das mit einer taktvollen Eleganz.

»Ich bin dein neuer Meister, und das weißt du«, sagte er sanft. Doch der Ton war eifrig und liebevoll. »Asrael! Du gehörst mir.«

Er hatte nicht einmal mehr einen Hauch von Angst in sich. Tatsächlich schien das Wunder, das ihm hier begegnete, das innerste Selbst seiner Person zu sein, der Teil, der schon dem Rabbi und einer ganzen Armee von Menschen getrotzt hatte, und der auch mir trotzen wollte. Das Wunder in ihm war ... was? Die monströse Arroganz des Eroberers?

»Ich bin nicht dein Gebieter?« fragte er.

Ich sah ihn ruhig an. Ich dachte über ihn auf eine ganz neue Art nach, nicht im Zorn, sondern prüfend, weil ich wissen wollte, wer und was er genau war. Hatte er Esther getötet? Was, wenn nicht?

»Gregory, ich sage nicht, daß du nicht der Gebieter bist. Ich sage nur, daß ich nicht allwissend bin. Man muß den Geistern vergeben, daß sie so viel und so wenig zugleich wissen.«

»Das ist wohl auch bei uns Sterblichen so«, antwortete er mit einem delikaten Hauch von Traurigkeit in der Stimme. »Und hast du jemals zu ihnen gehört?«

Eiseskälte packte mich unversehens, ließ meine neu geschaffene Haut schaudern. Dämmerlicht. Von glasierten Ziegelwänden echoten die Schreie der Menge. Ich schüttelte mich unwillkürlich. Natürlich war ich einst ein Sterblicher gewesen! Na, und?

Jetzt war ich hier in diesem Wagen, bei ihm. Der Prozeß der Fleischwerdung lief immer noch in mir ab, die Sehnen wurden straffer, mein Körper bildete in meinen neuen Knochen immer feiner Mineralien aus, und auf meinen Handrücken und den Armen wuchsen die Härchen immer länger, und auf den Wangen lag der frische Flaum des langsam wachsenden Barts.

Und diesen Prozeß mußte ich selbst in Gang gesetzt haben. Denn Gregory summte keine Sprüche, damit das alles geschah, und er rezitierte keine Beschwörungen. Er wußte ja nicht einmal, daß all das im Gange war. Wenn von ihm irgend etwas Alchimistisches ausstrahlte, dann höchstens die Alchimie seines Gesichtsausdrucks, seines Staunens und seiner deutlich zu erkennenden Liebe.

Wieder diese Trübheit. Sie überfiel mich schnell und überwältigend – eine Prozession, eine breite Straße mit hohen blauglasierten Ziegelmauern, und der Duft unzähliger Blüten, Leute winkten, und eine grauenhafte Trauer, eine Bitternis, die so allumfassend war, daß ich einen Augenblick lang das Gefühl hatte, in Auflösung begriffen zu sein. Der Wagen schien mir schon keine Substanz mehr zu haben, was bedeutete, daß ich daraus verschwand. In die Vergangenheit blickend, sah ich mich den Arm heben, und ich hörte Stimmen, die Lobeshymnen sangen. Mein Gott wollte mir keinen Blick schenken. Mein Gott wandte sich ab von mir, von dem Prozessionszug, und er weinte.

Ich schüttelte den Kopf. Gregory beobachtete mich derweilen, schien ein Gespür dafür zu haben.

»Etwas bekümmert dich, mein Geist«, sagte er freundlich. »Oder fällt es dir nur schwer, dir wieder einen realen Körper zu erschaffen?«

Ich hielt mich am Türgriff fest, schaute in das Glas der Scheibe, in mein Gesicht, das sich dort spiegelte.

Ich selbst mußte dafür sorgen, daß ich an Ort und Stelle blieb.

Der Wagen bebte und rüttelte bei seiner Fahrt über die unebene Straße. Gregory merkte es nicht. Aber erneut war ein Lichtschein durch die Seitenfenster gefallen, so grell, daß er selbst deren dunkle Tönung durchbrach, in der Helligkeit sah ich, wie freudig erregt Gregory war, und wie entspannt, wie jung er in seinem Staunen und seiner Freude wirkte.

»Nun gut«, sagte er liebenswürdig und zog die Augenbrauen hoch. »Ich bin also nicht der Gebieter. Dann sag mir doch, mein Schöner – und du bist nun wirklich ein gutaussehender Geist –, warum du zu mir gekommen bist?«

Wieder zeigte er seine strahlenden Zähne, und als die diversen Schmuckstücke, die er trug – kleine aus Gold gefertigte Stücke am Handgelenk und an der Krawatte –, aufblitzten wie von Tönen angerührt, schien für einen Moment ein Zauber in der Luft zu liegen, der Gregory wirklich gut aussehen ließ, vielleicht ebensogut wie ich für ihn aussah.

Meister ... Wer waren Meister für mich? Alte Männer?

Ich sprach, ehe ich nachgedacht hatte.

»Einen so tapferen Gebieter wie dich gab es noch nie, Gregory«, sagte ich zu ihm, »zumindest nicht, soweit ich mich erinnern kann, und an vieles kann ich mich nicht erinnern. Aber deine Tapferkeit ist so anders, so frisch. Aber du bist nicht mein Gebieter. Mir scheint, ob es dir nun gefällt oder nicht, daß ich aus eigenem Antrieb und aus meinen eigenen Gründen heraus zu dir gekommen bin.«

Das gefiel ihm ungemein.

Mir wurde wärmer, und ich spürte die Fasern meiner Kleider auf der Haut, ich spürte das angenehme Gefühl der Sicherheit, einfach nur hier zu sein. Mein einer Fuß rekelte sich in den Schuhen.

»Es gefällt mir, daß du keine Angst vor mir hast«, sagte ich. »Es gefällt mir, daß du wie jeder Gebieter von Anfang an weißt, was ich bin, und trotzdem nicht der Gebieter bist. Ich habe dich beobachtet. Ich habe einiges über dich in Erfahrung gebracht.«

»So?« sagte er, ohne auch nur eine Miene zu verziehen. Er wirkte wie berauscht. »Sag, was hast du erfahren?« Mir schien es beinahe so, als gäbe es nur eines, was er noch faszinierender fand als mich, und das war er selbst.

Ich schenkte ihm ein Lächeln.

Es war durchaus nicht so, daß ihm überwältigende Glücksgefühle fremd waren. Er wußte recht gut, die kleinen und großen Freuden des Lebens zu genießen. Und obwohl er nie zuvor ein Erlebnis wie dieses hier gehabt hatte, so war er doch durch seine Lebensführung darauf vorbereitet, es nun entsprechend genießen zu können.

»Ja«, lächelte er breit, »ja.«

Ich hatte gar nichts gesagt, das wußten wir beide. Und doch hatte er meine Gedanken gelesen? Konnte man wohl noch mehr darin lesen, fragte ich mich.

Der große Wagen rollte sachte aus.

Ich war froh. Sein Charme machte mir Angst, und daß ich mich langsam für ihn erwärmte, ließ mich ebenfalls erschrecken, daß ich auf irgendeine Art, indem ich mit ihm sprach, noch an Kraft hinzugewann. Das hing gar nicht von seinen Wünschen und seinem Wollen ab, allein daß er es wahrnehmen konnte, reichte wohl schon aus. Aber das konnte ich nicht hinnehmen. Ich war dabei gewesen, als Esther starb, er nicht. Ich hatte meinerseits Kraft genug gehabt, ihren Mördern das Leben zu nehmen, obwohl ich seine Augen nicht auf mir gefühlt hatte.

Er schaute nun nach rechts und links aus den Fenstern. Dort hatte sich eine enorme Menschenmenge angesammelt, die brüllte, schrie, gegen den Wagen drängte, der plötzlich unter dem Ansturm schaukelte wie ein Boot auf den Wellen.

Doch das Ganze berührte Gregory überhaupt nicht. Er warf mir einen Blick zu und wieder fühlte ich, wie diese Trübheit mich einhüllte, denn der Anblick löste in mir Erinnerungen an den Prozessionszug aus, an fallende Blüten und aufsteigenden Weihrauchduft, an Menschen, die auf Flachdächern standen und mir ihre Arme entgegenstreckten.

Jonathan, du weißt, an was ich mich erinnerte, doch ich wußte das in dem Moment nicht. Es verwirrte mich. Es war, als wolle mich etwas zwingen, meine Existenz in einem ununterbrochenen Zusammenhang zu sehen. Doch ich traute dem nicht. Ohne es zu merken, war ich wohl dem, was mich Zurvan tausendmal gelehrt hatte, sehr nahe, nur erinnerte ich mich nicht an Zurvan. Warum sonst hätte ich dieses Mädchen rächen wollen? Warum sonst hätte ich den Rabbi wegen seines Mangels an Gnade mir gegenüber so verachten sollen? Warum sonst faszinierte mich das Böse in diesem Mann mir gegenüber so sehr, daß ich ihn nicht auf der Stelle tötete?

Er unterbrach meinen Gedankengang mit seiner sanften verführerischen Stimme.

»Und nun sind wir angekommen, bei mir zu Hause, Asrael«, sagte er.

Das brachte mich schnell wieder auf den Boden der Tatsachen zurück.

»Und gleich hier ist die Tür.« Er machte eine träumerische, träge Geste in Richtung der Menschen, die sich rechts und links von uns drängten. »Laß dich nicht durch sie erschrecken. Bitte tritt doch ein.«

Weit oben sah ich ganze Reihen hell erleuchteter Fenster.

Die Wagentüren hatten sich mit einem deutlich hörbaren Klick entriegelt, jemand war dabei, sie aufzureißen. Ich entdeckte, daß man einen Gang unter einem Baldachin für ihn vorbereitet hatte; zwischen bronzenen Pfosten waren Seile gespannt, die die Menge zurückhalten sollten. Fernsehkameras richteten sich auf uns. Männer in Uniform hielten die kreischenden, ihm zujubelnden Massen zurück.

»Und, können sie dich sehen?« flüsterte Gregory vertraulich, als wenn wir ein Geheimnis miteinander teilten.

Damit durchbrach er die bisher so perfekte Haltung mir gegenüber. Ich fühlte mich geneigt, das großzügig zu übersehen. Aber dann tat ich es doch nicht.

»Sieh doch selbst, ob sie mich sehen können oder nicht, Gregory.« Mit einem schnellen Griff nahm ich die Truhe hoch, schob sie unter meinen linken Arm, packte den Türgriff und kletterte über seine Beine hinweg vor ihm aus dem Wagen, mitten in das gleißende elektrische Licht, das sich auf den Gehweg ergoß. Da stand ich nun. Ich hielt die Truhe an meine Brust gepreßt. Vor mir ragte ein großes Gebäude auf. Kaum daß ich seine Spitze sehen konnte.

Wohin ich auch sah, sah ich aufgerissene Münder. Wohin ich auch sah, sah ich gaffende Blicke. In dem Stimmengewirr hörte ich Leute nach Gregory rufen, hörte sie nach Blut für Esthers Blut verlangen. Die verschiedenen Gebete konnte ich nicht auseinanderhalten.

Kameras und Mikrofone wurden uns entgegengehalten; eine Frau rief mir in rasender Hast Fragen zu, viel zu schnell, als daß ich sie hätte verstehen können. Die Menge durchbrach fast die Seile, doch weitere Uniformierte strömten herbei und stellten die Ordnung wieder her. Junge und alte Leute drängten sich hinter der Absperrung.

Die Scheinwerfer verströmten eine derartige Hitze, daß die Haut meiner Wangen brannte. Ich hob die Hand, um meine Augen davor abzuschirmen.

Ein donnernder Schrei aus vereinten Kehlen erhob sich, als Gregory nun erschien, den hilfreichen Chauffeur an seiner Seite, der ihm beflissen den Mantel abklopfte, auf dem noch der Rost der Truhe haftete. Er trat neben mich. Er schob seine Lippen an mein Ohr und sagte: «Sie sehen dich tatsächlich.« Mein dämmriger, unwirklicher Zustand war immer noch nicht vergangen, das Geschrei, das mich fast taub machte, war kein Englisch. Ich schüttelte die mich einhüllende Trauer ab und schaute mitten hinein in die grellen Lichter und die schreienden Massen vor mir.

»Gregory, Gregory, Gregory«, skandierten die Menschen.

»Ein Tempel, ein Gott, ein Geist.«

Zuerst überlappten sich die Rufe, schwappten in Wellen über uns hinweg, doch dann vereinigten sich die Stimmen:

»Gregory, Gregory, Gregory. Ein Tempel, ein Gott, ein Geist.«

Er hob die Hand und winkte, drehte sich nach rechts und links, dann um sich selbst, und nickte und lächelte, winkte auch den hinter ihm Stehenden zu, und dann drückte er seine Lippen auf die Hand, genau die, die ich vorhin geküßt hatte, und warf nicht nur eine Kußhand, sondern unzählige in die Menschenmenge, die aufkreischte und immer wieder entzückt seinen Namen rief.

»Blut, Blut, Blut für Esther!« schrie einer.

»Ja, Blut für ihr Blut! Wer hat sie umgebracht?!«

Noch übertönten das zwar die vorherigen Rufe, doch immer mehr Leute in der Menge nahmen den Schrei auf und: »Blut für Esthers Blut« klang es, und alle stampften mit den Füßen im Takt zu den Worten.

»Blut, Blut, Blut für Esthers Blut.«

Die Kamera- und Mikrofonträger durchbrachen die Absperrung und kreisten uns ein.

»Gregory, wer hat sie getötet?«

»Gregory, wer ist das neben Ihnen?«

»Gregory, wer ist Ihr Freund?«

»Mein Herr, sind Sie Mitglied des Tempels?«

Sie sprachen mit mir!

»Sagen Sie uns, wer Sie sind, mein Herr!«

»Sagen Sie uns, was Sie da tragen.«

»Gregory, sagen Sie uns, was Ihre Kirche tun wird.«

Er wandte sich den Kameras zu.

Ein entsprechend ausgebildeter Trupp dunkelgekleideter Männer stürmte vor und umringte uns, um die Frager von uns abzudrängen, und mit schier übermenschlicher Kraft schoben sie uns langsam den beleuchteten Weg entlang, vorbei an der Masse der Presseleute.

Gregory ergriff das Wort: »Esther war das Lamm! Unsere Feinde haben das Lamm geschlachtet! Esther war das Lamm!«

Die Menge zeigte wilde Zustimmung und applaudierte.

Ich stand neben ihm und starrte direkt in die Kameras, in die Strahlen der Scheinwerfer und in die vielen Kleinbildkameras, die, auf uns gerichtet, ein Foto nach dem anderen schossen.

Gregory holte tief Luft und setzte zum Sprechen an, hatte die Situation voll im Griff, wie ein Regent, der vor seinem Thron stand. Laut und akzentuiert sagte er:

»Der Mord an Esther war eine erste Warnung. Sie lassen uns wissen, daß die Zeit gekommen ist; jeden rechtschaffen denkenden Menschen werden sie vernichten!«

Wieder kreischte und jubelte die Menge, Schwüre wurden ausgestoßen und Gesänge angestimmt.

»Gebt ihnen keinen Anlaß!« verkündete Gregory. »Keinen Anlaß, unsere Kirchen und unsere Häuser heimzusuchen. Sie kommen in mancherlei Maske!«

Die Menge wogte einer gefährlichen Welle gleich uns entgegen.

Gregory legte liebevoll den Arm um mich.

Ich hob den Blick. Das Gebäude durchbohrte den Himmel über uns.

»Asrael, wir wollen hineingehen«, sagte er leise in mein Ohr.

Lautes Klirren von splitterndem Glas tönte herüber. Eine Alarmglocke schrillte. Die Menschenmenge hatte eines der unteren Fenster des Hochhauses eingedrückt. Sofort eilten die diensthabenden Männer herbei. Trillerpfeifen gellten und uniformierte berittene Polizei näherte sich. Wir wurden durch die Türen über glänzenden Marmorboden in das Gebäude eskortiert. Hinter uns hielten einige die Massen zurück, der Rest umringte uns noch immer, so daß es fast unmöglich war, eine andere Richtung einzuschlagen als die, in die sie uns schoben.

Ich war ganz schön aufgekratzt, wie lebendig in dieser ganzen Sache zu stecken. Verwundert und angeregt. Irgend etwas sagte mir, daß meine früheren Gebieter Männer gewesen waren, die ihre Macht und Fähigkeiten verstohlen, weise für sich behalten hatten.

Und hier standen wir in der heimlichen Hauptstadt der Welt: Gregory sprühte und glänzte im Bewußtsein seiner Macht, und ich ging neben ihm, trunken von dem Bewußtsein, irgendwie lebendig zu sein, trunken von all den Augen, die auf uns ruhten.

Schließlich standen wir vor einer mit Engelsgestalten geschmückten zweiflügeligen Bronzetür, und als sie sich vor uns öffnete, drängte man uns in eine mit Spiegeln ausgekleidete Kammer, und Gregory machte eine Bewegung, die besagte, die anderen sollten draußen bleiben.

Die Türen glitten zu. Da war ein Aufzug, der sich nun in Bewegung setzte. Ich sah mich selbst in den Spiegeln, der Anblick meines langen, dichten Haares und die scheinbare Wildheit meines Gesichtsausdrucks versetzte mir einen Schlag. Und dann sah ich Gregory, kühl und befehlsgewohnt, wie er mich und sich selbst beobachtete. Ich schien um Jahre jünger als er und ebenso menschlich – wir hätten Brüder sein können, beide dunkelhäutig, mit sonnengebräunter Haut.

Seine Züge waren zarter, die Augenbrauen schmal und glatt gebürstet; an mir fielen die starken Stirn- und Kieferknochen auf, dennoch schienen wir demselben Stamm zugehörig zu sein.

Während der Aufzug höher und höher stieg, dämmerte mir, daß wir beide, die wir uns gegenseitig begutachteten, nun ganz allein waren in dieser, das Licht widerspiegelnden Kabine.

Aber ich hatte mich noch nicht ganz von diesem Schock, der nur einer von vielen war, erholt, ich hatte mich noch nicht ganz an das leichte Schwanken des Aufzugs gewöhnt, als sich die Türen auch schon wieder öffneten und den Blick auf ein geräumiges, prachtvolles Refugium freigaben, das offensichtlich privat war: ein marmorverkleideter Vorraum mit bogenförmiger Decke, von dem rechts und links Durchgänge abzweigten, und direkt vor uns ein breiter Korridor, in dem sich weiter hinten ein Raum öffnete, dessen weitgeöffnete Fenster die lichtfunkelnde Nacht einließen.

Kein Zikkurat, keine Festung, keine Waldung konnte höher liegen als die Räume, in denen wir nun waren. Wir waren im Reich der luftigen Geister.

»Meine bescheidene Bleibe«, murmelte Gregory. Er mußte seine Augen förmlich von mir losreißen, aber er fing sich schnell.

Aus den Fluren kam der Klang von Stimmen und der Hall von Schritten. Irgendwo weinte eine Frau schmerzerfüllt. Türen fielen zu. Doch es kam niemand.

»Das ist Esthers Mutter, die da weint, nicht wahr?« fragte ich. »Das ist ihre Mutter.«

Gregorys Miene wurde ausdruckslos, dann traurig. Nein, das war mehr als Trauer, schmerzhafter noch, etwas, das er in Gegenwart des Rabbi nicht gezeigt hatte, als sie über seine ermordete Tochter sprachen. Er zögerte, schien kurz davor, etwas zu sagen und nickte dann nur. Die Trauer verzehrte ihn, zeigte sich in seinem Gesicht, seinem Körper, selbst in seinen Händen, die schlaff an seinem Körper herabhingen.

Er nickte abermals.

»Sollten wir nicht zu ihr gehen?« fragte ich.

»Und warum das?« fragte er ergeben.

»Weil sie weint. Sie ist traurig. Hör nur die Stimmen. Jemand behandelt sie unfreundlich.«

»Nein, sie versuchen nur, ihr die Medikamente zu geben, die sie braucht –«

»Ich möchte ihr sagen, daß Esther nicht gelitten hat, daß ich bei ihr war und daß ihr Geist sofort die Stufen zum Himmelreich erklommen hat. Ich will ihr das sagen.«

Er überlegte einen Moment. Währenddessen wurden die Stimmen etwas leiser. Und auch kein Weinen war mehr zu hören.

»Nimm meinen Rat an«, sagte Gregory, wobei er seine Hand mit einem festen Griff um meinen Arm legte. »Komm zuerst mit mir in meine Räume und rede mit mir. Deine Worte sind im Augenblick sowieso bedeutungslos für sie.«

Mir gefiel das nicht. Doch ich wußte, wir hatten zu reden, er und ich.

»Aber trotzdem, später, wenn es dir paßt, möchte ich sie sehen, ich möchte sie trösten. Ich möchte –«

Keine Worte. Keine menschlichen Listen. Plötzlich war da nur die niederschmetternde Gewißheit, daß ich auf mich selbst gestellt war. Warum, um Himmels willen, war es mir erlaubt, mit der ganzen Kraft eines Mannes ausgestattet, in diese Welt zurückzukehren? Eigentlich sogar mit noch größerer Kraft.

Gregory sah mich forschend an.

In einem schwach beleuchteten Vorraum sah ich zwei weißgekleidete Frauen. Die Stimme eines Mannes erhob sich heiser und ärgerlich hinter einer Tür.

»Die Truhe«, sagte Gregory und zeigte auf den goldenen Kasten in meinen Armen. »Laß sie so etwas nicht sehen. Das würde sie nur aufregen. Komm zuerst mit mir.«

»Ja, das ist ein merkwürdiges Ding, das hier«, sagte ich und schaute auf die Truhe, auf die kleinen goldenen Plättchen, die davon abbröckelten.

Wieder dieses vage dämmrige Gefühl, Kummer. Das Licht veränderte sich um eine winzige Nuance.

»Fort mit euch, all ihr Zweifel, ihr Sorgen und Ängste vor dem Mißerfolg«, hauchte ich in einer Sprache, die er unmöglich verstehen konnte.

Da war der vertraute Gestank kochender Flüssigkeit, ein goldener Nebel vor meinen Augen. Du weißt, warum. Aber ich wußte es nicht. Ich wandte mich ab, schloß die Augen, richtete sie jedoch gleich wieder auf den langen Gang, auf das Fenster, das sich gegen den Nachthimmel hin öffnete.

»Schau es dir an«, sagte ich, ich hatte eine vage Bemerkung auf der Zunge, etwas in der Richtung, daß all der Marmor, von dem wir hier umgeben waren, die gewölbten Decken und die Pfeiler, die jede Tür einrahmten, auch nicht schöner waren als draußen das Firmament des Himmels. »Die Sterne dort oben, sieh nur«, wiederholte ich, »die Sterne.«

Im Gebäude war es still. Gregory beobachtete mich, begutachtete mich, lauschte auf jeden meiner Atemzüge.

»Ja, die Sterne«, sagte er träumerisch, mit sichtlicher Ehrerbietung.

Seine flinken schwarzen Augen weiteten sich, und dann zeigte er wieder sein Lächeln, weich und liebevoll.

»Wir gehen später zu ihr und reden mit ihr, ich verspreche es dir«, sagte er. Er packte meinen Arm und wies mir die Richtung.

»Aber nun komm mit in mein Arbeitszimmer, komm jetzt und laß uns reden. Es ist an der Zeit, nicht wahr?«

»Wenn ich nur wüßte«, murmelte ich. »Sie weint immer noch, ja?«

»Sie wird bis zu ihrem Tode nicht aufhören zu weinen«, sagte er. Seine Schultern senkten sich unter dem Kummer, und seine Seele schmerzte davon. Ich ließ zu, daß er mich den Gang entlang führte. Ich wollte einiges von ihm erfahren. Ich wollte alles wissen. Ich ging nicht auf seine Worte ein.

18

Wir gingen den Gang entlang; Gregory, mir voran, ließ seine Schritte selbstbewußt auf dem Marmor hallen, ich hinter ihm, geblendet von den mit pfirsichfarbener Seide bespannten Wandpaneelen. Auch der Fußboden hatte diese herrlich satte Farbe.

Wir schritten an einer Menge Türen vorbei, eine davon, auf der rechten Seite, stand offen. Das war ihr Zimmer, und sie – Esthers Mutter – war da.

Ich blieb stehen und lugte hinein, das war unpassend, aber was ich dort vorfand, erstaunte mich.

Das Zimmer war ein üppig ausgestattetes Schlafgemach, in leuchtendem Rot gehalten, mit ebenfalls roten Draperien aus Seide, die an der Decke befestigt waren und von dort über die Bettpfosten herabhingen. Der Boden war auch hier aus Marmor, aber diesmal schneeweiß.

Doch bemerkenswerter als diese Einrichtung war der Anblick der Frau – es war die, die ich hatte weinen hören. Sie saß auf einer niedrigen Couch; das glänzende Gewand, das sie trug, war luftigleicht und ebenso knallrot wie das ganze Drum und Dran des Zimmers. Ihr Haar war pechschwarz, wie Esthers, wie meines – wenn man so will –, und ihre Augen waren ebenso riesig wie die von Esther und zeigten das gleiche, fast gleißende Weiß. Doch ihr Haar, das weit über ihren Rücken hinabfiel, war durchzogen von silbernen Strähnen, das war, als hätten die Jahre ihr einen Schmuck geschenkt.

Pflegerinnen in weißer Tracht umringten sie. Eine eilte herbei, um die Tür zu schließen.

Doch die Frau hob den Kopf und sah mich. Ihr Gesicht war verquollen, fahl und von Tränen naß. Aber sie war nicht alt. Sie war wohl bei Esthers Geburt noch sehr jung gewesen. Sie richtete sich sofort auf.

Doch die Tür fiel zu, und das Schloß klickte. Ich hörte sie rufen: »Gregory!«

Er blieb nicht stehen, griff hinter sich nach meiner Hand und zog mich – seine warme glatte Hand in der meinen – zu sich auf seine Höhe.

Hinter den Türen hörte man Flüstern. Drähte in den Wänden übertrugen die leisesten Töne. Doch ich konnte nicht hören, ob die Frau noch weinte.

Wir betraten den Hauptraum, der halbkreisförmig und mit einer kuppelartigen Decke versehen war, das ganze aufs Großartigste ausgestattet. Die Außenwand bestand aus einer Reihe von in zwölf gleich große Felder eingeteilten Sprossenfenstern, die vom Boden bis zur Decke reichten, und die Türen in dem Halbrund hinter unserem Rücken waren genau so gestaltet und in gleichmäßigen Abständen in die Wand eingelassen.

Es war mehr als großartig.

Der Anblick der Nacht in ihrer zeitlosen, lieblichen Schönheit packte mich mit aller Macht. Jenseits einer tiefen dunklen Kluft standen turmgleiche Häuser, übersät von einem Muster unglaublich regelmäßiger Lichtpunkte. Aber dann wurde mir klar, daß alle Gebäude diese schnurgeraden Fensterreihen hatten, daß dieses Zeitalter einer mathematisch anmutenden Präzision huldigte.

Mir schwirrte der Kopf. Informationen drangen auf mich ein.

Ich bemerkte, daß die Fenster des Raumes nicht, wie ich vermutet hatte, auf einen dunklen Fluß zeigten, sondern auf einen ausgedehnten Park. Ich roch den Duft der Bäume. Als ich hinabschaute, erstaunte es mich zu sehen, wie hoch über dem Boden wir uns tatsächlich befanden; die winzigen Gestalten der Menge, die sich noch immer vor der Einfahrt dort unten drängte, bewiesen es mir ebenso wie die berittenen Polizisten, die sich dazwischen bewegten wie eingekesselte Kavalleristen auf einem Schlachtfeld. Wie das Gewimmel von Ameisen.

Ich wandte mich dem Zimmer zu. Die Türen hinter uns in der geschwungenen Wand waren nun alle geschlossen. Ich konnte nicht mehr sagen, durch welche wir hereingekommen waren. Plötzlich ließ meine Aufmerksamkeit nach, und ich fühlte mich geradezu besessen von dem Gedanken an Esthers weinende Mutter. Doch für den Augenblick mußte ich das beiseite schieben.

Genau in der Mitte des Halbrunds stand ein riesiger, unförmiger, großer Kamin, natürlich auch aus weißem Marmor, kalt und überwältigend wie ein Altar. Löwen flankierten ihn, und über einem Sims oberhalb der Feuerstelle war ein gewaltiger Spiegel angebracht, der die Fensterreihe reflektierte.

Tatsächlich erstrahlten rings um mich immer neue Spiegelbilder. Die jeweils zwölf Felder in den Türen der rückwärtigen Wand bestanden ebenfalls aus Spiegelglas. Welche Trugbilder das doch auslöste! Wir schienen in diesem Palast zu schweben, und die Stadt schien uns tröstend in die Arme zu schließen.

In der Feuerstelle war Holz aufgeschichtet, so als sei schon tiefster Winter, obwohl der doch noch auf sich warten ließ.

Alle Türen dieses Raumes waren doppelflügelig, mit graziös geschwungenen vergoldeten Griffen, und die Sprossen der kleinen glänzenden Spiegelscheiben hatten ein aufwendig gearbeitetes Profil.

Ich drehte mich um und um und saugte all dies gierig in mich auf und versuchte möglichst viele Schlußfolgerungen daraus zu ziehen, wobei ich zweifellos aus Quellen schöpfte, über die ich mir wie immer in solchen Situationen nicht ganz im klaren war. Ich stutzte bei jedem neuen Objekt, das mir vor die Augen kam, bis ich erkannte, was es war. Kleine Statuetten aus China, eine griechische Vase, deren vertraute Form ich sehr tröstlich fand, und üppige gläserne Vasen mit Blumen – all diese Dinge standen auf Sockeln und Podesten.

Die im Raum verstreuten Couches und Sessel waren mit pfirsich- und goldfarbenem Samt bezogen. Es gab Tischchen mit glänzenden Oberflächen, Krüge mit herrlichen Lilien und dicken, goldgelben Tausendschön – so sahen sie jedenfalls für mich aus –, und unter der ganzen Pracht lag ein riesiger quadratischer Teppich, der vom Rand des Halbkreises bis kurz vor die Fenster reichte.

Der Teppich war eine herrlich detaillierte Arbeit, die den Baum des Lebens zeigte. Die Vögel des Himmels saßen darin, und es gab himmlische Früchte, und unter den Ästen wanderten winzige Gestalten in asiatischer Tracht umher.

So war es schon immer gewesen: Die Welt änderte sich, die Welt wurde komplizierter, die Welt wurde reicher an neuen Erfindungen und manchmal auch an Abscheulichkeiten, und doch tauchten die Formen, die aus meiner Zeit stammten, immer wieder rings um mich her auf. Jedes Ding in diesem Raum war auf irgendeine Art mit den ältesten bekannten Vorstellungen von Ästhetik verbunden.

Mir schoß die Vorstellung durch den Kopf, daß in diesem Teppich die längst untergegangenen Stämme Israels lebendig waren, die, die einst verschachert wurden, als Nebukadnezar über das nördliche Königreich herfiel, doch das war weit vor der Einnahme Jerusalems. Bilder von Schlachten und von Feuersbrünsten zogen an meinen Augen vorbei.

Asrael, reiß' dich zusammen.

»Verrate mir doch«, sagte ich und verbarg mein Entzücken über all diese Dinge, meine Schwäche für sie, meinen Hunger nach ihnen, »was hat es mit diesem ›Tempel vom Geiste Gottes‹ auf sich, daß sein Hoherpriester in solchem Glanze lebt? Dies ist doch eine Privatwohnung. Bist du der Dieb und Scharlatan, als den dich dein Großvater bezeichnet hat?«

Er antwortete nicht darauf, aber man sah ihm an, wie ihn das entzückte. Er ging um mich herum, ließ mich nicht aus den Augen und wartete gespannt, daß ich weitersprechen würde.

»Da liegt eine aufgeschlagene Zeitung, geradeso wie du sie zurückgelassen hast«, sagte ich. »Ah, Esthers Bild ist darauf. Esther lächelt für die Historiker, für die Öffentlichkeit. Und neben der Zeitung, was ist das da in der Kanne? Schwarzer Kaffee. Die Tasse riecht nach dir. Ich nehme deinen Geruch an ihr wahr. Dies sind deine privaten Räume, dein Ort der Entspannung. Dein Gott ist verdammt reich, ob vom Geist oder Ungeist.« Ich nahm mir Zeit für ein Lächeln. »Und du bist ein reicher Priester.«

»Ich bin kein Priester«, stellte er fest.

Durch eine der Türen in der geschwungenen Wand traten zwei Männer ein, ungelenke junge Burschen in gestärkten weißen Hemden und dunklen Hosen. Gregory wirkte irritiert.

Auf eine schnelle, befehlende Handbewegung von ihm hin verließen sie den Raum und schlossen die Tür hinter sich.

Wir waren wieder unter uns. Ich spürte, wie ich atmete, wie meine Augen sich in ihren Höhlen bewegten, und ich spürte ein solches Verlangen nach all diesen materiellen, die Sinne ansprechenden Dingen, daß ich hätte weinen mögen. Und ich hätte geweint, wenn ich allein gewesen wäre.

Ich musterte ihn mißtrauisch. Lichter, real und als Reflektion, blinkten wie der Pulsschlag der Nacht. Lichter waren hier so zahlreich und so lebensnotwendig wie Wasser in früheren Zeiten. Die Lampen waren beachtliche, aus Bronze gegossene Stücke mit protzig verzierten gläsernen Schirmen in der Farbe von altem Pergament. Licht, Licht, Licht.

Gregorys Begeisterung war unverkennbar. Er konnte sich kaum zügeln und vom Reden abhalten. Am liebsten hätte er mich mit Fragen bestürmt, alles Wissen aus mir herausgesogen. Ich blieb ungerührt, stur, als sei ich ein realer Mensch und hätte das gleiche Recht wie jeder andere, einfach still und ganz ich selbst zu sein.

Ein Luftzug durchwehte den Raum und brachte den Duft von Bäumen und Pferden mit sich und die Ausdünstungen der Motoren, die der Nacht einen Mißklang hinzufügten. Wenn er die Fenster schlösse, bliebe all dieser Lärm und Gestank draußen – allerdings auch der Duft von grünem Gras.

Schließlich konnte er sich nicht länger mehr zurückhalten.

»Wer hat dich gerufen?« fragte er. Er war nicht unfreundlich. Nein, er schien sich eher eine kindhafte Offenheit überzustreifen, doch zeigte er eindeutig eine zu ruhige Haltung, als daß das nicht aufgesetzt gewirkt hätte.

»Wer hat dich aus den Gebeinen hervorgezaubert? Du mußt es mir einfach sagen! Ich bin jetzt der Gebieter.«

»Laß diese alberne Taktik«, antwortete ich. »Es ist ein leichtes für mich, dich zu töten. Es wäre nur zu einfach.« Ich hatte nicht das Gefühl, daß der Widerstand ihm gegenüber mich in irgendeiner Weise schwächte.

Was, wenn die ganze Welt nun über mich herrschte, jeder einzelne Mensch? Ein gleißendes Feuer erschien vor meinen Augen, kein weltliches Feuer, nein, ein Feuer der Götter.

Die Gebeine in der Truhe, die ich immer noch hielt, fühlten sich schwer an. Verlangten sie danach, daß ich sie ansah? Ich betrachtete die alte, abgestoßene Truhe. Meine Kleidung war beschmutzt von ihr. Aber es machte mir nichts aus.

»Kann ich die Truhe absetzen?« fragte ich. »Hier, direkt neben deiner Zeitung auf dem Tisch? Neben deiner Kaffeeschale, neben dem Bild deiner toten Tochter, die so hübsch aussieht, so ganz unverschleiert.«

Er nickte mit leicht geöffneten Lippen, strengte sich an, ruhig zu bleiben, nachzudenken, obwohl er zu aufgekratzt war, um überhaupt irgend etwas geordnet anzugehen.

Ich stellte die Truhe ab. Ein Schauer tiefster Gefühle durchlief mich, hervorgerufen durch die unmittelbare Nähe der Gebeine und durch den Gedanken, daß das meine Knochen waren, und daß ich tot und ein Geist war, und daß ich der Erde wiedergegeben war, sie unter meinen Füßen spürte.

Mein Gott, raffe mich nicht dahin, ehe ich dies alles verstanden habe.

Gregory trat näher, doch ich wartete nicht ab, sondern hob, wie er selbst zuvor, kühn den zerbrechlichen Deckel von der Truhe, und legte ihn auf den großen Tisch, wobei ich die Zeitung ein wenig zerknitterte. Ich starrte auf die Gebeine.

Sie waren golden und schimmernd wie am Tage meines Todes. Doch wann war das gewesen?

»Der Tag meines Todes!« hauchte ich. »Werde ich nun alles herausfinden? Ist das ein Teil des Plans, Teil meiner Bestimmung?«

Wieder kam mir Esthers Mutter in den Sinn, die Frau in den roten Seidengewändern. Ich fühlte ihre Gegenwart unter diesem Dach. Sie hatte mich gesehen, und ich versuchte mir vorzustellen, wie ich für sie ausgesehen hatte. Ich wünschte, sie käme jetzt herein, oder ich fände eine Möglichkeit, zu ihr zu gehen.

»Was sagst du?« drängte Gregory. »Der Tag deines Todes? Wann war das, sag's mir. Wer hat dich zu diesem Geist gemacht? Und was meinst du mit Bestimmung, Plan?«

»Ich weiß die Antwort selbst nicht. Ich würde mich mit dir nicht herumplagen, wenn ich sie kennte. Als der Rabbi jene Inschriften übersetzt hat, hast du von ihm mehr erfahren als ich selbst wußte.«

»Nicht mit mir herumplagen!« ereiferte er sich. »Herumplagen! Mit mir! Siehst du denn nicht, daß, wenn es einen Plan gibt – einen Plan, der mein Konzept noch weit übertrifft –, daß du dann ein Teil davon bist?«

Es erfreute mich doch sehr, ihn so erregt zu sehen. Es erfrischte mich, ohne jeden Zweifel. Seine dünnen Augenbrauen hoben sich ein wenig, dabei bemerkte ich, daß nicht nur die Tiefe seiner Augen ihren Reiz ausmachten, sondern auch der langgezogene Schnitt. Bei mir waren alle Konturen eher rund, die Linien seines Gesichts waren gestreckt und scharf.

»Wann bist du das erste Mal aufgetaucht? Wieso konnte Esther dich sehen?«

»Wenn ich ausgesandt wurde, sie zu retten, habe ich versagt. Aber warum hast du sie als ›Das Lamm‹ bezeichnet? Warum hast du diese Worte benutzt? Und was sind das für Feinde, von denen du sprichst?«

»Das wirst du noch früh genug erfahren. Wir sind alle von Feinden umgeben. Wir brauchen nur ein bißchen Macht zu demonstrieren, den Plänen in die Quere zu kommen, die sie mit der Ernsthaftigkeit eines Gottes ausbrüten, und schon haben wir sie am Hals. Und das sind so gewöhnliche Pläne, Rituale, Traditionen, das Gesetzte, das Regulierte, das Stinknormale … du weißt, was ich meine, du verstehst mich.«

Und wie ich ihn verstand.

»Also, ich habe mich ihnen entgegengestellt, und sie würden sich gegen mich stellen, aber ich bin zu mächtig für sie, und meine Träume sind so, daß ihre kleinliche Schlechtigkeit dagegen kümmerlich wirkt.«

»Meine Güte, du hast eine aalglatte Zunge«, sagte ich, »und du verrätst mir so vieles mit deinen Worten. Warum mir?«

»Weil du ein Geist bist, ein Gott, ein Engel, mir allein gesandt. Du warst Zeuge von Esthers Tod, weil sie das Lamm war. Verstehst du nicht? Du erschienst, als sie starb, wie ein Gott, der ein Opfer entgegennimmt!«

»Ich fand ihren Tod schrecklich. Ich habe die drei Männer umgebracht, die sie getötet haben.«

»Du warst das.« Er war verblüfft.

»Ja, die Eval-Brüder. Ich habe sie getötet. Es steht in den Zeitungen. In den Nachrichten hört man, daß auf der Waffe sowohl ihr Blut als auch Esthers ist. Ich habe das getan! Weil ich ihr übles Vorhaben nicht verhindern konnte. Und von was für einem Opfer redest du? Warum sagst du, sie ist das Lamm? Wo war denn da ein Altar? Und wenn du glaubst, ich sei ein Gott, dann bist du ein Dummkopf. Ich hasse Gott, ich hasse alle Götter. Ich hasse sie!«

Er war fasziniert. Er schob sich dicht an mich heran, trat dann wieder einen Schritt zurück, ging schließlich im Zimmer umher, zu erregt, um still zu stehen.

Wenn er wirklich schuld am Tod seiner Tochter war, ließ er sich davon nichts anmerken. Er schaute mich an, hingerissen von unserer Unterhaltung.

Da fiel mir etwas auf: Die Haut seines Gesichts war verändert worden! Ein Chirurg hatte sie über den Knochen gestrafft. Ich mußte über die geniale Idee lachen, und auch über die Folgerung daraus, daß in diesem Zeitalter viele Dinge ganz einfach möglich waren. Und zutiefst erschrocken dachte ich, vielleicht liegt der Grund, warum ich hier und heute aufgetaucht bin, in den Greueln und den Wunden dieser Zeit, und vielleicht *erhalte* ich ja eine Chance, von nun an als Ganzes lebendig zu sein?

Das ließ mich zusammenzucken, und Gregory öffnete schon den Mund zu einer neuen Frage. Ich hob die Hände, um ihm zu zeigen, daß er schweigen solle.

Ich wollte Abstand von meinen Gedanken. Ich starrte auf die glänzenden Knochen, beugte mich nieder und legte meine Finger, meine materialisierten Finger, auf meine Knochen.

Sofort hatte ich ein Gefühl, als berühre mich jemand, den ich meinerseits berührte. Ich spürte, daß mich jemand am Bein berührte, spürte meine Hände auf meinem Gesicht, als ich die Finger auf den Schädel legte. Trotzig schob ich meine Daumen in die leeren Augenhöhlen, dorthin, wo einst meine Augen gewesen waren, meine Augen … etwas kochte, etwas war undenkbar scheußlich – ich stieß einen leisen Ton aus, der mich beschämte.

Der Raum schwankte, erhellte sich, zog sich zusammen, als wolle er sich selbst verschlingen. Nein, bleib, Asrael. Bleib hier in diesem Zimmer. Bleib hier bei ihm! Aber das war ja alles nur Einbildung, wie die Sterblichen zu sagen pflegten. Mein Körper hatte keinerlei Schwäche gezeigt. Ich stand immer noch aufrecht da.

Ich öffnete die Augen langsam, blinzelte, schaute auf die golden schimmernden Gebeine vor mir. Eisen hielt sie in dem durchscheinend gewordenen Tuch, Eisen hielt sie in dem alten Holz der Truhe, doch es war noch die gleiche Truhe, durchdrungen von all den Ölen, die sie bis ans Ende aller Zeiten haltbar machen sollte, haltbar wie die Gebeine selbst. Ein Bild von Zurvan durchzuckte mich, und damit kam eine Flut von Worten … lieben, lernen, erfahren, lieben …

Und wieder erschienen vor meinen Augen die blauglasierten Ziegelmauern einer Stadt, goldene Löwen, Schreie aus vielen Kehlen, und der Prophet zeigte mit dem Finger auf mich und schrie etwas in altem Hebräisch, und Gesänge wogten auf und nieder.

Irgend etwas war damals geschehen. Ich hatte etwas getan, irgend etwas Unaussprechliches, das mich zu diesem Geist hatte werden lassen, zu diesem Geist, der vielen meinem Gedächtnis entfallenen Gebietern gedient hatte.

Aber wenn ich mich weiter damit befaßte, würde ich mich möglicherweise auflösen. Oder auch nicht.

Ich stand unbeweglich da, rührte mich nicht, aber keine weitere Erinnerung tauchte aus den Tiefen meines Gedächtnisses auf. Ich zog die Hände zurück. Still schaute ich auf die Gebeine hinab.

Gregory schreckte mich auf.

Er rückte näher und berührte mich. Darauf war er schon die ganze Zeit wild gewesen. Wie sein Puls raste. Es war ein herrlich erotisches Gefühl, als seine sterblichen Hände meine gerade erst erschaffenen Arme berührten. Wenn ich immer noch an Kraft hinzugewann, so merkte ich es zumindest nicht mehr unmittelbar. Ich fühlte nur die Welt um mich. Fühlte mich für den Moment sicher in ihr.

Gregorys Finger hielten die Ärmel meines Mantels umklammert, er hielt den Blick darauf geheftet und betrachtete die sorgfältige Arbeit, die glänzenden Knöpfe, die präzisen Steppstiche. Und all dies hatte ich in aller Eile unter Benutzung der alten Befehle auf mich projiziert, die mir wie von selbst in den Sinn kamen. Ich hätte mich jetzt auch einfach in eine Frau verwandeln können, nur um ihm Angst zu machen. Aber das wollte ich nicht. Ich war ganz einfach glücklich, Asrael zu sein, und Asrael hatte selbst zu viel Angst.

Und doch … wo lagen die Grenzen dieser nicht von einem Meister gesteuerten Macht? Ich dachte mir einen Scherz aus, einen bösen Scherz. Lächelnd flüsterte ich all die vertrauten Worte, dachte mir honigsüße Beschwörungen aus – und verwandelte mich in Esther.

In ein Abbild Esthers. Ich fühlte ihren zarten Körper, schaute durch ihre Augen, lächelte, und spürte sogar die enganliegende Kleidung auf meiner Haut, die sie an ihrem letzten Tag getragen hatte. Blitzartig tauchte vor meinen Augen der mit dem Tierfell bedruckte Mantel auf.

Gott sei Dank, ich mußte diesen Anblick wenigstens nicht selbst ertragen! Gregory tat mir leid.

»Hör auf damit!« brüllte er. Er war rücklings zu Boden gefallen, kroch auf allen Vieren von mir davon, und stützte sich dann auf die Ellenbogen auf.

Ich nahm wieder meine vorherige Gestalt an. Ich hatte es vollbracht, und Gregory hatte keinerlei Kontrolle über mich gehabt! *Ich* hatte die Kontrolle darüber gehabt! Ich fühlte Stolz, aber auch so etwas wie Bosheit.

»Warum hast du sie das Lamm genannt? Warum sagt der Rebbe, daß du sie getötet hast?«

»Asrael«, antwortete er, »höre mir jetzt gut zu.« Mühelos wie ein Tänzer richtete er sich wieder auf und ging auf mich zu.

»Was auch immer passieren wird, was es auch sein mag, erinnere dich an das, was ich jetzt sage. Die Welt gehört uns. Die *Welt*, Asrael.«

Ich war bestürzt. »Die Welt, Gregory?« Ich versuchte, hart und gerissen zu klingen. »Was meinst du damit?«

»Ich meine die ganze Welt, wie Alexander sie verstand, als er sich aufmachte, sie zu erobern.«

Er schaute mich bittend, geduldig an. »Was weißt du eigentlich alles, Geist? Sagen dir die Namen Bonaparte oder Peter der Große oder Alexander etwas? Sagt dir der Name Akhenaton etwas oder vielleicht Konstantin? Kennst du irgendeinen von ihnen?«

»Ich kenne sie alle und noch viel mehr, Gregory«, antwortete ich. »Sie alle waren Kaiser, Eroberer. Nicht zu vergessen Tamerlan und Scanderbeg. Und später Hitler, Hitler, der Millionen unseres Volkes ermordete.«

»Unser Volk«, sagte Gregory leise lächelnd. »Ja, wir gehören zum gleichen Volk, nicht wahr? Ich wußte es sofort. Ich wußte es.«

»Was heißt, du wußtest es? Der Rabbi hat es dir gesagt. Er hat es von der Schriftrolle abgelesen. Und was bedeuten *dir* diese Eroberer? Wer herrscht hier in diesem elektrifizierten Paradies, das New York heißt? Du bist ein Mann der Kirche, sagt der Rabbi. Du bist auch ein Händler. Du besitzt Millionen, in welcher Währung auch immer. Glaubst du, daß Scanderbeg in seiner Balkanfestung je einen solchen Reichtum hatte, oder daß Peter der Große je solche Luxusgüter nach Rußland brachte, wie du sie besitzt? Die hatten alle nicht deine Macht. Das war gar nicht möglich. Ihre Welt war nicht dieses Netz aus elektronischen Stimmen und Lichtern.«

Er lachte entzückt auf, und seine Augen funkelten herrlich.

»Ja, das ist es ja eben. Heute in unserer Welt, die so voller Wunder ist, hat eben niemand eine solche Macht. Niemand hat die Kraft, die Alexander innewohnte, als er die griechische Philosophie nach Asien brachte. Heute wagt niemand mehr, zu töten wie Peter der Große, der seinen ungehorsamen Soldaten eigenhändig die Köpfe abschlug, bis seine Arme in Blut getaucht waren.«

»Ja, eure heutige Zeit ist so schlecht nicht«, sagte ich. »Ihr habt führende Köpfe, ihr habt Gespräche, es gibt Reiche, die gut zu den Armen sind, in eurer Welt gibt es Männer, die das Böse fürchten und das Gute wollen.«

»Wir haben den Wahnsinn. Schau genauer hin. Wahnsinn!«

»Was bedeutet dir das? Ist das die Mission deiner Kirche, die ganze Welt unter eure Kontrolle zu bringen? Ist es das, was dich antreibt, wie der alte Mann es ausgedrückt hat? Du willst die Macht, Köpfe rollen zu lassen? Das willst du?«

»Ich will Veränderung«, sagte er. »Ich will alles verändern. Betrachte doch die alten Eroberer. Sieh dir an, was sie vollbracht haben. Benutze all deine übernatürlichen Gaben.«

»Keine Sorge. Sprich weiter!«

»Wer hat denn tatsächlich die größte Veränderung der Welt in Gang gebracht? Wer hat sie stärker verändert als je einer vor ihm?«

Ich antwortete nicht.

»Alexander«, sagte er. »Alexander der Große war das! Er hatte den Mut, die Reiche zu zerschlagen, die ihm dabei im Weg waren. Er hatte den Mut, Asien und Griechenland mit Gewalt zu vereinigen. Er wagte es, den Gordischen Knoten mit dem Schwert zu lösen!«

Ich überlegte. Vor meinen Augen erstanden die griechischen Städte entlang der kleinasiatischen Küste, lange nachdem Alexander in Babylonien gestorben war. Ich sah die Welt aus gebührendem Abstand, sah sie geteilt in Felder, hell und dunkel.

»Ja, Alexander veränderte eure Welt, die Welt des Westens. Ich sehe, was du meinst. Alexander ist der Markstein für den Aufstieg der westlichen Welt. Aber der Westen ist nicht die ganze Welt, Gregory.«

»Doch, das ist er. Denn die westliche Welt, die durch Alexander entstand, hat auch Asien verändert. Kein Teil der Erde ist davon ausgenommen. Und heutzutage gibt es keinen großen Geist mehr, der bereit ist, die Welt aufs neue zu verändern, wie er es damals getan hat … wie ich es tun würde.«

Er rückte nahe an mich heran und mit einem plötzlichen Stoß beider Hände schubste er mich. Ich rührte mich nicht vom Fleck. Es war, als habe ein Kind einem Mann einen Stoß versetzt. Er war erfreut, aber auch ernüchtert und trat einen Schritt zurück. Ich stieß ihn meinerseits mit einer Hand, so stark, daß er stolperte und schließlich fiel. Ungerührt stand er auf, er wollte sich einfach nichts anmerken lassen.

Er wurde auch nicht wütend. Er war einen Schritt zurückgeworfen worden. Nun stand er wieder mit beiden Füßen fest auf dem Boden und wartete ab.

Dann fragte er: »Warum prüfst du mich? Ich habe nicht gesagt, daß ich ein Gott oder ein Engel bin. Aber warum willst du nicht einsehen, daß du mir gesandt wurdest? Du wurdest mir gesandt in dem Augenblick, da die Welt vor ihrer Umbildung steht, dein Kommen war ein Zeichen! Wie dereinst König Kyros, dessen Erscheinen die Wanderung unseres Volkes zurück nach Jerusalem einleitete!«

Kyros, der Perser. Meine ganze Gestalt schien mit einemmal zu schmerzen, mein Verstand schmerzte. Ich kämpfte heftig um Ruhe.

»Sprich nicht davon!« flüsterte ich. Mein Verstand blendete sich aus vor der Wut, die in mir kochte. Du kannst es dir sicher vorstellen. Ich war außer mir.

»Rede meinetwegen von Alexander. Aber rede mir nicht von Kyros. Du weißt nichts über jene Zeit!«

»Du denn?«

»Ich will wissen, warum ich heute hier bin«, sprach ich weiter, krampfhaft um so etwas wie Fassung ringend. »Ich halte nichts von deinen glühenden Vorhersagen und Ankündigungen. Ich will wissen, ob du Esther getötet hast? Hast du diese Männer ausgeschickt?«

Gregory schien innerlich zerrissen. Er überlegte. Doch konnte man nichts aus seiner Miene ablesen. »Ich wollte ihren Tod nicht«, sagte er. »Ich habe sie geliebt. Sie mußte für die bessere Sache sterben.«

Nun, das war eine Lüge, eine durchschaubare, technisch notwendige Lüge.

»Was würdest du denn tun, wenn ich dir sagte, ja, ich habe Esther getötet? Für die Welt mußte sie sterben, für die neue Welt, die sich aus der Asche dieser sterbenden Welt erheben wird – der Welt, die sich selbst vernichtet durch unbedeutende Menschen, unbedeutende Träume, durch unbedeutende Herrscher.«

»Ich habe geschworen, ihren Tod zu rächen«, sagte ich. »Und nun weiß ich, daß du schuldig bist. Ich werde dich töten. Aber nicht sofort. Sondern wann immer ich es will.«

Er lachte. »Du mich töten? Du glaubst, das kannst du?«

»Aber sicher«, sagte ich, »erinnere dich an das, was der Rabbi gesagt hat. Ich habe schon öfter die Meister, die mich riefen, getötet.«

»Aber ich habe dich nicht gerufen, versteh doch, es hat mit dem Plan zu tun, die Welt rief dich! Die Vorsehung! Du wurdest mir gesandt, weil ich dich brauche, deine Hilfe brauche, und du wirst tun, was ich will.«

Die Welt hat mich gerufen. Das waren genau die Worte, die ich mir selbst schon in verzweifelter Hoffnung gesagt hatte. Aber mußte es nun unbedingt Gregorys Welt sein?

»Es ist ganz klar, daß du mir helfen mußt«, hörte ich ihn sagen. »Ich muß nicht notwendigerweise dein Gebieter sein. Aber ich brauche dich! Ich brauche dich als Zeugen, und ich brauche deine Einsicht. Oh, es ist wirklich mehr als bemerkenswert, daß du erscheinst, um Esther sterben zu sehen, und daß du diese drei getötet hast. Du sagtest doch, daß du sie umgebracht hast!«

»Du hast Esther geliebt, nicht wahr?« fragte ich.

»O ja, sehr sogar. Aber Esther hatte keine Visionen. Auch Rachel nicht. Und darum mußtest du kommen. Das ist der Grund, warum du meinem Volk, meinem Großvater übergeben wurdest, sieh das doch ein. Es war so bestimmt, daß du mir erschienst in all deiner Größe. Du bist der Zeuge. Du bist ›Der, der das alles verstehen wird‹.«

Seine Worte verwirrten mich ein wenig. Pläne, Projekte, Programme. »Aber was soll ich denn bezeugen?« fragte ich ihn. »Du hast deine Kirche. Und was hatte Esther damit zu tun?«

Er dachte eine Weile nach und sagte dann mit unschuldsvoller Naivität: »Natürlich bist du für mich bestimmt. Da wundert es mich nicht, daß du die anderen Gebieter erschlagen hast.« Er lachte.

»Asrael, du bist meiner wert, sieh es ein. Das ist ja so überaus wunderbar, du bist meiner wert, bist meiner Zeit, meines glänzenden Geistes, meiner Anstrengungen wert. Wir sind auf gleicher Ebene. Ich stelle mir vor, du bist ein Fürst unter den Geistern. Nein, ich weiß es.«

Er streckte die Hand aus und strich mir übers Haar.

»Ich bin mir dessen nicht so sicher.«

»Hmm, doch, ein Fürst, und du wurdest mir gesandt. All diese alten Männer, die haben dich gehütet, haben dich von Generation zu Generation weitergereicht. Und das alles nur für mich.«

Er schien von seinen eigenen Gefühlen zu Tränen gerührt und seine Züge waren weich und strahlend und zuversichtlich.

»Du hast den Hochmut und die Entschlossenheit eines Königs, Gregory.«

»Natürlich. Was sagt der Gebieter denn üblicherweise zu dir, Geist? Erinnerst du dich nicht?«

»Ich erinnere mich an nichts«, sagte ich unerbittlich. Natürlich log ich.

»Wenn ich andere Möglichkeiten sähe, bliebe ich nicht bei dir. Ich bleibe nur, weil ich hoffe, ein paar Erinnerungs- und Wissenslücken aufzufüllen. Ich sollte dich eigentlich jetzt töten. Das hätte dann vielleicht den gleichen Effekt wie damals, als der dir so teure Alexander den Gordischen Knoten zerschlug.«

»Nein, das nicht«, sagte er gelassen. »So kann das nicht gemeint sein. Wenn Gott wollte, daß ich sterbe, hätte das auch jemand anders tun können. Du machst dir die Dimension meiner Träume nicht klar. Alexander hätte mich verstanden.«

»Ich bin nicht dein Eigentum«, sagte ich. »So viel weiß ich jedenfalls. Ja, ich möchte das Ausmaß deiner Träume kennenlernen, ja. Ich werde dich nicht töten, ehe ich nicht verstanden habe, warum Esther dafür sterben mußte. Aber ich gehöre dir nicht. Bin nicht für dich bestimmt. Nicht unbedingt bestimmt ... für irgend etwas.«

Irgendwo im Haus weinte Esthers Mutter wieder. Ich war mir sicher, daß ich das hörte. Ich neigte den Kopf.

»Tu, was ich sage.« Er faßte mich abermals an, umklammerte meinen Arm.

Ich machte mich los; tat ihm ein bißchen weh dabei.

Meine Kraft übertraf inzwischen meine kühnsten Erwartungen. Ich war ruhelos, ich wollte umhergehen, die Gegenstände in die Hand nehmen. Ich wollte diese samtenen Sofas berühren, wollte meine Hand über den Marmor gleiten lassen. Wollte einfach nur meine Hände betrachten. Ich war so sehr in der Gegenwart, daß ich nicht wußte, ob ich mich überhaupt auflösen konnte, selbst wenn ich es gewollt hätte.

Es war merkwürdig, sich so stark zu fühlen und nicht zu wissen, ob die alten Tricks noch funktionierten. Was hatte es damit auf sich, schließlich hatte ich mich vor kurzem ja noch in Esther verwandelt. Ich war versucht ...

Aber nein, jetzt war nicht der Augenblick dafür.

Ich warf einen bösen Blick auf die Gebeine. Dann griff ich nach dem zerbrechlichen Deckel und schloß die Truhe wieder. Da lagen auch noch die sumerischen Schriftstücke, ich hätte sie lesen können.

»Warum hast du das gemacht?« fragte Gregory.

»Ich mag den Anblick nicht«, gab ich zurück.

»Wieso?«

»Es sind schließlich meine Knochen«, ich schaute ihn an. »Jemand hat mich getötet, gegen meinen Willen. Übrigens mag ich dich auch nicht, zwangsläufig. Warum sollte ich glauben, daß ich etwas bin, das deiner wert ist? Was ist das denn für ein Plan von dir? Und wo ist dein Schwert, das dem Alexanders gleicht?«

Mir war der Schweiß ausgebrochen. Und mein Herz hämmerte. (Ich hatte natürlich kein Herz, aber ich fühlte mich, als klopfe es heftig.) Ich zog den Mantel aus, wobei ich meine eigene Arbeit bewunderte. Ich sah den Unterschied zu Gregorys Kleidung, obwohl ich meine genau nach seinem Muster gemacht hatte.

Vielleicht sah er den Unterschied ja auch.

»Wer hat dir diese Kleider genäht, Asrael?« wollte er wissen. »Stammen sie von Engeln oder unsichtbaren Webstühlen?«

Er lachte, als sei das eine absolut lächerliche Vorstellung.

»Du solltest dir besser ein paar intelligentere Bemerkungen einfallen lassen. Ich mag dich vielleicht jetzt noch nicht töten, aber ich könnte dich ohne weiteres verlassen.«

»Das kannst du nicht. Du weißt, daß du das nicht kannst!«

Ich wandte ihm den Rücken zu. Die Frage war, was konnte ich sonst noch tun?

Ich ließ meine Augen über die Wände huschen, über die Decke, die pfirsichfarbene Seide der Vorhänge und den aus dem Teppich hervorleuchtenden Lebensbaum. Ich rückte näher ans Fenster, so daß eine Brise mein Haar erfaßte und kühl über meine Haut strich.

Langsam schloß ich die Augen, wußte aber trotzdem genau, wo ich war, und konnte noch kleine Schritte machen. Und dann kleidete ich mich neu ein. Ich stellte mir ein Gewand aus roter Seide vor, mit einem breiten seidenen Gürtel und dazu juwelenbesetzte leichte Schuhe. Ich wählte *ihren* Rotton, hüllte mich darin ein und brachte etwas Gold auf dem Ärmel- und Rocksaum auf. Ich war nun von oben bis unten in dieses glühende Rot gekleidet. Vielleicht trugen die Mütter hier ja rot, wenn sie trauerten.

Vorstellbar war es.

Ich hörte Gregory ächzen. Hörte förmlich, wie geschockt er war. Ich sah mein Bild in den Spiegelscheiben der Türen, einen großgewachsenen, schwarzhaarigen Jüngling in einem roten chaldäischen Gewand. Bartlos, nein, kein Haar im Gesicht. Mir gefiel dieses glatte Gesicht. Aber nein, das war nicht gut, diese antike Aufmachung! Ich brauchte etwas mehr Bewegungsfreiheit, mehr Macht.

Ich drehte mich um, schloß noch einmal die Augen. Ich stellte mir einen Rock vor, wie er ihn trug, aber in diesem leuchtenden Rot, und aus feinster Wolle, geschnitten wie der seine, aber mit glatten Knöpfen aus bestem Gold, fast reinem Gold. Die Hosen stellte ich mir weiter und lockerer vor, wie ein Perser sie sich gewünscht hätte, und von den Schuhen entfernte ich den Zierrat.

Unter dem Rock wählte ich ein Hemd, wie er es hatte, nur aus noch weißerer Seide, und auch hier die Knöpfe aus Gold, und um meinen Hals ließ ich zwei dicke Perlenschnüre erscheinen, die ich aus all den Edelsteinen, die ich so sehr liebte, zusammenfügte, Jaspis und Lapislazuli, Beryll, Granat, Jade und sogar Elfenbein. Auch Bernstein flocht ich ein, bis ich das Gewicht der Steine schwer auf meiner Brust fühlte. Ich hob die Hand und berührte die Perlen. Wenn ich die Schultern leicht sinken ließ, verbarg der Rock diese kleine Zurschaustellung meiner Eitelkeit, diese aus alten Zeiten stammenden Perlenschnüre, fast völlig.

Auch die Schuhe machte ich nach seinem Muster, aber aus ganz weichem Material und seidengefüttert.

Dieser schlichte Akt der Magie versetzte Gregory in einen Schockzustand. Mir war das alles leichter denn je gefallen.

»Ein seidener Mann«, sagte er. Er sprach Jiddisch. *»Zadener yinger mantchik.«*

»Soll ich dem Ganzen noch die Krone aufsetzen, indem ich jetzt aus diesem Zimmer marschiere?«

Er riß sich zusammen. Seine Stimme war nicht mehr ganz so fest. Wenn es auch keine Demut war, so respektierte er mich jetzt doch irgendwie.

»Du hast noch Zeit genug, mir jeden deiner Tricks vorzuführen, aber für den Moment mußt du mir erst einmal zuhören.«

»Dich interessieren deine Pläne mehr als das Erlebnis, mich verschwinden zu sehen?«

»Alexander wäre auch eher an seinen Plänen interessiert gewesen, oder? Alles ist bereit. Alles ist an Ort und Stelle, und nun bist auch du noch erschienen, die rechte Hand Gottes.«

»Nicht so hastig. Was für ein Gott?«

»Ach, du verachtest also deine Abstammung und die Untaten, die du begangen hast, oder etwa nicht?«

»Doch.«

»Nun, dann sollte dir die Welt, die ich in deine Hände lege, willkommen sein. Oh, von Sekunde zu Sekunde wird mir mehr klar. Du bist gekommen, um nach dem Jüngsten Tag unser Lehrer zu sein, ja, ich verstehe.«

»Was für ein ›Jüngster Tag‹? Wann, zum Teufel, werden die Menschen endlich aufhören, auf dieser Sache mit dem Jüngsten Tag herumzureiten? Weißt du, seit wie vielen Jahrhunderten sie schon wegen des Jüngsten Tages herumjammern?«

»Schon, aber ich weiß genau, wann der Jüngste Tag stattfindet«, sagte Gregory ganz ruhig. »Ich habe das Datum selbst festgelegt. Es wird keine Verzögerung geben, nur weil ich dir den ganzen Plan erläutere. Warum sollte ich nicht alles offenlegen? Du scheust vor mir zurück, verhöhnst mich, aber du wirst es noch lernen. Du bist ein wißbegieriger Geist, nicht wahr?«

Ein gelehriger Geist.

»Ja«, stimmte ich zu. Die Vorstellung gefiel mir.

Ich horchte auf den Klang von Schritten draußen auf dem Gang. Ich glaubte, die Stimme von Esthers Mutter zu erkennen, leise und eindringlich, und mir gefiel nicht, daß sie noch immer weinte.

Kühl bemerkte ich, daß seine Nähe zu mir keine Rolle spielte. Er konnte einen halben Meter oder fünf Meter entfernt sein, an meiner Kraft änderte das nichts. Ich war völlig unabhängig von ihm, das war einfach Klasse. Während er mich dabei beobachtete, ließ ich Ringe an meinen Fingern erscheinen, goldene Ringe mit edlen Steinen, die ich so sehr liebte, Smaragde, Diamanten, Perlen und Rubine.

In allen Spiegeln des Raumes fanden wir uns reflektiert. Ich hätte gern meine Haare mit einem Lederband zusammengebunden, aber so wichtig war es mir im Moment dann doch nicht. Ich berührte wieder meine Wangen, um mich davon zu überzeugen, daß sie ebenso glatt waren wie die seinen; denn obwohl ich Vollbärte mochte, gefiel ich mir doch mit der bloßen Haut besser.

Er ging um mich herum, schlug schweigend einen Kreis um mich, als ob er mich auf diese Art samt meiner Macht bannen könnte. Aber er hatte keine Ahnung von Magie, von magischen Bannkreisen und Pentagrammen.

Ich forschte in meinem Gedächtnis: War mir je ein Meister untergekommen, der ebenso aufgeregt war, so hochmütig und so heiß auf den Ruhm? Unmengen von Gesichtern zogen an mir vorbei. Ich hörte Gesänge. Ich sah Ekstase; aber das schienen mir Menschenmengen gewesen zu sein, und es hatte da eine Lüge gegeben. Und mein Gott hatte geweint. Nein, das war keine Antwort auf meine Frage.

Dies war die Antwort: Ich konnte ihn nicht töten, nicht jetzt. Das ging nicht. Zuerst wollte ich herausfinden, welche Lehre er mir übermitteln konnte. Aber ich mußte mir über die Grenzen seiner Macht klar werden. Was, wenn er mir jetzt befehlen könnte, wie es der Rabbi getan hatte?

Ich zog mich ein Stück von ihm zurück.

»Du hast auf einmal Angst vor mir?« fragte er. »Warum?«

»Ich habe keine Angst. Ich habe noch nie einem König gedient, zumindest nicht als Geist. Gesehen habe ich viele. Ich sah Alexander auf seinem Sterbebett ...«

»Das hast du gesehen?«

»Ich war dort, in Babylon, und zusammen mit seinen Männern defilierte ich an ihm vorbei, verkleidet als einer von ihnen. Er hob immer wieder die Hand. In seinen Augen stand der sichere Tod. Ich glaube nicht, daß er noch große Träume hatte. Vielleicht starb er deshalb. Keine Träume mehr! Doch du hast deine Träume noch. Und du loderst innerlich, wie Alexander, das ist wahr, und doch kämpfe ich gegen dich an, dennoch ... ich glaube, ich *könnte* dich lieben.«

Ich setzte mich auf einen samtüberzogenen Hocker und dachte nach. Die Ellbogen auf die Knie gestützt, saß ich regungslos da, und er baute sich mit über der Brust verschränkten Armen vor mir auf, aber in einem Abstand von gut fünf Metern. Nimm die Sache in die Hand!

»Du liebst mich schon längst«, sagte er. »Fast jeder, der mich trifft, liebt mich. Selbst mein Großvater liebt mich.«

»Glaubst du?« fragte ich. »Weißt du, daß er von meiner Anwesenheit wußte, als er dir die Gebeine verkaufte? Er hat mich gesehen.«

Das ließ ihn erstaunt verstummen. Er schüttelte den Kopf, wollte etwas sagen, war dann aber doch still.

»Ich war in dem Zimmer, sichtbar, und als er mich mit seinen kleinen boshaften blauen Augen entdeckte, da entschloß er sich, dir zu sagen, was du über den Hüter der Gebeine wissen wolltest, und entschloß sich, mich an dich zu verkaufen.«

Der Schmerz darüber traf ihn sichtlich. Ich dachte, er würde weinen. Er drehte sich auf dem Absatz um und lief ziellos im Zimmer umher.

»Er sah dich ...«, flüsterte er. »Er wußte, daß man den Geist heraufbeschwören konnte, und er gab mir die Gebeine.«

»Er wußte, daß der Geist mit ihm in einem Raum war, und er verkaufte dir die Gebeine in der Hoffnung, daß ich zusammen mit den Knochen verschwinden würde. Ja, das hat er dir angetan. Ich weiß, das schmerzt, schmerzt unerträglich, wenn man sich klarmacht, daß einem so übel mitgespielt wird. Aber daß ein Zaddik, der einen Dämon sieht und weiß, daß der Dämon dich vernichten kann, ihn dir trotzdem übergibt –«

»Okay, du hast es mir klar genug gemacht«, sagte er erbittert.

»Der Alte verachtet mich also, hat mich schon verachtet, als ich ihm meine Fragen stellte. Bei ›eins‹ knallte ich ihm meine Fragen an den Kopf, bei ›zwei‹ war ich wieder draußen und bei ›drei‹ tot und begraben für seine Gemeinde.«

Er zitterte am ganzen Körper. »Er hat dich gesehen und übergab mir die Gebeine. Er hat dich gesehen!«

»Das stimmt«, bemerkte ich.

Er beruhigte sich bemerkenswert schnell. Seine Miene zeigte erneut Zuversicht, und indem er seine Verletztheit und seinen Haß ganz einfach beiseite schob, was ich ihm eigentlich hätte nachmachen müssen, versank er in tiefes Nachdenken.

»Ich brauchte ein paar simple Fakten«, sagte er. Er senkte die Stimme und strahlte vor Freude.

»Sag, wann hast du mich oder jemanden, der mit mir in Verbindung steht, das erste Mal gesehen?«

»Ich habe es dir schon gesagt. Ich erwachte zum Leben, als die Eval-Brüder unterwegs waren, das reiche Mädchen umzubringen. Ehe ich wußte, was geschah, hatten sie sie schon mit ihren Eispikkeln durchbohrt. Ich verfolgte die drei und tötete sie. Esther sah mich, als sie im Sterben lag, und nannte meinen Namen. Und es war, wie ich es dir gesagt habe: Ihre Seele fuhr auf mitten ins Licht. Als nächstes sah ich dich im Zimmer des Rabbi, nein – auf deinem Weg dahin, als du aus dem Wagen stiegst, umringt von den Leibwächtern. Ich bin dir in das Haus gefolgt, auch in der Nacht darauf. Und hier sind wir nun. Den Rest habe ich dir schon erklärt. Der alte Rabbi konnte mich sehen, denn ich stand in irdischer Gestalt da, wie jetzt, und er machte mit dir diesen Handel ab.«

»Du hast mit ihm gesprochen?« fragte er, ohne mich anzusehen, als könne er sich diesem Schmerz nur schwer stellen.

»Der Rabbi verfluchte mich. Er sagte, er wolle keinen Umgang mit Dämonen. Er weigerte sich, mir zu helfen. Er zeigte keine Gnade, und er wollte auch meine Fragen nicht beantworten. Er wollte keine Notiz von mir nehmen.«

Ich verschwieg, daß der alte Mann es bei der ersten Begegnung fertiggebracht hatte, mich verschwinden zu lassen, und daß ich beim zweiten Mal freiwillig gegangen war.

Zum ersten Mal veränderte sich sein Gesichtsausdruck wirklich. Ich meine, seine Miene war weit von den Gefühlen und Entschlüssen entfernt, die er kurz zuvor noch gezeigt hatte. Irgend etwas war von ihm abgefallen. Nicht sein Temperament, nicht sein Frohlocken, nicht seine Kraft. Ganz bestimmt nicht sein Draufgängertum. Doch eine gewisse Grausamkeit zeigte sich mit einemmal, die mich an meine Gefühle erinnerte, als ich den hölzernen Griff des Eispickels umklammert hielt und die Waffe in die nachgebenden Weichteile Billy Joels gestoßen hatte, direkt unterhalb von dessen Rippen.

Er drehte sich um und entfernte sich ein paar Schritte von mir, und auch jetzt spürte ich keine Reaktion. Ich beobachtete ihn, lauschte dabei auf mein Blut, das sich seinen Weg durch die Venen bahnte, spürte, wie sich die Haut über meinen Wangenknochen spannte, als ich mir ein kleines verstohlenes, nur für mich bestimmtes Lächeln gestattete.

Jonathan, all diese Dinge waren nur eine Illusion, doch zeigten gerade die kleinsten Einzelheiten, wie gut diese Illusion war. Genausogut wie jetzt, da ich vor dir sitze. Man braucht Kraft, große Kraft, um diese Illusion zu erzeugen, das weißt du. Und obwohl mir diese meine Kraft schon zur Gewohnheit geworden war, als ich zu dir kam, Jonathan, so war ich doch damals noch weit davon entfernt, mich an sie gewöhnt zu haben.

Ja, dachte ich, von Wagemut ergriffen, ich bin von Gregory unabhängig, aber wie sieht es mit den Gebeinen aus? Wie paßt das alles zusammen? Konnte es wahr sein, daß ich für Gregory bestimmt war? Nur allzu bald würde er merken, daß die Tatsache, daß der Zaddik von meiner körperlichen Anwesenheit gewußt und mich trotzdem ihm übergeben hatte, keinesfalls im Widerspruch zu Gregorys eigener Theorie stand, daß ich für ihn bestimmt sei.

»Richtig«, sagte er auch schon, wie als Antwort auf meine Gedanken. »Der Rabbi war nur das Instrument. Er hatte keine Ahnung. Nicht die mindeste Ahnung, daß er die Gebeine für mich aufbewahrte. Und Esthers Worte bilden das verbindende Glied in der Kette. Esther schloß die Kette, als sie mit deinem Namen auf den Lippen starb, sie sandte mich zum Rabbi, damit ich die Gebeine und damit dich bekam, siehst du. Du bist bestimmt für mich, und meiner wert.«

Er lief hin und her, massierte nachdenklich mit einem Finger seine Unterlippe.

»Esthers Tod war unvermeidlich, notwendig. Ich habe es selbst nicht gleich erkannt. Sie war das Lamm. Und sie brachte dich zu mir. Ich muß dir jetzt vor allem anderen deine Bestimmung deutlich machen.«

»Weißt du«, sagte ich, »vielleicht ist ja etwas dran an deinem Gerede darüber, daß ich deiner würdig sei. Ich meine – vielleicht bist du ja *meiner* würdig. Du bist so voller Überraschungen. Ich frage mich wirklich.«

Ich machte eine Pause, dann fuhr ich fort: »Jene anderen Gebieter, vielleicht waren sie ja meiner nicht würdig.«

»Sie können es nicht gewesen sein«, sagte er kaltschnäuzig. »Aber ich bin es. Und nun verstehst du langsam, und du hilfst mir, zu verstehen. Ich bin der Meister, aber nur insofern, als ich deine Bestimmung bin, ich bin dein ... deine ...«

»Verantwortung?«

»Ah, ja, das ist wohl genau das richtige Wort.«

»Das ist der Grund, warum ich dich nicht töte, obwohl du den Mord an diesem armen Mädchen durch schwülstiges Blabla rechtfertigen willst.«

»Es sind Tatsachen. Sie hat mich zu dir geführt, und dich zu mir! Sie war das! Das bedeutet, daß mein Plan funktioniert, er wird Realität werden. Sie war eine Märtyrerin, ein Opfer, ein Orakel.«

»Man erkennt Gottes Hand in all dem?« fragte ich spöttisch.

»Ich werde handeln, wie ich denke, daß Gott es von mir erwartet«, antwortete er. »Wer könnte es besser machen?«

»Du würdest mich glatt verleiten, dich zu lieben, nicht wahr? Du bist so sehr daran gewöhnt, daß man dich liebt, alle lieben sie dich, die Leute, die die Türen vor dir aufreißen, und die, die dir den Tee einschenken, und die, die dich im Wagen herumkutschieren ...«

»Ich muß das haben«, flüsterte er. »Ich brauche die Liebe und die Anerkennung der Menge. Ich liebe das einfach. Ich liebe es, wenn die Kameras auf mich gerichtet sind. Ich liebe es, meine großartigen Pläne wachsen und wachsen zu sehen.«

»Na, bei mir wirst du vielleicht eine kleine Ewigkeit darauf warten müssen! Schon ehe ich Esther sterben sah, war ich es verdammt leid, ein Geist zu sein! Ich bin es leid, einem Gebieter zu dienen. Ich sehe keinen Grund, warum ich mich an die Anweisungen halten sollte, die auf der Truhe stehen.«

Wieder wallte Zorn in mir auf. Hitze! Aber nicht stärker, als der Körper eines normalen Mannes reagiert hätte.

Ich starrte die Truhe an, rief mir meine Worte noch einmal ins Gedächtnis. Hatte ich derart kühne Worte gebraucht? Ja, tatsächlich, und es war die Wahrheit, kein Fluch, auch kein dringendes Flehen, an wen auch immer.

Stille. Wenn er etwas gesagt hatte, hatte ich es nicht mitbekommen. Ich hatte etwas anderes gehört, einen Schmerzensschrei oder Schlimmeres. Was ist schlimmer als Schmerz? Panik? Ich hatte einen

Schrei gehört, der zwischen der höchsten Pein liegt und dem Wahnsinn, der alle Sinne auslöscht. Ein helles Kreischen hatte ich vernommen, sozusagen zwischen Licht und Schatten, wie eine Erzader vor hellem Hintergrund.

»Du sahst, wie sie dich ermordet haben?« Er hatte mich angesprochen. »Asrael, du wirst jetzt vielleicht wissen, was der Grund dafür ist.«

In meinen Ohren klang das Geräusch des knisternden Feuers unter dem Kessel, und der Geruch der Beigaben, die in das kochende Gold geschüttet worden waren, stieg mir in die Nase!

Ich war nicht fähig zu antworten. Ich wußte, ich hatte es gesehen, aber darüber zu sprechen, daran zu denken, bedeutete zuviel tiefe Einsicht, zuviel Erinnerung. Es ging einfach nicht. Ich hatte es früher schon versucht. Ich konnte mich an den fortwährenden Versuch, mich zu erinnern, erinnern und auch an das Scheitern daran.

»Hör zu, du elende Kreatur«, giftete ich ihn an. »Mich gibt es schon seit Urzeiten. Manchmal schlafe ich. Manchmal träume ich. Manchmal bin ich wach. Aber ich kann mich nicht erinnern. Vielleicht wurde ich ermordet. Vielleicht bin ich nie geboren worden. Doch ich gehöre der Ewigkeit an, und ich bin müde. Dieses Halbtotsein kotzt mich an! Mich kotzt es an, daß all dies fort und fort geht, ohne daß sich mein Geschick erfüllt!«

Mein Gesicht war gerötet, meine Augen waren feucht. Ich fühlte die Kleidung wie eine kostbare Umarmung auf meiner Haut, es war so schön, die Arme zu kreuzen und mit den Händen meine Schultern zu umfassen, den Blick nach oben zu richten und einen Hauch meines wirren Haares zu erspähen; es war so schön, dieses Gefühl, lebendig zu sein, selbst wenn es bedeutete, daß dieser Schmerz mich durchzog.

»Oh, Esther, meine Liebe, wer warst du nur? Und was hast du von mir gewollt?« fragte ich laut.

Gregory schwieg hingerissen.

Schließlich sagte er: »Du wendest dich an die falsche Person, und das weißt du. Sie will keine Vergeltung. Was kann ich tun, um dich zu überzeugen, daß du für mich bestimmt bist?«

»Sag mir endlich, was du von mir willst. Ich soll Augenzeuge von irgend etwas werden? Von was denn? Soll ich noch einen Mord mitansehen müssen?«

»Komm, laß uns die Sache in Angriff nehmen. Du mußt mit mir

kommen in meine geheime Schaltzentrale. Du mußt die Karten selbst sehen. Die ganzen Pläne.«

»Und ich vergesse ihren Tod, vergesse, daß ich sie rächen wollte?«

»Nein, du wirst endlich sehen, warum sie sterben mußte. Für große Reiche muß immer jemand sterben.«

Diese Worte schickten einen messerscharfen Schmerz durch meine Brust. Ich krümmte mich zusammen.

»Was ist?« fragte er. »Wozu wäre es gut, den Tod eines einzelnen Mädchens zu rächen? Wenn du ein rächender Engel bist, warum gehst du dann nicht hinaus auf die Straße, wo der Tod häufig genug ist? Für jeden einzelnen könntest du Vergeltung üben. Komme doch raus aus deinem Comic-Heft! Erschlage die Bösen! Los doch! Bring sie alle um, bis du es satt hast. Genauso leid, wie ein Geist zu sein. Los, vorwärts.«

»Oh, was bist du doch für ein furchtloser Mann.«

»Und du bist ein störrischer Geist.«

Wir durchbohrten uns gegenseitig mit wütenden Blicken.

Schließlich sprach er: »Ja, du bist stark, aber du bist auch dumm.«

»Wie bitte? Was bin ich?«

»Dumm«, sagte er. »Du weißt so viel, und doch weißt du nichts. Und du weißt, daß ich recht habe. Du ziehst Wissen aus der Luft, so wie die Materie, aus der du deine Kleider, vielleicht sogar deinen Körper beziehst. Und dieses Wissen sinkt zu schnell in dich ein, das verwirrt dich. Ja, verwirrt ist das bessere, das richtige Wort. Ich merke es doch an deinen Fragen und deinen Antworten. Du sehnst dich nach der geistigen Klarheit, die du spürst, wenn du mit mir sprichst. Aber du hast Angst, daß du auf mich angewiesen sein könntest. Und ich bin eine Notwendigkeit für dich. Du würdest mich niemals töten und auch nichts tun, was ich nicht will.«

Er näherte sich mir mit weit aufgerissenen Augen.

»Ehe du dir mehr Wissen verschaffst, nimm zuerst einmal folgendes zur Kenntnis«, sagte er. »Ich habe alles, was ein Mensch auf dieser Welt verlangen könnte. Ich bin reich. Ich habe mehr Geld als man zählen kann. Du hattest recht, ich habe ein Vermögen, wie es nie ein Pharao gehabt hat und auch nicht die Kaiser von Rom, geschweige denn einer deiner mächtigen Zaubermeister, so viel sie dich auch mit sumerischen Sprüchen bombardierten. Ich habe den ›Tempel vom Geiste Gottes‹ gegründet, ich habe die Idee gehabt, und nun gibt es ihn in aller Welt. Ich habe Millionen von Anhängern. Weißt du, was das Wort ›Millionen‹ bedeutet? Weißt du, was das bedeutet? Es bedeutet folgendes, Geist: Was ich will, das will ich. Kein Herumgespiele, kein schlichtes Verlangen, kein Bedürfnis. Nein, das will ich, ich, ein Mann, der alles hat.«

Er musterte mich von oben bis unten und fragte dann: »Bist du *meiner* würdig? Tatsächlich? Bist du ein Teil dessen, was ich will, was ich bekommen werde? Oder sollte ich dich vernichten? Du glaubst nicht, daß ich das kann? Laß es mich versuchen. Andere sind dich auch schon losgeworden. Das könnte ich auch. Was bedeutest du mir, wenn ich die Welt will, die ganze Welt! Du bist ein Nichts!«

»Ich werde dir nicht dienen«, sagte ich zu ihm. »Ich werde nicht einmal hier bei dir bleiben.«

Er hatte nur allzu recht gehabt. Ich begann, Liebe für ihn zu fühlen. Doch da war etwas zutiefst Grauenerregendes in ihm, etwas wild Zerstörerisches, das ich noch in keinem anderen Menschen gefunden hatte.

Ich wandte ihm den Rücken zu. Ich brauchte diesen Ekel, den ich fühlte, nicht zu verstehen, und auch nicht die Wut. Er war mir ein Greuel und das genügte. Es hatte nichts mit Vernunft zu tun, nur mit Schmerz und Zorn.

Ich schritt zu der Truhe hinüber, öffnete den Deckel und betrachtete den grinsenden, goldenen Schädel, der einst ich gewesen war, und der mich auf irgendeine Art noch immer in Besitz hatte, wie eine Flasche ihren flüssigen Inhalt in Besitz hat. Ich hob die Truhe auf.

Er hastete mir nach, aber ehe er mich aufhalten konnte, hatte ich die Truhe mitsamt dem losen Deckel zur Feuerstelle getragen. Geräuschvoll schob ich sie auf den kleinen Scheiterhaufen, wodurch sich aus dessen Aufbau einige Hölzer lösten. Der Deckel fiel zur Seite.

Gregory stellte sich dicht neben mich und schaute mich forschend an und betrachtete dann die Truhe, und wir beide betrachteten uns gegenseitig, wie wir da nebeneinander standen.

»Du wagst nicht, das zu verbrennen.«

»Doch, nur brauchte ich eine Flamme. Ich könnte einen Brand entfachen, aber dadurch könnte die Frau verletzt werden, und auch andere, die das nicht verdient haben.«

»Das soll dich nicht daran hindern, mein kleiner Stümper.« Mein Herz pochte. Kerzen. Aber es gab keine brennenden Kerzen in diesem Raum. Dann klickte etwas. Licht zuckte vor meinen Augen. Er hielt ein kleines brennendes Stäbchen, ein Streichholz.

»Da, nimm das«, sagte er. »Wenn du dir so sicher bist.«

Ich nahm das Hölzchen entgegen. Schützte die Flamme mit der Hand. »Oh, wie ist das hübsch«, murmelte ich, »und so warm. Ich kann es spüren ...«

»Wenn du dich nicht beeilst, geht es aus. Zünde das Feuer an. Dort, das zerknüllte Papier. Die Bediensteten schichten das Holz immer so auf, daß es sofort hoch auflodert. Tu dir keinen Zwang an. Verbrenne die Gebeine.«

»Weißt du, Gregory«, sagte ich, »ich kann mich einfach nicht zurückhalten.« Ich beugte mich nieder und hielt die ersterbende Flamme an den Rand des Papiers; sofort fraßen sich kleine Flämmchen an dessen Kante entlang, flackerten auf und fielen wieder in sich zusammen. Kleine glimmende Fetzchen flogen im Kaminschacht empor. Dann fingen die dünnen Holzstückchen knisternd Feuer, und Hitze schlug mir entgegen. Auflodernde Flammen schlossen sich um die Truhe, schwärzten ihr Gold, oh, Gott! Was für ein Anblick, nun fing der innenliegende Stoff Feuer. Einige Stellen des Deckels begannen sich einzurollen. Die Gebeine waren in den Flammen bereits nicht mehr zu sehen.

»Nein!« schrie Gregory. »Nein!«

Seine Brust hob und senkte sich, er griff ins Feuer und zerrte Truhe und Deckel auf den Boden. Brennendes Papier fiel mit heraus. Wütend trat er die Flammen aus. Er hatte sich die Finger verbrannt.

Da stand er neben der Truhe und blies auf seine Finger. Das Skelett war herausgefallen und lag seltsam verdreht da. Die Knochen waren unversehrt geblieben. Leichter Rauch stieg von ihnen auf. Der Deckel war ziemlich verkohlt.

Gregory ließ sich auf die Knie fallen, zog ein weißes Tuch aus seiner Tasche und schlug damit die noch verbliebenen glimmenden Funken aus. Er schimpfte verärgert und voller Wut leise vor sich hin. Obwohl der Deckel der Truhe geschwärzt war, konnte ich die sumerischen Schriftzeichen noch erkennen.

Meine Gebeine, da lagen sie nun inmitten der Asche.

»Sei verdammt«, sagte Gregory.

Ich hatte ihn bisher noch nicht wirklich zornig gesehen. Dafür war er nun um so zorniger, zorniger als ich es je bei jemandem gesehen hatte. Er tobte innerlich, heftiger als der Rabbi. Wütend funkelte er mich an, warf dann einen Blick auf die Truhe, um sich zu vergewissern, daß sie nicht mehr glühte. Nein, sie war nur leicht angesengt.

»Der Geruch stammt von Bitumen«, erklärte ich.

»Ich weiß, wonach das riecht«, sagte er. »Und ich weiß, woher es kommt und wozu es gebraucht wurde.« Seine Stimme bebte. »Hast du dir nun etwas bewiesen? Es ist dir gleich, ob die Gebeine verbrennen.«

Er stand vom Boden auf und klopfte sich Asche von der Hose. Asche verschmutzte auch den Fußboden. Das Feuer im Kamin brannte munter vor sich hin, verzehrte sich unnötig, sinnlos.

»Laß mich sie verbrennen!« sagte ich. Ich griff nach dem Schädel, hob ihn mitsamt den daran baumelnden Knochen in die Höhe.

»Das reicht, Asrael. Du tust mir unrecht! Sei nicht so voreilig! Tu's nicht!«

Ich hielt inne. Mehr hatte es nicht gebraucht, ich hatte auch zuviel Angst, vielleicht war der richtige Moment auch einfach verstrichen. Kann man fünf Minuten nach der Schlacht noch jemanden mit dem Schwert abschlachten? Der Wind weht. Man steht dort, und auf dem Schlachtfeld, inmitten der Toten, liegt jemand, lebt noch, öffnet die Augen und murmelt etwas im Glauben, du seiest sein Freund. Kann man ihn dann noch töten?

»Aber wenn wir die Knochen dem Feuer überantworten, werden wir endlich Gewißheit haben«, sagte ich. »Und ich hätte so gern Gewißheit. Ja, ich habe Angst, aber ich möchte auch Gewißheit haben. Weißt du, was ich glaube?«

»Ja, daß die Gebeine nicht mehr wichtig sind.«

Ich reagierte nicht.

»Selbst wenn man sie mit einem Mörser zu Pulver zerriebe«, setzte er hinzu.

Ich gab keine Antwort.

»Mein Freund, die Gebeine sind am Ende ihrer Reise angekommen«, sagte er. »Sie sind bei mir gelandet! Meine Zeit ist gekommen, und deine Zeit. Das ist die Bedeutung des Ganzen. Wenn wir die Knochen verbrennen, und du stehst immer noch hier, ein massiver Körper, ganz Schönheit und Kraft – ja, und auch unverschämt und sarkastisch, aber immer noch hier wie in diesem Augenblick, atmend und sehend und in samtene Stoffe gehüllt – würde dich das endgültig mir ausliefern? Würdest du dann deine Bestimmung akzeptieren?«

Wir starrten uns gegenseitig voller Wut an. Ich hatte nicht vor, diese Gelegenheit zu nutzen. Nicht einmal denken mochte ich an die ruhelosen Toten in dem wirbelnden Wind. Mir fielen die Worte ein, die Worte, die auf dem Deckel der Truhe geschrieben standen. Ich zitterte, den Schrecken der Gestaltlosigkeit, der Machtlosigkeit vor Augen, umherstreifen zu müssen, immer gewärtig, auf die anderen allgegenwärtigen Geister zu treffen. Ich rührte mich nicht.

Gregory ging in die Knie und hob die Truhe samt Deckel auf. Er schritt zum Tisch und stellte die Truhe sachte darauf ab. Den angesengten, verzogenen Deckel setzte er sorgfältig wieder auf seinen angestammten Platz. Er ließ sich auf den Fußboden gleiten, lehnte sich mit dem Rücken gegen den Tisch und streckte die Beine von sich. Er sah noch immer bemerkenswert offiziell aus in seinem fein genähten, zugeknöpften Anzug.

Er suchte meinen Blick. Ich sah, wie seine Zähne aufblitzten. Mir schien, er biß sich die Lippen blutig.

Plötzlich war er wieder auf den Beinen und warf sich auf mich. Er war so schnell, daß es wirkte, als versuche ein Tänzer seinen Partner zu fangen, und obwohl er strauchelte, erwischte er mich doch mit beiden Händen am Hals, und ich spürte, wie sich seine Daumen in mein Fleisch drückten. Das gefiel mir gar nicht, und ich riß seine Arme zur Seite. Er schlug mir rechts und links ins Gesicht und rammte mir sein Knie in den Unterleib. Er wußte, wie man kämpft. Trotz all seiner Gelecktheit und seines Geldes konnte er kämpfen wie ein Asiate, tänzerisch leicht.

Ich wich seinen Schlägen aus, kaum verletzt, nur erstaunt, wie geschickt er sich bewegte, als er nun, seinen Oberkörper nach hinten verlagernd, seinen Fuß voll in mein Gesicht knallen ließ, so daß ich ein paar Schritte rückwärts taumelte. Und dann holte er zu einem wirklich schweren Schlag aus, er hob den Ellenbogen und setzte an, mir mit der Handkante in den Nacken zu schlagen. Ich fing den Schlag ab und riß seinen Arm so heftig nach hinten hoch, daß er mit einem wütenden Ächzen in die Knie ging. Ich legte ihn auf dem Teppich flach und nagelte ihn dort mit meinem rechten Fuß fest.

»Auf dem Gebiet bist du mir kein ebenbürtiger Gegner«, sagte ich. Ich trat zurück und bot ihm meine Hand an.

Er kämpfte sich auf die Füße, ließ jedoch die Augen nicht von mir. Er hatte nicht eine Sekunde die Selbstbeherrschung verloren. Ich meine, selbst in diesem fehlgeschlagenen Angriff hatte er Würde und die Begierde zu kämpfen gezeigt, ja und auch, zu siegen.

»Also gut«, sagte er. »Du hast dich mir bewiesen. Du bist kein Mann, du bist besser als ein Mann, stärker. Deine Seele ist nicht weniger vielschichtig als meine. Du willst das Rechte tun, du hast eine ziemlich starre und alberne Vorstellung davon, was das Rechte ist.«

»Das hat jeder«, sagte ich leise. Ich war gedemütigt. Und ich spürte Zweifel, Zweifel an allem, außer an einem, nämlich, daß ich dies alles genoß, und dieses Genießen schien mir eine Sünde. Es schien mir sogar eine Sünde, daß ich atmete. Aber wieso, was hatte ich getan? Ich beschloß endgültig, nicht tiefer in meinem Gedächtnis zu graben. Ich schob die sich mir aufdrängenden Bilder fort, diese Bilder, die ich dir schon beschrieben habe, Samuels Gesicht, den brodelnden Kessel, alles. Ich sagte mir einfach: Damit hast du abgeschlossen, Asrael!

Mitten in diesem Zimmer schwor ich mir, dieses Rätsel hier und jetzt zu lösen, ohne auch nur noch einen Blick zurückzuwerfen.

»Es schmeichelt dir, daß ich gesagt habe, du habest eine Seele, nicht wahr?« fragte Gregory. »Oder bist du nur erleichtert, daß ich so etwas wie dich gelten lasse. Daß ich dich nicht, wie mein Großvater, für einen Dämon halte. Das tat er doch, stimmt's? Er verbannte dich aus seinem Umkreis, als hättest du keine Seele.«

Ich war sprachlos vor Verwunderung und vor Sehnsucht. Eine Seele zu haben, gut zu sein, die Stufen zum Himmel erklimmen zu können. *Der Sinn des Lebens ist, zu lieben und die Schönheit und die komplizierte Verwobenheit aller Dinge zu erkennen.*

Gregory ließ sich auf einem samtbezogenen Hocker nieder. Er war noch ganz außer Atem. Das war mir bisher entgangen. Ich hatte mich nicht im mindesten angestrengt.

Ich fühlte wieder die Hitze und war ein klein wenig verschwitzt. Ich hatte mich nicht besudelt. Und natürlich waren ein paar der Dinge, die ich zu ihm gesagt hatte, Lügen – und Bluff.

Ich hatte keineswegs den Wunsch, in der Dunkelheit und dem Nichts zu verschwinden. Ich konnte den Gedanken daran nicht einmal ertragen. Eine Seele! Zu denken, daß ich wahr und wahrhaftig eine Seele haben könnte, eine Seele, die errettet werden könnte …

Aber ich diente ihm nicht! Dieser Plan, ich mußte wissen, um was es sich da handelte; wieso glaubte er, er könne die Welt sein eigen nennen, wenn doch rings um den Erdball sich ganze Armeen um die Herrschaft über die Welt schlugen? Meinte er die spirituelle Welt?

Draußen auf dem Gang hörte man Stimmen. Ich erkannte Esthers Mutter, doch Gregory ignorierte es, als sei das uninteressant. Er hatte nur Blicke für mich, wunderte sich über mich und grübelte über meine Worte nach.

Seine Neugier und daß er das, was bisher geschehen war, ohne Furcht zugelassen hatte, ließen ihn von innen heraus leuchten.

»Du siehst, wie sehr mich dies alles verlockt«, sagte ich zu ihm. »Der Marmor, dieser Teppich, die leichte Brise, die durchs Fenster kommt. Das ist der große Verführer: das Leben.«

»Ja, und dann bin ich auch noch da, mich kennenzulernen, mich zu lieben, das verlockt dich doch ebenfalls.«

»Ja, das auch. Und dann sagte mir eine innere Stimme, daß mich auch schon in der Vergangenheit das Leben gelockt hatte, zum Beispiel dazu, schlechten Menschen zu dienen, wenn ich mich auch nicht an diese Männer erinnern kann. Immer wieder werde ich durch das Leben an sich, durch die Körperlichkeit an sich verführt, und wenn sich dann die Tore zum Himmel für einen Moment auftun, werde ich abgewiesen. Ich darf nicht hindurch. Meine Gebieter tun diesen Schritt. Ihre schönen Töchter durchschreiten die Tore, Esther auch. Doch mir ist es nicht möglich.«

Er sog scharf den Atem ein. »Du hast die Tore zum Himmel erblickt?« fragte er ruhig.

»So sicher, wie du einen Geist erscheinen sahst«, antwortete ich.

»Nun, ich habe sie auch gesehen, die Tore zum Himmel. Und ich habe den Himmel hier auf der Erde gesehen. Bleibe hier bei mir, bleibe bei mir, und ich schwöre dir, wenn sich die Tore für mich öffnen, werde ich dich mit mir nehmen. Du wirst es dir verdient haben.«

Die Stimmen draußen wurden lauter, doch ich schaute nur ihn an, versuchte eine Antwort auf seine Worte zu finden. Er wirkte so bestimmt, so frei von Zweifeln, so entschlossen und mutig wie vor unserem Kampf.

Eigentlich konnte man die Stimmen draußen auf dem Gang nicht mehr ignorieren. Die Frau war ärgerlich. Man redete auf sie ein, als sei sie schwachsinnig. Doch das war alles weit weg. Jenseits der Fenster hing die schwarze Nacht mit den grellen Lichtern New Yorks, die den Himmel röteten, so daß man glauben mußte, die Morgenröte nahe. Die Brise klang wie ein leises Lied.

Wieder schaute ich die Truhe an. Mir war nach Weinen zumute. Gregory hielt mich, die Welt hielt mich. Zumindest für jetzt, so lange ich es zuließ.

Er schob sich dicht an mich heran, und ich bewegte mich auf ihn zu, erlaubte diese Nähe. Zwischen uns gab es eine Art Zärtlichkeit, eine unerwartete Stille. Ich sah ihm in die Augen, sah die runden schwarzen Kreise seiner Pupillen, und ich fragte mich, ob er in meinen Augen nur Schwärze sah.

»Du willst den Körper, den du jetzt hast, behalten«, sagte er. »Du willst diesen Körper und die Macht. Dafür bist du ausersehen. Du bist bestimmt, mir zu gehören, doch von diesem Augenblick an, und für immer respektiere ich dich. Du bist für mich kein Diener. Du bist Asrael.«

Er umklammerte meinen Arm. Er hob die Hand und preßte sie gegen meine Wange. Dann spürte ich seinen Kuß auf meiner Haut, heiß und süß. Ich drehte den Kopf und heftete meinen Mund für eine Sekunde auf den seinen, als ich ihn losließ, glühte sein Gesicht in Liebe zu mir. Hatte ich dieses gleiche heiße Gefühl für ihn?

Doch nun hörte man Lärm hinter den Türen.

Gregory machte eine Bewegung, als wolle er sagen, hab' Geduld, und ich nehme an, er wollte selbst zur Tür gehen, doch die flog nun auf, und die Frau mit dem schwarzsilbernen Haar erschien im Türrahmen, Esthers Mutter, die ich zuvor in dem roten Seidengewand gesehen hatte.

Sie war krank, doch sie hatte sich zurechtgemacht und sich zum Ausgehen gekleidet, und nun marschierte sie auf uns zu, bleich, zitternd und mit feuchten Augen. Sie trug ein Bündel, eine Reisetasche, die viel zu schwer für sie war.

»Helfen Sie mir!« rief sie. Sie sprach mich an! Und sie schaute mich direkt an! Sie kam auf mich zu, ließ Gregory links liegen. »Sie, helfen Sie mir!«

Sie trug ein graues Wollkleid und irgend etwas aus Seide lag um ihren Hals. Ihre Schuhe waren elegant mit sehr hohen Absätzen und hübschen Riemchen, die sich um den hochgewölbten, schlanken Rist legten, unter dessen Haut man die blauen Adern erkennen konnte. Ein Duft von schwerem, teuren Parfüm entströmte ihr, außerdem roch ich mir unbekannte Chemikalien, und ich roch Tod und Verfall, sehr fortgeschritten, der Tod hatte ihren ganzen Körper durchdrungen und hielt schon ihr Herz und ihren Verstand in seinen Klauen, um sie auf ewig in Schlaf zu wiegen.

»Helfen Sie mir auf der Stelle, hier wegzukommen!« Sie griff nach meiner Hand, sie wirkte ebenso feucht und warm und verführerisch wie die von Gregory.

»Rachel«, sagte Gregory zu ihr, um Ruhe bemüht. »Das sind die Medikamente, die lassen dich so reden.« Seine Stimme wurde hart. »Geh' zurück in dein Bett.«

Helferinnen in weißer Schwesterntracht waren hinter ihr ins Zimmer gekommen, auch ein paar unbeholfene Jünglinge in steifen Arbeitskitteln, doch diese ganze Versammlung stand untätig herum, die Pflegerinnen und Bediensteten fürchteten sie offenkundig und warteten auf ein Zeichen Gregorys.

Sie schlang einen Arm um mich. Sie beschwor mich.

»Bitte, Sie müssen mir helfen, hier wegzukommen, helfen Sie mir zum Aufzug und auf die Straße hinaus.«

Sie versuchte, ihre Worte sorgfältig zu wählen, überzeugend zu klingen, doch sie klang schwach, wie betrunken und sehr elend.

»Helfen Sie mir, ich werde Sie auch dafür bezahlen. Das wissen Sie doch! Ich will einfach nur aus meinem eigenen Haus 'raus! Ich bin keine Gefangene. Ich will nicht hier sterben! Habe ich nicht das Recht, zu sterben, wo es mir gefällt?«

»Bringt sie zurück in ihr Zimmer«, herrschte Gregory die anderen wütend an. »Los doch, schafft sie hier 'raus, und tut ihr nicht weh dabei.«

Eine der Frauen jammerte: »Mrs. Belkin!« Und die schlacksigen jungen Männer umringten sie wie eine Herde, die auseinanderlaufen würde, wenn man sie nicht als Ganzes bewegte.

»Nein!« schrie die Frau, dabei entwickelte ihre Stimme eine erstaunlich jugendliche Kraft. Und als gleich vier Bedienstete sie mit ängstlichen, zögernden Händen packen wollten, rief sie mir zu: »Sie müssen mir helfen. Mir ist es egal, wer Sie sind. Er tötet mich! Er vergiftet mich! Er will meinen Tod beschleunigen! Das soll aufhören! Helfen Sie mir!«

Ihre Worte gingen in den murmelnden, lügengespickten Stimmen der Pflegerinnen unter.

»Sie ist krank«, sagte eine von ihnen in tiefer, echter Betroffenheit. Und öden Echos gleich folgten andere: »Sie steht unter Drogen, sie weiß nicht, was sie tut. … was sie tut, … was sie tut.«

Dann sprachen Gregory und die jungen Männer gleichzeitig, und Rachel Belkin überschrie alle zusammen, während die Pflegerinnen versuchten, sich Gehör zu verschaffen.

Eine Frau stieß ich unabsichtlich zu Boden, als ich mich auf sie stürzte, um sie von Rachel zu lösen. Die anderen waren wie gelähmt, nur Rachel selbst nicht, die nach mir griff und mit einer Hand meinen Kopf festhielt, als wolle sie mich zwingen, sie anzusehen.

Sie war wirklich krank, und das Fieber wütete in ihr. Sie war kaum älter als Gregory – höchstens fünfundfünfzig. Eine überwältigende, elegante Frau, trotz allem.

Gregory fluchte: »Verdammt, Rachel! Asrael, laß sie los.«

Dann signalisierte er den anderen im Zimmer: »Bringt Mrs. Belkin zurück in ihr Bett.«

»Nein«, sagte ich.

Ich stieß zwei der Leute mühelos fort von ihr, so daß sie sich stolpernd aneinander festklammerten und sich zurückzogen.

»Nein«, sagte ich. »Ich werde Ihnen helfen.«

»Asrael«, sagte sie. »Asrael!« Sie erkannte den Namen, aber sie konnte ihn nicht unterbringen.

»Lebe wohl, Gregory«, sagte ich. »Wir werden sehen, ob ich zu dir und diesen Gebeinen zurückkehren muß. Diese Frau will nicht unter diesem Dach sterben. Das ist ihr gutes Recht. Da bin ich ihrer Meinung. Und ich muß es für Esther tun, das siehst du doch ein. Mach's gut, bis ich wiederkomme.«

Gregory stand sozusagen da, wie von allen guten Geistern verlassen.

Die Bediensteten waren hilflos.

Rachel Belkin warf einen Arm um mich, und ich hielt sie mit meinem rechten Arm fest umklammert.

Sie schien kurz vor dem Zusammenbruch zu stehen, und ihr Fuß glitt auf dem glatten Boden aus, so daß ihr ein Schmerzensschrei entfuhr. Ich hielt sie fest. Ihr Haar hatte sich gelöst und hing ihr ins Gesicht, die silbernen Strähnen nicht weniger schön als das tiefe Schwarz. Sie war dünn und zierlich für ihr Alter und hatte die zähe Schönheit eines Weidenbaums, oder eines von Wind und Wellen gepeitschten Astes am Strand, dessen Blätter zerzaust sind und dennoch glänzen.

Zügig ging ich mit ihr zur Tür.

»Das kannst du nicht machen«, sagte Gregory. Er war vor Wut dunkelrot angelaufen. Ich schaute zurück auf den Anblick, den er bot, vor Wut stotternd, stierend, die Fäuste geballt, alle Anmut dahin. »Haltet ihn zurück«, sagte er zu den Angestellten.

»Lege es nicht darauf an, daß ich dir weh tun muß, Gregory«, sagte ich. »Das wäre denn doch zu viel der Freude.«

Er stürzte sich auf mich. Ich wirbelte herum, so daß ich Rachel festhalten und ihn dennoch mit meiner linken Hand erwischen konnte.

Und mit der linken Faust verpaßte ich ihm einen kräftigen Hieb, der ihn rücklings zu Boden gehen ließ, so daß sein Kopf auf den Kamin aufschlug.

Eine Sekunde hielt ich den Atem an und dachte, er sei tot, aber er war nur benommen, immerhin hatte ich ihn derart heftig erwischt, daß all die kleinen feigen Helfer sich bemüßigt fühlten, zu ihm zu eilen und sich um ihn zu kümmern.

Das war der richtige Augenblick für uns, das wußte die Frau so gut wie ich; gemeinsam eilten wir aus dem Zimmer.

Wir hasteten den Gang entlang, den bronzenen Türen entgegen. Auf dieser Seite waren sie nicht mit Engeln geschmückt, sondern nur wie der Teppich zuvor mit dem, seine Zweige ausbreitenden Lebensbaum, dessen Stamm sich nun in zwei Hälften teilte, als wir die Türflügel aufstießen.

Ich hatte nur ein Gefühl: Kraft durchflutete mich. Um Rachel zu tragen, hätte ich nur einen Arm gebraucht, doch sie ging schnell und aufrecht neben mir, als könne sie nicht anders, dabei drückte sie ihr Gepäckstück an sich.

Wir betraten den Aufzug, die Türen schlossen sich. Die Frau fiel gegen mich. Ich nahm ihr das Gepäck ab und hielt sie fest. Hier, in dieser kleinen Kammer, die sich durch diesen Palast abwärts bewegte, waren wir allein.

»Er tötet mich«, sagte sie. Ihr Gesicht war dicht vor dem meinen. Ihre Augen wirkten herrlich verschwommen. Ihre Haut war glatt und jugendlich. »Er vergiftet mich langsam. Ich verspreche Ihnen, Sie werden es nicht bereuen, daß Sie mir geholfen haben. Sie werden es nicht bereuen.«

Ich betrachtete sie und sah die Augen ihrer Tochter, genauso groß, so außergewöhnlich, selbst mit der dünnen, bleichen Haut ringsum. Wie konnte sie in ihrem Alter noch so gut in Form sein. Sie mußte gegen ihr Alter und gegen ihre Krankheit heftig angekämpft haben.

»Wer sind Sie, Asrael?« fragte sie. »Wer sind Sie? Ich habe diesen Namen schon einmal gehört. Ich kenne den Namen.«

Die Art, wie sie meinen Namen aussprach, klang, als vertraue sie mir. »Sagen Sie mir, wer Sie sind! Schnell. Sprechen Sie.«

Ich hielt sie aufrecht, ohne mich wäre sie niedergesunken.

Ich sagte: »Als Ihre Tochter starb, hat sie noch etwas gesagt. Hat man Ihnen das nicht erzählt?«

»Großer Gott. Asrael, der Hüter der Gebeine«, sagte sie bitter, und ihr standen plötzlich Tränen in den Augen. »Ja, das hat sie gesagt.«

»Das bin ich«, sagte ich. »Ich bin Asrael, derjenige, den sie in ihrer letzten Minute sah. Ich habe geweint damals, wie Sie jetzt weinen. Ich sah sie daliegen, und ich weinte um sie, und ich konnte ihr nicht helfen. Aber Ihnen kann ich helfen.«

19

Sie sah nicht mehr so bekümmert drein, doch ich hatte keine Ahnung, was genau sie von dieser meiner Enthüllung hielt. So krank sie auch war, zeigte sie doch die Schönheit, die in Esthers jugendhafter Blüte angedeutet war, in ihrer vollen Reife.

Die Türen öffneten sich abermals und spien eine ganze Armee gegen sie aus – ältere Männer, alle ziemlich betroffen, und sehr geräuschvoll. Es fiel mir leicht, diese nicht sonderlich von sich überzeugte Truppe beiseite zu schieben – na, eigentlich zerstreute ich sie wohl eher in alle Winde, was sie mit hysterischer Furcht erfüllte. Rachel tat ein übriges, indem sie ihre Stimme einsetzte.

»Laßt sofort meinen Wagen vorfahren«, sagte sie sehr scharf. »Ist das klar? Aus dem Weg mit euch.« Die Männer wagten nicht, sich wieder zu sammeln. Rachel schoß regelrecht Befehle auf sie ab: »Henry, ich will dich hier nicht mehr sehen! George, geh' nach oben! Mein Mann wird dich brauchen. Du, da drüben, was machst du da –«

Während sie noch miteinander stritten, was zu tun sei, marschierte sie mir voraus auf die geöffneten Türen zu. Ein Mann rechts von uns nahm ein vergoldetes Telefon von einem kleinen Marmortisch. Sie wandte sich um und warf ihm einen dermaßen giftigen Blick zu, daß ihm der Hörer aus der Hand fiel. Ich mußte lachen. Ich fand ihre Kraft und ihr Durchsetzungsvermögen toll! Aber sie beachtete das gar nicht.

Durch die Fensterfront zur Straße hinaus konnte ich den großen grauhaarigen Mann sehen, der schon zuvor den Wagen gefahren hatte. Der, der so sehr um Esther getrauert hatte. Er konnte uns nicht sehen. Doch der Wagen stand bereits draußen.

Die Männer starteten einen neuen Angriff auf sie, murmelten besorgte Phrasen wie: »Kommen Sie, Mrs. Belkin, Sie sind nicht gesund« – »Rachel, was Sie da tun, ist nicht gut für Sie.«

Ich wies auf den traurigen Mann: »Sehen Sie. Der da, das ist der, der bei Esther war. Er hat um sie geweint. Er wird tun, was wir sagen.«

»Ritchie!« flötete sie, stellte sich auf die Zehenspitzen und drängelte sich zwischen den Männern hindurch. »Ritchie, ich möchte jetzt fahren.«

Es war wirklich derselbe Mann, der mit dem zerfurchten Gesicht, und ich hatte ihn richtig beurteilt. Er öffnete die Wagentür, als er sah, daß wir auf ihn zukamen.

Die Menge vor dem Gebäude drängte sich noch dichter als zuvor gegen die Absperrungen, immer noch singend und brennende Kerzen in die Höhe haltend. Scheinwerfer flammten auf; Kameras richteten sich auf uns, wie einäugige Insekten schoben sie sich heran. Aber Rachel ließ sich von ihnen nicht irritieren, genausowenig wie Gregory.

Hier und da verneigten sich ganze Gruppen von Menschen vor Rachel oder stießen laute, Trauer bekundende Klagelaute aus.

»Komm, Rachel, komm endlich«, sagte der Fahrer. Er sprach zu ihr, als gehöre er zur Familie. »Laßt sie durch«, sagte er zu den unentschlossenen Bewachern, die nicht wußten, wie sie sich verhalten sollten, und einem älteren Mann, der am Bordsteinrand stand, rief er zu: »Öffne die Tür für Mrs. Belkin!«

Die Menge rechts und links des Weges verfiel regelrecht in Raserei, es sah aus, als wollten sie die Absperrungen durchbrechen, sie riefen Rachel Grußworte zu, allerdings in tiefstem Respekt vor ihr.

Sie verschwand im Wagen, ich folgte ihr auf dem Fuße und ließ mich neben sie auf den schwarzsamtenen Sitz fallen. Plötzlich hielten wir einander an den Händen, sie und ich. Die Tür knallte hinter uns zu. Ich umfaßte ihre Hand mit festem Druck.

Dies war tatsächlich der gleiche riesige Mercedes, der Esther zu ihrem Rendezvous mit dem Tod gefahren hatte, und in dem ich vor Gregory aufgetaucht war. Also nichts Überraschendes hier. Der Motor schnurrte. Die Menge draußen konnte selbst in ihrem Rausch der Verehrung einen solchen Wagen nicht aufhalten. Durch die Scheiben sah ich das Flackern der Kerzen.

Unser Chauffeur saß bereits vorn am Lenkrad, die Scheibe, die ihn sonst von den Insassen trennte, war nicht geschlossen.

»Fahre uns zu meinem Flugzeug, Ritchie«, sagte Rachel. Ihre Stimme klang nun voller und beherzter. »Ich habe schon Bescheid gesagt! Kümmer' dich nicht um die anderen. Der Jet wartet, und ich bin entschlossen zu fliegen.«

Flugzeug. Natürlich kannte ich das Wort.

»Ja, Ma'am«, antwortete er, mit einer Spur von Vergnügen wenn nicht sogar Entzücken in seiner Miene. Ihre Worte waren offensichtlich Gesetz für ihn.

Der Wagen schob sich vorwärts, teilte die singenden Menschenmassen, zielte die Straßenmitte an und preschte so schnell voran, daß wir gegeneinander geschleudert wurden.

Die Trennscheibe hinter dem Fahrer schloß sich und schuf so ein Stück Privatheit für uns. Die daraus resultierende Intimität ließ mich erröten. Ich schaute auf ihre Hand und sah, wie weiß die Haut war und wie locker sie über den Knochen lag. Hände verraten das Alter. Die Knöchel waren geschwollen, doch ihre Nägel waren hübsch mit roter Farbe lackiert und sorgfältig manikürt. Das war mir bisher nicht aufgefallen, es ließ mich entzückt erschauern. Ihr Gesicht sah um viele Jahre jünger aus als ihre Hände. Es war offensichtlich geliftet worden, wie Gregorys war ihm die Jugend zurückgegeben worden, und Rachel hatte von dieser Prozedur profitiert, denn Wangen- und Kieferknochen zeigten ihren symmetrischen Schnitt nun um so deutlicher – und ihre Augen, nun, ihre Augen waren zeitlos schön.

Ich spitzte – um es in einem Bild auszudrücken – die Ohren, ob ich einen Ruf von Gregory empfing, der mich in meiner Physis zu beeinträchtigen suchte, durch was für Worte oder dröhnende Beschwörungen oder Hantierungen mit den Gebeinen auch immer veranlaßt. Nichts! Ich war völlig unabhängig von ihm, wie ich bereits vermutet hatte. Nichts hielt mich zurück, engte mich in meinem Handlungsspielraum ein.

Ich legte sogar meinen rechten Arm um Rachel und zog sie eng an mich, ich fühlte Liebe für sie und ein tiefes Bedürfnis, ihr zu helfen.

Sie gab dem mit einer Art kindlichem Fallenlassen nach, ich spürte, daß ihr Körper viel hinfälliger war, als ich angenommen hatte. Oder kam es mir nur so vor, weil der meine noch immer an Festigkeit und Stärke zunahm?

»Ich bin hier«, murmelte ich, als habe mich mein Gott oder mein Gebieter Aufmerksamkeit heischend angesprochen.

Die Krankheit verlieh Rachels Schönheit etwas Elfenbeinernes.

Doch die Krankheit war schlimm. Ich konnte sie riechen – kein widerwärtiger Geruch, sondern einfach nur der Geruch eines Körpers, der langsam stirbt. Nur ihr dichtes, schwarzsilbernes Haar schien immun dagegen zu sein, doch selbst das schimmernde Weiß ihres Augapfels zeigte schon Trübungen.

»Er vergiftet mich langsam«, sagte sie, als habe sie meine Gedanken gelesen, und sie sah forschend zu mir auf. »Er kontrolliert alles, was ich esse und trinke! Ich sterbe, natürlich! Das ist ein Pluspunkt für ihn, aber er sähe mich schon jetzt gern tot. Ich will aber nicht bei ihm sterben, ich kann die Tempelbrüder, seine Getreuen vom Geiste, nicht ausstehen.«

»Sie werden nicht bei ihm bleiben müssen, dafür sorge ich. Ich bleibe bei Ihnen, so lange Sie wollen.« Mir wurde plötzlich klar, daß ich, seit ich mich hier in dieser Stadt materialisiert hatte, zum ersten Mal eine Frau berührte, und ich fand diese feminine Weichheit sehr verführerisch. Ich spürte durchaus einige körperliche Reaktionen, genau wie sie einem normalen Mann widerfahren würden, der ein zartes, vollbusiges Geschöpf an sich preßt. Ich bekam eine Erektion. Ich fragte mich, was passieren konnte, aber ich machte mir weniger Gedanken über Rachels Tugend als über meine eigenen Beschränkungen. Alles, was für mich dabei herauskam, waren ein paar wirre Erinnerungen daran, daß ich tatsächlich auch in früheren Zeiten als Geist in körperlicher Form Frauen besessen hatte und daß meine Gebieter heftig dagegen gewettert hatten wegen der schwächenden Auswirkungen. Aber auch jetzt hatte ich nur gesicht- und gestaltlose Vorstellungen.

Ich ließ Rachel nicht los, obwohl der Anblick ihrer weißen Schenkel, ihrer Kehle und ihres Busens mir schier die Sinne raubte.

Sie war ungeduldig, weil sie noch immer unter dem Einfluß der Medikamente stand.

»Warum nannte meine Tochter Ihren Namen?« fragte sie. »Sie hat Sie gesehen? Sie sahen sie sterben?«

»Ihr Geist stieg auf ins Licht«, beruhigte ich sie. »Grämen Sie sich nicht ihretwegen. Sie sprach zu mir, bevor sie starb, aber ich weiß nicht, wieso? Ihren Tod zu rächen, ist eindeutig nur ein Teil meiner Aufgabe hier.«

Sie war verblüfft, doch ein anderer Punkt bekümmerte sie nicht weniger heftig. »Sie trug doch kein Diamantcollier, oder doch?«

»Nein«, antwortete ich. »Was soll dieses Gerede von Diamanten?

Diese drei Männer haben sie umgebracht, sie hat keine Schmerzen gespürt, soweit das überhaupt möglich ist. Aber sie haben sie nicht beraubt. Sie verlor so viel Blut, daß sie langsam und kaum spürbar in Bewußtlosigkeit sank. Ich glaube, sie hat nicht einmal bemerkt, daß man ihr etwas angetan hatte.«

Sie schaute mich durchdringend an, als glaube sie mir nicht so ganz, und ihr war diese Vertrautheit, die ich ihr entgegenbrachte, nicht ganz recht.

»Ich habe die drei Männer umgebracht«, sagte ich. »Sie haben doch sicher in der Zeitung davon gelesen. Ich habe sie mit dem Eispickel getötet, mit dem sie Esther ermordet hatten. Aber ich habe keinerlei Diamanten bemerkt. Ich habe Esther in den Laden gehen sehen. Das war, ehe mir klar wurde, wie schnell die Kerle handeln würden.«

»Wer sind Sie? Wieso sind ausgerechnet Sie in dem Moment an Ort und Stelle gewesen? Was haben Sie mit Gregory zu tun?«

»Ich bin ein Geist«, erklärte ich. »Ich bin ein sehr mächtiger Geist, ich habe einen eigenen Willen und auch eine Art eigenes Bewußtsein. Und dieser Körper, das ist kein menschlicher Körper. Er ist eine Ansammlung von Elementen, die durch besondere Macht und besondere Fähigkeiten zusammengefügt wurden. Erschrecken Sie nicht, was immer ich auch sage. Ich bin auf Ihrer Seite, ich bin nicht gegen Sie. Ich erwachte aus einem langen Schlaf, als drei Mörder unterwegs zu Esther waren. Ich habe nur nicht schnell genug erfaßt, wie sie die Tat ausführen wollten.«

Sie reagierte nicht mit Furcht und auch nicht mit Hohn. »Wie kam es, daß meine Tochter Sie kannte?«

»Ich weiß nicht. Um meine Gegenwart hier an diesem Ort ranken sich unzählige Rätsel. Ich erschien, anscheinend aus eigenem Antrieb, doch offensichtlich aus einem bestimmten Grund.«

»Sie gehören also in keiner Weise zu Gregory?«

»Nein, natürlich nicht. Sie haben doch gesehen, daß ich mich ihm widersetzte. Warum fragen Sie?«

»Und dieser Körper hier«, sie lächelte ganz leicht, »Sie wollen mir allen Ernstes erzählen, dieser Körper existiert nicht real?« Dabei fixierte sie mich mit ihrem Blick, als könnten ihre Augen ihr die Wahrheit offenbaren. Ich konnte die Spannung spüren, die sich zwischen uns aufbaute.

Dann tat sie etwas höchst Intimes, das mich in Erstaunen versetzte. Sie neigte sich überraschend vor und küßte mich auf den Mund. Sie küßte mich, wie ich Gregory geküßt hatte, kurz bevor sie in seine Räume gestürmt war. Ihre Lippen waren schmal, aber feucht und heiß.

Ich glaube, meine Lippen blieben zunächst schlaff und ohne Gegendruck, doch dann umfing ich ihren Kopf, grub die Finger in ihre herrliche knisternde Haarpracht und erwiderte den Kuß, preßte hingerissen meinen Mund hart auf den ihren. Schließlich ließ ich sie los. Heftiges Verlangen nach ihr durchfuhr mich wie ein Blitz. Dieser Körper schien in Hochform zu sein. Abermals echoten ein paar mahnende Ratschläge durch meinen Kopf ... »willst du nicht in ihren Armen vergehen« oder ähnlicher uralter Quatsch. Aber ich hatte ja die Nase voll von diesen mühseligen Versuchen, mich zu erinnern.

Was schenkte ihr Genuß?

Was das betraf, hatte sie die Leidenschaft einer jungen Frau, auch wenn sie dem Tod nahe war, oder, um genau zu sein, die Leidenschaft einer voll erblühten Frau. Ihre Lippen waren noch immer leicht geöffnet, als schmecke sie den Kuß noch oder sei bereit, einen Schritt weiterzugehen. Sie wollte mich und hatte weder vor Männern noch vor der Leidenschaft Angst. Sie kam mir vor wie eine Königin, die viele Geliebte gehabt hatte.

»Warum hast du das getan?« fragte ich. »Warum hast du mich geküßt?« Der Kuß hatte mir Stärke verliehen, hatte Teile meines Körpers, speziell für menschliche Funktionen bestimmt, mit Leben erfüllt. Ich nenne das Stärke!

»Du bist ein Mensch«, sagte sie, ihre Stimme klang abweisend, tief und ein wenig hart.

»Du schmeichelst mir, aber ich bin ein Geist. Ich möchte Esther rächen, aber es steckt noch mehr dahinter.«

»Wie kamst du in das obere Stockwerk zu Gregory?« wollte sie wissen. »Du weißt von seiner Macht, von dem Einfluß, den er hat. Gottes rechte Hand, der Gründer des ›Tempels vom Geiste Gottes‹«, sagte sie verächtlich. »Der Retter der Welt, der Gesalbte. Der Lügner, der Betrüger, der Besitzer der größten Flotte von Vergnügungsdampfern in der Karibik und im Mittelmeer, der Messias der Kaufsüchtigen und der Gourmets. Und du willst mir erzählen, daß du nicht zu seinen Leuten gehörst?«

»Schiffe«, staunte ich. »Was tut eine Kirche mit Schiffen?«

»Sie sind zum Vergnügen da, aber sie führen auch Fracht mit sich.

Ich verstehe nicht, wozu das gut ist, und ich werde tot sein, ehe ich es herausbekommen haben werde. Aber was hattest du mit ihm zu tun? Seine Schiffe legen in jedem wichtigen Hafen der Erde an. Weißt du denn gar nichts darüber? Es ist ja nicht so, daß ich dir nicht glaube, daß du keiner von der Sekte bist. Ich habe gesehen, daß du gegen ihn angetreten bist, und du hast mich ja auch da herausgeholt. Aber alle anderen in dem Bau gehören dazu. In meinem Leben gibt es niemanden, der nicht dazugehört. Alle sind sie Mitglieder der Sekte«. Als sie fortfuhr, überschlugen sich ihre Worte und klangen bedrückt. »Die Pflegerinnen sind Mitglieder. Die Türsteher, die Boten, die gesamte Belegschaft in dem Laden. Die da draußen standen und sangen – du hast sie doch gesehen? –, sie gehören dazu. Seine Sekte überwuchert die Erde. Seine Flugzeuge werfen selbst über dichtem Dschungel und namenlosen Inseln Flugblätter ab.« Sie seufzte, dann fuhr sie fort: »Was ich sagen will, ist, wenn du keiner von denen bist, wenn du mich nicht nur da herausgelockt hast, um mich irgendwo anders wieder hinter verschlossene Türen zu bringen, wie konntest du dann überhaupt in das obere Stockwerk kommen?«

Ich konnte den Fluß riechen, der Wagen entfernte sich offensichtlich von den belebteren Straßen.

Rachel glaubte mir nicht. Aber durch ihre Worte erfuhr ich so manches. Ein paar ziemlich interessante Dinge. Ich fand hinter dem, was sie mir sagte, eine Bedeutung, die ihr entgangen war.

Ihre Gegenwart lenkte mich allerdings von meinen Gedankengängen ab. Sie fand mich attraktiv, das spürte ich, und ich spürte ihre Verzweiflung, die aus dem Wissen um ihren baldigen Tod erwuchs. Eine unbekümmerte Leidenschaft sprach aus ihr. Ein Traum von ihr schien mir, mich zu besitzen.

Das fand ich bemerkenswert erregend.

»Und dein Akzent?« fragte sie. »Was ist das? Du bist kein Israeli?«

»Hör zu, das ist banal«, sagte ich. »Ich spreche schon mein bestes Englisch. Ich sagte dir doch, ich bin ein Geist. Ich will Rache für deine Tochter. Willst du das auch? Dieses Halsband, dieses Collier, warum behauptet er, daß sie eine Kette trug? Und warum hast du mich danach gefragt?«

»Vielleicht nur einer seiner grausamen Witze«, antwortete sie. »Dieses Collier war schon vor einiger Zeit der Grund für einen riesigen Krach zwischen den beiden. Esther hatte eine Schwäche für Diamanten – das stimmt schon. Sie war ständig auf Einkaufstour im

Diamantenviertel. Sie ging da viel lieber hin als in die schicken Juwelierläden. An dem Tag, als sie ermordet wurde, muß sie wohl dieses Collier getragen haben. Ihr Zimmermädchen behauptet das jedenfalls. Gregory zog sich an dieser kleinen Geschichte hoch. Er opferte sogar fast seine tolle Terroristentheorie durch sein Gerede über das Collier. Aber als die drei Mörder dann gefunden wurden, hatten sie die Diamanten nicht bei sich. Und du hast die drei wirklich umgebracht?«

»Sie haben Esther ganz bestimmt nichts abgenommen«, erwiderte ich. »Ich war sofort hinter ihnen her und tötete sie. Eure Zeitungen schreiben, daß sie mit einer von ihren eigenen Waffen getötet worden sind, schnell hintereinander. Sieh mal, du mußt mir nicht glauben, aber du mußt mir noch ein paar Sachen erklären. Wegen Esther und Gregory. Hat er sie töten lassen? Glaubst du das?«

»Ich weiß es«, sagte sie. Ihre Stimmung schlug um, und ihre Miene verdüsterte sich. »Ich glaube, er ist über die Sache mit dem Collier gestolpert. Ich habe den Verdacht, daß sie das Collier gar nicht mit zum Einkaufen nahm, sondern irgend etwas anderes damit gemacht hat. Und wenn das stimmt, dann hat jetzt jemand das Collier, der weiß, daß Gregorys Version eine Lüge ist. Aber ich komme an diese Person nicht heran.«

Das interessierte mich doch sehr, ich wollte noch mehr von ihr hören. Doch sie war nicht ganz bei der Sache, ihr Verlangen nach mir lenkte sie ab; sie betrachtete mich eingehend, mein Haar, meine Haut. Sie trauerte tief um Esther, doch diese Trauer lag in Fehde mit einem grundlegenden menschlichen Bedürfnis.

Ich genoß ihre Blicke.

Wenn ich dieses Stadium meiner Materialisierung erreicht habe, wenn ich so sichtlich lebensprühend bin, fällt den Menschen an mir genau das auf, was ihnen auch ins Auge fiele, wenn ich ein real existierender Mann wäre, dem sein irdisches Leben von Gott verliehen wurde. Ihnen fällt meine ausgeprägte Stirn auf und meine schwarzen Augenbrauen, die mir diesen grüblerischen Ausdruck verleihen, selbst wenn ich lächle, und sie sehen meinen kindlich geformten Mund mit den Lippen, die zwar babyhaft schmollen, aber dennoch breit sind über dem eckigen Kiefer. Sie sehen diesen Anflug eines Kindergesichts trotz der stark geformten Knochen, und Augen, die stets bereit zum Lachen sind.

Rachel fühlte sich von diesen Attributen heftig angezogen, und das entfachte wieder diese merkwürdige Erinnerung an längst vergangene Menschen, die etwas unendlich Wichtiges sagten, und jemand bemerkte: »Wenn es schon getan werden muß, könnten wir wohl jemanden finden, der schöner wäre! Jemand, der dem Gott ähnlicher sieht?«

Das Auto steigerte während seiner Fahrt durch die leeren Straßen seine Geschwindigkeit. Keine weiteren Motorengeräusche waren zu hören, und auf den Gehwegen New Yorks raschelten die Blätter dürrer, armseliger Bäumchen im Wind, wie Opfergaben standen sie vor den majestätischen Gebäuden. Aus Stein und Stahl waren die Elemente dieser Stadt, und wie leicht zerstörbar dagegen doch die Blätter wirkten, wenn der Wind sie vor sich hertrieb – klein, farblos, verloren.

Der Fahrer erhöhte die Geschwindigkeit abermals. Wir befuhren jetzt eine sehr breite Straße, und ich konnte den Fluß noch deutlicher riechen. Gestank überlagerte zwar den süßen Duft des Wassers, dennoch überkam mich großer Durst. Als ich diesen Fluß in Gregorys Wagen überquert hatte, hatte ich von Durst nichts bemerkt. Jetzt aber war ich sehr durstig. Das bedeutete, daß mein Körper inzwischen wirklich stark war.

»Wer du auch immer sein magst«, meldete sich Rachel wieder zu Wort, »ich sage dir eines: Wenn wir das Flugzeug erreichen, ohne daß uns jemand aufhält – und mir scheint, wir schaffen es –, dann brauchst du dir dein Leben lang keine Sorgen mehr zu machen.«

»Gib mir lieber noch ein paar Erklärungen zu dem Collier«, sagte ich sanft.

»Gregory hat eine Vergangenheit, es gibt da eine Vorgeschichte, von der niemand etwas weiß, und als Esther dieses Collier kaufte, stolperte sie sozusagen über seine Vergangenheit. Sie kaufte die Kette von einem chassidischen Juden, der Gregory aufs Haar glich. Und dieser Mann erzählte ihr, daß er Gregorys Zwillingsbruder sei.«

»Ja, sicher. Nathan!« sagte ich. »Ein Chassid, und er ist einer von den Diamantenhändlern.«

»Nathan! Du kennst ihn?«

»Nun, ich kenne ihn nicht persönlich, aber ich kenne seinen Großvater, er ist ein Rabbi, und Gregory ging zu ihm, um herauszufinden, was Esthers letzte Worte bedeuteten.«

»Wer ist ein Rabbi?«

»Sein Großvater, Gregorys Großvater. Der Rabbi heißt Avram, aber sie haben irgendeine besondere Bezeichnung für ihn. Hör zu, du hast gesagt, Esther stolperte über Gregorys Vergangenheit, sie kam durch Zufall darauf, daß er aus dieser großen Familie in Brooklyn stammt.«

»Eine große Familie?«

»Ja, sehr ausgedehnt, eine chassidische Gemeinde, ein richtiger Clan. Du weißt nichts darüber?«

»Ha«, sagte sie, sich in den Sitz zurücklehnend, »ich wußte, da war eine Familie, das habe ich aus ihren Streitereien entnommen. Aber sonst wußte ich kaum etwas. Er und Esther hatten sich ständig in den Haaren, weil sie das mit seiner Verwandtschaft herausgekriegt hatte. Es ging nicht nur um den Bruder, der ihr die Kette verkauft hatte. Meine Güte, da war also ein noch größeres Geheimnis! Könnte es sein, daß er sie beseitigen ließ, weil sie über seinen Bruder und seine Familie Bescheid wußte?«

»Da gibt es nur ein Problem.«

»Und das wäre?«

»Warum sollte Gregory seine Herkunft verheimlichen wollen? Ich war dabei, als er den Rabbi besucht hat, seinen Großvater, und da war es der Rabbi, der um Geheimhaltung bat. Und die Chassidim haben Esther bestimmt nicht getötet; das anzunehmen, wäre nun wirklich töricht.«

Sie war ziemlich bewegt.

Der Wagen hatte inzwischen den Fluß überquert und rauschte an mehrstöckigen Ziegelsteinbauten vorbei, die, in trübes Licht getaucht, wie der Vorhof der Hölle wirkten.

Rachel grübelte, schüttelte dann den Kopf.

»Sag, warum warst du mit Gregory und diesem Rabbi zusammen?«

»Gregory ging hin, um von ihm die Bedeutung von Esthers letzten Worten zu erfahren. Der Rabbi kannte die Worte. Er hatte die Gebeine. Jetzt hat Gregory sie. Und mich nennt man den Hüter der Gebeine. Der Rabbi hat Gregory die Gebeine verkauft unter der Bedingung, daß Gregory nie wieder mit seinem Bruder Nathan spricht, nie wieder die jüdische Gemeinde aufsucht und sie niemals bloßstellt, indem er seine Abstammung preisgibt und die Chassidim so mit seiner Kirche in Verbindung bringt.

»Guter Gott!« sagte sie und betrachtete mich feindselig.

»Sieh mal, der Rabbi hat nie versucht, mich zu beschwören. Der Rabbi wollte mit mir nichts zu tun haben. Aber er war sozusagen sein ganzes Leben lang, seit sein Vater ihm die Gebeine übergeben hatte, ihr Wächter gewesen, schon seit seiner Zeit in Polen, seit Ende des letzten Jahrhunderts. Das habe ich ihrem Gespräch entnommen. Die Gebeine waren meine Ruhestätte gewesen.«

Sie wußte nicht, was sie sagen sollte. »Du glaubst offensichtlich an das, was du da erzählst, ganz klar«, meinte sie.

»Jetzt erzähle du über Esther und Nathan«, sagte ich.

»Esther kam eines Tages nach Hause und hatte dann diese Auseinandersetzung mit Gregory. Sie schrie ihn an, wenn er schon Verwandte jenseits der Brooklyn-Bridge habe, solle er sie gefälligst anerkennen, denn sein Bruder liebe ihn wirklich. Das habe ich gehört. Aber ich habe nicht weiter darauf geachtet. Sie kam dann und erzählte mir davon. Ich habe ihr gesagt, wenn sie Chassidim wären, hätten sie schon längst das *kaddish* für ihn gesprochen. Mir ging es sehr schlecht damals. Ich war von Drogen betäubt. Und Gregory war sehr wütend auf sie. Aber weißt du, sie hatten sich schon immer gestritten. Aber er … er hat seine Finger irgendwie im Spiel, was ihren Tod betrifft, das weiß ich einfach! Dieses Collier. Sie hätte dieses Collier niemals am hellichten Tag getragen.«

»Warum nicht?«

»Aus einem ganz einfachen Grund: Esther ist in den besten Schulen erzogen worden, und sie hat auch debütiert. Diamanten trägt man nicht vor sechs Uhr abends. Esther hätte niemals beim Einkaufsbummel auf der Fifth Avenue Diamanten getragen. Das tut man einfach nicht. Aber warum nur hat er ihr etwas angetan? Warum? Sollte es wirklich um seine Verwandtschaft gegangen sein? Nein, ich versteh's einfach nicht. Und warum reitet er so auf den Diamanten herum? Warum kommt er plötzlich mit dieser Geschichte daher?»

»Erzähl mir noch mehr darüber. Mir scheint, ich kann da ein Schema erkennen. Schiffe, Flugzeuge, ein verheimlichtes Vorleben. Ich glaube, ich erkenne da etwas … es ist mir nur noch nicht ganz klar.«

Sie starrte mich an.

»Sprich«, sagte ich zu ihr. »Du mußt mir mehr erzählen. Vertraue mir. Du weißt, ich schütze dich, ich bin für dich da. Ich liebe dich, und ich liebe deine Tochter, denn ihr seid beide gut, ihr seid gerecht, und die Menschen haben euch grausam behandelt. Ich mag Grausamkeiten nicht, sie machen mich nervös, und dann möchte ich um mich schlagen …«

Das erstaunte sie, aber sie glaubte es. Sie versuchte zu sprechen, aber ihr fehlten die Worte. Ihre Gedanken überschlugen sich, und sie begann zu zittern. Ich streichelte beruhigend ihr Gesicht und hoffte, daß meine Hände ihr Trost boten.

»Laß mich los«, bat sie freundlich. Aber sie legte ihre Hand auf meinen Arm, tätschelte mich mitfühlend und lehnte sich gegen meine Schulter. Sie kuschelte sich an mich, dabei lugte ihr nacktes Knie, hübsch und fest, unter dem Rocksaum hervor und preßte sich an meines. Sie stöhnte und jammerte von Kummer verzehrt und ballte die rechte Hand zur Faust.

Der Wagen rollte langsam aus. Wir waren an einem seltsamen, ausgedehnten Platz angelangt, der in eklige Dämpfe eingehüllt war und voller Flugzeuge stand. Ja, Flugzeuge. Flugzeuge bedurften keiner Erklärung für mich, sie erklärten sich von allein in all ihrer bebenden, kantigen Größe, riesige metallene Vögel auf lächerlich kleinen Rädern, deren Flügel mit riesigen Mengen Kerosin beladen waren, so daß man mit seinem Feuer die ganze Welt in Brand hätte setzen können. Flugzeuge flogen. Sie krochen dahin. Sie standen leer mit weit offen gähnenden Türen und häßlichen, ziellos in die Nacht weisenden Stufen. Sie schliefen.

»Komm mit«, sagte Rachel und umklammerte meine Hand.

»Was du auch bist, wir hängen beide in dieser Sache drin. Ich glaube dir.«

»Das solltest du auch besser«, flüsterte ich.

Aber ich war irgendwie benebelt.

Während wir aus dem Wagen stiegen, war ich mit meinen eigenen Gedanken beschäftigt. Ich folgte ihr unaufmerksam, Stimmen drangen an mein Ohr, aber ich starrte zu den Sternen empor. Die Luft war voller Rauch, es war wie im Krieg, wenn der Rauch aufsteigt, weil alles brennt.

Inmitten eines betäubenden Lärms näherten wir uns ihrem Flugzeug. Sie rief Befehle, aber ich konnte nichts verstehen, der Wind trug ihre Worte davon. Die Stufen verliefen in einem Stück aufwärts, wie die Stufen zum Himmel, aber diese führten einfach nur in das Flugzeug hinein. Plötzlich, wir waren schon auf dem Weg nach oben, schloß Rachel die Augen und blieb stehen. Sie tastete blindlings nach meiner Schulter und umklammerte mich, als wolle sie mir die Adern abdrücken. Sie fühlte sich elend und hatte Schmerzen.

»Ich halte dich«, flüsterte ich ihr zu.

Ritchie, der Fahrer, stand hinter mir, eifrig darauf bedacht, ihr zu helfen. Sie atmete tief durch, dann rannte sie die Stufen hinauf. Ich mußte mich beeilen, um sie einzuholen.

Zusammen betraten wir einen engen Gang, ein Refugium voll unerträglicher Geräusche. Eine junge Frau mit herausfordernden, kalten Augen sagte: »Mrs. Belkin, Ihr Gatte möchte, daß Sie heimkehren.«

»Nein. Wir gehen in mein eigenes Heim«, antwortete sie.

Zwei uniformierte Männer traten aus dem vorderen Teil des Fliegers. Ich konnte einen Blick auf die kleine Kammer in der Spitze der Maschine werfen, wo sich Knopf an Knopf reihte und Lichter flackerten.

Die kühle junge Frau mit den hellen Augen schob mich in Richtung auf eine weiter hinten liegende Sitzgruppe, aber ich trödelte herum und lauschte, damit ich im Notfall zur Stelle war.

»Tun Sie, was ich Ihnen sage«, hörte ich Rachels Stimme. Die Männer gaben sofort nach. »Starten Sie, sobald es möglich ist.«

Die blasse Frau hatte mich im Gang stehengelassen und sich Rachel zugewandt, um sie aufzuhalten. Ritchie gluckte über Rachel wie eine Henne.

»Lassen Sie die Magazine und die Zeitungen hier!« befahl Rachel. »Was glauben Sie denn? Daß Esther wieder aufersteht, wenn ich etwas über sie lese? Sehen Sie zu, daß wir so schnell wie möglich abheben!«

Ein zaghafter Chor aufbegehrender Stimmen – von Männern und Frauen, selbst von dem Fahrer – erhob sich, schwächte sich aber gleich wieder ab.

»Sie alle fliegen mit mir, ganz einfach«, sagte Rachel, und es kehrte Stille ein. Sie war die Königin.

Sie nahm meine Hand und führte mich in einen kleinen ledergepolsterten Raum. Alles war glatt und glänzend hier. Das Leder war weich, und alles strahlte Eleganz aus: auf einem kleinen Tisch standen Gläser aus massivem Kristallglas, für die Füße gab es Hocker und tiefe, couchartige Sessel waren gedacht, uns einzulullen.

Die Stimmen erstarben zu einem leisen konspirativen Gemurmel hinter dem Vorhang.

Die kleinen Fensterhöhlen waren das einzig Häßliche hier, so verschrammt und schmutzig wie sie waren, gaben sie nichts von der draußen herrschenden Nacht preis. Der Lärm und die Nacht waren eins. Die Sterne waren nicht zu sehen.

Rachel sagte, ich solle mich setzen.

Ich gehorchte und ließ mich in einen tiefen Sessel fallen, der den Geruch von Leder ausströmte und mich umschloß, als solle ich hilf- und wehrlos gemacht werden, wie ein Vater seinen kleinen Sohn an den Fußgelenken fassen und hochheben mochte. Wir saßen uns nun in diesen schwellenden, merkwürdig komfortablen Polstern gegenüber, und langsam gewöhnte ich mich an diese Haltung, die mir so würdelos schien. Ich kapierte langsam, daß dies eine Form von Luxus war trotz der Urwüchsigkeit des Materials. Man konnte sich darin rekeln wie einst die Potentaten auf ihrem Diwan. Bunte Magazine lagen sorgfältig gefächert auf dem Tischchen vor uns, und zusammengelegte Zeitungen waren in einem Kreis arrangiert. Abgestandene Luft wurde in den Raum geblasen, als sei es ein willkommener Segen.

»Du hast offensichtlich noch nie ein Flugzeug gesehen, nicht wahr?« fragte Rachel.

»Nein«, antwortete ich. »Ich brauche sie nicht.« Und fügte hinzu: »Dies ist alles so luxuriös. Ich kann nicht einmal aufrecht sitzen, selbst wenn ich es wollte.«

Die Frau mit den bleichen kalten Augen war wieder hereingekommen. Sie griff nach ein paar Gurten neben mir, an deren Enden Schnallen befestigt waren. Ich mußte sie einfach ansehen, ihre Haut und ihre Hände faszinierten mich. Das Äußere all dieser Menschen hier war so unglaublich perfekt.

»Das sind Sicherheitsgurte«, sagte Rachel, während sie die Schnallen des eigenen Gurts zuschnappen ließ. Und was sie dann tat, reizte mich extrem. Sie stieß ihre Schuhe von den Füßen, diese hübschen Schuhe mit den hohen Absätzen. Indem sie mit dem einen Fuß gegen die Ferse des anderen drückte, schob sie die Schuhe von den Füßen und ließ sie zu Boden fallen. Auf dem schmalen weißen Rist sah man die Abdrücke der dünnen Riemchen, und mich überkam der Wunsch, ihre Füße zu berühren, sie zu küssen. Mir schien, daß ich mir diesmal einen Körper geschaffen hatte, der wesentlich besser funktionierte als jemals zuvor einer.

Die kühle Dame betrachtete mich unbehaglich, trat unsicher von einem Fuß auf den anderen, dann zog sie sich, sichtlich zögernd, zurück.

Rachel ignorierte das alles.

Ich konnte die Augen nicht von ihr abwenden, wie sie da so ernst und lebendig in dem dämmrigen Licht unseres Refugiums saß, ich verzehrte mich nach ihr. Ich hatte das heftige Verlangen, meine Hände über die Innenseite ihrer Schenkel wandern zu lassen, um zu erfahren, ob die von Flaum umgebene Blüte dort ebenso jugendlich erhalten war wie ihr übriger Körper.

Das war irritierend und auch beschämend. Und mir wurde noch etwas klar: Kränkliches kann faszinierend schön sein. Vielleicht, genauer überlegt, kann man auch die Flamme einer Kerze als kränklich ansehen, wie sie auf ihrem Docht tanzt und das Wachs verzehrt und damit auch ihren eigenen Körper, so wie die Krankheit Rachels Körper verzehrte und nur ihre Seele zurückließ. Das Fieber und die Schärfe ihres Geistes erzeugten gleichermaßen eine hinreißende Glut in ihr.

»Nun fliegen wir also in einem solchen Ding«, bemerkte ich, »wir steigen auf in die Luft und reisen schneller, als es uns auf dem Boden möglich wäre, wir fliegen wie ein kraftvoll geschleuderter Speer, nur daß wir die Möglichkeit haben, den Kurs selbst zu bestimmen.«

»Ja«, antwortete sie. »Dieses Ding wird uns zur Südspitze des Staates bringen, in weniger als zwei Stunden werden wir in meinem eigenen kleinen Zuhause sein, dort werde ich mich zum Sterben niederlegen. Das ist mir klar.«

»Du willst sterben?«

»Ja. Mein Kopf klärt sich langsam. Ich habe Schmerzen, aber ich spüre auch, daß mein Körper sich langsam von Gregorys giftigen Drogen befreit. Ja, ich will es bewußt erleben, ich will sehen, was mit mir passiert.«

Ich wollte ihr sagen, daß der Tod für die meisten Menschen nicht so war, wie sie es empfand. Aber ich wollte lieber nichts sagen, dessen ich mir nicht ganz sicher war, und ganz bestimmt nichts, das ihr noch mehr Kummer bereiten könnte.

Sie gab der Frau ein Zeichen, die wohl schon eine Weile im Hintergrund hantiert hatte. Das Flugzeug hatte sich in Bewegung gesetzt, rollte wohl auf seinen kleinen Rädern. Es rumpelte ziemlich.

»Etwas zu trinken«, befahl Rachel. »Was möchtest du?« Und plötzlich lächelte sie. Sie wollte einen Scherz machen. »Was trinken Geister denn am liebsten?«

»Wasser«, antwortete ich. »Ich bin so froh, daß du mich fragst. Ich bin schon ganz ausgetrocknet, solchen Durst habe ich. Dieser Körper hier ist sehr massiv und in Feinarbeit zusammengesetzt. Ich glaube, er entwickelt ein paar sehr wesentliche Körperteile.«

Sie lachte laut auf: »Ich frage mich, was für Teile das sein könnten!«

Das Wasser wurde gebracht. Mengen davon. Herrliches Wasser. Die durchsichtige Flasche war in ein mit Eis gefülltes Gefäß gebettet, und auch das Eis war einfach herrlich. Ich starrte es an, nachdem ich meine Augen von dem Wasser losgerissen hatte. Was ich auch in diesem neuen, modernen Zeitalter gesehen hatte, nichts, aber auch gar nichts war zu vergleichen mit der schlichten Schönheit dieser glitzernden, funkelnden Eisstückchen, die sich in dem seltsam unansehnlichen Wasserbehältnis häuften.

Die junge Frau, die den Kübel mit Eis niedergesetzt hatte, zog nun die Flasche daraus hervor, so daß das Eis, im Licht glitzernde Facetten werfend, nach unten rutschte. Ich bemerkte, daß die Flasche aus einem weichen Material bestand, keinesfalls aus Glas; es war Plastik. Man konnte die Flasche flachdrücken, wenn sie leer war. Das Material war so leicht und dünn, es erinnerte mich an eine Tierblase, die dünnste, die man sich vorstellen konnte, wie man sie in früheren Zeiten wohl, gefüllt mit Milch, am Sattel hängend mit sich führte.

Die Frau füllte zwei der Kristallbecher mit Wasser. Ritchie kam herein, beugte sich herab und flüsterte Rachel etwas ins Ohr. Es ging um Gregory und wie wütend er war.

»Wir liegen im Zeitplan«, sagte er dann. Er deutete auf die Magazine: »Da ist etwas ...«

»Kümmere dich nicht darum. Ich habe das alles gelesen, was interessiert es schon? Irgendwie ist es mir ein Trost, daß ihr Foto auf allen Titelseiten ist. Warum nicht?«

Er wollte protestieren, aber sie schickte ihn energisch fort. Jemand rief ihm zu, daß er sich anschnallen müsse, denn das Flugzeug werde gleich abheben. Dann war die Maschine in der Luft.

Ich trank von dem Wasser, gierig, wie du mich hast trinken sehen. Das amüsierte Rachel. »Trink ruhig«, sagte sie. »Es ist genug da.«

Ich nahm sie beim Wort und leerte die Flasche bis auf den letzten Tropfen. Obwohl mein Körper das Wasser vollständig absorbierte, war ich immer noch durstig, was ein deutliches Zeichen für meine immer noch zunehmende Stärke war.

Nun, und was machte Gregory jetzt? Brütete über den Gebeinen und schnaubte vor Wut? War uninteressant. Oder doch nicht?

Mir wurde mit einemmal klar, daß sämtliche raffinierten Manöver, die ich ausgeführt hatte, immer unter der Aufsicht und dem Befehl eines Magiers stattgefunden hatten. Selbst wenn ich eine Frau genommen hatte, geschah das nur mit dem grollenden Einverständnis meines Meisters. Ich durfte aus den Gebeinen auferstehen, durfte töten, dann durfte ich mich wieder auflösen und verschwinden. Ja. Das ist nicht so heikel, aber die unmittelbare, aufflammende Leidenschaft, die ich für diese Frau fühlte – die Kraft, die mir aus dem Wasser, das ich getrunken hatte, erwuchs –, das war etwas völlig Neues für mich.

Ich begriff, daß ich herausfinden mußte, welche Fähigkeiten ich entfalten konnte, wenn ich wirklich ganz auf mich allein gestellt war, bisher jedenfalls hatte ich noch keinen ernsthaften Versuch in dieser Richtung unternommen. Ich fühlte mich in Gegenwart dieser Frau, die in mir eine so große fleischliche Begierde weckte, ebenso stark wie vorher, als ich mich Gregorys faszinierendem Charakter gegenüber sah.

Als ich die Flasche abstellte, merkte ich, daß die Zeitungen und Magazine einige Tropfen Wasser abbekommen hatten. Ich schaute genauer hin, und da erst sah ich, was die anderen so betroffen gemacht hatte. Die Fotos darauf zeigten Esther in dem schlimmsten aller Augenblicke. Aufgenommen, Sekunden bevor sie starb! Ja, das Titelbild zeigte sie auf der Trage und dazu die dicht um sie gescharte Menge.

Jemand sagte, wir hätten Kurs auf Miami genommen und würden ohne Verzögerung landen können, sobald wir es erreichten.

»Miami.« Der Klang brachte mich zum Lachen, es hörte sich an wie ein lustiges Wortgeklingel für Kinder. »Miami.«

Die Maschine holperte durch die Nacht. Die blaßäugige Kleine brachte eine weitere Flasche Wasser. Es war so kalt, daß das Eis nicht nötig war, ich trank es in langen gleichmäßigen Zügen aus. Dann lehnte ich mich zurück und fühlte, wie das Wasser mich ausfüllte. Zu fühlen, wie das Wasser durch meine Kehle, durch die inneren, aus eigener Kraft geschaffenen Röhren meines Körpers rann, ach, das war ein göttliches Gefühl, fast vergleichbar mit dem, Rachel zu küssen. Ich holte tief Luft.

Als ich die Augen öffnete, sah ich, daß Rachel mich beobachtete. Das Mädchen war fort. Sie hatte die Gläser mitgenommen. Nur ein Rest Wasser war noch in der Flasche, die ich umklammert hielt.

Ich fühlte mich von einer starken, fast schmeichelnden Kraft, die ich als geheimnisvoll empfand, in das Leder des Sessels gepreßt. Das Flugzeug stieg nun sehr schnell und sehr steil dem Firmament entgegen. Der Druck nahm zu und plötzlich spürte ich Kopfschmerzen, aber ich verscheuchte sie sofort. Ich sah Rachel an. Sie saß ganz still und gefaßt, als bete sie, als sei dies eine Art Zeremonie, und sie sprach und regte sich nicht, bis die Maschine die richtige Höhe erreicht hatte und den Steigflug beendete. Da änderte sich der Klang der Motoren, und Rachel entspannte sich. Ich fand diese gesamte Erfahrung sehr prickelnd.

Du lebst, Asrael, du bist erfüllt von Leben! Ich muß wohl gelacht haben. Oder geweint? Ich brauchte mehr Wasser. Nein. Ich hätte gern noch mehr getrunken, das ja, aber ich *brauchte* gar nichts.

Aber ich mußte wissen, was Gregory jetzt gerade mit meinen Gebeinen anstellte. Versuchte er gerade in diesem Moment, mich zu sich zurückzubefehlen? Er mußte doch irgend etwas unternommen haben, obwohl ich keinen Widerhall davon spürte. Ich wollte es ganz einfach wissen. Und ich wollte auch endlich wissen, wie stark dieser Körper wirklich war, ob ich mich willentlich auflösen und den Körper wieder herbeibefehlen konnte. Ich mußte das dringend erfahren.

Ich fuhr mit der Zunge über meine Lippen, die sich kalt anfühlten von dem Wasser. Ich merkte, daß mein Zorn, meine Verwirrung fast ganz gewichen waren, weil ich mich von dieser Frau, diesem zerbrechlichen, bleichen Wesen, so stark angezogen fühlte. Ich mußte einfach aufhören, mich über dieses und jenes zu verwundern, und mich als meinen eigenen einzigen Gebieter akzeptieren. Genau das war es. Ich begehrte sie. Ja, diese Zusammenhänge hatten einen sehr menschlichen Ursprung – das fleischliche Verlangen nach ihr, mein Verlangen, mich gegen Gregory zu stellen, ihm zu trotzen, mir zu beweisen, daß er keine Kontrolle über mich hatte, nur weil die Gebeine in seinem Besitz waren.

Rachel sprach mich an: »Du hast Angst. Du brauchst dich wegen des Flugzeugs nicht zu fürchten. Es ist etwas Alltägliches.« Ein nckkendes Lächeln erschien auf ihrem Gesicht und sie fügte hinzu: »Natürlich könnte es jede Sekunde explodieren, na ja, aber bisher hat es noch immer durchgehalten.« Ihr Lachen wurde bitter.

»Hör zu«, sagte ich, »es gibt in deiner Sprache das Sprichwort ›Zwei Fliegen mit einer Klappe schlagen‹. So etwas ähnliches habe ich jetzt vor. Ich werde jetzt von hier verschwinden und wieder zurückkehren. Das ist für dich der Beweis, daß ich ein Geist bin, und du brauchst dich nicht mehr zu sorgen, daß du in deiner Verzweiflung mit einem Irren gemeinsame Sache gemacht hast, und ich kann gleichzeitig herausfinden, was Gregory im Schilde führt. Denn schließlich hat er diese Gebeine, und er ist ein etwas seltsamer, durchsetzungsfähiger Mann.«

»Du willst verschwinden? Aus diesem Flugzeug?«

»Ja. Nun sage mir, wo genau wir in Miami hin wollen. Was ist Miami überhaupt? Ich werde dich dann dort an der Tür deines Hauses treffen.«

»Du solltest das besser nicht versuchen.«

»Ich muß. Mit deinen Verdächtigungen und deinem Mißtrauen bringst du uns nicht weiter. Esther scheint mir im Moment selbst wie ein Diamant zu sein, ein Diamant im Zentrum einer komplizierten Kette. Wohin sind wir unterwegs? Wie finde ich Miami?«

»Es liegt an der Ostküste der USA. Ich wohne in einem Hochhaus am äußersten Ende der Stadt, Miami Beach. Es ist ein Loft. Auf der obersten Ebene. Auf dem Türmchen über meinem Apartment ist ein rosa Signallicht. Südlich davon liegen kleine Inseln, die Florida Keys und dahinter die Karibischen Inseln.«

»Das reicht, ich werde dich finden.«

Ich warf noch einen Blick auf den Tisch, sah die verschütteten Wassertropfen und das traurige Bild Esthers, und mich traf ein gräßlicher Schock, als ich mich selbst auf diesem Foto erblickte! Da stand ich! Die Kamera hatte mich erwischt, als ich die Hände an meine Schläfen preßte und in bekümmertes Jammern ausbrach. Die Sekunde, ehe die Trage in den Ambulanzwagen geschoben wurde!

»Sieh nur«, sagte ich. »Das bin ich.«

Rachel griff nach dem Magazin, beäugte erst das Foto, dann mich.

»Nun werde ich dir beweisen, daß ich auf deiner Seite bin. Ich werde diesem Teufel Gregory einen netten Schrecken einjagen. Brauchst du noch etwas aus der Wohnung? Ich werde es dir mitbringen.«

Sie war nicht in der Lage, zu antworten. Ich hatte sie erschreckt. Sie beobachtete mich nur schweigend. Ich stellte sie mir unbekleidet vor. Sie hatte eine erfreuliche Figur, ihr Körper schien fest, und vor allem ihre Beine waren schlank und graziös, aber muskulös. Ich sehnte mich danach, mit festem Griff ihre Beine, ihre Waden zu umfassen.

So weit gingen meine Kräfte selten, das war wirklich eine Menge; ich mußte jetzt erst einmal das Rätsel um meine Freiheit lösen.

»Du veränderst dich«, sagte sie mißtrauisch, »aber ich merke nichts davon, daß du verschwindest.«

»Oh! Was siehst du denn?« fragte ich. Eigentlich hatte ich noch stolz hinzufügen wollen, daß ich noch gar keine Anstalten gemacht hatte, zu verschwinden. Aber das war ja wohl eindeutig.

»Deine Haut! Der Schweiß auf deiner Haut trocknet. Es waren nur ein paar Tropfen, auf deinen Händen, auf deinem Gesicht; sie sind fort. Und du – du siehst verändert aus. Ich könnte schwören, die Haare auf deinen Handrücken sind dichter geworden, so dicht wie bei stark behaarten Männern üblich.«

»Ich bin stark behaart«, sagte ich. Ich hob die Hand und betrachtete die schwarzen Haare, die selbst auf den Fingern wuchsen, dann griff ich in mein Hemd, fühlte die dichten Locken auf meiner Brust und zog daran, wieder und wieder. Ja, das war meine Brust, diese Haarschicht, die sich rauh und drahtig anfühlte, wenn sie flach anlag, und so seidig weich, wenn man daran zog und sie spielerisch durch die Finger gleiten ließ. »Ich lebe«, wisperte ich wie zu mir selbst. Dann wandte ich mich an sie: »Hör mir zu!«

»Ich höre zu. Ich bin total gespannt. Was hast du festgestellt – ich meine, wegen Esthers Tod und dieser Kette? Du wolltest etwas sagen –«

»Ja, wegen deiner Tochter. Sie hatte einen Schal in der Hand, als man sie tötete. Möchtest du ihn haben? Er war sehr schön. Sie hatte gerade danach gegriffen, als die Eval-Brüder, diese Mörder, sie einkreisten. Sie hatte ihn kaufen wollen, sie hielt ihn noch in der Hand, als sie sie niederstachen.«

»Woher weißt du das?«

»Ich habe es gesehen!«

»Den Schal habe ich«, sagte sie, der Schock entfärbte ihr Gesicht. »Die Verkäuferin hat ihn mir gebracht. Sie erzählte mir, daß Esther ihn hatte kaufen wollen, daß sie ihn in der Hand hatte. Wie konntest du davon wissen?«

»Von der Verkäuferin wußte ich nichts. Ich habe nur gesehen, wie Esther nach dem Schal griff. Ich wollte dich gerade fragen, ob du ihn haben willst. Ich wollte ihn dir aus dem gleichen Grund mitbringen, den dir auch die Verkäuferin genannt hat.«

»Ja, ich möchte ihn gern haben«, sagte sie. »Bringe ihn mir mit, er ist in meinem Zimmer, du weißt schon, das Zimmer, in dem du mich zuerst gesehen hast. Er ist … nein! Er liegt in Esthers Zimmer, auf ihrem Bett. Ja, genau, da habe ich ihn liegengelassen.«

»Okay, wenn wir uns in Miami treffen, werde ich ihn dabei haben.«

Ihr Gesichtsausdruck war schrecklich anzusehen.

Sie flüsterte: »Sie ging in den Laden, um den Schal zu kaufen!« Ihre Stimme war ganz kindlich. »Sie erzählte mir, daß sie ihn gesehen hatte und die ganze Zeit überlegte, ob sie ihn kaufen sollte. Sie sagte mir, daß sie ihn unbedingt haben wollte.«

»Als einen Ausdruck meiner Liebe werde ich ihn dir mitbringen.«

»Ja, wenn ich sterbe, möchte ich ihn in den Händen halten.«

»Du glaubst nicht, daß ich verschwinden kann, nicht wahr?«

»Nein, ich glaube es nicht.«

»Halte dich tapfer. Ich kann's. Die Frage ist eher, ob ich zurückkommen kann.« Ich murmelte etwas vor mich hin. »Aber zumindest werde ich es mit aller Kraft versuchen. Und ich muß jetzt einfach den Versuch wagen.«

Ich beugte mich vor und nahm sie mit der gleichen Freiheit in den Arm, die sie sich herausgenommen hatte. Ich küßte sie. Ihre Leidenschaft durchfuhr mich bis auf den Grund, brannte in mir.

Und dann sprach ich in meinem Innersten die vorgesehenen Worte: *Löst euch ab von mir, all ihr winzigen Teilchen meines irdischen Körpers, ohne an euren Ursprungsort zurückzukehren, sondern steht zu meiner Verfügung, bis ich euch wieder rufe.*

Ich verschwand.

Mein Körper löste sich auf und hinterließ einen feinen Schleier schimmernder Partikel auf der Oberfläche des Flugzeugs, auf dem Leder, den Scheiben, der Decke.

Ich schwebte oberhalb des Ganzen, frei, in meiner mächtigen, geistigen Form und schaute auf den leeren Sessel hinab, sah Rachels Haar von oben und hörte sie aufschreien.

Ich schwang mich auf, durch das Material des Flugzeugs hindurch. Das war auch nicht schwieriger als durch sonstige Dinge zu schreiten. Ich spürte allerdings etwas bei diesem Durchdringen, ich spürte das Beben der Motoren und die Hitze der Maschine, dann schoß das Flugzeug mit einer solchen Geschwindigkeit davon, daß ich zurückfiel und zur Erde sank, als habe meine Gestalt Gewicht. Abwärts, abwärts, durch die Nacht ging es, bis ich die Arme ausbreitete und wie im Flug mich vorwärtsbewegte.

»Gregory, ich muß Gregory finden. Hüter, richte dich auf die Gebeine aus. Deine eigenen Gebeine. Finde sie.«

Wie stets sah ich in dem mich umgebenden Wind, wie es immer schon gewesen war, andere Seelen. Ich sah ihre Bemühungen, mich wahrzunehmen und sich mir sichtbar zu machen. Ich wußte, sie spürten meine Energie, meine Lebenskraft, meine Zielstrebigkeit, und einen Augenblick lang glühten und glitzerten sie, dann waren sie verschwunden. Ich hatte sie und ihre Welt durchquert, diesen gräßlichen dunstverhangenen Bereich, der die Erde umgab wie Qualm, der über brennendem Abfall stand, und raste den Gebeinen entgegen, raste Gregory entgegen.

»Die Gebeine«, sprach ich in den Wind. »Die Gebeine!«

Die Lichter von New York breiteten sich unter mir aus, großartiger und ausgedehnter als je die Lichter des antiken Rom in seiner Blütezeit. Ich konnte schon Gregorys Stimme vernehmen.

Und dann leuchteten im Dunkel vor mir die goldenen Gebeine auf, winzig zwar, weit entfernt, aber eindeutig mein Gebeine.

20

Der Raum war sehr groß, er gehörte weder zu Gregorys noch zu Rachels Apartment, sondern lag in einem höheren Stockwerk des Gebäudes. Jetzt erst wurde mir klar, daß *dieses Bauwerk* der »Tempel vom Geiste Gottes« war, und alle seine Stockwerke wimmelten nur so von Menschen.

Alles hier glitzerte von Stahl und Glas und Flächen aus versiegeltem Stein, härter als Granit; Maschinen waren längs der Wände installiert, ebenso Kameras, die den Bewegungen der Menschen im Raum folgten.

Es waren eine Menge Leute hier.

Ich betrat den Raum in meiner unsichtbaren Form, nachdem ich alle äußeren Begrenzungen ohne Schwierigkeiten durchquert hatte wie ein kleiner Fisch, der durch die Maschen eines Netzes schlüpft. Ich schlenderte zwischen den Tischen umher, beäugte die Videoschirme, die die Wände säumten, die Computer in ihren Nischen und verschiedene andere Vorrichtungen, die mir unverständlich waren.

Lautlos flimmerten Neuigkeiten aus aller Herren Länder über die Bildschirme. Einige davon waren die gewöhnlichen Nachrichten, die jedermann empfangen konnte. Andere zeigten offensichtlich diverse Privatanwesen. Die Bilder dieser Überwachungskameras waren verwischt, wie in grünlichen Dunst gehüllt.

Auf einem Tisch im Zentrum des Raumes lagen die Gebeine, daneben die leere Truhe. Die Männer, die Gregory umringten, waren offensichtlich Ärzte oder Wissenschaftler. Sie hatten die Haltung und Ausstrahlung von Gelehrten. Gregory erklärte ihnen gerade, daß die Gebeine uralte Relikte waren, soweit er es wußte. Sie sollten unter der Maßgabe, daß sie nicht zerstört oder schwer beschädigt werden durften, mit jedem nur möglichen Mittel untersucht werden – Röntgenstrahlen, Datierung nach der Radiocarbonmethode, Untersuchung der Bestandteile anhand winziger entnommener Partikel, oder dem Versuch, ihnen eventuell vorhandene Flüssigkeit zu entnehmen.

Gregory wirkte etwas mitgenommen und zerzaust. Er trug noch die gleichen Kleider wie zuvor, aber er war nicht mehr der gleiche Mann.

»Sie hören mir alle nicht zu!« fauchte er seine ihm ergebenen Leibärzte an. »Das hier ist unbezahlbar, behandeln Sie es dementsprechend! Keine Pannen! Kein Durchsickern an die Presse. Kein Durchsickern an die anderen Abteilungen hier! Machen Sie die ganze Arbeit selbst! Diese Plappermäuler von Technikern halten Sie gefälligst außen vor!«

Die Männer nahmen das mit Gelassenheit, ohne aber kriecherisch zu wirken, hin. Sie wechselten einvernehmliche Blicke miteinander und nickten würdig zu den Worten des Mannes, der die Rechnungen zahlte. Dabei kritzelten sie Notizen auf ihre Klemmblocks.

Ich kannte den Typ Mann. Sehr modern eingestellte Wissenschaftler, die gerade soviel gelernt hatten, um sich sicher zu sein, daß nichts Übersinnliches existiert, daß die Welt aus nichts als Materie besteht, aus sich selbst entstanden oder das Ergebnis des berüchtigten »Big Bang« ist. Geister, Beschwörungen, Gott und der Teufel waren nutzlose Vorstellungen. Diese Leute waren auch nicht gerade geborene Menschenfreunde. Im Gegenteil, ihnen allen war eine merkwürdige Härte eigen, nicht, daß sie irgendwie bedrohlich schlecht waren, es war eher eine moralische Deformation. Ich konnte das an ihrem Verhalten ablesen, als ich sie mit meinen übersinnlichen Fähigkeiten begutachtete. Sie alle hatten auf medizinischem Gebiet schon Ungesetzliches getan und waren dadurch völlig abhängig von Gregory Belkins Protektion.

Mit anderen Worten: Sie waren eine Gruppe, die sich vor dem Gesetz verbarg, und denen Gregory besondere Aufgaben vorbehalten hatte.

Mir schien es als ein fantastischer Glücksfall, daß er die Gebeine ausgerechnet diesem Haufen Dummköpfe anvertraut hatte, anstatt sie in die Hände von Magiern zu geben. Aber wo würde er schon Magier finden?

Wie anders diese Szene sich doch dargeboten hätte, wenn die Gebeine bei den Chassidim – bei einem Zaddik, der Gregory weder haßte noch fürchtete – gelandet wären! Oder bei Buddhisten oder Zoroastikern, selbst ein Hindu-Arzt mit westlicher Erziehung hätte mir schon gefährlich werden können.

Ich stellte mich aufrecht hin, immer noch unsichtbar, und schob mich an Gregory heran, bis ich seine Schulter berührte. Ich roch die parfümierte Haut, die so glatt und seidig war. Seine Stimme klang metallisch und verärgert, sie verschleierte jede ängstliche Regung, als sei Angst eine Dunstwolke, die er schlucken und in kleinen kontrollierten Atemstößen zusammen mit seinen Worten wieder von sich geben könne.

Die Gebeine. Ihr Anblick weckte keinerlei Gefühle in mir. Spiele ein bißchen den Störenfried, schnappe dir den Schal und kehre wieder zu Rachel zurück. Offensichtlich hatte das Hantieren mit den Gebeinen keinerlei Einfluß auf mich, und schon gar nicht die prüfenden Augen der Ärzte.

Bin ich endlich fertig mit euch? Ich sprach zu den Gebeinen, aber sie antworteten mir nicht.

Sie lagen nicht in ihrer gewohnten Anordnung da. Sie waren nur ein auf gut Glück zusammengeraffter wirrer Haufen. Das Gold glänzte hell unter den grellen Lichtern. Kleine schmuddelige Fetzen Stoff hingen an ihnen, und Ascheflöckchen klebten an ihnen, doch ansonsten sahen sie massiv und unzerstörbar aus wie immer. *Für alle Zeiten.*

War meine Seele, mein *tzelem*, in ihnen eingeschlossen?

Brauche ich euch noch? Und du, Gebieter, kannst du mir Schmerz zufügen?

Gregory spürte meine Gegenwart! Er wandte sich hierhin und dorthin, konnte mich aber nicht sehen. Die anderen – sechs waren es – bemerkten seine Unruhe und wollte wissen, was los sei. Einer von ihnen berührte die Truhe. »Lassen Sie das!« sagte Gregory. Er war so herrlich verschreckt. Das fand ich einfach großartig!

Es steckt immer auch eine Portion Hochmut darin, Sterbliche zu quälen, aber es war auch wirklich zu einfach, ich hatte Mühe, mich zurückzuhalten.

Ihn zu testen und mich zu testen, das war es, weswegen ich gekommen war – ich sollte diese Spielchen lassen!

»Wir werden extrem vorsichtig damit umgehen, Gregory«, sagte jetzt einer der jüngeren Wissenschaftler, »aber wir müssen ein paar größere Splitter haben; das haben wir doch schon erklärt. Um die

Radiocarbonmethode anzuwenden, um DNA zu gewinnen, müssen wir vielleicht ...«

»Und Sie wollen doch einen ganzen DNA-Strang, nicht wahr?« fragte ein anderer, eifrig auf die Aufmerksamkeit und die Gunst seines Führers bedacht. »Sie wollen doch alles wissen, was wir aus diesem Skelett ablesen können – Geschlecht, Alter, Todesursache, alles, was sich irgendwie entdecken läßt –«

»Sie werden sich wundern, was wir alles feststellen können.«

»Dieses Projekt mit der Mumie in Manchester, haben Sie davon gehört?«

Gregory nickte nur zustimmend, schwieg verbissen, weil er wußte, daß ich da war. Ich war immer noch unsichtbar, hatte mich jedoch schon mit meinem Körper und meiner Kleidung umgeben, doch erlaubte mir diese Form immer noch, durch Gregorys Körper hindurchzugleiten, wenn ich wollte; das hätte ihm Übelkeit und Schmerzen verursacht, und er wäre wahrscheinlich niedergestürzt. Statt dessen berührte ich seine Wange, legte meine Finger auf seine Haut, und er erstarrte. Ich schob meine Hand in sein Haar. Er sog heftig den Atem ein.

Das wissenschaftliche Gerede plätscherte indessen dahin –

»Größe des Schädels, männlich, und die Hüftknochen, vielleicht sehen Sie ...«

»Behandeln Sie sie vorsichtig!« Gregory explodierte plötzlich. Die Wissenschaftler verstummten. »Ich meine, behandeln Sie sie wie eine Reliquie, ist das klar?«

»Ja, Mr. Belkin, wir verstehen, Mr. Belkin.«

»Hören Sie, die Leute, die mit diesen Sachen in Ägypten arbeiten und –«

»Ich will nichts über das Wie wissen. Sagen Sie mir einfach, was es damit auf sich hat. Und halten Sie es geheim. Wir haben nicht mehr viel Zeit, nur noch wenige Tage, meine Herren.«

Was konnte das bedeuten?

»Ich möchte wegen dieser Sache hier keine Verzögerungen, also beeilen Sie sich, gehen Sie an die Arbeit!«

»Es läuft alles prima«, sagte einer der älteren Männer. »Machen Sie sich keine Sorgen wegen der Zeit. Ein oder zwei Tage spielen keine Rolle.«

»Wahrscheinlich haben Sie recht«, antwortete Gregory niedergeschlagen. »Aber es kann immer noch etwas schiefgehen, sogar gewaltig schiefgehen.«

Sie nickten, nicht überzeugt, sondern weil sie fürchteten, sonst in Ungnade zu fallen. Sie überlegten, sollten sie etwas sagen, oder lieber nicht, zustimmend nicken, sich verneigen, oder was auch immer?

Ich atmete tief ein und entschloß mich, sichtbar zu werden. Eine Luftbewegung entstand, ein leises Geräusch ertönte. Im Raum entfaltete sich eine leichte Unruhe, als die Partikel sich mit wahnsinniger Kraft verdichteten, allerdings hielt ich auf der ersten Stufe inne, der luftartigen Gestalt.

Die Wissenschaftler schauten verwirrt um sich, der erste, der mich entdeckte, zeigte mit dem Finger auf meine Umrisse. Ich war zwar durchsichtig, aber meine lebhaften Farben nahm man schon wahr, ebenso wie alle Details meiner Erscheinung. Jetzt sahen mich auch die anderen. Gregory wirbelte herum und schaute mich an. Ich schenkte ihm ein zärtlich bösartiges Lächeln. Bösartig war es auf jeden Fall, schätze ich. Ich schwebte über dem Boden, denn in dieser luftigen Form benötigte ich weder Untergrund noch Ankerpunkt. Ich war weit von der Stufe entfernt, wo die Schwerkraft wirkt. Jetzt setzte ich meine Füße auf den Boden, obwohl das nicht notwendig war. Ich hatte diese Position gewählt, so wie man die Stelle für den Blumenstrauß in einem Gemälde auswählt.

Gregory funkelte mich wütend an, als er diese Fata Morgana eines langhaarigen Mannes wahrnahm, gekleidet wie bei unserem letzten Treffen, aber nun durchsichtig und dünner als Glas.

»Das ist ein Hologramm, Gregory«, rief einer der Männer. Ein anderer fügte hinzu: »Jemand projiziert es hier herein!« Und sie begannen, sich wild im Raum umzusehen. »Klar, das muß eine von den Kameras dort oben sein.«

»... irgendein Trick!«

»Mensch, wer zum Teufel würde es wagen, so etwas hier in Ihrem eigenen ...«

»Ruhe!« befahl Gregory. Mit einer Handbewegung forderte und bekam er absoluten Gehorsam. Sein Gesicht war vor Furcht und Verzweiflung verkrampft.

»Denkt daran«, sagte ich laut. »Ich beobachte euch.«

Seine Truppe hörte mich und kommentierte das Ganze mit Geflüster und Füßescharren.

»Stecken Sie mal Ihre Hand durch das Ding«, sagte einer der Weißkittel, der mir am nächsten stand. Als Gregory nicht reagierte, schob sich der junge Mann heran und probierte es selbst aus. Ich betrachtete ihn nur und fragte mich, was er wohl dabei spürte, einen Kälteschock oder eine Art elektrisches Kribbeln? Seine Hand glitt ganz einfach durch mich hindurch, ohne die Darstellung zu verzerren. Er zog die Hand zurück.

»Jemand ist in das Sicherheitssystem eingedrungen«, sagte er eilig, dabei schaute er mir direkt in die Augen. Alle plapperten gleichzeitig los. Jemand müsse dieses Ding doch kontrollieren, jemand hatte eine Möglichkeit dazu gefunden, und er war vielleicht –

Gregory konnte sich einfach zu keiner Reaktion durchringen. Und ich hatte meinen Zweck erreicht.

Er kämpfte heftig um seine Beherrschung, suchte eine mächtige verbale Waffe, die er gegen mich verwenden könnte, um vor seinen Leuten nicht als Trottel dazustehen. Endlich kam seine eisige Stimme: »Wenn Sie mir Ihren Bericht abliefern, möchte ich eine genaue Anleitung haben, wie man die Knochen vernichten kann.«

»Gregory, das Ding ist eine Holografie. Lassen Sie mich die Sicherheitsleute rufen ...«

»Nein«, entschied er. »Ich weiß, wer für diesen kleinen Trick verantwortlich ist. Es ist alles unter Kontrolle. Das ist kein fremder Übergriff! Es hat mich nur etwas unvorbereitet erwischt. Keine weitere Unterbrechung! Gehen Sie an die Arbeit!«

Seine Selbstherrlichkeit und seine befehlsgewohnte Haltung wirkten wahrhaft königlich. Ich lachte leise und drückte ihm einen Kuß auf die Wange, einen ziemlich groben Kuß, der ihn zurückfahren ließ. Doch er sah mir ins Gesicht. Die Männer waren über diese Geste verblüfft.

Sie kamen näher und umringten mich, in ihrer unglaublichen Ignoranz und Bigotterie absolut sicher, daß ich nur eine Art Schattenriß war, von irgend jemandem außerhalb elektronisch erzeugt. Ich forschte einen Moment in ihren Gesichtern, und ich fand Niedertracht, Schlechtigkeit darin, doch eine Art Niedertracht, die ich nicht verstehen konnte. Etwas, das mit Macht zu tun hatte. Diese Männer liebten die Macht, die sie hatten. Liebten auch das Projekt, an dem sie arbeiteten. Aber an welchem Projekt arbeiteten sie, wenn sie nicht gerade ein Relikt analysierten?

Ich erlaubte ihnen, mich ganz genau zu betrachten, ließ dabei meinen Blick von Gesicht zu Gesicht wandern. Bis ich auf den Kopf der Gruppe traf. Ein hochgewachsener, ausgezehrter Mann, der wahrhaftig sein Haar schwarz färbte, und der wegen seiner Dürre älter aussah, als er in Wirklichkeit war, er war die Leuchte unter ihnen. Sein Blick war wesentlich kritischer und wesentlich mißtrauischer als der der anderen. Und er registrierte Gregorys Reaktionen mit kühler Berechnung.

»Hören Sie, dieses Hologramm, das ist recht ausgefallen, aber wir könnten trotzdem heute abend noch mit der Analyse beginnen. Ihnen ist klar, daß wir ein Bild des Mannes, dem die Knochen gehörten, zustande bringen können, ähnlich wie dieses Hologramm hier?«

»Das bringen Sie wirklich fertig?« fragte ich.

»Ja, natürlich –« Er hielt inne, als er merkte, daß er mit mir sprach. Er führte seine Arme rund um meinen Körper, die anderen machten es ihm nach. Sie versuchten den Projektionsstrahl zu unterbrechen, der mein Bild ihrer Ansicht nach in den Raum warf.

»Eine simple wissenschaftliche Schlußfolgerung«, murmelte ein anderer, indem er kühn den ganzen seltsamen Verlauf der Dinge ignorierte. »Wir werden uns gleich um diese Sicherheitsgeschichte kümmern.« Ein paar der anderen suchten noch immer die Wände und Decken ab. Ein Mann ging zum Telefon.

»Nein!« befahl Gregory sofort. Er hatte den Blick auf die Gebeine geheftet.

»... offensichtlich mit irgendwelchen Chemikalien durchtränkt; nun, das werden wir bald alles analysiert haben, ich meine, wir werden Ihnen sagen können –«

Gregory wandte sich mir zu und schaute mich an. Und ich erfaßte seine ganze Wesensart noch deutlicher als zuvor. Er war ein Mann, der sich alles, was ihm unter die Finger kam, zunutze machte; er war nicht passiv im Sinne des Wortes. Der Frust, den er im Moment fühlte, würde seine Wut und seinen Einfallsreichtum nur anfeuern, ihn zu größeren Anstrengungen antreiben. Im Augenblick hielt er einfach stand, versuchte Zeit zu gewinnen. Und was er jetzt erfuhr, würde seine Schläue und seine Fähigkeit zu überraschendem Handeln nur verstärken.

Ich wandte mich den Wissenschaftlern zu und sagte mit absichtlich teuflischer Bosheit: »Laßt mich wissen, was bei euren Tests herauskommt, ja?«

Das verursachte dann doch einigen Wirbel.

Ich löste mich auf, verschwand auf der Stelle.

Die Hitze in mir verflog und die kleinen Partikelchen schwirrten auseinander, zu winzig, als daß man sie noch hätte sehen können.

Doch die Männer spürten die Temperaturveränderung, die Bewegung, die durch die Luft ging. Sie waren verwirrt, schauten sich nach einer weiteren Projektion um oder nach einem Schalter, der den Lichtstrahl, der mich, wie sie dachten, hatte erscheinen lassen, in Gang setzte.

Und jetzt wurde mir noch etwas an ihnen verständlich: Sie hielten ihre Wissenschaft für allmächtig. Es gab nicht nur für mich, sondern für alles und jedes eine wissenschaftliche Erklärung. In anderen Worten, sie waren Materialisten, die ihre Wissenschaft für Magie hielten.

Die Ironie, die darin lag, fand ich höchst erheiternd. Was immer ich tat, für sie wäre es nur eine Wissenschaft, die sie noch nicht ergründen konnten. Und ich war geschaffen worden von Leuten, die überzeugt davon waren, daß Magie die gleiche Macht hatte wie »Wissenschaft«, wenn man nur die richtigen Worte wußte!

Ich schwebte empor, immer höher, drang durch Böden und Dekken des Gebäudes, durch die glänzenden, aufgetürmten, betriebsamen Stockwerke aufwärts, bis ich die Gebeine nicht mehr sehen konnte. Der goldene Schimmer war fort.

Ich war in der frischen kühlen Nachtluft. Finde Rachel, dachte ich. Du hast deinen Test bestanden, du weißt, daß du frei bist. Er kann mich nicht aufhalten. Geh', wohin du willst.

Aber in Wahrheit hatte ich den Test erst dann wirklich bestanden, wenn ich mir nun abermals einen soliden, realen Körper erschaffen konnte.

Der Schal! Ich hatte den Schal vergessen!

Ich schwebte näher an das Gebäude heran. Erst jetzt nahm ich seine ganze Größe und Pracht wahr. Nach oben verjüngte es sich wie ein antiker Anbetungsort. Es war bis hin zu den obersten Stockwerken mit Granit beschichtet. Es hatte mindestens fünfzig Stockwerke. Ich kann Dinge, die der Zahlen bedürfen, nicht so ohne weiteres korrekt erfassen. Wir waren vorhin im fünfundzwanzigsten Stockwerk gewesen. Ich sank langsam abwärts, dabei spähte ich in die Fenster der einzelnen Etagen, um zu erkennen, wo private Wohnräume waren. Büros, Hunderte von Büros sah ich. Dazwischen Computerräume, und zu meiner Verblüffung, Labors, aufwendig eingerichtet, in denen Leute emsig winzigste, unter Mikroskopen liegende Dinge studierten und Tränke in Phiolen abmaßen, die sie dann sorgfältig verschlossen.

Was war das alles? Gehörte das zu Gregorys religiösem Sturmtrupp? Drogen für seine Anhänger? Spirituell anregende Medizin, wie dieses Soma, das die persischen Sonnenanbeter benutzten?

Aber es gab hier solche Unmengen von Laboratorien! Männer und Frauen liefen in sterilen, weißen Anzügen und Masken herum, das Haar sorgfältig unter weißen Hauben verborgen. Riesige Kühlschränke gab es mit Aufschriften, die vor Kontamination warnten. Tiere hockten in Käfigen – kleine graue Affen mit ängstlichen, weit aufgerissenen Augen, die von Ärzten gefüttert wurden.

In einer Abteilung bewegten sich die Leute schwerfällig in grellgelben Plastikanzügen und Helmen, die eines modernen Kriegers würdig gewesen wären. Ihre Hände steckten in riesigen plumpen Handschuhen. Die Äffchen, die ganz ihrer Gnade anheimgegeben waren, schnatterten aufgeregt, aber unbeachtet in ihren kleinen Gefängnissen. Einige lagen hingestreckt von Krankheit oder Furcht. Sehr merkwürdig, dachte ich, wessen Geistes ist dieser Tempel?

Schließlich hatte ich mich bis etwa zum zwölften Stockwerk vorgearbeitet, und dort sah ich dann das große Halbrund des Wohnraums, in dem ich mit Gregory gestritten hatte. Die Fensterfront war keine Schwierigkeit für mich, und durch die Flure bewegte ich mich so leicht, daß die Bewegungen der Türen wie durch eine leichte Brise verursacht schienen. Ich fand Esthers Bett, daneben ein Bild in einem silbernen Rahmen, das ein lächelndes Mädchen zeigte, zusammen mit anderen Mädchen. Und auf dem schneeweißen Bettüberwurf lag der schwarze, perlenbesetzte Schal, ordentlich gefaltet. Ich war entzückt. Als ich den Raum betrat, roch ich Esthers Parfüm. Hier hatte sie geschlafen, geträumt.

Auf dem Frisiertisch sah ich Ringe und Ohrringe und Armreifen, alle mit Diamanten besetzt, ein kleines Häufchen Schmuck, alles sehr zierlich und hübsch gearbeitet, aus Silber oder Gold. An den Wänden hingen Fotografien – Gregory, Esther, Rachel – aus den letzten Jahren, eine war auf einem Boot aufgenommen worden, eine andere am Strand, dort eine von einer Feier, einer Festlichkeit, zu der man ein Abendkleid trug.

»Esther, sag, wer hat es getan? Und warum? Würde er dich denn töten, nur weil du über seinen Bruder Nathan Bescheid wußtest? Warum sollte das für ihn so wichtig sein?«

Doch dieser Raum verriet nichts. Ihre Seele war geradewegs zum Himmel aufgefahren und hatte jedes jemals erfahrene Fünkchen Schmerz und Freude mit sich genommen. Nichts war hier zurückgeblieben. Ach, ermordet zu werden und so unbehindert aufzusteigen in höhere Gefilde!

Ich schwebte auf den Schal zu. Als ich den Stoff in meiner Hand hielt, verdichtete sie sich unter dem Gewicht des Stoffes. Das Tuch, eine herrliche Arbeit, hatte ein Mittelteil aus Spitze und war über und über mit winzigen schwarzen Perlen bestickt, ganz wie ich es in Erinnerung hatte. Er war erstaunlich schwer, wirkte fast wie ein Schultertuch oder eine Stola. Er paßte so ganz und gar nicht in diese Zeit. Er wirkte irgendwie exotisch, und vielleicht hatte gerade das an ihm Esther gereizt.

Die Dunkelheit wogte um mich. *Verwandle dich in Fleisch und Blut*. Ich tat es. Etwas blitzte vor meinen Augen auf, fegte an mir vorüber, undeutlich und schattenhaft. Es war nur eine verirrte Seele, deren Körper vielleicht nicht begraben worden war, die mich mit einem Engel verwechselt hatte und nun davonhuschte. Das hatte nichts mit diesem Zimmer zu tun. Ich sandte ihr eine Verwünschung nach und widmete mich wieder der materiellen Welt.

Als ich den Schal fest mit meinen Händen umschloß, gab ich mich wieder dem schwindelerregenden Gefühl hin, körperlich zu sein, ohne jemandem gehorchen zu müssen. Dann ließ ich die Partikel, die meinen Körper ausmachten, aufs neue verschwinden und wickelte mich in meiner spirituellen Gestalt um den Schal, um ihn so transportieren zu können.

Ich brauste durch Lärm und Rauch hinauf in den Himmel über der Stadt, deren Lichter unter mir in exquisiter Schönheit durch die Wolken funkelten; das Gewicht, das der Schal in meinem Astralkörper erzeugte, war wie ein großer Stein, der mein Fortkommen hemmte und mich mit dem Wind treiben ließ – es fühlte sich seltsam schön an.

Wie Vögel es empfinden mögen, überlegte ich.

Rachel, Rachel, Rachel. Ich sah sie vor meinem geistigen Auge, nicht kreischend wegen meines Verschwindens, sondern so, wie sie mir gegenüber gesessen hatte, mit ihren großen, harten Augen und den silbernen Strähnen, die in ihrem Haar schimmerten, als hätten ein Dutzend Sklaven sie als Schmuck hineingefädelt, um damit ihrem Alter Herrlichkeit zu verleihen.

Innerhalb von Sekunden hatte ich das Gefühl, in ihrer Nähe zu sein. Ich konnte sie schon beinahe sehen, denn sie bewegte sich ebenso schnell durch die Nacht wie ich. Ich umkreiste sie, hob mich dann über sie hinweg und näherte mich ihr von oben. Ihr Bild war verwoben mit Bewegung und Licht, so daß ich sie nur undeutlich wahrnahm. Ach, das Flugzeug! Es flog so schnell, ich konnte nicht hinein, ich war mir meiner selbst nicht sicher genug, um es wagen zu können. Ich wußte einfach nicht, ob meine Kraft dafür ausreichte, ob ich in einer Maschine, die sich so schnell fortbewegte, genügend Materie für einen realen Körper um mich sammeln konnte. Die ganze Technik, aus der das Flugzeug bestand, schien mir so voller Widersprüche und fragwürdiger Apparate. Ich stellte mir vor, wie mich irgendeine gräßliche Katastrophe zurück in das Dunkel der Auflösung schleudern würde, und wie ich nicht mehr fähig wäre, mich wieder aufzurappeln. Geschähe das, würde der Schal natürlich zur Erde trudeln wie die Blätter eines verbrannten Waldes, vom Wind hierhin und dorthin getragen, bis er die tieferen Luftschichten erreichte und in Form eines Häufchens auf dem Boden landete. Esthers Schal, fern von den Menschen, die sie geliebt, den Dingen, mit denen sie verbunden gewesen war. Esthers Schal in irgendeinem winzigen Nest – unter uns lagen eine Menge kleiner Städtchen. Ich trieb dahin, ohne mich entscheiden zu können. Schließlich beschloß ich, daß ich Rachel auf jeden Fall aufsuchen würde. Ich wollte abwarten und folgte dem Flugzeug, das mich durch die Nacht leitete wie ein Glühwürmchen.

Jetzt befanden wir uns über dem der Küste vorgelagerten Meer. Die Maschine zog Kreise und begann zu sinken. Unter mir tauchte aus den Wolken ein prachtvoller Anblick auf: das sich in der warmen Luft ausbreitende Miami. Und auch die Luft war herrlich, eine vom Duft der See geschwängerte, feuchte Luft, eine Luft wie sie mir aus einer lieblichen antiken Stadt vertraut war, die ich einst als ein sehr glücklicher Geist, Schüler eines weisen Mannes, gekannt hatte. Fast konnte ich …

Doch nein, ich mußte mich konzentrieren. Unter mir wie ein Strom die wundersam getönten Lichter, die den Ocean Drive ausmachten. Ich sah ihn so deutlich, als läse ich es von einer Karte ab, und auch das Gebäude mit dem rosafarbenen Signallicht fand ich. Es stand als letztes Haus auf dem knochigen Finger der Halbinsel.

Langsam sank ich zur Erde nieder, nicht in unmittelbarer Nähe des Gebäudes, sondern einige Häuserblocks entfernt mischte ich mich schnell unter die Menge, die zwischen dem Strand und einer Reihe Cafés die Straße bevölkerte. Die warme Luft war großartig und erzeugte übermütige Heiterkeit in mir, ließ mir aber gleichzeitig beim Anblick des Meeres und der wunderschönen Wolkenberge am Himmel fast Tränen in die Augen steigen. Ich dachte, wenn ich denn sterben müßte, wäre dies auch für mich der beste Ort.

Die Leute, die ich rings um mich sah, waren erstaunlich unterschiedlich, völlig anders als die emsigen Menschen New Yorks. Die hier gingen ihrem Vergnügen nach. Alle waren sie ganz annehmbar, begutachteten einander, waren aber dennoch recht tolerant denen gegenüber, die in Stil und Kleidung von ihnen abwichen. Es war ein bunter Haufen von sehr jungen Leuten, alle in auffällig offenherziger Kleidung, und dazwischen ganz normale oder sehr alte Leute.

Aber ich merkte, meine Kleidung paßte nicht hierher. Ich schaute mir die Männer an. Die Männer trugen weite Hemden, kurze Hosen und Sandalen. Nein. Da drüben ging ein Mann in einem sehr schönen Anzug, wie Gregory ihn getragen hatte, aber weiß, dazu ein Hemd mit offenem Kragen. Den Stil wählte ich für mich. Als ich den Boden berührte, trug ich also einen solchen Anzug. Mit dem Schal in der Hand steuerte ich Rachels Domizil am Ende des Ocean Drive an.

Köpfe drehten sich nach mir um und Menschen lächelten mich an; die Leute hier hatten einen Blick für den andern, sie wollten Schönheit sehen. Eine Atmosphäre wie ein immerwährendes Festival lag in der Luft. Plötzlich griff ein Mädchen nach meinem Arm. Ich war irritiert, wirbelte herum und blieb vor ihr stehen. Während ich den Kopf vor ihr neigte, fragte ich: »Ja, was ist?«

Sie war kaum mehr als ein Kind, mit großen Brüsten und kaum bekleidet unter ihrer rosa Baumwolltunika. Ihr Haar war blond und wollig und wurde in ihrem Nacken von einer breiten rosa Schleife zusammengehalten.

»Ihr Haar«, sagte sie. »Sie haben so wunderschönes Haar!« Ihre Augen blickten träumerisch.

»Oh, bei diesem Wind ist es recht lästig«, sagte ich lachend.

»Das habe ich mir gedacht«, sagte sie. »Als Sie mir entgegenkamen, sahen Sie so richtig glücklich aus. Nur Ihr Haar wehte Ihnen andauernd ins Gesicht. Hier, nehmen Sie das.« Sie lachte fröhlich, während sie eine goldfarbene Kette von ihrem Hals löste.

»Aber ich kann Ihnen nichts dafür geben«, murmelte ich.

»Oh, Ihr Lächeln genügt mir völlig«, sagte sie, lief um mich herum, raffte meine Haare im Nacken zusammen und wand die Kette darum. »So sehen Sie viel *cooler* aus, und außerdem ist es viel bequemer.« Sie hüpfte vor mir auf und ab, tänzelte mit ihren nackten Beinen in Sandalen, die nur von einem einzelnen Riemchen am Fuß gehalten wurden. Ihre kurze Tunika verhüllte kaum ihre Unterwäsche.

»Danke, vielen herzlichen Dank«, sagte ich und verneigte mich tief. »Ach, ich wünschte, ich hätte irgend etwas für Sie, wie kann ich nur …« Wie konnte ich nur an ein einigermaßen wertvolles Objekt kommen, ohne es zu stehlen? Ich fühlte mich beschämt, als mein Blick auf den Schal in meiner Hand fiel.

»Oh, ich gäbe Ihnen … das hier …«

Sie legte ihre kleine Hand auf die meine, die den Schal hielt, und sagte: »Sie brauchen mir nichts zu geben! Lächeln Sie einfach noch einmal für mich!« Und als ich das tat, lachte sie laut auf.

»Ich wünsche Ihnen Glück und Segen. Ich wünschte, ich dürfte Sie küssen«, sagte ich.

Sie stellte sich auf die Zehenspitzen, schlang die Arme um meinen Hals und drückte mir einen feuchten wollüstigen Kuß auf den Mund, der jedes Molekül meines Körpers erschauern ließ. Ich bebte. Unfähig, sie sachte von mir zu schieben, verfiel ich ihr im Gegenteil auf der Stelle, und das mitten auf der hellerleuchteten Straße, umweht von der frischen Brise, während Hunderte von Leuten sich an uns vorbeischoben.

Doch dann löste mich ein Ruf aus meiner Versunkenheit. Es war Rachel, die nach mir rief, und sie war ganz in der Nähe, sie weinte.

»Ich muß jetzt weiter, meine Hübsche«, murmelte ich. »Sie sind so süß.« Dabei küßte ich sie noch einmal und eilte dann die Straße entlang, mich ermahnend, ein menschliches Tempo einzuhalten. Oben auf dem Hang sah ich schon Rachels Haus liegen. In weniger als fünf Minuten hatte ich es erreicht. Der Kuß dieses Mädchens war für mich das, was ein Schluck Wein für einen sterblichen Mann ist. Ich lachte in mich hinein. Ich war mit einemmal so glücklich darüber, lebendig zu sein, daß ich sogar ein Fitzelchen Mitleid mit denen hatte, die mir oder sonst jemandem je Unrecht getan hatten. Allerdings hielt das nicht lange an, dafür war der Haß zu sehr ein Teil meines Wesens.

Aber diese freundlichen, sanften Menschen hier könnten ihn vielleicht zum Schmelzen bringen.

Als ich mich der Gartenterrasse des Hauses näherte, lenkte ich den Blick auf dessen grandiose Höhe, ehe ich hastig über einen Zaun sprang und über die Zufahrt sprintete. Daß ich dabei ein Sicherheitstor übersah, entging mir auf meinem Weg zu Rachels Haustür.

Dort parkte schon eine große weiße Limousine, der Rachel gerade entstieg. Ritchie, ihr verläßlicher Fahrer, führte sie am Arm, er war erregt, schwieg aber. Keine Reporter, keine sonstigen Leute. Nur die zum Haus gehörenden Angestellten in weißer Uniform. Und der Wind, der raschelnd durch die purpurfarbenen Trompetenblumen fuhr.

Ich wandte den Blick und sah abermals das Meer, das sich unter den weißen Wolken schier ins Unendliche erstreckte. Dies war für mich wie der Himmel. Auf der anderen Seite des Gebäudes erblickte ich eine kleine Bucht mit dem gleichen gleißenden, traumhaft schönen Wasser, und jenseits davon turmhohe, von Licht funkelnde Bauten.

Ich liebte diese Welt.

Als ich mich Rachel näherte, war ich so froh, daß ich unkontrolliert losplapperte. »Sieh nur, Rachel, all das Wasser ringsum. Und der Himmel ist so klar, so hochgespannt, sieh nur, die sich aufbauschenden, ziehenden Wolken. Man kann ihre Umrisse sehen, als sei es heller Tag.«

Sie wurde ganz steif und starrte mich an.

Ich ließ den Schal in ihre Hand gleiten und wickelte ihn um ihre Finger. »Da ist der Schal. Er lag auf Esthers Bett.«

Sie schüttelte den Kopf, sie wollte etwas sagen. Sie und der trübsinnige Ritchie, beide gafften mich an, vollkommen unter Schock stehend.

Sie sagte: »Ich bin noch nie in meinem Leben ohnmächtig geworden. Ich glaube, jetzt ist es soweit.«

»Nein, nein, ich bin's doch nur. Ich bin hergekommen. Ich habe Gregory gesehen, ich glaube, ich weiß jetzt, was er vorhat. Und hier ist der Schal. Fall' bitte nicht in Ohnmacht! Oder meinetwegen doch, wenn du willst. Ich werde dich tragen.«

Die breite Glastür schwang auf. Angestellte brachten ihr Gepäck herein, die Reisetasche und ein paar Koffer, die ich vorher nicht gesehen hatte. Ritchie starrte mich immer noch kopfschüttelnd an. Sein zerfurchtes Gesicht zeigte Zorn.

Rachel kam auf mich zu.

»Du siehst es«, wandte ich mich an sie, »alles, was ich behauptet habe, ist wahr.«

»Tatsächlich?« flüsterte sie. Sie war totenbleich.

»Komm, laß uns ins Haus gehen«, sagte Ritchie. Er hob sie hoch und trug sie vor mir her zum Aufzug. So alt er auch war, er hielt sie ohne Anstrengung in den Armen.

»Ich komme mit«, sagte ich, als die Türen sich zu schließen begannen. Aber Ritchie warf mir unter seinen düster gerunzelten Brauen einen giftigen Blick zu, drückte den Finger auf den Knopf und versperrte mir den Weg.

»Na gut, wie du willst«, gab ich nach.

Ich traf sie oben auf dem Flur. Es war für mich nur ein flotter Lauf die Treppen hinauf gewesen, so wie ich einst als Knabe gerannt war.

Ritchie verstand die Welt nicht mehr. Wütend, immer noch Rachel im Arm haltend, die mich mit großen Augen anstarrte, hastete er auf die Tür zu und steckte den Schlüssel ins Schloß. Die Angestellten trugen das Gepäck in das Apartment.

Rachel sagte: »Setz mich ab, Ritchie. Es ist schon in Ordnung. Warte unten und nimm die anderen mit.«

»Rachel!« Er litt sichtlich, blieb aber standhaft wie er war, stehen, die alten, knorrigen Finger kampfbereit zu Fäusten geballt.

»Warum hast du solche Angst vor mir. Glaubst du, ich könnte ihr etwas antun?« fragte ich ihn.

»Ich weiß nicht, was ich denken soll!« Seine Stimme klang plötzlich gealtert, rauh. »Ich denke am besten gar nichts mehr.«

Rachel zog mich durch die Tür und sagte: »Geht jetzt, ihr alle!«

Ein Panorama wunderschöner Räume glitt an mir vorbei, deren Fenster gingen teils auf die See, teils auf eine Terrasse hinaus, die mich an den Innenhof meiner Jugend erinnerte, und an einen Garten in einer griechischen, am Meer gelegenen Stadt, wo ich zunächst unglücklich und dann doch so glücklich gewesen war. Ich war wie benommen.

Die Schönheit dieses Ortes, die Wärme, die Fenster, die den Himmel einrahmten – es war kaum zu beschreiben. Es ließ ein Gefühl überschäumender Liebe in mir entstehen, und ich glaube, eine Erinnerung an Zurvan berührte mich, nicht mit Worten, sondern wie mit einer Offenbarung: Dieses Gefühl der Liebe wusch mich rein, verlieh mir innere Ruhe. Ich verstand nun, daß es eine Welt geben konnte, in der die einzige Tugend, die zählt, die Liebe ist. Ein wohliges Gefühl überkam mich, doch ich bemühte mich nicht um Erinnerungen. Überall wehten weiche, weiße Vorhänge im Wind. Die Terrasse draußen explodierte förmlich vor Farben, riesige rote afrikanische Blumen, entzückende, purpurfarben blühende Ranken und schlanke Bäume mit filigranen Blättern wiegten sich im Wind. Der Duft der Blumen war überall.

Rachel hatte die Eingangstür hinter den Bediensteten, und nicht zu vergessen, hinter ihrem Schutzengel Ritchie, zugestoßen, jetzt schloß sie ab und legte eine kleine Kette vor, dann schaute sie mich an.

»Glaubst du mir nun?« fragte ich.

Sie lehnte sich an mich.

»Komm, ich halte dich fest.«

Sie ließ sich sacht gegen mich fallen. »Trage mich ins Bett!« sagte sie. »Da hinten, durch den Garten und dann links, da ist es.«

Sie legte die Arme um meinen Hals und ich ging in die angegebene Richtung. Ihr Körper war so leicht, weich und duftend.

Der Raum war fantastisch, drei Wände bestanden aus Fenstern, nichts als Fenstern, die den Blick aufs Meer freigaben. Wieder schwappten Erinnerungen wie eine Woge über mich hinweg. Erinnerungen an Wärme, und doch, wo in aller Welt hatte ich schon solche Wolken gesehen und dazwischen gesprenkelt die Sterne mit ihrem funkelnden Licht, so heimelig, so winzig und doch so freundlich.

Ich setzte Rachel auf ein riesiges Bett aus lauter Seide, seidene Laken, seidene Kissen. Ein sanfter goldener Farbton schien Stoffe, Wandbespannungen und alle anderen Gegenstände, jede Oberfläche zu überziehen, und weichgeschwungene Polstersessel standen im Raum verstreut. Orientalischer Luxus.

Ich roch die salzige Luft, roch den süßen Duft, der von Rachel ausging und schaute nieder auf sie, in ihr wächsern wirkendes Gesicht. So sanft ich konnte, küßte ich sie auf die Stirn.

»Habe keine Angst, mein Liebes«, sagte ich. »Alles, was ich gesagt habe, ist wahr. Du mußt mir glauben. Und du mußt mir erzählen, was du über Esther und Nathan weißt.«

Sie begann zu schluchzen, schwach und zitternd kuschelte sie sich in die Kissen. Ich setze mich neben sie und zog eine seidene, blumenbedruckte Decke über sie, aber das wollte sie nicht.

»Nein«, hauchte sie, »nur die weiche Luft auf meinem Körper. Nichts sonst. Küß mich noch einmal. Nimm mich in den Arm. Bleibe bei mir.«

»Ich halte dich ja. Meine Lippen berühren deine Stirn, deine Wangen, dein Kinn, deine Schultern, deine Hand …« In Wahrheit konnte ich ihr kaum widerstehen. Ich wollte ihr die teuren Kleider vom Leib reißen, sie ganz in meine Gewalt bringen. Vorsichtig umfaßte ich ihr zerbrechliches Handgelenk. Sie war wirklich dem Tode nahe.

»Habe keine Angst vor mir, Liebste, es sei denn, das lindert deinen Schmerz. Weißt du, manchmal hilft es, sich vor dem einen zu fürchten, damit man die Furcht vor dem andern vergißt.«

Als Antwort wandte sie sich mir zu und küßte mich abermals, zog meinen Kopf zu sich herunter und schob mir die Zunge in den Mund. Ihr Kuß war wollüstig und leidenschaftlich und zeugte von völliger Hingabe. Voller Verlangen erwiderte ich den Kuß. Ihre Hüften drängten sich mir entgegen, und ich merkte, daß mein Körper heftig reagierte. Ich mußte sie nehmen. Ich wollte sie glücklich sehen. Und diese Welt würde mir auch hierin meine Macht beweisen, wie ich sie bisher in all den anderen Dingen hatte beweisen können. Und wenn ich in ihren Armen all meine Macht, alle Fähigkeiten verlor, dann sollte es so sein. Hier flammte die menschliche Glut zu hoch auf, als daß etwas anderes als der Liebesakt noch in Frage gekommen wäre. Selbst der Himmel, die traumverhangenen Sterne, die hoch dahin segelnden weißen Wolken – all dies zusammen – verlangten nur noch eins.

21

Sie nestelte schwach an den Knöpfen ihrer Bluse. »Zieh mich aus, bitte hilf mir«, sagte sie. Ich beeilte mich, sie aus ihren Kleidern zu schälen, und sie half mir, ließ sich dann tief in die Kissen sinken, ihr Körper war bleich aber fest wie der einer jungen Frau. Ich küßte ihre Waden, ihre Schenkel. Draußen raschelte und seufzte der Garten, und jetzt hörte ich auch das sachte Plätschern eines Wasserfalls, über Blattwerk sickernde Wassertropfen, doch mein Körper war nur noch ein von Verlangen getriebener Mechanismus, und aufgestachelt vom Anblick ihrer kleinen Brüste mit den rosigen Brustwarzen eines Mädchens, und von dem Geruch nach Tod, der von ihr aufstieg. Es war nicht so, daß der Tod für mich einen Reiz darstellte, sondern es hing damit zusammen, daß der drohende Tod sie mir um so kostbarer machte, da ich sie jeden Augenblick wieder verlieren konnte.

Sie lehnte sich zurück und seufzte tief. Das nächtliche Dämmerlicht gab den zarten Konturen ihres Gesichts eine zerbrechliche Klarheit.

»Komm, ich will dich unbekleidet sehen«, sagte sie und begann, sich an den Knöpfen meines Hemdes zu schaffen zu machen, aber mit einer Geste bedeutete ich ihr, daß das nicht notwendig war. Ich stand auf und zog mich etwas zurück. Es herrschte eine traumgleiche Dunkelheit, da nicht eine elektrische Lampe brannte.

Ich breitete die Arme aus und richtete den Blick zum Himmel; eine plötzliche Müdigkeit machte sich bemerkbar, die sicherlich auf die diversen Tricks zurückzuführen war, die ich in dieser Nacht schon vollbracht hatte. Dennoch befahl ich meinen Kleidern, sich zu sammeln und hier in der Nähe meiner Befehle zu harren, denn ich wollte nackt sein. Es funktionierte noch besser als beim letztenmal. Und dann schaute ich nieder auf meine nackte Brust, sah mein Schamhaar und das aufgerichtete Glied. Das Glücksgefühl, das mich überkam, ertränkte jede Demut in mir. Die angespannten Sehnen meiner Arme wahrzunehmen, bedeutete, zu all dem Leben auf dieser Welt zu gehören, und sicher mußte doch manches davon gut sein.

Rachel setzte sich auf, ihre Brüste waren verblüffend fest und die rosa Brustwarzen aufgerichtet. Ihr schwarzes und silbernes Haar fiel ihr in einer wirren Masse über den Rücken und betonte den langen, schlanken Hals.

»Herrlich!« hauchte sie.

Zweifel prasselten wie Regen auf mich herab.

Aber ich mußte es tun. Welcher Sinn lag darin, sie zu warnen, daß ich mich bei diesem Akt in Nichts auflösen könnte? Ich würde ihn einfach vollziehen!

Ich setzte mich neben sie und umschlang sie mit meinen Armen. Ihre Haut fühlte sich dünn wie Seide an und war von Feuchtigkeit überzogen, ungesund für eine Frau, die zu schlank, wenn auch absolut hinreißend war. Selbst ihre dünnen Handgelenke strahlten Schönheit aus.

Sie grub rauh die Hände in mein Haar und küßte mich mit geschlossenen Augen, ließ ihre Lippen über mein Gesicht wandern, und in dem Moment wurde mir schockartig bewußt, daß mir ein Bart gewachsen war, der Kinn und Mund bedeckte.

Sie zuckte zurück, starrte auf den Bart. Ich befahl ihm, zu verschwinden, aber Rachel sagte: »Nein, laß ihn stehen! Er macht deinen Mund so süß und feucht.« Die Haare waren sofort wieder da, wie aus eigenem Willen. Ich konnte mir den ganzen Vorgang nicht so recht erklären, aber so weit war es ja das gleiche mit meinem Körper gewesen, auch er war in seiner ursprünglichen Form erstanden. Ein Bruch in meiner Konzentration, ein unbedachtes Verweilen in dem Stolz auf meine physische Erscheinung, und schon waren auch die Barthaare wieder vorhanden gewesen.

Nun, sie fand sie toll. Ich atmete tief durch, merkte, daß all diese körperlichen Veränderungen, all diese magischen Tricks ihren Tribut forderten, dennoch war ich ihretwegen hart wie ein Standbild. Ich hätte über sie herfallen können. Statt dessen gab ich ihr nach, als sie ihr Gesicht in meine Brusthaare grub und meine Brustwarzen küßte, das Gefühl schoß direkt hinab in meine Lenden.

Ich legte meine Hände auf ihre Brüste, die so hinreißend waren, klein und zierlich und so mädchenhaft rosig.

Als ob sie meine Verwunderung gespürt hätte, sagte sie: »Das ist alles nur durch Arzneimittel hervorgebracht.« Dabei küßte sie meinen Bart, fuhr mit ihren Lippen an der Linie meiner Kiefernknochen entlang. »Hormone und moderne Wissenschaft, sonst ist nichts dabei, ich schlucke weibliche Hormone. Sie lassen mich jung aussehen, aber mein Leben können sie nicht retten.« Ich hielt sie im Arm, küßte sie, ließ meine Hände über ihre Schenkel gleiten und wagte mich vor zu der geheimen Höhle, eng wie die einer jungen Frau. Chemische Mittel, so? Moderne Wissenschaft?

»Diese Mittel können konservieren«, sagte ich, »aber die Schönheit kommt von dir.«

»Du mein entzückender Gott«, flüsterte sie und bedeckte mein Gesicht über und über mit Küssen, während ich meine Hände liebkosend unter ihr kleines Hinterteil schob. »O ja«, murmelte ich, »Gott in seiner Launenhaftigkeit segnete dich und deine Tochter im Überfluß.« »Und das letzte, was sie wahrnahm, warst du!« hauchte sie in mein Ohr. »Wie gut das doch war.«

In dem Bewußtsein, daß sie, dieses köstliche Wesen, vollkommen meiner Gnade ausgeliefert war, wuchs eine wilde Kraft in mir, niemand, kein Befehl konnte mich von ihrer Seite reißen, nur ihre eigenen Worte konnten mich noch zurückhalten, nur ihr würde ich mich fügen.

Die Stelle zwischen ihren Beinen war wie eine Frucht, wie ein Pfirsich, und gerade feucht genug, und der Duft haftete an meinen Fingern. »Liebste, ich kann es nicht mehr aushalten«, murmelte ich, und sie öffnete ihre Schenkel und ihre Hüften hoben sich mir entgegen. Das war das Paradies, hier in ihr zu sein, diese pochende, heiße Frucht zu besitzen und gleichzeitig ihren Mund zu küssen, ja, ihre Lippen zu besitzen, hier und dort unten die, sie meinen Körper und meine Kraft spüren zu lassen, mein Haar über ihr auszubreiten. Ich setzte mit den rhythmischen Bewegungen ein. Ich lebe, lebe, lebe. Ich war wie geblendet, Lust überschwemmte alle meine Sinne.

»Ja, jetzt, komm«, keuchte sie. Sie schob mir ihre Hüften entgegen, ich stützte mich auf die Ellbogen, damit ich ihr nicht weh tat, und tief in sie eindringend, spürte ich, wie mein Samen in sie hineinschoß. Die heftigen Stöße mußten schmerzhaft für sie sein, doch dann sah ich auf ihrem Gesicht die tiefe Röte, auf die ich gehofft hatte, sah ihre Kehle pochen und wußte, sie fühlte das gleiche Glück wie ich. Ihre fruchtgleiche Enge quetschte die letzten Tropfen aus mir heraus. Ich rollte auf den Rücken und starrte an die Decke ins luftige Dunkel. Ich war immer noch heil und lebendig.

Wie mein Leben auch gewesen sein mochte, als Geist oder als

Mensch, ich konnte mich an kein Gefühl der Lust erinnern, das so köstlich gewesen wäre und doch eine solche Demütigung in sich barg, insofern, als es mich völlig in seiner Macht hatte und mich gleichzeitig zum Sklaven und zum Meister machte. Ich fragte mich nicht, wie ein Mensch fühlen mochte.

Rachel warf den Kopf hin und her, ihr Gesicht war blutrot. »Bitte, mach's noch einmal, komm«, drängte sie. Entzückt schob ich mich über sie und drang abermals ein in ihre verborgene Öffnung, die saftig und weich und noch enger als zuvor war und erregt pulsierte. Als ich kam, überlief sie neuerlich eine tiefe Röte, sie kratzte mit beiden Händen über meinen Rücken, hämmerte mit den Fäusten auf mich ein, und als ich zum nächsten Stoß ansetzte, folgten ihre Hüften meiner Bewegung und sanken zurück, bis Lust sich in Ekstase verwandelte.

»Fester«, keuchte sie, »fester, ich will deine Kampfstatt sein, der Junge, den du nimmst oder das Mädchen, es ist mir gleich.«

Nach dieser Einladung hielt ich mich nicht mehr zurück. Ich fiel über sie her, stieß immer und immer wieder hart zu, und der Anblick ihres geröteten Gesichts entfachte in mir ein nur allzu menschliches Gefühl von Macht. Ja, ich wollte sie besitzen, wollte, daß sie kam, immer und immer wieder, ja! Ich füllte sie vollkommen aus, ihre Hüften hoben und senkten sich im Rhythmus meiner Stöße, so sehr waren wir aneinander gepreßt, sie war mehr als nur naß und ich ritt sie brutal wie ein Krieger, preßte sie nieder in die Kissen und sah durch die halbgeschlossenen Augen, daß sie dabei lächelte. »Hingabe, das will ich!« brachte ich keuchend hervor. Sie konnte den Höhepunkt nicht länger zurückhalten, Welle um Welle spülte über sie hinweg, ließ ihren Herzschlag aussetzen und färbte sie glühendrot. Sie warf sich hin und her, doch ich ließ nicht von ihr ab, klatschte immer wieder gegen diese saftigsüße Öffnung, und plötzlich hob sie beide Arme und bedeckte ihr Gesicht, als wolle sie sich vor mir verbergen. Diese Geste, so ergreifend, so mädchenhaft, so süß, nahm mir jede Kontrolle, die ich über diesen oder jeden anderen Körper gehabt hatte und, laut aufstöhnend, ergoß ich mich zum drittenmal in sie.

Ich war erledigt. Ich war erschöpft. Auch Rachel erblaßte langsam, und im Licht des Mondes und der weißen, bauschigen Wolken lagen wir nebeneinander. Mein Schwanz tropfte.

Sie drehte sich auf die Seite und küßte ganz zart, wie ein kleines Mädchen, meine Schulter und ließ ihre Finger durch das Haar auf meiner Brust gleiten.

»Mein Liebling«, sagte ich, und sprach in den alten Sprachen zu ihr, die mir so natürlich über die Lippen kamen, Chaldäisch und Aramäisch, ich sprach Worte der Liebe und Schwüre der Treue und Hingabe, gurrte und säuselte in ihr Ohr, und sie kuschelte sich entzückt an mich und zupfte abermals an meinen Haaren.

Kissen waren zerwühlt zur Seite gefallen. Die Luft umspielte sie mit den Düften, die aus dem Garten aufstiegen, und rührte sich unter der niedrigen, weißen Decke. Und plötzlich, als habe der Wind seine Richtung geändert, tönte das Rauschen des Meeres, des erbarmungslosen unendlichen Meeres herein, der trügerische Klang des Wassers, das Plätschern der Fontäne, Wasser, das zu sprechen scheint, obwohl es doch nichts zu sagen weiß und keine Silben kennt, Wasser, das gegen den Strand schlägt, als wolle es sagen, ich komme, ich komme. Aber es gab kein Ich.

»Wenn ich könnte, würde ich jetzt sterben«, sagte Rachel. »Aber ich muß noch einige Dinge in Erfahrung bringen.«

Ich trieb dahin, träumte, fühlte meine Erschöpfung. Ich zwang mich, wach zu bleiben. Hatte ich überhaupt meinen Körper noch? Ich fürchtete mich vor dem Einschlafen, spürte aber das Bedürfnis nach Schlaf, denn der so sorgsam erschaffene Körper brauchte das genauso, wie ich Wasser brauchte. Ich richtete mich auf.

»Sprich nicht vom Sterben«, sagte ich, während ich mich zu ihr wandte und sie anschaute, »das kommt noch früh genug.«

Die Glieder an den Körper gezogen, sah sie ganz gefaßt aus. Klug und vollständig dem Verstand hingegeben, schien sie der gerade eben noch mit mir geteilten Leidenschaft überhaupt nicht fähig zu sein. Ich platzte heraus: »Ich habe nicht die Fähigkeit, zu heilen, zumindest nicht eine so weit fortgeschrittene Krankheit.«

»Habe ich dich darum gebeten?«

»Du mußt dich doch gefragt haben, ob ich es kann, du mußt es doch wissen wollen.«

»Ich will dir sagen, warum ich nicht gefragt habe«, sagte sie, während sie wieder mit der Hand in meinem Brusthaar spielte. »Ich wußte, wenn du es gekonnt hättest, hättest du mir im ersten passenden Augenblick geholfen.«

»Das stimmt, da hast du vollkommen recht.«

Sie schloß die Augen und preßte die Lider zusammen. Sie hatte Schmerzen.

»Kann ich etwas für dich tun?« fragte ich.

»Nichts. Ich will diese Drogen loswerden. Ich will bewußt, ich will ohne das alles sterben.«

»Ich bringe dir gern, was du brauchst«, sagte ich ihr. Mit ansehen zu müssen, wie sie litt, erschütterte mich. Dann endlich schien der Schmerz nachzulassen, und ihr Gesicht war wieder wächsern glatt und vollkommen.

»Du sprachst von Esther. Du sagtest, du wolltest etwas wissen.«

»Ja, warum glaubst du, daß dein Gatte sie töten ließ?«

»Ich weiß nicht! Das ist es ja! Sie haben gestritten, aber ich weiß nicht so recht. Ich kann einfach nicht glauben, daß es wegen seiner Familie war. Esther und Gregory zankten sich ständig. Das war normal. Ich weiß es einfach nicht.«

»Erzähle mir alles über die beiden und über das Collier, woran du dich erinnern kannst. Du sagtest, sie habe die Sache mit dem Bruder herausgefunden, als sie die Kette kaufte.«

»Sie traf Nathan im Diamantenviertel. Sie sah seine Ähnlichkeit mit Gregory, und als sie ihn darauf ansprach, gab er zu, daß er Gregorys Zwillingsbruder sei – ein eineiiger Zwilling.«

»Ach, eineiig.«

»Aber was kann das zu bedeuten haben? Also, er erzählte es ihr. Er bat sie, Gregory liebe Grüße auszurichten, was Esther verblüffte. Sie mochte ihn leiden und traf in dem Laden auch andere Chassidim, die dort arbeiteten. Sie mochte Nathan sehr gern, denn sie fand, daß er ein bißchen wie der Mann wirkte, der Gregory hätte sein können, so lieb und freundlich durch und durch.«

»An dem bewußten Tag hatte sie die Kette bei sich, da bin ich mir sicher, denn sie wollte sie zu Nathan zurückbringen. Ich meine mich erinnern zu können, daß sie sagte, sie müsse sie hinbringen, weil irgendeine Kleinigkeit nicht in Ordnung war, und Nathan sollte sie reparieren. Sie fügte noch hinzu: ›Sag dem Messias nicht, daß ich seinen Bruder besuche‹ und lachte dabei. Sie hat ihm die Kette bestimmt gegeben, ehe die Killer sie erwischten. Gregory wußte, daß sie an dem Tag bei Henry Bendel einkaufen wollte, ganz sicher. Aber er wußte meiner Ansicht nach nicht über das Collier Bescheid. Erst gestern ist diese ganze Geschichte mit der Kette herausgekommen. Ich wußte nicht einmal, daß sie fehlte, keiner wußte das. Dann rückte Gregory damit heraus, daß die Terroristen sich die Kette geschnappt hätten, als sie sie töteten. Das Collier war weg, das stand fest, aber ich konnte Nathan nicht erreichen, um ihn danach zu fragen. Außerdem hätte er wahrscheinlich von sich aus angerufen. Von Nathan kenne ich zwar nur die Stimme, aber ich habe einmal mit ihm gesprochen und weiß, was ich von ihm zu halten habe.«

»Komm noch einmal zurück auf den ersten Teil. Esther hat also mit Gregory wegen dessen Bruder gestritten. Und der Bruder war ein eineiiger Zwilling.«

»Sie wollte, daß sich Gregory mit ihm traf. Dieser war stocksauer, weil er fürchtete, sie würde anderen von den Chassidim erzählen. Er sagte, sie dürfe kein Wort sagen, es sei eine Sache auf Leben und Tod. Er versuchte sogar, ihr Angst zu machen. Ich kenne Gregory, ich merke, wenn er unsicher ist und nicht so ganz klar denkt, wenn er sich überrumpelt und in die Enge getrieben fühlt und wütend ist.

»Ja, so habe ich ihn auch schon gesehen«, sagte ich. »Wenn auch nur kurz.«

»Nun, so benahm er sich ihr gegenüber. ›Nein, nein, nein, wie kannst du meinen Bruder treffen, ich habe keinen Bruder!‹ Dann stürmte er in mein Zimmer und bedrängte mich. Ich sollte ihr klarmachen, daß die Chassidim nicht mit ihm in Verbindung gebracht werden wollten. Aber er war wirklich stinksauer wegen der ganzen Geschichte. Esther sprach kein Jiddisch, ich weiß noch, sie kam ins Zimmer, und er wandte sich sofort an sie und sagte: ›Wenn du jemals etwas von Nathan verlauten läßt, werde ich dir das nie verzeihen!‹ Das verwirrte sie natürlich, und ich nahm sie zur Seite, um ihr zu erklären, daß die strenggläubigen Juden solche wie uns nicht mögen, weil wir nicht täglich beten und uns nicht genau an die Vorschriften des Talmud halten. Sie hörte sich das an, aber ich merkte, sie konnte es nicht verstehen. Sie wandte ein, daß Nathan sagte, er liebe Gregory, er würde sich freuen, ihn zu sehen, und er habe auch schon angerufen, doch man habe ihn nie durchgestellt.

Ich dachte damals, Gregory würde gleich wahnsinnig werden, so tobte er. ›Ich will überhaupt nichts mehr davon hören! Sag's mir gleich, wenn du ihm meine Geheimnummer gegeben hast! Diese Leute haben mir wehgetan. Ich war noch ein Junge, als ich sie verlassen habe. Sie haben mir wehgetan! Und ich habe mir eine eigene Kirche, einen eigenen Stamm geschaffen, auf meine Art und Weise. Ich bin mein eigener Messias!‹ Ich versuchte, ihn zu beruhigen und sagte: ›Gregory, bitte, wir sind hier nicht vor laufenden Kameras auf der Kanzel. Setz dich hin. Beruhige dich.‹

Aber Esther wollte wissen, warum Gregory denn Nathan gegenüber so großzügig gewesen sei und ihn ins Krankenhaus habe einweisen lassen. Nathan habe ihr davon erzählt, daß er unter Gregorys Namen durchgecheckt worden sei, daß Gregory alle Kosten auf sich genommen habe und Nathan in seinen Privaträumen im Krankenhaus untergebracht habe. Er habe nicht gewollt, daß der Rabbi oder seine Frau sich sorgten, er habe sich selbst um alles gekümmert. Er sei so großzügig gewesen.

Ich schwöre dir, daraufhin fuhr Gregory endgültig aus der Haut. Da erst merkte ich, wie verwickelt das Ganze war. Gregory ging es also um mehr als nur um Publicity. Denn ich konnte deutlich sehen, daß die Verbindung zu den Chassidim eigentlich für Gregory und die Sekte nur von Nutzen sein konnte – das Okkulte konnte ihm einen besonderen Status verleihen, du weißt, was ich meine?«

»Ja, klar, nach dem Motto: Dieser große Führer erwuchs uns aus fremdartigen und reingläubigen Wurzeln.«

»Ja, und deshalb habe ich mich dann aufgerafft und ihm ein paar Fragen gestellt, zum Beispiel, warum Nathan ins Krankenhaus mußte. Esther sagte, das habe Gregory vorgeschlagen; er sagte, bei ihnen beiden stünde zu befürchten, daß sie an einer vererbbaren Krankheit litten, der Rabbi würde eine Untersuchung nie zulassen, und deshalb habe er Nathan einfach aus dem Verkehr gezogen, um die nötigen Untersuchungen unter Gregorys Namen machen zu lassen. Für Nathan war das Ganze ein Traum gewesen, dieses großartige Krankenhauszimmer, das koschere Essen und alles, was sich sonst für fromme Juden schickt, und vor allem, daß ihn alle für Gregory hielten. Er fand das ganz witzig. Natürlich stellte sich heraus, daß er diese Krankheit nicht hat, was immer es auch war. Meine Güte, was um Himmels willen –«

»Ah, ich verstehe«, murmelte ich.

»Worauf läuft das alles hinaus?«

»Was gab es denn sonst noch mit Nathan und Esther? Fällt dir noch etwas ein?«

»Also, an diesem einen Abend, da haben wir stundenlang deswegen gestritten. Schließlich hat Esther erklärt, sie würde niemandem davon erzählen und würde auch nicht mehr versuchen, die Familie zusammenzubringen, aber sie wollte Nathan trotzdem von Zeit zu Zeit besuchen und ihm Grüße von Gregory übermitteln. Gregory weinte vor Erleichterung. Weißt du, Gregory kann auf Kommando weinen, vor allen Dingen vor den Kameras. Er ließ sich lang und breit darüber aus, daß ihn seine Leute verstoßen hätten, und daß der ›Tempel vom Geiste Gottes‹ ihm alles bedeute, daß das sein Leben sei, sein Lebenszweck. Immer, wenn er damit anfing, haben Esther und ich nur die Augen verdreht. Wir wußten schließlich, daß er die Lehren, die der ›Tempel vom Geiste Gottes‹ verbreitete, an Hand eines Computerprogramms ausgearbeitet hatte. Er hatte alle Informationen, die er über andere Kulte hatte, in den PC eingegeben, welche Vorschriften und Gebote für die jeweiligen Gläubigen am hilf- und trostreichsten gewesen waren, dann hatte er eine Liste der Gebote erarbeitet, die man am ehesten akzeptieren konnte. Auch andere Gesichtspunkte dieses neuen Kults waren auf die gleiche Art entstanden, indem er anonyme Umfragen und Untersuchungen in Auftrag gegeben und die ansprechendsten Aspekte per PC zusammengefaßt hatte. Esther und ich hielten das Ganze für einen Witz. Aber an dem Abend hörte er überhaupt nicht mehr auf zu weinen. Er sagte, das sei sein Leben, und Gott habe ihn und sein Computerprogramm geleitet.

Ich bin dann schlafen gegangen. Esther und Gregory sprachen zwei Tage lang nicht miteinander. Aber das war nicht ungewöhnlich. Sie pflegten sich über irgendeine winzige politische Frage lautstark in die Haare zu geraten. So lief das eben mit den beiden.«

»Was sonst noch?«

»Zwei Tage später weckte Gregory mich um vier Uhr. Er hatte einen seiner Wutanfälle und schrie: ›Nimm das Telefon, rede mit ihm, hör ihn dir an.‹ Ich wußte nicht, was zum Teufel er meinte. Die Stimme, die dann durch den Hörer drang, klang genau wie die von Gregory! Und ich meine genau! Ich konnte kaum glauben, daß es jemand anderes war, aber es mußte so sein. Er stellte sich als Nathan vor, Gregorys Bruder, und bat mich sehr lieb, Esther zu erklären, daß die beiden Familien nicht zusammenkommen könnten. Er sagte: ›Es bricht mir das Herz, das zu der Frau meines Bruders sagen zu müssen, aber unser Großvater hat nicht mehr lange zu leben, und die Gemeinde ist von ihm abhängig. Er ist der Rabbi. Sag Esther, es ist einfach nicht zu machen, und bestelle ihr liebe Grüße‹, und er werde sie ja sehen, wenn sie ihn wieder besuchen komme.

Ich sagte, daß ich ihn voll und ganz verstünde und versicherte ihm meine Zuneigung, ich sagte, daß auch ich meine Eltern in den Lagern verloren hätte, und wünschte ihm das Beste. Dann sagte er noch auf Jiddisch, daß wir in seinen Gebeten und seinen Gedanken seien, und wenn wir ihn brauchten, wenn Gregory krank sei oder Kummer hätte, sollten wir ihm Bescheid sagen.

Ich sagte, daß es gut getan hätte, jemanden Jiddisch sprechen zu hören und überhaupt mit ihm zu sprechen. Er lachte und sagte etwas wie: ›Gregory glaubt, er hat alles, und Gott sei Dank hat er eine gute Frau, aber man kann nie wissen, wann ein Bruder mal einen Bruder braucht. Gregory war ja noch nie im Leben krank oder im Krankenhaus, außer, als er mich besucht und sich um mich gekümmert hat, aber wenn er nach mir verlangt, werde ich da sein.‹

Ich weiß noch, daß ich mir Gedanken über diesen Krankenhausaufenthalt gemacht habe, und über diese Untersuchungen. Hatte Gregory bei sich selbst auch Tests veranlaßt? Was war das für eine Erbkrankheit? Ich wußte, daß Gregory wirklich noch nie in einer Klinik gewesen war. Er hatte einen privaten Arzt, kaum das, was ich als staatlich zugelassenen Arzt betrachten würde, aber meines Wissens war er nie in einem Krankenhaus gewesen. Ich dankte Nathan noch für seine Freundlichkeit und erkundigte mich, wie ich ihn in Zukunft erreichen könnte, aber dann riß Gregory das Telefon wieder an sich. Er nahm es mit aus dem Zimmer, aber ich konnte ihn reden hören, er sprach Jiddisch, als sei es seine Muttersprache, und er sprach sehr vertraulich, wie ich ihn sonst nie zu jemandem habe sprechen hören. Er hatte mir ja immer erzählt, daß seine ganze Verwandtschaft tot sei. Alle.«

»Wie lange ist das schon her?« fragte ich.

»Einen Monat vielleicht, aber ich habe überhaupt nicht mehr daran gedacht, bis heute. Ich meine, tief drinnen wußte ich, daß er für Esthers Tod verantwortlich ist, in dem Moment, als ich hörte, wie er seine Sprüche über Terroristen und Gegner seiner Kirche von sich gab, wußte ich, daß er lügt. Er war einfach zu gefaßt über ihren Tod, nahm es zu selbstverständlich! Aber ganz ehrlich, glaubst du wirklich, er würde seine eigene Tochter um dieser Sache willen töten?«

»Ja, das glaube ich, aber ich sehe hier einen komplizierten Plan«, antwortete ich. »Und was ist mit dem Rabbi? Hast du den Rabbi je getroffen, mit ihm gesprochen?«

»Nein, ich mochte nicht hingehen, nur um von ihm dann abgelehnt zu werden. Ich habe großen Respekt vor diesen Leuten, meine Eltern waren auch polnische Chassidim. Aber hingehen? Nein, ich kenne derartige alte Männer!«

»Ah, dann laß dir dies gesagt sein: Dieser alte Mann hat Gregory auch beschuldigt, Esther getötet zu haben. Und er fragte sich das gleiche wie du jetzt.«

»Merkst du, was das bedeutet?« sagte sie. »Wenn er Esther nur wegen dieses Geheimnisses um seine Familie getötet hat, dann könnte er auch Nathan töten!«

»Hat Nathan sich denn nicht wegen des Colliers gemeldet? Ich weiß ja, wie die Chassidim leben, aber das war doch in den Nachrichten, du weißt schon, das mit den Diamanten, wertvolle Diamanten von Terroristen erbeutet.«

»Nein, ich weiß von keinem Anruf, aber ich war ja auch ziemlich abgeschnitten, dauernd waren nur diese Tempelbrüder um mich. Und Gregory ist mit dieser Collier-Sache erst am Tag nach dem Mord angekommen. In seinem ersten Statement redete er nur immer ganz allgemein über die Feinde seiner Kirche. Und dann, am nächsten Tag ... mein Gott, vielleicht hatte ihn da ja Nathan angerufen – aber er hätte doch wohl nicht eine solche Lüge erzählt oder ... warum zum Teufel hat er nur mit der Kette angefangen?«

Ich nahm ihre Erzählung erst einmal still in mich auf.

Schließlich sagte ich: »Ich glaube, ich kann mir so einiges zusammenreimen. Eins stimmt auf jeden Fall, er hat verdammt große, ausgefeilte Pläne. Und ich habe ihm dazwischengefunkt, als ich diese angeheuerten Tagediebe, Esthers Mörder, umgebracht habe. Das durchkreuzte seinen Versuch, den Mord Terroristen in die Schuhe zu schieben. Diesen Männern ist doch keine Verbindung zu Terroristen nachzuweisen, oder?«

»Nein, absolut nicht. Die eine Hälfte der Welt trauert mit ihm, andere lachen über ihn. Die Männer waren nichts als Penner, Herumtreiber aus irgendeinem Kaff im Süden von Texas. Gregory behauptet, seine Feinde würden zu jedem Mittel greifen, um ihm zu schaden, und diese Typen wären eben eines der Mittel, und der Diebstahl der Kette sollte ihnen zu dem Reichtum verhelfen, den sie im Kampf gegen Gregorys Sekte bräuchten.«

»Lassen wir die Kette einmal für einen Moment beiseite. Er blieb dann ja bei der Terroristengeschichte, nur daß er versuchte, dabei das Collier mit einzubauen. Ich muß dich noch etwas fragen. Warum hat der ›Tempel vom Geiste Gottes‹ Laboratorien? Warum?«

»Laboratorien?« fragte sie. »Ich habe keine Ahnung. Ich hatte keinen Schimmer, daß sie welche haben. Klar, da ist Gregorys Privatarzt, der ihn mit menschlichen Wachstumshormonen und Proteinen und was sonst noch vollpumpt, damit er jung und kräftig bleibt, und es gibt da auch eine Art Krankenzimmer, damit der Arzt ihn sofort untersuchen kann, wenn seine Körpertemperatur mal ein Grad höher als normal ist, aber so weit ich weiß, gibt es keine Labors.«

»Ich meine wirklich große Labors, wo man mit chemischen Substanzen und Computern arbeitet. Riesige Labors mit sterilen Kammern, wo die Leute in so merkwürdigen Schutzanzügen herumlaufen. Ich habe es heute nacht gesehen. Im ›Tempel vom Geiste Gottes‹ in dem Hochhaus. Ich habe Leute gesehen, die diese orangenfarbenen Anzüge trugen, die den ganzen Körper schützen. Ich habe mir in dem Moment nichts dabei gedacht, weil ich nur nach Gregory Ausschau gehalten habe ...«

»Orangenfarbene Kleidung? Du sprichst von Anzügen, die man trägt, um sich vor Viren zu schützen? Gütiger Himmel, sollte der Kern dieser Geschichte irgendeine Seuche sein? Was zur Hölle hat er mit Nathan gemacht in der Klinik?«

»Ich glaube, ich weiß es. Er hat seinem Bruder nichts getan. Und Gregory hat auch keine Krankheit, das kann ich dir versichern, genausowenig wie der Rabbi. Das hätte ich bemerkt, sobald ich sie sah. Ich kann so etwas spüren.«

Sie zuckte zusammen, der Gedanke an ihre eigene Krankheit irritierte sie und brachte ihre Gedankengänge durcheinander.

»Wozu braucht der Tempel eine ganze Herde Wissenschaftler und Ärzte, alles brillante Leute, die nach Gregorys Pfeife tanzen? Alle sind sie Genies auf dem Gebiet der Forschung, mit ihren Mikroskopen und technischen Ausrüstungen.«

»Ich weiß es nicht«, sagte Rachel abermals. »Natürlich haben sie sich hin und wieder Produkte einfallen lassen, wie zum Beispiel diesen Mist mit dem Shampoo zur spirituellen Reinigung, und so etwas wie eine ›Wasch-die-bösen-Schwingungen-fort-Seife‹ –«

Ich konnte mir nicht helfen, ich mußte lachen. Sie lächelte auch.

»Wir haben ihm das ausgeredet. Dann hat er ein unglaublich lukratives Geschäft mit einem New Yorker Designer abgeschlossen, der dann die gesamte Ausstattung für seine Freizeitclubs und Schiffe und Dschungeldörfer entwarf ...«

»Da haben wir's wieder, Schiffe, Flugzeuge, Dschungeldörfer, Wissenschaftler, eine Kette, ein Zwillingsbruder.«

»Was willst du damit sagen?«

»Begreife doch, Rachel, ein eineiiger Zwilling ist nicht einfach ein

Bruder, er ist ein Duplikat, und hier haben wir einen Zwillingsbruder, von dem kein Mensch etwas weiß, und den auch kaum jemand erkennt, weil er den Bart und die Schläfenlocken der orthodoxen Juden trägt. Mit einem eineiigen Zwilling kann man so einiges anstellen.«

Sie schaute mich fassungslos schweigend an. Dann zuckte sie wieder schmerzerfüllt zusammen.

»Komm«, sagte ich, »ich muß etwas trinken, Wasser. Ich werde dir auch etwas mitbringen.«

»Ja, das wäre gut. Kaltes Wasser, meine Kehle ist ganz rauh, ich kann nicht …«, sie sank zurück in die Kissen.

Ich huschte durch den Garten und betrat etwas, was eine Vorratskammer für Delikatessen zu sein schien, und natürlich gab es da auch jede Menge wassergefüllte Plastikflaschen im Kühlschrank. Zwei davon nahm ich und dazu zwei hübsche Kristallgläser aus einem Regal. Dann setzte ich mich neben Rachel, die sich inzwischen zugedeckt hatte, und gab ihr zuerst etwas zu trinken. Dann trank auch ich.

Ich war wirklich erschöpft. Allerdings war für Erschöpfung jetzt nicht die richtige Zeit, ich konnte nicht riskieren, daß, wenn ich schlief, mein Körper sich auflöste. Ich trank noch einmal von dem Wasser, dabei fragte ich mich, was wohl aus meinem Körper in den von Rachel gelangt war, ob es wirklich Samen gewesen war oder nur etwas, das so aussah. In dem Zusammenhang fiel mir mein Meister Samuel ein, der damals über Nonnen gespottet hatte, die behaupteten, von Geistern geschwängert worden zu sein. Ich erinnerte mich an Straßburg, und dann fiel mir rein gefühlsmäßig noch etwas ein, eine Erinnerung an etwas, das Zurvan gesagt hatte: ›Ja, sicher kannst du es tun, aber es wird dir deine Kraft rauben, und du darfst niemals zu einer Frau gehen, ohne daß ich es erlaube.‹ Allerdings konnte ich mich eigentlich nicht an den erinnern, der die Worte gesagt hatte, sondern ich erinnerte mich nur an die Worte, erinnerte mich der Liebe, die ich dort gefühlt hatte, und des wunderschönen Gartens, es war alles diesem hier so ähnlich. *Es wird dir deine Kraft rauben.* Ich mußte aber wach bleiben.

»Was ist, wenn wir uns irren?« sagte sie. »Wenn er gar nichts mit Esthers Tod zu tun hat? Er ist ein Mensch, der von allem Gebrauch macht. Er benutzte ihren Tod, aber das heißt doch nicht –«

»Auch der Rabbi hat gesagt, daß Gregory sie getötet hat. Ich glaube, er tat es. Seine Sekte, sag', predigt sie irgend etwas Einmaliges, predigt sie besondere Werte?«

»Nein, eigentlich nicht. Wie ich dir schon erklärt habe, hat er die ganze Glaubensrichtung per Computer entworfen. Das ganze kommt einem glaubenslosen Glauben so nahe, wie man sich nur vorstellen kann.«

Sie seufzte, dann sagte sie, daß im Schrank ein Morgenmantel sei. Ob ich ihn ihr bringen könne? Ihr sei ein wenig kalt, und wenn ich wolle, könne ich mir auch einen Bademantel nehmen. Mir war zwar nicht kalt, aber wie die Perser oder Babylonier hatte ich eine Abneigung gegen Nacktheit, deshalb nahm ich einen schweren, blauen Mantel, bodenlang und mit einem Gürtel, und hüllte mich in ihn. Zwar fühlte ich mich ein bißchen wie gefangen darin, aber es war erst einmal gut so, und ich brauchte auch all meine Kräfte.

Ich brachte Rachel ein seidenes Negligé, das goldfarben war, wie die meisten Dinge hier im Raum, und mit Perlenstickerei verziert, die ein wenig an den schwarzen Schal erinnerte. Sie richtete sich auf, und ich half ihr, ihn anzuziehen und knöpfte die kleinen Perlenknöpfchen für sie zu und verknotete den Gürtel. Auch die Knöpfe an den Handgelenken schloß ich.

Sie nahm den Blick nicht von mir.

»Ich muß dir noch etwas sagen«, sagte sie.

»Sag's«, bat ich, während ich mich neben sie setzte und ihre Hand nahm.

»Gregory rief mich heute nacht an, ehe das Flugzeug in Miami landete. Er erzählte mir, *du* habest Esther getötet. Du seist am Tatort gesehen worden. Ich hatte nämlich dein Bild in dem Magazin gesehen, aber ich wußte, er erzählte eine unsinnige Lüge. Ich wollte schon auflegen. Weißt du, es ist nämlich völlig zwecklos, ihm zu sagen, er solle Vernunft annehmen. Aber dann ging er endgültig hoch. Er sagte, du seist ein Geist und du hättest sie töten müssen, weil du ihren Platz in dieser Welt einnehmen wolltest.«

»Was für ein Schrott«, flüsterte ich. »Er hat ja wahrhaftig eine glatte Zunge.«

»Ja, das dachte ich auch. Ich habe es einfach nicht geglaubt. Aber eines wurde mir da sehr klar: Du bist wegen Esthers Tod hier. Es gibt dich, und du bist hier, um Gregory zu töten. Ich wünschte, du würdest mir versprechen, daß du ihn tötest, was auch immer geschieht. Ich weiß, das zu sagen, ist schrecklich.«

»Nicht für mich«, antwortete ich. »Ich würde ihn gern umbringen, aber nicht, bevor dieses Rätsel gelöst ist.«

»Könntest du dafür sorgen, daß Nathan nichts passiert?«

»Schon, aber ich habe ein paar düstere Ahnungen, was das betrifft. Aber sorge dich nicht. Verlaß dich darauf, ich werde dieser Sache auf den Grund gehen, und Gregory wird für alles mit seinem Leben bezahlen.«

»Laboratorien«, grübelte sie. »Weißt du, ich glaube, Gregory ist verrückt. Er glaubt, er sei bestimmt, die Welt zu retten. Er fährt in alle möglichen Länder, er läßt sich von Diktatoren empfangen und baut seine Kirchen auf in Ländern, die ... und dann dieses ganze Gerede von Terrorismus. Weißt du ...«, sie ließ sich zurück in die Kissen fallen, »es kann gar nicht falsch sein, ihn zu töten. Dieser ›Tempel vom Geiste Gottes‹ ist eine organisierte Bedrohung. Nichts als Müll! Er saugt seine Anhänger aus, nimmt ihnen ihre Ersparnisse, ihr Vermögen ...«

Sie schloß die Augen und lag plötzlich ganz still, unbeweglich, die Lider öffneten sich ein wenig, ich konnte nur das Weiß der Augäpfel sehen.

»Rachel!« rief ich, »Rachel!« Ich schüttelte sie an der Schulter.

»Ich lebe noch, Asrael«, sagte sie leise, rührte sich aber immer noch nicht, nur ihre Lippen bewegten sich, und ihre dunklen Brauen zuckten leicht, die Augen hielt sie geschlossen. »Ich bin noch hier. Deckst du mich bitte zu, Asrael? Mir ist immer noch kalt. Aber es ist doch warm hier, nicht wahr?«

»Der Wind ist herrlich warm«, sagte ich.

»Dann öffne bitte alle Fenster. Aber gib mir trotzdem eine Decke. Was ist? Was ist los mit dir?«

Die Fenster waren offen, selbst die große Flügeltür, die auf die über dem See gelegene Terrasse führte. Aber ich wollte sie nicht beunruhigen, deshalb sagte ich nichts. Und mit plötzlichem Erschrecken betrachtete ich ihre Arme, ich meine, sah sie mir genauer an unter der dünnen Seide.

»Deine Arme! Du hast überall blaue Flecken! Sieh nur, was ich mit dir angestellt habe.«

»Mache dir nichts daraus«, beruhigte sie mich. »Es ist nichts. Das kommt von den Medikamenten, die ich nehme, sie verdünnen das Blut, und man bekommt blaue Flecken, ohne es überhaupt zu bemerken. Es war so schön, in deinen Armen zu liegen. Komm her zu mir, bleibst du bei mir? Weißt du, ich habe das Gefühl, ich könnte auf der Stelle sterben. Ich habe mit der Einnahme von Medikamenten aufgehört.«

Ich gab ihr keine Antwort, aber ich wußte, daß sie nicht mehr lange zu leben hatte. Ihr Herz schlug sehr langsam und ihre Fingerspitzen hatten bereits einen bläulichen Schimmer.

Ich legte mich neben sie und deckte sie mit den schweren gewebten Decken zu, die über das Bett verstreut lagen, diese Dinger, die man Überwurf oder Plaid nannte, wenn mir das bis dahin auch nicht aufgefallen war.

Jetzt war sie hübsch warm eingepackt und kuschelte sich an mich.

»Ich mußte schreckliche lachen, als Gregory sagte, du seist ein Geist und hättest Esther getötet, um Eingang in die Welt zu finden. Und doch wußte ich da schon, daß du kein menschliches Wesen warst. Ich wußte es. Du warst spurlos aus dem Flugzeug verschwunden. Ich wußte es, und trotzdem fand ich es wahnsinnig komisch, als er diesen Quatsch über schwarze Magie redete, über Esther als Lamm, das geopfert werden mußte, um dich in diese Welt zu lassen, und daß das von den dem Bösen verschriebenen Kreaturen verursacht worden war. Er behauptete, du würdest mich töten, und daß er die Polizei benachrichtigen werde, wenn ich nicht zurückkäme. Ich will nicht, daß er hier auftaucht und mich nervt. Ich will ihn hier nicht sehen.«

»Ich werde es auch nicht zulassen«, sagte ich. »Ruhe dich aus. Ich muß nachdenken. Ich muß mir die Sache mit den Labors und der Schutzkleidung noch einmal durch den Kopf gehen lassen. Ich muß versuchen, Gregorys grandiose Pläne zu durchschauen.«

Sie war schrecklich anzusehen mit diesen violetten Flecken überall, und ich machte mir Vorwürfe, daß ich nicht vorsichtiger mit ihr umgegangen war, daß ich nicht einmal darauf geachtet hatte, ich hatte für nichts einen Sinn gehabt als für die uralten ewig fließenden Säfte des Körpers, und um nichts sonst hatte ich mich gekümmert.

Sanft nahm ich ihre Arme, küßte die blutunterlaufenen Stellen, bemerkte die Einstiche der Injektionsnadeln und die Stellen, an denen ein Pflaster den feinen Flaum der Haut weggerissen hatte.

»Rachel, du hast Schmerzen, und ich habe alles nur noch schlimmer gemacht«, sagte ich. »Befehle mir und ich hole dir, was du benötigst. Schick mich los, ich besorge dir alles. Ich kann dir alles bringen, was es irgendwo auf der Welt gibt. Das liegt in meiner Natur begründet. Hast du geschickte Ärzte? Sage mir einfach, wo sie sind.

Ohne Anleitung würde ich mich auf der Suche nach Ärzten oder Magiern verlieren. Deshalb weise mir den Weg, sende mich aus. Für was immer du brauchst …«

»Nein.«

Ich studierte ihr Gesicht, sie war ganz ruhig und lächelte noch immer. Sie schien wie im Halbschlaf, und ich merkte, daß sie leise sang, besser gesagt, mit geschlossenen Lippen vor sich hin summte. Ihre Hände waren viel zu kalt.

Ich seufzte auf; das war der tiefe Schmerz, den die Liebe mit sich bringt; und er war so frisch, als habe ich ihn nie zuvor gespürt. Es war so schmerzhaft und grausam, als sei ich lebendig und jung.

»Sorge dich nicht«, flüsterte sie. »Die größten Ärzte der Welt haben schon ihr verdammt Bestes gegeben, um Gregory Belkins Frau zu heilen. Außerdem … möchte ich …«

»… bei Esther sein.«

»Ja. Glaubst du, es wird so sein?«

»Ja, das glaube ich«, versicherte ich ihr. »Ich sah ihre Seele aufsteigen ins helle reine Licht.« Ich hätte gern noch hinzugefügt: »Auf die eine oder andere Art wirst du bei ihr sein.« Aber ich unterließ es. Ich wußte nicht, ob sie glaubte, wir alle seien nur kleine Flämmchen, die zurückkehrten zu Gott, oder ob sie an ein Paradies glaubte, wo wir unsere Lieben wiedersehen würden. Was mich betraf, ich glaubte an ein Paradies, und eine vage Erinnerung durchfloß mich, daß ich einstmals sehr hoch hinaufgeflogen war, eine Erinnerung an sanften Geistern ähnliche Wesen, die mich dort aufgehalten und etwas vor mir verborgen gehalten hatten.

Ich sank zurück auf das Bett. Ich war mir so sicher gewesen, daß ich sterben wollte, und nun brannte die Flamme des Lebens, die in Rachel langsam niederschmolz wie eine Kerze, hell in mir und schien mir so unendlich kostbar.

Ich wünschte so sehr, ich könnte sie heilen. Ich betrachtete sie, und versuchte festzustellen, wie ihr Körper funktionierte, wie eins mit dem anderen zusammenhing und alles mit Venen und Adern verbunden war wie mit goldenen Fäden. Ich legte meine Hände auf ihren Körper und betete, ließ mein Haar über ihr Gesicht fallen. Tief in meinem Herzen betete ich zu allen Göttern.

Sie rührte sich ein wenig. »Was hast du gesagt, Asrael?« Sie murmelte ein paar Worte, die ich zuerst nicht verstand. Dann merkte ich, daß sie Jiddisch sprach. Sie fragte: »Hast du Hebräisch gesprochen?«

»Nur Gebete, meine Liebste. Denke dir nichts dabei.« Sie sog tief den Atem ein und legte ihre Hand auf meine Brust, als ob der schlichte Akt dieser Bewegung sie schon erschöpfte. Ich bedeckte ihre Hand mit der meinen. Zu kalt, diese kleinen Hände. Ich schuf ein wenig Wärme für uns beide.

»Du bleibst wirklich bei mir, ja?« fragte sie.

»Wieso erstaunt dich das so sehr?« fragte ich zurück.

»Ich weiß nicht. Vielleicht, weil alle immer versuchen, fortzukommen, wenn sie merken, daß du wirklich stirbst. In diesen schlimmen Nächten, als es mir ganz schlecht ging, kamen nicht einmal die Ärzte; auch die Schwestern blieben weg, und selbst Gregory kam nicht. Als diese Krise überstanden war, waren sie alle wieder da. Und du, du bleibst bei mir. Duftet die Luft nicht herrlich? Und das Licht, sieh nur dieses Licht am nächtlichen Himmel.«

»Es ist wunderschön, ein Vorbote des Paradieses.«

Sie lachte ein ganz klein wenig. »Ich bin bereit, als Nichts ins Nichts zu gehen.«

Was sollte ich sagen?

Irgendwo schrillte eine Glocke, klang vibrierend durchs Haus. Ich richtete mich auf. Das gefiel mir nicht. Ich schaute in den Garten hinaus, auf die großen roten Blüten, wie Trompeten, und nun bemerkte ich erst, daß über diesen Blüten gedämpfte elektrische Lampen glühten. Alles war so vollkommen. Dann ertönte die Glocke wieder.

»Geh nicht hin«, sagte Rachel. Sie war am ganzen Körper schweißnaß.

»Hör zu«, sagte sie, »halte Gregory auf, halte diese Sekte auf. Er ist das, was man einen charismatischen Führer nennt. Er ist schlecht. Laboratorien! Ich mag das nicht. Und diese Sekten, diese Sekten haben schon Leute getötet, sie töten ihre eigenen Mitglieder.«

»Ich weiß«, antwortete ich. »Das war nie anders, nie.«

»Aber Nathan, Nathan ist völlig unschuldig«, fuhr sie fort. »Ich kann mich an seine Stimme erinnern, er hat eine so schöne Stimme, und ich dachte daran, was Esther gesagt hatte, daß sie in ihm den Mann sah, der Gregory hätte sein können. So war seine Stimme …«

»Ich werde ihn suchen, und dafür sorgen, daß er in Sicherheit ist«, versprach ich. »Er wird mir sagen, was er weiß, was er gesehen hat.«

»Der alte Mann, ist er wirklich so schrecklich?«

»Heilig und alt«, murmelte ich achselzuckend.

Sie lachte ein kleines entzückendes Lachen. Es war so wundersam, das zu hören. Ich beugte mich nieder und küßte ihre Lippen. Sie waren trocken, und ich richtete sie vorsichtig auf und gab ihr noch einmal zu trinken.

Sie legte sich wieder hin und sah mich an, erst nach und nach wurde mir klar, daß ihr Gesicht völlig ausdruckslos war, nur eine Maske für ihre Schmerzen, und die waren überall. Ihre Lunge, ihr Herz, ihre Knochen schmerzten sie. Ihr ganzer Körper war ein einziger Schmerz. Die betäubenden Medikamente, die sie in New York bekommen hatte, wirkten nicht mehr, und ihr Herz war sehr schwach. Ich legte meine Hände schützend um die ihren.

Dann kam wieder dieser Lärm, das Läuten der Glocke und ein surrender Alarmknopf, es klingelte nun im ganzen Haus. Ich hörte das Geräusch eines Motors, es kam vom Aufzugschacht.

»Kümmere dich einfach nicht darum«, murmelte sie, »niemand kann hier hereinkommen.« Aber sie versuchte, die Decken wegzuschieben.

»Was ist?« fragte ich.

»Hilf mir, ich will aufstehen. Gib mir etwas Wärmeres zum Anziehen, da, das schwere seidene Teil, bitte.«

Ich reichte ihr den Morgenmantel, auf den sie gezeigt hatte, und sie zog ihn über, aber sie zitterte unter dem Gewicht des mit Zierrat überladenen Stoffs.

Jetzt erklang Lärm draußen vor der Eingangstür.

»Bist du sicher, daß sie nicht herein können?«

»Du mußt doch niemanden fürchten, oder?« fragte sie.

»Nein, ganz bestimmt nicht! Aber ich will nicht, daß sie …«

»Ich weiß … mir meine Sterbestunde vermasseln«, sagte sie.

»Ja.«

Sie war bleich wie das Laken und ich sagte ängstlich: »Du wirst gleich zusammenbrechen.«

»Ich weiß, aber ich falle, wo es mir paßt. Hilf mir aus dem Zimmer, ich möchte auf das Meer hinausblicken.«

Ich hob sie einfach auf und trug sie hinaus auf den Balkon, der nach Osten zeigte. Die Türen öffneten sich nicht auf die Bucht hin, sondern direkt aufs Meer hinaus. Mir wurde bewußt, daß dieses gleiche Meer an die Ufer Europas spülte, an die Strände der untergegangenen griechischen Städte, auf den Strand Alexandriens. Hinter uns hörte man hämmernde Geräusche, und ich schaute mich um: Der Lärm kam aus der Kabine des Aufzugs, doch die Tür blieb geschlossen.

Eine leichte Brise wehte über die Terrasse, die Fliesen unter meinen Füßen fühlten sich kühl an. Rachel schien das zu gefallen, sie lehnte ihren Kopf gegen meine Schulter und ließ ihren Blick über die dunkle See schweifen. Ein großes Schiff, von Lichtern hell erleuchtet, glitt am Horizont vorüber und bot zusammen mit den sich auftürmenden Wolken einen kinoreifen Anblick.

Ich hielt sie in meinem Arm und stützte sie, aber als ich sie aufheben wollte, sagte sie: »Nein, laß, ich möchte so stehenbleiben.« Sie befreite sich sanft von mir, legte ihre Hände auf die hohe, steinerne Brüstung und schaute nach unten. Dort, sehr tief unten, lag ein Garten, makellos gepflegt, voller Bäume und heller Lichter. Große Büschel Trompetenblumen und Pflanzen mit fächerartigen Blättern, und alle bewegten sich leicht in der Brise.

»Da unten ist niemand, oder?«

»Was?«

»Ich meine den Garten, er wirkt so versteckt. Nur Blumen sind da unten und jenseits davon das Meer.«

»Ja«, stimmte ich zu. Ich hörte, daß die Tür des Aufzugs aufgebrochen wurde.

»Denke an meine Worte«, sagte sie. »Es kann nicht falsch sein, Gregory zu töten. Ich meine das wirklich. Er wird versuchen, dich zu verleiten, dich zu vernichten, oder dich für sich zu benutzen. Ich wette darauf, daß er in seinen Gedanken schon längst eine Möglichkeit sucht, wie er dich am besten benutzen könnte.«

»Ich verstehe ihn nur zu gut«, antwortete ich. »Mache dir keine Sorge. Ich werde tun, was richtig ist. Wer weiß? Vielleicht werde ich ihn lehren, was Gut und Böse ist, denn ich weiß es möglicherweise. Vielleicht könnte ich sogar seine Seele retten.« Ich lachte. »Das wäre gar zu schön.«

»Ja«, sagte sie. »Aber du hast Verlangen nach dem Leben, großes Verlangen. Was bedeutet, daß er mit all seiner glühenden Lebendigkeit dich verlocken könnte, genau wie du durch mich verlockt wurdest.«

»Niemals, sage ich dir. Ich werde alles zum Guten wenden.«

»Ja, das tu', wende alles zum Guten.«

Ein dumpfes Poltern erklang. Man brach die Tür auf. Ich hörte Holz splittern.

Rachel sagte seufzend: »Vielleicht war es ja doch Esther, die dich herbeigerufen hat, möglicherweise. Mein Engel.«

Ich küßte sie.

Männer trampelten durch das hinter uns liegende Zimmer. Um das zu wissen, brauchte ich mich gar nicht erst umzuwenden. Sie blieben abrupt stehen, und man hörte unterdrücktes, aufgeregtes Murmeln. Dann übertönte Gregorys Stimme sie alle.

»Rachel, Gott sei Dank, du bist in Ordnung.«

Ich drehte mich um, sah ihn an, und er sah mich, sein Gesicht war hart und entschlossen und kalt. »Laß meine Frau los«, sagte er. Dieser Lügner.

Er kochte vor Wut, und Wut brachte das Böse in ihm zum Vorschein. Wut nahm ihm auch seinen Charme. Ich schätze, auch bei mir hatte die Wut oft den Charme überdeckt. Und während ich dastand, senkte sich langsam die Erkenntnis in mich, daß ich endlich wieder liebte, daß mein Haß vergangen war. Ich liebte Esther, ich liebte Rachel. Ich haßte nicht einmal Gregory.

»Geh zur Tür und stelle dich zwischen uns. Tu es für mich, bitte«, sagte Rachel und küßte mich auf die Wange. »Bitte, tu es für mich.«

Ich gehorchte, indem ich meine Hand auf den stählernen Türrahmen legte.

»Ich lasse euch nicht vorbei«, sagte ich.

Gregory schrie auf. Er ließ ein Gebrüll ertönen, das aus tiefster Seele kam, und die ganze Truppe stürzte sich auf mich. Sie rempelten gegen meine Schultern, als sie an mir vorbei nach draußen rannten. Aber ich wußte schon, weswegen sie derart geschrien hatten.

Rachel war gesprungen.

Ich ging zur Brüstung, schob die anderen beiseite und schaute hinab in den Garten. Dort lag, winzig anzusehen, die leere Hülle ihres Körpers, um die das Licht spielte.

»Oh, Gott, bitte, nimm sie zu dir«, betete ich in meiner uralten Muttersprache.

Dann blitzte ein Licht auf und schoß empor. Für einen Moment sah es aus wie ein Blitz, der über den südlichen Himmel fuhr und hinter den Wolken explodierte. Doch es war Rachels Seele, die dahinging. Sie war aufgestiegen, und vielleicht hatte ich für eine Sekunde das Tor zum Himmel erblickt.

Im Garten blieben die Trompetenblumen zurück, und Rachels leere Hülle, ihr Gesicht unverletzt, starrte in den Himmel.

Steige empor, Rachel, und du, Esther, bitte, hilf ihr die Stufen hinauf. Ich stellte mir, mein mit den Resten einer Erinnerung vollgestopftes Gedächtnis benutzend, diese Treppe, diese Stufen vor.

Gregory weinte in tiefem Schmerz, Männer griffen nach meinen Armen und hielten mich fest. Und Gregory schrie und weinte und schluchzte, und diesmal war es wirklich kein künstlicher Gefühlsausbruch. Der Mann starrte auf Rachels Überreste hinab und heulte vor Kummer und schlug mit den Fäusten auf die Balustrade.

»Rachel, Rachel, Rachel!«

Ich schüttelte die fremden Hände ab. Die Männer strauchelten, verblüfft von meiner Kraft, wußten sie nicht, wie sie sich verhalten sollten, und Gregorys vor Kummer heulende Gestalt machte sie sichtlich verlegen.

Plötzlich brach die Hölle los. Noch mehr Männer waren aufgetaucht, der arme Ritchie ebenfalls, und Gregory hing, unaufhörlich klagend, über dem Geländer. Er wiegte sich hin und her, einem Hebräer gleich krümmte er sich und rief jüdische Worte.

Ich schob die Männer beiseite, schleuderte einige bis ans andere Ende der Terrasse und ging hart zur Sache, bis sie endlich aufgaben.

Ich wandte mich an Gregory: »Du hast sie wirklich geliebt, nicht wahr?«

Er drehte sich zu mir um, schaute mich an und wollte sprechen, aber der Kummer erstickte seine Stimme. »Sie war für mich ... die Königin von Saba«, stammelte er schließlich. »Sie war doch meine Königin ...« Und wieder begann er zu klagen und sprach seine Gebete.

»Ich verlasse dich jetzt, dich und deine bewaffneten Männer«, sagte ich. Ich sah eine Gruppe von Leuten den Hügel zum Garten hochklettern, Männer mit Scheinwerfern, die sie auf Rachels lebloses Gesicht richteten.

Ich erhob mich in die Luft, höher und höher.

Wohin sollte ich gehen, was sollte ich tun?

Für mich war es an der Zeit, allein zurechtzukommen. Ich warf noch einen Blick zurück auf diese winzigen Menschen dort unten auf der Terrasse, die von meinem urplötzlichen Verschwinden ganz verwirrt waren. Gregory war zusammengebrochen und saß, sich hin und her wiegend, auf dem Boden und hielt sich den Kopf.

Und ich stieg hoch in die Lüfte, so hoch, daß ich die glückseligen Geisterwesen sah, und während ich mich nach Norden bewegte, schienen sie mir mit großem Interesse hinterherzuschauen.

Ich wußte, was als erstes zu tun war. Ich mußte Nathan finden.

22

Als ich New York erreichte, lastete das Bedürfnis nach Schlaf sehr auf mir. Ich würde ihm nachgeben müssen, ehe ich mich zu weiteren Unternehmen aufmachte. Doch ich war in heftigster Sorge um Nathan. Ehe ich mir einen Körper schuf, stöberte ich unsichtbar durch das Gebäude des »Tempels vom Geiste Gottes«.

Wie ich erwartet hatte, liefen hier ausgedehnte Experimente auf chemischem Gebiet ab, es gab eine Vielzahl von gesperrten Abteilungen, in denen Leute in diesen merkwürdig zähen, orangenfarbenen Plastikanzügen arbeiteten, die ich schon zuvor gesehen hatte. Diese Anzüge schienen mit Luft gefüllt zu sein, und ihre Träger lugten durch die Helme, während sie mit Chemikalien arbeiteten, die sie offensichtlich weder anfassen noch einatmen wollten. Sie füllten sie in eine Art Plastikhülsen.

Ich betrachtete alles, was dort vor sich ging, ganz genau.

In einem sterilen Laborraum lagen meine Gebeine auf einem massiven Tisch, und der genialböse Vordenker, der dürre Wissenschaftler mit den gefärbten Haaren, untersuchte sie. Er merkte nicht das geringste von meiner unsichtbaren Gegenwart, während ich ihn umkreiste. Ich konnte mit seinen Notizen nichts anfangen. Ich hatte nur ein einziges Gefühl für die Gebeine, nämlich den Wunsch, sie zu vernichten, damit man mich nie wieder in sie zurücktreiben könnte. Aber ich könnte dabei sterben. Und es war noch zu früh, um dieses Risiko auf mich zu nehmen.

Andere Teile des Gebäudes waren offensichtlich Kommunikationszentren. Dort saßen Leute vor Monitoren, sprachen in Telefone und arbeiteten an Landkarten. Es gab riesige elektrische Weltkarten an der Wand, auf denen unzählige kleine Lichtpünktchen glühten. All diese Nachtarbeiter umgab ein Flair von Dringlichkeit und Unruhe. Und alle sprachen sehr bedachtsam, als glaubten sie sich von Feinden beobachtet, und was sie äußerten, war gräßlich vage. »Wir müssen voranmachen.« »Das wird großartig werden.« »Diese Sache muß bis sechzehn Uhr aufgeladen sein.« »Alles an Punkt siebzehn geht absolut glatt.«

Aus all dem konnte ich mir nichts Vernünftiges und keine raffinierten Pläne zusammenreimen. Allerdings gelang es mir, einem Versprecher zu entnehmen, daß das Projekt, an dem sie alle beteiligt waren, »Der jüngste Tag« genannt wurde.

»Der jüngste Tag«.

Alles, was ich hier sah, versetzte mich in Unruhe und widerte mich an. Ich hatte den Verdacht, daß die Substanzen in den Hülsen eine Virusart oder irgendeine der anderen tödlichen Wirkstoffe darstellten, die die Wissenschaft gerade erst entdeckt hatte, und der ganze »Tempel vom Geiste Gottes« stank nach Mord.

Ich glitt durch viele leerstehende Stockwerke, durch Schlafräume junger Tempelbrüder, dann durch eine große Kapelle, in der Sektenanhänger in stillem Gebet verharrten. Sie lagen auf den Knien, in Kontemplation versunken wie Klosterbrüder, die Hände gegen die Stirn gedrückt. Das Bildnis über dem Altar zeigte den mit goldener Farbe gezogenen Umriß eines riesigen Gehirns. Der Geist Gottes, nahm ich an. Es wirkte seltsam kalt und löste keinerlei Gefühl in mir aus. Es glich einer anatomischen Abbildung und sah in dieser Umgebung bizarr aus.

Ich kam auch an dämmrigen Räumen vorbei, in denen einzelne Menschen schliefen. In einem lag ein Mann, zugedeckt, mit Verbänden versehen, und eine Krankenschwester wachte bei ihm. In anderen Räumen lagen weitere Kranke, in Tücher gehüllt, an schimmernde Schläuche angeschlossen, die zu kleinen elektronischen Geräten führten. In vielen Einzelzimmern schliefen Sektenmitglieder. Einige der Räume waren so luxuriös eingerichtet, daß sie fast Gregorys Suite Konkurrenz machten, mit Marmorfliesen auf den Böden, vergoldetem Mobiliar und geräumigen Bädern mit großen rechteckigen Wannen.

Was ich in diesem Gebäude sah, ließ viele Fragen offen, ich hätte noch eine Menge Zeit hier verbringen können.

Aber ich mußte sehen, daß ich nach Brooklyn kam. Ich hatte das Gefühl, ich konnte voraussehen, was geschehen sollte. Und mit Sicherheit war Nathan in Gefahr.

Es war jetzt zwei Uhr. Unsichtbar glitt ich in das Haus des Rabbi. Er lag in tiefem Schlaf, wachte jedoch sofort auf, als ich in den Raum trat. Er wußte, daß ich hier war und kletterte alarmiert aus dem Bett. Deshalb entfernte ich mich einfach weit von dem Haus, denn es blieb keine Zeit, nach Nathan zu suchen oder nach anderen, mitfühlenderen Familienmitgliedern. Außerdem wurde ich von Minute zu Minute müder. Ich konnte es nicht wagen, mich in die Gebeine zurückzuziehen, nicht in dem Zustand, in dem ich mich im Augenblick befand, denn ich fürchtete die Schwäche, die meinen Schlaf begleitete, die dazu führen könnte, daß ich Gregorys Befehlen Folge leisten müßte oder er mich zur Auflösung bringen könnte, oder daß sogar der Rabbi etwas bewirken könnte.

Also kehrte ich zurück nach Manhattan, wo ich im Central Park einen Teich fand, nicht weit entfernt von dem Wolkenkratzer, der dem »Tempel vom Geiste Gottes« gehörte, ich konnte sogar die beleuchteten Fenster sehen. Ich nahm menschliche Gestalt an, kleidete mich in die feinsten Kleider, die ich mir vorstellen konnte – roter Samtanzug, feinstes weißes Leinenhemd, alle möglichen goldenen Accessoires –, und dann trank ich eine riesige Menge Wasser aus dem Teich. Ich hatte mich an seinen Rand gekniet und schöpfte das Wasser mit den Händen, bis ich meinen brennenden Durst gelöscht hatte. Nun fühlte ich mich wieder stark und mächtig. Ich legte mich unter einen Baum ins Gras, um dort im Freien zu ruhen. Ich befahl meinem Körper, seine feste Gestalt zu behalten und zu erwachen, wenn ein Angriff auf ihn erfolge, sei er natürlich oder übernatürlich. Und ich befahl ihm, keinem anderen Ruf als dem meinen zu folgen.

Als ich erwachte, war es acht Uhr morgens nach den Uhren der Stadt, und ich war immer noch heil und ganz und hatte noch alle Kleider am Leibe, und vor allem, ich war ausgeruht. Wie ich gehofft hatte, sah ich viel zu kräftig aus, als daß sterbliche Herumstreuner einen Angriff gewagt hätten, und viel zu merkwürdig, als daß Bettler sich herangewagt hätten. Wie auch immer, da stand ich, stark und unverletzt, in meinem Samtanzug und den glänzenden schwarzen Schuhen.

Ich hatte also die Stunden des Schlafs in meinem materiellen Körper außerhalb der Gebeine überstanden, und das war ein weiterer Triumph für mich. Ein paar Minuten lang vollführte ich einen Freudentanz im Gras, dann klopfte ich meine Kleidung ab, löste mich mit

Hilfe der dazugehörigen Beschwörungen auf und fügte meinen Körper, mit Bart versehen, in Samt gewandet und gereinigt von Grashalmen und Schmutz, im Wohnraum des alten Rabbi wieder zusammen. Den Bart hatte ich nicht gewollt, aber er war, wie auch der Schnurrbart, einfach da, wie zuvor schon einmal. Vielleicht war er ja schon da gewesen, als ich im Park aufwachte. Eigentlich war ich mir dessen sogar sicher. Er war die ganze Zeit über in meinem Gesicht gewesen. Er wollte da sein. Also gut.

Das Haus des Rabbi war ein modernes Gebäude, eng, mit vielen kleinen Zimmern. Es war auffallend, wie konventionell dieses Haus war, wie gewöhnlich möbliert, weder schön noch häßlich, aber gemütlich und von Licht durchflutet. Im Flur warteten Leute, die mich jetzt anstarrten und untereinander zu flüstern begannen. Ein Mann näherte sich mir, und ich sagte ihm, ich müsse auf der Stelle Nathan sehen, dabei sprach ich Jiddisch.

Mir fiel ein, daß ich ja Nathans Nachnamen nicht kannte, ich wußte nicht einmal, ob er hier den Namen Nathan benutzte. Sein Nachname war sicherlich nicht Belkin. Belkin war ein Name, den sich Gregory ausgedacht hatte. Ich blieb beim Jiddischen und sagte, daß ich Nathan in einer Angelegenheit sehen müsse, in der es um Leben und Tod gehe.

In diesem Augenblick stieß der Rabbi die Tür zu seinem Arbeitszimmer auf. Er war wütend. Zwei ältliche Frauen standen neben ihm und zwei junge Männer, alle waren sie Chassidim, die Frauen trugen die rituell vorgeschriebenen Perücken über ihrem echten Haar, die jungen Männer hatten Schläfenlocken und waren in den seidenen Kaftan gekleidet. Es gab nur Chassidim hier.

Das Gesicht des Rabbi bebte vor rasender Wut. Er versuchte, mich zu exorzieren, doch ich hielt stand und hob die Hand.

»Ich muß mit Nathan sprechen«, sagte ich auf Jiddisch. »Nathan könnte in Gefahr sein. Gregory ist eine Bedrohung, und deshalb muß ich Nathan sehen. Ich werde hier nicht eher weggehen, bis ich ihn gefunden habe. Vielleicht hat er ein mitfühlendes, tapferes Herz und wird mich anhören. Wie auch immer, ich werde in Liebe zu ihm sprechen. Vielleicht wandelt Nathan auf den Wegen Gottes, und wenn ich ihn rette, so errette ich auch mich.«

Niemand sagte etwas. Schließlich baten die Männer, die anwesenden Frauen zu gehen, was diese auch taten, dann riefen sie einige alte Männer aus dem Flur von draußen herein und bedeuteten mir, in das

Arbeitszimmer des Rabbi zu gehen. Nun befand ich mich also inmitten einer Versammlung von Ältesten. Einer der Männer zog ein Stück Kreide aus der Tasche, malte damit einen Kreis auf den Teppich und befahl mir, mich in ihn hineinzustellen.

Ich sagte: »Nein, ich bin hier, um zu lieben, nicht um jemandem ein Leid anzutun. Ich bin hier, weil ich zwei Menschen liebte, die nun beide tot sind. Von ihnen habe ich zu lieben gelernt. Ich will nicht mehr der Hüter der Gebeine sein. Ich will nichts Böses mehr tun. Zorn, Haß und Bitterkeit sollen mich nicht länger treiben. Und ihr werdet mich nicht mit eurer Magie in diesen Kreis schicken. Ich bin zu mächtig für diesen Kreis. Er hat keine Bedeutung für mich. Was mich nun bestimmt, ist die Liebe zu Nathan.«

Der Rabbi, sichtlich unglücklich, sank in den Stuhl hinter seinem Schreibtisch, der wesentlich offizieller wirkte als sein kleines Pult unten in dem Souterrainzimmer, wo ich das erste Mal mit ihm zusammengetroffen war.

»Rachel Belkin ist tot«, teilte ich ihnen mit. »Sie hat sich selbst getötet.«

»In den Nachrichten wird gesagt, du hast sie getötet«, sagte der Rabbi, und die anderen Männer murmelten zustimmend.

Ein sehr alter Mann, dünn, mit schütterem Haar und einem Kopf wie ein in Seide gehüllter Totenschädel, trat vor und schaute mir in die Augen. »Wir sehen nicht fern, das nicht, aber solche Nachrichten wie die verbreiten sich schnell – daß du sie und ihre Tochter getötet hast.«

»Das ist eine Lüge«, entgegnete ich. »Esther Belkin traf Nathan, Gregorys Bruder, im Diamantenviertel. Sie hat ein Collier bei ihm gekauft. Ich glaube, daß Gregory Belkin sie deshalb ermorden ließ, weil sie von seiner Familie erfahren hatte, und ganz besonders deswegen, weil sie nun von diesem Zwillingsbruder wußte. Nathan ist in Gefahr.«

Sie standen bewegungslos da. Ich konnte nicht vorhersehen, was geschehen würde. Ich weiß, ich bot einen merkwürdigen Anblick in dem dunkelroten Samt mit der reichen Goldverzierung an den Ärmeln und mit meinem dunklen Haar und dem Vollbart, aber schließlich sahen sie genauso merkwürdig aus, alle mit Bärten und schwarzen Hüten, und in den langen schwarzen Kaftanen.

Nach und nach bildeten sie einen Kreis um mich und schleuderten mir Fragen entgegen. Zuerst wußte ich nicht, was das sollte, doch dann wurde mir klar, daß es eine Probe war. Die erste Frage war, ob ich aus dem oder jenen Buch der Tora zitieren könne. Sie benutzten Namen und Ziffern, die mir bekannt waren, und ich beantwortete alle Fragen und warf ihnen Zitate an den Kopf, erst auf Hebräisch, dann wechselte ich zu Griechisch und schließlich verblüffte ich sie, indem ich sehr altes Aramäisch benutzte.

»Nenne die Propheten«, verlangten sie. Und ich tat es, wobei ich auch Enoch nicht ausließ, der ja zu meiner Zeit ein Prophet gewesen war. Das schockierte sie, denn sie wußten nichts von ihm.

»Babylon?«

»Daran kann ich mich nicht erinnern!« antwortete ich. »Ich muß Gregory Belkin davon abhalten, seinem Bruder etwas anzutun. Ich bin überzeugt davon, daß er Esther töten ließ, weil sie Nathan traf, weil sie von ihm wußte, und da gibt es noch andere verdächtige Dinge.«

Nun befragten sie mich über den Talmud: Was sind die Mizwa? Ich sagte ihnen, es gebe 613; und daß es Regeln und Gebote seien, die das ganze Leben – Verhalten, Reden, Benehmen – beträfen. Ihre Fragen hörten gar nicht mehr auf, es ging um Rituale, um Reinigungen, um Verbote und die Kabbala. Ich hastete durch die Antworten, verfiel immer mal wieder ins Aramäische, um dann wieder aufs Jiddische zurückzukommen. Als ich aus der Septuaginta zitierte, wechselte ich ins Griechische. Manchmal bezog ich mich auf den babylonischen Talmud, manchmal auf den, der noch aus Jerusalem stammte, auch sagte ich ihnen, was ich über die heiligen Ziffern wußte, und die Befragung wurde immer raffinierter. Mir schien es, als ob sich die Männer gegenseitig mit der Kniffligkeit ihrer Fragen ausstechen wollten.

Schließlich verlor ich die Geduld.

»Merkt ihr eigentlich nicht, daß wir uns benehmen, als wären wir in der Talmudschule, während Nathan wahrscheinlich in allergrößter Gefahr schwebt? Wie wird Nathan bei euch genannt? Helft mir doch, ihn zu retten, in Gottes Namen!«

»Nathan ist fort«, sagte der Rabbi. »Er ist so weit fort, daß Gregory ihn nicht finden wird. Er ist in der Stadt des Herrn, dort ist er sicher.«

»Woher wißt ihr, daß ihm dort nichts passieren kann?«

»Am Tag nach Esthers Tod hat er sich auf den Weg nach Israel gemacht. Gregory kann ihn da nicht finden, er konnte ihm nicht auf der Spur bleiben.«

»Der Tag nach … also meinst du den Tag, bevor du mich zum erstenmal sahst?«

»Ja. Wenn du kein böser Geist bist, was bist du dann?«

»Ich weiß es nicht. Ich möchte ein Engel sein, das habe ich fest vor. Und Gott wird urteilen, ob ich seinem Willen folgte oder nicht. Was veranlaßte Nathan, nach Israel zu gehen?«

Die Alten sahen den Rabbi an, offensichtlich verwirrt. Der Rabbi sagte, er wisse nicht genau, warum Nathan ausgerechnet diesen Zeitpunkt gewählt habe, doch es schien, daß er es in seiner Trauer um Esther vorzog, seine jährlich wiederkehrende Arbeit in Israel schon früher anzutreten. Hauptsächlich arbeitete er dort, wie immer, an Kopien der Tora, die er dann hierher mitbrachte.

»Könnt ihr Kontakt mit ihm aufnehmen?« fragte ich.

»Warum sollten wir dir noch mehr erzählen?« fragte der Rabbi. »Er ist dort sicher vor Gregory.«

»Ich glaube das nicht«, erklärte ich ihnen. »Da ihr jetzt alle hier versammelt seid, möchte ich, daß ihr mir antwortet: Hat einer von euch den Hüter der Gebeine beschworen? Nathan vielleicht?«

Sie schüttelten die Köpfe und schauten den Rabbi an.

»Nein, Nathan würde niemals etwas so Unheiliges, Sündiges tun.«

»Bin ich unheilig?« Ich hob die Hände und sagte: »Kommt, ich fordere euch auf, mich auszutreiben. Versucht es. Exorziert mich, im Namen des Herrn der Heerscharen. Ich halte hier stand im Namen der Liebe, die ich für Nathan und für Esther und Rachel fühle. Ich will nur Leid abwenden. Ich werde standhalten. Legt los, wendet eure Kabbala-Abrakadabra-Magie gegen mich!«

Das scheuchte sie auf, sie flüsterten und murmelten und der Rebbe, der immer noch stinkwütend war, setzte tatsächlich zu einem lauten Getöne an, um mich zu exorzieren, die anderen fielen ein, doch ich betrachtete sie nur, ohne irgendeine Wirkung zu spüren, aber bemüht, meinen Zorn nicht die Oberhand gewinnen zu lassen, bemüht, nur Liebe für sie alle zu fühlen, selbst an meinen einstigen Gebieter Samuel dachte ich nur liebevoll, weil ich ihn womöglich für etwas gehaßt hatte, das nur allzu menschlich war, wenn ich auch nicht mehr wußte, was. Babylon tauchte in meinem Gedächtnis auf, auch der Prophet Enoch, aber immer, wenn mich Haß oder Bitterkeit überfielen, schob ich diese Gefühle beiseite und dachte an Liebe, an weltliche Liebe, geistliche Liebe, Liebe zum Guten …

An Zurvan konnte ich mich noch immer nicht deutlich erinnern, nur ein Gefühl war da, doch ich zitierte jetzt seine Worte, so gut ich sie noch wußte. Zwar wählte ich stets unterschiedliche Worte, doch sinngemäß sagte ich immer das gleiche: »Der Zweck des Lebens ist, zu lieben und unser Wissen um die vielfältige Komplexität der Schöpfung zu erweitern. Güte ist der Weg Gottes.«

Als sie mit ihren Beschwörungen fortfuhren, schloß ich die Augen, durchforschte mein Gedächtnis, suchte nach den richtigen Worten, beschwor die Welt, mir die passenden Worte zu überlassen, die sie endlich zum Schweigen bringen würden, so wie ich von ihr meine Kleidung bezog oder die Haut, die mich so menschlich machte. Und endlich sah ich die Worte vor mir. Ich sah einen Raum vor mir, einen mir bekannten Raum, wenn ich auch nicht wußte, wo er war. Inzwischen ist mir natürlich klar, daß es das Scriptorium im Hause meines Vaters war. Und ich begann zu singen, sang die Worte, wie ich sie vor langer, langer Zeit, die Harfe auf den Knien, gesungen hatte, und wie ich sie zu wiederholten Malen abgeschrieben hatte. Laut sang ich nun die Worte in der uralten Sprache, wie ich sie gelernt hatte, und ich wiegte mich rhythmisch dabei:

Herzlich lieb hab ich dich, Herr, meine Stärke.
Herr, mein Fels, meine Burg, mein Erretter.
Mein Gott, mein Hort, auf den ich traue.
Mein Schild und Horn meines Heils und mein Schutz.

Es umfingen mich des Todes Bande
und die Bäche Belials erschreckten mich.
Der Hölle Bande umfingen mich
und des Todes Stricke überwältigten mich.
In meiner Angst rief ich den Herrn an
und schrie zu meinem Gott.
Da erhörte er meine Stimme …

Das brachte die Männer endlich zum Schweigen. Ohne Furcht und ohne Haß starrten sie mich an, als hätten sie ein Wunder gesehen. Selbst des Rabbis Seele war beruhigt, und der Haß war von ihr abgefallen.

Als ich jetzt zu ihnen sprach, wählte ich Aramäisch: »Ich vergebe denen, die aus mir einen Dämon machten, wer sie auch waren, und zu welchem Zweck sie es auch taten. Von Esther und Rachel lernte ich zu lieben, und deshalb komme ich in Liebe, Liebe zu Nathan und Liebe zu Gott. Lieben bedeutet, Liebe zu erfahren, und das heißt, Gott zu lieben. Amen.«

Der Rabbi zeigte ein plötzliches Mißtrauen, doch es richtete sich nicht mehr gegen mich. Er faßte das Telefon auf seinem Schreibtisch ins Auge, dann sah er mich an.

Der älteste der Männer sagte auf Hebräisch: »Er war also ein Dämon und will ein Engel sein? Ist das denn möglich?«

Der Rabbi antwortete nicht. Statt dessen griff er zum Hörer und tippte eine Nummernfolge ein, so lang, daß ich sie mir nicht merken konnte, und redete eifrig in Jiddisch.

Er fragte, ob Nathan da sei. Ob dieser heil angekommen sei? Er nehme an, daß jemand angerufen hätte, wenn Nathan nicht gekommen wäre, aber er wolle dennoch mit seinem Enkel sprechen.

Dann zeigte sich Schrecken auf seinem Gesicht. Im Raum war es ganz still, alle schauten ihn nur an und schienen zu wissen, warum.

Wieder sprach der Rabbi in den Hörer. »Er hat euch nichts davon gesagt, daß er kommt? Ihr habt nichts von ihm gehört? Kein Wort?«

Die Alten waren erschüttert. Ich auch.

»Er ist nicht dort«, sagte ich, »er ist nicht dort!«

Der Alte erklärte denen am anderen Ende der Leitung noch einmal ausführlich jede Kleinigkeit. Sie wußten nichts davon, daß Nathan jetzt schon nach Israel kommen sollte. Ihr letzter Stand war, daß Nathan zur gewohnten Zeit, nämlich später im Jahr, kommen wollte. Dafür sei alles vorbereitet, und sie hätten von ihm keinen Anruf erhalten, in dem er von einer vorzeitigen Reise sprach.

Der Rabbi legte den Hörer auf. »Sagt Sarah nichts davon!« sagte er und hob beschwichtigend die Hände. Die anderen nickten. Dann befahl er dem Jüngsten, Sarah zu holen. »Ich werde mit ihr reden.«

Sarah, eine bescheidene, demütige Frau, kam herein. Sie war sehr schön, mit schmalen, mandelförmigen Augen und einem lieblichen, weichen Mund, doch ihr Haar war bedeckt mit einer unansehnlichen braunen Perücke. Aus ihren Augen strahlte Güte, und sie sah mich scheu, aber völlig vorurteilslos an. Dann wandte sie ihren Blick dem Rabbi zu.

»Hat dich dein Mann schon angerufen, seit er fort ist?«

Sie verneinte.

»Hast du ihn zusammen mit Jakob und Joseph zum Flughafen gebracht?«

Abermals nein.

Schweigen.

Sie schaute zuerst mich an und senkte dann den Blick.

»Ich bitte um Vergebung«, mischte ich mich ein, »aber sagte Nathan Ihnen, daß er nach Israel geht?«

Sie sagte, ja, ein Wagen sei gekommen, von einem reichen Freund aus der Stadt geschickt, um ihn abzuholen, und er sagte, er werde bald zurück sein.

»Hat er Ihnen gesagt, wer der Freund ist? Bitte, Sarah, sagen Sie es mir, bitte.«

Sie schien jetzt gänzlich beruhigt, und etwas in ihr öffnete sich plötzlich. Ich fand in ihren Augen die gleiche Güte und Freundlichkeit, die ich bei dem fremden Mädchen in der Stadt unten im Süden gefunden hatte und auch in Esther und Rachel. Die Güte und Freundlichkeit einer Frau, die völlig verschieden ist von der eines Mannes. Vielleicht geschieht das, dachte ich, wenn man liebt, wirklich liebt, daß einem dann auch Liebe entgegengebracht wird! Ich fühlte mich so frei von Haß und Zorn, daß mich ein Schauer überlief. Mit den Augen bedeutete ich ihr, weiterzusprechen.

Sie wirkte irritiert, warf einen Blick auf den Rabbi, neigte den Kopf und errötete. Sie war nahe daran zu weinen.

»Nathan hat das Diamanthalsband mitgenommen«, sagte sie, »das Halsband der Tochter seines Bruders, Esther Belkin. Er wollte es seinem Bruder bringen.« Nun weinte sie wirklich. »Er hatte gehört, daß das Collier gestohlen worden sei, und er wußte, daß diese Geschichte nicht stimmte, denn er hatte das Collier. Esther hatte es ihm gebracht, damit er es repariert.« Sie unterdrückte die Tränen und fuhr fort: »Rabbi, er wollte niemanden verärgern. Er rief seinen Bruder an und erzählte es ihm. Er sagte, sein Bruder habe geweint. Der Wagen holte ihn ab und brachte ihn zu seinem Bruder, damit er ihm das Halsband zurückgeben konnte, weil es doch Esther gehört hatte. Und dann wollte sein Bruder, daß Nathan mit ihm nach Israel fliege, damit sie zusammen zur Klagemauer gehen könnten. Nathan versprach mir, zurückzukommen, sobald sein Bruder Trost gefunden habe. Und er meinte, vielleicht könne er seinen Bruder ja mit heimbringen in die Familie.«

»Aber natürlich!« sagte ich.

»Still!« sagte der Rabbi. »Sarah, sei nicht traurig. Mache dir keine Sorgen. Ich bin nicht böse, weil Nathan mit seinem Bruder gegangen ist. Er ging aus Liebe, mit guten Absichten.«

»Ja, Rebbe«, bestätigte sie, »ganz bestimmt.«

»Überlaß das nur uns.«

»Es tut mir leid, Rebbe. Aber er liebt seinen Bruder und war von Kummer über den Tod des Mädchens erfüllt. Er meinte, das Mädchen wäre eines Tages so weit gewesen, sich uns anzuschließen. Er war sich dessen ganz sicher. Er hatte es in ihren Augen gelesen.«

»Ich verstehe, Sarah. Mache dir jetzt keine Gedanken. Und nun geh.«

Sie wandte mir, neuerlich weinend, den Kopf zu und schaute mich an, dann verließ sie das Zimmer.

Sie tat mir so leid, so schrecklich leid! Sie wußte, irgend etwas war nicht in Ordnung, aber sie hatte keine Ahnung, was, und wie schlimm es war. Sie war von Natur aus so gütig und liebevoll. So wie Nathan, das hatten Esther und Rachel ja schon gemeint.

»Genauso habe ich mir das vorgestellt«, sagte ich.

Der alte Mann wartete schweigend darauf, daß ich fortfuhr.

»Gregory hat das Halsband als Köder benutzt, um Nathan zu sich zu locken. Gregory veröffentlichte diese alberne Geschichte von dem gestohlenen Collier, damit Nathan ihn anrief. Er konnte ihn dazu überreden, ihn zu treffen und bei ihm zu bleiben. Nathan hat euch auf eine längere Abwesenheit vorbereitet, und Gregory hat ihn dazu angestiftet. Ich werde alles tun, was in meiner Macht steht, um Nathan heil wieder hierher zurückzubringen. Ich kann jetzt nicht länger bleiben. Werdet ihr mir euren Segen geben? Ich will nicht lange darum betteln, aber wenn ihr mir euren Segen gebt, werde ich ihn im Namen und der Liebe Gottes annehmen. Ich heiße Asrael.«

Sie schrien auf, hoben schützend die Hände vors Gesicht und schreckten vor mir zurück. Das war die Angst davor, den Namen eines Geistes zu wissen, obwohl ich, nachdem wir erst einmal so weit gekommen waren, eine solche Aufregung nicht mehr erwartet hatte. Verzweifelt nach den richtigen Worten suchend, drückte ich die Hände gegen meine Schläfen und dachte: »Überlaßt mir die Worte! Überlaßt sie mir. Ich weiß, mein Name bedeutet nichts Böses.«

Schließlich erklärte ich: »Bei meiner Beschneidung gab mir mein Vater den Namen Asrael, das war in unserem eigenen Bethaus in Babylon. Wir gehörten zu den letzten Stämmen, die Nebukadnezar als Geiseln aus Jerusalem fortführte. Der Name war gut genug für Gott und für unseren Stamm und für meinen Vater! Damals war Nabonidus König, und wir übten unter seiner Herrschaft unseren Glauben in Frieden aus. Täglich sangen wir die Lieder des Herrn in einem fremden Land.«

Ein wilder Energieschub schoß durch mich hindurch, aber wie immer fehlte der Erinnerung Dichte und Farbe. Ich wußte nur, daß meine Worte wahr waren, und wenn ich erst einmal dieses Geheimnis, diese Horrorgeschichte gelöst hatte, daß mir dann vielleicht auch zu gegebener Zeit weiteres, oder sogar alles aus meiner Vergangenheit einfiel, so wie mir jetzt dies eingefallen war. Und zwar ohne Haßgefühle, sondern nur in Liebe. Inzwischen war ich wohl fasziniert von der Liebe, zweifellos.

Währenddessen murmelten die Männer untereinander: »Das ist sein hebräischer Name, den er als Mensch hatte. Es ist sein eigener von Gott gesegneter Name.« Und ein paar diskutierten darüber, daß es ihnen Macht über mich verleihe, wenn sie meinen Namen kannten, und zwei flüsterten, ich sei ein Engel.

Endlich, nachdem der Rabbi zustimmend genickt hatte, gaben sie mir alle ihren Segen. Ich fühlte nichts dabei, aber wenigstens war meine Abneigung gegen sie verflogen. Ich liebte auch sie und sah sie als das, was sie waren, und fürchtete deshalb um so stärker für Nathan.

»Aber was hat Gregory denn nur vor?« flüsterte der Rebbe mehr zu sich selbst als an mich gewandt.

»Ich weiß es nicht«, gab ich zu. »Aber Nathan und er sind eineiige Zwillinge, nicht wahr? Und dein Enkel Gregory will der Messias sein, das stimmt doch auch? Er will die Welt verändern.«

Das bestürzte und erschreckte den alten Mann.

Ich fragte: »Wenn ich dich brauche um Nathans willen, um der Liebe Gottes zu allen Kreaturen willen, würdest du kommen?«

»Ja«, antwortete der Rabbi.

Ich war schon drauf und dran, aus dem Zimmer zu gehen, aber dann entschloß ich mich aus ganz naheliegenden Gründen, daß es besser war, zu verschwinden, mich aufzulösen. Das machte ich ganz langsam, um sie richtig in Erstaunen zu versetzen, machte mich zuerst nur durchsichtig, hob mich in die Luft, breitete die Arme aus und löste mich dann endlich völlig auf. Ich glaube nicht, daß ihnen die winzigen Tröpfchen Wasserdampf auffielen, die in der Luft schwebten. Sie spürten wahrscheinlich nur die Kälte und dann den Hitzestoß, die entstehen, wenn ein Geist verschwindet.

Ich ließ sie in tiefem Ernst auf die Stelle starrend zurück, an der ich gestanden hatte. Ich hätte so gern die weinende Sarah getröstet, die ich in der Küche sitzen sah, aber dazu war jetzt weder die Zeit noch die Möglichkeit. Ich stieg höher und höher auf und sagte: »Gregory!«, wobei ich mich in die Richtung dirigierte, wo der Gebieter der Gebeine wahrscheinlich war – zu seinem Tempel. Mit meinen Fähigkeiten als Geist nach Nathan zu suchen, war unmöglich, denn ich hatte ihn noch nie gesehen, noch nie seinen Geruch gespürt oder seine Kleidung angefaßt. Er hatte möglicherweise im »Tempel vom Geiste Gottes« in einem der Zimmer geschlafen, als ich in der Nacht zuvor unsichtbar durch die Räume gehuscht war. Aber ich hatte mir keines der Gesichter näher angesehen, dazu waren es zu viele gewesen.

Auf zu Gregory. Am gefährlichsten für Nathan war es in der Nähe seines Bruders, deshalb war mein Platz jetzt dort. Ein Gedanke tröstete mich. Was auch immer für Nathan vorgesehen war, es war vielleicht noch nicht durchgeführt worden.

Andererseits waren die Leute im »Tempel vom Geiste Gottes« fieberhaft mit einem Projekt beschäftigt, das sich »Der Jüngste Tag« nannte.

23

Eine riesige Menschenmenge drängte sich um den »Tempel vom Geiste Gottes«. Ich ließ mich unsichtbar in ihrer Mitte nieder, neben Kameras und Fernsehleuten, und erfuhr, daß Gregory Belkin um achtzehn Uhr oder schon eher erwartet wurde, er wolle ein Statement abgeben, da ihm inzwischen die Identität seiner Feinde und der Feinde des Tempels bekannt sei. Er habe vor, die Namen der Terroristen preiszugeben und wolle die Durchführung ihres neuen zerstörerischen Planes verhindern. Die Menge breitete sich aus bis hin zur Fifth Avenue, die dadurch blockiert wurde, und viele der Tempelanhänger, im wahrsten Sinn des Wortes von der Presse verdrängt, standen betend im Park.

Ich schwebte in die Höhe und von dort in das Gebäude, wo ich Gregory zusammen mit fünf Männern in einem großen Raum fand, der mit riesigen elektronischen Landkarten und zahlreichen Monitoren bestückt war; er hatte alle Hände voll zu tun, die letzten Instruktionen zu erteilen. Der Raum selbst war schalldicht, und ehe ich mich sichtbar machte, achtete ich darauf, daß ihn keine der Kameras überwachte. Aber alle Monitore zeigten Außenansichten, und an den Wänden des Raumes waren keine Mikrofone angebracht. Gregory hatte das Wort, als ich ankam: »Es wird nichts passieren, bis zwei Stunden, nachdem ich offiziell für tot erklärt worden bin.« – Das traf mich wie ein elektrischer Schlag.

Ich materialisierte mich in der vollen Pracht meiner babylonischen Tracht – blauer, goldbestickter Samt und langes Kopf- und Barthaar – und riß ihn von seinem Stuhl hoch.

Die Männer stürzten sich auf mich, doch ich schleuderte sie zurück. Durch eine andere Tür stürmte ein Trupp schwer bewaffneter Soldaten in den Raum. Jemand feuerte ein Gewehr ab. Gregory brüllte: »nein«. Dieser kleine Kader erbarmungsloser Kämpfer kreiste mich ein und richtete seine mächtigen modernen Waffen auf mich, die Art, die dich in einem dünnen Lichtstrahl festhalten, ehe sie dich niederschießen. Die Männer sahen durchweg wie Killer aus.

Was die anging, die um den Tisch gesessen hatten, die gehörten zu der weicheren Sorte, wenn sie auch genauso ernst zu nehmen waren, einschließlich dieses Doktor Superhirn, den ich schon kennengelernt hatte, und sie dünsteten förmlich Antipathie und Mißtrauen aus, wegen der Unterbrechung, die ich verursacht hatte.

»Nein, beruhigt euch«, rief Gregory. »Das hier war nicht zu vermeiden, es wird uns nicht aufhalten. Dies ist ein Engel, den Gott gesandt hat, uns zu helfen.«

»Tatsächlich?« sagte ich. »Was hast du mit deinem Bruder gemacht? Wenn du mir nicht die Wahrheit sagst, reiße ich dir ein Glied nach dem anderen aus, und diese Männer werden mit dir sterben. Du läßt mir keine Wahl. Was soll die Geschichte mit deinem offiziellen Tod? Rede, sofort, oder ich werde alles zerstören!«

Gregory seufzte auf, dann befahl er den Männern, den Raum zu verlassen. »Es geht alles nach Plan; aber dieser Engel muß erst das wirkliche Ausmaß von dessen Macht erfahren«, sagte er zu ihnen. »Geht, besetzt eure Terminals, seht zu, daß mein Bruder es bequem hat und sich nicht fürchtet. Alles wird sich herrlich fügen. Wir leben in der Zeit der Wunder. Dieses Wesen, das ihr hier erblickt, ist ein von Gott geschicktes Wunder. Aber sprecht zu niemandem darüber.«

Seine Berater gingen erstaunlich schnell, aber für die Bewaffneten mußte er ein bißchen mehr Überredungskunst aufwenden und ihnen versichern, daß er wußte, was er tat.

Ich schleuderte ihn zurück in seinen Stuhl.

»Du verlogenes Monstrum«, herrschte ich ihn an. »Wie konntest du aller Welt erzählen, ich hätte deine Frau und deine Tochter getötet? Sag mir sofort, wo Nathan ist, sag sofort, was du vorhast!«

Ich begutachtete die Monitore an den Wänden. Sie zeigten verschiedene Zugänge, die Eingangshalle, einige nicht benutzte Aufzüge. Auf den meisten waren nur leere Räume und vorbeilaufende Wachen zu sehen.

Die Weltkarten blinkten mit einer schwindelerregenden Fülle bunter Neonlichter, die Länder rote und gelbe Flächen, und die Adern der Flüsse zogen sich leuchtend hindurch wie der Strahl eines Blitzes. Aber ich hatte keine Zeit, dies alles zu bewundern.

»Hast du es noch nicht erraten, mein kluger Geist?« sagte Gregory. Er sah lächelnd zu mir auf. »Ich bin so froh, dich zu sehen. Was hat dich solange aufgehalten? Ich brauche dich, und die Zeit wird knapp.«

»Ich weiß, du hast mit deinem Bruder etwas vor«, sagte ich, »er soll statt deiner sterben, damit es so aussieht, als seist du von den Toten auferstanden! Das kann man sich leicht ausrechnen, und sechs Uhr ist die Zeit, die du dafür vorgesehen hast. Sechs Uhr oder kurz davor, was heißt das? Ich will deinen Bruder hier, auf der Stelle, sicher in meine Arme schließen, um ihn zu seinen Leuten zurückzubringen.«

»Nein, Asrael, das stimmt doch nicht«, sagte er mit überzeugender Vernünftigkeit, und Zuversicht flammte in ihm auf wie ein Feuer, das niemand ersticken kann. »Setz dich und laß dir erklären, was geschehen wird. Du kannst dir die Schönheit dieses Plans gar nicht vorstellen, und Nathan wird nichts spüren. Er steht jetzt schon unter dem Einfluß von Beruhigungsmitteln und weiß kaum, was ihm geschieht.«

»Na, sicher doch!« sagte ich mit tiefster Verachtung, und in meinem Gedächtnis blitzte etwas auf, eine Erinnerung an Leute, die mir einen Trank gereicht und gesagt hatten: »Du mußt nicht leiden.« Und dabei hatten sie Gold auf meine Haut gestrichen.

»Wenn du mich tötest«, sagte Gregory, »wird das nichts ändern. Der Plan tritt nach meinem Tod in Kraft. Wenn du mich vor sechs Uhr tötest, wirst du höchstens die Zeit bis zum ›Jüngsten Tag‹ verkürzen. Alles ist schon in Gang gesetzt. Nur ich kann das aufhalten. Mich jetzt umzubringen, wäre schlicht und ergreifend dumm.« Er bedeutete mir, mich zu setzen.

»Dieser Raum ist schalldicht isoliert und wird nicht beobachtet«, sagte er. »Alles, was wir hier reden, bleibt ganz unter uns. Und ich möchte deine Aufmerksamkeit und deine Zuneigung.«

»Was ist mit den Soldaten?«

»Oh, ich habe vorhin hier diesen Knopf unter dem Tisch gedrückt. Sie werden nicht wieder auftauchen, aber was ich dir jetzt sage, muß geheim bleiben, vor aller Welt versiegelt. Wenn du diesen Raum verläßt, mußt du einer der Unseren sein. Wir müssen ihn gemeinsam verlassen.«

»Du träumst.«

»Nein, du hast keine Visionen, Geist, hast noch nie eine gehabt.

Du warst zu viele Jahrhunderte ein Sklave. Heute erst, in meiner Zeit, hast du das Ausmaß deiner Kräfte erfahren. Gib es zu. Die Ärzte fanden lebendigen Samen in meiner Frau. Du hast deinen starren, verwirrten Blick verloren, Geist. Lehrte dich meine Frau, ein Mann zu sein?«

Ich schwieg. Aber mein Gefühl sagte mir, daß ich dies hier nicht lösen konnte wie den gordischen Knoten – indem ich Gregory einfach in Stücke schlug.

»Recht hast du«, sagte er. »Nun setz dich und hör mir zu.«

Ich nahm den Stuhl links neben ihm. Er griff nach einer kleinen Fernbedienung mit vielen Knöpfen. Ich legte meine Hand darauf. »Man bedient nur die Monitore damit, sonst nichts. Die meisten sind für die Sicherheit zuständig, nur in zweien ist ein Film zu sehen. Schau, dort oben, direkt über der Weltkarte.« Auf zwei Schirmen erschienen Bilder – nur Sekunden dauernde Standbilder –, die Hungernde zeigten oder Tote, Schlachtfelder, zerbombte Häuser, Abfallberge. Ich merkte, daß diese Bilder ein stetiges Panorama des Geschehens in der ganzen Welt zeigten; auf einem sah man hinter zusammengelaufenen Dorfbewohnern einen Maya-Tempel, auf einem anderen sah ich Ruinen, offensichtlich in Kambodscha.

Gregory betrachtete dies alles beinahe heiter, als habe er meine Gegenwart vergessen oder nehme sie als selbstverständlich hin.

»Versichere mir, daß Nathan nichts geschieht, während wir hier sprechen«, sagte ich.

»Ich versichere es dir«, antwortete er, «bis sechs Uhr wird nichts geschehen, und selbst dann erst auf mein Zeichen hin. Aber du solltest wissen, engelhaftes Wesen, daß du nicht die Macht hast, mit mir zu handeln.«

»Oh?«

Während er sich mir gnädig lächelnd zuwandte, strahlte er erfüllt von angeberischer Glückseligkeit.

»Auf diesen Moment habe ich lange gewartet«, erklärte er, »und nicht auszudenken, daß du mittendrin erscheinst! Ich glaube wirklich, Gott hat dich gesandt als Antwort auf das Opfer, das ich mit Esthers Tod brachte. Ich selbst habe die Ausgewogenheit und das Genie darin nicht auf Anhieb erkannt. Ich opferte Esther, die ich wirklich und ehrlich geliebt habe, und du entsprangst dem sich öffnenden Himmel.« Er schien das vollkommen ernst zu meinen.

»Ich war nicht im Himmel«, sagte ich. »Wo ist Nathan?«

»Zuerst wollen wir doch einmal der Vernunft das Wort erteilen: Solltest du deine Engelsgeduld verlieren und mich töten, löst du damit nur automatisch meinen Plan aus. Wenn du auch nur eine Chance zur Verständigung, zur Zustimmung oder Änderung siehst, brauchst du mich dazu. Also höre mich zu Ende an.«

»In Ordnung«, stimmte ich zu. »Aber du planst doch, Nathan um sechs Uhr zu töten. Das gibst du zumindest zu. Und du könntest es ja schon vorher veranlassen. Aus diesem Grund hast du ihn auch unter deinem Namen in die Klinik geschickt, du brauchtest seine DNA als Beweismaterial und auch die Röntgenbilder seiner Zähne, damit Nathan als du selbst identifiziert werden kann, damit dein Tod bewiesen werden kann, ist es nicht so?«

Er war nicht besonders glücklich, zu hören, wie sehr ich ihn durchschaut hatte.

»Das ist eine sehr plumpe Version dessen, was ich tatsächlich vorhabe«, sagte er. »Aber sieh doch, die ganze Welt steht auf dem Spiel, Asrael, die ganze Welt. Guter Gott, du mußte einfach als mein gottgesandter Zeuge fungieren.«

»Werde nicht romantisch, Gregory, erkläre mir deinen Plan. Du hast irgendwo Unterlagen über die DNA, die du geschickt mit denen von Nathan vertauschst, und diese Dokumente werden deine Existenz bestätigen, wenn du ›wiederauferstehst‹. Eine Menge Leute müssen damit beschäftigt sein, Daten zu löschen und zu verschieben.«

»Deine Intelligenz gefällt mir immer mehr«, lächelte er. »Nun benutze sie auch! Ich tue dies alles für die ganze Welt! Ich tue es für all die, die handeln, wie sie handeln. Und du kannst das Kommende nicht verhindern, merke dir gut, daß du mich brauchen wirst, wenn ›Der Jüngste Tag‹ beginnt, und er wird beginnen – irgendwann um Mitternacht herum. Du wirst mich nur allzusehr brauchen, wie jeder, der lebt und weiterleben möchte. Andernfalls wird ein Unglück dem anderen folgen.«

»Okay, was ist also dieser ›Jüngste Tag‹? Was passiert da? Du wirst Nathan also hinterrücks töten. Was dann? Du erscheinst als von den Toten Auferstandener?«

»In drei Tagen«, gab er zu. »Ist das nicht der Zeitraum, den jener andere Messias auch brauchte?« Er wirkte jetzt kühler.

Drei Tage. Verwischt tauchten gräßliche Bilder vor mir auf – Löwen, ein widerwärtiger Bienenschwarm – Tänze. Ich zitterte, kämpfte dagegen an. Ich sah das Kreuz Christi. Sah alte und neue

Bilder vor mir vom auferstandenen Christus, hörte christliche Worte in Griechisch und Latein.

»Ich will, daß du verstehst, worum es mir geht«, sagte Gregory. »Weißt du, ich habe schon ein paarmal gedacht, daß du wahrscheinlich der einzige bist, der dies alles richtig zu würdigen weiß.«

»Und warum?«

»Asrael, kein lebender Mensch hat meinen Mut. Keiner. Man braucht Mut, um zu töten. Das weißt du. Du kennst den Lauf der Zeit und den Lauf der Welt und warst sicherlich Zeuge von Kriegen, Hungersnöten und Ungerechtigkeiten. Aber laß mich dich warnen. Wenn du mich nicht zu Ende anhörst, wenn du glaubst, mein Tod käme gerade passend, wenn es dir egal ist, was mit unserer Welt geschieht, dann bleibt immer noch die Sache mit den Gebeinen.«

»So?«

»Sie sind in einem Brennofen, hier in diesem Haus, ein Wort von mir genügt und sie schmelzen dahin. Oh, und ich sollte dir die Ergebnisse der Untersuchungen mitteilen, oder nicht?«

»Wenn du Zeit verschwenden willst. Ich hätte lieber mehr über diesen ›Jüngsten Tag‹ gehört.«

»Willst du nicht wissen, was in deinen Knochen ist?«

»Ich weiß, was darin ist. Meine Knochen.«

Er schüttelte den Kopf und lächelte dabei: »Nicht mehr. Die menschlichen Knochen wurden fast vollständig von den Metallen verzehrt, die sie umhüllt haben. Es ist kaum noch etwas von ihnen übriggeblieben. Was meiner Ansicht nach bedeutet, daß, wenn man das Metall erst einmal erhitzt, es mit Leichtigkeit die wenigen Rückstände einäschern und jede Spur des einstigen Menschen auslöschen wird.«

»Das bedeutet es für dich?« Jetzt lächelte ich. »Wie amüsant. Für mich bedeuten deine Testergebnisse etwas völlig anderes. Hast du genug Material für deinen DNA-Zauber gefunden?«

Er schüttelte den Kopf. »Es war so gut wie nichts da.«

»Das sind gute Neuigkeiten. Aber fahre doch fort.«

Er betrachtete mich eindringlich. Dann griff er nach meiner Hand und nahm sie, was ich ihm mehr oder weniger gestattete. Er brachte jetzt seinen ganzen Charme ins Spiel, in der Tiefe seiner Augen leuchtete der Anschein von Größe, und die Ehrlichkeit, die mit Größe einhergeht. Sehr verführerisch. Rachel hatte mich davor gewarnt.

Aber ich verabscheute ihn. Verabscheute ihn schon allein wegen Esther und Nathan so sehr, als ob mir die Welt, die auf dem Spiel stand, nichts bedeutete, oder als ob um sie zu trauern hieße, um jede Ungerechtigkeit zu trauern.

»Asrael, dies ist ein Traum von unvergleichlichem Ausmaß. Er beinhaltet Härte und Tod, aber das beinhaltete auch der Sieg des Alexander. Der des Konstantin. Du weißt, daß es so war. Du weißt, daß Ägypten für zweitausend Jahre in Frieden lebte, weil die Härte und die Bereitschaft zu töten vorhanden waren. Du kennst diese langen friedlichen Jahre oder erinnerst dich an sie. Der Friede des Alexander, und nach ihm kam die Pax Romana.«

»Erkläre mir den Plan.«

Er zeigte auf die große Karte an der Wand, diese Weltkarte mit den vielen bunten stecknadelkopfgroßen Lichtern. Die Pünktchen waren hauptsächlich rot und blau, einige auch gelb. Sie standen in starkem Kontrast zur Helligkeit der Karte, aber jetzt sah ich auch Zeichnungen und Markierungen darauf. Sehr detailliert das Ganze.

»Das sind meine Hauptquartiere in der ganzen Welt«, sagte Gregory. »Das sind meine Tempel, meine sogenannten Feriencenter, meine sogenannten Geschäftshäuser. Flughäfen und Inseln gehören auch dazu.«

»Mein Gott! Warum sucht der Ehrgeiz ausgerechnet einen Mann wie dich heim?« fragte ich. »Denk an das Gute, das du tun könntest, du verdammter moralischer Krüppel!«

Er lachte ein offenes, kindliches Lachen. »Aber das ist es ja, mein taktloser, impulsiver Freund, ich bin ein moralisches Genie!« Dabei zeigte er abermals auf die Karte. »Innerhalb von zwei Stunden, nachdem mein Tod festgestellt worden ist, machen sich meine Leute auf, zwei Drittel der Weltbevölkerung zu vernichten. Und bevor du nun etwas einwendest, laß mich dir erklären, daß das durch ein Filo-Virus geschieht, das wir hier in die perfekte Form gebracht haben und das schon auf alle meine Tempel verteilt worden ist. Unterbrich mich nicht.« Er hob die Hand und fuhr fort.

»Es ist ein Virus, das innerhalb von fünf Minuten oder weniger den Tod bringt. Es hält sich nur so lange in der Luft wie sein Wirt noch atmet, was nicht länger als fünf Minuten der Fall ist. Als erstes bewirkt es, daß das Gehirn nicht mehr klar arbeitet, dann erzeugt es ein friedvolles Hochgefühl.«

Er lächelte sanft, seine Augen verschleierten sich, als lausche er einer großartigen und erhabenen Musik.

»Niemand wird leiden, Asrael, zumindest nicht länger als einige Sekunden. Ach, das ist so perfekt, verglichen mit der entsetzlichen, stümperhaften Dummheit Hitlers, als er die Juden folterte und niederschoß und abschlachtete. Was war er doch für ein rohes, grausames Ungeheuer. Ein Totengräber, ein Lumpensammler, ein Unhold, der mit dem Gold aus den Mündern von Millionen herumklimperte.« Er zuckte die Schultern. »Ah, vielleicht war die Zeit einfach nicht reif. Wir hatten noch nicht die nötige Technologie.«

Dann nahm er den Faden wieder auf: »Das Virus wird zusammen mit einem tödlichen Gas abgeworfen, das innerhalb von vier Stunden wieder verfliegt. Diese Kombination sollte jedes Leben, vor allem das menschliche, in dem jeweiligen Gebiet abtöten. Meine Flugzeuge und Hubschrauber stehen weltweit bereit, um diese Vernichtung durchzuführen. Sie werden so lange über den ausgewählten Landstrichen kreisen, bis alle Menschen ausgelöscht sind. In einigen dicht besiedelten Städten, wie Bagdad und Kairo und Kalkutta, haben wir Fußtruppen organisiert, die das Gas und das Virus durch die Belüftungssysteme in große Gebäude leiten. Einige dieser Leute sind bereit, dabei selbst ihr Leben zu lassen, die andern werden Schutzanzüge tragen.«

»Guter Gott, wie viele Städte, Länder, Menschen hast du im Sinn?«

»Beinahe die ganze Welt, Asrael. Ich sagte es doch. Zwei Drittel der Weltbevölkerung. Du mußt es einfach als eine unvermeidliche Seuche ansehen, meinetwegen eine Seuche, die in Gestalt eines Engels über uns kommt, um den Planeten vom Abschaum zu befreien, wie es durch andere Seuchen schon in der Vergangenheit geschehen ist. Weißt du, was der Schwarze Tod in Europa angerichtet hat?«

»Wie könnte ich das nicht wissen?« Ich dachte an Samuel und die brennenden Häuser Straßburgs.

»Was du nicht weißt, ist, daß Europa ohne die Seuchen heute eine Wüstenei wäre. Du weißt nicht, wieviele Menschen während der Grippe-Epidemie am Anfang unseres Jahrhunderts starben. Du weißt nicht, daß AIDS gewollt ist. Du weißt nicht, daß man Mut braucht, von der Natur zu lernen und sich über sie zu erheben, anstatt mit ihr herumzupfuschen und bei ihrer Zerstörung ein Chaos entstehen zu lassen.«

»Welche Länder sind betroffen? Du meinst Asien?«

»O ja«, antwortete er. »Ganz bestimmt Asien, dann Vorderasien; alle Völker dort werden vom Angesicht der Erde gewischt. Auch das nördliche Rußland. Nur der kleine Ostteil soll verschont bleiben, und selbst das habe ich noch nicht endgültig entschieden. Und Japan wird es auch nicht mehr geben.«

Er hätte am liebsten das Luftholen eingestellt, er redete ohne Unterbrechung und aufgeregt weiter.

»Du bist noch nicht lange genug in unserer Zeit, um die Logik dieser Sache zu begreifen. Als erstes werden die bewohnten Gebiete des afrikanischen Kontinents ausgelöscht. Denk doch nur, Afrika von Menschen zu befreien. Unsere Ziele sind die Dörfer, alle Regionen, in denen Menschen leben. Nur die Tiere überleben, die weit entfernt von bevölkerten Gebieten leben. Das Ganze ist brillant. Weißt du, das Virus wird sowieso kaum Tiere angreifen, und das Gas verfliegt so schnell, daß den meisten Tieren nichts geschehen wird. Es ist ein so komplexer Plan. Er besteht aus verschiedenen Stufen. Aber wir haben alles getan, um Panik, Schmerzen und Wissen um die Dinge bei den Betroffenen auszuschließen. Sie werden nicht leiden, nein, sie werden nicht die fürchterliche Todesangst erleben wie unsere Eltern und andere in den deutschen Lagern. Das war abscheulich, unmenschlich.«

Ich unterbrach ihn nicht. Aber, Jonathan, du kannst dir vorstellen, welche Gefühle ich in dem Moment hegte. Panik stieg in mir auf, aber etwas, das härter war, überwand diese Panik: meine Entschlossenheit, daß dieser Wahnsinn nicht geschehen durfte! Auf keinen Fall geschehen durfte!

Ich maskierte meine Gefühle: »Deine Visionen sind wahrhaft riesig, Gregory.«

Mit hingerissenem Enthusiasmus fuhr er fort: »In Indien und Pakistan wird jedes Leben ausgelöscht werden, selbst in Nepal, bis in die höchsten Berge hinauf. Natürlich wird auch Israel vernichtet werden, da Palästina nicht weiter existieren darf, dann der Irak und der Iran – dieses ganze Gebiet, die Armenier, die Türken, die Griechen, der Balkan, wo immer noch der Krieg tobt, Saudi Arabien, der Jemen ...«

»Also das, was du die Dritte Welt nennst«, sagte ich. »Die arme Welt. Die meinst du.«

»Ich meine die Welt, die tödlich erkrankt ist, immerzu im Krieg liegt und den Hunger hofiert und uns andere mit sich in den Abgrund zieht. Die weiten, unrettbar verlorenen Gebiete, die schon Alexander nicht zum Heil führen konnte, noch Rom oder Konstantin oder der Präsident unseres Landes, noch die Vereinten Nationen oder all die anderen gutherzigen liberalen, herumfummelnden Friedensmacher unserer Tage, die nichts anderes tun, als den Massakern vorzusitzen.«

Er seufzte.

»Ja«, sagte er dann. »Diese Krankheit loszuwerden, diese unkontrollierbare, unheilbare Krankheit, das ist absolut notwendig. Sie alle werden sterben. Morgen um Mitternacht werden fast alle tot sein. Die Tempel werden allerdings für einen weiteren Gasangriff bereitstehen. Unsere Lastwagen, die Flugzeuge und Hubschrauber, sie sind als Rote-Kreuz-Fahrzeuge getarnt und unsere Helfer auch. Wer sie sieht, wird denken, sie kommen, um zu helfen, die Leute werden zu ihnen laufen und um Schutz und Hilfe bitten, und man wird sie schmerzlos und, ohne daß sie Angst empfinden, töten. Das wird hervorragend funktionieren. Nach unseren Schätzungen wird Kairo innerhalb von zwei Stunden eine tote Stadt sein. In Kalkutta wird es etwas länger dauern.« Sein Blick wurde traurig, als er nun weitersprach: »Der dritte Tag wird sicherlich am schlimmsten, denn dann müssen wir die jagen, die bis dahin irgendwie überlebt haben, das wird schwierig werden. Denn die Leute werden jetzt Angst haben. Doch lange wird es nicht währen. Wir werden vielleicht Schußwaffen oder sogar Bomben einsetzen müssen, doch wir hoffen, daß sich das vermeiden läßt. Wenn der dritte Tag vorbei ist, haben wir die Vision einer wunderschönen und schweigenden Welt.« Er legte seine warme Hand mit festem Druck auf die meine, seine Augen glühten.

»Stell dir nur vor, Asrael, der ganze afrikanische Kontinent unbelebt und still, die herrlichen Pyramiden stehen schweigend, der Smog und Dreck Kairos sind zu Boden gesunken wie Sand. Stell dir Zaire vor, in dem nun keine Epidemien und schrecklichen Viren mehr lauern, um uns alle zu vernichten. Stell dir vor, wie die Hungernden in einen ewigen, schweigenden Schlaf sinken. Stell dir vor, wie die großen Regenwälder endlich wieder ungehindert wachsen dürfen, der dichte Dschungel wieder ohne menschlichen Eingriff blühen kann, die wilden Tiere sich wieder vermehren dürfen, wie Gott es für sie vorgesehen hatte.

Ach, Asrael, mein Traum ist der gleiche große Traum, den Jahwe träumte, als er Noah befahl, die Arche zu bauen. Ich habe sogar dafür gesorgt, daß aussterbende Arten in Sicherheit gebracht werden. Und hochtalentierte Genies und Wissenschaftler habe ich hierher gelockt, damit sie hier bei uns sicher sind, wenn der Tod über ihre Landsleute kommt. Dies hier, dieses Land, ist meine Arche. Aber der Rest muß sterben. Es gibt absolut keinen eleganten oder schönen oder gnädigen Ausweg aus dem momentanen Zustand der Welt.«

»Du sagst, Israel wird vernichtet. Du würdest das deinem eigenen Volk antun?«

»Es muß sein, daran geht kein Weg vorbei. Außerdem ... Über die heiligen Stätten sollte sich endlich Frieden und Stille senken. Aber siehst du denn nicht, daß viele Juden hier in Amerika überleben werden? Die Vereinigten Staaten und Kanada werden gänzlich verschont bleiben. Keiner in diesen Ländern wird betroffen sein. Die Angriffe auf diesen Kontinent werden den Süden treffen – Mexiko, Südamerika, die Karibik. All diese Inseln werden wieder friedlich daliegen, die Poinsettia wird in tiefem Rot erglühen und die Palmen wiegen sich im Wind.

Hier in unserem Land und in Kanada werden alle überleben. Das Virus stirbt schnell ab. Wir haben Formeln gefunden, die sich von den verschiedenen Erscheinungsformen des Ebola-Virus ableiten. Und das Gas ist flüchtig, wie gesagt. Seine Moleküle spalten sich vollständig auf. Du weißt gar nicht, welche Anstrengungen wir unternommen haben, um unsere Formeln zu perfektionieren, damit sie Pferde und Vieh nicht angreifen. Du weißt nicht, wie sehr wir geschuftet haben, damit dies alles so gnädig wie möglich für die Opfer abläuft.

Er schüttelte leicht den Kopf, seufzte und sprach dann weiter: »Im Dschungel des Amazonas werden die Dörfer vernichtet, das sind jedoch nur wenige Punkte, und das Tierleben der Wildnis wird sich generell wieder entwickeln. Dieses intelligente Gift kann ihm nichts anhaben. Asrael, kannst du dir überhaupt vorstellen, was für Genies für mich arbeiten? Das sind Männer, die zuvor jahrelang für Regierungsprogramme in Sachen biologischer Kriegsführung geforscht haben, Männer, die über Dinge Bescheid wissen, von denen du und ich keine Ahnung haben.«

»Und Europa?« fragte ich. »Du vernichtest Kleinasien? Du vernichtest die Balkanländer? Und was wird aus Europa?«

»Nun, das ist unser größtes Problem, strategisch gesehen. Denn wir müssen die Deutschen auslöschen, das muß schon allein wegen der Dinge geschehen, die Hitler den Juden angetan hat. Die Deutschen müssen vernichtet werden. Unbedingt. Alle. Bis zum letzten.

Aber alle anderen europäischen Länder sollen verschont bleiben. Außer Spanien. Ich mag die Spanier einfach nicht, und in Spanien gab es auch zu starke moslemische Einflüsse. Aber bei der Exekution der Deutschen werden wir sehr im Geheimen vorgehen müssen, wir werden mehr Fußtruppen einsetzen als irgendwo sonst, und es mag dann ein paar unvermeidliche Zwischenfälle geben, bei denen auch Engländer oder Franzosen betroffen sind, besonders die, die dort gerade auf Reisen unterwegs sind.«

Er stand auf und trat an die Weltkarte. »Es ist alles vorbereitet, alles an Ort und Stelle. Die letzten Chemikalien sind schon verschifft worden; was noch hier im Gebäude ist, können wir brauchen, wenn wir hier angegriffen werden sollten. Wir können bestimmte Abteilungen versiegeln und die eingedrungene Polizei und Behördenmitglieder vergasen.

Natürlich ist dir klar, daß wir die einzigen sein werden, die aus den zum Tode verurteilten Gebieten noch Nachrichten senden können. Unsere Nachrichten werden die einzigen sein, die man hier in den Vereinigten Staaten empfangen kann. Dadurch haben wir den Vorteil, diese humane Seuche selbst zu schildern. Die poetischen Abhandlungen, die wirklich der Verewigung wert sind, sind schon von uns geschrieben, ähnlich dem Bericht von der Schlacht des Darius, der in Fels gehauen wurde.«

Er deutete auf diverse Monitore, die Bilder von langen Korridoren und leeren Räumen und Aufzugkabinen zeigten. »Das sind alles tödliche Fallen. Wir haben hier eine Burg.«

»Am dritten Tag«, fuhr er fort, »wenn die Vereinigten Staaten noch in bestürzter Trauer den Rest der Welt beklagen – und heimlich vor Erleichterung seufzen, daß ihnen die Seuche erspart geblieben ist –, werde ich von den Toten auferstehen und berichten, was ich von diesem weltweiten Sterben gesehen habe, und daß dies alles unvermeidlich und der Wille Gottes war. Alle Mitglieder meines Tempels sind darauf vorbereitet, politische Führungspositionen einzunehmen.«

»Wissen sie, daß das Ganze nur ein Schwindel ist?« wollte ich wissen. »Wissen denn deine blöden Anhänger, daß es Nathan ist, dein Bruder, der stirbt?«

Er lächelte nachsichtig, drehte der Karte den Rücken zu und verschränkte die Arme über der Brust.

»Du hast ihn doch in die Klinik gelockt, um von ihm die DNA zu entnehmen, die deinen Tod bestätigen soll«, sagte ich. »Wieviele Leute wissen denn von dem Betrug? Wieviele Leute sind darin verwickelt, damit die DNA-Aufzeichnungen im richtigen Augenblick vertauscht werden können und so deine Auferstehung bestätigen?«

»Von den Leuten in Schlüsselpositionen wissen einige Bescheid. Natürlich weiß die große Masse meiner Anhänger nichts. Sie wissen nur, wer ich bin, und wenn ich erscheine, wissen sie eben, es ist Gregory. Die Verantwortung für all dies nehme ich auf meine Schultern. Ich nehme die Schuld für den Massenmord auf mich, und auch die Bürde eines neuen Mythos', der von meiner Reise in die Hölle und zurück berichtet. Ich bin der neue Messias. Ich bin der Gesalbte. Und ich habe meine Geheimnisse, wie Jahwe seine Geheimnisse hatte.«

Er mußte eine Pause einlegen, um sich zu beruhigen, denn seine Augen waren von der heftigen Gemütsbewegung feucht geworden. »Du bist schön, Asrael. Ich brauche dich. Du wurdest ausgesandt, um an meiner Seite zu sein. Ganz gewiß.«

»Erzähle mir mehr von dem Plan!« verlangte ich. »Sag, wer weiß von ihm?«

»Nur ein paar Leute hier wissen, daß mein Tod und die Auferstehung ein Trick sind. War es damals, beim ersten Mal nicht auch so?«

»Beim ersten Mal?« flüsterte ich. »Wann war denn das erste Mal? Sprichst du vom Kalvarienberg? Meinst du das?«

»Selbst die Leute, die das Gas über Indien verteilen, wissen nicht genau, was es anrichtet. Nur die Führungskräfte wissen das. Wir haben die Informationen gestaffelt. Meine Welt besteht aus Zeloten, die bereit sind, für mich zu sterben, verstehst du nicht? Für mich und für eine neue Welt zu sterben! Nun höre mir endlich zu. Höre mich an!

Stelle dir nur die Erleichterung vor, die umgehen wird, wenn die Menschen das ganze Ausmaß des Geschehens erkennen! Das meine ich wirklich. Denk an die Erleichterung, die alle intelligenten Amerikaner und Europäer, alle Menschen der westlichen Welt, oder wie du sie nennen willst, fühlen werden!«

Er setzte sich wieder und beugte sich zu mir. »Asrael, die Leute werden sich vor Freude nicht mehr zu fassen wissen, wenn das große Sterben vorbei ist. Sie werden jubeln! Nur der Westen mit all seinen Ressourcen und Reichtümern hat überlebt, sonst nichts. Armut, Krankheiten, Stammesfehden, es gibt sie nicht mehr. Sie sind weg, verschwunden! Die Erde ist frei von ihnen. Ein neuer Anfang!

Wir, der ›Tempel vom Geiste Gottes‹, werden alles in die Hand nehmen. Wir sind gegenüber denen in Washington, die sich uns unter Umständen widersetzen wollen, in der Überzahl. Und an anderen Orten werden wir erst recht keine Schwierigkeiten haben. Wir wissen, was geschehen wird! Wir haben die Erfahrung. Wir werden über Funk und Fernsehen verkünden, daß der Wille Gottes geschehen sei und daß die Erde nun ein Ort des Friedens sei, befreit von den Millionen von Menschen, die über sie krochen wie Termiten, wie Parasiten.«

»Und du glaubst, der Präsident dieses Landes wird deinem Wort folgen?«

»Nun, möglicherweise müssen wir ihn töten. Aber wir geben ihm wenigstens eine Chance. Im Moment finde ich, er ist ein brillanter Politiker und sehr ansehnlich. Aber die Tempelbrüder in Washington stehen bereit. Dreitausend von ihnen sind in der Umgebung des Weißen Hauses und dem nicht weit entfernten Pentagon stationiert. Ich nehme an, du weißt, daß das die wichtigsten Gebäude sind. Wenn es notwendig wird, können wir die gesamte Bevölkerung Washingtons mit Gas auslöschen. Ich habe schon Todesqualen deswegen ausgestanden, weil ich eigentlich der Ansicht bin, man sollte das seinem eigenen Volk nicht antun.«

»Wie barmherzig du doch bist!«

»Nein, nur weise. Wir möchten, daß die Regierung einsieht, daß der Prophet Gregory sie, dem Willen Gottes entsprechend, verschont hat, damit sie helfen, eine neue, gerechte Weltordnung aufzubauen. Wir werden dem Präsidenten und dem Kongreß Zeit lassen, sich diese leeren Kontinente vor Augen zu führen, in denen die Lilien auf dem Felde wieder in ihrer ganzen Schönheit blühen dürfen.«

Er blickte mich beschwörend an, sichtlich und wahrhaft bewegt. Er bebte, und das nicht, weil er sich fürchtete, sondern vor Erwartung.

»Verstehst du nicht, mein Freund?« fragte er. »Es ist doch genau das, was alle wollen. Wenn man am Abend den Fernseher einschaltet und den Krieg auf dem Balkan sieht, überkommt einen Verzweiflung. Nun, es wird bald keinen Krieg mehr geben. Bosnier und Serben werden gleichermaßen tot sein.

Stelle dir vor, man muß sich nie wieder wegen der Millionen zerlumpter Menschen Gedanken machen, nie wieder Hunger, Überschwemmungen, Katastrophen in Indien. Vorbei das alles. Alle die herrlichen Städte und Tempel jungfräulich und bereit, aufs neue erweckt zu werden. Es will doch niemand mehr etwas hören von dummem Völkermord im Irak oder Straßenschlachten in Tel Aviv oder Massakern in Kambodscha. Wir sind es doch leid, den Kämpfen in der Dritten Welt zuzuschauen, während wir machtlos daneben stehen, kastriert von unserer eigenen Überlegenheit und unseren verfeinerten Werten.

Jeder will doch eigentlich das, was wir tun werden!

Genau das hätte Alexander getan! Oder Konstantin! Aber außer mir hatte niemand die Mittel, den Nerv, die Weisheit oder den Mut dazu! Ich allein werde das vollbringen! Ich werde zuschlagen, wie der Pharao es tat, als er über die kam, die ins Tal des Nils eindrangen.«

Ich sagte nichts. In meinem Kopf raste die Zeit. Sechs Uhr oder vorher. Wie spät war es jetzt?

Gregory fuhr fort: »Du mußt überlegen, du mußt gründlich überlegen. Stelle es dir nur einmal vor: der Dschungel Indochinas mit den herrlichen Ruinen – und alle kriegführenden Völker sind verschwunden! Stell dir die Majestät einer Stadt wie Berlin vor, ihre Reichtümer. Deutschland ist ja so reich an Schätzen aller Art. Und die, denen die Deutschen im letzten Krieg so viel angetan haben, werden froh sein, daß Deutschland nicht mehr existiert!

All die Völker, die wir nun vernichten, haben es sich selbst zuzuschreiben! Und ich wurde geboren, es zu tun, du bist der Beweis dafür.«

»Wie kannst du dir dessen so sicher sein?« fragte ich. »Läßt dich meine Gegenwart nicht einmal für eine Sekunde innehalten?«

»Nein. Nicht, wenn ich mir die Welt vorstelle, wie sie nach dem ›Jüngsten Tag‹ sein wird. Das Paradies. Die Erde lieblich und ruhig, Gras wächst allenthalben, und die westlichen Völker gerettet, um ganz von vorn zu beginnen, zu bewahren, Nationen wieder aufzubauen, ohne daß das Chaos der Vergangenheit sich abermals entwikkeln kann. Amerika wird diese friedliche, schöne Welt kolonialisieren. Unter meiner Führung. Wenn die jetzige Regierung behilflich ist, ist es gut. Wir brauchen Hilfe. Wenn nicht, übernehmen wir die Regierung.«

»Und die Menschen in diesem Land, glaubst du, sie werden dich gewähren lassen?«

»Vertraue mir, sie werden sehr glücklich sein, wenn sie es erst einmal klar erkannt haben, wenn sie wissen, daß alles Alte vergangen ist, wenn sie erst wissen, daß sie in einer Welt leben, die aufs neue ihre natürlichen Ressourcen zur Verfügung stellt, eine Welt voller Überfluß, mit schönen Monumenten und fruchtbaren, großartigen Flecken, die man kolonialisieren kann. Selbst unsere Afro-Amerikaner hier im Land werden glücklich sein, weil sie sich nicht mehr um Afrika sorgen müssen. Die in Amerika, die einer Minorität angehören, werden ja verschont. Und es gibt kein Volk, keine Rasse auf der Welt, die nicht in Amerika vertreten ist. Dieses Land ist die Arche Noah! Arbeite mit mir zusammen! Sie werden uns anbeten! Sie werden den auferstandenen Messias anbeten, und endlich kann er seine chassidischen Wurzeln enthüllen, und man wird alles niederschreiben und festhalten. Dies wird der Wendepunkt in der Geschichte der Menschheit!«

Ich ließ ihn einfach reden: Er war so sehr mit sich selbst beschäftigt, nichts konnte ihn aufhalten, dies war seine große Stunde.

»Asrael, wenn du nur wüßtest, wie sehr wir immer wieder versucht haben, diesen armen Nationen zu helfen. Du müßtest die Zustände in Bagdad und Israel gesehen haben. Du weißt nicht, wie katastrophal der Stand der Dinge ist.

In der ersten Hälfte dieses Jahrhunderts hatten wir wahnsinnige Faschisten wie Hitler und Mussolini, Franco und Stalin. Wir haben gesehen, wie ihre plumpen, unfeinen Methoden versagten und Europa in den Abgrund stürzte. Solche Männer hat der Westen nicht wieder hervorgebracht. Nicht ein einziger westlicher Führer hat mehr die klare Sicht Francos. Man muß in so arme, zerlumpte Orte wie Bagdad gehen, um einen kleinen Diktator, Saddam Hussein, zu finden, oder auf den Balkan, wo sich die Menschen im blutigen Kampf aller gegen alle ineinander verkrallen. Selbst Rußland hat keinen neuen Stalin oder Lenin oder Peter den Großen.«

»Und die sind in deinen Augen große Männer?« wollte ich wissen. »Die hältst du für bedeutend?«

»Nein, sie waren schlecht. Sie verbreiteten Leid und vernichteten, nebenbei gesagt, Millionen Menschen. Du brauchst gar nicht zu glauben, daß Stalin weniger Menschen in den Tod trieb als Hitler. Sie alle töteten unaufhörlich. Doch auf eine rohe, sadistische, widerlich primitive Art. Ich halte sie nicht für groß.

Der Westen wird aber heute von Leuten geführt, die in ihre eigene

Falle aus Gewissen und Wohltätigkeiten gegangen sind. Sie wissen, sie müßten Irak und Iran eigentlich mit Bomben von der Landkarte fegen, aber keiner hat den Mut dazu! Jeder weiß, daß Afrika eine Brutstätte für Seuchen ist, die die ganze Welt vernichten könnten. Aber keiner hat den Mut, die Bevölkerung auszulöschen.«

»Und hier? Was ist mit den Armen und Zerlumpten in diesem Land?«

»Wir sitzen in der Arche, ich sagte es. In der Neuen Welt, die ich erschaffe, wird dem kleinen Anteil derer, denen bisher nicht zu helfen war, eine neue Chance gegeben. Oder sie werden exekutiert. Sie werden kein Problem darstellen. Das ist ein Nichts. Sie sind von untergeordneter Bedeutung, die Probleme, die sich hier in diesem Land für uns ergeben.

Das ist doch so wunderbar! Amerika, und gerade New York, ist bevölkert von Menschen aller Rassen. Und sie können mit uns diese Neue Welt aufbauen. Sollten einige aus Sympathie mit ihrem verlorenen Land rebellieren, werden wir sie töten. Aber wir haben uns nicht gegen eine bestimmte Rasse, einen bestimmten Stamm gewandt, und in diesem sicheren Hafen hier können wir die Übriggebliebenen aller Völker schützen.

Und denke daran, unsere mit Hilfe des Fernsehens geführte Kampagne kann überall empfangen werden. Wir haben alles ausgearbeitet. Die Berichte, die über die schrecklichen Todesfälle ausgestrahlt werden, unterliegen unserer Kontrolle. Der Präsident und seine Armee sind vollkommen hilflos. Es wird keine Überseeverbindungen mehr geben, keine Verbündeten. Nur noch den ›Tempel vom Geiste Gottes‹.«

»Und während dieses ›Jüngsten Gerichts‹ wird unter den Menschen hier Panik ausbrechen«, sagte ich, »denn die Menschen werden glauben, daß auch sie kurz vor der Vernichtung stehen. Die Panik, die Angst vor der Seuche, wird ganz Amerika erfassen.«

»Ja, gewiß, aber sie werden bald merken, daß sie zu den Gesegneten gehören. Und inzwischen bin ich dann von den Toten auferstanden und habe die Vision von einer Neuen Welt mitgebracht. Sie werden erfahren, daß diese Dinge durch Gottes Willen geschahen, daß Gott den ›Tempel vom Geiste Gottes‹ als sein Instrument einsetzte. Und ich habe unter den Toten geweilt! Glaube mir, wenn das hier vorbei ist, wird der ›Tempel vom Geiste Gottes‹ die einzige auf der ganzen Welt noch funktionierende Institution sein, und Widerstand gegen uns kann ganz leicht abgewehrt werden. Wir haben alles geplant, wir haben unsere Führer, wir haben die Fernsehstationen, wir haben alles im Griff.

Nathan muß an meiner Stelle sterben, um sechs Uhr, und sollte ich vorher sterben, sollte mir etwas zustoßen, wenn ich das Zeichen gebe, setzt der Prozeß zur Zerstörung der Welt automatisch ein. Und ich habe tausend Möglichkeiten, dieses Zeichen zu geben.«

»Und welche zum Beispiel?«

»Wie bitte?«

»Was, wenn ich dich einfach auf der Stelle umbringe, Nathan rette und deinen Plan enthülle?«

»Das geht nicht. Machst du dir nicht klar, daß an allen Türen Kämpfer stehen? Und die Gebeine, erinnere dich, ich habe befohlen, daß sie die Gebeine verbrennen, wenn du dich gegen uns wendest. Das wäre das Ende deiner Existenz.«

»Und wenn nicht?«

»Was kannst du denn tun? Du kannst nicht alle meine Leute aufhalten, du kannst nicht einmal dieses Gebäude unseren Feinden ausliefern. Wir haben es vollkommen unter Kontrolle. Siehst du das nicht? Auch du kannst nur an einer Stelle sein, Geist oder nicht Geist, auch deine Fähigkeiten haben ihre Grenzen. Als Rachel hinter deinem Rükken Selbstmord beging, hast du es nicht einmal gemerkt!«

»Und du glaubst, daß ich dich einfach gewähren lasse«, sagte ich. »Du glaubst, ich werde nicht versuchen, dich aufzuhalten. Du glaubst, ich sei ein Mitverschwörer in eurem scheußlichen Plan. Du reihst dich bei den falschen Führern ein. Kyros erlangte seine Macht, indem er die Religionen seines großen Reiches tolerierte. Alexander brachte Asien den Hellenismus, er vermählte Asien mit Griechenland. Auch die Pax Romana war eine Zeit der Toleranz. Und du Stück Dreck willst nicht sehen, daß du dich zu den Schlächtern gesellst!«

Ich konnte mein Temperament nicht mehr im Zaum halten. Gregory sah verletzt aus, tief verletzt, aber noch mehr als das, enttäuscht und traurig, ein Mann, der wirklich betroffen war.

Und ich fuhr fort: »Du gesellst dich zu Attila, dem Hunnen, zu Tamerlan, der aus den Leibern der Besiegten Mauern aufschichtete. Du gesellst dich wahrhaftig zum Schwarzen Tod, zu Ebola und AIDS. Du bist die Zerstörung selbst.«

Er machte mit den Händen eine verneinende Geste und hob sie dann an sein Gesicht.

»Asrael, bemühe dich doch, die Schönheit, das Ebenmaß in diesem Plan zu verstehen. Das Ausmaß des Ganzen. Es ist das, was die Welt heute braucht, es ist das einzige, das unsere Welt noch retten kann. Immer schon wurden Völker vernichtet, um anderen Völkern Platz zu machen. Die Indianer Amerikas wurden zerrieben, damit diese große Nation aufblühen konnte. Muß ich dich erinnern, was Jahwe Josua und Saul und David befahl? Nämlich, daß sie ihre Feinde auslöschen sollten bis zum letzten Mann, Weib, Kind!

Asrael, verstehst du nicht, daß man dazu Mut und einen glänzenden Verstand benötigt? Unglaublichen Mut sogar. Und den habe ich. Ich habe den Mut und die Mittel und ich kann es bewerkstelligen. Ich kann auch die Verdammung ertragen und den Aufschrei der Entrüstung. Ich habe die Vision!«

Er stand abermals auf und trat vor die Weltkarte, ganz in Gedanken.

»Weißt du, was ich glaube? Wenn es erst einmal begonnen hat, wirst auch du die Größe meiner Vision verstehen.«

»Es wird gar nicht erst beginnen!« erklärte ich. Ich stand auf.

Im Zentrum der Karte leuchtete ein kleiner Stern. Ich sah ihn zu spät. Weiß und geformt wie der Stern der Magier oder der Davidstern, dem im Laufe der Jahrhunderte ein immer tieferer Sinn zugemessen wurde. Gregory betrachtete ihn liebevoll.

Zu spät bemerkte ich, daß er ihn gedrückt hatte! Der Stern war ein Signalknopf. Er hatte damit etwas ausgelöst!

»Was hast du gemacht?« herrschte ich ihn an.

»Lediglich Nathan in den Tod geschickt. Er ist angekleidet und bereit. In fünf Minuten wird er unten vor dem Haus von Attentätern angegriffen werden. Die Zeit bleibt dir noch, um von mir Lehren anzunehmen, und Gott gebe, du tust es und wirst mein Helfer.«

Ich stand auf, sprachlos. »Mein Gott!« flehte ich entsetzt.

»Was willst du nun tun? Hier bleiben? Mich töten? Nathan retten? Nathan ist schon im Aufzug. Da, schau auf den Monitor. Siehst du?«

Ja, ich sah es. Hoch oben in einer entfernten Ecke erschien ein verwischtes Bild Nathans, nun wahrhaft identisch mit Gregory. Sein Bart und die Schläfenlocken waren verschwunden; Männer rechts und links von ihm hielten ihn aufrecht. Er trug auch Gregorys Kleider. Ich konnte sogar die leichte Ausbuchtung in der Tasche seines Jacketts sehen, dort, wo Gregory seine Waffe zu tragen pflegte. Zu meinem Entsetzen stellte ich fest, daß sich nun die Türen des Aufzugs in der Eingangshalle öffneten und die Gestalten auf dem Weg zur Tür nach draußen waren, der Menschenmenge entgegen.

»Du kannst nichts mehr machen, Asrael. Du bist ins Leben zurückgekehrt, damit du mein Bote seist. Wenn du mich jetzt tötest, tötest du den einzigen Mann, den du möglicherweise überreden könntest, dies alles schnell wieder zu stoppen. Natürlich bin ich nicht dazu bereit, aber wenn du mich tötest, machst du es damit zu einem *Fait accompli*, wie wir so schön sagen. Du brauchst mich. Das weißt du. Du brauchst mich dringend.«

In meiner Verzweiflung beschwor ich die Erde, mir Eisen zu bringen, befahl den Partikeln, die ich benötigte, zu mir zu kommen und hielt daraufhin sofort zwei Nägel in der Hand. Ich versetzte Gregory einen Stoß, so daß er gegen die Karte flog, riß ihn aber sogleich wieder weg und schleuderte ihn gegen die Wand, damit er nicht noch weitere Knöpfe auf der Karte drücken konnte.

Ich trieb die Nägel durch seine Hände. Er zuckte heftig zusammen, aber er schrie nicht auf.

»Du Dummkopf«, sagte er. Er schloß die Augen, als koste er den Schmerz aus. Doch dann stieg Wut in ihm hoch.

»Nun, du wolltest doch der Messias sein, nicht wahr?« sagte ich.

Er knurrte ein paar Flüche, wand sich, doch er blieb mit den Händen an die Wand genagelt.

Auf dem Monitor sah ich den falschen Gregory, den verkleideten Nathan, vor die Menge treten.

Ich löste mich auf und transportierte mich unter Aufbietung all meiner Kräfte unsichtbar zu ihm.

Ich stand im Begriff, mich aufzulösen, als ich das Krachen der Gewehrschüsse hörte. Ich hörte, wie die Kugeln den unschuldigen Nathan zerfetzten. Ich hörte die Schreie, die von der Straße aufstiegen.

24

Nathan lag in seinem Blut, seine Augen starrten verständnislos in den hellen Sommerhimmel, während die Menge in Panik ausbrach: Die Attentäter waren vom Mob eingefangen worden. Sirenen heulten und die Tempelbrüder jammerten lauthals.

Ich schaute auf den Körper Nathans nieder, sah die Verwirrung in seinen dunklen Augen. Erinnerungen schwemmten über mich hinweg, drohten mich der Gegenwart zu entreißen.

Dann merkte ich plötzlich, daß sich meine ganze Umgebung verändert hatte. Die Häuser standen wie in Nebel gehüllt, die Menschenmenge war verschwunden. Und vor mir ragten die schimmernden unverwechselbaren Stufen zum Himmelreich empor.

Ich sage dir, mit meinen eigenen Augen sah ich ein Licht, so unbeschreiblich, wie es seit Urzeiten behauptet wurde. Ich sah ein Licht, das Wärme und Liebe und Einsicht ausstrahlte, und es floß in mich hinein, in meine unsichtbare Gestalt, und berührte mich in meinem tiefsten Inneren. Und ich sah Nathan langsam diese Stufen erklimmen.

An ihrem Ende erschienen Rachel und Esther. Auch andere sah ich dort, die ich nicht kannte, und plötzlich bemerkte ich, trotz aller blendenden, wunderbaren Helligkeit, daß sie Nathan erklärten, er müsse zurückgehen, er könne nicht sterben, er müsse wieder hinabsteigen.

Gehorsam drehte Nathan sich um, aber er begann zu weinen; er weinte und weinte, die Hände vor dem Gesicht. Er hatte nun wieder sein chassidisches Aussehen, den Bart und die Schläfenlocken, die man ihm genommen hatte, und den schwarzen Hut. Aber er war ein Geist, der dabei war, in seinen verwüsteten Körper zurückzukehren, der am Boden lag und dessen Herz schon aufgehört hatte zu schlagen.

Plötzlich rief Rachel mich an und ich fand mich die Stufen emporeilend. Nichts hinderte mich. Ich war auf den Stufen, Jonathan, ehrlich, ich war auf den goldenen Stufen und dort oben standen sie, ich sah sie alle, nicht nur Rachel und Esther, sondern meinen Vater, und Zurvan, meinen ersten Lehrer, und Samuel und noch viele andere mehr. Ich sah sie, und wie durch einen Blitzschlag erlangte ich mein Gedächtnis zurück. Mein Leben rollte an meinem geistigen Auge vorüber, von meiner Jugend und Unschuld bis hin zu dem Schrecken meiner Ermordung, wobei ich jede einzelne Person und die Rolle, die sie dabei gespielt hatte, erkannte, und nun fielen mir auch die Lehren Zurvans wieder ein, und alles, was ich je getan hatte, ob gut oder böse.

Ich war fast am Ende der Stufen angelangt, wo Nathan mich erstaunt anschaute. Rachel trat vor.

»Asrael«, sagte sie, »gehe du zurück, fahre in Nathans Körper. Asrael, Nathan ist nicht stark genug, um gegen Gregory zu kämpfen, doch du bist es. Du kannst den Körper lebendig erhalten! Asrael, ich bitte dich.«

Nathan wandte sich mir zu; er war Gregory so ähnlich und doch so rein und klar und von Liebe erfüllt, nichts als Liebe. Forschend sah er die oben auf den Stufen Versammelten an, die nur ein paar Fuß entfernt standen, dort, wo schon der Garten begann und sich das Licht in grenzenloser Helligkeit ausbreitete.

»Meint ihr, ich könnte bei euch bleiben?« fragend schaute er sie alle an, Rachel, Esther, einige Chassidim, die ich nicht kannte, Älteste, und auch meine Eltern waren da!

Ich wollte mich meinem Vater in die Arme werfen. »Können wir denn nicht beide kommen?« rief ich. »Bitte, Vater!«

Und dann nahm Zurvan das Wort: »Asrael, du mußt in jenen Körper zurückkehren und ihn soweit bringen, daß er aufrecht steht. Selbst wenn es bedeutet, daß du dich nie wieder daraus befreien kannst. Du mußt es tun.«

»Asrael, bitte«, sagte auch meine schöne Esther, »bitte, du weißt, daß Gregory nur Schlechtes im Sinn hat. Nur ein Engel Gottes kann ihn aufhalten.«

Mein Vater weinte, wie er damals, vor vielen tausend Jahren geweint hatte. »Mein Sohn, ich liebe dich, doch sie brauchen dich so dringend. Sie brauchen dich, Asrael! Nur wenn dieser zerstörte Körper sich noch einmal aufrichtet, kann die Verschwörung aufgedeckt werden!«

Die Vernunft dieser Worte wurde mit blitzartig klar. Ich verstand, was sie meinten. Nur wenn ich diesen Anschlag durchkreuzte und die Kameras auf mich lenkte, konnte ich die Welt warnen, das war die einzige Möglichkeit.

Ich wandte mich ihnen zu und nickte. »Geh mit Gott, Nathan!« weinte ich, und hinter mir klangen ihre liebevollen Stimmen auf, die mir dankten und für mich beteten.

Dann stürzten sich mit einemmal von allen Seiten die unzufriedenen Geister auf mich, zerrten und zogen an mir, ihre Gesichter von Haß verzerrt, Dutzende meiner früheren Gebieter, die ich längst vergessen hatte, Männer, für die ich Böses getan hatte.

»Warum dies?«

»Warum solltest du es tun?«

»Laß den Wahnsinnigen doch die Welt zerstören.«

»Was geht es dich an?« wollte der Magier aus Paris wissen.

»Sie benutzen dich nur. Sie benutzen dich schon wieder!« verkündete mein Gebieter, der Mameluk, der meinen Anblick nicht überlebt hatte.

»Du wirst deine Fähigkeiten, deine Macht verlieren.«

»Du wirst in diesem Körper sterblich sein, unentrinnbar in der Falle; du wirst an den Verwundungen, die er hat, sterben.«

Und hinter diesen Gesichtern schwirrten und schwärmten Legionen zorniger, neidischer, haßerfüllter Geister.

Ich warf noch einen Blick zurück auf die Stufen. Dort standen sie alle versammelt, hatten die Arme umeinander gelegt, und Rachel hob die Hand und warf mir einen Kuß zu. Und Esther winkte auf eine ganz kindliche Art. Dann verblaßten sie in dem übermächtigen Glanz. Mein Vater war zu reinem Licht geworden.

Ich schaute in das Licht und ließ es in mich einfließen. Für den Bruchteil einer Sekunde besaß ich einen Schatz, einen Reichtum an Einsicht, ich war in Frieden mit allem – mit dem, was man mir angetan hatte, was ich selbst getan hatte, mit allem, was je geschehen war; und die Welt hatte für mich einen Sinn. Einen gänzlich erhabenen Sinn. Und die Millionen armer, hungernder, zorniger, kriegerischer Menschen – ich sah sie nicht als Parasiten, wie Gregory sie genannt hatte, sondern ich sah sie als Seelen!

»Nein«, sagte ich zu den zornigen Geistern. »Ich muß es tun.«

»Geh, begib dich in Nathans Körper, belebe ihn noch einmal«, sagte Zurvan zu mir, »selbst wenn du dadurch alles verlierst.«

»Asrael, meine Liebe begleitet dich!« weinte Nathan. Er verwandelte sich in ein helles Licht wie die anderen.

Alles um mich wurde mit einemmal schwarz. Ich spürte, wie ich hinabgesaugt wurde, als ziehe mich eine starke mechanische Kraft, und plötzlich überrollte mich Schmerz. Meine Lungen, mein Herz, selbst alle Glieder schmerzten, und ich blinzelte in den Himmel, während einige Männer mich auf eine Trage legten, wie sie es mit Esther gemacht hatten.

Ich rollte mich mit einer schlingernden Bewegung zur Seite, und alle starrten verwundert, und dann waren da keine Stufen mehr und kein Licht, nur das Tempelgebäude war da, und der kreischende Pöbel.

Zuerst setzte ich mich auf, dann schob ich mich von der Trage. Die medizinischen Helfer traten in größter Verblüffung zurück. Ich wußte warum. Die Wunden waren tödlich. Und nicht nur eine. Ich entdeckte die Kameras und winkte den Reportern, streckte ihnen die Hände entgegen.

»Ist jemand von der Regierung hier? Ein hoher Beamter! Umzingelt das Gebäude, durchsucht es auf der Stelle! Ein Betrüger hat meinen Platz eingenommen, er hat versucht, mich zu töten! Das ganze Haus quillt über von tödlichen Viren; und über die ganze Welt verstreut sind die ›Tempel vom Geiste Gottes‹ bereit, Viren freizusetzen. Haltet sie auf! Ihr müßt in das neununddreißigste Stockwerk! Der Raum mit der Weltkarte ist es, dort steht der Betrüger, an die Wand genagelt! Beeilt euch! Ich erlaube euch ausdrücklich, den ›Tempel vom Geiste Gottes‹ zu betreten. Nehmt Waffen mit!«

Ich sah mich um. Wohin mein Blick auch fiel, hatten die Menschen ihre kleinen Telefone gezückt, diese Apparate, deren unteres Ende man aufklappen kann, und brüllten in den Hörer. Polizei hastete auf das Gebäude zu. Sirenen heulten.

»Er ist ein Hochstapler, ein Betrüger«, wiederholte ich. »Er ist ein Doppelgänger, und er plant ein Ausmaß an Zerstörung, das man sich nicht vorstellen kann.«

Die Fernsehkameras richteten sich auf mich. »Der ›Tempel vom Geiste Gottes‹ muß in allen Ländern aufgehalten werden. Alle ihre Gebäude sind vollgestopft mit Giftgas und tödlichen Viren. Ihr müßt sie aufhalten, wo immer sie auch ihre Tempel haben, und hütet euch vor ihren Lügen! Hütet euch! Seht, was sie mir angetan haben, und ich lebe nur, um alles zu enthüllen.«

Ich merkte, daß ich schwächer wurde. Das Blut lief in pumpenden Stößen aus meinen Wunden. Mir war klar, daß ich erledigt war. Ich streckte die Hand aus und griff mir ein Mikrofon. Meine Stimme, gefärbt mit Nathans Tonfall, dröhnte mir selbst in den Ohren.

»Brüder vom Geiste, auf euren Führer ist geschossen worden, er ist hintergangen worden! Brüder, man hat euch unterwandert. Geht hinein in euren Tempel, vernichtet die Leute, die euch getäuscht haben!«

Ich stand kurz vor dem Zusammenbruch. Ich zog eine junge Frau zu mir heran, eine Reporterin, die mit ihrem Kameramann neben mir stand und jeden meiner Atemzüge aufzeichnete.

»Bewaffnete Truppen! Leute, die sich mit tödlichen Seuchen befassen! Los, alarmiert sie! Weltweit! In jedem Tempel ist genug Stoff, um eine ganze Stadt zu vernichten, selbst diese hier!«

Verschwommen sah ich, wie sie sich von mir abwandte, aufgestört von meinen Worten. Ein Geschrei stieg auf wie bei einem Aufstand. Als ich mich umsah, fiel ich beinahe nieder, doch die Ärzte, die sich um mich versammelt hatten, stützten mich. Da, vor der großen Glastür, stand Gregory mit blutenden Händen, verwirrte ängstliche Anhänger hielten ihn zurück. Doch er schrie lauthals:

»Ich bin Gregory Belkin! Dieser Mann dort ist ein Betrüger! Seht, meine Hände bluten wie die Wunden Christi! Haltet diesen Teufel auf! Haltet diesen Lügner auf!«

Ich schwankte, fiel beinahe zu Boden. Ich schaute mich suchend um, und plötzlich fiel mir die Pistole in der linken Tasche meines Jacketts ein. Er hatte den betäubten Nathan perfekt ausgestattet, mit den gleichen Dingen, die auch er üblicherweise bei sich trug, bis hin zu seinem eigenen Schießeisen. Es war die niedliche kleine Waffe, die er in der Nacht, als ich ihn das erste Mal traf, bei sich trug, die, die er immer bei sich hatte.

Ich zog die Pistole hervor, Leute kreischten und schoben sich rückwärts. Ich stolperte auf Gregory zu, und noch ehe die Leibwächter wußten, was sie tun sollten, ehe überhaupt jemand überlegen konnte, feuerte ich sie auf Gregory ab. Immer wieder schoß ich auf ihn. Er glotzte verwundert, als die erste Kugel in seine Brust schlug; die zweite riß ihn in die Höhe, als wolle er um Hilfe rufen; die dritte traf seinen Kopf. Ich schoß ein weiteres Mal, bevor mich jemand bremsen konnte. Gregory fiel auf das Pflaster, tot.

Lärm brandete um mich auf. Jemand hatte mir sehr vorsichtig die Pistole fortgenommen. Ein endloses Gewirr von Stimmen plätscherte in die Telefone. Ich sah bewaffnete Männer auf die Türen des Tempels zulaufen, wo der Leichnam lag. Andere ließen ihre Waffen fallen und hoben die Hände über den Kopf. Schüsse krachten. Ich drehte mich um und fiel einem jungen Doktor in die Arme, der mich mit entsetzten und ehrfürchtigen Blicken bedachte.

Ich mühte mich, in seine Seele zu blicken: »Handelt schnell! Der Tempel will die Bevölkerung ganzer Kontinente auslöschen. Sie stehen Gewehr bei Fuß! Der Mann, den ich erschossen habe, ist wahnsinnig. Er hat diesen teuflischen Plan ausgebrütet! Beeilt euch!«

Ich spürte, wie ich hinabgezogen wurde, doch nicht in die Tiefe meines dumpfen, verworrenen Geisterschlafes, sondern in den Todeskampf der Sterblichen, in einen Schmerz, der es mir unmöglich machte zu sprechen. Ich schmeckte Blut, menschliches Blut in meinem Mund.

»Ruft den Rabbi Avram«, murmelte ich, »holt Nathans Frau.« Ich flehte innerlich, daß mir die Namen einfielen, der Name der Gemeinde in Brooklyn. Jemand nannte einen Namen, es war der des Rabbi und ich fügte hinzu: »Ja, ruft ihn her, er soll bezeugen, daß ich einen Betrüger getötet habe.«

Ich lag wieder auf der Trage, den wirren Blick zum Himmel gewandt. Hatte das genügt? Würde man alles aufhalten können? Ich schloß die Augen, spürte, wie der Krankenwagen anfuhr, und fühlte reinen Sauerstoff in meine Lungen strömen. Über mir schwebte das Gesicht eines der Arglosen.

Ich schob die Sauerstoffmaske fort: »Ich brauche eine Verbindung zu den Leuten, die die Pläne des Tempels aufhalten können.«

Jemand drückte mir ein Telefon in die Hand. Ich wußte nicht einmal, an wen ich meinen endgültigen Aufruf richtete:

»Es handelt sich um das Ebola-Virus, sie haben verschiedene Spielarten gekreuzt. Es tötet innerhalb von fünf Minuten. Es eilt. Das Zeug ist in Kanistern. Die Tempel in Asien, im Mittleren Osten, in Afrika lagern das Giftgas und die Viren. Schiffe sind damit beladen. Flugzeuge stehen zum Abflug bereit. Hubschrauber auch. Ihr müßt den guten Tempelbrüdern sagen, daß sie mit euch zusammenarbeiten müssen. Neunundneunzig Prozent der Mitglieder sind unschuldig. Sie sollen ihre Führer angreifen. Überall. In allen Tempeln müßt ihr sie zusammentreiben und fassen, ehe sie mit ihrer Aktion beginnen. Diese Leute sind entschlossen zu töten.«

Ich verlor das Bewußtsein. Ich redete wohl weiter, kämpfte, spürte

Schmerzen, aber alles im Unterbewußtsein. Der menschliche Körper hatte aufgegeben, und ich war am Rande des Todes.

Aber ich war froh. Nur, hatte ich genug getan?

In der Notaufnahme kam ich zu mir. Wieder standen Leute um mich herum. Der Rabbi beugte sich über mich. Ich erkannte seinen weißen Bart, sah Tränen in seinen Augen. Ich erkannte auch Sarah, Nathans Frau. Ich sprach Jiddisch: »Sag ihnen, daß ich die Wahrheit sage, sag ihnen, daß ich dein Enkel Gregory bin, sag ihnen, du weißt, daß der Tote ein Betrüger ist. Du mußt es tun! Er hat es so eingerichtet, daß Nathans Körper als sein eigener, Gregorys, identifiziert wird. Meinetwegen sag einfach, daß ich dein guter Enkel bin. Das alles ist sehr undurchsichtig, verworren. Und ich glaube, ich sterbe.«

Sarahs Gesicht flackerte in meinem Blickfeld auf: »Nathan?« hauchte sie. Ich winkte ihr mit letzter Kraft zu, sie solle das Ohr dicht an meine Lippen halten und flüsterte: »Nathan ist nicht mehr. Er ist mit Gott. Ich sah ihn in den Armen derer, die er liebte. Habe keine Angst. Du mußt keine Angst haben. Ich werde diesen Körper, solange es geht, am Leben erhalten. Hilf mir.«

Sie konnte gar nicht mehr aufhören zu weinen, dabei streichelten ihre Hände meine Stirn.

Eine Stimme sagte: »Wir verlieren ihn! Alles 'raus hier! Raus!«

Die Welt um mich versank in Nebel, ein vages Gefühl endgültigen Wissens dämmerte in mir, und Frieden überkam mich, wie ich ihn angesichts des Lichtes gefühlt hatte, die Erinnerung daran war lebendig wie ein Duft. Der Nebel verdüsterte sich, hellte sich dann wieder auf. Ich merkte, daß man mich transportierte, daß ich in einem aufwärtsfahrenden Aufzug war. Und dann trübte sich der Nebel noch stärker, und eine schattenhafte Gestalt erschien neben mir. Ich war mir nicht sicher, ob das gut oder schlecht war, doch dann, als sie sprach, erkannte ich die Stimme, die in griechischer Sprache flüsterte: »Der Sinn ist, zu lieben und zu verstehen und zu werten ...«

Alles war schwarz. Ich glaube, ich dachte: »Werden die Stufen erscheinen? Endlich? Könnte es wohl so sein, nach allem, was ich getan habe?« Dann nichts mehr.

Ich erwachte in einem Raum, den sie Intensivstation nannten. Man hatte mich mit Maschinen verbunden, und Schwestern wimmelten um mich herum. Die Größen des Staates warteten darauf, mit mir zu sprechen, leitende Männer der Armee und der Regierung.

Ich merkte, daß man die Schmerzen betäubt hatte; meine Zunge lag geschwollen in meinem Mund. Ich war wahrhaft ein Sterblicher, ein völlig hilfloser Sterblicher! Und ich konnte diesen Körper nicht verlassen. Denn es war der einzige Körper, aus dem heraus ich mit ihnen sprechen konnte und dem sie zuhören würden.

Der Rabbi tauchte auf. Ich sah die schwarze Kleidung und sein weißes Haar, ehe ich sein Gesicht erkannte. Dann spürte ich seine Lippen an meinem Ohr. Dieses Mal sprach er den alten aramäischen Dialekt, damit nur ich ihn verstehen konnte:

»Man hat sie aufhalten können. Aus den DNA-Unterlagen der Klinik geht hervor, daß du Gregory bist. Ich habe erklärt, daß der Tote ein Dämon war, der meinen Enkel verkörpern wollte. Das ist, in gewisser Weise, die reine Wahrheit. Die ›Tempel vom Geiste Gottes‹ hat man überall in der Welt eingenommen, die Wissenschaftler und führenden Köpfe geben auf. Viele sind schon verhaftet worden. Das Werk des Bösen ist gestoppt worden.« Er seufzte tief. »Das haben wir dir zu verdanken.«

Ich versuchte, seine Hand zu drücken, doch ich spürte meine Hände nicht und nur nach und nach merkte ich, daß man sie an den Seiten des Bettes festgeschnallt hatte. Seufzend schloß ich die Augen. »Ich möchte hier sterben, wenn ich darf«, sagte ich zu dem Rabbi, auch ich sprach aramäisch. »Ich möchte hier, im Körper deines Enkels, sterben. Wenn Gott mich nehmen will. Wirst du mich begraben?«

Er nickte. Und dann schlief ich – einen leichten, kummerdurchzogenen sterblichen Schlaf. Es war schon späte Nacht, als ich erwachte. Die Schwestern hielten sich jenseits der gläsernen Wände auf. Nur Monitore und Maschinen leisteten mir Gesellschaft. Und der Rabbi schlief in einem Sessel nahe dem Bett.

Mit heftiger Erschütterung bemerkte ich, daß ich mich in meinem eigenen Körper befand. Ich war auch äußerlich Asrael. Es brauchte meinen ganzen Willen, um mich wieder in Nathan zu verwandeln. Doch das Fleisch seines Körpers war totes Fleisch. Das Ganze war eine Illusion. Ich konnte Nathans Körper mit meinem geistigen Körper umgeben und so Bewegungen erzeugen, doch den Körper als solchen in Besitz zu nehmen, war mir nicht mehr möglich.

Ich drehte den Kopf zur Seite und weinte. »Wo sind die Stufen, Du, mein Gott? Habe ich denn noch nicht genug gelitten?«

Und wieder war ich Asrael. Die Verwandlung ging so einfach vor sich wie Atmen; die Nadeln und sonstigen medizinischen Instrumente hatten keine Verbindung zu mir. Ich stand auf, stark, ganz und heil, gekleidet in meine babylonischen blau und goldenen Lieblingsgewänder. Kinn- und Schnurrbart, alles war da. Ich war Asrael.

Ich betrachtete den schlafenden Rabbi und sah, daß auch Sarah da war, schlafend, auf einem Kissen, ihre Hand hing nieder auf den kalten Boden.

Ich verließ das Zimmer. Zwei Schwestern bemerkten mich, kamen auf mich zu und erklärten, ohne Erlaubnis könne ich nicht hier bleiben, dem Mann dort hinten gehe es sehr schlecht.

Ich wandte den Blick zurück. Dort lag Nathans Körper. Er war tot, was er schon gewesen war in dem Augenblick, als ihn die Kugeln getroffen hatten. Plötzlich wurde der Alarm ausgelöst, grelles Piepsen kam von den Geräten.

Der Rabbi erwachte. Auch Sarah schreckte hoch. Ihr Blick hing an dem toten Körper Nathans.

»Er starb in Frieden«, sagte ich und drückte der Schwester einen Kuß auf die Stirn. »Ihr habt alles Menschenmögliche getan.«

Und dann verließ ich das Krankenhaus.

25

Ich schritt durch die City New Yorks. Als ich den »Tempel vom Geiste Gottes« erreichte, fand ich ihn von der Polizei und Männern verschiedenster militärischer Einheiten umzingelt. Es war eindeutig, daß dieses Gebäude eingenommen und alle Schuldigen verhaftet worden waren. Kaum jemand schenkte mir Beachtung – irgendein Verrückter in Samtgewändern dachten sie wahrscheinlich. Überall liefen Tempelbrüder herum und weinten und stimmten Klagegesänge an.

Ich ging in den Park, und auch dort lagen sie weinend im Gras und unter den Bäumen, sie sangen Hymnen und verkündeten, sie könnten einfach nicht glauben, daß der ganze Kult ein Betrug sei. Die Botschaft des Tempels sei gewesen: liebe deinen Nächsten, sei gütig, sei ein guter Mensch.

Ich blieb einen Augenblick ganz still stehen, dann, unter Aufbietung all meiner Fähigkeiten, verwandelte ich mich, bis ich Gregorys Aussehen angenommen hatte. Das fiel mir erstaunlich schwer, und genauso schwer fiel es mir, die Gestalt auch beizubehalten. Ich ging zu den Leuten hinüber, und als sie aufsprangen, bat ich sie, Ruhe zu bewahren. Gregorys Stimme benutzend, erzählte ich ihnen, ich sei ein Bote und wolle ihnen berichten, daß ihr Führer geistesgestört sei, doch die uralte Botschaft der Liebe sei eine unverrückbare, ewige Wahrheit.

Bald schon war ich von einer großen Menschenmenge umgeben. Ich redete ununterbrochen, gab Antwort auf die Platitüden, die sie über die Liebe, über das Teilen, über die Wohlfahrt der Welt von sich gaben, indem ich ihnen bestätigte, daß dies alles gut sei. Schließlich griff ich zurück auf Zurvans Worte: Lieben, Lernen, gütig sein.

Ich fühlte mich erschöpft.

Ich löste mich auf und verschwand.

Unsichtbar trieb ich in die Höhe, an den Fenstern des »Tempels vom Geiste Gottes« vorbei. »Die Gebeine«, flüsterte ich. »Führe mich zu den Gebeinen.« Und fand mich in einem Raum mit einem Brennofen wieder, jetzt leer und ohne Überwachungsgeräte, da man das ganze System abgeschaltet zu haben schien. Als ich die Tür des Ofens aufmachte, sah ich die Gebeine unbeschädigt vor mir liegen. Da war es, das gute alte Skelett.

Als ich es herausnahm, hüpfte es an seinen neuen Drähten auf und ab. Und dann befahl ich Kräfte zu mir, die meinen Händen stahlgleiche Härte verliehen. Ich umfaßte den Schädel, zerdrückte ihn in Stücke, die ich gegeneinander rieb, bis sie als Pulver aus meinen Händen rieselten, goldenes Pulver. Ich blieb unsichtbar, während ich mit allen Knochen so verfuhr, jeden einzelnen zwischen meinen Händen zerrieb, bis nichts als Staub übrig war, winzige, glitzernde Krümel goldenen Staubs, die vom Lüftungssystem aufgesaugt wurden. Ich öffnete das Fenster zur Straße, und vom plötzlichen Luftzug wurde der Staub nach draußen getragen. Ich stand da und wartete, bis alles verschwunden war, nur noch hie und da ein winziges goldenes Pünktchen schwebte.

Nachdenklich begutachtete ich meine Umgebung.

Und entdeckte plötzlich, daß ich sichtbar, massiv, mitsamt meiner Kleidung im Raum stand.

Ich verließ den Raum. Doch die Polizei war hier allgegenwärtig. Leute von der Seuchenkontrollzentrale liefen herum und Angehörige der Armee. Es hatte keinen Zweck, vor diesen leicht in Panik zu versetzenden Männern entlangzumarschieren. Davon abgesehen, es gab noch genug zu tun für mich. Ich hatte keine sonderlich große Lust dazu. Aber es mußte sein. Zu viel Gift war noch an zu vielen kritischen Orten versteckt. Zu viele Wahnsinnige waren den offiziellen Stellen und den Armeen um eine Nasenlänge voraus.

Ich entledigte mich meines Körpers – wieder war ich erstaunt über die Anstrengung, die es mich kostete – schwebte hinaus aus dem Gebäude und hoch in die Lüfte und sank erst wieder herab, als ich den »Tempel vom Geiste Gottes« in Tel Aviv erreicht hatte.

Das Haus war von Soldaten umstellt, deshalb betrat ich es in unsichtbarer Gestalt und erschlug jeden einzelnen Anhänger Gregorys, der Widerstand leistete, bis hin zu den Wissenschaftlern, die die toxischen Waffen unter Kontrolle hatten. Ich verursachte keinen Lärm, sondern bewegte mich flink, teilte schnelle, zielsichere Schläge aus. Der Tod ging in meinen Spuren. Es war beschwerlich und traurig, aber ich machte es gut und vollständig.

Ich versetzte mich dann nach Jerusalem, wo ich feststellte, daß sich alle Mitglieder der Sekte schon ergeben hatten. Die Stadt war also in Sicherheit.

Nicht so in Teheran. Auch hier erschlug ich die Widerständler, und hier, muß ich gestehen, gab ich mich einer bösartigen, teuflischen Maßlosigkeit hin. Ich nahm für meine tödliche Arbeit eine spektakuläre, ekelerregende Gestalt an, so daß ich einigen der extrem abergläubischen persischen Tempelbrüder – Konvertiten von Wüstenreligionen – heftigste Furcht einflößte. Eitelkeit, oh, Eitelkeit. Ich ekelte mich vor mir selbst, als ich diese prachtvolle Show abzog. Blut hatte seinen Rubinglanz für mich verloren. Und Furcht in den Augen meiner Opfer zu sehen, fand ich nicht übermäßig schön.

Ich denke also, daß meine Spielchen zum wenigsten mir selbst eine Lehre waren, und damit auch ihr Gutes hatten. Wie auch immer, ich mordete jeden in dem Tempelbau in Teheran, der sich nicht vor mir beugte und um Gnade bat oder die Waffen fallen ließ und sich unterwürfig zu Boden warf.

Es gab noch weitere Tempel, in denen ich Hand anlegen mußte. Aber ich werde dir hier nicht eine Litanei von diesem Abschlachten herunterleiern. Laß mich nur sagen, daß ich in jeden Tempel eindrang, ob er »gesäubert« worden war oder nicht, wie die Militärs heute zu sagen pflegen, und ich packte zu, wenn ich dachte, daß es unbedingt erforderlich war. Doch ich ermattete zusehends.

Ich wußte, dieses Werk mußte von eurer Welt vollendet werden. Ich wußte, daß es so aussehen mußte, als ob Gregory Belkin und sein »Tempel vom Geiste Gottes« von den Mitmenschen überwältigt worden war. Die sicheren Siege überließ ich den Menschen.

Ich lernte etwas aus meinem Wüten. Ich lernte daraus, daß ich nicht mehr gern tötete. Nichts von dem *Mal'ak* war mehr in mir. Fasziniert war ich nur noch von der Liebe, ich war geradezu besessen von dem Gefühl der Liebe.

Und Tatsache ist, daß ich die letzte dieser mörderischen Aufgaben – einige besonders gefährliche Tempelbrüder in Berlin und Spanien zu töten – nur mit Mühe und unter Aufbietung meiner ganzen Standhaftigkeit und inneren Seelenstärke ausführen konnte.

Die Schlachten um den Tempel würden noch andauern.

Ich hatte genug davon.

Eine große Erschlaffung erfaßte mich. Es war einfach, meine eigene körperliche Gestalt anzunehmen. Diese massive körperliche Form – das Wesen, das du hier siehst und hörst – stellte sich jedesmal ganz natürlich ein, wenn ich in Gedanken anderweitig beschäftigt und abgelenkt war. Es kam mir natürlich vor, zu fühlen und zu riechen und die Welt zu durchstreifen. Unsichtbarkeit wurde zum Kraftakt. Ich mußte sie erzwingen.

Eine Woche lang wanderte ich durch die Welt, wandte mich hierhin und dorthin. Ich ging in die einsamen Sandwüsten des Irak. Ich besuchte die Ruinen griechischer Städte und die Museen, in denen die schönsten Kunstwerke meines eigenen Zeitalters ausgestellt waren und betrachtete all dies in Ruhe.

Es kostete mich Energie, mich unsichtbar als Geist von Ort zu Ort zu bewegen, dennoch fehlte es mir in keiner Gestalt an Kraft. Nur, eine andere Gestalt als die meine anzunehmen, empfand ich als immer mühsamer.

Und wie du weißt – denn du hast es ja mit eigenen Augen gesehen –, als ich den Körper Nathans für mich vereinnahmen wollte, erreichte ich keine Vereinigung mit dessen Zellen. Sein Fleisch war faulig, dem Grab entrissen, und ich wies es von mir, gedemütigt und beschämt, daß ich es aufgestört hatte.

Auf meinen Streifzügen erwarb ich immer neue Kenntnisse. Ich ging in Buchläden und Bibliotheken. Ich las ganze Nächte durch, ohne zu schlafen, und der Fernseher lief ohne Unterbrechung, als die »Tempel vom Geiste Gottes« eingenommen und zerstört wurden. Ich erfuhr von den Massenselbstmorden, bis all dies sich schließlich mit den Bildern anderer Neuigkeiten und Nachrichten bunt mischte. Am Anfang der Woche machte es Schlagzeilen, am Ende der Woche stand es zwar immer noch auf der ersten Seite der *New York Times*, aber schon weiter unten.

Und die Titelseiten der Illustrierten explodierten geradezu von grellbunten Bildern der Ereignisse, und dann war die nächste Ausgabe fällig, und eine neue Story war an der Reihe.

Die Welt nahm ihren Lauf. Ich vertiefte mich in deine Bücher, Jonathan, ich las sie in der Nacht und ging am nächsten Tag zu deinem Haus in New York.

Ich folgte dir hierher, wollte dich unbedingt finden. Du erinnerst dich. Du hattest hohes Fieber.

Und den Rest kennst du ja. Ich kann immer noch eine andere Gestalt annehmen. Ich kann immer noch unsichtbar umherreisen. Doch mich in eine andere Person zu verwandeln, wird immer schwieriger für mich. Verstehst du?

Verstehst du? Ich bin kein Mensch. Ich bin der unbeschränkte, vollkommene Geist, der zu sein ich mir einst in jenen dunklen Stunden erträumte, als Rebellion und Haß die einzigen Quellen meiner Lebenskraft zu sein schienen.

Ich weiß nicht, was geschehen wird. Du hältst nun meine Geschichte in Händen. Ich könnte dir noch mehr erzählen, von jenen schlechten Gebietern, von kleinen unwichtigen Dingen, die ich gesehen habe, doch all das wird zu gegebener Zeit ans Licht kommen.

Hier endet mein Abenteuer. Hier endet es. Und ich bin nicht tot. Ich bin stark, ich bin ohne Makel. Ich bin vielleicht unsterblich. Was glaubst du, warum wohl? Was will Gott noch von mir?

Werden Rachel und Esther mich vergessen? Liegt das in der Natur der Herrlichkeit, die jenseits des Lichts besteht, daß man vergißt und nur erscheint, wenn man gerufen wird?

Ich habe gerufen, wieder und wieder habe ich gerufen. Aber sie antworten nicht. Ich weiß, sie sind geborgen. Ich weiß, daß ich vielleicht eines Tages auch dieses Licht erblicken werde. Darüber hinaus weiß ich, der Sinn des Lebens ist, lieben zu lernen, und nichts anderes habe ich nun vor. Ist es das Blut Gregorys, das mich zum Wanderer macht? Ich weiß es nicht. Ich weiß nur, ich bin heil und ganz, und diesmal handelte ich zu meinem eigenen Besten, so gut ich es vermochte.

Ich tötete, ja, doch es war nicht, um etwas zu erlangen, sondern um etwas zu verhindern. Ich tat es nicht, um einem Gebieter zu nützen, sondern um einen Gebieter aufzuhalten. Ich tat es nicht wegen einer bestimmten Idee, sondern um vieler Ideen willen. Ich tat es nicht um einer Lösung willen, sondern für diese Welt, deren Mysterium sich uns nur zögernd offenbart. Ich tat es auch nicht, um zu sterben – nicht um der Heroik dieser endgültigen Entscheidung willen –, obwohl ich das doch mehr als alles andere wollte, diese Großartigkeit der endgültig getroffenen Wahl, zu sterben. Nein, was ich tat, tat ich nicht wegen all dieser Dinge. Ich tat es für das Leben – damit die Menschen sich weiterhin damit mühen können. Ich wandte mich ab von dem Licht, und dann erschoß ich den Mann, der die hochfliegenden Pläne hatte.

Das vergiß niemals, Jonathan, vergiß es nicht, wenn du die Geschichte niederschreibst. Ich erschoß Gregory Belkin. Ich nahm ihm das Leben.

Hat Gott für mich einen besonderen Platz geschaffen? Hat er es mir leicht gemacht? Sandte er mir Visionen und Zeichen? War mein Gott Marduk ein beschützender Geist? Oder waren er und all die anderen Geister, die ich sah, nur Träume des einsamen menschlichen Herzens, das sich seinen Himmel bis in alle Ewigkeit neu gestaltet.

Vielleicht ist die Geschichte chaotisch. Ein weiteres Kapitel in der unendlichen Sage von den harschen und doch phantastischen Unternehmungen des sündhaften, menschlichen Willens, vom verkrüppelten und dennoch blendenen Ehrgeiz kleiner Seelen. Meiner, Gregorys … Vielleicht sind wir alle nur kleine Seelen. Aber denke daran, ich habe dir gesagt, daß ich dies alles sah. Und als ich mich vom Licht des Himmelreichs abkehrte, beging ich einen weiteren Mord. Der Tod war immer ein Teil meiner Geschichten, von Anfang an.

Und doch weiß ich letztendlich nicht mehr über den Tod, als jeder lebendige, sterbliche Mensch auch. Vielleicht sogar weniger, als du darüber weißt.

Teil IV

Wehklage

Weine nicht, mein Kleines.
Weine.
Ich weiß, ein Frosch aß einen weißen Falter.
Der Frosch weinte nicht.
Deshalb ist er ein Frosch.
Der Falter weinte nicht.
Nun ist er nicht mehr.
Mein Kleines, weine nicht. Weine. So vieles muß man tun.
Auch ich will weinen.
Um dich will ich weinen.

Stan Rice, *Some Lamb* 1975

26

Ein neuer Morgen war angebrochen, kalt und klar und still. Asrael sagte, er müsse schlafen, aber nicht, bevor er mein Frühstück gerichtet hätte. Ich aß wieder den heißen Haferbrei, den er mir gekocht hatte, und dann legten wir uns zusammen nieder und schliefen.

Beim Aufwachen lächelte er mich an und sagte: »Jonathan, ich werde dich nicht hier zurücklassen. Du bist krank, du mußt nach Hause.«

»Ich weiß, Asrael«, bestätigte ich. »Ich wollte, ich könnte mich damit befassen, aber ich kann nur an eines denken, an deine Geschichte. Es ist doch alles aufgenommen, es ist doch alles auf den Bändern?«

»Ja, in doppelter Ausführung«, lachte er. »Wenn du soweit bist, schreibst du es für mich auf, und Jonathan, wenn du es dir anders überlegst, gibst du es jemand anderem, nicht wahr? Ich denke, wir sollten uns jetzt fertig machen, damit ich dich nach Hause fahren kann.«

Innerhalb einer Stunde hatten wir gepackt und saßen im Jeep. Er hatte das Feuer und die Kerzen in der Blockhütte gelöscht. Ich hatte immer noch ein wenig Fieber, aber er hatte mich warm eingepackt auf dem Rücksitz verstaut, so daß ich schlafen konnte, und die Kassetten hielt ich fest in meinen Händen. Er fuhr wahnsinnig schnell, wie ein Irrer schien mir, aber ich glaube nicht, daß er jemanden in Gefahr brachte. Hin und wieder öffnete ich die Augen, schaute zu ihm hinüber und sah ihn auf dem Fahrersitz, sah sein langes dickes Haar, und dann drehte er sich um und schenkte mir ein Lächeln. »Schlaf, Jonathan.«

Als wir in die Einfahrt zu meinem Haus einbogen, kam meine Frau herausgelaufen, um uns zu begrüßen. Sie half mir aus dem Wagen, und dann kamen auch meine Kinder, die beiden jüngsten, die noch zu Hause leben, und gemeinsam beförderten sie mich nach oben ins Schlafzimmer.

Ich fürchtete, er würde nun gehen, auf immer. Aber er kam mit, ging mit uns ins Haus, als sei das das Normalste von der Welt. Er küßte meine Frau auf die Stirn, und auch die Kinder.

»Ihr Mann konnte dort oben nicht bleiben in dem gräßlichen Schneesturm. Er hatte Fieber.«

»Aber wie haben Sie ihn gefunden?« fragte meine Frau.

»Ich sah das Licht seiner Feuerstelle. Wir beide haben uns sehr nett unterhalten.«

»Wohin wirst du gehen?« fragte ich ihn. Ich hatte mich aufrecht gegen einen Kissenberg gelehnt.

»Ich weiß noch nicht«, antwortete er und kam zum Bett herüber. Ich war mit zwei Steppdecken zugedeckt, und unser kleines Haus, dessen Heizung auf das Wärmeempfinden meiner Frau abgestimmt war, schien mir unerträglich warm, doch ich war erleichtert, zu Hause zu sein.

»Verlasse mich nicht, Asrael«, bat ich.

»Jonathan, es geht nicht anders. Ich muß umherstreifen. Ich möchte reisen, dazulernen. Ich möchte so vieles sehen. Nun, da ich mich an alles erinnern kann, bin ich in der Lage, richtige Studien betreiben zu können, wirkliche Einsichten zu gewinnen. Ohne Erinnerung gibt es keine Einsicht. Ohne Liebe gibt es keine Wertschätzung.

Sorge dich nicht um mich. Ich kehre zurück in den Irak, zu den Ruinen Babylons im Wüstensand. Ich habe das äußerst merkwürdige Gefühl, daß Marduk dort ist, umherirrend, vernachlässigt, ohne seine Anbeter, ohne eine Kapelle, einen Tempel, und daß ich ihn finden könnte. Ich weiß nicht. Vielleicht ist es ein naiver Traum. Aber alle, die ich je geliebt habe – ausgenommen du – sind tot.«

»Was wird aus den Chassidim?«

»Möglicherweise werde ich zu ihnen gehen, zu gegebener Zeit, ich weiß nicht. Ich werde sehen, ob es zum Guten ist oder nur Furcht erzeugt. Ich möchte auf jeden Fall nur Gutes tun.«

»Ich verdanke dir mein Leben, und nichts in meinem Leben ist mehr, wie es früher war. Ich werde deine Geschichte niederschreiben«, sagte ich. »Weißt du, was aus dir geworden ist?«

»Ein Sohn Gottes?« fragte er und lachte. »Ich weiß es nicht. Ich weiß nur eines, daß Zurvan recht hatte, im Endeffekt gibt es nur einen Schöpfer, irgendwo jenseits des Lichts sah ich die Wahrheit dessen, und nur die Liebe und das Gute zählen. Nie wieder will ich mich von Zorn oder Haß verzehren lassen, so lang und so schwer mein Weg auch sein mag, es soll nie wieder geschehen. Denn ich muß nur eines tun: nach diesem einen Wort leben. Erinnerst du dich? *Altashheth*. Zerstöre nicht. Das allein würde genügen. *Altashheth*.«

Er beugte sich nieder und küßte mich.

»Wenn du meine Geschichte schreibst, habe keine Angst, mich als den Hüter der Gebeine zu bezeichnen, denn ich bin es immer noch, nur dient dieser Hüter der Gebeine nicht den Zwecken eines dem Unheil verschriebenen jungen Mannes in Babylon, noch denen eines bösen Magiers in einem von Kerzen erhellten Zimmer, noch denen eines pläneschmiedenden Hohenpriesters oder eines von Ruhm träumenden Königs.

Ich bin der Hüter der Gebeine, die auf dem weiten Felde liegen, das Hesekiel beschreibt – die Gebeine all unserer sterblichen Brüder und Schwestern.«

Er sprach die Worte des Hesekiel in Hebräisch, doch die Welt kennt sie als die folgenden Verse aus der Lutherbibel:

»Und des Herrn Hand kam über mich,
und führte mich hinaus im Geist des Herrn,
und stellte mich auf ein weit Feld,
das voller Totenbeine lag

... und siehe, des Gebeines lag sehr viel auf dem Feld;
und siehe, sie waren sehr verdorret.«

»Wer weiß?« fuhr er fort. »Vielleicht fährt ja eines Tages tatsächlich der Atem in sie. Oder vielleicht meinte der Prophet einfach, daß eines Tages alle Geheimnisse ihre Erklärung finden, daß alle Gebeine mit Verehrung betrachtet werden sollten, daß alle, die einst lebten, den Grund wissen werden für die Leiden, die uns in dieser Welt widerfahren.«

Er schaute lächelnd auf mich hinab und sagte: »Vielleicht wird man eines Tages in den Gebeinen der Menschen die DNA Gottes entdecken.«

Ich wußte keine Antwort darauf. Ich lächelte jedoch ebenfalls. Und ließ ihn einfach weitersprechen.

»Aber nun, da ich dich verlasse, muß ich gestehen, daß ich von einer Zeit träume, in der die Trennung zwischen Leben und Tod aufgehoben ist und uns die Ewigkeit gehört, wie wir sie uns vorstellen. Leb wohl, Jonathan, mein gütiger Freund. Ich liebe dich.«

Das war vor einem Jahr.

Und es war tatsächlich mein letztes Gespräch mit ihm. Gesehen habe ich ihn seitdem dreimal, davon zweimal in den Fernsehnachrichten.

Einmal war er zusammen mit anderen medizinischen Hilfskräften während einer Cholera-Epidemie in Südamerika zu sehen. Er trug schlichte weiße Krankenhauskluft und half dabei, kranke Kinder zu füttern. Sein Haar, seine Augen – er war es unverkennbar.

Beim nächsten Mal entdeckte ich ihn in einem in die Nachrichten eingeblendeten Film aus Jerusalem. Auf Yitzhak Rabin, den israelischen Premierminister, war am Tag zuvor ein Attentat verübt worden. Asrael war ein Gesicht in der Menge, die die CNN-Kamera in Großaufnahme anvisierten. Er schien durch die Linse direkt in mein Gesicht zu schauen. Der Kommentator sagte, eine Stadt und eine Nation weinten um ihren ermordeten Führer. Die ganze Welt weinte um den Mann, der Frieden mit den Arabern gewollt hatte und nun tot war.

Asrael schaute in die Kamera, und die Kamera hing einen Augenblick an seinem Gesicht. Asrael sagte nichts, er wirkte nachdenklich – schaute mich unmittelbar an. Er trug einfache schwarze Kleidung.

Die Kamera bewegte sich weiter, die Nachrichten wurden fortgesetzt.

Beim dritten Mal erhaschte ich nur einen kurzen Blick auf ihn. Doch ich wußte, daß er es war. Das war in New York. Ich saß in einem ins Zentrum sausenden Taxi, das mit wilden Lenkradbewegungen durch den Verkehr des frühen Nachmittags kurvte, und aus dem Seitenfenster heraus sah ich Asrael auf dem Gehweg. Er war ansehnlich gekleidet, das Haar wehte ihm lose um den Kopf, und er sah großartig aus, wie er dort, mit weit ausgreifendem Schritt, sorglos und staunend ging. Er drehte sich plötzlich um, als habe er gespürt, daß ich ihn sah; er schaute sich suchend um. Doch das Taxi flitzte vorbei, und Lastwagen versperrten mir die Sicht. Wir brachten mehrere Straßenzüge hinter uns, das Taxi fädelte sich zwischen immer neuen

Wagen hindurch in andere Wagenschlangen ein, ich hätte nicht einmal mehr sagen können, wo genau ich ihn gesehen hatte.

Vielleicht war es gar nicht Asrael, ich war mir da gar nicht so sicher, jedenfalls behauptete ich das mir selbst gegenüber.

Und dann wußte ich natürlich auch, daß er Kontakt mit mir aufnehmen konnte, wenn er wollte. Ich kehrte nicht um, um nach ihm Ausschau zu halten.

Zwölf Monate mußten vergehen, bis das Buch herausgebracht werden konnte, bis es erfolgreich unter dem Mantel der Anonymität publiziert werden konnte, damit das Gelächter meiner Kollegen mich nicht aus der Universität trieb, und außerdem sollten die, denen diese Geschichte wichtig ist, nicht durch meinen Namen vom Lesen abgehalten werden.

Hier ist sie nun: Die Geschichte vom »Hüter der Gebeine«. Und gleichzeitig die Geschichte darüber, was wirklich mit der Sekte des »Tempels vom Geiste Gottes« geschah. Oder auch die Geschichte einer einzelnen Seele und ihrer Qualen, ihrer Weigerung aufzugeben und ihres schließlichen Sieges.

Asrael, wenn du das liest und wenn es dir gefällt, laß es mich wissen. Ein Anruf, eine kurze schriftliche Mitteilung, oder deine Gegenwart. Irgend etwas. Mein Leben wird nie wieder das gleiche sein wie vor unserer Begegnung.

Doch ich bin zuversichtlich, daß, wo immer du auch sein magst, du glücklich bist und den Menschen zum Segen gereichst. Und das ist für dich ja wohl am wichtigsten, dessen bin ich mir sicher.

Altashheth. 23.50 Uhr 11. Juli 1995